W0271739

Von Sidney Sheldon sind als Goldmann-Taschenbücher
außerdem erschienen:

Blutspur. Roman (6342)
Diamanten-Dynastie. Roman (6785)
Ein Fremder im Spiegel. Roman (6314)
Kalte Glut. Roman (8876)
Das nackte Gesicht. Roman (6680)
Zorn der Engel. Roman (6553)

Sidney Sheldon

Jenseits von Mitternacht

Roman

GOLDMANN VERLAG

Ungekürzte Ausgabe
Aus dem Amerikanischen von Christiane Bertoncini, Wilm W. Elwenspoek und Egon Strohm
Titel der Originalausgabe: The Other Side of Midnight

Der Goldmann Verlag
ist ein Unternehmen der Verlagsgruppe Bertelsmann

Made in Germany · 3/88 · Jubiläumsausgabe
Lizenzausgabe mit Genehmigung der Verlag Ullstein GmbH,
Frankfurt am Main – Berlin – Wien
© 1973 by The Sheldon Literary Trust
Übersetzung © 1974 Verlag Ullstein GmbH,
Frankfurt am Main – Berlin
Umschlagentwurf: Design Team München
Umschlagfoto: Tom Hallmann, C. Vega/Luserke
Druck: Elsnerdruck, Berlin
Verlagsnummer: 6325
MV · Herstellung: Klaus D. Voigt
ISBN 3-442-66325-3

Für Jorja,
die mir auf mannigfaltige Weise
Freude bereitet

Athen 1947

Durch die staubige Windschutzscheibe seines Wagens sah Polizeichef Georgios Skouri, wie die Geschäftshäuser und Hotels der Innenstadt Athens in einem langsamen Tanz der Auflösung zusammenstürzten, ein Gebäude nach dem anderen, wie Reihen riesiger Kegel auf einer kosmischen Kegelbahn.

»Zwanzig Minuten«, meldete der uniformierte Polizist am Steuer. »Kein Verkehr!«

Skouri nickte abwesend und starrte auf die Häuser. Es war ein Trugbild, das ihn immer wieder faszinierte. Die flimmernde Hitze der erbarmungslosen Augustsonne hüllte die Gebäude in wallende Wogen, so daß sie in einem anmutigen Wasserfall aus Stahl und Glas auf die Straßen herunterzustürzen schienen.

Es war zehn Minuten nach zwölf, die Straßen waren fast menschenleer, doch selbst die paar Fußgänger unterwegs waren zu träge, um den drei Polizeiwagen, die in schnellem Tempo ostwärts Richtung Hellenikon, dem Flughafen zwanzig Meilen vom Zentrum Athens entfernt, fuhren, mehr als einen neugierigen Blick zu schenken. Chef Skouri saß im ersten Wagen. Unter gewöhnlichen Umständen wäre er in seinem komfortablen, kühlen Büro geblieben, während seine Untergebenen in der sengenden Mittagshitze Dienst taten, aber die Umstände waren durchaus ungewöhnlich, und Skouri hatte einen doppelten Grund, persönlich anwesend zu sein. Erstens würden im Laufe des Tages Flugzeuge mit hochgestellten Persönlichkeiten aus allen Teilen der Welt ankommen, und man mußte Vorkehrungen treffen, daß sie gebührend willkommen geheißen und mit einem Minimum an Scherereien durch den Zoll geschleust wurden. Zweitens, und weitaus wichtiger, würde der Flughafen von ausländischen Zeitungsberichterstattern und

Wochenschau-Kameraleuten wimmeln. Skouri war kein Dummkopf; beim Rasieren an jenem Morgen war ihm der Gedanke gekommen, daß es seiner Karriere nichts schaden könnte, wenn er in den Wochenschauen beim Empfang der berühmten Gäste gezeigt würde. Es war ein außerordentlicher Glückstreffer, der es gefügt hatte, daß ein so weltweit sensationeller Fall sich ausgerechnet in seinem Bereich zugetragen hatte, und er wäre blöde, wenn er daraus nicht seinen Nutzen zöge. Er hatte eingehend mit den beiden Menschen, die ihm auf der Welt am nächsten standen, darüber gesprochen: mit seiner Frau und seiner Geliebten. Anna, eine Frau mittleren Alters, häßlich, verbittert, von bäuerlicher Herkunft, hatte ihm befohlen, sich dem Flughafen fernzuhalten und im Hintergrund zu bleiben, damit man ihm nicht die Schuld in die Schuhe schieben könnte, wenn etwas schiefginge. Melina, sein süßer, schöner junger Engel, hatte ihm geraten, die Gäste zu begrüßen. Sie war auch seiner Meinung, daß ein solches Ereignis ihn sofort berühmt machen könnte. Wenn Skouri die Sache gut handhabte, bekäme er zumindest eine Gehaltserhöhung, und er würde – so Gott wollte – vielleicht sogar zum Polizeioberkommissar befördert werden, wenn der gegenwärtige Oberkommissar in Pension ging. Zum hundertstenmal sann er über die Ironie nach, daß Melina seine Frau und Anna seine Geliebte war, und fragte sich wieder, was er falsch gemacht hatte.

Jetzt wandte Skouri seine Gedanken dem Kommenden zu. Er mußte sichergehen, daß auf dem Flughafen alles vollkommen reibungslos vonstatten ging. Er hatte ein Dutzend seiner besten Leute bei sich. Sein Hauptproblem wäre, wie er sehr wohl wußte, die Presse im Zaum zu halten. Er war über die große Zahl Berichterstatter wichtiger Zeitungen und Magazine erstaunt gewesen, die aus allen Teilen der Welt nach Athen geströmt waren. Er selbst war sechsmal interviewt worden – jedesmal in einer anderen Sprache. Seine Antworten waren in Deutsch, Englisch, Japanisch, Französisch, Italienisch und Russisch übersetzt worden. Er sonnte sich schon in seiner neuen Berühmtheit, als der Oberkommissar angerufen und ihm mitgeteilt hatte, er hielte es für unklug, daß ein Polizeichef sich öffentlich über einen Mordprozeß äußerte, der noch gar nicht stattgefunden hätte. Skouri war sicher, daß der wahre Beweggrund des Oberkommissars Neid war, hatte aber vorsichtigerweise beschlossen, nicht auf seinem Standpunkt zu beharren, und hatte alle weiteren Interviews abgelehnt. Jedoch konnte der Oberkommissar sicher nichts dagegen einzuwenden haben, wenn er, Skouri, sich zufällig auf dem Flughafen im Zentrum des Treibens befände, während die Wochenschau-Kameras die ankommenden Persönlichkeiten aufnahmen.

Als der Wagen die Sygrou Avenue hinunterraste und am Meer nach links auf Phaleron zu einbog, spürte Skouri, wie sich ihm der Magen zusammenzog. Sie waren jetzt nur noch fünf Minuten vom Flughafen entfernt. In Gedanken ging er noch einmal die Liste der Berühmtheiten durch, die noch vor Einbruch der Nacht in Athen ankämen.

Armand Gautier war luftkrank. Er hatte eine tief verwurzelte Angst vor dem Fliegen, die von Ichsucht und Eigenliebe herrührte, und das, zusammen mit der auf der Höhe der griechischen Küste im Sommer häufig anzutreffenden Luftturbulenz, hatte heftigen Brechreiz bei ihm hervorgerufen. Er war ein großer, asketisch magerer Mann mit gelehrtenhaften Gesichtszügen, hoher Stirn und einem dauernd zynischen Mund. Als Zweiundzwanzigjähriger hatte er mitgewirkt, *La Nouvelle Vague* in der schwer ringenden französischen Filmindustrie zu schaffen, und war in den folgenden Jahren zu noch größeren Triumphen am Theater gelangt. Heute nun war er einer der anerkannt größten Regisseure der Welt und spielte seine Rolle auch danach. Bis zu den letzten zwanzig Minuten war es ein sehr angenehmer Flug gewesen. Die ihn erkennenden Stewardessen hatten ihm jeden Wunsch erfüllt und durchblicken lassen, sie stünden ihm auch für andere Dienste zur Verfügung. Mehrere Passagiere waren während des Fluges zu ihm gekommen und hatten ihm gesagt, wie sehr sie seine Filme und Bühnenstücke bewunderten, aber er war am meisten an der hübschen englischen Studentin vom St. Anne's College in Oxford interessiert. Sie schrieb ihre Doktorarbeit über das Theater und hatte Armand Gautier zum Thema gewählt. Ihre Unterhaltung war gut verlaufen, bis das Mädchen den Namen Noelle Page erwähnt hatte.

»Sie waren ihr Regisseur, nicht wahr?« fragte sie. »Ich hoffe, ich bekomme Zutritt zu ihrer Verhandlung. Es wird ein Zirkus werden.«

Gautier wurde sich bewußt, daß er seine Armlehnen packte, und die Heftigkeit seiner Reaktion überraschte ihn. Selbst nach den vielen Jahren rief die Erinnerung an Noelle einen Schmerz in ihm wach, der so schneidend war wie eh und je. Niemand hatte ihn so bewegt wie sie, und niemand würde ihn wieder so bewegen. Seitdem Gautier vor drei Monaten von Noelles Verhaftung gelesen hatte, konnte er an nichts anderes mehr denken. Er hatte ihr telegraphiert und geschrieben, hatte ihr angeboten, alles, was in seiner Macht stünde, für sie zu tun, aber nie hatte er eine Antwort erhalten. Er hatte nicht die Absicht, dem Verfahren gegen sie beizuwohnen, aber er wußte, er konnte nicht fernbleiben. Er sagte sich, der Grund sei, daß er sehen wollte, ob sie sich verändert habe, seitdem sie zusammengelebt hatten. Und doch gestand er sich ein, daß es ein anderer Grund war. Sein Theater-Ich mußte dabeisein, um das Drama zu betrachten, Noelles Gesicht zu beobachten, wenn der Richter ihr sagte, daß sie leben würde oder sterben müßte.

Die metallische Stimme des Piloten kündigte über Bordverständigung an, daß sie in drei Minuten in Athen landen würden, und die Erregung des Vorgefühls, Noelle wiederzusehen, ließ Armand Gautier seine Luftkrankheit vergessen.

Dr. Israel Katz flog aus Kapstadt nach Athen. Er war Neurochirurg und Chefarzt am Groote Schuur, dem großen neuen, soeben erbauten Hospital. Dr. Israel Katz war als einer der führenden Neurochirurgen in der Welt anerkannt. Die medizinischen Fachzeitschriften berichteten laufend über seine Neuerungen. Unter seinen Patienten befanden sich ein Premierminister, ein Präsident und ein König.

Er lehnte sich auf seinem Platz in der BOAC-Maschine zurück, ein Mann mittlerer Größe mit einem markanten, intelligenten Gesicht, tiefliegenden braunen Augen und langen schlanken, ruhelosen Händen. Dr. Katz war müde, und aus diesem Grunde begann er, den vertrauten Schmerz in einem linken Bein zu spüren, das gar nicht mehr vorhanden war, einem vor sechs Jahren von einem Riesen mit einer Axt amputierten Bein.

Es war ein langer Tag gewesen. Er hatte noch vor Sonnenaufgang operiert, bei einem Dutzend Patienten Visite gemacht und war aus einer Aufsichtsratssitzung des Hospitals weggegangen, um nach Athen zu dem Prozeß zu fliegen. Seine Frau Esther hatte ihm abgeraten.

»Du kannst jetzt nichts für sie tun, Israel.«

Vielleicht hatte sie recht, aber Noelle Page hatte einmal ihr Leben aufs Spiel gesetzt, um das seine zu retten, und er war in ihrer Schuld. Er dachte jetzt an Noelle und hatte dasselbe unbeschreibliche Gefühl, das er immer gehabt hatte, wenn er bei ihr war. Es war, als ob die bloße Erinnerung an sie die Jahre, die sie trennten, schwinden lassen könnte. Natürlich war es eine romantische Einbildung. Nichts konnte jene Jahre je zurückbringen. Dr. Israel Katz spürte, wie das Flugzeug zitterte, als das Fahrgestell ausgefahren wurde und es zur Landung ansetzte. Er blickte durchs Bullauge, und unter ihm lag Kairo ausgebreitet, wo er in eine TAE-Maschine nach Athen und zu Noelle umsteigen würde. War sie des Mordes schuldig? Als die Maschine auf die Landebahn zusteuerte, mußte er an den anderen entsetzlichen Mord denken, den sie in Paris begangen hatte.

Philippe Sorel stand an der Reling seiner Jacht und beobachtete, wie der Hafen Piräus näher rückte. Er hatte die Seereise genossen, weil sie ihm eine der seltenen Gelegenheiten bot, seinen Fans zu entfliehen. Sorel war einer der wenigen sicheren Kassenmagneten in der Welt, wenngleich die Chancen, daß er je die Höhe des Stars erklimmen würde, äußerst gering gewesen waren. Er war kein gutaussehender Mann. Im Gegenteil. Er hatte das Gesicht eines Boxers, der sein letztes Dutzend Matches verloren hatte. Seine Nase war mehrere Male gebrochen, sein Haarwuchs war dünn, und er hinkte leicht. Aber all dies spielte keine Rolle, denn Philippe Sorel hatte Sex-Appeal. Er war ein gebildeter, leise sprechender Mann, und die Verbindung seiner ihm angeborenen Güte mit dem Gesicht und dem Körper eines LKW-Fahrers machte die Frauen toll und ließ die Männer zu ihm aufsehen wie zu einem Helden. Jetzt näherte sich seine Jacht dem Hafen, und Sorel fragte sich wieder, was er eigentlich hier verloren hatte. Er hatte einen Film, den er hatte drehen wollen, aufgeschoben, um bei Noelles Prozeß anwesend sein zu können. Er war sich nur zu wohl bewußt, was für ein leichtes Ziel er der Presse bieten würde, wenn er jeden Tag im Gerichtssaal säße, völlig ungeschützt von seinen Presseagenten und Managern. Die Reporter würden seine Anwesenheit bestimmt mißverstehen und glauben, es sei ein Versuch, aus dem Mordprozeß seiner früheren Geliebten Kapital in Form von Publicity zu schlagen. Wie immer er es ansah, würde es eine schmerzliche Erfahrung werden, aber Sorel mußte Noelle wiedersehen, mußte herausbekommen, ob es eine Möglichkeit gab, ihr zu helfen. Als die Jacht in den mit weißen Steinen ausgemauerten Hafendamm glitt, dachte er über die Noelle nach, die er gekannt, mit der er gelebt und die er geliebt hatte, und kam zu dem Schluß: Noelle war eines Mordes durchaus fähig.

Während Philippe Sorels Jacht der Küste Griechenlands zueilte, saß der persönliche Referent des Präsidenten der Vereinigten Staaten in einem Pan American Clipper, hundert Luftmeilen nordwestlich vom Flughafen Hellenikon entfernt. William Fraser war ein Mittfünfziger, ein gutaussehender grauhaariger Mann mit kantigem Gesicht und gebieterischem Wesen. Er starrte auf eine Akte in seiner Hand, hatte jedoch seit mehr als einer Stunde keine Seite umgeblättert oder sich gerührt. Fraser hatte Urlaub genommen, um diese Reise zu machen, obgleich sie zur ungeeignetsten Zeit gekommen war, mitten in einer Kongreßkrise. Er wußte, wie schmerzlich die nächsten Wochen für ihn sein würden, doch war er überzeugt, daß er keine andere Wahl hatte. Es war eine Reise der Rache, und dieser Gedanke erfüllte Fraser mit kalter Befriedigung. Bewußt zwang er sich, nicht an den morgen beginnenden Prozeß zu denken, und blickte durchs Fenster der Maschine. Tief unten konnte er ein Ausflugsboot mit Kurs auf Griechenland sehen, dessen Küste undeutlich in der Ferne auftauchte.

Auguste Lanchon war drei Tage lang seekrank und furchterfüllt gewesen. Seekrank, weil das Boot, das er in Marseille bestiegen hatte, in den Ausläufer eines Mistrals geraten war, und furchterfüllt, weil er Angst hatte, seine Frau könnte herausfinden, was er tat. Auguste Lanchon war in den Sechzigern, ein dicker, glatzköpfiger Mann mit kurzen Beinen und einem pockennarbigen Gesicht mit Schweinsaugen und dünnen Lippen, zwischen denen ständig der Stummel einer billigen Zigarre stak. Lanchon besaß ein Modegeschäft in Marseille und konnte es sich nicht leisten, sich wie reiche Leute einen richtigen Urlaub zu nehmen – das zumindest erklärte er dauernd seiner Frau. Natürlich war dies nicht eigentlich ein Urlaub, rief er sich ins Gedächtnis. Er mußte seinen Liebling Noelle noch einmal sehen. In den Jahren, nachdem sie ihn verlassen hatte, hatte er ihre Laufbahn in den Klatschspalten der

Zeitungen und Magazine begierig verfolgt. Als sie die Hauptrolle in ihrem ersten Stück spielte, war er mit der Bahn extra nach Paris gefahren, um sie zu sehen, aber Noelles blöde Sekretärin hatte ihn nicht vorgelassen. Später hatte er immer wieder Noelles Filme gesehen und hatte sich dabei an ihre Umarmungen erinnert. Gewiß, diese Reise würde teuer werden, aber Auguste Lanchon wußte, daß jeder Sou, den er ausgab, sich lohnen würde. Sein Liebling Noelle würde sich an die schöne Zeit erinnern, die sie zusammen verbracht hatten, und sie würde sich schutzsuchend an ihn wenden. Er würde einen Richter oder sonst einen Beamten bestechen – wenn es nicht zuviel kostete –, Noelle würde freigesprochen werden, und er würde sie in einem kleinen Appartement in Marseille unterbringen, wo sie immer für ihn da wäre, wenn er sie brauchte.

Wenn bloß seine Frau nichts herausbekam.

In Athen arbeitete Frederick Stavros in seinem winzigen Anwaltsbüro im zweiten Stock eines alten heruntergekommenen Hauses im Armenbezirk Monastiraki. Stavros war ein empfindsamer junger Mann, eifrig und ehrgeizig, sich mühsam abrackernd, um aus seinem gewählten Beruf eine Existenzgrundlage zu schaffen. Da er sich keine Bürokraft leisten konnte, mußte er die ganze langweilige juristische Kleinarbeit selbst erledigen. Gewöhnlich haßte er diesen Teil seiner Tätigkeit, diesmal machte sie ihm aber nichts aus, weil er wußte, daß seine Dienste, wenn er diesen Fall gewänne, derart gefragt sein würden, daß er sich für den Rest seines Lebens keine Sorgen mehr machen müßte. Dann könnten er und Elena heiraten und eine Familie gründen. Er würde in eine Flucht luxuriöser Büroräume umziehen, Sekretäre einstellen und in einen fashionablen Athener Klub eintreten, wo man mit reichen potentiellen Klienten bekannt wurde. Die Verwandlung hatte bereits begonnen. Jedesmal, wenn Frederick auf die Straße trat, wurde er von jemandem erkannt und angehalten, der sein Bild in der Zeitung gesehen hatte. In wenigen Wochen war er aus der Anonymität herausgeschleudert und zum Verteidiger von Larry Douglas geworden. Ganz im Hintergrund seiner Seele gestand Stavros sich ein, daß er den falschen Klienten hatte. Viel lieber hätte er die bezaubernde Noelle Page statt einer Null wie diesen Larry Douglas verteidigt, aber er selbst war ja auch eine Null. Es genügte schon, daß er, Frederick Stavros, ein Hauptbeteiligter in dem sensationellsten Mordfall des Jahrhunderts war. Spräche man die Angeklagten frei, würde jeder genug Ruhm ernten. Nur etwas plagte Stavros, und er mußte unaufhörlich daran denken. Beide Angeklagten waren desselben Verbrechens bezichtigt, aber Noelle Page hatte einen anderen Verteidiger. Wenn Noelle Page für unschuldig befunden wurde und Larry Douglas wurde verurteilt... Stavros bebte und versuchte, nicht daran zu denken. Die Reporter fragten ihn immer wieder, ob er die Angeklagten für schuldig halte. Er lächelte über ihre Naivität in sich hinein. Welche Rolle spielte es, ob sie schuldig oder unschuldig waren? Sie hatten Anspruch auf die beste Verteidigung, die man für Geld bekommen konnte. In seinem Fall gab er zu, daß die Definition ein wenig überspannt war. Aber im Falle von Noelle Pages Anwalt... nun, das war etwas anderes. Napoleon Chotas hatte ihre Verteidigung übernommen, und es gab keinen glänzenderen Strafverteidiger in der Welt. Chotas hatte noch nie einen wichtigen Fall verloren. Als er darüber nachdachte, lächelte Frederick Stavros vor sich hin. Er hätte es niemandem eingestanden, aber er plante, auf Napoleon Chotas' Talent zum Sieg zu reiten.

Während Frederick Stavros in seinem schäbigen Anwaltsbüro schuftete, war Napoleon Chotas auf einer Dinner Party in einem luxuriösen Haus im eleganten Viertel Kolonaki in Athen. Chotas war ein dünner, ausgemergelt aussehender Mann mit den großen traurigen Augen eines Bluthundes in einem runzligen Gesicht. Er verbarg einen glänzenden, durchdringenden Verstand hinter einem freundlichen, leicht verwirrten Benehmen. Chotas saß da, stocherte an seinem Nachtisch herum, war in Gedanken verloren, sann über den Prozeß nach, der morgen beginnen würde. Der größte Teil der Unterhaltung an jenem Abend hatte sich um den kommenden Prozeß gedreht. Die Diskussion wurde allgemein gehalten, denn die Gäste waren zu taktvoll, ihm direkte Fragen zu stellen. Aber gegen Ende des Abends, als Ouzo und Cognac reichlicher flossen, hatte die Gastgeberin gefragt: »Sagen Sie uns, halten Sie sie für schuldig?«

Chotas erwiderte unschuldig: »Wie könnten sie schuldig sein? Einer von ihnen ist mein Klient.« Was ihm verständnisvolles Lachen eintrug.

»Wie ist Noelle Page wirklich?«

Chotas zögerte. »Sie ist eine absolut ungewöhnliche Frau«, erwiderte er vorsichtig. »Sie ist schön und begabt –« Zu seiner eigenen Überraschung entdeckte er, daß er plötzlich nicht mehr über sie sprechen wollte. Außerdem war es unmöglich, Noelle mit Worten zu fassen. Noch bis vor einigen Monaten war er sich ihrer nur undeutlich als einer bezaubernden Erscheinung bewußt gewesen, die durch die Klatschspalten huschte und die Vorderseiten von Filmmagazinen zierte. Er hatte sie nie zu Gesicht bekommen, und wenn er überhaupt an sie gedacht hatte, dann mit der gleichgültigen Verachtung, die er allen Schauspielerinnen gegenüber hegte. Nur Körper und kein Hirn. Aber wie hatte er sich da geirrt! Als er Noelle kennenlernte, hatte er sich hoffnungslos in sie verliebt. Wegen Noelle Page hatte er seine Grundregel gebrochen: sich bei einem Klienten nie emotionell zu engagieren. Chotas erinnerte sich lebhaft an den Nachmittag, an dem man an ihn herangetreten war, ihre Verteidigung zu übernehmen. Er war gerade beim Packen für eine Reise gewesen, die er und seine Frau nach New York machen wollten, wo ihre Tochter soeben ihr erstes Kind bekommen hatte. Nichts, so hatte er geglaubt, hätte ihn von dieser Reise abhalten können. Aber es hatte nur zweier Worte bedurft. Vor seinem inneren Auge sah er seinen Diener ins Schlafzimmer treten, ihm das Telefon reichen und sagen: »Constantin Demiris.«

Die Insel war nur mit Hubschrauber und Jacht zu erreichen, und Flughafen und Privathafen wurden rund um die Uhr von bewaffneten Wachen mit dressierten Schäferhunden abpatrouilliert. Die Insel war das Privatherrschaftsgebiet von Constantin Demiris, und niemand betrat sie ohne Einladung. Über die Jahre hinweg hatten ihre Gäste Könige und Königinnen, Präsidenten und ehemalige Präsidenten, Filmstars, Opernsänger und -sängerinnen und berühmte Schriftsteller und Maler eingeschlossen. Sie alle waren ehrfurchtsvoll wieder abgefahren. Constantin Demiris war der drittreichste Mann und einer der mächtigsten Männer der Welt, und er hatte Geschmack und Stil und verstand es, sein Geld auszugeben, um Schönheit zu schaffen.

Demiris saß jetzt in seiner reichgetäfelten Bibliothek entspannt in einem tiefen Armsessel. Er rauchte eine der flachen, eigens für ihn gemischten ägyptischen Zigaretten und sann über den Prozeß nach, der morgen früh beginnen sollte. Seit Monaten hatte die Presse versucht, an ihn heranzukommen, aber er war einfach nicht zu erreichen. Es genügte schon, daß seine Geliebte wegen Mordes vor Gericht stehen würde, genügte, daß sein Name in den Fall hineingezogen würde, selbst indirekt. Er lehnte es ab, den Furor noch zu verschlimmern, indem er Interviews gab. Er fragte sich, wie Noelle sich jetzt fühlte, in diesem Augenblick, in ihrer Zelle im Gefängnis in der Nikodemusstraße. Schlief sie? War sie wach? In Panik über die ihr bevorstehende schwere Prüfung? Er dachte an sein letztes Gespräch mit Napoleon Chotas. Er vertraute Chotas und wußte, daß der Anwalt ihn nicht im Stich lassen würde. Demiris hatte dem Anwalt eingeprägt, daß es keine Rolle spielte, ob Noelle unschuldig oder schuldig war. Chotas sollte dafür sorgen, daß er jeden Penny des horrenden Honorars verdiente, das Constantin Demiris ihm für die Verteidigung bezahlte. Nein, er hatte keinen Grund zur Sorge. Der Prozeß würde gut verlaufen. Weil Constantin Demiris ein Mann war, der nie etwas vergaß, erinnerte er sich, daß Catherine Douglas' Lieblingsblumen Triantafylias, die schönen Rosen Griechenlands, waren. Er langte nach einem Notizblock auf seinem Schreibtisch und schrieb etwas auf. *Triantafylias. Catherine Douglas.*

Es war das wenigste, was er für sie tun konnte.

ERSTES BUCH

Chicago 1919–1939

Jede Großstadt hat ein charakteristisches Image, eine Individualität, die ihr ihren besonderen Stempel aufdrückt. Chicago in den Zwanzigern war ein ruheloser, dynamischer Riese, roh und ohne Manieren, mit einem gestiefelten Fuß noch in der rücksichtslosen Ära jener Industriemagnaten, die seine Geburtshelfer waren: William B. Ogden und John Wentworth, Cyrus McCormick und George M. Pullman. Es war ein Königreich, das den Philip Armours und Gustavus Swifts und Marshall Fields gehörte. Es war der Herrschaftsbereich kalter Berufsgangster wie Hymie Weiss und Scarface Al Capone.

Eine der frühesten Kindheitserinnerungen Catherine Alexanders war, wie ihr Vater sie in eine Bar, deren Boden mit Sägemehl bestreut war, mitnahm und sie auf den schwindelnd hohen Hocker schwang. Sie war fünf Jahre alt und erinnerte sich, wie stolz ihr Vater war, als Fremde um sie herumstanden, um sie zu bewundern. Alle diese Männer bestellten Getränke, und ihr Vater zahlte. Sie erinnerte sich, wie sie ihren kleinen Körper an seinen Arm gedrückt hatte, um sich zu vergewissern, daß er noch da war. Er war erst am Abend zuvor in die Stadt zurückgekehrt, und Catherine wußte, daß er bald wieder abfahren würde. Er war Handlungsreisender und hatte ihr erklärt, seine Arbeit führe ihn in ferne Städte, und manchmal müsse er monatelang von ihr und ihrer Mutter fort sein, damit er ihr hübsche Geschenke mitbringen könne. Catherine hatte verzweifelt versucht, ein Abkommen mit ihm zu treffen. Wenn er bei ihr bliebe, würde sie auf die Geschenke verzichten. Ihr Vater hatte lachend gesagt, sie sei ein frühreifes Kind, und war dann wieder weggefahren. Und es hatte sechs Monate gedauert, bis sie ihn wiedersah. In diesen frühen Jahren schien ihre Mutter, die sie täglich sah, eine verschwommene, gestaltlose Person, während ihr Vater, den sie immer nur kurz sah, deutlich und wunderbar klar in ihrer Erinnerung stand. Catherine dachte an ihn als an einen gutaussehenden, lachenden Mann voll sprühenden Humors und freundlicher, hochherziger Gesten. Die wenigen Male, die er nach Hause kam, waren wie Feiertage, voller Vergnügungen und Geschenke und Überraschungen.

Als Catherine sieben war, wurde ihr Vater entlassen, und ihr Leben bekam einen anderen Zuschnitt. Sie verließen Chicago und zogen nach Gary, Indiana, wo er als Verkäufer in einem Juweliergeschäft tätig war. Catherine kam in ihre erste Schule. Sie hatte ein argwöhnisches Verhältnis auf Armeslänge zu den anderen Kindern und hatte Angst vor ihren Lehrern, die ihre einsame Unnahbarkeit als Dünkel mißdeuteten. Ihr Vater kam jeden Abend zum Essen nach Hause, und zum ersten Mal in ihrem Leben fühlte Catherine, daß sie eine richtige Familie waren wie andere Familien. Sonntags gingen alle drei zum Miller Beach, mieteten sich Pferde und ritten ein oder zwei Stunden auf den Dünen. Catherine gefiel das Leben in Gary, aber sechs Monate nachdem sie hingezogen waren, verlor ihr Vater seine Anstellung wieder, und sie zogen nach Harvey, einer Vorstadt von Chicago. Das Schuljahr hatte schon angefangen, und Catherine war das neue Mädchen, von den Freundschaften ausgeschlossen, die sich bereits gebildet hatten. Sie wurde als Einzelgängerin bekannt. Im sicheren Schutz ihrer eigenen Gruppen überfielen die Kinder den schlaksigen Neuankömmling mit grausamem Spott.

In den nächsten Jahren legte Catherine sich einen Panzer der Gleichgültigkeit als Schild gegen die Angriffe der anderen Kinder zu. Wenn der Panzer durchstoßen wurde, schlug sie mit schneidendem, beißendem Witz zurück. Sie beabsichtigte, ihre Peiniger zu spalten, damit sie sie in Ruhe ließen, aber dies zeitigte eine unerwartet andere Wirkung. Sie arbeitete an der Schulzeitung mit, und in ihrer ersten Besprechung eines Musicals, das ihre Klassenkameraden aufgeführt hatten, schrieb sie: »Tommy Belden blies im zweiten Akt ein Trompetensolo – daneben.« Der Satz wurde überall zitiert, und – Überraschung über Überraschung – Tommy Belden kam am nächsten Tag in der Halle auf sie zu und sagte Catherine, er habe ihn für urkomisch gehalten.

In Englisch erhielten die Schüler die Aufgabe, *Captain Horatio*

Hornblower zu lesen. Catherine haßte das Buch. Ihre Rezension bestand nur aus einem Satz, der in Form eines Wortspiels, des Inhaltes etwa: »Er kläfft nur, aber er beißt nicht«, ein vernichtendes Urteil abgab. Sie bekam eine »Eins« dafür. Ihre Klassenkameraden fingen an, ihre Bonmots zu zitieren, und in kurzer Zeit war sie als der Schulwitzbold bekannt.

In jenem Jahr wurde Catherine vierzehn, und ihr Körper begann, Anzeichen einer reifenden Frau zu verraten. Stundenlang prüfte sie sich vor dem Spiegel, brütete darüber nach, wie sie die Katastrophe, die sie widergespiegelt sah, abwenden könnte. Im Inneren war sie Myrna Loy, die die Männer mit ihrer Schönheit verrückt machte, aber ihr Spiegel – ihr unerbittlicher Feind – zeigte hoffnungslos wuscheliges schwarzes Haar, das sich einfach nicht zähmen ließ, ernste graue Augen, einen Mund, der stündlich breiter zu werden schien, und eine leichte Stupsnase. Vielleicht war sie nicht eigentlich *häßlich*, sagte sie sich vorsichtig, andererseits aber würde niemand Türen einrennen, um sie als Filmstar zu verpflichten. Sie zog die Wangen ein, zwinkerte lasziv mit den Augen und versuchte, ein Fotomodell zu mimen. Deprimierend. Eine andere Pose: Augen weit aufgerissen, gespannter Gesichtsausdruck, ein breites, freundliches Lächeln. Zwecklos. Sie war auch nicht der amerikanische Typ. Sie war gar nichts. Ihr Körper würde sich gut entwickeln, nahm sie mürrisch an, aber etwas Besonderes würde er nicht werden. Und das natürlich wollte sie mehr als alles andere auf der Welt: etwas Besonderes sein, jemand sein, an den man sich erinnerte, und nie, nie, nie sterben.

In dem Sommer, in dem sie fünfzehn war, kam Catherine *Science and Health* von Mary Baker Eddy in die Hände, und die nächsten vierzehn Tage stand sie eine Stunde täglich vor dem Spiegel mit dem festen Willen, ihr Spiegelbild schön erscheinen zu lassen. Am Ende dieser Zeit war die einzige feststellbare Veränderung eine neue Pustel auf ihrem Kinn und ein Pickel auf ihrer Stirn. Sie aß keine Süßigkeiten mehr, warf Mary Baker Eddy weg und schaute nicht mehr in den Spiegel.

Catherine und ihre Familie waren nach Chicago zurückgezogen und hatten sich eine kleine trostlose Wohnung auf der Nordseite, in Rogers Park, genommen, weil die Miete billig war. Das Land bewegte sich tiefer in eine Wirtschaftskrise hinein. Catherines Vater arbeitete weniger und trank mehr, und er und ihre Mutter brüllten sich in einer endlosen Reihe von Vorwürfen und Beschuldigungen fortwährend an, was Catherine aus dem Hause trieb. Sie ging dann an den Strand, der ein halbes Dutzend Häuserblocks entfernt lag, lief am Ufer entlang und ließ ihren mageren Körper von dem frischen Wind beflügeln. Stundenlang starrte sie auf den ruhelosen grauen See hinaus, von einer verzweifelten Sehnsucht erfüllt, die sie nicht definieren konnte. Manchmal wünschte sie sich etwas so sehnlich, daß sie plötzlich von einem unerträglichen Schmerz befallen wurde.

Catherine hatte Thomas Wolfe entdeckt, und seine Bücher waren wie ein Spiegelbild der bittersüßen Nostalgie, die sie erfüllte, aber es war Sehnsucht nach einer Zukunft, die noch nicht stattgefunden hatte, als habe sie irgendwann und irgendwo einmal ein wunderbares Leben geführt und trachte rastlos danach, es wiederzuleben. Ihre Periode stellte sich ein, und während sie sich physisch in eine Frau verwandelte, wußte sie, daß ihre Bedürfnisse, ihre Sehnsüchte, das schmerzhafte Erwarten nichts Physisches waren und mit Sex nichts zu tun hatten. Es war das glühende und drängende Verlangen, anerkannt zu werden, sich über die Milliarden Menschen hinauszuheben, die die Erde bevölkerten, daß jeder wüßte, wer sie war, daß die Leute, wenn sie vorbeigingen, sagen würden: »Das ist Catherine Alexander, die große –.« Die große *was?* Da lag der Hase im Pfeffer. Sie wußte ja gar nicht, was sie wollte, wußte nur, daß sie sich verzweifelt danach sehnte. Wenn sie genug Geld hatte, ging sie Sonnabend nachmittags ins Kino, ins State and Lake Theatre oder zu den McVickers oder ins Chicago. Dabei ging sie völlig auf in der wundervollen, blasierten Welt Cary Grants und Jean Arthurs, lachte über Wallace Beery und Marie Dressler und litt Todesqualen bei Bettie Davis' romantischen Katastrophen. Sie fühlte sich Irene Dunne näher als ihrer Mutter.

Catherine war in ihrem letzten Semester auf der Senn High School, und ihr Erzfeind, der Spiegel, war endlich ihr Freund geworden. Das Mädchen im Spiegel hatte ein lebhaftes, interessantes Gesicht. Ihr Haar war kohlrabenschwarz und ihr Teint zart, kremigweiß. Sie hatte regelmäßige und feine Züge, einen edlen, sensiblen Mund und intelligente graue Augen. Ihre Figur war gut, ihre Brüste waren gut entwickelt, sie hatte sanft gewölbte Hüften und wohlgeformte Beine. Ein Hauch von Zurückhaltung war ihr eigen, ein Hochmut, dessen Catherine sich nicht bewußt war, als ob ihr

Spiegelbild ein Charakteristikum besäße, das sie nicht hatte. Sie nahm an, daß es ein Teil des Schutzpanzers war, den sie seit ihren frühen Schultagen getragen hatte.

Die Depression hatte die Nation immer fester gepackt, hatte sie in eine Schraube genommen, die sich unaufhörlich zuzog. Catherines Vater war ständig in große Geschäfte verwickelt, die sich nicht zu verwirklichen schienen. Dauernd heckte er Pläne aus, machte Erfindungen, die Millionen Dollar einbringen würden. Er erfand einen Wagenheber, der oberhalb der Reifen eines Autos angebracht werden sollte und mittels eines Knopfdrucks am Armaturenbrett bedient wurde. Keine der Autofabriken war interessiert. Er arbeitete ein rotierendes elektrisches Reklameschild für Warenhäuser aus. Es gab ein kurzes Aufflackern optimistischer Konferenzen, und dann verschwand die Idee in der Versenkung.

Er lieh sich Geld von seinem jüngeren Bruder Ralph in Omaha, um einen LKW für Schuhreparaturen auszurüsten, der in der Nachbarschaft herumfahren sollte. Stundenlang besprach er den Plan mit Catherine und ihrer Mutter. »Es kann nicht schiefgehen«, erklärte er. »Stellt euch vor, der Schuhmacher kommt direkt vor die Haustür! Das hat noch keiner gemacht. Jetzt habe ich ein Schuhmobil draußen, stimmt's? Wenn es nur 20 Dollar pro Tag einbringt, dann sind das 120 Dollar in der Woche. Zwei LKW bringen 240 die Woche. In einem Jahr werde ich zwanzig Wagen haben. Das bedeutet 2400 Dollar die Woche. 125 000 im Jahr. Und das ist erst der Anfang . . .« Zwei Monate später verschwanden der Schuhmacher und der LKW, und das war wieder einmal das Ende eines Traumes.

Catherine hatte gehofft, auf die Northwestern University gehen zu können. Sie war die Beste ihrer Klasse, aber selbst mit einem Stipendium würde es schwer werden, und der Tag näherte sich, das wußte Catherine, an dem sie von der Schule abgehen und sich eine Ganztagsarbeit suchen müßte. Sie würde sich eine Anstellung als Sekretärin verschaffen, war aber entschlossen, den Traum nie aufzugeben, der ihrem Leben eine so kostbare, wundervolle Bedeutung geben würde; und die Tatsache, daß sie nicht wußte, was der Traum oder seine Bedeutung wirklich waren, machte alles um so unerträglich trauriger und aussichtsloser. Sie sagte sich, wahrscheinlich befinde sie sich im späteren Abschnitt des Jugendalters. Ganz gleich, was es war, es war die Hölle. *Kinder sind zu jung, um diesen Altersabschnitt durchzumachen,* dachte sie verbittert.

Es gab zwei Jungen, die glaubten, in Catherine verliebt zu sein. Der eine war Tony Korman, der später einmal in das Anwaltsbüro seines Vaters eintreten sollte und der dreißig Zentimeter kleiner als Catherine war. Er hatte eine käsige Haut und kurzsichtige, wässerige Augen, die sie bewundernd anblickten. Der andere war Dean McDermott, der dick und schüchtern war und Zahnarzt werden wollte. Dann war da natürlich Ron Peterson, aber der gehörte in eine eigene Kategorie. Ron war der Fußballstar von Senn High, und jedermann sagte, es sei eine todsichere Sache, daß er mit einem Sportstipendium aufs College gehen werde. Er war groß, breitschultrig, sah wie ein Matinee-Idol aus und war mit Abstand der beliebteste Junge in der Schule.

Das einzige, was Catherine davon abhielt, sich sofort mit Ron einzulassen, war die Tatsache, daß er von ihr überhaupt keine Notiz nahm. Jedesmal, wenn sie im Schulkorridor an ihm vorüberging, klopfte ihr Herz wild. Sie dachte sich etwas Kluges und Herausforderndes aus, was sie zu ihm sagen würde, damit er sich mit ihr verabredete. Doch wenn sie sich ihm näherte, war ihre Zunge wie gelähmt, und sie gingen schweigend aneinander vorüber.

Das finanzielle Problem wurde jetzt brennend. Seit drei Monaten war die Miete überfällig, und der einzige Grund, weshalb sie nicht an die Luft gesetzt worden waren, lag darin, daß die Hausbesitzerin von Catherines Vater und seinen bombastischen Plänen und Erfindungen bestrickt war. Wenn Catherine ihm zuhörte, wurde sie von bitterer Traurigkeit erfüllt. Er war immer noch der alte, heiter, optimistisch, aber sie konnte hinter die löcherige Fassade blicken. Der wunderbare, sorglose Charme, der allem, was er tat, immer eine Patina von Frohsinn gegeben hatte, war verblichen. Er erinnerte Catherine an einen kleinen Jungen im Körper eines Mannes mittleren Alters, der Geschichten von der glorreichen Zukunft zusammenphantasierte, um die schäbigen Niederlagen der Vergangenheit zu verbergen. Mehr als einmal hatte sie es erlebt, daß er eine Dinner Party für ein Dutzend Leute bei Henrici gab und am Schluß einen seiner Gäste quietschvergnügt beiseite nahm und ihn anpumpte, um die Rechnung, plus einem fürstlichen Trinkgeld natürlich, bezahlen zu können. Immer großzügig, denn das war er seinem Ruf schuldig. Doch trotz all dieser Dinge und obgleich Catherine sich im klaren war, daß er ein nachlässiger und gleichgültiger Vater war, liebte sie diesen Mann, liebte seinen Enthusiasmus und seine lächelnde Energie in einer Welt mürrischer, grämlicher Menschen. Das war seine Begabung, und er war immer sehr großzügig damit umgegangen.

Am Ende, dachte Catherine, ging es ihm besser mit seinen wundervollen Träumen, die nie Wirklichkeit wurden, als ihrer Mutter, die sich fürchtete, überhaupt zu träumen.

Im April starb Catherines Mutter an einem Herzanfall. Es war Catherines erste Konfrontation mit dem Tod. Freunde und Nachbarn standen in der kleinen Wohnung herum, drückten ihr Beileid aus, mit der falschen geflüsterten Frömmigkeit, die das Unglück beschwört.

Der Tod hatte Catherines Mutter zu einer winzigen verwelkten Gestalt zusammenschrumpfen lassen, ohne Säfte oder Lebenskraft, oder vielleicht hatte das Leben ihr das schon angetan, dachte Catherine. Sie versuchte, Erinnerungen an ihre Mutter wachzurufen, an Ereignisse, die sie zusammen erlebt hatten, an Dinge, über die sie zusammen gelacht hatten, an Augenblicke, in denen ihre Herzen sich berührt hatten; aber immer wieder trat Catherines Vater vor ihr inneres Auge, lächelnd, eifrig und fröhlich. Es war, als wäre das Leben ihrer Mutter ein blasser Schatten, der vor dem Licht der Erinnerung entwich. Catherine starrte auf die wächserne Gestalt ihrer Mutter im Sarg, in einem einfachen schwarzen Kleid mit weißem Kragen, und dachte, was für ein vergeudetes Leben ist es gewesen. Und wozu alles? Was Catherine schon vor Jahren empfunden hatte, kam wieder über sie, die Entschlossenheit, jemand zu werden, der Welt einen Stempel aufzudrücken, so daß sie nicht in einem anonymen Grab enden würde und die Welt weder wüßte noch sich darum kümmerte, daß Catherine Alexander je gelebt hatte und gestorben und der Erde zurückgegeben worden war.

Zur Beerdigung kamen Catherines Onkel Ralph und seine Frau Pauline aus Omaha angeflogen. Ralph war zehn Jahre jünger als Catherines Vater und ähnelte seinem Bruder gar nicht. Er war in der Vitamin-Versandbranche tätig und sehr erfolgreich. Er war ein großer vierschrötiger Mann mit breiten Schultern, breitem Kinn und, wie Catherine überzeugt war, von anständiger Gesinnung. Seine Frau war wie ein Vogel, alles flatterte und zwitscherte an ihr.

Es waren ehrbare Leute, und Catherine wußte, daß ihr Onkel seinem Bruder eine ganze Menge Geld geliehen hatte; andererseits spürte Catherine, daß sie nichts mit ihnen gemein hatte. Wie ihre Mutter waren es Menschen ohne Träume.

Nach der Beerdigung sagte Onkel Ralph, er wolle mit Catherine und ihrem Vater sprechen. Sie saßen in dem winzigen Wohnzimmer, Pauline huschte mit Tabletts mit Kaffee und Gebäck hin und her.

»Ich weiß, daß du finanziell ziemlich schwere Zeiten durchgemacht hast«, sagte Onkel Ralph zu seinem Bruder. »Du bist ein Träumer, warst es schon immer, aber du bist mein Bruder. Ich kann dich nicht untergehen lassen. Pauline und ich haben es besprochen. Ich möchte, daß du bei mir arbeitest.«

»In Omaha?«

»Du wirst ein gutes regelmäßiges Einkommen haben, und du kannst mit Catherine bei uns wohnen. Wir haben ein großes Haus.«

Catherines Herzschläge setzten aus. Omaha! Das Ende all ihrer Träume.

»Gib mir Bedenkzeit«, sagte ihr Vater.

»Wir werden den Sechs-Uhr-Zug nehmen«, erwiderte Onkel Ralph. »Laß mich deine Entscheidung wissen, ehe wir fahren.«

Als Catherine und ihr Vater allein waren, stöhnte er: »Omaha! Ich wette, die haben nicht mal ein anständiges Friseurgeschäft da.«

Aber Catherine wußte, daß er nur ihretwegen dieses Theater spielte. Anständiges Friseurgeschäft hin oder her, er hatte keine andere Wahl. Das Leben hatte ihn endlich zur Strecke gebracht. Sie fragte sich, wie es auf seine Gemütsverfassung wirken würde, wenn er sich an einen festen, langweiligen Job mit regelmäßigen Arbeitsstunden gewöhnen mußte. Er wäre wie ein gefangener Vogel, der mit den Flügeln gegen die Käfigstäbe schlüge und an der Gefangenschaft stürbe. Was sie betraf, würde sie sich das Studium an der Northwestern University aus dem Kopf schlagen müssen. Sie hatte ein Stipendium beantragt, aber seither nichts mehr gehört. An jenem Nachmittag rief ihr Vater seinen Bruder an und sagte ihm, er würde die Stellung annehmen.

Am nächsten Morgen ging Catherine zum Rektor, um ihm zu erklären, daß sie auf eine Schule in Omaha überwechseln werde. Er stand hinter seinem Schreibtisch und sagte, ehe sie überhaupt den Mund aufmachen konnte: »Gratuliere, Catherine, Sie haben ein Vollstipendium für die Northwestern University gewonnen.«

Catherine und ihr Vater besprachen die Sache eingehend an jenem Abend, und dann wurde beschlossen, daß er nach Omaha ziehe und Catherine auf die Northwestern ginge und in einem der Studentenwohnheime auf dem Campus lebe. Und zehn Tage später brachte Catherine ihren Vater zum La Salle Street Bahnhof, um sich von ihm zu verabschieden. Sie war von einem tiefen Einsamkeitsgefühl über seine Abreise durchdrungen, von einer Traurigkeit über das Abschiednehmen von dem Menschen, den sie am meisten liebte; und doch war sie begierig, den Zug abfahren zu sehen, von einer köstlichen Erregung bei dem Gedanken erfüllt, daß sie frei sein und zum ersten Mal ihr eigenes Leben führen würde. Sie stand auf dem Bahnsteig, sah das Gesicht ihres Vaters, an das Wagenfenster gepreßt, um sie noch einmal zu sehen; ein ärmlich-gutaussehender Mann, der immer noch ehrlich glaubte, daß ihm eines Tages die Welt gehören würde.

Auf dem Heimweg erinnerte Catherine sich an etwas und lachte laut heraus. Um nach Omaha zu fahren, wo er eine dringend nötige Stellung antreten sollte, hatte ihr Vater ein Privatabteil gebucht.

Der Immatrikulationstag an der Northwestern war von kaum erträglicher Erregung erfüllt. Für Catherine hatte er eine ganz besondere Bedeutung, die sie nicht in Worte fassen konnte: Es war der Schlüssel, der die Tür öffnen würde zu all den Träumen und unaussprechlichen Ambitionen, die ihr Inneres schon so lange verzehrt hatten. Sie blickte sich in dem großen Saal um, wo Hunderte von Studenten sich angestellt hatten, um sich einzuschreiben, und dachte: *Eines Tages werdet ihr alle wissen, wer ich bin. Ihr werdet sagen: »Ich ging mit Catherine Alexander auf die Uni.«* Sie belegte die Höchstzahl aller Kurse und wurde einem Wohnheim zugewiesen. Am selben Morgen fand sie eine Nachmittags-Stellung als Kassiererin im Roost, einer beliebten Imbißstube mit Sandwiches und Bier gegenüber dem Campus. Ihr Gehalt betrug 15 Dollar die Woche, und wenn sie sich davon auch keinen Luxus leisten konnte, so reichte es doch für ihre Schulbücher und die nötigsten Anschaffungen.

Um die Mitte ihres zweiten Studienjahres kam Catherine zu dem Schluß, daß sie wahrscheinlich die einzige Jungfrau auf dem ganzen Campus war. In ihren Entwicklungsjahren hatte sie manchmal Unterhaltungsfetzen aufgeschnappt, wenn die Erwachsenen über Sex gesprochen hatten. Es klang wunderbar, und sie hatte nur die eine Angst, daß alles vorbei wäre, bis sie alt genug sein würde, um sich daran zu erfreuen. Jetzt sah es so aus, als ob sie recht gehabt hätte. Jedenfalls, soweit es *sie* betraf. Sex schien das einzige Gesprächsthema in den Schlafsälen, in den Klassenräumen, den Waschräumen und im Roost zu sein. Überall wurde darüber gesprochen, und Catherine war über die Offenheit dieser Unterhaltungen entsetzt.

»Jerry ist unglaublich. Er ist wie King Kong.«

»Meinst du seinen Schwanz oder sein Hirn?«

»Er braucht kein Hirn, Liebling. Ich bin gestern abend sechsmal fertig geworden.«

»Bist du mal mit Ernie Robbins ausgegangen? Der ist klein, aber stark.«

»Alex hat mich um ein Rendezvous heut abend gebeten. Wo ist der Schwindel?«

»Der Schwindel ist Alex. Kannst dir die Mühe sparen. Letzte Woche hat er mich zum Strand mitgenommen. Er zog mir den Schlüpfer aus und fummelte an mir herum, und ich fummelte an ihm herum, aber ich konnte ihn nicht finden.« Gelächter.

Catherine fand diese Unterhaltungen ordinär und widerlich, und doch versuchte sie, sich kein Wort entgehen zu lassen. Es war eine Übung in Masochismus. Wenn die Mädchen ihre sexuellen Heldentaten schilderten, stellte Catherine sich selbst mit einem Jungen im Bett vor und wie er sie rasend leidenschaftlich umarmte. Sie fühlte dann einen physischen Schmerz in der Leiste und drückte die Fäuste fest auf die Schenkel, versuchte, sich weh zu tun, damit sie den anderen Schmerz nicht spürte. *Mein Gott,* dachte sie, *ich werde als Jungfrau sterben. Die einzige neunzehnjährige Jungfrau an der Northwestern. Was heißt Northwestern, vielleicht sogar in den Vereinigten Staaten! Die Jungfrau Catherine. Die Kirche wird mich heiligsprechen, und man wird einmal im Jahr Kerzen für mich anzünden. Was ist eigentlich mit mir los? Ich werde dir's sagen,* antwortete sie sich selbst. *Niemand hat dich aufgefordert, und es gehören zwei dazu. Ich meine, wenn man es richtig machen will, gehören zwei dazu.*

Der meistgenannte Name in den Sexunterhaltungen der Mädchen war Ron Peterson. Er hatte sich an der Northwestern aufgrund eines Sportstipendiums eingeschrieben und war hier so beliebt, wie er es in der Senn High School gewesen war. Er war zum Vorsitzenden der ersten Semesterklasse gewählt worden. Catherine sah ihn in ihrem Lateinkurs am Tag des Semesterbeginns. Er sah noch besser aus als in der High School, war etwas kräftiger geworden, und sein Gesichtsausdruck hatte eine ruppige Hol's-der-Teufel-Reife angenommen. Nach dem Unterricht ging er auf sie zu, und ihr Herz fing an zu klopfen.

Catherine Alexander!

Hallo, Ron.

Bist du in dieser Klasse?

Ja.

Was für eine Chance für mich.

Wieso?

Wieso? Weil ich nichts von Latein verstehe und du ein Genie bist. Wir werden uns wunderbar verstehen. Hast du etwas vor heute abend?

Nichts Besonderes. Sollen wir zusammen arbeiten?

Gehen wir an den Strand, wo wir allein sein können. Arbeiten können wir immer noch.

Er starrte sie an.

»He! ... äh ...?« Er versuchte, sich an ihren Namen zu erinnern.

Sie schluckte, versuchte selbst verzweifelt, sich daran zu erinnern. »Catherine«, sagte sie schnell, »Catherine Alexander.«

»Yeah. Wie gefällt es dir hier? Toll, was?«

Ihre Stimme sollte eifrig klingen, sie wollte ihm gefallen, ihm zustimmen, um ihn werben. »O ja«, sprudelte sie heraus, »es ist das –«

Er blickte zu einem phantastischen blonden Mädchen hinüber, das an der Tür auf ihn wartete. »Wiedersehen«, sagte er und ging zu dem Mädchen.

Und das war das Ende der Geschichte von Aschenbrödel und dem Prinzen, dachte sie. *Und sie lebten glücklich bis ans Ende ihrer Tage, er in seinem Harem und sie in einer windigen Höhle in Tibet.*

Von Zeit zu Zeit sah Catherine Ron durch den Campus schlendern, immer mit einem anderen Mädchen und manchmal mit zwei oder drei. *Mein Gott, kriegt er's nicht endlich mal satt?* fragte sie sich. Sie stellte sich immer noch vor, daß er eines Tages zu ihr kommen würde, um sich in Latein von ihr helfen zu lassen, aber er sprach sie nie mehr an.

Nachts, einsam in ihrem Bett, dachte Catherine an all die anderen Mädchen, die in den Armen ihrer Boyfriends lagen, und der Boy, der zu ihr kam, war stets Ron Peterson. In ihrer Vorstellung zog er sie aus, und dann zog sie ihn langsam aus, wie sie's immer in den Liebesromanen machten; zuerst sein Hemd, und dann strich sie ihm sanft über die Brust, dann machte sie ihm die Hose auf und zog ihm die Shorts herunter. Er hob sie auf und trug sie zum Bett. Und hier pflegte Catherines Sinn für Komik die Oberhand zu gewinnen: Er verrenkte sich den Rücken und klappte zusammen, vor Schmerz stöhnend und jammernd. *Idiotin,* sagte sie sich, *du kannst es nicht mal in der Phantasie richtig machen.* Vielleicht sollte sie ins Kloster gehen. Ob Nonnen auch sexuelle Vorstellungen hatten, und war es eine Sünde für sie zu onanieren? Ob Priester je Geschlechtsverkehr hatten?

Sie saß in einem kühlen, von Bäumen beschatteten Hof in einer reizenden alten Abtei außerhalb Roms und plätscherte mit den Fingern in dem sonnendurchwärmten Wasser eines uralten Fischteiches. Die Pforte öffnete sich, und ein großer Priester betrat den Hof. Er trug einen breitrandigen Hut und eine schwarze Soutane und sah genau wie Ron Peterson aus.

Ah, scusi, signorina, sagte er leise, *ich wußte nicht, daß ich einen Gast habe.*

Catherine sprang schnell auf. *Ich dürfte eigentlich nicht hier sein,* entschuldigte sie sich. *Aber es war so schön, daß ich mich setzen und es ganz in mich aufnehmen mußte.*

Sie sind höchst willkommen. Er trat auf sie zu, und seine dunklen Augen funkelten. *Mia cara ... ich belog Sie.*

Sie belogen mich?

Ja. Seine Augen bohrten sich in die ihren. *Ich wußte, daß Sie hier waren, weil ich Ihnen nachging.*

Sie fühlte, wie sie innerlich bebte. *Aber – aber, Sie sind Priester.*

Bella signorina, ich bin zuerst ein Mann und dann ein Priester. Er stürzte vor, um sie in die Arme zu reißen, stolperte über den Saum seiner Soutane und fiel in den Fischteich.

Scheiße!

Ron Peterson kam jeden Tag nach den Vorlesungen ins Roost und nahm seinen Stammplatz in der Nische in der gegenüberliegenden Ecke ein. Die Nische füllte sich schnell mit seinen Freunden und wurde zum Mittelpunkt ausgelassener Unterhaltungen. Catherine stand hinter der Theke neben der Registrierkasse, und wenn Ron eintrat, nickte er ihr freundlich und abwesend zu und ging weiter. Er redete sie nie mit ihrem Namen an. *Er hat ihn vergessen,* dachte Catherine.

Aber jeden Tag schenkte sie ihm, wenn er hereinkam, ein breites Lächeln und wartete darauf, daß er Hallo sagte, sie um ein Rendezvous, ein Glas Wasser, ihre Jungfernschaft oder was immer bat. Sie hätte genausogut ein Möbelstück sein können. Wenn sie die anwesenden Mädchen mit absoluter Objektivität musterte, kam sie zu dem Schluß, daß sie hübscher war als alle, außer einer, der phantastisch aussehenden Jean-Anne, der Blondine aus den Südstaaten, mit der Ron am häufigsten gesehen wurde. Außerdem war sie bestimmt intelligenter als alle zusammen. Was also um Himmels willen stimmte nicht mit ihr? Warum bat kein einziger Junge sie um ein Rendezvous? Die Antwort sollte sie am nächsten Tag erhalten.

Sie ging eilig durch den Campus zum Roost hinüber, als sie Jean-Anne und eine Brünette, die sie nicht kannte, über den Rasen auf sich zukommen sah.

»Ach, da ist ja Miss Geistreich«, sagte Jean-Anne.

Und Miss Dussel, dachte Catherine neidisch. Laut sagte sie: »Was für ein mörderisches Literatur-Quiz, nicht wahr?«

»Sei nicht so herablassend«, entgegnete Jean-Anne. »Du kannst genug, um den Literaturkurs abzuhalten. Und das ist noch nicht alles, was du uns beibringen könntest, nicht wahr, Süße?«

Etwas in ihrem Ton trieb Catherine die Röte in die Wangen. »Ich – äh – verstehe nicht.«

»Laß sie in Ruhe«, sagte die Brünette.

»Warum denn?« fragte Jean-Anne. »Für wen zum Teufel hält sie sich eigentlich?« Sie wandte sich an Catherine. »Willst du wissen, was alle von dir sagen?«

Gott, nein. »Ja.«

»Du seist eine Lesbierin.«

Catherine starrte sie ungläubig an. »Ich soll was sein?«

»Eine Lesbierin, Baby. Du täuschst niemanden mit deinem Heiligenschein-Getue.«

»Das – das ist lächerlich«, stammelte Catherine.

»Glaubtest du wirklich, du könntest die Leute zum Narren halten?« fragte Jean-Anne. »Fehlt bloß noch, daß du ein Schild um den Hals trägst.«

»Aber ich – ich habe nie –«

»Die Jungs bringen ihn für dich hoch, aber du läßt sie ihn nie reinstecken.«

»Wirklich –«, platzte Catherine heraus.

»Hau ab«, sagte Jean-Anne. »Du bist nicht unser Typ.«

Sie gingen weiter, und sie sah ihnen wie betäubt nach.

In jener Nacht lag Catherine schlaflos im Bett.

Wie alt sind Sie, Miss Alexander?

Neunzehn.

Haben Sie je Geschlechtsverkehr mit einem Mann gehabt?

Noch nie.

Mögen Sie Männer?

Natürlich, wer mag sie nicht?

Haben Sie je das Verlangen gehabt, eine Frau zu lieben?

Catherine dachte lange und intensiv darüber nach. Natürlich war sie gelegentlich in andere Mädchen verschossen gewesen, in Lehrerinnen, aber das war Teil ihrer Entwicklung gewesen. Jetzt überlegte sie, wie es wäre, mit einer Frau Zärtlichkeiten auszutauschen, eng umschlungen, ihre Lippen auf die einer anderen Frau gepreßt, ihr Körper von weichen, weiblichen Händen liebkost. Es schauderte sie. *Nein!* »Ich bin normal«, sagte sie laut. Aber wenn sie normal war, warum lag sie dann hier, allein? Warum war sie nicht irgendwo draußen und ließ sich aufs Kreuz legen wie alle anderen in der Welt? Vielleicht war sie frigide. Vielleicht müßte sie sich operieren lassen? Eine Leukotomie wahrscheinlich.

Als sich der Himmel im Osten hinter dem Schlafsaalfenster zu lichten begann, waren Catherines Augen immer noch offen, aber sie hatte einen Entschluß gefaßt. Sie würde ihre Jungfernschaft verlieren. Und der Glückliche würde der Hans Dampf in jedem Mädchenbett sein – Ron Peterson.

Marseille–Paris 1919–1939

Sie wurde als Prinzessin geboren.

Ihre frühesten Erinnerungen gingen auf eine weiße, mit einem Spitzenhimmel versehene Korbwiege zurück, die mit rosa Bändern verziert und mit weichen Stofftieren und schönen Puppen und goldenen Klappern gefüllt war. Schnell merkte sie, daß, wenn sie den Mund auftat und aus Leibeskräften schrie, jemand eilends herbeikam, um sie zu halten und zu trösten. Als sie ein halbes Jahr alt war, fuhr ihr Vater sie im Kinderwagen in den Garten, ließ sie die Blumen anrühren und sagte: »Sie sind schön, Prinzessin, aber du bist schöner als alle von ihnen.«

Sie hatte es gern, wenn ihr Vater sie zu Hause in seinen starken Armen hochhob und an ein Fenster trug, wo sie hinausblicken und die Dächer der hohen Gebäude sehen konnte. Und dann sagte er immer: »Das ist dein Königreich da draußen, Prinzessin.« Er zeigte auf die Masten der in der Bucht vor Anker schaukelnden Schiffe. »Siehst du diese großen Schiffe? Eines Tages wirst du sie alle unter deinem Kommando haben.«

Gäste kamen manchmal ins Schloß, um sie zu sehen, doch nur wenigen war es erlaubt, sie zu halten. Die anderen starrten auf sie in ihrem Kinderbettchen hinunter und konnten sich nicht genugtun über ihre unglaublich feinen Gesichtszüge, ihr entzückendes blondes Haar, ihre zarte, honigfarbene Haut, und ihr Vater sagte ganz stolz: »Selbst ein Unerfahrener würde sofort sehen, daß sie eine Prinzessin ist!« Und dann beugte er sich über ihr Bettchen und flüsterte: »Eines Tages wird ein schöner Prinz kommen und dich fortführen.« Und er wickelte sanft die warme rosa Decke um sie, und sie versank in einen zufriedenen Schlaf. Ihre Welt war ein rosaroter Traum von Schiffen, hohen Masten und Schlössern, und erst mit fünf Jahren begriff sie, daß sie die Tochter eines Marseiller Fischhändlers war, daß die Schlösser, die sie vom Fenster ihres Mansardenzimmers sah, die Lagerhäuser am Rande des stinkenden Fischmarktes waren, wo ihr Vater arbeitete, und daß ihre Marine aus der Flotte der alten Fischerboote bestand, die jeden Morgen vor Sonnenaufgang ausfuhr und am Nachmittag zurückkehrte, um ihre übelriechende Fracht in die Hafendocks auszuspeien.

Solcherart war das Königreich Noelle Pages.

Noelles Vater wurde von seinen Freunden gewarnt, was er tue, sei falsch. »Du darfst ihr keine Phantastereien in den Kopf setzen, Jacques. Sie wird sich für etwas Besseres halten als andere.« Und ihre Prophezeiungen sollten sich bewahrheiten.

Oberflächlich betrachtet ist Marseille eine gewalttätige Stadt, von jener Art primitiver Gewalttätigkeit, wie sie in jeder Hafenstadt entsteht, die von hungrigen Seeleuten mit zuviel Geld und schlauen Räubern, die es ihnen wieder abnehmen, wimmelt. Jedoch unterscheidet sich das Volk von Marseille von den übrigen Franzosen dadurch, daß es ein Solidaritätsgefühl hat, das vom gemeinsamen Existenzkampf herrührt, denn das Herzblut der Stadt kommt vom Meer, und die Fischer von Marseille gehören zur Fischerfamilie der ganzen Welt. Sie haben gleichermaßen Anteil an den Stürmen und den ruhigen Tagen, den plötzlichen Katastrophen und den reichen Ernten.

So kam es, daß Jacques Pages Nachbarn sich über sein Glück, eine solch unwahrscheinliche Tochter zu haben, freuten. Auch sie erkannten das Wunderbare, daß aus dem Mist der schmutzigen, ordinären Stadt eine echte Prinzessin hervorgegangen war.

Noelles Eltern kamen gar nicht über das Wunder der auserlesenen Schönheit ihrer Tochter hinweg. Noelles Mutter war eine plumpe Frau mit groben Zügen, Hängebrüsten, dicken Schenkeln und breiten Hüften. Noelles Vater war untersetzt, hatte breite Schultern und die kleinen mißtrauischen Augen eines Bretonen. Sein Haar hatte die Farbe des nassen Sandes an den Stränden der Normandie. Anfänglich hatte es ihm geschienen, als habe die Natur einen Fehler gemacht, als könnte dieses feine blonde Märchengeschöpf nicht wirklich ihm und seiner Frau gehören, und wenn Noelle älter würde, müßte sie ein gewöhnliches, hausbackenes Mädchen wie die anderen Töchter seiner Freunde werden. Aber das Wunder wuchs und gedieh weiter, und Noelle wurde jeden Tag schöner.

Noelles Mutter war über das Auftauchen einer goldhaarigen Schönheit in der Familie weniger überrascht als ihr Mann. Neun Monate vor Noelles Geburt war Noelles Mutter einem strammen norwegischen Matrosen, frisch auf Landurlaub, begegnet. Er war ein riesiger Wikingergott mit blondem Haar und freundlichem, verführerischem Grinsen. Während Jacques auf Arbeit war, hatte der Matrose eine geschäftige Viertelstunde in ihrem Bett in der kleinen Wohnung verbracht.

Noelles Mutter war vor Angst fast gestorben, als sie sah, wie blond und schön ihr Baby war. Sie lief nur noch in der Furcht herum, ihr Mann würde mit vorwurfsvollem Finger auf sie zeigen und die Identität des wahren Vaters wissen wollen. Doch unglaublicherweise ließ ein krankhaftes Geltungsbedürfnis ihn das Kind als das seine akzeptieren.

»Sie muß auf skandinavisches Blut in meiner Familie hinauskommen«, pflegte er gegenüber seinen Freunden zu prahlen, »aber ihr könnt selbst sehen, daß sie meine Gesichtszüge hat.«

Seine Frau hörte dann still zu, nickte zustimmend und dachte, was für Dummköpfe doch die Männer waren.

Noelle war gerne mit ihrem Vater zusammen. Sie liebte seine unbeholfene Munterkeit und die merkwürdigen, interessanten Gerüche, die ihm anhafteten, doch gleichzeitig fürchtete sie seine Heftigkeit. Mit großen Augen sah sie zu, wie er ihre Mutter anbrüllte und ihr ins Gesicht schlug und sein Hals vor Zorn schwoll. Ihre Mutter schrie vor Schmerz auf, aber da war etwas über ihre Schmerzensschreie hinaus, etwas Animalisches und Sexuelles, und Noelle spürte Stiche der Eifersucht und wünschte, sie wäre an ihrer Mutter Stelle.

Aber ihr Vater war immer gütig zu Noelle. Er nahm sie gerne mit zu den Docks hinunter und protzte mit ihr vor den rauhen, ungehobelten Männern, mit denen er arbeitete. Sie war dockauf, dockab als die Prinzessin bekannt und war stolz darauf, sowohl ihres Vaters als auch ihretwegen.

Sie wollte ihren Vater erfreuen, und weil er gerne aß, begann Noelle, für ihn zu kochen, machte ihm seine Lieblingsgerichte und ersetzte allmählich ihre Mutter in der Küche.

Mit siebzehn war die Verheißung von Noelles früher Schönheit mehr als erfüllt. Sie war zu einer äußerst feinen Frau herangereift. Sie hatte schöne zarte Züge, Augen von strahlendem Veilchenblau, und ihr Haar war seidig und aschblond. Ihre Haut war blühend und golden, als wäre sie in Honig getaucht worden. Ihre Figur war toll, sie hatte üppige, feste junge Brüste, eine schmale Taille, runde Hüften und lange, gutgeformte Beine mit zarten Knöcheln. Ihre Stimme klang deutlich, gedämpft und lieblich. Es war eine starke, schwelende Sinnlichkeit um Noelle, aber das war nicht eigentlich ihr Zauber. Ihr Zauber bestand darin, daß unter der Sinnlichkeit eine unberührte Insel der Unschuld zu liegen schien, und diese Kombination war unwiderstehlich. Sie konnte nicht die Straße hinuntergehen, ohne eindeutige Anträge von Passanten zu bekommen. Es waren nicht die üblichen Angebote, die die Dirnen von Marseille als tägliche Münze bekamen, denn selbst die stumpfsinnigsten Männer sahen etwas Besonderes in Noelle, etwas, was sie noch nie gesehen hatten und vielleicht nie wieder sehen würden, und jeder war bereit, so viel zu zahlen, wie er sich leisten konnte, um sie einmal, und sei es noch so kurz, zu besitzen.

Auch Noelles Vater war sich ihrer Schönheit bewußt. Tatsächlich dachte Jacques Page an kaum etwas anderes. Er war sich des Interesses, das Noelle bei den Männern erregte, bewußt. Obgleich weder er noch seine Frau je mit Noelle über Sex sprachen, hielt er es für sicher, daß sie ihre Jungfernschaft noch besaß, das kleine Kapital einer Frau. Sein schlauer Bauernverstand gab sich langen und ernsten Überlegungen hin, wie er aus dem Glücksfall, den die Natur ihm unerwartet in den Schoß gelegt hatte, am besten Nutzen ziehen könnte. Seine Aufgabe bestand darin, dafür zu sorgen, daß die Schönheit seiner Tochter sich für Noelle und für ihn so reichlich wie möglich bezahlt machte. Schließlich hatte er sie gezeugt, schließlich ernährte er sie, kleidete sie, schickte sie auf eine gute Schule – sie schuldete ihm alles. Und jetzt war die Zeit der Rückzahlung gekommen. Wenn er sie als die Geliebte eines reichen Mannes etablieren könnte, wäre es gut für sie, und er könnte das geruhsame Leben führen, das ihm zustand. Jeden Tag wurde es schwerer für einen ehrlichen Mann, sich seinen Lebensunterhalt zu verdienen. Der Schatten des Krieges hatte begonnen, sich über Europa auszubreiten. Die Nazis waren in einem blitzartigen Gewaltstreich, der Europa den Atem verschlug, in Österreich einmarschiert. Ein paar Monate später hatten die Nazis das Sudetenland besetzt und waren dann in die Slowakei einmarschiert. Trotz Hitlers Beteuerungen, er sei an weiteren Eroberungen nicht interessiert, hielt sich die Überzeugung, daß es einen größeren Konflikt geben werde.

Die Wucht der Ereignisse war in Frankreich deutlich zu spüren. Waren wurden knapp in den Geschäften und auf den Märkten, als die Regierung sich auf eine massive Verteidigung einzurichten und aufzurüsten begann. Bald, fürchtete Jacques, würde man den Fischfang einstellen, und was geschah dann mit ihm? Nein, die Antwort auf dieses Problem bestand darin, für seine Tochter einen geeigneten Liebhaber zu finden. Leider aber kannte er keine reichen Männer. Alle seine Freunde waren bettelarm wie er, und er hatte nicht die Absicht, einen Mann in ihre Nähe zu lassen, der seinen Preis nicht bezahlen konnte.

Der Ausweg aus Jacques Pages Dilemma wurde unbeabsichtigt von Noelle selbst herbeigeführt. In den letzten Monaten war Noelle zunehmend ruheloser geworden. Sie war nach wie vor eine gute Schülerin, aber die Schule begann sie zu langweilen. Sie sagte ihrem Vater, sie möchte sich eine Stelle suchen. Er betrachtete sie schweigend, wog schlau die Möglichkeiten ab.

»Was für eine Stelle?« fragte er.

»Ich weiß es nicht«, erwiderte Noelle. »Vielleicht könnte ich als Mannequin arbeiten, Papa.« – So einfach war das.

Jeden Nachmittag in der nächsten Woche ging Jacques Page nach der Arbeit nach Hause, badete sorgfältig, um den Fischgeruch aus seinen Händen und seinem Haar zu kriegen, zog seinen guten Anzug an und ging zur Canebière hinunter, der Hauptstraße, die vom alten Hafen der Stadt zu den reicheren Bezirken führte. Er ging die Straße auf und ab, sah sich alle Modesalons an, ein schwerfälliger Bauer in einer Welt von Seide und Spitzen, aber er wußte nicht noch kümmerte es ihn, daß er fehl am Platze war. Er hatte nur ein Ziel, und er fand es, als er das Bon Marché erreichte. Es war das feinste Modegeschäft in Marseille, aber das war nicht der Grund, warum er es wählte. Er wählte es, weil der Besitzer Monsieur Auguste Lanchon war. Lanchon war ein Fünfziger, ein häßlicher, glatzköpfiger Mann mit plumpen kurzen Beinen und einem lüsternen, ständig zuckenden Mund. Seine Frau, klein, mit dem Profil eines fein geschliffenen Beiles, arbeitete im Nähraum und überwachte laut die Schneider. Jacques warf einen einzigen Blick auf Monsieur Lanchon und seine Frau und wußte, daß er die Lösung seines Problems gefunden hatte.

Lanchon sah mit Abscheu den schäbig angezogenen Fremden durch die Tür seines Geschäftes treten. Er sagte grob: »Nun? Was kann ich für Sie tun?«

Jacques Page zwinkerte mit den Augen, bohrte seinen dicken Finger Lanchon in die Brust und grinste. »Es handelt sich darum, was ich für *Sie* tun kann, Monsieur. Ich werde meine Tochter bei Ihnen arbeiten lassen.«

Auguste Lanchon starrte mit einem Ausdruck der Ungläubigkeit den vor ihm stehenden Tölpel an.

»Was werden Sie –«

»Sie wird morgen um neun Uhr hier sein.«

»Ich verstehe nicht –«

Jacques Page war schon draußen. Ein paar Minuten später hatte Lanchon den Vorfall völlig vergessen. Um neun Uhr am anderen Morgen blickte Lanchon auf und sah Jacques Page in das Geschäft treten. Er wollte seinem Geschäftsführer schon sagen, er solle den Mann hinauswerfen, als er hinter ihm Noelle bemerkte. Sie kamen auf ihn zu, der Vater und seine unglaublich schöne Tochter, und der Alte grinste. »Da ist sie, bereit, die Stelle anzutreten.«

Auguste Lanchon starrte das Mädchen an und leckte sich über die Lippen.

»Guten Morgen, Monsieur«, sagte Noelle lächelnd. »Mein Vater sagte mir, Sie hätten eine Stelle für mich.«

Auguste Lanchon nickte, traute seiner eigenen Stimme nicht.

»Ja, ich – ich glaube, wir könnten etwas arrangieren«, brachte er stammelnd heraus. Er betrachtete ihr Gesicht und ihre Figur und konnte nicht glauben, was er da sah. Er konnte sich schon vorstellen, wie dieser nackte junge Körper sich unter ihm anfühlen würde.

Jacques Page sagte: »Nun, ich lasse Sie beide jetzt allein, damit Sie sich gegenseitig bekannt machen können«, schlug Lanchon kräftig auf die Schulter und zwinkerte dabei vieldeutig mit den Augen. Lanchon war sich über seine Absichten keineswegs im Zweifel.

Während der ersten paar Wochen kam Noelle sich vor, als wäre sie in eine andere Welt versetzt. Die Frauen, die in das Geschäft kamen, waren erstklassig angezogen und hatten ausgezeichnete Manieren, und die Männer ihrer Begleitung waren ganz anders als die ungehobelten lärmenden Fischer, mit denen sie aufgewachsen war. Es schien Noelle, daß sie zum ersten Mal in ihrem Leben keinen Fischgestank in der Nase hatte. Sie war sich seiner zwar nie bewußt gewesen, weil er immer ein Teil von ihr gewesen war. Jetzt aber hatte sich alles plötzlich verändert. Und das verdankte sie ihrem Vater. Sie war stolz darauf, wie gut er sich mit Monsieur Lanchon verstand. Er kam zwei- oder dreimal in der Woche ins Geschäft, und dann verschwanden die beiden schnell mal auf einen Cognac oder ein Bier, und wenn sie zurückkehrten, lag immer eine Atmosphäre der Kameradschaft um sie. Anfänglich hatte Noelle Monsieur Lanchon nicht gemocht, aber sein Benehmen ihr gegenüber war immer zurückhaltend. Von einem der Mädchen hatte sie gehört, Lanchons Frau habe ihn einmal im Lagerraum mit einem Modell *in flagranti* erwischt; darauf habe sie eine Schere ergriffen und ihn beinahe kastriert. Noelle merkte natürlich, daß Lanchons Augen ihr überallhin folgten, aber er war immer peinlich höflich. *Wahrscheinlich,* dachte sie mit Befriedigung, *hat er vor meinem Vater Angst.*

Zu Hause schien die Stimmung plötzlich viel freundlicher. Noelles Vater schlug ihre Mutter nicht mehr, und das ewige Gezanke hatte aufgehört. Es gab Steaks und Braten zum Essen, und nach dem Abendbrot zog Noelles Vater eine neue Pfeife hervor und füllte sie mit einem stark duftenden Tabak aus einem Lederbeutel. Er kaufte sich auch einen Sonntagsanzug. Die internationale Lage verschlechterte sich, und Noelle hörte sich die Unterhaltungen zwischen ihrem Vater und seinen Freunden an. Sie schienen alle über die bevorstehende Bedrohung ihrer Existenz beunruhigt, nur Jacques Page wirkte seltsam unbekümmert.

Am 1. September 1939 fielen Hitlers Truppen in Polen ein, und zwei Tage später erklärten Großbritannien und Frankreich Deutschland den Krieg.

Die Mobilmachung lief an, und über Nacht wimmelten die Straßen von Uniformen. Es hing eine Atmosphäre der Resignation über die Ereignisse in der Luft, ein Gefühl des *déjà vu,* als sähe man einen alten Film, den man früher schon gesehen hatte; aber es herrschte keine Furcht. Andere Länder mochten Grund haben, vor der Macht der deutschen Heere zu zittern, aber Frankreich war unbesiegbar. Es hatte die Maginot-Linie, eine unüberwindliche Festung, die Frankreich tausend Jahre lang vor einer Invasion schützen konnte. Es wurde ein Ausgehverbot verhängt und mit der

Rationierung von Lebensmitteln begonnen, aber diese Dinge kümmerten Jacques Page nicht. Er schien sich verändert zu haben, war ruhiger geworden. Nur ein einziges Mal erlebte Noelle einen Wutausbruch, als sie eines Abends in der verdunkelten Küche einen Jungen küßte, mit dem sie sich gelegentlich getroffen hatte. Plötzlich ging das Licht an, und Jacques Page stand zornbebend in der Tür.

»Raus!« schrie er den entsetzten Jungen an. »Und nimm die Hände von meiner Tochter weg, du dreckiges Schwein!«

Der Junge floh in panischem Schrecken. Noelle versuchte, ihrem Vater zu erklären, daß sie nichts Unrechtes getan hatten, aber er war zu wütend, um überhaupt hinzuhören.

»Ich dulde nicht, daß du dich wegwirfst«, brüllte er. »Der Bursche ist ein Niemand, nicht gut genug für meine Prinzessin.«

In jener Nacht lag Noelle wach, staunend, wie sehr ihr Vater sie liebte, und sie gelobte, nie wieder etwas zu tun, was ihn wieder betrüben könnte.

Eines Abends kam kurz vor Geschäftsschluß ein Kunde, und Lanchon bat Noelle, einige Kleider vorzuführen. Als Noelle fertig war, hatten alle, außer Lanchon und seiner Frau, die im Büro die Bücher machte, das Geschäft bereits verlassen. Noelle ging in den leeren Ankleideraum, um sich umzuziehen. Sie war in BH und Höschen, als Lanchon hereintrat. Er starrte sie an, und seine Lippen begannen zu zucken. Noelle schnappte ihr Kleid, doch ehe sie es anziehen konnte, trat Lanchon schnell auf sie zu und schob die Hand zwischen ihre Beine. In Noelle regte sich Abscheu, ihre Haut kribbelte. Sie wollte sich losreißen, aber Lanchon hielt sie fest gepackt, und er tat ihr weh.

»Du bist schön«, flüsterte er. »Schön. Ich werde dafür sorgen, daß du es gut hast.«

In diesem Augenblick rief Lanchons Frau nach ihm, und er ließ Noelle widerstrebend los und hastete aus dem Zimmer.

Auf dem Heimweg überlegte Noelle, ob sie ihrem Vater von dem Vorgefallenen erzählen sollte. Wahrscheinlich würde er Lanchon umbringen. Sie verabscheute ihn und ertrug seine Nähe nicht, und doch wollte sie die Stelle. Außerdem wäre ihr Vater vielleicht enttäuscht, wenn sie kündigte. Sie beschloß, zunächst einmal nichts zu sagen und selbst einen Ausweg zu finden.

Am Freitag danach wurde Madame Lanchon angerufen, ihre

Mutter in Vichy sei krank. Lanchon fuhr seine Frau zum Bahnhof und raste ins Geschäft zurück. Er ließ Noelle in sein Büro kommen und sagte ihr, er würde übers Wochenende mit ihr verreisen. Noelle starrte ihn an und glaubte zuerst, er mache Witze.

»Wir werden nach Vienne fahren«, stammelte er. »Dort gibt es eines der ganz großen Restaurants der Welt, Le Pyramide. Es ist teuer, aber das spielt keine Rolle, ich kann sehr großzügig zu denen sein, die nett zu mir sind. Wann kannst du fertig sein?«

Sie starrte ihn an. »Nie« war alles, was sie herausbrachte. Als sie sich umdrehte und nach vorn in den Laden flüchtete, blickte Monsieur ihr einen Augenblick wütend nach und riß dann den Telefonhörer auf seinem Schreibtisch hoch. Eine Stunde später trat Noelles Vater in das Geschäft. Er ging direkt auf Noelle zu, und ihr Gesicht leuchtete vor Erleichterung auf. Er hatte gefühlt, daß etwas nicht stimmte, und war ihr zu Hilfe gekommen. Lanchon stand an der Tür zu seinem Büro. Noelles Vater packte sie am Arm und zog sie in Lanchons Büro. Dort fuhr er herum und sah sie an.

»Ich bin so froh, daß du gekommen bist, Papa«, sagte Noelle, »ich –«

»Monsieur Lanchon erzählt mir, daß er dir ein großartiges Angebot machte, und du hast es abgelehnt.«

Sie starrte ihn verwirrt an. »Angebot? Er bat mich, übers Wochenende mit ihm wegzufahren.«

»Und du hast nein gesagt?«

Ehe sie antworten konnte, hatte ihr Vater auch schon die Hand gehoben und ihr eine schallende Ohrfeige gegeben. Sie stand in ungläubiger Verblüffung da, die Ohren klangen ihr, und wie durch einen trüben Nebel hörte sie ihren Vater sagen: »Du dumme Gans! Es wird Zeit, daß du anfängst, auch mal an andere zu denken, du egoistisches kleines Luder!« Und er gab ihr wieder eine Ohrfeige.

Dreißig Minuten später stand ihr Vater am Rinnstein und sah Noelle und Monsieur Lanchon nach Vienne abfahren.

Das Hotelzimmer bestand aus einem großen Doppelbett, billigen Möbeln und einem Waschständer mit Becken in einer Ecke. Monsieur Lanchon war nicht der Mann, der sein Geld zum Fenster hinauswarf. Er gab dem Hotelpagen ein kleines Trinkgeld, und sobald der draußen war, drehte Lanchon sich zu Noelle um und riß ihr die Kleider herunter. Er nahm ihre Brüste in seine heißen, feuchten Hände und preßte sie.

»Mein Gott, bist du schön«, sagte er keuchend. Er zog ihr Unterrock und Höschen aus und stieß sie aufs Bett. Noelle lag bewegungslos, gleichgültig da, als stünde sie unter einem Schock. Auf der ganzen Fahrt hatte sie kein Wort gesprochen. Lanchon hoffte, sie war nicht krank. Er könnte es der Polizei oder, Gott verhüte es, seiner Frau nicht erklären. Hastig zog er sich aus, warf die Kleidungsstücke auf den Boden und stieg dann neben Noelle aufs Bett. Ihr Körper war noch herrlicher, als er erwartet hatte.

»Dein Vater sagt mir, du seist noch nie gefickt worden.« Er grinste. »Nun, ich werde dir zeigen, wie ein Mann sich anfühlt.« Er wälzte seinen plumpen Leib auf sie und stieß ihr sein Organ zwischen die Beine. Er begann, immer stärker zuzustoßen, drängte sich in sie. Noelle fühlte nichts. In Gedanken hörte sie, wie ihr Vater sie anbrüllte. *Du solltest dankbar sein, einen so freundlichen Herrn wie Monsieur Lanchon zu haben, der für dich sorgen will. Du brauchst bloß nett zu ihm zu sein. Du wirst es für mich tun. Und für dich selbst.* Die ganze Szene war ein Alpdruck gewesen. Sie war sicher, daß ihr Vater sie irgendwie mißverstanden hatte, aber als sie erklären wollte, hatte er sie wieder geschlagen und geschrien: »Du wirst tun, was man dir sagt. Andere Mädchen wären dankbar für eine solche Chance.« *Eine solche Chance.* Sie blickte zu Lanchon auf, zu dem vierschrötigen häßlichen Körper, dem keuchenden Tiergesicht mit den Schweinsäuglein. Das war also der Prinz, an den ihr Vater sie verkauft hatte, ihr geliebter Vater, der sie wie seinen Augapfel hütete und es nicht ertrug, daß sie sich an einen Unwürdigen verschwendete. Und die Steaks, die plötzlich auf dem Tisch erschienen waren, kamen ihr in den Sinn und die neuen Pfeifen ihres Vaters und sein neuer Anzug – und sie wollte sich übergeben.

Es schien Noelle, daß sie in den nächsten paar Stunden starb und wiedergeboren wurde. Sie war als Prinzessin gestorben und als Hure wiedergeboren. Langsam war sie sich ihrer Umgebung und was mit ihr geschah bewußt geworden. Sie war von einem Haß erfüllt, wie sie ihn nicht für möglich gehalten hatte. Ihrem Vater würde sie seinen Verrat nie vergeben. Seltsamerweise haßte sie Lanchon nicht, denn sie verstand ihn. Er war ein Mann mit der allen Männern gemeinsamen Schwäche. Von jetzt an, beschloß Noelle, sollte diese Schwäche ihre Stärke werden. Sie würde lernen, sie zu benutzen. Ihr Vater hatte eigentlich recht gehabt. Sie *war* eine Prinzessin, und die Welt gehörte wirklich ihr. Und jetzt wußte sie, wie sie sie erobern konnte. Es war so einfach. Die Männer beherrschten die Welt, weil sie die Kraft, das Geld und die Macht hatten; daher mußte man die Männer, oder zumindest einen, beherrschen. Aber dafür mußte man gerüstet sein. Sie hatte noch viel zu lernen. Und das war der Anfang.

Sie wandte ihre Aufmerksamkeit Monsieur Lanchon zu. Sie lag unter ihm, erlebte das männliche Organ in sich und was es einer Frau bedeuten konnte.

In seiner Raserei über dieses schöne Geschöpf unter seinem dicken, rammelnden Körper merkte Lanchon gar nicht, daß Noelle bloß dalag, aber es war ihm auch gleichgültig. Es genügte, daß sich seine Augen an ihr weideten, um ihn zu den höchsten Höhen der Leidenschaft zu führen, wie er es in Jahren nicht erlebt hatte. Er war an den auf ihn eingespielten Körper seiner Frau und die müde Ware der Huren von Marseille gewöhnt, und dieses frische junge Mädchen unter ihm war wie ein plötzliches Wunder in seinem Leben.

Aber für Lanchon begann das Wunder erst. Nachdem er Noelle zum zweiten Mal umarmt und sich ausgegeben hatte, sagte sie: »Lieg still.« Sie begann, mit ihrer Zunge, ihrem Mund und ihren Händen an ihm zu experimentieren, versuchte neue Varianten, fand die weichen, empfindlichen Stellen seines Körpers und machte sich an ihnen zu schaffen, bis Lanchon vor Lust laut aufschrie. Es war, als drückte sie eine Reihe von Knöpfen. Wenn Noelle *dies* tat, stöhnte er, und wenn sie *das* machte, wand er sich in Verzückung. Es war so leicht. Dies war ihre Schule, ihre Erziehung. Es war der Anfang der Macht.

Sie verbrachten drei Tage da und gingen nicht ein einziges Mal in Le Pyramide, und in diesen Tagen und Nächten brachte Lanchon ihr das wenige bei, das er von Sex kannte, und Noelle entdeckte sehr viel mehr.

Als sie nach Marseille zurückfuhren, war Lanchon der glücklichste Mann von ganz Frankreich. Früher hatte er flüchtige Liebschaften mit Ladenmädchen in den Chambres séparées eines Restaurants gehabt; er hatte mit Prostituierten gefeilscht, war knickerig mit Geschenken für seine Geliebten und notorisch knauserig gegenüber Frau und Kindern gewesen. Jetzt erklärte er großmütig: »Ich werde dich in einem Appartement unterbringen, Noelle. Kannst du kochen?«

»Ja«, erwiderte Noelle.

»Gut. Ich werde jeden Tag zum Mittagessen zu dir kommen, und dann umarmen wir uns. Und an zwei oder drei Abenden der Woche komme ich zum Abendessen.« Er legte ihr die Hand aufs Knie, tätschelte es. »Wie klingt das?«

»Es klingt wundervoll«, entgegnete Noelle.

»Ich werde dir sogar ein Taschengeld geben. Kein großes«, fügte er schnell hinzu, »aber genug, daß du von Zeit zu Zeit ausgehen und dir hübsche Sachen kaufen kannst. Ich verlange nur, daß du niemanden außer mir empfängst. Du gehörst jetzt mir.«

»Wie du wünschst, Auguste«, sagte sie.

Lanchon seufzte zufrieden, und als er sprach, klang seine Stimme zärtlich: »Ich habe noch bei niemand je ein solches Gefühl gehabt. Und weißt du, warum?«

»Nein, Auguste.«

»Weil du mich wieder jung machst. Du und ich werden ein wundervolles Leben zusammen haben.«

Sie kamen spätabends in Marseille an, fuhren schweigend, Lanchon mit seinen Träumen beschäftigt, Noelle mit den ihren.

»Ich sehe dich morgen um neun Uhr im Geschäft wieder«, sagte Lanchon. Er überlegte. »Wenn du aber morgen früh müde bist, dann schlaf ein bißchen länger. Komm um halb zehn.«

»Danke, Auguste.«

Er zog eine Handvoll Francs aus der Tasche und hielt sie ihr hin.

»Da. Morgen nachmittag siehst du dich nach einer Wohnung um. Damit leistest du eine Anzahlung, um sie uns zu sichern, bis ich sie besichtigen kann.«

Sie starrte die Francs in seiner Hand an.

»Ist was nicht in Ordnung?« fragte Lanchon.

»Ich möchte, daß wir eine wirklich schöne Wohnung haben«, sagte Noelle, »in der wir uns wohl fühlen.«

»Ich bin kein reicher Mann«, wandte er ein.

Noelle lächelte verständnisvoll und legte ihm die Hand auf den Schenkel. Lanchon sah sie lange an und nickte dann.

»Du hast recht«, sagte er. Er faßte in seine Brieftasche und begann, Francnoten herunterzublättern, wobei er ihr Gesicht aufmerksam beobachtete.

Als sie zufrieden schien, hörte er auf, über seine eigene Großzügigkeit errötend. Was spielte es schließlich für eine Rolle? Lanchon war ein geriebener Geschäftsmann; er wußte, dies würde sicherstellen, daß Noelle ihn nie verließ.

Noelle sah ihm nach, als er glücklich davonfuhr, dann ging sie nach oben, packte ihre Sachen und nahm ihre Ersparnisse aus einem Versteck. Um zehn Uhr nachts saß sie im Zug nach Paris.

Als der Zug am frühen Morgen in Paris einfuhr, wimmelte die PLM-Station von ungeduldigen Reisenden, die soeben angekommen waren, und solchen, die ebenso ungeduldig aus der Stadt flüchteten. Der Lärm auf dem Bahnhof war betäubend, die Leute schrien durcheinander, begrüßten sich fröhlich oder nahmen tränenreichen Abschied voneinander, stießen und schoben sich grob durch die Menge, aber Noelle hatte nichts dagegen. In dem Augenblick, in dem sie den Fuß vom Trittbrett des Zuges setzte, ehe sie überhaupt eine Möglichkeit hatte, die Stadt zu sehen, wußte sie, daß sie hier zu Hause war. Marseille schien eine fremde Stadt und Paris die Stadt, in die sie gehörte. Es war ein merkwürdiges, berauschendes Gefühl, und Noelle schwelgte darin, saugte die Geräusche, die Menge, die Erregung förmlich in sich ein. Es gehörte alles ihr. Sie brauchte es jetzt nur noch zu fordern. Sie nahm ihr Köfferchen und ging zum Ausgang.

Draußen im hellen Sonnenschein und in dem wie verrückt hin- und herflitzenden Verkehr zögerte Noelle, denn sie wurde sich plötzlich bewußt, daß sie kein Heim hatte. Ein halbes Dutzend Taxen stand aufgereiht vor dem Bahnhof. Sie stieg in die erste ein.

»Wohin?«

Sie zögerte. »Könnten Sie mir ein nettes, preiswertes Hotel empfehlen?«

Der Fahrer drehte sich um und sah sie abschätzend an. »Sind Sie neu in der Stadt?«

»Ja.«

Er nickte. »Sie werden eine Stelle brauchen, nehme ich an.«

»Ja.«

»Da haben Sie Glück«, sagte er. »Haben Sie schon mal als Mannequin gearbeitet?«

Noelles Herz hüpfte. »Ja, habe ich tatsächlich«, sagte sie.

»Meine Schwester arbeitet für eines der großen Modehäuser«, teilte er ihr vertraulich mit. »Gerade heute morgen erwähnte sie, eines der Mädchen habe gekündigt. Wollen Sie sehen, ob die Stelle noch frei ist?«

»Das wäre wunderbar«, erwiderte Noelle.

»Wenn ich Sie hinfahre, kostet das zehn Francs.«

Sie runzelte die Stirn.

»Es lohnt sich«, versprach er.

»Nun gut.« Sie lehnte sich zurück. Der Fahrer setzte den Wagen in Gang und fädelte sich in den wahnsinnigen Verkehr in Richtung Stadtzentrum ein. Er schwatzte unentwegt während der Fahrt, aber Noelle hörte kein Wort. Sie genoß in vollen Zügen den Anblick ihrer Stadt. Sie nahm an, daß Paris wegen der Verdunkelung gedämpfter war als gewöhnlich, aber Noelle kam die Stadt wie ein reines Wunder vor. Sie hatte eine ganz eigene Eleganz, einen Stil, ja, sogar einen eigenen Duft. Sie kamen an Notre-Dame vorbei, fuhren über den Pont Neuf zum rechten Ufer und bogen in Richtung des Marschall Foch Boulevard ein. In der Ferne konnte Noelle den die Stadt beherrschenden Eiffelturm sehen. Durch den Rückspiegel sah der Fahrer ihren Gesichtsausdruck.

»Hübsch, was?«

»Es ist schön«, antwortete Noelle ruhig. Sie konnte immer noch nicht glauben, daß sie hier war. Es war ein für eine Prinzessin geeignetes Königreich ... für sie.

Die Taxe hielt vor einem dunkelgrauen Sandsteinhaus in der Rue de Provence.

»Wir sind da«, erklärte der Fahrer. »Das sind zwei Francs auf dem Taxameter und zehn Francs für mich.«

»Woher soll ich wissen, daß die Stelle noch zu haben ist?« fragte Noelle.

Der Fahrer zuckte die Schultern. »Ich sagte Ihnen ja, das Mädchen ist erst heute morgen gegangen. Wenn Sie nicht hineingehen wollen, bringe ich Sie zum Bahnhof zurück.«

»Nein«, erwiderte Noelle schnell. Sie öffnete ihre Handtasche, nahm zwölf Francs heraus und reichte sie dem Fahrer. Der starrte auf das Geld und sah sie dann an. Verlegen langte sie in ihre Tasche und gab ihm noch einen Franc.

Er nickte und sah zu, wie sie ihr Köfferchen aus der Taxe hob.

Als er wegfahren wollte, fragte Noelle: »Wie heißt Ihre Schwester?«

»Jeanette.«

Noelle stand am Rinnstein und sah der davonfahrenden Taxe nach. Dann drehte sie sich um und sah sich das Haus an. An der Vorderfront war kein Schild, aber sie nahm an, daß ein fashionables Modehaus kein Schild brauchte. Jedermann wüßte, wo er es finden konnte. Sie hob ihr Köfferchen, ging zur Tür und läutete. Einige Augenblicke später wurde die Tür von einem Dienstmädchen in schwarzer Schürze geöffnet. Sie sah Noelle ausdruckslos an.

»Ja?«

»Entschuldigen Sie«, sagte Noelle, »wie ich höre, ist hier eine Stelle als Mannequin frei.«

Das Mädchen starrte sie blinzelnd an.

»Wer hat Sie geschickt?«

»Jeanettes Bruder.«

»Kommen Sie herein.« Sie öffnete die Tür weiter, und Noelle trat in eine im Stil um 1800 herum gehaltene Empfangshalle. Ein riesiger Lüster hing von der Decke, einige weitere waren in der Halle verteilt, und durch eine offene Tür konnte Noelle ein mit antiken Möbeln eingerichtetes Wohnzimmer und eine nach oben führende Treppe sehen. Auf einem schönen Tisch mit Intarsien lagen Nummern des *Figaro* und des *Echo de Paris*. »Warten Sie hier. Ich werde fragen, ob Madame Delys Zeit hat, Sie jetzt zu empfangen.«

»Danke«, sagte Noelle. Sie stellte ihr Köfferchen auf den Boden und trat vor einen großen Wandspiegel. Ihre Kleider waren von der Bahnfahrt zerknittert, und plötzlich bedauerte sie, in ihrer Impulsivität hierhergefahren zu sein, ohne sich vorher frisch gemacht zu haben. Es war wichtig, einen guten Eindruck zu machen. Trotzdem, wie sie sich prüfend betrachtete, wußte sie, daß sie schön aussah. Sie wußte dies ohne Einbildung, nahm ihre Schönheit als einen Vermögenswert hin, den man benutzen konnte wie jeden anderen auch. Noelle drehte sich um, als sie im Spiegel ein Mädchen die Treppe herunterkommen sah. Das Mädchen hatte eine gute Figur und ein hübsches Gesicht, trug einen langen braunen Rock und eine hochgeschlossene Bluse. Offenbar war die Qualität der Mannequins hier hoch. Sie warf Noelle ein kurzes Lächeln zu und ging ins Wohnzimmer. Einen Augenblick später trat Madame

Delys ein. Sie war eine Vierzigerin, war klein und untersetzt und hatte kalte, berechnende Augen. Sie trug ein Kleid, das nach Noelles Schätzung mindestens zweitausend Francs gekostet haben mußte.

»Regina sagte mir, Sie suchen eine Stellung«, sagte sie.

»Ja, Madame«, erwiderte Noelle.

»Wo kommen Sie her?«

»Marseille.«

Madame Delys schnaubte. »Der Laufstall betrunkener Seeleute.«

Noelle machte ein langes Gesicht.

Madame Delys tätschelte ihr die Schulter. »Macht nichts, meine Liebe. Wie alt sind Sie?«

»Achtzehn.«

Madame Delys nickte. »Das ist gut. Ich glaube, Sie werden meinen Kunden gefallen. Haben Sie Verwandte in Paris?«

»Nein.«

»Ausgezeichnet. Können Sie gleich mit der Arbeit beginnen?«

»O ja«, versicherte Noelle eifrig.

Von oben drang das Geräusch von Lachen herunter, und einen Augenblick später kam ein rothaariges Mädchen am Arm eines dicken Mannes mittleren Alters die Treppe herunter. Das Mädchen trug nur ein dünnes Negligé.

»Schon fertig?« fragte Madame Delys.

»Ich habe Angela erschöpft«, sagte der Mann grinsend. Dann sah er Noelle. »Wer ist diese kleine Schönheit?«

»Das ist Yvette, unser neues Mädchen«, sagte Madame Delys und fügte ohne zu zögern hinzu: »Sie kommt aus Antibes, ist die Tochter eines Prinzen.«

»Ich habe noch nie eine Prinzessin gepimpert«, rief der Mann aus. »Wieviel?«

»Fünfzig Francs.«

»Machen Sie keine Witze. Dreißig.«

»Vierzig. Und glauben Sie mir, Sie bekommen etwas für Ihr Geld.«

»Gemacht.«

Sie drehte sich nach Noelle um. Sie war verschwunden.

Noelle lief stundenlang durch die Straßen von Paris. Sie schlenderte die Champs-Elysées entlang, die eine Seite hinunter und die andere hinauf, wanderte durch die Lido Arcade und blieb vor jedem Geschäft stehen, um auf die unglaubliche Fülle von Schmuck und Kleidern und Lederwaren und Parfüms zu starren, und sie fragte sich, wie Paris aussah, als es noch *keine* Knappheit gab. Die in den Schaufenstern ausgestellten Waren waren verwirrend, und während ein Teil von ihr sich wie eine Bauerntrine vorkam, wußte ein anderer Teil, daß diese Dinge ihr eines Tages gehören würden. Sie ging durch den Bois und die Rue du Faubourg-St.-Honoré hinunter und die Avenue Victor-Hugo entlang, bis sie müde und hungrig wurde. Ihre Handtasche und ihr Köfferchen hatte sie bei Madame Delys zurückgelassen, hatte aber nicht die Absicht zurückzugehen. Sie würde ihre Sachen abholen lassen.

Noelle war von dem, was sich da ereignet hatte, weder schockiert noch aus der Fassung gebracht. Sie kannte einfach den Unterschied zwischen einer Kurtisane und einer Hure. Huren veränderten den Gang der Geschichte nicht; Kurtisanen konnten dies. Inzwischen war sie ohne einen Sou. Sie mußte einen Weg finden, sich über Wasser zu halten, bis sie morgen eine Stelle finden konnte. Die Dämmerung begann den Himmel zu streifen, und die Geschäftsleute und Hotelportiers waren eifrig damit beschäftigt, die Verdunkelungsrollos gegen mögliche Luftangriffe herunterzuziehen. Um ihr unmittelbares Problem zu lösen, mußte Noelle jemanden finden, der ihr ein gutes warmes Abendbrot spendierte. Sie fragte einen Gendarm nach dem Weg und steuerte dann aufs Hotel Crillon zu. Außen bedeckten abstoßende eiserne Rolläden die Fenster, aber die Halle innen war ein Meisterstück gedämpfter Eleganz, gemütlich und unauffällig. Noelle ging selbstsicher hinein, als ob sie da hingehörte, und nahm in einem Sessel gegenüber dem Aufzug Platz. Sie hatte so etwas noch nie gemacht und war ein bißchen nervös. Aber sie erinnerte sich, wie leicht es gewesen war, mit Auguste Lanchon umzugehen. Die Männer waren wirklich sehr unkompliziert. Es gab nur eine Lehre, die ein Mädchen zu beherzigen hatte: Ein Mann war weich, wenn er hart war, und hart, wenn er weich war. Man mußte also nur dafür sorgen, daß er hart blieb, bis er einem gab, was man haben wollte. Und als Noelle sich in der Halle umblickte, kam sie zu dem Schluß, daß es ein leichtes sein würde, die Aufmerksamkeit eines einsamen Mannes auf sich zu ziehen, der vielleicht gerade auf dem Weg zum Abendessen war.

»Pardon, Mademoiselle.«

Noelle wandte den Kopf und blickte zu einem großen Mann in einem dunklen Anzug auf. Sie hatte noch nie in ihrem Leben einen Detektiv gesehen, aber hier hatte sie gar keinen Zweifel.

»Warten Mademoiselle auf jemanden?«

»Ja«, erwiderte Noelle und versuchte, ihre Stimme ruhig zu halten. »Ich warte auf einen Freund.«

Plötzlich war sie sich ihres zerknitterten Kleides und des Fehlens einer Handtasche heftig bewußt.

»Ist Ihr Freund ein Hotelgast?«

Sie bekam es plötzlich mit der Angst zu tun. »Er – äh – nicht eigentlich.«

Er sah Noelle einen Augenblick prüfend an und sagte dann in scharfem Ton: »Kann ich Ihren Ausweis sehen?«

»Ich – ich habe ihn nicht bei mir«, stammelte sie.

Der Detektiv sagte: »Würden Mademoiselle bitte mitkommen?« Er packte sie fest am Arm, und sie stand auf.

In diesem Augenblick nahm jemand ihren anderen Arm und sagte: »Entschuldige, daß ich mich verspätet habe, Chérie, aber du kennst ja diese verdammten Cocktail-Parties. Man muß sich mit Gewalt losreißen. Hast du lange gewartet?«

Noelle fuhr erstaunt zu dem Sprecher herum. Es war ein großer hagerer, zäh wirkender Mann, der eine ausländische, ungewohnte Uniform trug. Er hatte blauschwarzes Haar, und die Farbe seiner Augen war wie eine dunkle, stürmische See, dazu lange, dichte Wimpern. Seine Gesichtszüge glichen dem Bildnis auf einer alten florentinischen Münze. Es war ein unregelmäßiges Gesicht, dessen beide Hälften nicht ganz zusammenpaßten, als ob die Hand des Prägers einen Augenblick ausgerutscht wäre. Ein außerordentlich lebhaftes und veränderliches Gesicht; man hatte den Eindruck, es sei bereit zu lächeln, zu lachen, sich zu verfinstern. Das einzige, was es davor bewahrte, weibisch schön zu sein, war ein kräftiges, maskulines Kinn mit einem tiefen Spalt.

Er machte eine Bewegung zum Detektiv hin. »Hat dieser Mann dich belästigt?« Seine Stimme klang tief, und er sprach französisch mit einem ganz leichten Akzent.

»N-nein«, antwortete Noelle verwirrt.

»Verzeihung, Sir«, sagte der Hoteldetektiv. »Ein Mißverständnis. Wir haben seit einiger Zeit hier Ärger mit ...« Er wandte sich an Noelle. »Entschuldigen Sie bitte, Mademoiselle.«

Der Fremde drehte sich zu Noelle um. »Nun, ich weiß nicht. Was meinst du?«

Noelle schluckte und nickte schnell.

Der Mann sah den Detektiv an. »Mademoiselle ist großzügig. Aber seien Sie in Zukunft vorsichtig.« Er nahm Noelles Arm, und sie gingen auf die Tür zu.

Als sie auf die Straße traten, sagte Noelle: »Ich weiß gar nicht, wie ich Ihnen danken soll, Monsieur.«

»Ich konnte Polizisten nie leiden.« Der Fremde grinste. »Soll ich Ihnen eine Taxe besorgen?«

Noelle starrte ihn an, und wieder stieg panischer Schrecken in ihr hoch, als sie sich ihre Lage vergegenwärtigte. »Nein.«

»Schön. Gute Nacht.« Er ging zum Stand hinüber und wollte in eine Taxe steigen, blickte sich noch einmal um und sah sie angewurzelt dastehen und ihm nachblicken. Im Hoteleingang stand der Detektiv. Der Fremde zögerte, dann ging er zu Noelle zurück. »Verschwinden Sie lieber hier«, riet er ihr, »unser Freund interessiert sich immer noch für Sie.«

»Ich weiß nicht, wo ich hingehen soll«, erwiderte sie.

Er nickte und faßte in die Tasche.

»Ich möchte Ihr Geld nicht«, sagte sie schnell.

Er sah sie erstaunt an. »Was wollen Sie dann?« fragte er.

»Mit Ihnen Abendbrot essen.«

Er lächelte und sagte: »Tut mir leid, ich habe eine Verabredung und bin schon zu spät dran.«

»Dann gehen Sie nur«, sagte sie. »Ich werde mich schon zurechtfinden.«

Er schob die Noten in die Tasche zurück. »Wie Sie meinen, Schätzchen«, sagte er. »Au 'voir.« Er drehte sich um und ging wieder zu der Taxe zurück. Noelle sah ihm nach und fragte sich, was mit ihr nicht stimmte. Sie wußte, sie hatte sich dumm benommen, aber sie wußte auch, daß sie nicht anders hätte handeln können. Vom ersten Augenblick hatte sie etwas nie zuvor Empfundenes gefühlt, eine so starke Welle der Erregung, daß sie sie beinahe hätte berühren können. Sie kannte nicht einmal seinen Namen und würde ihn wahrscheinlich nie mehr wiedersehen. Noelle warf einen verstohlenen Blick zum Hotel hinüber und sah den Detektiv entschlossen auf sich zukommen. Es war ihre eigene Schuld. Diesmal würde sie sich nicht herausreden können. Sie spürte eine Hand auf ihrer Schulter, und als sie sich umdrehte, um zu sehen, wer es war, hakte der Fremde sie unter und zog sie zum Taxi hin, öffnete schnell die Tür und stieg neben ihr ein. Er nannte dem Fahrer eine Adresse. Der am Rinnstein stehende Detektiv starrte dem davonfahrenden Taxi nach.

»Was ist mit Ihrer Verabredung?« fragte Noelle.

»Es ist eine Party«, sagte er schulterzuckend. »Einer mehr oder weniger spielt keine Rolle. Ich heiße Larry Douglas. Wie heißen Sie?«

»Noelle Page.«

»Wo kommen Sie her, Noelle?«

Sie blickte ihn an, sah ihm in die leuchtend-dunklen Augen und antwortete: »Antibes. Ich bin die Tochter eines Prinzen.«

Er lachte, entblößte seine ebenmäßigen Zähne.

»Das ist aber nett, Prinzessin«, sagte er.

»Sind Sie Engländer?«

»Amerikaner.«

Sie musterte seine Uniform. »Amerika ist nicht im Krieg.«

»Ich bin in der britischen RAF«, erklärte er. »Sie hat soeben eine Kampfgruppe amerikanischer Flieger aufgestellt. Sie nennt sich Adler-Staffel.«

»Aber warum kämpfen Sie für England?«

»Weil England für uns kämpft«, sagte er. »Wir wissen es bloß noch nicht.«

Noelle schüttelte den Kopf. »Das glaube ich nicht. Hitler ist ein Boche-Clown.«

»Vielleicht. Aber ein Clown, der weiß, was die Deutschen wollen: die Welt beherrschen.«

Noelle hörte fasziniert zu, als Larry über Hitlers Strategie sprach, den plötzlichen Austritt aus dem Völkerbund, den gemeinsamen Verteidigungspakt mit Japan und Italien. Sie war nicht fasziniert von dem, was er sagte, sondern von seinem Gesicht, dessen Anblick sie genoß, während er sprach. Seine dunklen Augen blitzten vor Begeisterung, leuchteten von einer überwältigenden, unwiderstehlichen Vitalität.

Noelle hatte noch niemanden wie ihn kennengelernt. Er war – Seltenheit aller Seltenheiten – ein Verschwender seiner selbst. Er war offenherzig, freundlich und lebhaft, genoß das Leben und sorgte dafür, daß jeder in seiner Umgebung es auch genoß. Er war wie ein Magnet, der jeden, der sich ihm näherte, in seine Einflußsphäre zog.

Die Party, von der er gesprochen hatte, fand in einer kleinen Wohnung in der Rue Chemin Vert statt. In der Wohnung drängten sich lachende, schreiende Menschen, von denen die meisten jung waren. Larry stellte Noelle der Gastgeberin vor, einem raubvogelartigen, sexy aussehenden Rotkopf, und wurde dann von der Menge verschluckt. Dann und wann erhaschte Noelle einen flüchtigen Blick von ihm, umgeben von eifrigen jungen Mädchen, von denen jede versuchte, seine Aufmerksamkeit für sich einzufangen. Und doch hatte er nichts Egozentrisches an sich, dachte Noelle. Als wäre er sich gar nicht bewußt, wie attraktiv er war. Jemand brachte Noelle etwas zu trinken, und jemand anders erbot sich, ihr vom Büfett etwas zu essen zu bringen, aber plötzlich hatte sie keinen Hunger mehr. Sie wollte bei dem Amerikaner sein, wollte ihn von den Mädchen, die ihn umdrängten, weglotsen. Männer traten an sie heran und versuchten, sich mit ihr zu unterhalten, aber Noelles Gedanken waren woanders. Seit sie eingetreten waren, hatte der Amerikaner sie völlig übersehen, hatte getan, als existiere sie nicht. *Und warum nicht?* dachte Noelle. Warum sollte er sich um sie kümmern, wo er jedes Mädchen auf der Party haben konnte. Zwei Männer versuchten, sie in eine Unterhaltung zu verwickeln, aber sie konnte sich nicht konzentrieren. Der Raum war plötzlich unerträglich warm geworden. Sie überlegte sich, wie sie entkommen könnte.

Eine Stimme sagte in ihr Ohr: »Gehen wir«, und kurz darauf standen sie und der Amerikaner auf der Straße in der kühlen Nachtluft. Die Stadt war dunkel und still in Erwartung der unsichtbaren Deutschen am Himmel, und die Autos glitten geräuschlos wie Fische in einer schwarzen See durch die Straßen.

Sie konnten keine Taxe finden, also gingen sie zu Fuß, aßen in einem kleinen Bistro auf der Place des Victoires zu Abend, und Noelle entdeckte, daß sie vor Hunger fast starb. Sie betrachtete den ihr gegenübersitzenden Amerikaner prüfend und fragte sich, was ihr geschehen war. Es war, als hätte er einen Quell tief in ihrem Inneren berührt, von dessen Vorhandensein sie nie etwas gewußt hatte. Sie war noch nie so glücklich gewesen. Sie unterhielten sich über alles. Sie schilderte ihm ihr Milieu, und er erzählte ihr, daß er aus Süd-Boston komme und Boston-Irländer sei.

»Wo haben Sie so gut Französisch gelernt?« fragte Noelle.

»Ich war als Kind im Sommer immer in Cap d'Antibes. Mein alter Herr war ein Börsenmagnat, bis die Bären ihn erledigten.«

»Bären?«

Larry mußte ihr die geheimnisvollen Techniken der Effektenbörse in Amerika erklären. Noelle war es gleich, worüber er redete, solange er nur redete.

»Wo leben Sie?«

»Nirgends.« Sie erzählte ihm von dem Taxichauffeur und Madame Delys und dem dicken Mann, der sie tatsächlich für eine Prinzessin hielt und vierzig Francs für sie bot, und Larry lachte lauthals.

»Wissen Sie noch, wo das Haus ist?«

»Ja.«

»Kommen Sie, Prinzessin.«

Als sie vor dem Haus in der Rue de Provence ankamen, wurde die Tür von demselben uniformierten Dienstmädchen geöffnet. Ihre Augen leuchteten auf, als sie den gutaussehenden Amerikaner sah, und verdüsterten sich, als sie sah, wer bei ihm war.

»Wir möchten Madame Delys sprechen«, sagte Larry. Er und Noelle traten in die Empfangshalle. Dahinter, im Wohnzimmer, saßen mehrere Mädchen. Das Dienstmädchen verschwand, und ein paar Minuten darauf trat Madame Delys ein. Sie wandte sich an Noelle: »Ah, ich hoffe, Sie haben sich's anders überlegt.«

»Nein«, sagte Larry freundlich. »Sie haben hier etwas, was der Prinzessin gehört.«

Madame Delys sah ihn fragend an.

»Ihr Köfferchen und ihre Handtasche.«

Madame zögerte einen Augenblick und ging dann hinaus. Ein paar Minuten später kehrte das Dienstmädchen mit Noelles Handtasche und Koffer zurück.

»*Merci*«, sagte Larry. »Gehen wir, Prinzessin.«

In jener Nacht ging Noelle mit Larry in ein kleines sauberes Hotel in der Rue Lafayette. Es gab nichts darüber zu reden, war für beide unvermeidbar geworden. Ihre Umarmung in jener Nacht war aufregender als alles, was Noelle je gekannt hatte, ein wilder, primitiver Ausbruch, der beide schüttelte. Die ganze Nacht lag sie in Larrys Armen, hielt ihn fest, war glücklicher, als sie es sich je erträumt hatte.

Als sie am Morgen aufwachten, umarmten sie sich wieder und gingen aus, um die Stadt zu erforschen. Larry war ein großartiger Fremdenführer, und er ließ Paris als ein reizendes Spielzeug zu Noelles Belustigung erscheinen. Sie aßen in den Tuilerien zu Mittag, verbrachten den Nachmittag in Malmaison und wanderten stundenlang um die Place des Vosges am Ende von Notre-Dame, das älteste, von Ludwig XIII. erbaute Viertel von Paris. Er zeigte ihr Orte, die abseits von den Touristenströmen lagen, Maubert mit seinem pittoresken Straßenmarkt und den Quai de la Mégisserie mit seinen Käfigen voll buntgefiederter Vögel und kreischender Tiere. Er führte sie durch den Marché de Buci, und sie hörten sich den Lärm der Verkäufer an, die die Vorzüge ihrer frischen Tomaten, ihrer auf Seetang gebetteten Austern, ihrer sauber mit Etikett versehenen Käsesorten anpriesen. Sie gingen zum Du Pont auf dem Montparnasse, aßen im Bateau Mouche zu Abend und landeten schließlich um vier Uhr morgens in Les Halles bei einer Zwiebelsuppe, zusammen mit den Fleischern und LKW-Fahrern. Und ehe sie sich's versahen, hatte Larry eine Menge Freunde gewonnen, und Noelle merkte, daß dies von seiner Gabe zu lachen herrührte. Er hatte ihr das Lachen beigebracht, und sie hatte gar nicht gewußt, daß sie lachen konnte. Es war wie das Geschenk eines Gottes. Sie war Larry dankbar und war sehr in ihn verliebt. Es dämmerte schon, als sie in ihr Hotelzimmer zurückkamen. Noelle war erschöpft, doch Larry war voll Energie, ein ruheloser Dynamo. Noelle lag im Bett und betrachtete ihn, wie er am Fenster stand und die Sonne über den Dächern von Paris aufgehen sah.

»Ich liebe Paris«, sagte er. »Es ist wie ein Tempel für die besten Dinge, die die Menschen je gemacht haben. Es ist eine Stadt der Schönheit, des guten Essens und der Liebe.« Er drehte sich grinsend zu ihr um. »Nicht notwendigerweise in dieser Reihenfolge.«

Noelle sah zu, wie er sich auszog und neben ihr ins Bett kletterte. Sie hielt ihn, liebte es, ihn zu fühlen, liebte seinen männlichen Geruch. Sie dachte an ihren Vater und wie er sie verraten hatte. Es war ein Irrtum von ihr gewesen, alle Männer nach ihm und Auguste Lanchon zu beurteilen. Jetzt wußte sie, daß es Männer wie Larry Douglas gab. Und sie wußte auch, daß es nie mehr einen anderen für sie geben würde.

»Weißt du, wer die beiden größten Männer waren, die je gelebt haben, Prinzessin?« fragte er.

»Du«, sagte sie.

»Die Brüder Wright. Sie gaben dem Menschen die wahre Freiheit. Bist du mal geflogen?« Sie schüttelte den Kopf. »Wir hatten ein Sommerhaus in Montauk – das liegt am Ende von Long Island –, und als Kind habe ich immer die Möwen beobachtet, wie sie durch die Luft kreisten und auf der Strömung schwebten, und ich hätte meine Seele hingegeben, bei ihnen da oben zu sein. Ich wußte, ich wollte Flieger werden, ehe ich überhaupt laufen konnte. Ein Freund unserer Familie nahm mich in einem alten Doppeldecker einmal mit, als ich neun war, und ich bekam meinen ersten Flugunterricht mit vierzehn. Da lebe ich erst richtig, wenn ich in der Luft bin.«

Und später:

»Es wird einen Weltkrieg geben. Deutschland will alles haben.«

»Frankreich wird es nicht bekommen, Larry. Niemand kommt über die Maginot-Linie hinaus.«

Er schnaubte. »Ich bin hundertmal darüber hinausgekommen.« Sie sah ihn verwirrt an. »In der Luft, Prinzessin. Dies wird ein Luftkrieg werden . . . mein Krieg.«

Und später, beiläufig:

»Warum heiraten wir eigentlich nicht?«

Es war der glücklichste Augenblick in Noelles Leben.

Sonntag war ein entspannter, fauler Tag. Sie frühstückten in einem kleinen Straßencafé auf dem Montmartre, gingen in ihr Zimmer zurück und verbrachten fast den ganzen Tag im Bett. Noelle konnte gar nicht glauben, daß jemand so ekstatisch sein konnte. Es war ein reiner Zauber für sie, wenn sie sich umarmten, aber sie war genauso zufrieden, dazuliegen und Larry zuzuhören und ihn zu beobachten, wenn er ruhelos im Zimmer herumging. Ihr genügte es vollkommen, in seiner Nähe zu sein. Komisch, dachte sie, wie die Dinge sich entwickelten. Sie war als Prinzessin, wie ihr Vater sie nannte, aufgewachsen, und jetzt, obgleich als Witz, nannte Larry sie auch Prinzessin. Wenn sie bei Larry war, *war* sie etwas. Er hatte ihren Glauben an die Männer wiederhergestellt. Er war ihre Welt, und Noelle wußte, daß sie nie wieder etwas anderes brauchen würde, und es schien ihr einfach unglaublich, daß sie so viel Glück hatte, daß er dieselben Gefühle ihr gegenüber hegte.

»An sich wollte ich nicht heiraten, ehe dieser Krieg vorüber ist«, sagte er zu ihr. »Aber zum Teufel damit. Pläne werden gemacht, um geändert zu werden, stimmt's, Prinzessin?«

Sie nickte, von einem Glück erfüllt, das sie zu sprengen drohte.

»Lassen wir uns von irgendeinem *Maire* auf dem Land trauen«, sagte Larry. »Es sei denn, du möchtest eine große Hochzeit haben.«

Noelle schüttelte den Kopf. »Ich finde es auf dem Land wunderbar.«

Er nickte. »Abgemacht. Ich muß mich heute abend bei meiner Staffel zurückmelden. Ich treffe mich mit dir hier am nächsten Freitag. Was meinst du dazu?«

»Ich – ich weiß nicht, ob ich es ertrage, so lange von dir getrennt zu sein.« Noelles Stimme zitterte.

Larry nahm sie in die Arme und hielt sie fest. »Liebst mich?« fragte er.

»Mehr als mein Leben«, erwiderte Noelle einfach.

Zwei Stunden später war Larry auf dem Weg nach England. Er ließ sie nicht zum Flughafen mitkommen. »Ich mag diese Abschiede nicht«, sagte er. Er gab ihr eine große Handvoll Francnoten. »Kauf dir ein Hochzeitskleid, Prinzessin. Ich werde dich nächste Woche darin wiedersehen.« Und weg war er.

Noelle verbrachte die nächste Woche in einem Stadium der Euphorie. Sie ging zu den Orten zurück, wo sie und Larry gewesen waren, verbrachte Stunden damit, über ihr gemeinsames Leben zu träumen. Die Tage schienen sich hinzuschleppen, die Minuten rührten sich nicht, bis Noelle glaubte, sie würde den Verstand verlieren.

Sie ging in ein Dutzend Geschäfte auf der Suche nach einem Hochzeitskleid, bis sie bei Madeleine Vionett schließlich genau das fand, was sie wollte. Es war ein schönes Organzakleid mit hochgeschlossenem Mieder, langen Ärmeln mit einer Reihe von sechs Perlenknöpfen und drei Krinolinen-Unterröcken. Es kostete viel mehr, als Noelle erwartet hatte, aber sie zögerte nicht. Sie nahm das ganze Geld, das Larry ihr gegeben hatte, und fast all ihre Ersparnisse. Ihr ganzes Ich drehte sich um Larry. Sie überlegte sich, wie sie ihm eine Freude machen konnte, durchforschte ihre Erinnerung nach Dingen, die ihn belustigen könnten, nach Anekdoten, die ihn unterhalten würden. Sie kam sich wie ein Schulmädchen vor.

Auf diese Weise wartete Noelle in qualvoller Ungeduld auf den Freitag, und als er endlich kam, war sie schon ganz früh auf und verbrachte zwei Stunden mit Baden und Anziehen, zog Kleider an, zog Kleider wieder aus, versuchte zu erraten, welches Kleid Larry am besten gefallen würde. Sie zog ihr Hochzeitskleid an, zog es aber schnell wieder aus, aus Furcht, es könnte Unglück bringen. Sie war wahnsinnig vor Aufregung.

Um zehn Uhr stand Noelle vor dem Trumeauspiegel im Schlafzimmer und wußte, daß sie noch nie so schön ausgesehen hatte. Es lag nichts Egozentrisches in ihrer Bewertung; sie war einfach froh für Larry, froh, daß sie ihm dieses Geschenk machen konnte. Es wurde Mittag, und er war noch nicht erschienen, und Noelle wünschte, er hätte ihr gesagt, wann er voraussichtlich ankäme. Alle zehn Minuten rief sie die Rezeption unten an, ob eine Mitteilung für sie vorliege, und hob den Hörer immer wieder, um sicherzugehen, daß das Telephon in Ordnung war. Um sechs Uhr abends war immer noch keine Nachricht von ihm da. Um Mitternacht hatte er noch nicht angerufen, und Noelle saß zusammengesunken in einem Sessel, starrte auf das Telephon, wünschte, es würde läuten. Sie schlief ein, und als sie aufwachte, war es Sonnabend früh. Sie saß immer noch in ihrem Sessel, steif und kalt. Das Kleid, das sie so sorgfältig gewählt hatte, war zerknittert.

Noelle zog sich um und blieb den ganzen Tag im Zimmer, pflanzte sich vor dem offenen Fenster auf, sagte sich, wenn sie dabliebe, würde Larry erscheinen; wenn sie wegginge, würde ihm etwas Furchtbares zustoßen. Als der Sonnabendvormittag sich in den Nachmittag hinzog, wurde sie von der Überzeugung durchdrungen, daß es einen Unfall gegeben hatte. Larrys Maschine war abgestürzt, und er lag in einem Feld oder in einem Hospital, verletzt oder tot. Die scheußlichsten Vorstellungen gingen Noelle durch den Kopf. Sie blieb die ganze Sonnabendnacht auf, krank vor Sorgen, hatte Angst, das Zimmer zu verlassen, und wußte nicht, wie sie Larry erreichen konnte.

Als Noelle am Sonntagmittag noch nichts von ihm gehört hatte, konnte sie es nicht mehr länger aushalten. Sie mußte ihn anrufen. Aber wie? Im Krieg war es schwer, einen Anruf nach Übersee zu tätigen, und sie war noch nicht mal sicher, wo Larry war. Sie wußte nur, daß er bei der RAF war und in einer amerikanischen Staffel flog. Sie hob den Hörer ab und sprach mit der Telefonzentrale.

»Unmöglich«, sagte das Telefonfräulein rundheraus.

Noelle erklärte die Lage, und ob es nun ihre Worte waren oder die furchtbare Verzweiflung in ihrer Stimme, erfuhr sie nie, aber zwei Stunden später sprach sie mit dem Kriegsministerium in London. Dort konnte man ihr nicht helfen, doch sie wurde mit dem Luftfahrtministerium in Whitehall verbunden, das eine Verbindung mit Combat Operations herstellte, aber sie wurde getrennt, ehe sie eine Auskunft erhalten konnte. Nach vier weiteren Stunden kam wieder eine Verbindung zustande, und inzwischen war sie am Rande eines Nervenzusammenbruchs. Air Operations konnten ihr keine Auskunft geben und schlugen vor, es beim Kriegsministerium zu versuchen.

»Mit dem habe ich gesprochen!« schrie Noelle ins Telefon. Sie schluchzte, und die männliche englische Stimme am anderen Ende sagte verlegen: »Bitte, Miss, so schlimm kann es nicht sein. Bleiben Sie einen Augenblick am Apparat.«

Noelle hielt den Hörer in der Hand und wußte, daß es hoffnungslos war. Sie war sicher, daß Larry tot war und daß sie nie erfahren würde, wie und wo er umgekommen war. Und schon wollte sie auflegen, als die Stimme wieder in ihr Ohr drang und fröhlich sagte: »Was Sie haben wollen, Miss, ist die Adler-Staffel. Das sind die Yanks, in Yorkshire stationiert. Es ist zwar ein bißchen regelwidrig, aber ich werde Sie mit Church Fenton, ihrem Flugfeld, verbinden. Die Jungs dort werden Ihnen helfen können.« Und dann war der Anschluß tot.

Erst um elf Uhr in jener Nacht konnte Noelle wieder eine Verbindung bekommen. Eine geisterhafte Stimme sagte: »Luftwaffenstützpunkt Church Fenton«, und die Verbindung war so schlecht, daß Noelle ihn kaum hören konnte. Es klang, als spräche er vom Meeresboden aus. Auch er schien Schwierigkeiten zu haben, sie zu hören. »Lauter, bitte«, sagte er. Inzwischen waren Noelles Nerven derart gereizt, daß sie ihre Stimme kaum unter Kontrolle halten konnte.

»Ich möchte« – sie kannte nicht einmal seinen Rang. Leutnant? Hauptmann? Major? »Ich möchte Larry Douglas sprechen. Ich bin seine Verlobte.«

»Ich kann Sie nicht hören, Miss. Können Sie bitte lauter sprechen?«

Am Rande der Verzweiflung schrie Noelle die Worte wieder hinaus, war sicher, daß der Mann am anderen Ende versuchte, ihr zu verheimlichen, daß Larry tot war. Aber einen wunderbaren Augenblick wurde die Verbindung ganz klar, und sie hörte die Stimme, als wäre er im Zimmer nebenan, sagen: »Leutnant Larry Douglas?«

»Ja«, sagte sie, ihre Erregung mit aller Gewalt beherrschend.

»Augenblick, bitte.«

Noelle wartete, wie es ihr schien, eine Ewigkeit, und dann kam die Stimme wieder und sagte: »Leutnant Douglas ist auf Wochenend-Urlaub. In dringenden Fällen ist er im Hotel Savoy, London, Ballsaal, General Davis' Party, zu erreichen.« Und die Verbindung brach ab.

Als das Stubenmädchen am nächsten Morgen hereinkam, um das Zimmer in Ordnung zu bringen, fand sie Noelle auf dem Boden, halb bewußtlos, vor. Das Mädchen starrte sie einen Augenblick an, überlegte sich, ob sie sich um ihre eigenen Dinge kümmern und wieder hinausgehen sollte. Warum passierten solche Sachen immer in ihren Zimmern? Sie ging hinüber und berührte Noelles Stirn. Sie war glühend heiß. Brummend watschelte das Mädchen in die Halle hinunter und bat den Portier, den Manager hinaufzuschicken. Eine Stunde später hielt ein Krankenwagen vor dem Hotel, und zwei junge Assistenzärzte mit einer Bahre wurden zu Noelles Zimmer gewiesen. Noelle war bewußtlos. Der junge leitende Assistenzarzt hob eines ihrer Augenlider, setzte ihr ein Stethoskop auf die Brust und horchte ihre rasselnden Atemzüge ab. »Lungenentzündung«, sagte er zu seinem Kollegen. »Raus mit ihr.«

Sie hoben Noelle auf die Bahre, und fünf Minuten später raste der Krankenwagen zum Hospital. Sie wurde unter ein Sauerstoffzelt gelegt, und es dauerte vier Tage, bis sie wieder völlig bei Bewußtsein war. Sie zog sich widerwillig aus den trüben grünen Tiefen der Vergessenheit empor, im Unterbewußtsein wissend, daß etwas Furchtbares geschehen war, und gegen die Erinnerung daran ankämpfend. Als das Furchtbare immer näher an die Oberfläche ihres Bewußtseins drang und sie sich mit allen Kräften dagegen wehrte, wurde es ihr plötzlich ganz klar. Larry Douglas. Noelle weinte, wurde von Schluchzen geschüttelt, bis sie schließlich in einen Halbschlaf sank. Sie fühlte, wie eine Hand sanft die ihre hielt, und wußte, daß Larry zu ihr zurückgekommen war und daß alles gut war. Noelle schlug die Augen auf und starrte einen Fremden in einem weißen Kittel an, der ihr den Puls fühlte. »Nun! Willkommen!« verkündete er fröhlich.

»Wo bin ich?« fragte Noelle.

»Im städtischen Zentralkrankenhaus.«

»Was tu ich hier?«

»Gesund werden. Sie hatten doppelseitige Lungenentzündung. Ich heiße Israel Katz.« Er war jung, hatte ein markantes, intelligentes Gesicht und tiefliegende braune Augen.

»Sind Sie mein Arzt?«

»Assistenzarzt«, sagte er. »Ich habe Sie eingeliefert.« Er lächelte sie an. »Ich bin froh, daß Sie durchgekommen sind. Wir waren nicht sicher.«

»Wie lange bin ich schon hier?«

»Vier Tage.«

»Würden Sie mir einen Gefallen tun?« fragte sie schwach.

»Gern, wenn ich kann.«

»Rufen Sie das Hotel Lafayette an. Fragen Sie« – sie zögerte – »fragen Sie, ob eine Mitteilung für mich hinterlassen wurde.«

»Nun, ich habe schrecklich viel zu tun –«

Noelle drückte heftig seine Hand. »Bitte. Es ist wichtig. Mein Verlobter versucht, sich mit mir in Verbindung zu setzen.«

Er grinste. »Kann ich ihm nachfühlen. Gut. Ich werde mich darum kümmern«, versprach er. »Und jetzt schlafen Sie ein bißchen.«

»Nicht, bis ich von Ihnen höre«, sagte sie.

Er ging hinaus, und Noelle lag wartend da. Natürlich hatte Larry versucht, sie zu erreichen. Es war einfach ein furchtbares Mißverständnis gewesen. Er würde ihr alles erklären, und alles würde wieder gut sein.

Erst nach zwei Stunden kam Israel Katz zurück. Er trat an ihr Bett und stellte ein Köfferchen auf den Boden. »Ich habe Ihre Kleider mitgebracht. Ich bin selbst ins Hotel gegangen«, sagte er.

Sie blickte zu ihm auf, und er sah, wie ihr Gesicht sich spannte.

»Es tut mir leid«, sagte er verlegen. »Keine Mitteilung.«

Noelle starrte ihn lange an, drehte ihr Gesicht dann zur Wand, trockenen Auges.

Zwei Tage später wurde Noelle aus dem Krankenhaus entlassen. Israel Katz kam, um sich von ihr zu verabschieden. »Haben Sie eine Adresse, wo Sie hingehen können?« fragte er. »Oder eine Stelle?«

Sie schüttelte den Kopf.

»Was haben Sie für einen Beruf?«

»Ich bin Mannequin.«

»Da könnte ich Ihnen vielleicht helfen.«

Sie erinnerte sich an den Taxifahrer und Madame Delys. »Ich brauche keine Hilfe«, sagte sie.

Israel Katz schrieb einen Namen auf ein Stück Papier. »Wenn Sie sich's anders überlegen sollten, gehen Sie dahin. Es ist ein kleines Modehaus, gehört einer Tante von mir. Ich werde ihr Bescheid sagen. Haben Sie Geld?«

Sie antwortete nicht.

»Da.« Er zog ein paar Francs aus der Tasche und gab sie ihr. »Tut mir leid, daß ich nicht mehr habe. Assistenzärzte verdienen nicht sehr viel.«

»Danke«, sage Noelle.

Sie saß in einem kleinen Straßencafé, nippte an einem Kaffee und überlegte sich, wie sie die Stücke ihres Lebens wieder zusammensetzen konnte. Sie wußte, daß sie überleben mußte, denn jetzt hatte sie einen Grund zu leben. Sie war erfüllt von einem tiefen, brennenden Haß, der sie derart verzehrte, daß für nichts anderes mehr Raum blieb. Sie war ein rächender Phönix, der aus der Asche der Leidenschaft, die Larry Douglas in ihr gemordet hatte, emporstieg. Sie würde nicht ruhen, bis sie ihn vernichtet hatte. Sie wußte nicht, wie oder wann, aber sie wußte, daß sie es eines Tages zuwege bringen würde.

Jetzt brauchte sie eine Stelle und ein Dach überm Kopf. Noelle öffnete ihre Handtasche und nahm den Zettel heraus, den der junge Assistenzarzt ihr gegeben hatte. Sie betrachtete ihn einen Augenblick und entschloß sich dann. An jenem Nachmittag suchte sie Israel Katz' Tante auf und bekam eine Anstellung als Vorführdame in einem kleinen zweitklassigen Modehaus in der Rue Boursault.

Israel Katz' Tante stellte sich als grauhaarige Frau mittleren Alters mit einem raubgierigen Gesicht und der Seele eines Engels heraus. Sie bemutterte alle ihre Mädchen, und die beteten sie an.

Ihr Name war Madame Rose. Sie gab Noelle gleich einen Vorschuß auf ihr Gehalt und besorgte ihr eine winzige Wohnung in der Nähe des Salons. Das erste, was Noelle beim Auspacken tat, war, ihr Hochzeitskleid aufzuhängen. Sie hängte es an den Wandschrank, so daß es das erste war, was sie beim Aufwachen sah, und das letzte, wenn sie sich abends auszog.

Noelle wußte, daß sie schwanger war, ehe es sichtbare Anzeichen dafür gab, ehe Tests gemacht worden waren, ehe ihre Periode ausblieb. Sie fühlte das neue Leben, das sich in ihrem Schoß bildete, und nachts im Bett starrte sie zur Decke empor und dachte darüber nach, und ihre Augen glühten vor wilder animalischer Freude.

An ihrem ersten freien Tag rief Noelle Israel Katz an und verabredete sich mit ihm zum Mittagessen.

»Ich bin schwanger«, sagte sie zu ihm.

»Woher wissen Sie das? Sind Tests gemacht worden?«

»Ich brauche keine Tests.«

Er schüttelte den Kopf. »Noelle, viele Frauen glauben, sie kriegen ein Kind, und kriegen keins. Wie oft ist Ihre Periode ausgeblieben?«

Sie schob die Frage ungeduldig beiseite. »Ich brauche Ihre Hilfe.«

Er starrte sie an. »Um das Kind abzutreiben? Haben Sie es mit dem Vater besprochen?«

»Der ist nicht hier.«

»Sie wissen, daß Abtreibungen verboten sind. Ich könnte in schreckliche Schwierigkeiten geraten.«

Noelle sah ihn einen Augenblick prüfend an. »Was ist Ihr Preis?«

Sein Gesicht spannte sich ärgerlich. »Glauben Sie, alles hat seinen Preis, Noelle?«

»Natürlich«, sagte sie einfach. »Alles kann gekauft und verkauft werden.«

»Einschließlich Ihrer Person?«

»Ja, aber ich bin teuer. Wollen Sie mir helfen?«

Es folgte ein langes Zögern. »Gut. Ich möchte zuerst einige Tests machen.«

»Bitte, sehr gut.«

In der nächsten Woche machte Israel Katz für Noelle einen

Termin mit dem Laboratorium des Krankenhauses aus. Als die Testergebnisse zwei Tage später vorlagen, rief er sie in der Arbeitszeit an. »Sie hatten recht«, sagte er. »Sie sind schwanger.«

»Ich weiß.«

»Ich habe Vorkehrungen getroffen, daß im Krankenhaus eine Ausschabung bei Ihnen gemacht werden kann. Ich habe erklärt, Ihr Mann sei bei einem Unfall umgekommen und Sie könnten das Kind nicht austragen. Wir werden die Operation nächsten Sonnabend vornehmen.«

»Nein«, sagte sie.

»Ist Sonnabend ein schlechter Tag für Sie?«

»Ich bin für die Abtreibung noch nicht bereit, Israel. Ich wollte nur wissen, ob ich mit Ihrer Hilfe rechnen kann.«

Madame Rose bemerkte die Veränderung an Noelle, nicht nur die physische, sondern etwas viel Tieferreichendes, ein Strahlen, eine innere Glut, von der sie erfüllt zu sein schien. Noelle ging mit einem steten leisen Lächeln herum, als ob sie ein wundervolles Geheimnis in sich bewahrte.

»Sie haben einen Liebhaber gefunden«, sagte Madame Rose. »Man kann es in Ihren Augen lesen.«

Noelle nickte. »Ja, Madame.«

»Er ist gut für Sie. Halten Sie ihn fest.«

»Das werde ich«, versprach Noelle. »Solange ich kann.«

Drei Wochen später rief Israel Katz an. »Ich habe nicht mehr von Ihnen gehört«, sagte er. »Haben Sie es denn vergessen?«

»Nein«, sagte Noelle. »Ich denke die ganze Zeit daran.«

»Wie fühlen Sie sich?«

»Wunderbar.«

»Ich habe mir den Kalender angesehen. Ich glaube, wir sollten uns an die Arbeit machen.«

»Ich bin noch nicht bereit«, sagte Noelle.

Es vergingen drei Wochen, ehe Israel Katz wieder anrief.

»Hätten Sie Lust, mit mir zu Abend zu essen?« fragte er.

»Gern.«

Sie verabredeten sich in einem billigen Café in der Rue de Chat Qui Pêche. Noelle hatte zuerst ein besseres Restaurant vorschlagen wollen, erinnerte sich aber dann, was Israel über die schlechte Bezahlung von Assistenzärzten gesagt hatte.

Er war schon da, als sie ankam. Während des Essens plauderten sie zwanglos, und erst beim Kaffee rückte Israel mit der Sprache heraus.

»Wollen Sie die Abtreibung immer noch machen lassen?« fragte er.

Noelle sah ihn überrascht an. »Natürlich.«

»Dann muß sie gleich gemacht werden. Sie sind jetzt mehr als zwei Monate schwanger.«

Sie schüttelte den Kopf. »Nein, noch nicht, Israel.«

»Ist das Ihre erste Schwangerschaft?«

»Ja.«

»Dann muß ich Ihnen etwas sagen, Noelle. Bis zu drei Monaten ist eine Abtreibung im allgemeinen eine leichte Sache. Der Embryo hat sich noch nicht voll entwickelt, und es ist nur eine einfache Ausschabung nötig, doch nach drei Monaten« – er zögerte – »ist es eine andere Operation und wird gefährlich. Je länger Sie warten, desto gefährlicher wird es. Ich möchte, daß Sie sich jetzt operieren lassen.«

Noelle beugte sich vor. »Wie sieht das Kind aus?«

»Jetzt?« Er zuckte die Schultern. »Ein Haufen Zellen. Natürlich sind alle Zellkerne schon vorhanden, um ein vollkommenes menschliches Wesen zu bilden.«

»Und nach drei Monaten?«

»Beginnt der Embryo, ein Mensch zu werden.«

»Kann er fühlen?«

»Er reagiert auf Schläge und laute Geräusche.«

Sie saß da, und ihre Augen hielten die seinen fest. »Kann er Schmerz empfinden?«

»Ich denke schon. Aber er wird von einer Hülle geschützt.« Plötzlich fühlte er sich unbehaglich. »Es wäre ziemlich schwer, ihn zu verletzen.«

Noelle schlug die Augen nieder und starrte auf den Tisch, schweigend und gedankenvoll.

Israel betrachtete sie einen Augenblick und sagte dann schüchtern: »Noelle, wenn Sie dieses Kind behalten wollen und fürchten sich davor, weil es keinen Vater haben wird ... nun, ich wäre bereit, Sie zu heiraten und dem Kind einen Namen zu geben.«

Sie blickte erstaunt auf. »Ich sagte Ihnen doch schon, ich möchte das Kind nicht haben. Ich möchte eine Abtreibung.«

»Dann, zum Donnerwetter, lassen Sie sie machen!« brüllte Israel. Er dämpfte die Stimme, als er merkte, daß andere Gäste ihn anstarrten. »Wenn Sie noch länger warten, gibt es keinen Doktor in ganz Frankreich, der sie macht. Verstehen Sie denn nicht? Wenn Sie zu lange warten, könnten Sie sterben!«

»Ich verstehe«, sagte Noelle ruhig. »Wenn ich dieses Kind bekommen sollte, auf welche Diät würden Sie mich setzen?«

Er fuhr sich verwirrt durch die Haare. »Viel Milch und Obst, mageres Fleisch.«

Auf ihrem Nachhauseweg ging Noelle rasch auf den Markt an der Ecke in der Nähe ihrer Wohnung und kaufte zwei Liter Milch und eine Kiste frisches Obst.

Zehn Tage später ging Noelle in Madame Roses Privatbüro und sagte ihr, sie sei in anderen Umständen, und bat um Urlaub.

»Wie lange?« fragte Madame Rose, Noelles Figur musternd.

»Sechs oder sieben Wochen.«

Madame Rose seufzte. »Sind Sie sicher, daß es das Beste ist, was Sie tun?«

»Ich bin sicher«, erwiderte Noelle.

»Kann ich etwas für Sie tun?«

»Nichts.«

»Nun gut. Kommen Sie zurück, sobald Sie können. Ich werde die Kassiererin anweisen, Ihnen einen Vorschuß auf Ihr Gehalt auszuzahlen.«

»Danke, Madame.«

Die nächsten Wochen verließ Noelle ihre Wohnung nie, außer, um Lebensmittel zu kaufen. Sie war nicht hungrig und aß sehr wenig für sich selbst, aber sie trank riesige Mengen Milch und stopfte sich mit Obst voll. Sie war nicht allein in ihrer Wohnung. Das Kind war bei ihr, und sie sprach fortwährend mit ihm. Sie wußte, daß es ein Junge war, genau wie sie gewußt hatte, daß sie schwanger war. Sie hatte ihn Larry getauft.

»Du sollst groß und stark werden«, sagte sie, als sie ihre Milch trank. »Du sollst gesund ... gesund und stark sein, wenn du stirbst.« Jeden Tag lag sie im Bett und plante ihre Rache an Larry und seinem Sohn. Was sie im Schoß trug, war nicht Teil von ihr. Es gehörte ihm, und sie würde es töten. Es war das einzige von sich, was er ihr hinterlassen hatte, und sie würde es vernichten, wie er versucht hatte, sie zu vernichten.

Wie wenig Israel Katz sie begriffen hatte! Sie war nicht an einem formlosen Embryo interessiert, der nichts wußte. Sie wollte, daß Larrys Brut spürte, was ihm geschehen würde, sie sollte leiden, wie sie gelitten hatte. Das Hochzeitskleid hing jetzt neben ihrem Bett, immer in Sicht, ein Talisman des Bösen, eine Mahnung an seinen Verrat. *Zuerst Larrys Sohn, dann Larry.*

Das Telefon läutete oft, aber Noelle lag im Bett, in ihre Träume versunken, bis es aufhörte. Sicher war es Israel Katz, der sich mit ihr in Verbindung setzen wollte.

Eines Abends wurde an die Tür getrommelt. Noelle lag im Bett, hörte nicht hin, aber als das Trommeln nicht nachließ, schleppte sie sich schließlich zur Tür und öffnete.

Israel Katz stand mit sorgenvollem Gesicht da. »Mein Gott, Noelle, ich rufe Sie seit Tagen an.«

Er sah auf ihren geschwollenen Leib. »Ich glaubte schon, Sie hätten es woanders machen lassen.«

Sie schüttelte den Kopf. »Nein. Sie werden es machen.«

Israel starrte sie an. »Haben Sie denn gar nicht verstanden, was ich Ihnen gesagt habe? Es ist zu spät! Niemand wird es machen.«

Er sah die leeren Milchflaschen und das Obst auf dem Tisch, blickte dann wieder zu ihr zurück. »Sie wollen das Kind also haben«, sagte er. »Warum geben Sie es nicht zu?«

»Sagen Sie mir, Israel, wie sieht es jetzt aus?«

»Wer?«

»Das Kind. Hat es Augen und Ohren? Finger und Zehen? Kann es Schmerz fühlen?«

»Um Himmels willen, Noelle, hören Sie auf. Sie reden, als ob ... als ob ...«

»Was?«

»Nichts.« Er schüttelte verzweifelt den Kopf. »Ich verstehe Sie nicht.«

Sie lächelte leise. »Nein. Sie verstehen mich nicht.«

Er stand einen Augenblick da und überlegte.

»Na gut, ich stecke meinen Hals in die Schlinge für Sie, aber wenn Sie wirklich entschlossen sind abzutreiben, dann kriegen wir's hinter uns. Ich habe einen befreundeten Kollegen, der mir eine Gefälligkeit schuldet. Ich werde ...«

»Nein.«

Er starrte sie an.

»Larry ist noch nicht bereit«, sagte sie.

Drei Wochen später wurde Israel um vier Uhr morgens von einem wütenden Donnern des Concierge an seiner Tür geweckt. »Telefon, Monsieur Nachteule!« brüllte er. »Und sagen Sie dem Anrufer, es sei mitten in der Nacht, wo ehrbare Leute schlafen!«

Israel stolperte aus dem Bett und ging noch halb schlafend in die Halle zum Telefon hinunter, fragte sich dabei, was für eine Krise das jetzt wieder war. Er hob den Hörer.

»Israel . . .«

Er erkannte die Stimme am anderen Ende nicht.

»Ja?«

»Jetzt . . .« Es war ein Flüstern, geisterhaft anonym.

»Wer ist da?«

»Jetzt. Kommen Sie jetzt, Israel . . .«

Es lag etwas so Unheimliches, Schauerliches in der Stimme, daß es ihm kalt den Rücken hinunterlief. »Noelle?«

»Jetzt . . .«

»Zum Donnerwetter!« platzte er heraus. »Ich mach' es nicht. Es ist zu spät. Sie werden sterben, und ich will nicht verantwortlich dafür sein. Lassen Sie sich in ein Krankenhaus bringen.«

In seinem Ohr erklang ein Knacken, und er stand da, den Hörer in der Hand. Er warf den Hörer auf und ging in sein Zimmer zurück, seine Gedanken rasten. Er wußte, daß er nichts mehr tun konnte. Niemand könnte etwas tun. Sie war fünfeinhalb Monate schwanger. Er hatte sie immer und immer wieder gewarnt, aber sie wollte nicht hören. Nun, es war ihre Sache. Er wollte nichts damit zu tun haben.

Er zog sich mit fliegenden Händen an, kalt vor Angst.

Als Israel Katz in ihre Wohnung trat, lag Noelle in einer Blutlache auf dem Boden. Ihr Gesicht war leichenblaß, wies aber keine Anzeichen der rasenden Schmerzen auf, die ihren Körper gemartert haben mußten. Anscheinend trug sie ein Hochzeitskleid. Israel kniete sich neben sie. »Was ist passiert?« fragte er. »Wie kam – –?« Er hielt inne, als sein Blick auf einen blutigen, verbogenen Drahtkleiderbügel neben ihren Füßen fiel.

»Um Gottes willen!« Maßlose Wut und gleichzeitig ein enttäuschendes Gefühl der Hilflosigkeit packten ihn. Das Blut sprudelte jetzt schneller, es war kein Augenblick zu verlieren.

»Ich hole einen Krankenwagen«, und er stand auf.

Noelle langte nach ihm, umklammerte seinen Arm mit erstaunlicher Kraft und zog ihn zu sich herunter.

»Larrys Kind ist tot«, sagte sie, und ihr Gesicht hellte sich zu einem wunderbaren Lächeln auf.

Ein Team von sechs Ärzten mühte sich fünf Stunden ab, Noelles Leben zu retten. Die Diagnose lautete Blutvergiftung, perforierte Gebärmutter und Schock. Alle Doktoren waren sich einig, daß sie kaum Überlebenschancen hatte. Um sechs Uhr an jenem Abend war Noelle außer Gefahr, und zwei Tage später saß sie aufrecht im Bett und konnte schon sprechen. Israel besuchte sie.

»Alle Ärzte sagen, es sei ein Wunder, daß Sie noch leben, Noelle.«

Sie schüttelte den Kopf. Es war einfach noch nicht Zeit für sie zu sterben. Sie hatte ihre erste Rache an Larry genommen, aber das war nur der Anfang. Es würde noch mehr kommen. Viel mehr. Zuerst jedoch mußte sie ihn finden. Das brauchte Zeit. Aber sie würde es tun.

Chicago 1939–1940

Die immer heftiger über Europa stürmenden Winde des Krieges schwächten sich an den Küsten der Vereinigten Staaten zu einem sanften, warnenden Lüftchen ab.

Im Northwestern Campus traten ein paar Jungen mehr in das ROTC* ein; auf Studenten-Kundgebungen wurde Präsident Roosevelt aufgefordert, Deutschland den Krieg zu erklären, und ein paar ältere Semester meldeten sich freiwillig zur Armee. Im allgemeinen verharrte man jedoch in Selbstgefälligkeit, und die untergründige Welle, die bald das Land überfluten sollte, war noch kaum bemerkbar.

Als Catherine Alexander an jenem Oktobernachmittag zum Roost ging, um ihren Kassiererinnendienst anzutreten, fragte sie sich, ob der Krieg, wenn er käme, ihr Leben verändern würde. Sie kannte eine Veränderung, die sie selbst vornehmen mußte, und sie war entschlossen, dies so schnell wie möglich zu tun. Sie wollte jetzt unbedingt wissen, wie es war, in den Armen eines Mannes zu liegen und geliebt zu werden, und sie wußte, daß sie es teils aus einem physischen Bedürfnis heraus wollte, aber auch, weil sie glaubte, eine wichtige und wundervolle Erfahrung zu versäumen. Mein Gott, wenn sie durch einen Autounfall umkäme und man bei einer Autopsie feststellte, daß sie noch Jungfrau war! Nein, da mußte etwas geschehen. Gleich. Jetzt.

Catherine blickte sich im Roost vorsichtig um, sah aber das Gesicht, das sie suchte, nicht. Als Ron Peterson eine Stunde später mit Jean-Anne hereinkam, spürte Catherine, wie ihr ganzer Körper kribbelte und ihr Herz zu klopfen begann. Sie wandte sich ab, als

* ROTC = Reserveoffizier-Ausbildungskorps.

die beiden an ihr vorübergingen, und sah aus dem Augenwinkel, daß sie auf Rons Nische zusteuerten und sich setzten. Überall im Raum hingen Werbesprüche. »PROBIEREN SIE UNSER DOPPELTES SPEZIAL HAMBURGER« ... »KOSTEN SIE UNSER LOVER'S DELIGHT« ... »VERSUCHEN SIE UNSER DREIFACH GEBRAUTES MALZBIER«.

Catherine holte tief Atem und ging zu der Nische hinüber. Ron Peterson sah die Speisekarte durch und versuchte, sich für etwas zu entscheiden. »Ich weiß nicht, was ich will«, sagte er.

»Wie hungrig bist du?« fragte Jean-Anne.

»Ich sterbe vor Hunger.«

»Dann versuch das.« Beide blickten überrascht auf. Catherine stand neben der Nische. Sie reichte Ron Peterson einen gefalteten Zettel, drehte sich um und ging zu ihrer Registrierkasse zurück.

Ron entfaltete den Zettel, las ihn und brach in Lachen aus. Jean-Anne betrachtete ihn kühl.

»Ist es ein Privatwitz, oder kann man auch etwas davon erfahren?«

»Privat«, sagte Ron grinsend und steckte den Zettel in die Tasche.

Ron und Jean-Anne gingen kurz danach. Ron sagte nichts, als er die Rechnung bezahlte, sah Catherine aber lange forschend an, lächelte und ging mit Jean-Anne am Arm hinaus. Catherine sah ihnen nach und kam sich wie eine Idiotin vor. Sie wußte noch nicht einmal, wie man einen erfolgreichen Annäherungsversuch bei einem Jungen machte.

Als ihre Schicht zu Ende war, zog Catherine ihren Mantel an, sagte gute Nacht zu dem Mädchen, das sie ablöste, und ging. Es war ein warmer Herbstabend, eine kühlende Brise wehte vom See her herein. Der Himmel hatte die Farbe purpurroten Samtes, an dem sanft schimmernde Sterne unerreichbar waren. Es war ein idealer Abend für was –? Catherine machte sich in Gedanken eine Liste.

Ich kann nach Hause gehen und mir das Haar waschen.

Ich kann in die Bibliothek gehen und mich auf die Lateinprüfung morgen vorbereiten.

Ich kann ins Kino gehen.

Ich kann mich im Gebüsch verstecken und den ersten vorbeikommenden Matrosen vergewaltigen.

Ich kann mit jemandem anbändeln.

Anbändeln, beschloß sie.

Als sie über den Campus zur Bibliothek ging, trat eine Gestalt hinter einem Laternenpfahl hervor.

»Hallo, Cathy. Wohin?«

Es war Ron Peterson. Er lächelte auf sie hinunter, und Catherines Herz begann zu klopfen, bis es ihr die Brust sprengte. Sie hatte das Gefühl, es mache sich selbständig und hüpfe durch die Luft davon. Sie merkte, daß Ron sie anstarrte. Kein Wunder. Wie viele Mädchen kannte er, die diesen Herztrick zustande brachten? Sie wollte unbedingt ihr Haar kämmen, ihr Make-up auffrischen und ihre Strumpfnähte nachprüfen, trotzdem versuchte sie, ihre Nervosität nicht zu zeigen. Regel Nummer eins: Ruhe behalten. Sie murmelte etwas in sich hinein.

»Wohin gehst du?«

Sollte sie ihm ihre Liste nennen? Um Gottes willen, nein! Er würde sie für verrückt halten. Das war ihre große Chance, und sie durfte sie sich nicht verderben. Sie sah zu ihm auf, und ihre Augen waren so freundlich und einladend wie die Carole Lombards in *Nothing Sacred.*

»Ich hatte keine besonderen Pläne«, sagte sie lockend.

Ron blickte sie prüfend und unsicher an, war aus einem Urinstinkt heraus vorsichtig. »Würdest du gern etwas Besonderes unternehmen?« fragte er.

Das war's. Der Antrag. Der Punkt, von dem es keinen Rückzug gab. »Schlag was vor«, sagte sie, »ich mach' mit.« Und krümmte sich innerlich. Es klang unmöglich. Niemand sagte: »Schlag was vor, ich mach' mit.« Wahrscheinlich würde er sich jetzt umdrehen und angewidert davongehen.

Aber nein. Es war unglaublich, doch er lächelte, nahm ihren Arm und sagte: »Gehen wir.«

Catherine ging wie betäubt mit ihm mit. So einfach war es gewesen. Sie war auf dem Weg, aufs Kreuz gelegt zu werden. Sie zitterte innerlich. Wenn er merkte, daß sie noch Jungfrau war, war es aus. Und was sollte sie reden, wenn sie mit ihm im Bett war? Redete man überhaupt während des Aktes, oder wartete man bis danach? Sie wollte nicht unhöflich sein, aber sie hatte keine Ahnung von den Regeln.

»Hast du schon Abendbrot gegessen?« fragte Ron.

»Abendbrot?« Sie blickte zu ihm auf, überlegte. Sollte sie

Abendbrot gegessen haben? Wenn sie ja sagte, könnte er sie gleich ins Bett nehmen, und sie könnte es hinter sich bringen. »Nein«, sagte sie schnell. »Noch nicht.« *Zum Donnerwetter, warum habe ich das gesagt? Jetzt habe ich alles verdorben.* Aber Ron schien nicht aus der Fassung gebracht.

»Gut. Ißt du gerne chinesisch?«

»Es ist meine Lieblingsküche.« Sie mochte es gar nicht, aber die Götter würden ihr bestimmt eine kleine Notlüge in der wichtigsten Nacht ihres Lebens durchgehen lassen.

»Drüben in Estes gibt es ein gutes chinesisches Lokal. Lum Fong heißt es. Kennst du es?«

Nein, aber sie würde es, solange sie lebte, nicht vergessen.

Was tatest du in der Nacht, in der du dein Jungfernhäutchen verlorst?

Oh, ich ging zuerst ins Lum Fong und habe mit Ron Peterson chinesisch gegessen.

War's gut?

Klar. Aber du kennst ja chinesisches Essen. Eine Stunde später war ich wieder sexy.

Sie waren an seinem Wagen angelangt, einem kastanienbraunen Reo-Kabriolett. Ron hielt Catherine die Tür auf, und sie setzte sich auf den Platz, auf dem all die anderen Mädchen, die sie beneidete, einmal gesessen hatten. Ron war bezaubernd, sah gut aus, ein Spitzenathlet. Und ein Sex-Verrückter. Das gäbe einen guten Filmtitel ab. *Der Sex-Verrückte und die Jungfrau.* Vielleicht hätte sie nicht gleich zustimmen und ein netteres Restaurant wie Henrici vorschlagen sollen, dann hätte Ron sich gedacht: *Das ist die Art Mädchen, das ich nach Hause zu Mutter bringen möchte.*

»Ich gäb' was für deine Gedanken«, sagte er.

Du meine Güte! Na schön, er war also nicht gerade ein glänzender Unterhalter. Aber deswegen war sie auch nicht hier, nicht wahr? Sie blickte schmachtend zu ihm auf. »Ich dachte gerade an dich.« Sie kuschelte sich an ihn.

Er grinste. »Du hast mich tatsächlich getäuscht, Cathy.«

»Ja?«

»Ich hielt dich immer für ziemlich unnahbar – ich meine, nicht an Männern interessiert.«

Was du meinst, ist lesbisch, dachte Catherine, laut jedoch sagte sie: »Ich suche mir gerne Zeit und Ort selber aus.«

»Ich bin froh, daß du mich ausgesucht hast.«

»Ich auch.« Und sie war's auch. Sie konnte sicher sein, daß Ron ein guter Liebhaber war. Er war von jeder scharfen Studentin innerhalb eines Radius' von 150 Meilen getestet und für o. k. befunden worden. Es wäre demütigend gewesen, wenn sie ihr erstes sexuelles Erlebnis mit einem gleich ihr Unerfahrenen gehabt hätte. In Ron bekam sie einen Meister. Nach heute nacht würde sie sich nicht mehr die Heilige Katharina nennen. Statt dessen würde sie wahrscheinlich als »Katharina die Große« bekannt. Und diesmal wüßte sie, was dieses »Große« bedeutete. Sie würde phantastisch im Bett sein. Es kam nur darauf an, nicht in Angstpsychose zu verfallen. Alle die wunderbaren Dinge, von denen sie in den kleinen grünen Büchern gelesen hatte, die sie vor ihren Eltern versteckt hatte, würden ihr passieren. Ihr Körper würde wie eine herrlich klingende Orgel sein. Oh, natürlich wußte sie, daß es zum ersten Mal weh tat; es war immer so. Aber sie würde sich nichts anmerken lassen. Sie würde fest mit dem Gesäß wackeln, weil die Männer es haßten, wenn eine Frau bloß bewegungslos dalag. Und wenn Ron in sie eindrang, würde sie sich auf die Lippe beißen, den Schmerz verbergen und ihn mit einem erotischen Schrei überdecken.

»Was?«

Entsetzt drehte sie sich zu Ron um, merkte erst jetzt, daß sie laut aufgeschrien hatte. »Ich – ich sagte nichts.«

»Du hast einen komischen Schrei ausgestoßen.«

»Wirklich?« Sie lachte gequält.

»Du bist eine Million Meilen weit weg.«

Sie überlegte sich, was er da gesagt hatte, und war alarmiert. Sie mußte sich mehr wie Jean-Anne benehmen. Catherine legte ihm die Hand auf den Arm und rückte näher an ihn heran. »Ich bin ganz da«, sagte sie.

Sie versuchte, ihre Stimme kehlig klingen zu lassen, wie Jean Arthur in *Calamity Jane*.

Ron sah verwirrt auf sie hinunter, aber das einzige, was er in ihrem Gesicht lesen konnte, waren Erregung und Hingabe.

Lum Fong war ein trostloses, durchschnittliches chinesisches Lokal, unter der Hochbahn gelegen. Während des Essens konnten sie die über ihren Köpfen dahinratternden Züge hören, die das Geschirr auf dem Tisch zum Klappern brachten. Das Restaurant sah wie tausend andere chinesische Lokale in ganz Amerika aus, aber

Catherine nahm die Einzelheiten der Nische, in der sie saßen, sorgfältig in sich auf, prägte sich die billige, fleckige Tapete, die angeschlagene chinesische Teekanne, die Soya-Saucen-Flecke auf der Tischdecke ein.

Ein kleiner chinesischer Ober trat an den Tisch und fragte, ob sie etwas zu trinken haben wollten. Catherine hatte einige wenige Male in ihrem Leben Whisky getrunken und verabscheute ihn, aber heute war Silvester, der 4. Juli, das Ende ihrer Jungfernschaft. Das mußte gefeiert werden.

»Ich nehme einen Old-fashioned.«

»Scotch und Soda«, sagte Ron.

Der Ober entfernte sich unter Verbeugungen. Catherine fragte sich, ob es wahr sei, daß orientalische Frauen schräg gebaut waren.

»Ich weiß nicht, weshalb wir uns nicht schon längst angefreundet haben«, sagte Ron. »Alle sagen, du seist das gescheiteste Mädchen auf der ganzen gottverdammten Universität.«

»Du weißt doch, wie die Leute übertreiben.«

»Und außerdem bist du verflucht hübsch.«

»Danke.« Sie versuchte, ihrer Stimme den Klang von Katherine Hepburn in *Alice Adams* zu geben, und sah ihm bedeutungsvoll in die Augen. Sie war nicht mehr Catherine Alexander. Sie war eine Sex-Maschine. Sie war im Begriff, sich Mae West, Marlene Dietrich, Cleopatra zuzugesellen. Sie würden alle Bettschwestern sein.

Der Ober brachte den Cocktail, und sie schüttete ihn mit einem einzigen nervösen Schluck hinunter. Ron sah sie erstaunt an.

»Langsam, langsam«, sagte er warnend. »Das Zeug ist ziemlich stark.«

»Ich vertrag's«, meinte Catherine keck.

»Noch einmal dasselbe«, sagte er zum Ober. Ron langte über den Tisch und streichelte ihr die Hand. »Komisch, alle in der Schule haben dich falsch beurteilt.«

»Irrtum. Keiner konnte das.«

Er starrte sie an. *Vorsicht, nicht geistreich sein.* Die Männer zogen es vor, mit Mädchen ins Bett zu gehen, die außergewöhnlich große Brüste, kräftige Muskeln und ein Nichts an Hirn hatten.

»Ich habe – schon lange etwas für dich übrig gehabt«, sagte sie hastig.

»Das hast du aber streng geheimgehalten.« Ron zog den von

ihr geschriebenen Zettel heraus und glättete ihn. »Versuchen Sie unsere Kassiererin«, las er laut vor und lachte. »Das gefällt mir entschieden besser als Banana Split.« Er streichelte Catherines Arm, und es lief ihr kalt den Rücken hinunter, genau wie es in den Büchern stand. Vielleicht würde sie nach dieser Nacht einen Leitfaden über Sex für all die armen dummen Jungfern schreiben, die nichts vom Leben wußten. Nach dem zweiten Drink begann Catherine, sie zu bemitleiden.

»Es ist ein Jammer.«

»Was ist ein Jammer?«

Wieder hatte sie laut gesprochen. Sie beschloß, dreist zu sein. »Ich bedauerte alle Jungfrauen in der Welt«, sagte sie.

Ron grinste Catherine an. »Darauf trinke ich einen Schluck.« Er hob sein Glas. Sie sah ihn dasitzen und offensichtlich ihre Gesellschaft genießen. Sie brauchte sich keine Sorgen zu machen. Alles würde großartig verlaufen. Er fragte, ob sie noch einen Drink haben wolle, aber Catherine lehnte ab. Sie wollte nicht alkoholisiert sein, wenn sie defloriert wurde. *Defloriert? Gebrauchte man solche Worte heute noch?* Ganz egal, sie wollte sich an jeden Augenblick, an jedes Gefühl erinnern. *Oh, mein Gott, sie hatte keinen Schutz! Ob er? Sicherlich würde ein so erfahrener Mann wie Ron Peterson sich etwas überziehen, damit sie nicht schwanger würde. Und wenn er nun von ihr dasselbe erwartete? Wenn er etwa dachte, ein so erfahrenes Mädchen wie Catherine Alexander würde sicherlich etwas zu ihrem Schutz tragen? Ob sie ihn direkt darauf ansprechen könnte? Nein, eher sterben, hier am Tisch. Man könnte ihre Leiche dann wegtragen und ein feierliches chinesisches Begräbnis veranstalten.*

Ron bestellte das Sechs-Gänge-Menü für $ 1,75, und Catherine tat so, als äße sie es, aber es hätte genausogut chinesische Pappe sein können. Sie wurde allmählich so nervös, daß sie überhaupt nichts schmecken konnte. Ihre Zunge war plötzlich trocken, und ihr Gaumen fühlte sich seltsam erstarrt an. *Wenn sie nun gerade einen Schlaganfall gehabt hatte?* Sex nach einem Schlag, das würde sie wahrscheinlich töten. Vielleicht sollte sie Ron warnen. Es würde seinem Ruf schaden, wenn man in seinem Bett ein totes Mädchen fände. Oder vielleicht würde es ihn noch heben.

»Was ist los?« fragte Ron. »Du siehst blaß aus.«

»Ich fühle mich großartig«, sagte Catherine unbekümmert.

»Ich bin ganz einfach nur sehr aufgeregt, weil ich mit dir zusammen bin.«

Ron sah sie beifällig an, seine braunen Augen nahmen jede Einzelheit ihres Gesichtes wahr, wanderten dann zu ihren Brüsten und blieben da haften. »Mir geht es genauso«, erwiderte er.

Der Ober hatte abgeräumt, und Ron hatte bezahlt. Er sah sie an, aber Catherine konnte sich nicht bewegen.

»Möchtest du noch etwas?« fragte Ron.

Ich? O ja! Ich möchte auf einem Bummelschiff nach China sein. Ich möchte in einem Kannibalenkessel sitzen und zum Dinner gekocht werden. Ich möchte meine Mutter!

Ron beobachtete sie, wartete. Catherine holte tief Atem. »Ich – ich wüßte nicht.«

»Gut.« Er dehnte die Silbe, lang und anhaltend, so daß sie ein Bett zwischen sie auf den Tisch zu stellen schien. »Gehen wir.« Er stand auf, und Catherine folgte. Das euphorische Gefühl, das die Drinks hervorgerufen hatten, war vollkommen verschwunden, und ihre Beine begannen zu zittern.

Als sie draußen in der milden Nachtluft waren, kam Catherine plötzlich ein Gedanke, der sie mit Erleichterung erfüllte. *Er wird mich heute nacht nicht ins Bett nehmen. Die Männer tun das nie bei der ersten Verabredung. Er wird mich wieder zum Abendessen einladen, und das nächstemal gehen wir zu Henrici, und wir werden uns besser kennenlernen. Wirklich kennenlernen. Und wahrscheinlich werden wir uns verlieben – wahnsinnig –, und er wird mich seinen Eltern vorstellen, und dann wird alles gut sein ... und ich werde dieses dumme Angstgefühl nicht haben.*

»Hast du ein besonderes Motel im Sinn?« fragte Ron.

Catherine starrte sprachlos zu ihm auf. Aus war's mit den Träumen von einem wohlerzogenen Musikabend bei seinen Eltern. Der Halunke plante, sie in einem Motel ins Bett zu nehmen! Nun, das wollte sie doch, oder nicht? War das nicht der Grund, weshalb sie diesen dämlichen Zettel geschrieben hatte?

Rons Hand lag jetzt auf Catherines Schulter, glitt ihren Arm hinunter. Sie spürte ein warmes Gefühl in der Leistengegend. Sie schluckte und sagte: »Ein Motel ist wie das andere.«

Ron sah sie merkwürdig an, sagte aber nur: »O. K. Gehen wir.«

Sie stiegen in den Wagen und fuhren nach Westen. Catherines Körper war zu Eis erstarrt, aber ihre Gedanken rasten. Das letztemal war sie als Achtjährige in einem Motel gewesen, als sie mit ihrer Mutter und ihrem Vater über Land gefahren war. Jetzt ging sie in eins, um mit einem Mann ins Bett zu gehen, der ihr völlig fremd war. Was wußte sie schon von ihm? Nur, daß er gut aussah, beliebt war und eine Nase für leichte Eroberungen hatte.

Ron griff nach ihrer Hand. »Deine Hände sind kalt«, sagte er.

»Kalte Hände, heiße Beine.« *Oh, Jesus,* dachte sie. *Schon wieder.* Aus irgendeinem Grund kam Catherine der Text von »Ah, Sweet Mystery of Life« in den Sinn. Nun, sie war dabei, das Geheimnis zu ergründen. Sie war dabei herauszufinden, was alles bedeutete. Die Bücher, die ›scharfen‹ Anzeigen, die kaum verschleierten Liebestexte – »Schaukle mich in der Liebeswiege«, »Mach's noch mal«, »Vögel tun's«. *O. K.,* dachte sie. *Jetzt wird Catherine es tun.*

Ron bog nach Süden in die Clark Street ein.

Beiderseits der Straße leuchteten riesige flimmernde rote Neonschilder in die Nacht und schrien ihre Angebote billiger und zeitweiliger Zufluchtsorte für ungeduldige junge Liebespaare hinaus. »EASY REST MOTEL«, »OVERNIGHT MOTEL«, »COME INN«. *(Das mußte ein Freudsches Wortspiel sein!)* »THE TRAVELLERS REST.« Der Mangel an Phantasie war erschütternd, andererseits aber waren die Besitzer solcher Etablissements wahrscheinlich zu sehr damit beschäftigt, Unzucht treibende junge Paare schnellstens ins Bett und wieder hinauszubefördern, als daß sie sich um eine gewählte Ausdrucksweise Gedanken machen könnten.

»Das ist ungefähr das beste«, sagte Ron und wies auf ein Schild vor ihnen.

»PARADISE INN – VACANCY.«

Es war symbolisch. Im Paradies war eine Stelle frei, und sie, Catherine Alexander, würde sie ausfüllen.

Ron fuhr den Wagen in den Hof neben ein kleines weißgekalktes Büro mit einem Schild: LÄUTEN UND EINTRETEN. Der Hof bestand aus etwa zwei Dutzend numerierten Holzbungalows.

»Wie sieht das aus?« fragte Ron.

Wie Dantes Inferno. Wie das Colosseum in Rom, wenn die Christen den Löwen vorgeworfen werden sollten. Wie der Tempel von Delphi, wenn eine Vestalin aufs Kreuz gelegt werden sollte.

Catherine hatte wieder das prickelnde Gefühl in ihrer Leistengegend. »Phantastisch«, sagte sie. »Einfach phantastisch.«

Ron lächelte wissend. »Ich bin gleich wieder da.« Er legte Catherine die Hand aufs Knie, glitt ihren Schenkel hoch, gab ihr einen schnellen, unpersönlichen Kuß, stieg aus und ging in das Büro. Sie blickte ihm nach und versuchte, an nichts zu denken.

In der Ferne hörte sie eine Sirene heulen. *Oh, mein Gott,* dachte sie wütend. *Eine Razzia! Die machen hier immer Razzien!*

Die Tür des Büros öffnete sich, und Ron trat heraus, einen Schlüssel in der Hand. Das näher kommende Sirenengeheul schien er nicht zu hören. Er kam zum Wagen, ging auf Catherines Seite und öffnete die Tür. »Alles erledigt«, sagte er. Die Sirene war jetzt eine kreischende Todesfee, die auf sie hinunterstieß. Ob die Polizei sie verhaften könnte, bloß weil sie hier auf dem Hof waren?

»Komm«, sagte Ron.

»Hörst du das nicht?«

»Was?«

Die Sirene fuhr an ihnen vorbei, heulte die Straße hinunter und entfernte sich. Verdammt! »Die Knülche«, sagte sie schwach.

Ein Ausdruck der Ungeduld trat auf Rons Gesicht.

»Wenn was nicht in Ordnung ist –«, sagte er.

»Nein, nein«, unterbrach Catherine schnell. »Ich komme schon.« Sie stieg aus dem Wagen, und sie gingen auf einen der Bungalows zu. »Hoffentlich hast du meine Glückszahl«, sagte sie fröhlich.

»Was sagtest du?«

Catherine sah zu ihm auf und merkte plötzlich, daß kein Wort herausgekommen war. Ihr Mund war vollkommen trocken. »Nichts«, krächzte sie.

Sie erreichten die Tür, und sie trug die Nummer 13. Das genau hatte sie verdient. Es war ein Zeichen des Himmels, daß sie schwanger werden und Gott die heilige Katharina bestrafen würde.

Ron schloß auf und hielt ihr die Tür auf. Er knipste das Licht an, und Catherine trat hinein. Es war nicht zu glauben. Das Zimmer schien nur aus einem riesigen Doppelbett zu bestehen. Die einzigen anderen Möbelstücke waren ein unbequem aussehender Sessel in einer Ecke, ein kleiner Toilettentisch mit Spiegel und neben dem Bett ein beschädigtes Radio mit einem Schlitz für 25-Cent-Stücke. Niemand, der hier hereinkam, würde dieses Zimmer je für etwas anderes halten, als es war: ein Absteigequartier, wo ein Junge ein Mädchen hinbrachte, um es aufs Kreuz zu legen. Man könnte nicht sagen: Nun, hier sind wir also in einer Ski-Hütte – oder im Spielzimmer – oder im Hochzeitsgemach des Ambassador. Nein, das war klipp und klar ein billiges Liebesnest. Catherine drehte sich nach Ron um. Der schob den Türriegel vor. *Gut. Wenn die Sittenpolizei sie verhaften wollte, müßte sie zuerst die Tür aufbrechen.* Sie stellte sich vor, wie sie splitternackt von zwei Polypen hinausgetragen würde, während ein Fotograf sie für die Titelseite der *Chicago Daily News* knipste.

Ron ging zu Catherine hinüber und legte die Arme um sie. »Bist du nervös?« fragte er.

Sie sah zu ihm auf und zwang sich zu einem Lachen, das Margaret Sullavan Ehre gemacht hätte. »Nervös? Ron, sei nicht blöd.«

Er betrachtete sie immer noch unsicher. »Du hast das schon mal gemacht, nicht, Cathy?«

»Ich führe nicht Buch.«

»Ich habe den ganzen Abend ein merkwürdiges Gefühl über dich gehabt.«

Jetzt kommt's. Er würde sie auf ihren Jungfernhintern hinausschmeißen und ihr sagen, sie solle zum Teufel gehen. Nun, das würde sie zu verhindern wissen. Heute nacht.

»Was für ein Gefühl?«

»Ich weiß nicht.« Rons Stimme klang verwirrt. »In der einen Minute bist du sexy und ganz dabei, und in der nächsten sind deine Gedanken woanders, und du bist eiskalt. Als ob du zwei Menschen wärst. Welches ist nun die echte Catherine Alexander?«

Eiskalt, sagte sie mechanisch in sich hinein. Laut sagte sie: »Ich werde es dir zeigen.« Sie legte die Arme um ihn und küßte ihn auf die Lippen, und sie schmeckte chinesische Frühlingsrolle.

Er küßte sie noch fester und zog sie dicht an sich, strich ihr mit den Händen über die Brüste, liebkoste sie, schob ihr seine Zunge in den Mund. Catherine hatte ein fürchterliches Gefühl tief unten, und sie merkte, daß ihr Schlüpfer feucht wurde. *Also,* dachte sie, *es wird wirklich passieren! Es wird wirklich passieren!* Sie preßte sich fester an ihn, von einer wachsenden, fast unerträglichen Erregung erfüllt.

»Ziehen wir uns aus«, sagte Ron heiser. Er trat zurück und begann, sein Jackett auszuziehen.

»Nein«, sagte sie, »laß mich's machen.« In ihrer Stimme lag ein neues Selbstvertrauen. Wenn das die Nacht aller Nächte war, würde sie ihre Sache gut machen. Sie würde sich an alles erinnern, was sie je gelesen oder gehört hatte. Ron sollte nicht in die Uni zurückgehen und den Mädchen kichernd erzählen, wie er mit einer dummen kleinen Jungfer im Bett herumgemurkst habe. Catherine mochte Jean-Annes Oberweite nicht haben, aber sie hatte ein zehnmal nützlicheres Hirn, und sie würde es einsetzen, um Ron im Bett so glücklich zu machen, daß er es gar nicht aushielte. Sie zog ihm sein Jackett aus, legte es aufs Bett und faßte dann nach seiner Krawatte.

»Halt«, sagte Ron. »Ich möchte zusehen, wie du dich ausziehst.«

Catherine blickte ihn an, schluckte, griff langsam nach ihrem Reißverschluß und stieg aus dem Kleid. Sie stand im BH, im Unterkleid, in Höschen, Schuhen und Strümpfen da.

»Weiter.«

Sie zögerte einen Augenblick, bückte sich und stieg aus ihrem Unterkleid.

»He, großartig! Weiter, weiter.«

Catherine setzte sich langsam aufs Bett und zog sorgfältig Schuhe und Strümpfe aus, versuchte dabei, es so sexy wie möglich zu machen. Plötzlich spürte sie Ron hinter sich, der ihr den BH öffnete. Sie ließ ihn aufs Bett fallen. Er stellte Catherine auf die Beine und begann, ihr die Höschen herunterzustreifen. Sie holte tief Atem, schloß die Augen und wünschte, woanders mit einem anderen Mann zu sein, einem Menschen, der sie liebte, den sie liebte, der schöne Kinder, die seinen Namen trügen, zeugen würde, der für sie kämpfen und für sie töten würde und dem sie eine liebende Gefährtin wäre. *Eine Hure in seinem Bett, eine großartige Köchin in seiner Küche, eine charmante Gastgeberin in seinem Salon* ... mit einem Mann, der einen Hundesohn wie Ron Peterson dafür umbringen würde, daß er es wagte, sie in dieses schäbige, entwürdigende Zimmer zu bringen. Ihr Höschen fiel zu Boden. Catherine schlug die Augen auf.

Ron starrte sie bewundernd an. »Mein Gott, Cathy, bist du schön«, sagte er. »Du bist wirklich schön.« Er beugte sich hinunter und küßte ihre Brust. Sie erhaschte einen Blick im Spiegel über dem Toilettentisch. Es war wie eine französische Posse, schäbig und schmutzig. Alles in ihr außer dem heißen Schmerz in ihrer Leiste sagte ihr, daß es traurig, häßlich und falsch war, aber jetzt gab es kein Zurück mehr. Ron riß mit hochrotem Gesicht die Krawatte herunter und knöpfte das Hemd auf. Er schnallte sich den Gürtel auf und zog sich bis auf die Shorts aus, setzte sich dann aufs Bett und zog Schuhe und Strümpfe aus. »Wirklich, Catherine«, sagte er mit erregter Stimme, »du bist das verdammt schönste Ding, das ich je zu Gesicht bekommen habe.«

Seine Worte vergrößerten nur Catherines panischen Schrecken. Ron stand auf, ein breites, vorwegnehmendes Grinsen auf dem Gesicht, und ließ seine Shorts auf den Boden fallen. Sein männliches Organ stand steif vor, wie eine riesige aufgeblähte Salami mit Haar darum. Es war das Größte, Unglaublichste, was Catherine je in ihrem Leben gesehen hatte.

»Wie gefällt dir das?« fragte er, stolz darauf hinunterblickend.

Ohne zu denken, platzte Catherine heraus: »In Scheiben auf Roggenbrot. Mit Mostrich und Kopfsalat.«

Und sie sah, wie er klein und häßlich wurde.

In Catherines zweitem Studienjahr veränderte sich die Atmosphäre des Campus.

Zum ersten Mal wuchs die Unruhe über die Ereignisse in Europa, und zunehmend verbreitete sich das Gefühl, daß Amerika darin verwickelt werden würde. Hitlers Traum von der tausendjährigen Herrschaft des Dritten Reiches war auf dem Wege der Verwirklichung. Die Nazis hatten Dänemark besetzt und überfielen Norwegen.

In den letzten sechs Monaten hatten sich die Unterhaltungsthemen von Sex und Mode und Studentenbällen auf das ROTC, die Einberufung und das Leih-Pacht-Gesetz verlagert. Immer mehr College-Jungen erschienen in Armee- und Marineuniformen.

Eines Tages hielt Susie Roberts, eine ehemalige Schulkameradin, Catherine auf dem Gang an. »Ich möchte mich verabschieden, Cathy. Ich fahre weg.«

»Wohin?«

»Zum Klondike.«*

»Klondike?«

»Washington, D. C. Für alle Mädchen ist das eine Goldgrube. Es heißt, auf jedes Mädchen kämen mindestens hundert Männer.

*) Klondikeregion: heute erschöpftes Goldgebiet.

Gute Gewinnchancen.« Sie sah Catherine an. »Wozu willst du eigentlich hier noch versauern? Die Schule ist langweilig. Dort wartet die ganze große Welt auf einen.«

»Ich kann im Augenblick nicht weg«, sagte Catherine. An sich wußte sie nicht, warum: Sie hatte keine wirklichen Bindungen in Chicago. Sie stand in regelmäßigem Briefwechsel mit ihrem Vater und rief ihn ein- oder zweimal im Monat an, und jedesmal klang es, als wäre er im Gefängnis.

Catherine war jetzt unabhängig. Je mehr sie über Washington nachdachte, desto aufregender schien es. An jenem Abend rief sie ihren Vater an und sagte ihm, sie wolle von der Uni abgehen und in Washington arbeiten. Er fragte sie, ob sie gerne nach Omaha kommen wolle, aber Catherine spürte das Widerstreben in seiner Stimme. Er wollte nicht, daß sie wie er in die Falle tappte.

Am nächsten Morgen ging Catherine aufs Dekanat für Studentinnen und teilte mit, daß sie von der Uni abgehe. Catherine schickte Susie Roberts ein Telegramm und saß tags darauf im Zug nach Washington, D. C.

Paris 1940

Am Sonnabend, dem 14. Juni, marschierte die deutsche 5. Armee in ein niedergeschmettertes Paris ein. Die Maginot-Linie hatte sich als das größte Fiasko in der Kriegsgeschichte herausgestellt, und Frankreich lag verteidigungslos vor einer der mächtigsten Kriegsmaschinen, die die Welt je gekannt hatte.

Der Tag begann mit einer eigentümlichen Wolkendecke, die über der Stadt lag, einer erschreckenden Wolke unbekannten Ursprungs. Während der letzten achtundvierzig Stunden hatten Geräusche eines stoßweise einsetzenden Artilleriefeuers die unnatürliche, eingeschüchterte Stille von Paris unterbrochen. Der Kanonendonner war außerhalb der Stadt, aber der Widerhall drang bis ins Herz von Paris. Es hatte eine Flut von Gerüchten gegeben, die sich wie eine Welle über den Rundfunk, in Zeitungen und von Mund zu Mund ergossen hatte. Die Boches griffen die französische Küste an... London war zerstört... Hitler hatte ein Übereinkommen mit der britischen Regierung getroffen... Die Deutschen würden Paris mit einer tödlichen neuen Bombe ausradieren. Zuerst war jedes Gerücht wie ein Evangelium aufgenommen worden, das seinen eigenen Schrecken erzeugte, aber dauernde Krisen üben schließlich eine einschläfernde Wirkung aus, als ob Geist und Körper, außerstande, noch mehr Schrecken zu absorbieren, sich hinter einen Schutzschild der Apathie zurückzögen. Jetzt waren die Gerüchtemühlen vollständig zum Stillstand gekommen, die Zeitungspressen druckten nicht mehr, und die Rundfunkstationen sendeten nicht mehr. Der menschliche Instinkt war an die Stelle der Maschinen getreten, und die Pariser spürten, daß dies ein Tag der Entscheidung war. Die graue Wolke war ein Omen.

Und dann schwärmten die deutschen Heuschrecken herein.

Plötzlich war Paris eine Stadt voll ausländischer Uniformen und fremder Menschen, die eine seltsame gutturale Sprache sprachen, die breiten, mit Bäumen gesäumten Avenuen in großen Mercedes-Limousinen mit der Nazi-Flagge entlangfuhren oder sich auf den Bürgersteigen drängten, die jetzt ihnen gehörten.

Innerhalb von vierzehn Tagen hatte sich eine verblüffende Verwandlung vollzogen. Überall tauchten Schilder in Deutsch auf. Denkmäler französischer Helden waren entfernt worden, und das Hakenkreuz flatterte von allen öffentlichen Gebäuden. Deutsche Bemühungen, alles Gallische auszurotten, nahmen lächerliche Ausmaße an. Die Bezeichnungen an Heiß- und Kaltwasserhähnen wurden von *chaud* und *froid* in *warm* und *kalt* geändert. Die Place de Broglie in Straßburg wurde in Adolf-Hitler-Platz umbenannt.

Die deutschen Besatzungstruppen amüsierten sich. Wenn die französische Küche auch zu schwer und zu saucenreich war, war sie doch eine angenehme Abwechslung von der Kriegsverpflegung. Die Soldaten wußten nicht und es interessierte sie auch nicht, daß Paris die Stadt Baudelaires, Dumas' und Molières war. Für sie war Paris eine grelle, gierige, übertrieben geschminkte Hure mit emporgeschobenen Röcken, und sie nahmen sie, jeder auf seine Weise. Göring und Himmler raubten den Louvre aus und beschlagnahmten die reichen Wohnsitze.

Wenn Korruption und Opportunismus in Frankreichs Krisenzeit an die Oberfläche drangen, dann aber auch der Heroismus. Eine der Geheimwaffen des Untergrunds waren die *Pompiers,* die Feuerwehr, die in Frankreich der Armee unterstellt ist. Die Deutschen hatten Dutzende von Gebäuden fürs Heer, für die Gestapo und verschiedene Ministerien beschlagnahmt; Standort und Lage dieser Gebäude waren natürlich kein Geheimnis. In einem Hauptquartier der Résistance in St. Rémy brüteten Widerstands-Führer über großen Stadtplänen, auf denen die genaue Lage jedes einzelnen Gebäudes verzeichnet war. Dann wurden Experten bestimmte Ziele zugewiesen, und am folgenden Tag fuhr ein Wagen in schnellem Tempo oder ein unschuldig aussehender Radfahrer an einem der Gebäude vorbei und warf eine selbstgebastelte Bombe durchs Fenster. Bis dahin war der Schaden gering. Das Raffinierte des Planes lag in dem, was dann folgte.

Die Deutschen mobilisierten die *Pompiers,* das Feuer zu löschen. Nun gibt es eine feststehende Regel in allen Ländern, daß bei einem

Brand die Feuerwehr die alleinige Verantwortung und Aufsicht hat. In Paris war das genauso. Die *Pompiers* stürzten in das Gebäude, während die Deutschen lammfromm daneben standen und zusahen, wie die mit ihren Hochdruckschläuchen, Äxten und – wenn sie die Möglichkeit hatten – mit ihren eigenen Brandbomben alles Erreichbare zerstörten. Auf diese Weise gelang es der Untergrundbewegung, kostbare in den Festungen der Wehrmacht und der Gestapo verschlossene deutsche Archive zu vernichten. Es dauerte fast sechs Monate, bis das deutsche Oberkommando merkte, was sich hier abspielte, und inzwischen war nichtwiedergutzumachender Schaden angerichtet worden. Die Gestapo konnte nichts beweisen, aber die Mitglieder der *Pompiers* wurden verhaftet und eingesperrt.

Alles, von den Lebensmitteln bis zur Seife, wurde knapp. Es gab kein Benzin, kein Fleisch, keine Molkereiprodukte. Die Deutschen hatten alles beschlagnahmt. Geschäfte mit Luxuswaren blieben offen, aber ihre einzigen Kunden waren Soldaten, die in Besatzungsgeld bezahlten.

»Wer wird die Noten einlösen?« fragten die französischen Ladenbesitzer jammernd.

Und die Deutschen grinsten: »Die Bank von England.«

Jedoch litten nicht alle Franzosen. Für die mit Geld und Beziehungen gab es immer noch den Schwarzmarkt.

Noelle Pages Leben änderte sich sehr wenig durch die Besetzung. Sie arbeitete als Vorführdame bei Chanel in der Rue Canbon in einem hundertfünfzig Jahre alten Sandsteinhaus, das äußerlich den üblichen Anblick bot, innen jedoch elegant eingerichtet war. Wie alle Kriege hatte auch dieser über Nacht Millionäre hervorgebracht, und es fehlte nicht an Kunden. Noelle erhielt mehr Anträge denn je; der einzige Unterschied bestand darin, daß die meisten von Deutschen kamen. Wenn sie keinen Dienst hatte, saß sie stundenlang in kleinen Trottoir-Cafés auf den Champs-Elysées oder auf dem linken Ufer in der Nähe des Pont Neuf. Hunderte von Männern in deutschen Uniformen flanierten vorbei, viele von ihnen mit jungen Französinnen. Die französischen Zivilisten waren entweder zu alt oder unbefriedigend, und Noelle nahm an, daß die jüngeren ins Lager gebracht oder aber zum Militärdienst eingezogen worden waren. Sie erkannte die Deutschen mit einem Blick, auch wenn sie in Zivil waren. Auf ihren Gesichtern lag ein Ausdruck von Arroganz, das Aussehen von Eroberern seit den Tagen Alexanders und Hadrians. Noelle haßte sie nicht und mochte sie auch nicht. Sie berührten sie einfach nicht.

Sie war von ihrem regen Innenleben in Anspruch genommen, plante sorgfältig jeden Schritt. Sie kannte ihr Ziel genau und wußte, daß nichts sie davon abbringen konnte. Sobald sie es sich leisten konnte, engagierte sie einen Privatdetektiv, der in dem Scheidungsprozeß einer ihrer Kolleginnen erfolgreich tätig gewesen war. Der Mann hieß Christian Barbet. Er saß in einem kleinen schäbigen Büro in der Rue St. Lazare. Auf dem Schild an der Tür stand:

NACHFORSCHUNGEN
PRIVAT UND GESCHÄFTLICH
ERMITTLUNGEN
VERTRAULICHE AUSKÜNFTE
FAHNDUNGEN
BEWEISE

Das Schild war fast größer als das Büro. Barbet war klein und glatzköpfig, hatte gelbe schadhafte Zähne, enge Schielaugen und nikotinfleckige Finger.

»Was kann ich für Sie tun?« fragte er Noelle.

»Ich möchte Auskunft über jemanden in England.«

Er blinzelte mißtrauisch. »Was für eine Auskunft?«

»Alles. Ob er verheiratet ist, mit wem er verkehrt. Alles. Ich möchte ein Sammelalbum über ihn anlegen.«

Barbet kratzte sich in der Leistengegend und starrte sie an.

»Ist er Engländer?«

»Amerikaner. Er ist Pilot in der Adler-Staffel in der RAF.«

Barbet rieb sich unbehaglich den kahlen Schädel. »Ich weiß nicht«, brummte er. »Wir haben Krieg. Wenn ich bei dem Versuch erwischt würde, Auskünfte über einen Flieger aus England zu bekommen –«

Seine Stimme verlor sich, und er zuckte ausdrucksvoll die Schultern. »Die Deutschen schießen zuerst und fragen danach.«

»Ich will keine militärischen Auskünfte«, versicherte Noelle ihm. Sie öffnete ihre Handtasche und zog ein Bündel Francnoten heraus. Barbet musterte sie gierig.

»Ich habe Verbindungen in England«, sagte er vorsichtig, »aber es wird teuer sein.«

Und so fing es an. Es vergingen drei Monate, ehe der kleine Detektiv Noelle anrief. Sie ging in sein Büro, und ihre ersten Worte waren: »Lebt er?«, und als Barbet nickte, sank sie erleichtert zusammen, und Barbet dachte: *Es muß wunderbar sein, so von jemandem geliebt zu werden.*

»Ihr Freund ist verlegt worden«, sagte Barbet.

»Wohin?«

Er blickte auf den Notizblock auf seinem Schreibtisch. »Er war der 609. Staffel der RAF zugeteilt. Dann ist er in die 121. Staffel in Martlesham East in East Anglia verlegt worden. Er fliegt Hurri – –«

»Das interessiert mich nicht.«

»Sie bezahlen dafür«, sagte er. »Warum sollten Sie für Ihr Geld nicht etwas kriegen?« Er blickte wieder auf seine Notizen. »Er fliegt Hurricanes. Vorher flog er amerikanische Buffaloes.«

Er schlug eine Seite um und fügte hinzu: »Jetzt wird es ein bißchen persönlich.«

»Weiter«, sagte Noelle.

Barbet zuckte die Schultern. »Hier ist eine Liste von Mädchen, mit denen er schläft. Ich wußte nicht, ob Sie –«

»Ich sagte Ihnen ja – alles.«

Es war ein merkwürdiger Ton in ihrer Stimme, der ihn verblüffte. Hier war etwas nicht ganz Normales, etwas, das nicht echt klang. Christian Barbet war ein drittklassiger Ermittler, der es mit drittklassigen Kunden zu tun hatte, aber eben aus diesem Grunde hatte er einen Instinkt für die Wahrheit entwickelt, hatte eine Nase für Tatsachen. Das schöne, in seinem Büro stehende Mädchen beunruhigte ihn. Zuerst hatte Barbet geglaubt, sie wolle ihn vielleicht in eine Spionagesache hineinziehen. Dann folgerte er, daß sie eine sitzengelassene Frau war, die Beweise gegen ihren Mann sammelte. Da hatte er sich geirrt, wie er zugab, und jetzt war er außerstande herauszufinden, was seine Klientin wollte oder warum. Er reichte Noelle die Liste von Larry Douglas' Freundinnen und beobachtete ihr Gesicht, als sie las. Sie hätte genausogut eine Wäscheliste überfliegen können.

Sie las zu Ende und blickte auf. Christian Barbet war auf ihre nächsten Worte absolut unvorbereitet. »Ich bin sehr erfreut«, sagte Noelle.

Er sah sie an und blinzelte rasch.

»Bitte, rufen Sie mich an, wenn Sie Weiteres zu berichten haben.«

Noch lange nachdem Noelle Page gegangen war, saß Barbet in seinem Büro und blickte zum Fenster hinaus, versuchte zu enträtseln, was seine Klientin eigentlich vorhatte.

Die Theater in Paris kamen wieder in Schwung. Die Deutschen gingen hin, um ihre Siege zu feiern und mit den schönen Französinnen zu protzen, die sie wie Trophäen am Arm führten. Die Franzosen gingen hin, um ein paar Stunden zu vergessen, daß sie ein unglückliches, besiegtes Volk waren.

In Marseille war Noelle ein paarmal ins Theater gegangen, hatte aber nur unbedeutende Amateurstücke, von viertklassigen Schauspielern für ein gleichgültiges Publikum gespielt, gesehen. Das Theater in Paris war etwas ganz anderes. Es war lebendig und sprühend und voll des Esprits und der Grazie Molières, Racines und Colettes. Der unvergleichliche Sacha Guitry hatte sein Theater wieder eröffnet, und Noelle ging hin, um ihn spielen zu sehen. Sie besuchte eine Wiederaufnahme von Büchners *Dantons Tod* und ein Stück mit dem Titel *Asmodée* von einem vielversprechenden jungen Verfasser namens François Mauriac. Sie ging in die Comédie Française, um Pirandellos *Chacun La Vérité* und Rostands *Cyrano de Bergerac* zu sehen. Noelle ging immer allein, blind gegenüber den bewundernden Blicken ihrer Umgebung, vollkommen versunken in das auf der Bühne sich abspielende Drama. Etwas von dem Zauber hinter dem Rampenlicht schlug eine ansprechbare Saite in ihr an. Sie spielte eine Rolle wie die Akteure auf der Bühne, gab vor, etwas zu sein, was sie nicht war, verbarg sich hinter einer Maske.

Besonders ein Stück, *Geschlossene Gesellschaft* von Jean Paul Sartre, bewegte sie tief. Der Star war Philippe Sorel, eines der Idole Europas. Sorel war klein, häßlich und bullig, mit einer gebrochenen Nase und dem Gesicht eines Boxers. Aber sowie er sprach, geschah ein Wunder. Er verwandelte sich in einen empfindsamen, gutaussehenden Mann. *Es ist wie die Geschichte vom Froschkönig,* dachte Noelle, als sie ihn spielen sah. *Aber er ist beides, Prinz und Frosch.* Immer wieder ging sie hin, saß in der ersten Reihe, studierte sein Spiel, versuchte, das Geheimnis seines Magnetismus zu ergründen.

Eines Abends reichte ein Platzanweiser in der Pause Noelle einen Zettel. Darauf stand: »Ich habe Sie Abend für Abend im Publikum gesehen. Bitte kommen Sie heute abend hinter die Bühne, damit ich Sie kennenlernen kann. P. S.« Noelle las es, genoß es. Nicht, weil Philippe Sorel sie im geringsten interessierte, sondern weil sie wußte, daß dies der Anfang war, den sie schon immer gesucht hatte.

Nach der Vorstellung ging sie hinter die Bühne. Ein alter Mann am Bühneneingang wies sie in Sorels Garderobe. Er saß vor einem Schminkspiegel, nur in Shorts, und schminkte sich ab. Er musterte Noelle im Spiegel. »Es ist unglaublich«, sagte er schließlich. »In der Nähe sind Sie noch schöner.«

»Danke, Monsieur Sorel.«

»Wo kommen Sie her?«

»Aus Marseille.«

Sorel drehte sich um, um sie genauer anzusehen. Seine Augen wanderten von ihren Füßen langsam bis zu ihrem Kopf, übergingen nichts. Noelle stand bewegungslos unter seinem prüfenden Blick. »Suchen Sie eine Anstellung?« fragte er.

»Nein.«

»Ich zahle nie dafür«, sagte Sorel. »Von mir kriegen Sie nur eine Freikarte für mein Stück. Wenn Sie Geld haben wollen, ficken Sie einen Bankier.«

Noelle stand ruhig da. Schließlich sagte Sorel: »Was *suchen* Sie denn?«

»Ich glaube, ich suche Sie.«

Sie soupierten zusammen und gingen nachher in Sorels Appartement in der schönen Rue Maurice-Barres, von wo aus man die Ecke überblickte, die in den Bois de Boulogne überging. Philippe Sorel war ein gewandter Liebhaber, erstaunlich aufmerksam und selbstlos. Sorel hatte von Noelle nichts als ihre Schönheit erwartet und war von ihrer Vielseitigkeit im Bett überrascht.

»Du bist phantastisch«, sagte er. »Wo hast du das gelernt?«

Noelle überlegte einen Augenblick. Es war eigentlich keine Frage des Lernens, es war eine Gefühlsfrage. Für sie war der Körper eines Mannes ein Instrument, auf dem man spielte, das man bis in seine tiefsten Tiefen erforschen mußte, um die richtigen Saiten anzuschlagen und darauf aufzubauen, wobei ihr eigener Körper dazu diente, äußerste Harmonie zu schaffen.

»Es ist mir angeboren«, sagte sie einfach.

Ihre Fingerspitzen spielten leise um seine Lippen, schnelle kleine Schmetterlingsberührungen, dann glitten sie über Brust und Bauch. Sie sah, wie er wieder steif und hart wurde. Sie stand auf, ging ins Badezimmer, kam einen Augenblick später zurück und nahm seinen Penis in den Mund. Ihr Mund war heiß, mit warmem Wasser gefüllt. »O Jesus«, sagte er.

Sie verbrachten die ganze Nacht mit ihren Liebesspielen, und am Morgen bat Sorel Noelle, zu ihm zu ziehen.

Noelle lebte mit Philippe Sorel ein halbes Jahr zusammen. Sie war weder glücklich noch unglücklich. Sie wußte, daß ihre Anwesenheit Sorel ekstatisch glücklich machte, aber dies spielte bei Noelle nicht die geringste Rolle. Sie betrachtete sich lediglich als Studentin, die entschlossen war, jeden Tag etwas Neues zu lernen. Er war eine Schule, auf die sie ging, ein Teilchen nur in ihrem großen Plan. Für Noelle lag nichts Persönliches in ihrer Verbindung, denn sie gab nichts von sich selbst. Diesen Fehler hatte sie zweimal gemacht, und sie würde ihn nie wieder begehen. In Noelles Gedanken war Raum nur für einen Mann, und das war Larry Douglas. Wenn Noelle an der Place des Victoires oder an einem Park oder einem Restaurant vorbeikam, wohin Larry sie geführt hatte, spürte sie, wie der Haß in ihr wieder aufstieg und sie würgte, daß sie kaum atmen konnte. Und da war noch etwas, das sich in diesen Haß schlich, etwas, das Noelle nicht definieren konnte.

Zwei Monate nachdem Noelle zu Sorel gezogen war, bekam sie einen Anruf von Christian Barbet.

»Ich habe wieder einen Bericht für Sie«, sagte der kleine Detektiv.

»Geht es ihm gut?« fragte Noelle schnell.

Wieder hatte Barbet jenes unbehagliche Gefühl. »Ja«, sagte er.

Noelles Stimme klang erleichtert. »Ich komme gleich.«

Der Bericht bestand aus zwei Teilen. Der erste betraf Larry Douglas' militärische Laufbahn. Er hatte fünf deutsche Maschinen abgeschossen und war das erste amerikanische Flieger-As im Krieg. Er war zum Hauptmann befördert worden. Der zweite Teil des Berichtes interessierte sie mehr. Larry war in der Londoner Kriegsgesellschaft sehr beliebt geworden und hatte sich mit der Tochter eines britischen Admirals verlobt. Diesen Angaben folgte eine Liste von Mädchen, mit denen Larry schlief, von Show-Girls bis zur Frau eines Unterstaatssekretärs im Ministerium.

»Soll ich weitermachen?« fragte Barbet.

»Natürlich«, antwortete Noelle. Sie nahm einen Umschlag aus ihrer Handtasche und reichte ihn Barbet. »Rufen Sie mich an, wenn Sie weitere Nachrichten haben.«

Und draußen war sie.

Barbet blickte seufzend zur Decke: »*Folle*«, sagte er nachdenklich. »*Folle.*«

Wenn Philippe Sorel eine Ahnung gehabt hätte, was sich im Kopf Noelles abspielte, wäre er sehr erstaunt gewesen. Noelle schien ihm völlig ergeben. Sie tat alles für ihn: kochte wunderbar, kaufte ein, überwachte die Putzfrau in seiner Wohnung und war zur Umarmung bereit, wann immer ihm der Sinn danach stand. Und erbat nichts. Sorel beglückwünschte sich, eine so vollkommene Geliebte gefunden zu haben. Er nahm sie überallhin mit, und sie lernte alle seine Freunde kennen. Sie waren von ihr entzückt und meinten, Sorel sei ein Glückspilz.

Eines Abends, als sie nach der Vorstellung auswärts soupierten, sagte Noelle zu ihm: »Ich möchte Schauspielerin werden, Philippe.«

Er schüttelte den Kopf. »Weiß Gott, schön genug bist du dazu, aber ich bin mein ganzes Leben bis zum Hintern mit Schauspielerinnen liiert gewesen. Du bist anders, und ich möchte, daß du so bleibst. Ich möchte dich nicht mit anderen teilen.« Er tätschelte ihre Hand. »Geb' ich dir nicht alles, was du brauchst?«

»Doch, Philippe«, erwiderte Noelle.

Als sie an jenem Abend in die Wohnung zurückkehrten, verlangte es Sorel nach einer Umarmung. Danach war er ausgepumpt. Noch nie war Noelle so erregend gewesen, und er beglückwünschte sich, daß alles, was sie brauchte, nur die feste Führung eines Mannes war.

Am darauffolgenden Sonntag war Noelles Geburtstag, und Philippe Sorel gab ein Bankett im Maxim für sie. Er hatte sich den mit rotem Plüsch und tiefdunkler Täfelung ausgestatteten großen privaten Speisesaal im ersten Stock reservieren lassen. Noelle hatte bei der Aufstellung der Gästeliste geholfen und einen Namen ohne Wissen Philippes hinzugefügt. Es waren vierzig Personen auf der

Gesellschaft. Nach dem Essen erhob sich Sorel. Er hatte eine ganze Menge Cognac und Champagner getrunken und stand ein bißchen unsicher auf den Beinen, auch seine Worte kamen etwas undeutlich heraus.

»Meine Freunde«, sagte er, »wir haben alle auf das schönste Mädchen der Welt getrunken und haben ihr schöne Geburtstagsgeschenke gegeben, aber ich habe ein Geschenk für sie, das eine *große* Überraschung sein wird.« Sorel sah auf Noelle hinunter und strahlte. Dann wandte er sich wieder an seine Gäste: »Noelle und ich werden heiraten.«

Beifälliger Jubel erhob sich, und die Gäste umdrängten Sorel, um ihm auf den Rücken zu klopfen und der Braut Glück zu wünschen. Noelle lächelte zu den Gästen auf und murmelte ihren Dank. Ein Gast war nicht aufgestanden. Er saß an einem Tisch am anderen Ende des Raumes, rauchte eine Zigarette in einem langen Halter und betrachtete spöttisch die Szene. Noelle war sich bewußt, daß er sie während des Essens beobachtet hatte. Er war ein großer, sehr magerer Mann mit einem gespannten, grüblerischen Gesicht. Ihn schien alles, was um ihn vorging, zu belustigen, mehr als Beobachter denn als Gast.

Ihre Blicke kreuzten sich, und Noelle lächelte.

Armand Gautier war einer der ersten Regisseure Frankreichs. Er leitete das französische Repertoire-Theater, und seine Inszenierungen waren in der ganzen Welt mit Beifall aufgenommen worden. Wenn Gautier ein Stück oder einen Film inszenierte, war dies eine beinahe sichere Erfolgsgarantie. Er stand in dem Ruf, besonders gut mit Schauspielerinnen umgehen zu können, und hatte ein halbes Dutzend bedeutende Stars kreiert.

Sorel stand neben Noelle, redete mit ihr. »Warst du überrascht, mein Liebling?« fragte er.

»Ja, Philippe«, sagte sie.

»Ich möchte, daß wir sofort heiraten. Die Hochzeit wird in meiner Villa stattfinden.«

Über seine Schulter hinweg konnte Noelle Armand Gautier sehen, der sie beobachtete, sein rätselhaftes Lächeln auf den Lippen. Dann kamen einige Freunde und zogen Philippe mit sich fort, und als Noelle sich umwandte, stand Gautier da.

»Gratuliere«, sagte er, und in seiner Stimme lag ein spöttischer Unterton. »Sie haben sich einen großen Fisch geangelt.«

»Meinen Sie?«

»Philippe Sorel ist ein großartiger Fang.«

»Für irgendeine vielleicht«, sagte Noelle gleichgültig.

Gautier sah sie erstaunt an. »Wollen Sie behaupten, Sie hätten kein Interesse daran?«

»Ich will gar nichts behaupten.«

»Viel Glück.« Er wandte sich zum Gehen.

»Monsieur Gautier . . .«

Er blieb stehen.

»Könnte ich Sie heute abend noch sehen?« fragte Noelle ruhig. »Ich möchte gerne allein mit Ihnen sprechen.«

Armand Gautier sah sie einen Augenblick an und zuckte dann die Schultern. »Wenn Sie wünschen.«

»Ich werde zu Ihnen kommen. Ist Ihnen das recht?«

»Ja, natürlich. Die Adresse ist –«

»Ich kenne die Adresse. Zwölf Uhr?«

»Zwölf Uhr.«

Armand Gautier wohnte in einem eleganten alten Appartement-Haus in der Rue Marbeuf. Ein Pförtner begleitete Noelle in die Halle, und ein Liftboy brachte sie in den vierten Stock und zeigte ihr Gautiers Appartement. Noelle läutete. Einige Augenblicke später wurde die Tür von Gautier geöffnet. Er trug einen geblümten Dressinggown.

»Kommen Sie herein«, sagte er.

Noelle trat in die Wohnung. Ihr Auge war ungeübt, aber sie fühlte, daß sie mit bestem Geschmack eingerichtet war und daß die Kunstgegenstände wertvoll waren.

»Entschuldigen Sie, daß ich nicht angezogen bin«, sagte Gautier. »Aber ich habe telefoniert.«

Noelle hielt seinen Blick fest. »Sie brauchen nicht angezogen zu sein.« Sie ging zur Couch hinüber und setzte sich.

Gautier lächelte. »Das Gefühl hatte ich auch, Mademoiselle Page. Aber etwas möchte ich doch gerne wissen. Warum ausgerechnet ich? Sie sind mit einem berühmten und reichen Mann verlobt. Ich bin sicher, wenn Sie außerplanmäßige Aktivitäten suchen, könnten Sie attraktivere und bestimmt reichere und jüngere Männer finden. Was wollen Sie von mir?«

»Ich möchte, daß Sie mir Schauspielunterricht geben.«

Armand Gautier sah sie einen Augenblick an und seufzte dann. »Sie enttäuschen mich. Ich habe etwas Originelleres erwartet.«

»Es ist Ihr Beruf, mit Schauspielern zu arbeiten.«

»Mit Schauspielern, nicht Amateuren. Haben Sie je gespielt?«

»Nein. Aber Sie werden es mich lehren.« Sie nahm ihren Hut ab und zog die Handschuhe aus. »Wo ist Ihr Schlafzimmer?« fragte sie.

Gautier zögerte. In seinem Leben wimmelte es von schönen Frauen, die zur Bühne wollten oder eine größere Rolle oder die Hauptrolle in einem neuen Stück oder eine größere Garderobe haben wollten. Sie gingen ihm alle auf die Nerven. Er wußte, daß er ein Narr wäre, wenn er sich mit noch einer einließe. Andererseits brauchte er sich nicht an sie zu binden. Hier war ein schönes Mädchen, das sich ihm an den Hals warf. Es wäre einfach, mit ihr ins Bett zu steigen und sie dann fortzuschicken. »Dort hinein«, sagte er, auf eine Tür deutend.

Er beobachtete Noelle, während sie aufs Schlafzimmer zuging. Er fragte sich, wie Philippe Sorel wohl zumute wäre, wenn er wüßte, daß seine Braut die Nacht hier verbrachte. Weiber, Huren, alle. Gautier schenkte sich einen Cognac ein und tätigte mehrere Anrufe. Als er schließlich ins Schlafzimmer ging, lag Noelle nackt in seinem Bett, auf ihn wartend. Gautier mußte zugeben, daß sie ein erlesenes Werk der Natur war. Ihr Gesicht war atemraubend und ihr Körper makellos. Ihre Haut war honigfarben, ausgenommen das zartgoldene Dreieck zwischen ihren Beinen. Gautier hatte die Erfahrung gemacht, daß schöne Mädchen fast ausnahmslos narzistisch, viel zu ichbezogen, daher im Bett miserabel waren. Sie meinten, ihr Beitrag zur Liebe bestünde allein darin, daß sie sich einem Mann ins Bett legten, der dann am Ende einen bewegungslosen Lehmklumpen im Arm hatte und auch noch dankbar dafür sein sollte. Na ja, vielleicht konnte er dieser da einiges beibringen.

Noelle sah zu, wie Gautier sich auszog, seine Sachen unbekümmert auf dem Boden verstreute und dann ans Bett trat. »Ich werde dir nicht erzählen, du seist schön«, sagte er. »Das hast du schon viel zu oft gehört.«

»Die Schönheit ist vergeudet«, meinte Noelle schulterzuckend, »wenn sie nicht angewandt wird, um Vergnügen zu bereiten.«

Gautier sah sie überrascht an und lächelte dann. »Einverstanden. Wenden wir uns der deinen zu.« Er setzte sich neben sie.

Wie die meisten Franzosen bildete Armand Gautier sich ein, ein gewandter Liebhaber zu sein. Er war über die Geschichten belustigt, die er von den Deutschen und Amerikanern gehört hatte, deren Vorstellung von einem Liebesakt darin bestand, daß sie ein Mädchen bestiegen, sofort einen Orgasmus hatten, den Hut aufsetzten und sich verabschiedeten. Die Amerikaner hatten sogar eine Redensart dafür: »*Wham, bam, thank you Ma'am.*« Wenn Armand Gautier einer Frau gefühlsmäßig verbunden war, wandte er viele Kunstgriffe an, um den Genuß des Liebesaktes zu erhöhen. Zuerst gab es immer ein vollendetes Diner und die passenden Weine. Er arrangierte den szenischen Hintergrund kunstverständig, damit er angenehm auf die Sinne wirkte. Das Zimmer war zart parfümiert, und leise Musik erfüllte den Raum. Er erregte seine Frauen zuerst mit zartem Liebesgeflüster und später mit der gemeinen Sprache der Gosse. Und Gautier war erfahren in den dem Akt vorausgehenden manuellen Spielen.

Was Noelle betraf, verzichtete er auf alle diese Dinge. Für eine Nacht war das nicht nötig, kein Parfüm, keine Musik, keine leeren Koseworte. Sie war ganz einfach hier, um aufs Kreuz gelegt zu werden. Tatsächlich war sie eine Närrin, wenn sie glaubte, sie könne das, was jede Frau in der Welt zwischen ihren Beinen hatte, gegen die große und einzigartige Begabung, die Armand Gautier im Kopf hatte, aushandeln.

Er schwang sich über sie. Noelle hielt ihn zurück.

»Warte«, flüsterte sie.

Er sah verblüfft, wie sie nach zwei Tuben griff, die sie auf den Nachttisch gelegt hatte. Sie drückte den Inhalt der einen in ihre Hand und begann, seinen Penis damit einzureiben.

»Was soll denn das alles?« fragte er.

Sie lächelte. »Du wirst sehen.« Sie küßte ihn auf die Lippen, ihre Zunge schoß mit schnellen, vogelartigen Bewegungen in seinen Mund. Sie löste sich, und ihre Zunge bewegte sich über seinen Leib; ihr Haar strich wie leichte, zarte Finger über seinen Körper. Er spürte, daß sein Organ sich zu heben begann. Sie fuhr mit ihrer Zunge an seinen Beinen bis zu seinen Füßen hinunter und begann, sanft an seinen Zehen zu saugen. Sein Organ war jetzt steif und hart, und sie bestieg ihn. Als er spürte, wie er in sie eindrang, wirkte die Wärme ihrer Vagina auf die Salbe, mit der sie seinen Penis eingerieben hatte, und die Empfindung wurde unerträglich erregend. Als sie auf ihm ritt und sich auf und ab bewegte, liebkoste ihre linke Hand seine Hoden, die heiß zu werden begannen. In der Salbe auf seinem Penis war Menthol, und die Sensation des Kalten im Innern ihrer Wärme, dazu die Hitze seiner Hoden brachte ihn zur Raserei.

Sie umarmten sich die ganze Nacht, und jedesmal liebte Noelle ihn anders. Es war das unglaublichste sinnliche Erlebnis, das er je gehabt hatte.

Morgens sagte Armand Gautier: »Wenn ich genug Energie aufbringen kann, um mich zu bewegen, zieh' ich mich an, und wir gehen frühstücken.«

»Bleib liegen«, sagte Noelle. Sie ging zum Wandschrank hinüber, wählte einen seiner Dressinggowns und zog ihn an. »Ruh dich aus. Ich bin gleich wieder da.«

Eine halbe Stunde später kam Noelle mit einem Frühstückstablett zurück. Darauf waren frisch ausgepreßter Orangensaft, ein köstliches Omelett mit Würstchen und Schnittlauch, heiße, mit Butter bestrichene Croissants und Marmelade und eine Kanne schwarzen Kaffees. Es schmeckte außergewöhnlich gut.

»Ißt du nichts?« fragte Gautier.

Noelle schüttelte den Kopf. »Nein.« Sie saß in einem Sessel und sah ihm beim Essen zu. Sie sah sogar noch schöner aus in seinem Morgenrock, den sie oben offen trug, die Kurven ihrer herrlichen Brüste enthüllend. Ihr Haar war zerzaust.

Armand Gautier hatte seine anfängliche Meinung über Noelle radikal geändert. Sie stieg nicht mit jedem Mann auf Anhieb ins Bett; sie war ein absoluter Schatz. Jedoch hatte er viele Schätze in seiner Laufbahn am Theater kennengelernt und hatte nicht die Absicht, seine Zeit und sein Talent als Regisseur an eine Dilettantin mit strahlenden Augen zu verschwenden, die auf die Bühne wollte, ganz gleich, wie schön oder wie tüchtig im Bett sie auch sein mochte. Gautier war ein engagierter Mann, der seine Kunst ernst nahm. Er hatte sich in der Vergangenheit geweigert, sie aufs Spiel zu setzen, und dachte nicht daran, jetzt damit anzufangen.

Am Abend zuvor hatte er vorgehabt, mit Noelle die Nacht zu verbringen und sie am Morgen hinauszuwerfen. Jetzt aß er sein Frühstück, betrachtete sie dabei und versuchte, sich einen Weg auszudenken, wie er Noelle als Geliebte halten könnte, bis er ihrer überdrüssig wurde, ohne sie zur Schauspielerei zu ermutigen. Er wußte, daß er ihr einen Köder hinhalten mußte. Vorsichtig tastete er sich vor. »Hast du die Absicht, Philippe Sorel zu heiraten?«

»Natürlich nicht«, erwiderte Noelle. »Das will ich nicht.«

Jetzt kam's. »Was willst du denn?« fragte Gautier.

»Ich sagte dir schon«, entgegnete Noelle ruhig. »Ich möchte Schauspielerin werden.«

Gautier biß in noch ein Croissant, um Zeit zu gewinnen. »Natürlich«, sagte er. Dann fügte er hinzu: »Es gibt viele Schauspiellehrer, zu denen ich dich schicken könnte, die ...«

»Nein«, sagte sie. Noelle sah ihn freundlich, herzlich an, als wäre sie begierig, in alles einzuwilligen, was er vorschlug. Und doch hatte Gautier das Gefühl, daß in ihrem Innersten ein stählerner Kern lag. Sie hätte auf vielerlei Arten »nein« sagen können. Zornig, vorwurfsvoll, enttäuscht, schmollend, aber sie hatte es sanft gesagt und mit absoluter Entschiedenheit. Die Sache würde schwieriger werden, als er erwartet hatte. Einen Augenblick war Armand Gautier versucht, ihr zu erklären, was er Dutzenden von Mädchen allwöchentlich sagte, sie solle gehen, er könne seine Zeit für sie nicht vergeuden. Aber dann dachte er wieder an die unglaublichen Sensationen, die er in der Nacht erlebt hatte, und wußte, daß er ein Narr wäre, sie so bald gehen zu lassen. Sicherlich war sie einen kleinen, ganz kleinen Kompromiß wert.

»Na gut«, sagte Gautier. »Ich werde dir ein Stück zum Studium geben. Wenn du es gelernt hast, wirst du es mir vortragen, und wir werden sehen, wieviel Talent du hast. Dann können wir entscheiden, was wir mit dir tun.«

»Danke, Armand«, sagte sie. Es lag kein Triumph in ihren Worten, nicht einmal Freude, die er entdecken konnte. Nur eine einfache Anerkennung des Unvermeidlichen. Zum ersten Mal fühlte Gautier einen leisen Stich des Zweifels. Aber das war natürlich lächerlich. Er war ein Meister im Umgang mit Frauen.

Während Noelle sich anzog, ging Armand Gautier in seine Bibliothek und überflog die vertrauten, abgegriffenen Bände auf den Borden. Schließlich wählte er mit einem schiefen Lächeln *Andromache* von Euripides. Es war eines der schwierigsten klassischen Werke. Er ging ins Schlafzimmer zurück und gab Noelle das Stück.

»Da, meine Liebe«, sagte er. »Wenn du die Rolle gelernt hast, werden wir sie zusammen durchnehmen.«

»Danke, Armand. Du wirst es nicht bedauern.«

Je mehr er darüber nachdachte, desto mehr freute ihn seine List. Noelle würde eine oder zwei Wochen brauchen, die Rolle zu lernen, oder, was noch wahrscheinlicher war, sie würde zu ihm kommen und zugeben, sie könne sie nicht auswendig lernen. Er würde vollstes Verständnis zeigen und erklären, wie schwer die Kunst des Schauspielens sei, und sie könnten dann ein von ihren Ambitionen unbeeinträchtigtes Verhältnis unterhalten. Gautier verabredete sich mit Noelle zum Diner am Abend, und sie ging.

Als Noelle in die Wohnung zurückkehrte, die sie mit Philippe Sorel teilte, wartete er schon auf sie. Er war sehr betrunken.

»Du Luder«, schrie er. »Wo bist du die ganze Nacht gewesen?«

Es wäre gleichgültig, was sie sagte. Sorel wußte, daß er sich ihre Entschuldigung anhören, sie verdreschen und dann ins Bett nehmen und ihr verzeihen würde.

Doch Noelle entschuldigte sich nicht, sagte nur: »Bei einem anderen Mann, Philippe. Ich bin gekommen, meine Sachen zu holen.«

Und als Sorel sie verblüfft und ungläubig ansah, ging Noelle ins Schlafzimmer und begann zu packen.

»Um Himmels willen, Noelle«, flehte er, »tu das nicht! Wir lieben uns doch, wir werden heiraten.« Die nächste halbe Stunde redete er auf sie ein, argumentierte, drohte, schmeichelte, und inzwischen hatte Noelle zu Ende gepackt und die Wohnung verlassen, und Sorel hatte keine Ahnung, warum er sie verloren hatte, denn er wußte nicht, daß er sie nie besessen hatte.

Armand steckte tief in der Regie-Arbeit an seinem neuen Stück, dessen Premiere in vierzehn Tagen sein sollte, und verbrachte den ganzen Tag mit Proben im Theater. In der Regel dachte Gautier, wenn er ein Stück inszenierte, an nichts anderes. Ein Teil seines Genies war die intensive Konzentration, die er seiner Arbeit widmen konnte. Nichts existierte für ihn außer den vier Wänden des Theaters und den Schauspielern, mit denen er arbeitete. An diesem Tag jedoch war es anders. Gautier entdeckte, daß seine Gedanken unablässig zu Noelle und der unglaublichen Nacht, die sie zusammen verbracht hatten, abschweiften. Die Schauspieler gingen eine Szene durch, hielten inne und warteten auf seine Kritik, und

Gautier merkte plötzlich, daß er gar nicht hingehört hatte. Wütend auf sich versuchte er, sich auf seine Regie-Arbeit zu konzentrieren, aber die Erinnerungen an Noelles nackten Körper und die wunderbaren Dinge, die er ihm geboten hatte, kehrten immer wieder zurück. Mitten in einer dramatischen Szene entdeckte er, daß er mit einer Erektion auf der Bühne herumlief, und er mußte sich einen Augenblick entschuldigen und hinausgehen.

Da Gautier einen analytischen Verstand hatte, versuchte er zu ergründen, was an diesem Mädchen derart auf ihn eingewirkt hatte. Gut, Noelle war schön, aber er hatte mit einigen der schönsten Frauen der Welt geschlafen. Sie war vollendet und gewandt im Liebesakt, aber das waren andere Frauen auch, mit denen er geschlafen hatte. Sie schien intelligent, aber nicht geistreich; ihre Persönlichkeit war angenehm, aber nicht kompliziert. Da war noch etwas anderes, etwas, worauf der Regisseur nicht wirklich den Finger legen konnte. Und dann erinnerte er sich an ihr sanftes »Nein«, und das war ein Anhaltspunkt. Es war eine gewisse Kraft in ihr, die unwiderstehlich war, die alles erreichen würde, was sie wollte. Etwas war in ihr, das unberührt war. Und wie andere Männer vor ihm spürte Armand Gautier, daß er, obgleich Noelle ihn tiefer bewegt hatte, als er es sich eingestehen wollte, sie überhaupt nicht berührt hatte, und das war eine Herausforderung, die seine Männlichkeit nicht ertrug.

Gautier verbrachte den Tag in einem Stadium der Verwirrung. Er freute sich auf den Abend mit großen Hoffnungen, nicht so sehr, weil er Noelle umarmen wollte, sondern weil er sich selbst beweisen wollte, daß er aus nichts etwas gemacht hatte. Er wollte, daß Noelle eine Enttäuschung für ihn sei, damit er sie aus seinem Leben verbannen konnte.

Als sie sich in jener Nacht umarmten, zwang sich Armand Gautier, sich der Tricks und Kunstgriffe und Listen bewußt zu werden, die Noelle anwandte, damit ihm klar würde, daß alles mechanisch, ohne jedes Gefühl, geschah. Aber er irrte sich. Sie gab sich ihm voll und ganz hin, wollte ihm nur Vergnügen und Genuß bereiten, wie er es nie vorher gekannt hatte, und sich an seinem Genuß weiden. Als der Morgen dämmerte, war Gautier von ihr noch mehr behext als zuvor.

Wieder bereitete Noelle ihm das Frühstück, diesmal feine Eierkuchen mit Marmelade und heißen Kaffee, und es war herrlich.

»Gut«, sagte Gautier sich, »du hast ein junges Mädchen gefunden, das schön anzusehen ist, das perfekt lieben und kochen kann. Bravo! Aber genügt das einem intelligenten Mann? Wenn du die Umarmung hinter dir hast und wenn du gegessen hast, mußt du dich unterhalten. Worüber kann sie sich mit dir unterhalten?« Die Antwort lautete, daß es eigentlich keine Rolle spielte.

Von dem Stück war nicht mehr gesprochen worden, und Gautier hoffte, daß Noelle es entweder vergessen hatte oder aber mit dem Auswendiglernen des Textes nicht zu Rande gekommen war. Als sie am Morgen ging, versprach sie, mit ihm zu Abend zu essen.

»Kannst du dich von Philippe losmachen?« fragte Gautier.

»Ich habe ihn verlassen«, sagte Noelle einfach und nannte Gautier ihre neue Adresse.

Er starrte sie einen Augenblick an. »Ich verstehe.«

Er verstand nichts. Nicht im geringsten.

Sie verbrachten wieder die Nacht zusammen. Wenn sie sich nicht umarmten, redeten sie. Oder eigentlich – Gautier redete. Noelle schien so an ihm interessiert, daß er plötzlich über Dinge sprach, die er jahrelang nicht erörtert hatte, persönliche Sachen, die er noch nie jemandem enthüllt hatte. Das Stück, das er ihr zu lesen gegeben hatte, wurde nicht erwähnt, und Gautier beglückwünschte sich, daß er sein Problem so elegant gelöst hatte.

Als sie am nächsten Abend gegessen hatten und bereit waren, sich zur Ruhe zu begeben, ging Gautier aufs Schlafzimmer zu.

»Noch nicht«, sagte Noelle.

Er drehte sich überrascht um.

»Du sagtest, du würdest mich anhören, wenn ich die Rolle spreche.«

»J-a – natürlich«, stammelte Gautier. »Sobald du fertig bist.«

»Ich bin fertig.«

Er schüttelte den Kopf. »Ich möchte nicht, daß du die Rolle liest, Chérie«, sagte er. »Ich möchte sie hören, wenn du sie auswendig gelernt hast, damit ich dich als Schauspielerin wirklich beurteilen kann.«

»Ich habe sie auswendig gelernt«, entgegnete Noelle.

Er starrte sie ungläubig an. Es war unmöglich, daß sie die gesamte Rolle in nur drei Tagen gelernt haben konnte.

»Bist du bereit, mich anzuhören?« fragte sie.

Armand Gautier blieb keine andere Wahl. »Natürlich«, sagte er. Er deutete auf die Mitte des Zimmers. »Das ist deine Bühne. Das Publikum ist hier.« Er setzte sich auf eine große bequeme Polsterbank.

Noelle begann. Gautier fühlte, daß er eine Gänsehaut bekam, sein ihm eigenes Symptom, wenn er auf wirkliche Begabung stieß. Natürlich war Noelle nicht erfahren. Weit davon entfernt. Ihre Unerfahrenheit schimmerte durch jede Bewegung und Geste. Aber sie hatte etwas, was viel mehr war als bloße Sachkenntnis: Sie hatte eine seltene Ehrlichkeit, ein natürliches Talent, die jeder Zeile neue Bedeutung und neue Farbe gaben.

Als Noelle den Monolog beendete, sagte Gautier herzlich: »Ich glaube, eines Tages wirst du eine bedeutende Schauspielerin werden, Noelle. Im Ernst. Ich werde dich zu Georges Faber, dem besten Schauspiellehrer in ganz Frankreich, schicken. Wenn du mit ihm arbeitest –«

»Nein.«

Er sah sie erstaunt an. Es war wieder dasselbe sanfte »Nein«. Bestimmt und endgültig.

»Was soll das heißen?« fragte Gautier einigermaßen verwirrt. »Faber nimmt nur die größten Schauspieler an. Er wird dich nur nehmen, weil ich es ihm sage.«

»Ich werde mit dir arbeiten«, sagte Noelle.

Gautier spürte, wie Zorn in ihm aufstieg. »Ich gebe niemandem Unterricht«, fuhr er sie an. »Ich bin kein Lehrer. Ich bin Regisseur von Berufsschauspielern. Wenn du mal eine Berufsschauspielerin bist, wirst du unter meiner Regie spielen.« Er bemühte sich, den Zorn in seiner Stimme zu unterdrücken. »Verstehst du mich?«

Noelle nickte. »Ja, ich verstehe, Armand.«

»Also gut.«

Beschwichtigt schloß er Noelle in die Arme und erhielt einen herzlichen Kuß von ihr. Jetzt wußte er, daß er sich unnötig Sorgen gemacht hatte. Sie war wie alle anderen Frauen, sie brauchte eine starke Hand. Er würde kein Problem mehr mit ihr haben.

Ihre Umarmungen in jener Nacht übertrafen alles bisher Dagewesene, möglicherweise, dachte Gautier, wegen der zusätzlichen Aufregung durch den leichten Streit, den sie gehabt hatten.

In der Nacht hatte er zu ihr gesagt: »Du kannst wirklich eine wunderbare Schauspielerin werden. Ich werde sehr stolz auf dich sein.«

»Danke, Armand«, flüsterte sie.

Am nächsten Morgen machte Noelle das Frühstück, und Gautier ging dann ins Theater. Als er Noelle im Laufe des Tages anrief, meldete sie sich nicht, und als er abends nach Hause kam, war sie nicht da. Gautier wartete auf sie, und als sie nicht erschien, lag er die ganze Nacht wach und machte sich Sorgen, ob sie vielleicht einen Unfall gehabt hatte. Er rief Noelle in ihrer Wohnung an, aber auch hier meldete sich niemand. Er schickte ein Telegramm, das als unzustellbar zurückkam, und als er nach den Proben bei ihr vorbeifuhr, läutete er vergebens.

In der folgenden Woche war Gautier rasend. Die Proben wurden zu Schlachtfeldern. Er schrie alle Schauspieler an und brachte sie derart außer Fassung, daß der Intendant vorschlug, die Probe abzubrechen, und Gautier willigte ein. Nachdem die Schauspieler gegangen waren, saß er allein auf der Bühne und versuchte zu ergründen, was ihm geschehen war. Er sagte sich, Noelle sei bloß eine von vielen Frauen, eine minderwertige, ehrgeizige Blondine mit dem Herzen eines Ladenmädchens, das ein Star werden wollte. Er verunglimpfte sie in jeder erdenklichen Weise, aber am Ende wußte er, daß es keinen Zweck hatte. Er mußte sie haben. In jener Nacht wanderte er durch die Straßen von Paris, betrank sich in kleinen Bars, wo man ihn nicht kannte. Er versuchte, sich Möglichkeiten auszudenken, Noelle zu erreichen, aber es war nutzlos. Es gab niemanden, mit dem er auch nur über sie reden konnte, außer Philippe Sorel, und das kam natürlich nicht in Frage.

Eine Woche nach Noelles Verschwinden kam Armand Gautier um vier Uhr morgens betrunken nach Hause, öffnete die Tür und ging ins Wohnzimmer. Alle Lichter waren an. Noelle saß in einen Sessel gekuschelt da, in einen seiner Hausmäntel gekleidet, und las ein Buch. Als er eintrat, blickte sie auf und lächelte.

»Hallo, Armand.«

Gautier starrte sie an, sein Herz hüpfte, ein Gefühl unendlicher Erleichterung und des Glücks durchflutete ihn. Er sagte: »Morgen beginnen wir mit der Arbeit.«

Washington 1940

Washington, D. C., war die erregendste Stadt, die Catherine Alexander je gesehen hatte. Immer hatte sie Chicago für den Kern gehalten, aber Washington war eine Offenbarung. Hier war das Herz Amerikas, das pulsierende Zentrum der Macht. Zuerst war Catherine von der Vielzahl der Uniformen auf den Straßen verwirrt: Armee, Marine-Luftwaffe, Marineinfanteriekorps. Zum ersten Mal fühlte Catherine die grimmige Möglichkeit eines Krieges als Realität.

In Washington war die unmittelbare Nähe des Krieges überall zu spüren. Es war die Stadt, in der der Krieg, wenn er ausbräche, beginnen würde. Hier würde er erklärt, mobilisiert und geführt werden. Es war die Stadt, die das Schicksal der Welt in der Hand hielt. Und sie, Catherine Alexander, würde ein Teil davon sein.

Sie war zu Susie Roberts gezogen, die in einem hellen und lustigen Apartment im vierten Stock mit einem ziemlich geräumigen Wohnzimmer, zwei anschließenden kleinen Schlafzimmern, einem winzigen Bad und einer Kochnische wohnte. Susie hatte sich offenbar gefreut, sie zu sehen. Ihre ersten Worte waren:

»Beeil dich, pack deine Sachen aus und dämpfe dein bestes Kleid auf. Du hast eine Dinner-Verabredung heute abend.«

Catherine blinzelte. »Was ist in dich gefahren?«

»Cathy, in Washington sind es die Mädchen, die die schwarzen Verabredungsbüchelchen führen. Diese Stadt wimmelt von einsamen Männern, es ist ein Jammer.«

An jenem ersten Abend aßen sie im Willard Hotel. Susies Partner war ein Kongreßmann aus Indiana, und Catherines Partner war ein Lobbyist aus Oregon, und beide Männer waren ohne ihre Frauen in der Stadt. Nach dem Dinner gingen sie in den Washington Country Club tanzen. Catherine hatte gehofft, der Lobbyist könnte ihr vielleicht zu einem Job verhelfen. Statt dessen wurden ihr ein Wagen und ein eigenes Apartment angeboten, was sie dankend ablehnte.

Susie nahm ihren Kongreßmann in die Wohnung mit, und Catherine ging zu Bett. Kurze Zeit später hörte sie sie in Susies Schlafzimmer gehen, und die Sprungfedermatratze begann zu quietschen. Catherine stülpte sich das Kopfkissen über den Kopf, um das Geräusch zu ersticken, aber es war unmöglich. Sie stellte sich Susie mit ihrem Partner in wilden, leidenschaftlichen Umarmungen vor. Als Catherine am anderen Morgen zum Frühstück aufstand, war Susie schon auf, sah blendend und fröhlich aus und machte sich fertig, zur Arbeit zu fahren. Catherine forschte nach verräterischen Fältchen und anderen Anzeichen von Ausschweifung bei Susie, aber da war nichts. Sie sah im Gegenteil strahlend aus, ihr Teint war absolut einwandfrei. *Mein Gott,* dachte Catherine, *sie ist ein weiblicher Dorian Gray. Eines Tages kommt sie herein, sieht großartig aus, und ich sehe wie hundertundzehn aus.*

Ein paar Tage später sagte Susie beim Frühstück: »He, ich hörte von einer frei werdenden Stelle, das könnte dich vielleicht interessieren. Eines der Mädchen auf der Party gestern abend sagte, sie gebe ihre Stellung auf und kehre nach Texas zurück. Gott allein weiß, weshalb jemand, der Texas entwischt ist, wieder dahin zurückgehen möchte. Ich entsinne mich, vor ein paar Jahren war ich in Amarillo und . . .«

»Wo arbeitet sie?« unterbrach Catherine.

»Wer?«

»Das Mädchen«, sagte Catherine geduldig.

»Ach so. Sie arbeitet bei Bill Fraser. Er hat die Public Relations im State Department unter sich. *Newsweek* hat letzten Monat einen Artikel über ihn gebracht. Es soll eine ruhige runde Sache sein. Ich hörte erst gestern abend davon, wenn du also gleich hingehst, müßtest du eigentlich allen anderen Mädchen zuvorkommen.«

»Danke«, sagte Catherine. »William Fraser, ich komme!«

Zwanzig Minuten später war Catherine auf dem Weg zum State Department. Als sie ankam, sagte der Posten ihr, wo Frasers Büro war, und sie nahm den Aufzug nach oben. *Public Relations – das klang genau nach der Sorte, die sie suchte.*

Catherine blieb im Gang vor dem Büro stehen und nahm ihren

Taschenspiegel heraus, um ihr Make-up zu überprüfen. In Ordnung. Es war noch nicht neun Uhr dreißig, sie müßte also das Feld eigentlich für sich haben. Sie öffnete die Tür und ging hinein.

Das Bürovorzimmer war zum Bersten voll von Mädchen, die standen, saßen, an der Wand lehnten, und alle redeten offenbar gleichzeitig. Die hinter ihrem belagerten Schreibtisch völlig außer Fassung geratene Vorzimmerdame versuchte vergebens, Ordnung in das Chaos zu bringen. »Mr. Fraser hat jetzt zu tun«, wiederholte sie immerzu, »ich weiß nicht, wann er Sie empfangen kann.«

»Interviewt er Sekretärinnen oder nicht?« wollte eines der Mädchen wissen.

»Ja, aber ...« Sie blickte sich verzweifelt in dem lärmenden Haufen um. »Mein Gott, das ist ja absurd!«

Die Tür vom Gang öffnete sich, und drei weitere Mädchen drängten sich herein, Catherine beiseite schiebend.

»Ist die Stelle schon vergeben?« fragte eines von ihnen.

»Vielleicht möchte er gern einen Harem«, meinte ein anderes Mädchen. »Dann können wir alle hierbleiben.«

Die Tür zum Innenbüro öffnete sich, und ein Mann kam heraus. Es war etwa 1,85 m groß und hatte den beinahe schlanken Körper eines Nichtsportlers, der sich im Sportklub an drei Morgen in der Woche fit hält. Er hatte lockiges blondes, an den Schläfen angegrautes Haar, hellblaue Augen und ein energisches, ziemlich abstoßendes Kinn. »Was zum Teufel geht denn hier vor, Sally?« Seine Stimme klang tief und gebieterisch.

»Diese Mädchen haben von der freien Stelle gehört, Mr. Fraser.«

»Um Himmels willen! Ich selbst habe erst vor einer Stunde davon gehört.« Seine Augen schweiften durch den Raum. »Es ist wie Urwaldtrommeln.« Als sein Blick auf Catherine zuwanderte, richtete sie sich gerade auf und schenkte ihm ihr freundlichstes Lächeln: Ich werde eine großartige Sekretärin sein. Aber seine Augen gingen über sie hinweg und kehrten zu der Vorzimmerdame zurück. »Ich brauche ein Exemplar von *Life*«, sagte er zu ihr. »Eine alte Ausgabe von vor drei oder vier Wochen. Auf dem Titelblatt ist ein Bild von Stalin.«

»Ich werde es bestellen, Mr. Fraser«, sagte die Vorzimmerdame.

»Ich brauche es jetzt.« Er schickte sich an, in sein Büro zurückzugehen.

»Ich werde das Time-Life-Büro anrufen«, sagte die Vorzimmerdame, »und zusehen, ob ich eine Nummer auftreiben kann.«

Fraser blieb an der Tür stehen. »Sally, ich habe Senator Borah am Apparat. Ich möchte ihm einen Absatz aus dieser Nummer vorlesen. Sie haben zwei Minuten Zeit, mir ein Exemplar zu beschaffen.« Er ging in sein Büro und schloß die Tür.

Die Mädchen im Zimmer sahen sich gegenseitig an und zuckten die Schultern. Catherine überlegte angestrengt. Dann drehte sie sich um und drängte sich aus dem Büro.

»Gut. Eine weniger«, sagte eines der Mädchen.

Die Vorzimmerdame hob den Hörer und wählte die Auskunft. »Die Nummer des Time-Life-Büros«, sagte sie. Es wurde still im Raum, die Mädchen beobachteten sie. »Danke.« Sie legte auf, nahm den Hörer wieder ab und wählte. »Hallo. Hier ist Mr. William Frasers Büro im State Department. Mr. Fraser braucht sofort eine alte Nummer von *Life*. Die mit Stalin auf dem Titelblatt ... Sie haben keine alten Nummern da? An wen könnte ich mich wenden? ... Ach so, danke.« Sie legte auf.

»Pech, Süße«, sagte eines der Mädchen.

Eine andere: »Was die so alles wollen! Wenn er heute abend zu mir kommen will, les' ich ihm vor.« Gelächter.

Die Sprechanlage summte. Sie drückte die Taste.

»Die zwei Minuten sind um«, sagte Frasers Stimme. »Wo bleibt das Magazin?«

Die Vorzimmerdame holte tief Atem. »Ich habe gerade mit dem Time-Life-Büro gesprochen, Mr. Fraser, und dort sagte man mir, es sei unmöglich, es ...«

Die Tür ging auf, und Catherine eilte herein. In ihrer Hand hielt sie eine Nummer von *Life* mit Stalins Bild auf der Titelseite. Sie schob sich zum Schreibtisch durch und reichte der Vorzimmerdame das Magazin. Die sah es ungläubig an. »Ich habe eine Nummer hier, Mr. Fraser. Ich bringe sie Ihnen sofort hinein.« Sie stand auf, lächelte Catherine dankbar an und eilte ins Innenbüro. Die anderen Mädchen starrten Catherine plötzlich giftig an.

Fünf Minuten später öffnete sich die Tür zu Frasers Büro, und Fraser und die Vorzimmerdame erschienen. Die Vorzimmerdame zeigte auf Catherine. »Das ist sie.«

William Fraser sah Catherine forschend an. »Wollen Sie bitte hereinkommen?«

»Ja, Sir.« Catherine folgte Fraser in sein Büro und spürte die durchbohrenden Blicke der anderen Mädchen im Rücken. Fraser schloß die Tür.

Sein Büro war die typische bürokratische Washingtoner Angelegenheit, aber er hatte es stilvoll eingerichtet und ihm seinen persönlichen Stempel an Möbeln und Kunstgegenständen aufgedrückt.

»Setzen Sie sich, Miss ...«

»Alexander, Catherine Alexander.«

»Sally sagte mir, Sie hätten das Magazin *Life* gebracht.«

»Ja, Sir.«

»Ich nehme an, Sie hatten nicht zufällig eine drei Wochen alte Nummer in Ihrer Handtasche?«

»Nein, Sir.«

»Wie haben Sie es dann so schnell aufgetrieben?«

»Ich ging ins Friseurgeschäft hinunter. Bei Friseuren und Zahnärzten liegen immer alte Nummern herum.«

»Aha.« Fraser lächelte, und sein schroffes Gesicht schien weniger furchterregend. »Das wäre mir, glaube ich, nicht eingefallen«, sagte er. »Sind Sie in allen Dingen so gescheit?«

Catherine dachte an Ron Peterson. »Nein, Sir«, erwiderte sie.

»Suchen Sie eine Anstellung als Sekretärin?«

»Nicht eigentlich.« Catherine sah seinen erstaunten Blick. »Ich nehme sie natürlich«, fügte sie eilig hinzu. »An sich möchte ich Ihre Assistentin werden.«

»Wie wär's, wenn Sie heute als Sekretärin anfingen?« meinte Fraser trocken. »Und morgen können Sie dann meine Assistentin werden.«

Sie sah ihn hoffnungsvoll an. »Sie meinen, ich bekomme die Anstellung?«

»Auf Probe.« Er drückte die Taste der Sprechanlage herunter und beugte sich vor. »Sally, würden Sie sich bitte bei den jungen Damen bedanken? Sagen Sie ihnen, der Posten ist besetzt.«

»Jawohl, Mr. Fraser.«

Er drückte die Taste zurück. »Sind Sie mit dreißig Dollar die Woche einverstanden?«

»O ja, Sir. Danke, Mr. Fraser.«

»Morgen früh, neun Uhr, können Sie anfangen. Lassen Sie sich von Sally ein Personalformular zum Ausfüllen geben.«

Als Catherine das Büro verließ, ging sie zur *Washington Post* hinüber. Der Polizist am Empfangspult in der Halle hielt sie an.

»Ich bin William Frasers Privatsekretärin«, sagte sie von oben herab, »drüben im State Department. Ich brauche einige Informationen aus Ihrem Archiv.«

»Was für Informationen?«

»Über William Fraser.«

Er sah sie einen Augenblick prüfend an und sagte: »Das ist die sonderbarste Bitte, die ich in dieser Woche gehört habe. Hat Ihr Chef Sie belästigt oder so was?«

»Nein«, sagte sie entwaffnend. »Ich beabsichtige, ein Exposé über ihn zu schreiben.«

Fünf Minuten später führte ein Angestellter sie ins Archiv. Er zog die Akte über Fraser heraus, und Catherine begann zu lesen.

Eine Stunde später war Catherine eine der über William Fraser bestinformierten Personen. Er war fünfundvierzig, hatte an der Princeton Universität summa cum laude promoviert, hatte eine Werbeagentur aufgemacht, Fraser Associates, die eine der erfolgreichsten Agenturen in der Branche geworden war, und hatte auf Ersuchen des Präsidenten ein Jahr Urlaub genommen, um für die Regierung zu arbeiten. Er war mit Lydia Campion, einer Angehörigen der oberen Zehntausend, verheiratet gewesen. Sie waren seit vier Jahren geschieden. Keine Kinder. Fraser war Millionär und hatte ein Haus in Georgetown und einen Sommersitz in Bar Harbor, Maine. Seine Hobbies waren Tennis, Rudern und Polo. In mehreren Zeitungsartikeln wurde er als »einer der begehrenswertesten Junggesellen Amerikas« bezeichnet.

Als Catherine nach Hause kam und Susie ihre guten Neuigkeiten mitteilte, bestand Susie darauf, daß sie ausgingen und feierten. Zwei reiche Kadetten aus Annapolis waren in der Stadt.

Catherines Partner war ein ganz netter Junge, doch den ganzen Abend verglich sie ihn in Gedanken mit William Fraser, und mit Fraser verglichen, schien der Junge unreif und langweilig. Catherine fragte sich, ob sie sich in ihren neuen Chef verlieben würde. Als sie bei ihm gewesen war, hatte sie kein prickelndes, mädchenhaftes Gefühl gehabt, aber etwas anderes war da, Sympathie für ihn als Mensch und Achtung. Sie kam zu dem Schluß, daß das prickelnde Gefühl wahrscheinlich nur in französischen Romanen existierte.

Die Kadetten führten die Mädchen in ein kleines italienisches Restaurant am Stadtrand von Washington, wo sie ausgezeichnet aßen, dann sahen sie sich den Film *Arsen und Spitzenhäubchen* an, der Catherine sehr gefiel. Am Schluß des Abends brachten die Jungen sie nach Hause, und Susie lud sie noch zu einem Schlummertrunk ein. Als es Catherine schien, daß sie die Nacht über dableiben wollten, entschuldigte sie sich und sagte, sie müsse zu Bett gehen.

Ihr Partner protestierte. »Wir haben noch nicht mal angefangen«, sagte er. »Schauen Sie sich die da an.«

Susie und ihr Begleiter saßen leidenschaftlich umschlungen auf der Couch.

Catherines Begleiter packte sie am Arm. »Es kann bald Krieg geben«, sagte er dringend. Ehe Catherine ihn hindern konnte, nahm er ihre Hand und legte sie auf die Härte zwischen seinen Beinen. »Sie können einen Mann doch nicht in diesem Zustand an die Front schicken, nicht wahr?«

Catherine zog ihre Hand zurück, kämpfte dagegen an, nicht wütend zu werden. »Ich habe oft darüber nachgedacht«, sagte sie ruhig, »und habe beschlossen, nur mit Leichtverwundeten zu schlafen.« Sie drehte sich um und ging in ihr Schlafzimmer, schloß die Tür hinter sich ab. Doch sie konnte schwer einschlafen. Sie lag im Bett und grübelte über William Fraser, ihre neue Stelle und die männliche Härte des Jungen aus Annapolis nach. Eine Stunde nachdem sie sich hingelegt hatte, hörte sie Susies Matratzenfedern wild quietschen. Von da an war an Schlaf nicht mehr zu denken.

Catherine war am nächsten Morgen um acht Uhr dreißig in ihrem neuen Büro. Die Tür war unverschlossen, und das Licht im Vorzimmer war an. Aus dem Innenbüro hörte sie eine Männerstimme, und sie ging hinein. William Fraser saß an seinem Schreibtisch und sprach in ein Diktaphon. Als Catherine eintrat, blickte er auf und knipste das Gerät aus. »Sie sind früh dran«, sagte er.

»Ich wollte mich umsehen und mich orientieren, ehe ich mit der Arbeit beginne.«

»Setzen Sie sich.« Es lag etwas in seinem Ton, was Catherine verdutzte. Er schien böse zu sein. Catherine nahm Platz. »Ich mag keine Schnüffeleien, Miss Alexander.«

Catherine merkte, daß sie rot wurde. »Ich – ich verstehe nicht.«

»Washington ist eine kleine Stadt. Es ist noch nicht mal eine Stadt. Es ist ein gottverdammtes Dorf. Alles, was hier vorgeht, weiß jedermann schon etwa fünf Minuten später.«

»Trotzdem verstehe –«

»Der Herausgeber der *Post* rief mich, zwei Minuten nachdem Sie dort erschienen, an und fragte, weshalb meine Sekretärin Erkundigungen über mich einhole.«

Catherine saß baff da, wußte nicht, was sie sagen sollte.

»Haben Sie alles an Klatsch erfahren, was Sie wissen wollten?«

Sie merkte, wie ihre Verlegenheit sich schnell in Zorn verwandelte. »Ich habe nicht geschnüffelt«, sagte Catherine und stand auf. »Ich wollte nur Informationen über Sie einholen, um zu wissen, bei was für einem Mann ich arbeite.« Ihre Stimme zitterte vor Empörung. »Ich bin der Meinung, daß eine gute Sekretärin sich ihrem Chef anpassen soll, und wollte wissen, woran ich mich zu halten habe.«

Fraser saß mit feindseligem Gesichtsausdruck da.

Catherine starrte ihn an, haßte ihn, war den Tränen nahe. »Sie brauchen sich keine Sorgen mehr darüber zu machen, Mr. Fraser. Ich gehe.« Sie drehte sich um und ging auf die Tür zu.

»Setzen Sie sich«, sagte Fraser, und seine Stimme klang wie ein Peitschenknall. Catherine drehte sich erschrocken um. »Ich kann gottverfluchte Primadonnen nicht ausstehen.«

Sie funkelte ihn an. »Ich bin keine . . .«

»O. K. Tut mir leid. So, wollen Sie sich jetzt bitte setzen?« Er nahm eine Pfeife von seinem Schreibtisch und zündete sie an.

Catherine stand da und wußte nicht, was sie tun sollte, fühlte sich gedemütigt. »Ich glaube nicht, daß es gutgehen wird«, fing sie an. »Ich . . .«

Fraser zog an seiner Pfeife und schnippte das Streichholz aus. »Sie können jetzt nicht weglaufen. Was ich für Mühen hätte, ein neues Mädchen einzuführen!«

Catherine sah ihn an und bemerkte ein belustigtes Glitzern in seinen hellblauen Augen. Er lächelte, und zögernd bogen sich auch ihre Lippen zu einem kleinen Lächeln. Sie ließ sich in einen Stuhl fallen.

»Das ist besser. Hat man Ihnen schon mal gesagt, daß Sie zu empfindlich sind?«

»Ich nehme an, ich bin's. Entschuldigung.«

Fraser lehnte sich in seinen Stuhl zurück. »Oder vielleicht bin ich der Überempfindliche. Es gibt einem einen Stich in den Arsch, wenn man der ›begehrenswerteste Junggeselle Amerikas‹ genannt wird.«

Catherine wünschte, er würde nicht solche Worte gebrauchen. *Aber was störte sie am meisten?* fragte sie sich. *Arsch oder Junggeselle?*

Vielleicht hatte Fraser recht. Vielleicht war ihr Interesse an ihm nicht so unpersönlich, wie sie glaubte. Im Unterbewußtsein vielleicht ...

»... Zielscheibe für jedes gottverdammte idiotische unverheiratete Weib in der Welt«, sagte Fraser. »Sie würden's nicht glauben, wenn ich Ihnen erzählte, wie aufdringlich Frauen sein können.«

Nein? Versuchen Sie unsere Kassiererin. Catherine wurde rot, als sie daran dachte.

»Es könnte einen Mann glatt zum Schwulen machen«, seufzte Fraser. »Da dies die allgemeine Auskunftswoche zu sein scheint, erzählen Sie mir etwas von sich. Boyfriends?«

»Nein«, sagte sie. »Das heißt, keinen besonderen«, fügte sie schnell hinzu.

Er sah sie spöttisch an. »Wo wohnen Sie?«

»Ich habe eine kleine Wohnung zusammen mit einer früheren College-Kameradin.«

»Northwestern.«

Sie sah ihn überrascht an, begriff aber dann, daß er sich das von ihr ausgefüllte Personalformular angesehen haben mußte.

»Ja, Sir.«

»Ich werde Ihnen jetzt etwas von mir erzählen, was Sie nicht im Zeitungsarchiv gefunden haben. Ich bin ein schwieriger Arbeitgeber. Sie werden feststellen, daß ich fair bin, aber ich bin ein Perfektionist. Mit unsereinem läßt es sich schwer auskommen. Glauben Sie, daß Sie es schaffen?«

»Ich werde es versuchen«, sagte Catherine.

»Gut. Sally wird Sie in die Routine-Arbeit hier einführen. Das Wichtigste, was Sie nie vergessen dürfen: Ich bin ein Ketten-Kaffeetrinker. Schwarz und heiß.«

»Ich werd's nicht vergessen.« Sie stand auf und ging auf die Tür zu.

»Und, Catherine!«

»Ja, Mr. Fraser?«

»Wenn Sie heut' abend nach Hause kommen, stellen Sie sich vor den Spiegel und üben Sie ein paar lästerliche Ausdrücke ein. Wenn Sie jedesmal zusammenzucken, wenn ich ein Vier-Buchstaben-Wort ausspreche, geh' ich die Wände hoch.«

Wieder diese Bevormundung, als ob sie ein Kind wäre. »Ja, Mr. Fraser«, sagte sie kalt. Wütend stürmte sie aus dem Zimmer, hätte beinahe die Tür hinter sich zugeschlagen.

Das Treffen war keineswegs so verlaufen, wie Catherine es erwartet hatte. Sie mochte William Fraser nicht mehr. Sie hielt ihn für einen selbstgefälligen, herrischen, arroganten Flegel. Kein Wunder, daß seine Frau sich von ihm hatte scheiden lassen. Nun, sie war hier und würde anfangen, aber sie beschloß, sich nach einer anderen Stelle umzusehen, einer Stelle bei einem Menschen statt bei einem Despoten.

Als Catherine hinausgegangen war, lehnte Fraser sich in seinen Stuhl zurück und lächelte. Waren die Mädchen immer noch so schmerzhaft jung, so ernst und engagiert? In ihrem Zorn, mit den blitzenden Augen und zitternden Lippen, hatte Catherine so hilflos geschienen, daß Fraser sie am liebsten schützend in die Arme genommen hätte. Gegen sich selbst, gab er traurig zu. Sie hatte etwas Altmodisch-Sauberes an sich, dessen Vorhandensein er bei Mädchen beinahe vergessen hatte. Sie war reizend und intelligent, und sie hatte ihren eigenen Kopf. Sie würde die gottverdammt beste Sekretärin werden, die er je gehabt hatte. Und eine Ahnung sagte Fraser, daß sie mehr als das sein würde. Wieviel mehr, darüber war er sich noch nicht im klaren. Er hatte sich schon so oft die Finger verbrannt, daß sich ein Warnsystem automatisch in dem Augenblick einschaltete, in dem er sich von einer Frau angerührt fühlte. Solche Augenblicke waren sehr selten gewesen. Seine Pfeife war ausgegangen. Er zündete sie wieder an, und das Lächeln lag immer noch auf seinem Gesicht. Als Fraser Catherine etwas später zum Diktat kommen ließ, war sie höflich, aber kühl. Sie wartete darauf, daß Fraser etwas Persönliches sagen würde, damit sie ihm zeigen könnte, wie zurückhaltend sie war, aber er verhielt sich distanziert und geschäftsmäßig. Er hatte offensichtlich den Vorfall von heute morgen aus seinen Gedanken verbannt, dachte Catherine. Wie gefühllos konnte ein Mann sein!

Trotz allem fand Catherine den neuen Job faszinierend. Das Telefon läutete ununterbrochen, und die Namen der Anrufer erregten sie ungeheuer. In der ersten Woche rief der Vizepräsident der Vereinigten Staaten zweimal an, dann waren ein halbes Dutzend Senatoren, der Secretary of State und eine berühmte Schauspielerin am Apparat, die in der Stadt war, um für ihren neuesten Film Reklame zu machen. Der Höhepunkt der Woche war ein Anruf von Präsident Roosevelt, und Catherine war so nervös, daß sie den Hörer fallen ließ und die Verbindung mit seiner Sekretärin unterbrach.

Zusätzlich zu den Telefonanrufen hatte Fraser eine ununterbrochene Folge von Verabredungen im Büro, in seinem Country Club oder in einem der bekannteren Restaurants. Schon nach wenigen Wochen ließ Fraser Catherine seine Verabredungen arrangieren und die Vorbestellungen machen. Sie wußte allmählich, wen Fraser sehen wollte und wen nicht. Ihre Arbeit nahm sie derart in Anspruch, daß sie am Ende des Monats ganz vergessen hatte, sich nach einer anderen Stellung umzusehen.

Catherines Beziehung zu Fraser lag immer noch auf einer sehr unpersönlichen Ebene, aber inzwischen kannte sie ihn gut genug, um zu begreifen, daß seine Zurückhaltung nicht Unfreundlichkeit bedeutete. Es war Würde, ein Wall der Reserve, der ihm als Schild gegen die Welt diente. Catherine hatte das Gefühl, daß Fraser in Wirklichkeit sehr einsam war. Seine Stellung verlangte Geselligkeit von ihm, aber sie spürte, daß er von Natur ein einsiedlerischer Mann war. Außerdem spürte sie, daß William Fraser nicht zu ihr paßte. *Im übrigen die meisten amerikanischen Männer auch nicht,* dachte sie.

Hin und wieder traf sie gemeinsam mit Susie Verabredungen mit Männern, aber die meisten ihrer Begleiter waren verheiratete Sexprotze, und sie zog es vor, allein ins Kino oder ins Theater zu gehen. Sie sah Gertrude Lawrence und einen neuen Komiker namens Danny Kaye in *Lady in the Dark* und *Life with Father* und *Alice in Arms* mit einem jungen Schauspieler namens Kirk Douglas. Sie liebte *Kitty Foyle* mit Ginger Rogers, weil das Stück sie an sich erinnerte. Eines Abends, in einer Aufführung des *Hamlet,* sah sie Fraser in einer Loge mit einem sehr feinen Mädchen in einem teuren weißen Abendkleid, das Catherine in *Vogue* gesehen hatte. Sie hatte keine Ahnung, wer das Mädchen war. Fraser traf seine eigenen privaten Verabredungen, und sie wußte nie, wo er hinging und mit wem. Er blickte ins Parkett und bemerkte sie. Am nächsten Morgen sagte er nichts darüber, bis er seine Morgendiktate beendet hatte.

»Wie gefiel Ihnen *Hamlet?*« fragte er.

»Das Stück ist gut inszeniert, aber von den Darstellern war ich nicht sehr angetan.«

»Mir gefielen die Schauspieler«, sagte er. »Besonders das Mädchen, das die Ophelia spielte, war sehr gut.«

Catherine nickte und wandte sich zum Gehen.

»Mochten Sie die Ophelia nicht?« fragte Fraser hartnäckig.

»Wenn Sie meine ehrliche Meinung hören wollen«, sagte Catherine bedächtig, »sie konnte sich gerade noch über Wasser halten.« Drehte sich um und ging hinaus.

Als Catherine an jenem Abend in die Wohnung kam, wartete Susie schon auf sie.

»Es hat jemand nach dir gefragt«, sagte Susie.

»Wer?«

»Ein FBI-Mann. Sie ermitteln über dich.«

Mein Gott, dachte Catherine. *Die haben herausgekriegt, daß ich Jungfrau bin, und wahrscheinlich gibt es in Washington ein Gesetz dagegen.* Laut sagte sie: »Warum sollte das FBI über mich ermitteln?«

»Weil du jetzt bei der Regierung arbeitest.«

»Ach so.«

»Wie geht's deinem Mr. Fraser?«

»Meinem Mr. Fraser geht's ausgezeichnet«, sagte Catherine. »Wie würde ich ihm wohl gefallen?«

Catherine betrachtete prüfend ihre große gertenschlanke, brünette Wohnungskameradin. »Zum Frühstück.«

Im Laufe der folgenden Wochen wurde Catherine mit den anderen Sekretärinnen in den nahe gelegenen Büros bekannt. Mehrere der Mädchen hatten ein Verhältnis mit ihrem Chef, und es schien ihnen gleichgültig zu sein, ob die Männer verheiratet oder ledig waren. Sie beneideten Catherine um ihren Posten bei William Fraser.

»Wie ist denn Golden Boy eigentlich?« fragte eine von ihnen Catherine eines Tages beim Lunch. »Hat er schon einen Annäherungsversuch gemacht?«

»Oh, damit gibt er sich gar nicht erst ab«, sagte Catherine mit ernstem Gesicht. »Ich komme jeden Morgen um neun Uhr herein, wir wälzen uns auf der Couch herum bis ein Uhr, dann gibt's Lunchpause.«

»Nein, im Ernst, wie finden Sie ihn?«

»Soso«, log Catherine. Ihre Gefühle William Fraser gegenüber waren seit ihrem ersten Streit beträchtlich freundlicher geworden. Er hatte ihr die Wahrheit gesagt, als er erklärte, er sei ein Perfektionist. Wann immer sie einen Fehler machte, wurde sie gerügt, aber er hatte sich als fair und verständnisvoll erwiesen. Sie hatte erlebt, wie er seine kostbare Zeit darauf verwandte, anderen Menschen zu helfen, die nichts für ihn tun konnten, und er richtete es so ein, daß er nie den Ruhm dafür einheimste. O ja, sie mochte William Fraser wirklich sehr, aber das ging nur sie etwas an.

Einmal, als eine Menge liegengebliebene Arbeit nachzuholen war, hatte Fraser Catherine gebeten, bei ihm zu Hause zu Abend zu essen, damit sie danach noch länger arbeiten könnten. Talmadge, Frasers Fahrer, wartete mit der Limousine vor dem Gebäude. Mehrere aus dem Haus tretende Sekretärinnen sahen mit wissenden Augen zu, wie Fraser Catherine in den Rücksitz half und sich neben sie setzte. Die Limousine glitt ruhig in den Nachmittagsverkehr hinaus.

»Ich werde Sie um Ihren guten Ruf bringen«, sagte Catherine.

Fraser lachte. »Ich will Ihnen was sagen. Sollten Sie je eine Affäre mit einer allgemein bekannten Persönlichkeit haben, dann offen, sozusagen im Freien.«

»Kann man sich da nicht erkälten?«

Er grinste. »Ich meinte, zeigen Sie sich mit Ihrem Geliebten – wenn das Wort noch gebräuchlich ist – in der Öffentlichkeit, in bekannten Restaurants, im Theater.«

»In Shakespeare-Stücken?« fragte Catherine unschuldig.

Fraser ging nicht darauf ein. »Die Leute suchen immer abwegige Gründe. Sie sagen sich: ›Aha – er führt Soundso aus. Möchte bloß wissen, mit wem er sich im geheimen trifft.‹ Das Offensichtliche glauben die Menschen nie.«

»Eine interessante Theorie.«

»Edgar Allan Poe schrieb eine Erzählung, die auf der Täuschung der Menschen mit dem Offensichtlichen beruht«, sagte Fraser. »Der Titel fällt mir augenblicklich nicht ein.«

»Sie heißt ›Der gestohlene Brief‹.« Doch sofort bereute Catherine, was sie gesagt hatte. Die Männer mochten gescheite Mädchen nicht. Andererseits, was spielte es für eine Rolle? Sie war nicht sein Mädchen, sie war seine Sekretärin.

Den Rest der Fahrt schwiegen sie.

Frasers Haus in Georgetown war wie aus einem Bilderbuch. Es war ein vierstöckiges Haus im georgianischen Stil, mehr als zweihundert Jahre alt. Die Tür wurde von einem Butler in weißer Jacke geöffnet. Fraser sagte: »Frank, das ist Miss Alexander.«

»Hallo, Frank. Wir haben schon miteinander telefoniert«, sagte Catherine.

»Ja, Ma'am. Ich freue mich, Sie kennenzulernen, Miss Alexander.«

Catherine besah sich die Empfangshalle. Sie hatte eine schöne alte, zum zweiten Stock hinaufführende, wunderbar schimmernde Eichentreppe. Der Boden war Marmor, und an der Decke hing ein herrlicher Lüster.

Fraser blickte sie prüfend an. »Gefällt es Ihnen?« fragte er.

»Ob es mir *gefällt*? O ja!«

Er lächelte, und Catherine überlegte sich, ob sie zu begeistert geantwortet hatte, wie ein Mädchen, dem Reichtum imponierte, wie eine dieser aufdringlichen Weiber, die ihm dauernd nachstellten. »Es wirkt . . . es wirkt freundlich«, fügte sie lahm hinzu.

Fraser sah sie spöttisch an, und Catherine hatte das gräßliche Gefühl, daß er ihre Gedanken lesen konnte. »Kommen Sie ins Herrenzimmer.«

Catherine folgte ihm in einen großen, mit Büchern gesäumten, dunkel getäfelten Raum. Er hatte die Atmosphäre eines anderen Zeitalters, die Anmut einer behaglicheren, freundlicheren Lebensweise.

Fraser sah sie an. »Nun?« fragte er ernst.

Diesmal würde Catherine nicht mehr hereinfallen. »Es ist kleiner als die Kongreßbibliothek«, sagte sie zurückhaltend.

Er lachte lauthals. »Da haben Sie recht.«

Frank kam mit einem silbernen Eiskübel herein. Er stellte ihn auf die Bar in der Ecke. »Wann möchten Sie essen, Mr. Fraser?«

»Halb acht.«

»Ich werde es dem Koch sagen.« Frank ging hinaus.

»Was darf ich Ihnen mixen?«

»Nichts, danke.«

Er sah sie an. »Trinken Sie gar nicht, Catherine?«

»Nicht bei der Arbeit«, sagte sie. »Sonst bringe ich meine P und O durcheinander.«

»Sie meinen P und Q, nicht wahr?«

»Nein, P und O. Die liegen auf der Tastatur nebeneinander.«

»Wußte ich gar nicht.«

»Brauchen Sie auch nicht. Dafür zahlen Sie mir eine Riesensumme jede Woche.«

»Was zahle ich Ihnen denn?« fragte Fraser.

»Dreißig Dollar und Dinner im schönsten Haus von Washington.«

»Wollen Sie sich's mit dem Drink nicht anders überlegen?«

»Nein, danke«, sagte Catherine.

Fraser mixte sich einen Martini, und Catherine ging im Zimmer umher und sah sich die Bücher an. Es waren alles die traditionellen klassischen Titel und dazu eine ganze Auswahl italienischer Bücher und eine Abteilung in Arabisch.

Fraser ging zu ihr hinüber. »Sie sprechen doch nicht Italienisch und Arabisch, oder?« fragte Catherine.

»Doch. Ich lebte ein paar Jahre im Mittleren Osten und lernte Arabisch.«

»Und Italienisch?«

»Ich war mal eine Zeitlang mit einer italienischen Schauspielerin befreundet.«

Sie wurde rot. »Verzeihung, ich wollte nicht neugierig sein.«

Fraser sah sie belustigt an, und Catherine kam sich wie ein Schulmädchen vor. Sie war nicht sicher, ob sie William Fraser haßte oder liebte. Eines war allerdings gewiß. Er war der netteste Mann, den sie je kennengelernt hatte.

Das Abendessen war vorzüglich. Alle Gerichte waren französisch mit wunderbaren Saucen. Der Nachtisch war *Cherries Jubilee.* Kein Wunder, daß Fraser an drei Morgen in der Woche im Sportklub Gymnastik trieb.

»Wie schmeckt's?« fragte Fraser sie.

»Nicht wie in der Kantine«, sagte sie lächelnd.

Fraser lachte. »Ich muß mal in der Kantine essen.«

»Tät' ich nicht, wenn ich Sie wäre.«

Er sah sie an. »So schlecht?«

»Es ist nicht so sehr das Essen, sondern es sind die Mädchen. Die würden über Sie herfallen.«

»Wie kommen Sie darauf?«

»Sie reden die ganze Zeit von Ihnen.«

»Sie meinen, sie fragen Sie nach mir aus?«

»Worauf Sie sich verlassen können«, sagte sie grinsend.

»Ich nehme an, wenn sie genug gefragt haben, sind sie von dem wenigen, das sie erfahren haben, enttäuscht.«

Sie schüttelte den Kopf. »Falsch. Ich erfinde alle möglichen Geschichten über Sie.«

Fraser lehnte sich zurück, entspannte sich bei einem Cognac. »Was für Geschichten?«

»Wollen Sie's wirklich hören?«

»Unbedingt.«

»Nun, ich erzähle ihnen, Sie seien ein Ungeheuer und schrien mich den ganzen Tag an.«

Er grinste. »Nicht den *ganzen* Tag.«

»Ich erzähle ihnen, Sie seien ganz verrückt aufs Jagen und trügen ein geladenes Gewehr im Büro mit sich herum, während Sie diktieren, und ich hätte dauernd Angst, das Ding gehe los.«

»Das muß sie aber in Spannung halten.«

»Die amüsieren sich großartig herauszufinden, wer Sie wirklich sind.«

»Haben Sie's schon herausgefunden?« Frasers Ton war jetzt ernst geworden.

Sie sah ihm einen Augenblick in die hellblauen Augen und wandte sich dann ab. »Ich glaube, ja«, sagte sie.

»Wer bin ich?«

Catherine fühlte eine gewisse Spannung in sich. Die Neckerei war vorbei, und eine neue Note hatte sich in die Unterhaltung geschlichen. Eine erregende Note, eine beunruhigende Note. Sie antwortete nicht.

Fraser sah sie einen Augenblick an und lächelte dann. »Ich bin ein langweiliges Thema. Noch mehr Nachtisch?«

»Nein, danke. Ich werde eine Woche lang nichts mehr essen.«

»Gehen wir an die Arbeit.«

Sie arbeiteten bis Mitternacht, Fraser begleitete Catherine zur Tür, und Talmadge wartete draußen, um sie zu ihrer Wohnung zurückzufahren.

Den ganzen Weg nach Hause dachte sie über Fraser nach. Über seine Stärke, seinen Humor, scin Mitgefühl. Jemand hatte einmal gesagt, ein Mann müsse sehr stark sein, ehe er sich erlauben könne, sanft und gütig zu sein. William Fraser war sehr stark. Dieser Abend war einer der nettesten Abende in Catherines Leben gewesen, und das beunruhigte sie. Sie fürchtete, eine dieser eifersüchtigen Sekretärinnen zu werden, die den ganzen Tag im Büro herumsitzen und jedes Mädchen, das ihren Chef anruft, hassen. Nun, das würde ihr nicht passieren. Jedes annehmbare Mädchen in Washington warf sich Fraser an den Hals. Dieser Bande würde sie sich nicht anschließen.

Als Catherine nach Hause kam, wartete Susie auf sie. Sie stürzte sich sofort auf Catherine, als sie hereinkam.

»Erzähl, erzähl!« sagte Susie. »Was ist passiert?«

»Nichts ist passiert«, erwiderte Catherine. »Wir haben zusammen Abendbrot gegessen.«

Susie starrte sie ungläubig an. »Hat er dir nicht Avancen gemacht?«

»Nein, natürlich nicht.«

Susie seufzte. »Hätt' ich mir denken können. Er hatte Angst.«

»Was meinst du damit?«

»Was ich damit meine, meine Süße, ist, daß du dich wie die Jungfrau Maria benimmst. Wahrscheinlich hat er Angst gehabt, wenn er dich auch nur anrühre, würdest du ›Vergewaltigung‹ schreien und sofort in Ohnmacht fallen.«

Catherine spürte, daß sie rot wurde. »So bin ich nicht an ihm interessiert«, sagte sie scharf. »Und ich benehme mich auch nicht wie die Jungfrau Maria.« *Ich benehme mich wie die Jungfrau Catherine. Die liebe alte heilige Katharina.* Sie hatte bloß ihr heiliges Hauptquartier nach Washington verlegt. Sonst hatte sich nichts geändert. Sie war immer noch in derselben alten Kirche.

In den nächsten sechs Monaten war Fraser ziemlich viel verreist. Er fuhr nach Chicago und San Francisco und nach Europa. Für Catherine gab es immer genug Arbeit, und doch schien das Büro einsam und leer, wenn Fraser nicht da war.

Unaufhörlich fanden sich interessante Besucher ein, die meisten von ihnen Männer, und Catherine wurde mit Einladungen überhäuft. Sie konnte wählen zwischen Lunches, Dinners, Reisen nach

Europa und dem Bett. Sie nahm keine dieser Einladungen an, teilweise, weil sie an keinem der Männer interessiert war, aber hauptsächlich, weil sie der Meinung war, Fraser würde es nicht billigen, wenn sie das Geschäftliche mit dem Privatvergnügen vermischte. Falls Fraser sich der dauernden Chancen, die sie ausschlug, bewußt war – er sagte nichts. Am Tag nach dem Abendessen in seinem Haus hatte er ihr Gehalt um zehn Dollar pro Woche aufgebessert.

Catherine schien es, daß in dem Tempo der Stadt ein Wandel eingetreten war. Die Menschen bewegten sich schneller, wurden angespannter, nervöser. Die Schlagzeilen berichteten von einer unaufhörlichen Folge von Invasionen und Krisen in Europa. Der Fall Frankreichs hatte die Amerikaner tiefer berührt als die anderen sich schnell entwickelnden Ereignisse in Europa, denn sie fühlten sich persönlich verletzt und vergewaltigt; sie empfanden ihn als einen Verlust der Freiheit in einem Land, das eine der Wiegen der Freiheit war.

Norwegen war gefallen, England kämpfte um sein Leben in der Schlacht von Britannien, und ein Pakt zwischen Deutschland, Italien und Japan war geschlossen worden. Das Gefühl der Unvermeidbarkeit eines Kriegseintritts Amerikas wuchs ständig. Eines Tages fragte Catherine Fraser nach seiner Ansicht.

»Ich glaube, es ist nur eine Frage der Zeit, bis wir hineingezogen werden«, sagte er nachdenklich. »Wenn England Hitler nicht aufhalten kann, werden wir es tun müssen.«

»Aber Senator Borah sagt . . .«

»Das Symbol von Amerikas Oberen müßte ein Vogel Strauß sein«, bemerkte Fraser böse.

»Was werden Sie tun, wenn's Krieg gibt?«

»Ein Held werden«, entgegnete er.

Catherine stellte ihn sich in der Uniform eines in den Krieg ziehenden Offiziers sehr schmuck vor, und sie haßte den Gedanken. Es schien ihr einfach stupide, daß die Menschen in diesem aufgeklärten Zeitalter immer noch glaubten, sie könnten ihre Meinungsverschiedenheiten lösen, indem sie sich gegenseitig umbrachten.

»Keine Sorge, Catherine«, sagte Fraser. »Es wird noch eine Weile nichts passieren. Und wenn, werden wir darauf vorbereitet sein.«

»Und was ist mit England?« fragte sie. »Wenn Hitler beschließt es anzugreifen, kann es sich gegen ihn zur Wehr setzen? Er hat so viele Panzer und Flugzeuge, und England hat nichts.«

»Die wird es haben«, versicherte Fraser ihr. »Sehr bald.«

Dann hatte er das Thema gewechselt, und sie waren wieder an die Arbeit gegangen.

Eine Woche später kündigten die Balkenüberschriften der Zeitungen Roosevelts neuen Gedanken von dem Leih-Pacht-Verfahren an. Fraser hatte also davon gewußt und hatte versucht, sie zu beruhigen, ohne irgendwelche Informationen zu enthüllen.

Die Wochen verstrichen schnell. Gelegentlich nahm Catherine eine Einladung an, aber jedesmal stellte sie fest, daß sie ihren Begleiter mit William Fraser verglich, und sie fragte sich, warum sie überhaupt noch mit jemandem ausging. Sie war sich im klaren, daß sie sich in eine schlechte Gefühlslage manövriert hatte, wußte aber nicht, wie sie wieder herauskommen sollte. Sie sagte sich, sie sei von Fraser nur betört und würde es überwinden. Inzwischen jedoch hinderten ihre Gefühle sie, an der Gesellschaft anderer Männer Gefallen zu finden, weil sie alle so weit hinter ihm zurückblieben.

Eines Abends arbeitete Catherine noch im Büro. Unerwartet kam Fraser nach einem Theaterbesuch ins Büro zurück. Sie blickte verblüfft auf, als er eintrat.

»Was zum Donnerwetter haben wir denn hier?« brummte er. »Ein Sklavenschiff?«

»Ich wollte diesen Bericht fertig schreiben«, sagte sie, »damit Sie ihn morgen nach San Francisco mitnehmen können.«

»Sie hätten ihn mir mit der Post schicken können«, entgegnete er. Er setzte sich in einen Stuhl Catherine gegenüber und musterte sie. »Haben Sie nichts Besseres mit Ihren Abenden anzufangen, als langweilige Berichte zu schreiben?«

»Zufällig bin ich heute abend frei.«

Fraser lehnte sich zurück, faltete die Hände, legte sie unters Kinn und starrte sie an. »Erinnern Sie sich, was Sie sagten, als Sie zum ersten Mal in dieses Büro traten?«

»Ach, ich sagte eine Menge Unsinn.«

»Sie sagten, Sie wollten nicht meine Sekretärin, sondern meine Assistentin werden.«

Sie lächelte. »Ich wußte es noch nicht besser.«

»Jetzt wissen Sie's.«

Sie blickte erstaunt auf. »Ich verstehe nicht.«

»Ganz einfach, Catherine«, sagte er ruhig. »In den letzten drei Monaten sind Sie in Wirklichkeit meine Assistentin gewesen. Jetzt werde ich es offiziell bestätigen.«

Sie sah ihn ungläubig an. »Sind Sie sicher, daß Sie . . . ?«

»Ich habe Ihnen den Titel oder eine Gehaltserhöhung nicht früher gegeben, weil ich Sie nicht erschrecken wollte. Aber jetzt wissen Sie, daß Sie's können.«

»Ich weiß nicht, was ich sagen soll«, stammelte Catherine. »Ich – Sie werden es nicht bereuen, Mr. Fraser.«

»Ich bereue es bereits. Meine Assistentinnen nennen mich immer Bill.«

»Bill.«

Als Catherine später in jener Nacht im Bett lag, erinnerte sie sich, wie er sie angesehen hatte und welche Gefühle er bei ihr erweckt hatte, und es dauerte lange, bis sie endlich einschlafen konnte.

Catherine hatte ihrem Vater mehrere Male geschrieben und angefragt, wann er sie in Washington besuchen werde. Sie wollte ihm die Stadt zeigen und ihn ihren Freunden und Bill Fraser vorstellen. Auf ihre letzten beiden Briefe hatte sie keine Antwort erhalten. Besorgt rief sie ihren Onkel an. Ihr Onkel war am Apparat.

»Cathy! Ich – ich wollte dich gerade anrufen.«

Catherines Herz sank.

»Wie geht es Vater?«

Es entstand eine kurze Pause.

»Er hat einen Schlaganfall gehabt. Ich wollte dich schon früher anrufen, aber dein Vater bat mich zu warten, bis es ihm besserginge.«

Catherine hielt den Hörer fest.

»Geht es ihm besser?«

»Ich fürchte nein, Cathy«, sagte die Stimme ihres Onkels. »Er ist gelähmt.«

»Ich komme sofort!« sagte Catherine.

Sie ging zu Bill Fraser hinein und teilte ihm die Nachricht mit.

»Es tut mir leid«, sagte Fraser. »Was kann ich für Sie tun?«

»Ich weiß nicht. Ich möchte sofort hinfliegen, Bill.«

»Natürlich.« Er hob den Hörer und tätigte einige Anrufe. Sein

Chauffeur fuhr Catherine zu ihrer Wohnung, und sie packte schnell ein paar Kleider in ein Köfferchen. Dann brachte er sie zum Flughafen, wo Fraser ihr einen Platz in einem Flugzeug gebucht hatte.

Als die Maschine auf dem Flughafen Omaha landete, waren Catherines Tante und Onkel da, um sie abzuholen. Ein Blick in ihre Gesichter sagte ihr, daß sie zu spät kam. Sie fuhren schweigend ins Beerdigungsinstitut, und als Catherine in das Haus trat, war sie von einem unbeschreiblichen Gefühl des Verlorenseins, der Einsamkeit erfüllt. Ein Teil von ihr war gestorben und konnte nie mehr zum Leben erweckt werden. Sie wurde in eine kleine Kapelle geführt. Ihr Vater lag in einem einfachen Sarg, in seinen besten Anzug gekleidet. Die Zeit hatte ihn zusammenschrumpfen lassen, als ob die dauernde Abnutzung des Lebens ihn zermürbt und kleiner gemacht hätte. Ihr Onkel hatte Catherine die persönliche Habe ihres Vaters ausgehändigt, was er in seinem Leben gesammelt und sich bewahrt hatte. Sie bestand aus fünfzig Dollar in bar, einigen alten Fotos, einigen quittierten Rechnungen, einer Armbanduhr, einem angelaufenen silbernen Taschenmesser und einer Sammlung ihrer Briefe an ihn, sauber mit einer Schnur zusammengebunden und vom vielen Lesen mit Eselsohren versehen. Es war ein klägliches Erbe, und Catherine brach das Herz. Seine Träume waren so hochfliegend gewesen und seine Erfolge so gering. Sie erinnerte sich, wie lebenslustig und vital er gewesen war, als sie ein kleines Mädchen war, erinnerte sich an die Aufregung, wenn er von seinen Reisen nach Hause kam, die Taschen voll Geld und die Arme voller Geschenke. Sie dachte an seine wundervollen Erfindungen, die sich nie ganz realisieren ließen. Viele Erinnerungen gab es nicht, aber es war alles, was von ihm übrigblieb. Plötzlich wollte Catherine ihm so vieles sagen, so vieles für ihn tun; aber es war zu spät.

Sie begruben ihren Vater auf dem kleinen Friedhof neben der Kirche. An sich hatte Catherine vorgehabt, die Nacht bei ihrer Tante und ihrem Onkel zu verbringen und am anderen Tag den nächsten Zug zurück zu nehmen, aber plötzlich hielt sie es nicht mehr aus, auch nur einen Augenblick länger zu bleiben, rief den Flughafen an und buchte einen Platz im nächsten Flugzeug nach Washington. Bill Fraser holte sie vom Flughafen ab, und es schien für ihn die natürlichste Sache der Welt, dazusein, auf sie zu warten und sie zu umsorgen, wenn sie ihn brauchte.

Er fuhr mit Catherine in einen alten Landgasthof in Virginia zum Abendessen und hörte aufmerksam zu, als sie ihm von ihrem Vater erzählte. Mitten in der Erzählung einer komischen Geschichte über ihn brach Catherine in Tränen aus, aber seltsamerweise schämte sie sich nicht vor Bill Fraser.

Er schlug vor, daß Catherine einen kurzen Urlaub nähme, aber sie wollte beschäftigt sein, wollte arbeiten, um ihre Gedanken an den Tod ihres Vaters zu verscheuchen. Sie glitt in die Gewohnheit, ein- oder zweimal in der Woche mit Fraser zu Abend zu essen, und Catherine fühlte sich ihm näher als je.

Es geschah ohne Planen oder Vorbedacht. Sie hatten im Büro noch bis spät gearbeitet. Catherine prüfte einige Papiere nach und fühlte, daß Bill Fraser hinter ihr stand. Seine Finger berührten ihren Nacken, langsam und liebkosend.

»Catherine . . .«

Sie drehte sich um und blickte zu ihm auf, und einen Augenblick später lag sie in seinen Armen. Es war, als hätten sie sich schon tausendmal vorher geküßt, als wäre dies ihre Vergangenheit und ihre Zukunft, wohin sie immer gehört hatte.

Es ist so einfach, dachte Catherine. *Es ist immer so einfach gewesen, ich habe es bloß nicht gewußt.*

»Hol deinen Mantel, Liebling«, sagte Fraser. »Wir fahren heim.«

Im Wagen auf der Fahrt nach Georgetown saßen sie eng aneinandergedrückt, Fraser hatte den Arm um Catherine gelegt, sanft und beschützend. Ein solches Glück hatte sie noch nie empfunden. Sie war sicher, daß sie ihn liebte, und es spielte keine Rolle, wenn er sie nicht liebte. Er hatte sie gern, und sie würde sich damit begnügen. Wenn sie daran dachte, womit sie sich früher begnügt hätte – Ron Peterson –, dann schauderte ihr.

»Ist etwas?« fragte Fraser.

Catherine dachte an das Motelzimmer mit dem schmutzigen, gesprungenen Spiegel. Sie sah das energische, intelligente Gesicht des Mannes an, dessen Arm sie umfaßte. »Jetzt nicht«, sagte sie dankbar. Sie schluckte: »Ich muß dir etwas sagen, ich bin noch Jungfrau.«

Fraser lächelte und schüttelte verwundert den Kopf. »Es ist unglaublich«, sagte er. »Wie kam ich zu der einzigen Jungfrau in der Stadt Washington?«

»Ich versuchte, es zu ändern«, sagte Catherine, »aber es hat einfach nicht geklappt.«

»Das freut mich«, sagte Fraser.

»Meinst du damit, du hast nichts dagegen?«

Er lächelte sie wieder an, ein neckendes Grinsen, das sein Gesicht aufhellte. »Kennst du dein Problem?« fragte er.

»Das kann man wohl sagen!«

»Du hast dir zuviel Sorgen darüber gemacht.«

»Das kann man wohl sagen!«

»Der Kunstgriff ist, sich zu entspannen.«

Sie schüttelte sanft den Kopf.

»Nein, Liebling. Der Kunstgriff ist, man muß lieben.«

Eine halbe Stunde später fuhr der Wagen vor seinem Haus vor. Fraser führte Catherine in die Bibliothek.

»Möchtest du etwas trinken?«

Sie sah zu ihm auf. »Gehen wir nach oben.«

Er nahm sie in die Arme und küßte sie fest. Sie hielt ihn wild an sich gepreßt, wollte ihn in sich hineinziehen. *Wenn heut' nacht etwas schiefgeht,* dachte Catherine, *bring' ich mich um. Wirklich, ich bring' mich um.*

»Komm«, sagte er. Er nahm Catherine an der Hand.

Bill Frasers Schlafzimmer war ein großer, männlich aussehender Raum mit einer hohen spanischen Kommode an einer Wand. Am anderen Ende des Zimmers war ein Alkoven mit einem Kamin, und davor stand ein Frühstückstisch. An einer anderen Wand stand ein großes Doppelbett. Links ging es in ein Ankleidezimmer, von dem aus man ein Badezimmer betrat.

»Bist du sicher, daß du nichts trinken willst?« fragte Fraser.

»Ich brauche es nicht.«

Er schloß sie wieder in die Arme und küßte sie. Sie spürte seine männliche Härte, und eine köstliche Erregtheit lief durch ihren Körper.

»Bin gleich wieder da«, sagte er.

Catherine sah ihn ins Ankleidezimmer verschwinden. Das war der netteste, wundervollste Mann, den sie je kennengelernt hatte. Sie stand nachdenklich da, begriff aber dann plötzlich, warum er das Zimmer verlassen hatte. Er wollte ihr die Möglichkeit geben, sich allein auszuziehen, damit sie nicht verlegen wäre. Schnell zog Catherine ihre Kleider aus. Eine Minute später stand sie nackt da, blickte an ihrem Körper hinunter und dachte: *Leb wohl, heilige Katharina.* Sie ging zum Bett hinüber, zog die Decke zurück und kroch zwischen die Laken.

Fraser kam herein. Er trug einen rötlichen Moiré-Dressinggown. Er trat ans Bett und blickte auf sie. Ihr schwarzes Haar war fächerförmig über das weiße Kopfkissen gebreitet, umrahmte ihr schönes Gesicht. Es war um so erregender, weil er wußte, daß es völlig ungeplant war.

Er schlüpfte aus dem Dressinggown und legte sich neben sie ins Bett. Plötzlich erinnerte sie sich.

»Ich trage nichts«, sagte Catherine. »Glaubst du, ich werde schwanger?«

»Hoffentlich.«

Sie sah ihn verdutzt an und öffnete den Mund, um ihn zu fragen, was er damit meine, aber er drückte die Lippen auf ihren Mund, und seine Hände begannen, über ihren Leib zu streichen, sanft auskundschaftend, und sie vergaß alles, außer, was ihr geschah, ihr ganzes Bewußtsein konzentrierte sich auf nur einen Teil ihres Körpers. Sie spürte, wie er versuchte, in sie einzudringen, hart und zwingend, spürte einen Augenblick einen scharfen, unerwarteten Schmerz, dann glitt er hinein, bewegte sich schneller und immer schneller, ein fremder Körper in ihrem Körper, der sich tief in sie stürzte und sich in einem immer rasender werdenden Rhythmus bewegte, und er sagte: »Bist du soweit?« Sie war sich nicht sicher, was er damit meinte, aber sie sagte: »Ja«, und plötzlich schrie er: »Oh, Cathy!«, stieß noch einmal zu und blieb still auf ihr liegen.

Und es war alles vorbei, und er sagte: »War es schön für dich?«, und sie sagte: »Ja, es war schön«, und er sagte: »Es wird im Laufe der Zeit besser«, und sie war von Wonne erfüllt, daß sie ihm dieses Glück schenken konnte, und versuchte, sich über die Enttäuschung keine Gedanken zu machen. Vielleicht war es wie bei Oliven. Man mußte Geschmack daran gewinnen. Sie lag in seinen Armen, ließ das Geräusch seiner Stimme über sich spülen, die sie tröstete, und sie dachte: *Das ist das Wichtige, daß zwei Menschen zusammen sind, sich lieben und sich gegenseitig angehören.* Sie hatte zu viele glühende Romane gelesen, hatte zu viele verheißungsvolle Liebeslieder gehört. Mit anderen Worten, sie hatte zu viel erwartet. Oder vielleicht – und wenn es wahr wäre, müßte sie der Tatsache ins Auge sehen – war sie frigide. Als ob er in ihr läse, zog Fraser sie enger an sich und sagte: »Mach dir keine Gedanken, wenn du enttäuscht bist, Liebling. Das erste Mal ist immer traumatisch.«

Als Catherine nicht antwortete, hob Fraser sich auf einen Ellbogen, sah sie besorgt an und fragte: »Wie fühlst du dich?«

»Großartig«, sagte sie schnell. »Du bist der beste Liebhaber, den ich je hatte.«

Sie küßte ihn und hielt ihn an sich, fühlte sich warm und sicher, bis sich endlich der harte Knoten in ihr aufzulösen begann und ein Gefühl der Entspannung sie erfüllte, und sie war zufrieden.

»Möchtest du einen Brandy haben?« fragte er.

»Nein, danke.«

»Ich glaube, ich schenke mir einen ein. Nicht jede Nacht geht ein Mann mit einer Jungfrau ins Bett.«

»Hat es dir etwas ausgemacht?« fragte sie.

Er sah sie mit jenem seltsamen, wissenden Blick an, wollte etwas sagen, ließ es aber dann. »Nein«, sagte er. In seiner Stimme lag ein Unterton, den sie nicht verstand.

»War ich –?« Sie schluckte. »Du weißt schon – in Ordnung?«

»Du warst reizend«, sagte er.

»Ehrlich?«

»Ehrlich.«

»Weißt du, warum ich beinahe nicht mit dir ins Bett ging?« fragte sie.

»Nun?«

»Ich fürchtete, du würdest mich danach nicht mehr sehen wollen.«

Er lachte laut. »Das ist eine alte, von nervösen Müttern, die ihre Töchter rein erhalten wollen, genährte Ehefrauengeschichte. Sex treibt die Menschen nicht auseinander, Catherine. Es bringt sie im Gegenteil enger zusammen.« Und es stimmte. Sie hatte sich noch nie jemandem so nahe gefühlt. Äußerlich mochte sie noch gleich aussehen, aber Catherine wußte, daß sie sich verändert hatte.

Das junge Mädchen, das am Abend in sein Haus gekommen war, war für immer verschwunden, und an seiner Stelle war eine Frau. William Frasers Frau. Sie hatte endlich den geheimnisvollen heiligen Gral gefunden, den sie gesucht hatte. Die Suche war vorbei.

Jetzt wäre sogar das FBI zufrieden.

Paris 1941

Für manche war das Paris von 1941 ein Füllhorn von Reichtümern und günstigen Gelegenheiten; für andere war es eine wahre Hölle. Der Name Gestapo war zu einem gefürchteten Wort geworden, und die Berichte über ihre Tätigkeit wurden zu einem – wenn auch geflüsterten – Hauptthema der Unterhaltung. Die Angriffe auf die französischen Juden, die mit dem fast übermütigen Einschlagen von ein paar Schaufenstern begonnen hatten, waren von der tüchtigen Gestapo zu einem System von Plünderungen, Rassentrennung und Ausrottung ausgebaut worden.

Am 29. Mai war eine neue Verordnung erlassen worden: »... ein sechszackiger Stern von den Ausmaßen einer Handfläche, mit einem schwarzen Rand versehen. Er muß aus gelbem Tuch sein und in schwarzen Buchstaben die Aufschrift JUDE haben. Er ist vom Alter von sechs Jahren an sichtbar auf der linken Brustseite zu tragen und muß fest am Kleidungsstück angebracht sein.«

Nicht alle Franzosen waren gewillt, den deutschen Stiefel auf sich herumtrampeln zu lassen. Der Maquis, die französische Widerstandsbewegung, kämpfte mit Klugheit und Härte, und wenn man ihre Mitglieder gefangennahm, wurden sie auf erfinderische Weise zu Tode gebracht.

Eine junge Gräfin, deren Familie ein Schloß außerhalb von Chartres besaß, wurde gezwungen, sechs Monate lang die Offiziere des deutschen Ortskommandos in den Räumen ihres Erdgeschosses unterzubringen, während sie gleichzeitig fünf von der Gestapo gesuchte Mitglieder des Maquis in den oberen Stockwerken des Schlosses versteckt hielt.

Die zwei Gruppen trafen einander nie, aber nach drei Monaten waren die Haare der Gräfin völlig weiß geworden.

Die Deutschen lebten, wie es sich für Eroberer ziemt, aber dem Durchschnittsfranzosen mangelte es an allem, außer an Kälte und Elend. Das Gas zum Kochen war rationiert, und es gab nichts zum Heizen. Die Pariser überlebten die Winter, indem sie tonnenweise Sägemehl kauften, das sie in der einen Hälfte ihrer Wohnungen aufspeicherten, während sie die andere Hälfte mittels besonderer Sägemehlöfen warmhielten.

Alles war Ersatz, von den Zigaretten und dem Kaffee bis zum Leder. Die Franzosen machten Witze darüber, daß es vollkommen egal sei, was man esse; alles schmecke gleich. Die französischen Frauen – traditionsgemäß die elegantesten der Welt – trugen schäbige Lammfellmäntel statt Wolle und Holzschuhe mit Keilabsätzen, so daß es sich wie das Klappern von Pferdehufen anhörte, wenn sie durch die Straßen von Paris gingen.

Sogar Taufen waren davon betroffen, denn es gab keine kandierten Mandeln, die traditionelle Süßigkeit bei der Taufzeremonie, und Süßwarengeschäfte forderten in ihren Schaufenstern die Kunden auf, sich in die Vormerkliste für Mandeln einzutragen. Es gab ein paar Renault-Taxis auf der Straße, aber die gebräuchlichste Art von Beförderung war das zweisitzige Tandem-Fahrrad.

Das Theater, wie immer in Zeiten anhaltender Krisen, blühte. Die Leute fanden in den Kinos und auf den Bühnen eine Möglichkeit, der niederdrückenden Realität ihres Alltagslebens zu entfliehen. Über Nacht war Noelle Page zum Star geworden. Eifersüchtige Kollegen im Theater sagten, dies sei einzig und allein der Macht und der Begabung Armand Gautiers zuzuschreiben, und wenn es auch stimmte, daß Gautier ihre Karriere gefördert hatte, ist es doch im Theatermilieu eine anerkannte Tatsache, daß niemand einen Star machen kann außer dem Publikum, diesem gesichtslosen, launischen, anbetenden, wankelmütigen Richter über das Schicksal eines Schauspielers. Das Publikum vergötterte Noelle.

Was Armand Gautier betraf, so bereute er aufs bitterste, zu Noelles Karriere beigetragen zu haben. Sie brauchte ihn jetzt nicht mehr; nur eine Laune band sie an ihn, und er lebte in dauernder Furcht vor dem Tag, an dem sie ihn verlassen würde. Gautier hatte den größten Teil seines Lebens im Theater verbracht, aber er war nie jemandem wie Noelle begegnet. Sie war aufnahmefähig wie ein Schwamm, lernte alles, was er sie zu lehren hatte, und verlangte immer noch mehr. Es war phantastisch gewesen, die Metamorphose zu beobachten, die in ihr vorging, wenn sie vom anfänglichen unsicheren Abtasten einer Rolle zu deren selbstsicherer Beherrschung fortschritt. Gautier hatte von Anfang an gewußt, daß aus Noelle ein Star würde – dessen war er immer völlig sicher gewesen –, aber als er sie besser kennenlernte, fand er mit Erstaunen, daß es nicht ihr Ziel war, ein Star zu sein. In Wahrheit war Noelle nicht einmal an der Schauspielerei interessiert.

Zuerst konnte Gautier das einfach nicht glauben. Star – das war die oberste Stufe der Leiter, das *sine qua non.* Aber für Noelle war das Schauspielern einfach ein Sprungbrett, und Gautier hatte nicht den geringsten Anhaltspunkt für ihr wahres Ziel. Sie war ein Geheimnis, ein Rätsel, und je tiefer Gautier sondierte, desto mysteriöser wurde alles, wie die chinesischen Schachteln, die beim Öffnen stets weitere Schachteln in ihrem Inneren enthüllen. Gautier hielt sich etwas auf seine Menschenkenntnis zugute, speziell auf seine Frauenkenntnis, und die Tatsache, daß er absolut nichts von der Frau wußte, mit der er lebte, machte ihn verrückt. Er bat Noelle, ihn zu heiraten, und sie sagte: »Ja, Armand«, und er wußte genau, daß damit nichts gesagt war, daß es für sie nicht mehr bedeutete als ihre Verlobung mit Philippe Sorel oder Gott weiß wieviel anderen Männern in ihrer Vergangenheit. Er begriff, daß die Heirat niemals stattfinden würde. Sobald es Noelle paßte, würde sie weiterziehen.

Gautier war sicher, daß jeder Mann, der sie kennenlernte, sie dazu bringen wollte, mit ihm zu schlafen. Er wußte auch von seinen neidischen Freunden, daß es keinem von ihnen gelungen war.

»Du glücklicher Hurensohn«, hatte einer seiner Freunde gesagt. »Du mußt ja ein richtiger Bulle sein. Ich bot ihr eine Jacht, ein eigenes Schloß und einen Stab von Dienstboten in Cap d'Antibes an, und sie lachte mich nur aus.«

Ein anderer Freund, ein Bankier, sagte zu ihm: »Endlich habe ich etwas gefunden, was man nicht für Geld kaufen kann.«

»Noelle?«

Der Bankier nickte. »Erraten. Ich bat sie, ihren Preis zu nennen. Sie war nicht interessiert. Was fesselt sie an dich, mein Freund?«

Armand Gautier hätte es auch gerne gewußt.

Gautier erinnerte sich an das erste Stück, das er für sie gefunden hatte. Schon nach der Lektüre von einem Dutzend Seiten wußte er, daß es genau das war, was er gesucht hatte. Es war ein Drama über eine Frau, deren Mann im Krieg war. Eines Tages erscheint ein Soldat in ihrem Heim und erzählt ihr, er sei ein Kamerad ihres Mannes, mit dem er an der russischen Front gekämpft hätte. Im weiteren Verlauf des Stückes verliebt sich die Frau in den Soldaten, nicht ahnend, daß er ein psychopathischer Mörder ist und sie in Lebensgefahr schwebt. Es war eine großartige Rolle, und Gautier willigte sofort ein, die Regie zu übernehmen, unter der Bedingung, daß Noelle Page die Hauptrolle spiele. Den Geldgebern widerstrebte es, einer Unbekannten eine solche Rolle anzuvertrauen, sie erklärten sich aber trotzdem bereit, sie vorsprechen zu lassen. Gautier eilte nach Hause, um Noelle die Nachricht zu überbringen. Sie war zu ihm gekommen, weil sie ein Star werden wollte, und jetzt würde er ihren Wunsch erfüllen. Er sagte sich, das würde sie enger verbinden und sie dazu bringen, ihn wirklich zu lieben. Sie würden heiraten, und sie gehörte ihm dann für immer.

Aber als Gautier ihr die Neuigkeit überbrachte, blickte sie nur auf und sagte: »Das ist wunderbar, Armand, ich danke dir.« In demselben Tonfall, in dem sie ihm gedankt hätte, wenn er ihr die genaue Zeit gesagt oder Feuer für ihre Zigarette gegeben hätte.

Gautier beobachtete sie lange und erkannte, daß Noelle auf eine seltsame Weise krank war; irgendein Gefühl war in ihr erstorben oder war niemals vorhanden gewesen, niemand würde sie je besitzen. Er wußte es, und trotzdem konnte er nicht wirklich daran glauben, denn was er sah, war ein schönes, zärtliches Geschöpf, das bereitwillig allen seinen Launen nachgab und nichts dafür forderte. Und weil Gautier sie liebte, schob er seine Zweifel beiseite, und sie begannen mit der Arbeit an dem Stück.

Noelle war phantastisch beim Vorsprechen und bekam ohne weiteres die Rolle, wie Gautier schon vorher gewußt hatte. Als das Stück zwei Monate später in Paris Premiere hatte, wurde Noelle über Nacht zum beliebtesten Star Frankreichs. Die Kritiker hatten sich vorgenommen, das Stück und Noelle zu verreißen, weil sie wußten, daß Gautier seiner Geliebten, einer unerfahrenen Schauspielerin, die Hauptrolle zugeschoben hatte, und das war für sie eine überaus verlockende Gelegenheit, die sie sich nicht entgehen lassen wollten. Aber Noelle hatte sie völlig in Bann geschlagen. Sie suchten nach neuen Superlativen, um ihre Darstellung und ihre Schönheit zu beschreiben. Das Stück war ein Kassenschlager.

Jeden Abend nach der Vorstellung war Noelles Garderobe voller Besucher. Sie empfing alle: Schuhverkäufer, Soldaten, Millionäre, Ladenmädchen und behandelte jedermann mit der gleichen geduldigen Höflichkeit. Gautier war immer von neuem erstaunt. *Sie benimmt sich fast wie eine Prinzessin, die ihre Untertanen empfängt,* dachte er.

Innerhalb eines Jahres erhielt Noelle drei Briefe aus Marseille. Sie zerriß sie ungeöffnet, und schließlich kamen keine mehr.

Im Frühling spielte Noelle die Hauptrolle in einem Film unter der Regie von Armand Gautier, und als der Film herauskam, verbreitete sich ihr Ruhm noch mehr. Gautier wunderte sich über Noelles Geduld bei Interviews und Fotoaufnahmen. Die meisten Stars haßten das und taten es nur, um ihren Kassenwert zu erhöhen oder um ihre Eitelkeit zu befriedigen. In Noelles Fall trafen beide Motive nicht zu. Sie wechselte einfach das Thema, wenn sie von Gautier gefragt wurde, warum sie bereitwillig auf eine Gelegenheit, sich im Süden Frankreichs auszuruhen, verzichtete und statt dessen im kalten, regnerischen Paris blieb, um ermüdende Aufnahmen für *Le Matin, La Petite Parisienne* oder *L'Illustration* zu machen. Und es war besser so, denn Gautier wäre sehr verblüfft gewesen, wenn er die wahre Ursache gewußt hätte.

Alles, was Noelle tat, geschah für Larry Douglas.

Wenn sie für Aufnahmen posierte, dann dachte sie dabei an ihren früheren Geliebten, wie er die Zeitschrift in die Hand nehmen und sie auf der Fotografie erkennen würde. Wenn sie eine Szene in einem Film spielte, sah sie Larry Douglas eines Abends im Kino irgendwo in einem fernen Land sitzen und sie betrachten. Ihre Arbeit war eine Mahnung an ihn, eine Botschaft aus der Vergangenheit, ein Signal, das ihn eines Tages zu ihr zurückbringen würde; und das war das einzige, was Noelle wollte, daß er zu ihr zurückkäme, damit sie ihn vernichten könnte.

Dank Christian Barbet besaß Noelle ein stets wachsendes Informationsmaterial über Larry Douglas. Der kleine Detektiv war von seinem schäbigen Büro in eine geräumige luxuriöse Suite in der Rue Richer, in der Nähe der Folies-Bergère, umgezogen. Als Noelle ihn zum ersten Mal in seinem neuen Büro besuchte, hatte Barbet über ihren überraschten Gesichtsausdruck gegrinst und gesagt: »Ich habe es billig bekommen. Der frühere Inhaber dieser Räume war ein Jude.«

»Sie sagten, Sie hätten Neuigkeiten für mich«, meinte Noelle.

Barbet hörte auf zu grinsen. »Ach, ja.« Er hatte wirklich Neuigkeiten. Es war schwierig, sich unter den Augen der Nazis Informationen aus England zu verschaffen, aber Barbet hatte Wege gefunden. Er bestach Matrosen auf neutralen Schiffen, für ihn Briefe von einer Agentur in London hereinzuschmuggeln. Aber das war nur eine seiner Quellen. Er nutzte den Patriotismus der französischen Untergrundbewegung, die Humanität des Internationalen Roten Kreuzes und die Habgier der Schwarzmarkthändler mit ausländischen Verbindungen für seine Zwecke. Jedem von ihnen erzählte er eine andere Geschichte, und der Informationsfluß versiegte nie.

Er nahm einen Bericht von seinem Schreibtisch. »Ihr Freund wurde über dem Kanal abgeschossen«, sagte er ohne Einleitung. Er beobachtete Noelles Gesicht aus dem Augenwinkel, in der Erwartung, daß ihre unbeteiligte Fassade zu bröckeln begänne, und genoß den Schmerz, den er ihr zufügte. Aber Noelles Ausdruck veränderte sich nicht im geringsten. Sie blickte ihn an und sagte zuversichtlich: »Er wurde gerettet.« Barbet starrte sie an, schluckte und antwortete widerwillig: »Nun ja. Er wurde von einem britischen Rettungsboot aufgefischt.« Und wunderte sich, wie zum Teufel sie das erraten konnte.

Alles an dieser Frau verblüffte ihn, er haßte sie als Klientin und spielte mit dem Gedanken, sie fallenzulassen, aber Barbet wußte, daß es dumm von ihm wäre.

Er hatte einmal versucht, ihr Avancen zu machen, hatte ihr zu verstehen gegeben, daß seine Dienste dann billiger wären, aber Noelle hatte ihn so kühl abgewiesen, daß er sich wie ein Tölpel vorkam; das würde er ihr nie verzeihen. Eines Tages – nahm Barbet sich im stillen vor – eines Tages würde dieses eingebildete Luder dafür zahlen.

Als Noelle jetzt in seinem Büro stand, einen Ausdruck von Widerwillen auf ihrem schönen Gesicht, fuhr Barbet eilig mit seinem Bericht fort, um sie so schnell wie möglich loszuwerden.

»Seine Staffel ist nach Kirton in Lincolnshire verlegt worden. Sie fliegen Hurricanes und ...« Noelle war an etwas anderem interessiert.

»Seine Verlobung mit der Tochter des Admirals«, sagte sie, »ist gelöst, nicht wahr?«

Barbet blickte sie erstaunt an und murmelte: »Ja. Sie fand etwas über seine anderen Affären heraus.« Es war fast, als ob Noelle den Bericht bereits gesehen hätte. Natürlich kannte sie ihn noch nicht, aber das spielte keine Rolle. Das Band des Hasses, das sie mit Larry Douglas vereinte, war so stark, daß ihm anscheinend nichts Wichtiges passieren konnte, ohne daß sie es spürte. Noelle nahm den Bericht und ging. Zu Hause angekommen, las sie ihn langsam durch, dann legte sie ihn sorgfältig in die Mappe zu den anderen Berichten und schloß sie weg, so daß niemand sie finden konnte.

An einem Freitagabend nach der Vorstellung saß Noelle in ihrer Garderobe im Theater und war gerade beim Abschminken, als an die Tür geklopft wurde und Marius, der ältliche, verkrüppelte Bühnenportier, hereinkam.

»Pardon, Mademoiselle Page, ein Herr bat mich, Ihnen das zu bringen.«

Noelle blickte in den Spiegel und sah, daß er einen riesigen Strauß roter Rosen in einer kostbaren Vase trug.

»Stell ihn dorthin, Marius«, sagte Noelle und sah zu, wie er die Vase mit den Rosen behutsam auf einen Tisch stellte.

Es war Ende November, und niemand in Paris hatte seit über drei Monaten Rosen gesehen. Es waren bestimmt vier Dutzend, rubinrot, langstielig, taufrisch. Neugierig ging Noelle hinüber und nahm die Karte in die Hand. Darauf stand: »Dem reizenden Fräulein Page. Würden Sie mit mir soupieren? General Hans Scheider.«

Die Vase war aus Delfter Porzellan, hatte ein kostbares Dekor und war sehr wertvoll. General Scheider hatte sich gewaltig angestrengt.

»Er wartet auf Antwort«, sagte der Bühnenportier.

»Sag ihm, daß ich niemals soupiere, und nimm diese Blumen deiner Frau mit.«

Er starrte sie erstaunt an. »Aber der General . . .«

»Das ist alles.«

Marius nickte, nahm die Vase und eilte hinaus. Noelle wußte, daß er sofort herumerzählen würde, sie habe einen deutschen General abgewiesen. Dasselbe war vorher mit anderen deutschen Beamten geschehen, und die Franzosen sahen deshalb in ihr eine Art Heldin. Es war lächerlich. Die Wahrheit war ganz einfach, daß

Noelle nichts gegen die Nazis hatte, sie waren ihr bloß gleichgültig, hatten nichts mit ihrem Leben und mit ihren Plänen zu tun; sie duldete sie einfach und wartete auf den Tag, an dem sie in ihr Land zurückkehren würden. Sie wußte, es wäre für sie schädlich, sich mit den Deutschen einzulassen. Nicht jetzt vielleicht, aber es war nicht die Gegenwart, die Noelle am Herzen lag; es war die Zukunft. Sie hielt die Idee der tausendjährigen Herrschaft des Dritten Reiches für *merde.* Jeder Geschichtsstudent wußte, daß letzten Endes alle Eroberer ihrerseits wieder besiegt werden. In der Zwischenzeit würde sie ihren französischen Landsleuten keinen Vorwand liefern, gegen sie vorzugehen, wenn die Deutschen einmal aus dem Lande getrieben wären. Die Nazi-Okkupation berührte sie überhaupt nicht, und wenn das Gespräch darauf kam – was ununterbrochen der Fall war –, so vermied Noelle jede Diskussion darüber.

Fasziniert von ihrer Haltung, versuchte Armand Gautier oft, sie über dieses Thema auszuhorchen.

»Macht es dir denn nichts aus, daß die Nazis Frankreich erobert haben?« fragte er sie.

»Würde es eine Rolle spielen, wenn es mir etwas ausmachte?«

»Darum handelt es sich nicht. Wenn jedermann so dächte wie du, wären wir verloren.«

»Wir sind trotz allem verloren, oder nicht?«

»Nicht, wenn wir an den freien Willen glauben. Meinst du, unser Leben sei von Geburt an festgelegt?«

»Bis zu einem gewissen Grad. Unser Körper, unser Geburtsort und unser Platz im Leben werden uns gegeben, was aber nicht bedeutet, daß wir uns nicht ändern können. Wir können alles werden, was wir wollen.«

»Genau das meine ich. Daher müssen wir gegen die Nazis kämpfen.«

Sie blickte ihn an. »Weil Gott auf unserer Seite ist?«

»Ja«, erwiderte er.

»Wenn es einen Gott gibt«, antwortete Noelle vernünftig, »und Er sie geschaffen hat, dann muß Er auch auf ihrer Seite sein.«

Im Oktober, zum Jahresjubiläum von Noelles Stück, veranstalteten die Geldgeber eine Party für die Schauspieler im Tour d'Argent. Die Gesellschaft bestand aus Schauspielern, Bankiers und einflußreichen Geschäftsleuten. Die Gäste waren hauptsächlich Franzosen, aber es war auch ein Dutzend Deutsche dabei, einige in Uniform und alle außer einem von französischen Mädchen begleitet. Dieser eine war ein deutscher Offizier in den Vierzigern, mit langem, hagerem, intelligentem Gesicht, tiefgrünen Augen und straffer, sportlicher Figur. Von seiner Wange bis zum Kinn zog sich eine schmale Narbe. Noelle war sich bewußt, daß er sie den ganzen Abend über beobachtet hatte, obwohl er nicht in ihre Nähe gekommen war.

»Wer ist der Mann?« fragte sie beiläufig einen ihrer Gastgeber.

Er blickte zu dem Offizier hinüber, der allein an einem Tisch saß und an einem Glas Champagner nippte, und wandte sich dann überrascht Noelle zu. »Merkwürdig, daß Sie mich danach fragen. Ich dachte, er sei ein Freund von Ihnen. Das ist General Scheider. Er gehört dem Generalstab an.« Noelle entsann sich der Rosen und der Karte. »Warum hatten Sie geglaubt, er sei ein Freund von mir?« fragte sie.

Der Mann schien verlegen. »Ich nahm natürlich an . . . ich meine, jedes Stück und jeder Film, der in Frankreich produziert wird, muß von den Deutschen zugelassen werden. Als der Zensor die Produktion Ihres letzten Films verhindern wollte, griff der General persönlich ein und gab seine Genehmigung.«

In diesem Moment brachte Armand Gautier jemanden an, den er Noelle vorstellen wollte, und das Gespräch nahm eine andere Wendung.

Noelle beachtete General Scheider nicht mehr.

Als sie am nächsten Abend in ihre Garderobe trat, fand sie eine einzige Rose in einer kleinen Vase mit einem Kärtchen vor, auf dem stand: »Vielleicht sollten wir bescheidener anfangen. Kann ich Sie sehen? Hans Scheider.«

Noelle zerriß das Kärtchen und warf die Blume in den Papierkorb.

Nach diesem Abend bemerkte Noelle, daß General Scheider auf fast jeder Gesellschaft war, die sie und Armand besuchten. Er blieb stets im Hintergrund und beobachtete sie. Das war offensichtlich kein Zufall mehr. Noelle begriff, daß er keine Mühe scheute, ihr überall nachzuspüren und sich Einladungen für alle Gesellschaften zu verschaffen, zu denen sie auch gehen würde.

Sie fragte sich, warum er so an ihr interessiert war, aber es war eine müßige Überlegung, und es berührte sie eigentlich nicht. Hin und wieder machte sich Noelle einen Spaß daraus, eine Einladung anzunehmen und nicht zu erscheinen, und wenn sie dann am nächsten Tag die Gastgeberin fragte, ob General Scheider dagewesen sei, lautete die Antwort stets: »Ja.«

Trotz der schnellen und tödlichen Strafe, die die Nazis gegen jeden verhängten, der sich ihnen widersetzte, blühte die Sabotage in Paris weiter. Neben dem Maquis gab es kleine Gruppen freiheitsliebender Franzosen, die ihr Leben riskierten, um den Feind mit allen ihnen zur Verfügung stehenden Waffen zu bekämpfen. Sie ermordeten deutsche Soldaten, wo immer sie sie überrumpeln konnten, ließen Versorgungslastwagen in die Luft fliegen und legten Minen unter Brücken und Züge. Ihre Tätigkeit wurde in der zensierten Tagespresse als infam angeprangert, aber für die Patrioten waren diese infamen Taten heldenhaft. Immer wieder tauchte der Name eines Mannes in den Zeitungen auf – er trug den Spitznamen *Le Cafard,* die Schabe, denn er schien überall sein Wesen zu treiben, und es gelang der Gestapo nie, seiner habhaft zu werden. Manche glaubten, er sei ein in Paris lebender Engländer; eine andere Theorie besagte, daß er ein Agent von General de Gaulle, dem Führer der Freien Französischen Truppen, sei; und manche behaupteten sogar, er sei ein übergelaufener Deutscher. Wer immer er auch war, Zeichnungen von Schaben begannen in ganz Paris aufzutauchen, an Gebäuden, auf dem Trottoir und sogar im deutschen Hauptquartier. Die Gestapo konzentrierte alle ihre Bemühungen darauf, ihn zu fangen. Eines war gewiß: *Le Cafard* war über Nacht zum Volkshelden geworden.

An einem regnerischen Nachmittag im Dezember besuchte Noelle die Eröffnung der Ausstellung eines jungen Künstlers, den sie und Armand kannten. Die Ausstellung fand in einer Galerie im Faubourg St. Honoré statt. Der Raum war überfüllt. Viele Berühmtheiten waren anwesend, und die Fotografen waren überall. Noelle wanderte von einem Bild zum andern und fühlte plötzlich, wie jemand sie am Arm berührte. Sie drehte sich um und blickte in das Gesicht von Madame Rose. Noelle erkannte sie nicht sofort. Das vertraute häßliche Gesicht war das gleiche, und doch schien es um zwanzig Jahre gealtert, als ob sie mit der Zeit durch irgendeine Alchimie in ihre eigene Mutter verwandelt worden wäre. Sie war in ein großes schwarzes Cape gehüllt, und Noelles Unterbewußtsein sagte ihr, daß sie nicht den vorgeschriebenen gelben Judenstern trug.

Noelle wollte etwas sagen, wurde jedoch von der ältlichen Frau unterbrochen, die ihren Arm drückte.

»Könnten wir uns treffen?« fragte sie mit kaum vernehmlicher Stimme. »Les Deux Magots.«

Bevor Noelle antworten konnte, verschwand Madame Rose in der Menge, und Noelle fand sich von Fotografen umgeben. Während sie für sie posierte und ihr übliches Lächeln aufsetzte, dachte sie an Madame Rose und ihren Neffen, Israel Katz. Beide hatten ihr in Zeiten der Not geholfen. Israel hatte ihr zweimal das Leben gerettet. Noelle fragte sich, was Madame Rose wollte. Wahrscheinlich Geld.

Zwanzig Minuten später schlich sich Noelle davon und nahm ein Taxi zur Place St. Germain des Prés. Es hatte mit gelegentlichen Unterbrechungen den ganzen Tag geregnet, und jetzt hatte sich der Regen in einen kalten Graupelschauer verwandelt. Als ihr Taxi bei den Deux Magots vorfuhr und Noelle in die beißende Kälte hinausstieg, tauchte plötzlich aus dem Nichts ein Mann in einem Regenmantel und einem breitkrempigen Hut neben ihr auf. Noelle brauchte einen Augenblick, um ihn zu erkennen. Wie seine Tante sah auch er älter aus, aber die Verwandlung bestand nicht nur darin. Er strahlte eine Persönlichkeit, eine Stärke aus, die er vorher nicht gehabt hatte. Israel Katz war dünner als das letztemal, da sie ihn gesehen hatte, und seine Augen lagen in tiefen Höhlen, als ob er tagelang nicht geschlafen hätte. Noelle bemerkte, daß er nicht den gelben sechszackigen Judenstern trug.

»Gehen wir hinein«, sagte Israel Katz.

Er nahm Noelles Arm. Im Café war ein halbes Dutzend Gäste, alles Franzosen. Israel führte Noelle an einen Tisch in einer hinteren Ecke.

»Wollen Sie etwas trinken?« fragte er

»Nein, danke.«

Er nahm seinen durchnäßten Hut ab, und Noelle betrachtete prüfend sein Gesicht. Sie wußte sofort, daß er sie nicht herbestellt hatte, um Geld von ihr zu erbitten. Er beobachtete sie.

»Sie sind immer noch schön, Noelle«, sagte er ruhig. »Ich habe alle Ihre Filme und Stücke gesehen. Sie sind eine große Schauspielerin.«

»Warum sind Sie niemals zu mir hinter die Bühne gekommen?«

Israel zögerte und lächelte gezwungen. »Ich wollte Ihnen keine Ungelegenheiten bereiten.«

Noelle starrte ihn einen Augenblick an, bevor sie begriff, was er meinte. Für sie war »Jude« nur ein Wort, das ab und zu in den Zeitungen auftauchte, und es bedeutete nichts in ihrem Leben, aber was mußte es heißen, mit diesem Wort zu *leben,* Jude in einem Land zu sein, das darauf aus war, einen vom Erdboden zu tilgen, einen auszurotten, besonders, wenn es das eigene Vaterland war.

»Ich suche mir meine Freunde aus«, erwiderte Noelle. »Niemand befiehlt mir, mit wem ich zu verkehren habe.«

Israel lächelte gezwungen. »Verschwenden Sie Ihren Mut nicht«, riet er. »Gebrauchen Sie ihn, wo er von Nutzen sein kann.«

»Erzählen Sie mir von sich«, sagte sie.

Er zuckte die Schultern. »Ich führe kein sehr glanzvolles Leben. Ich wurde Chirurg, studierte bei Dr. Angibouste. Haben Sie mal von ihm gehört?«

»Nein.«

»Er ist ein großer Herzchirurg. Er protegierte mich. Dann haben mir die Nazis die ärztliche Lizenz entzogen.« Er hielt seine schön geformten Hände hoch und betrachtete sie, als ob sie jemand anderem gehörten. »So wurde ich Zimmermann.«

Sie sah ihn lange an. »Ist das alles?« fragte sie.

Israel musterte sie erstaunt. »Natürlich«, sagte er. »Warum?«

Noelle schob einen Hintergedanken beiseite.

»Nichts. Warum wollten Sie mich sehen?«

Er beugte sich näher zu ihr und senkte seine Stimme. »Sie müssen mir einen Gefallen tun. Ein Freund –«

In diesem Augenblick öffnete sich die Tür, und vier deutsche Soldaten in feldgrauen Uniformen, angeführt von einem Unteroffizier, marschierten ins Café. Der Unteroffizier rief mit lauter Stimme: »Achtung! Ausweiskontrolle!«

Israel Katz erstarrte, und sein Gesicht schien sich in eine Maske zu verwandeln. Noelle sah, wie seine rechte Hand in die Manteltasche glitt. Seine Augen schweiften zu dem engen Korridor, der zum hinteren Ausgang führte, aber einer der Soldaten ging bereits darauf zu und versperrte ihn. Israel sagte mit leiser, eindringlicher Stimme: »Lassen Sie mich allein. Gehen Sie durch die Vordertür hinaus. Jetzt gleich.«

»Warum?« fragte Noelle.

Die Deutschen prüften die Ausweise einiger Gäste an einem Tisch in der Nähe des Eingangs.

»Keine Fragen«, befahl er. »Gehen Sie.«

Noelle zögerte einen Augenblick, erhob sich dann und ging auf die Tür zu. Die Soldaten wechselten bereits zum nächsten Tisch über. Israel hatte seinen Stuhl zurückgeschoben, um mehr Bewegungsfreiheit zu haben. Dadurch lenkte er die Aufmerksamkeit von zwei Soldaten auf sich. Sie gingen auf ihn zu.

»Ausweis!«

Irgendwie wußte Noelle, daß es Israel war, den die Soldaten suchten, und daß er versuchen würde zu flüchten und sie ihn dabei töten würden. Er hatte keine Chance.

Sie drehte sich um und rief ihm laut zu: »François! Wir werden zu spät ins Theater kommen. Zahle und laß uns gehen.«

Die Soldaten blickten sie erstaunt an. Noelle wandte sich zum Tisch.

Unteroffizier Schultz ging ihr entgegen. Er war ein blonder, pausbäckiger Junge, Anfang Zwanzig. »Sind Sie in Begleitung dieses Mannes, Fräulein?« fragte er.

»Natürlich. Haben Sie nichts Besseres zu tun, als ehrliche französische Bürger zu belästigen?« fragte Noelle erbost.

»Mein liebes Fräulein, es tut mir leid, aber . . .«

»Ich bin nicht Ihr liebes Fräulein!« erwiderte Noelle scharf. »Ich bin Noelle Page, Schauspielerin im Varietétheater, und dieser Herr ist mein Partner. Heute abend werde ich mit meinem Freund, General Scheider, soupieren und ihm von Ihrem Benehmen heute nachmittag berichten; er wird empört sein.«

Noelle sah einen Blick des Erkennens in den Augen des Unteroffiziers auftauchen, aber ob ihm ihr Name oder der des Generals Scheider bekannt war, das wußte sie nicht.

»Es – es tut mir leid, Fräulein«, stammelte er. »Natürlich kenne ich Sie.« Er wandte sich Israel Katz zu, der schweigend, die Hände in den Manteltaschen, dasaß. »Diesen Herrn aber kenne ich nicht.«

»Sie würden ihn kennen, wenn ihr Barbaren je ins Theater gingt«, sagte Noelle mit schneidender Verachtung. »Sind wir verhaftet, oder können wir gehen?«

Der junge Unteroffizier spürte, daß alle Augen auf ihn gerichtet waren. Er hatte eine sofortige Entscheidung zu treffen. »Selbstverständlich sind das Fräulein und ihr Freund nicht verhaftet«, sagte er. »Bitte entschuldigen Sie, daß ich Ihnen Ungelegenheiten bereitet habe. Ich –«

Israel Katz blickte zu dem Soldaten auf und sagte kühl: »Es regnet, Herr Unteroffizier. Könnte einer Ihrer Leute uns ein Taxi besorgen?«

»Natürlich. Sofort.«

Israel stieg mit Noelle in das Taxi, und der deutsche Unteroffizier stand im Regen und sah zu, wie sie abfuhren. Als das Taxi drei Häuserblocks weiter vor einer Verkehrsampel hielt, öffnete Israel die Tür, drückte kurz Noelles Hand und verschwand wortlos in der Nacht.

Am selben Abend um sieben Uhr, als Noelle in ihre Garderobe trat, warteten zwei Männer auf sie. Einer von ihnen war der junge deutsche Unteroffizier vom Nachmittag aus dem Café. Der andere war in Zivil. Er war ein Albino, vollkommen ohne Haare, mit rosa Augen, und erinnerte Noelle irgendwie an einen Fötus. Er war in den Dreißigern und hatte ein Mondgesicht. Seine Stimme war hoch und auf fast lächerliche Weise einer Frauenstimme ähnlich, aber es war etwas Undefinierbares, fast Todbringendes an ihm, das einen erstarren ließ. »Mademoiselle Noelle Page?«

»Ja.«

»Ich bin Oberst Kurt Müller von der Gestapo. Ich glaube, Sie kennen Unteroffizier Schultz bereits.«

Noelle wandte sich gleichgültig dem Unteroffizier zu. »Nein, ich glaube nicht.«

»Im Kaffeehaus, heute nachmittag«, sagte der Unteroffizier hilfreich.

Noelle wandte sich wieder Müller zu. »Ich lerne so viele Leute kennen.«

Der Oberst nickte. »Es muß schwierig sein, sich an alle zu erinnern, wenn man so viele Freunde hat wie Sie, Mademoiselle.«

Sie nickte. »Allerdings.«

»Nehmen wir zum Beispiel den Freund, mit dem Sie heute

nachmittag zusammen waren.« Er machte eine Pause und beobachtete Noelles Augen. »Sie erzählten Unteroffizier Schultz, daß er in dem Stück als Ihr Partner auftrete?«

Noelle blickte den Gestapomann erstaunt an. »Der Unteroffizier muß mich falsch verstanden haben.«

»Nein, Fräulein«, erwiderte der Unteroffizier unwillig. »Sie sagten ...«

Der Oberst wandte sich zu ihm um, warf ihm einen eiskalten Blick zu, und der Mund des Unteroffiziers schnappte mitten im Satz zu.

»Vielleicht«, sagte Kurt Müller liebenswürdig. »So etwas kann sehr leicht vorkommen, wenn man versucht, sich in einer fremden Sprache zu verständigen.«

»Das stimmt«, erwiderte Noelle prompt.

Aus dem Augenwinkel sah sie, wie das Gesicht des Unteroffiziers vor Zorn rot anlief, aber er hielt den Mund.

»Es tut mir leid, Sie einer solchen Kleinigkeit wegen belästigt zu haben«, sagte Kurt Müller.

Noelle spürte, wie ihre Schultern heruntersanken, und plötzlich wurde ihr bewußt, in welcher Spannung sie sich befunden hatte.

»Ist schon in Ordnung«, sagte sie. »Vielleicht kann ich Ihnen Karten für das Stück verschaffen.«

»Ich habe es schon gesehen«, sagte der Gestapomann, »und Unteroffizier Schultz hat sich eine Karte gekauft. Aber ich danke Ihnen.«

Er ging auf die Tür zu und blieb dann stehen. »Nachdem Sie Unteroffizier Schultz einen Barbaren nannten, beschloß er, für heute abend eine Karte zu kaufen, um Ihre Vorstellung zu sehen. Als er die Fotos der Schauspieler im Foyer betrachtete, sah er das Bild Ihres Freundes aus dem Kaffeehaus nicht. Deshalb rief er mich.«

Noelles Herz begann schneller zu schlagen.

»Nur für unsere Akten, Mademoiselle. Wenn er nicht Ihr Partner war, wer war er wirklich?«

»Ein – ein Freund.«

»Sein Name?« Die hohe Stimme war immer noch sanft, aber es schwang etwas Gefährliches darin mit.

»Spielt das eine Rolle?« fragte Noelle.

»Auf Ihren Freund paßt die Beschreibung eines Verbrechers,

den wir suchen. Man hat uns berichtet, er sei heute nachmittag in der Nähe der Place St. Germain des Prés gesehen worden.«

Noelle stand da und beobachtete ihn, ihr Kopf arbeitete fieberhaft.

»Wie heißt Ihr Freund?« fragte Oberst Müller hartnäckig.

»Ich – ich weiß es nicht.«

»Ah, er war also ein Unbekannter?«

»Ja.«

Er starrte sie an, und seine kalten rosa Augen bohrten sich in die ihren. »Sie saßen mit ihm zusammen. Sie hielten die Soldaten davon ab, seinen Ausweis einzusehen. Weshalb?«

»Er tat mir leid«, sagte Noelle. »Er kam auf mich zu . . .«

»Wo?«

Noelle dachte schnell nach. Möglicherweise hatte sie jemand zusammen das Kaffeehaus betreten sehen. »Vor dem Café. Er erzählte mir, daß die Soldaten hinter ihm her wären, weil er ein paar Lebensmittel für seine Frau und Kinder gestohlen hätte. Es schien mir ein solch geringfügiges Vergehen, daß ich . . .« Sie blickte Müller flehentlich an. »Ich half ihm.«

Müller musterte sie einen Moment und nickte dann bewundernd. »Ich kann verstehen, warum Sie so ein großer Star sind.« Das Lächeln erstarb auf seinem Gesicht, und als er wieder sprach, klang seine Stimme noch sanfter. »Gestatten Sie mir, Ihnen einen Rat zu erteilen, Mademoiselle Page. Wir wünschen mit euch Franzosen auf gutem Fuß zu stehen. Wir wollen euch als Freunde und als Verbündete haben. Aber jeder, der unsere Feinde unterstützt, wird auch unser Feind. Wir werden Ihren Freund fangen, Mademoiselle, und wenn wir ihn haben, werden wir ihn verhören, und ich garantiere Ihnen, er wird reden.«

»Ich habe nichts zu fürchten«, sagte Noelle.

»Sie irren sich.« Seine Stimme war jetzt kaum vernehmbar. »Sie haben mich zu fürchten.« Oberst Müller gab dem Unteroffizier einen Wink und ging wieder auf die Tür zu. Er drehte sich noch einmal um. »Wenn Sie etwas von Ihrem Freund hören, werden Sie mir das sofort melden. Falls Sie das nicht tun . . .« Er lächelte ihr zu. Und die beiden Männer waren verschwunden.

Noelle sank völlig erschöpft in einen Stuhl. Sie erkannte, daß sie nicht überzeugend gewirkt hatte, aber sie war total überrumpelt worden. Sie war so sicher gewesen, daß der Zwischenfall vergessen war. Sie erinnerte sich jetzt an einige der Geschichten, die sie über die Gestapo gehört hatte, und ein leichtes Frösteln überkam sie. Angenommen, sie erwischten Israel Katz und er würde reden ... Er könnte ihnen erzählen, daß sie alte Freunde waren, daß Noelle gelogen hatte, als sie vorgab, ihn nicht zu kennen. Aber das würde sicher nicht von Bedeutung sein. Außer ... der Name, an den sie im Café gedacht hatte, kam ihr wieder in den Sinn. *Le Cafard.*

Eine halbe Stunde später, als Noelle sich auf die Bühne begab, gelang es ihr, alles aus ihrem Bewußtsein zu streichen, was nicht zu ihrer Rolle gehörte. Es war ein dankbares Publikum, und als sie vor den Vorhang trat, wurde sie aufs stürmischste gefeiert. Sie konnte noch den Beifall hören, als sie in ihre Garderobe zurückging und die Tür öffnete. In einem Stuhl saß General Scheider. Er erhob sich, als Noelle eintrat, und sagte höflich: »Man hat mich unterrichtet, daß wir heute abend eine Verabredung zum Souper haben.«

Sie soupierten im Le Fruit Perdu an der Seine, etwa zwanzig Meilen außerhalb von Paris. Der Chauffeur des Generals hatte sie in einer glänzenden schwarzen Limousine hingefahren. Der Regen hatte aufgehört, und die Nacht war kühl und angenehm. Bis zum Ende des Soupers erwähnte der General die Vorfälle des Tages nicht. Noelles erster Impuls war gewesen, nicht mit ihm auszugehen, aber dann kam sie zu dem Schluß, sie müsse erfahren, wieviel die Deutschen wirklich wußten und in wie großer Gefahr sie schwebte.

»Ich erhielt heute nachmittag einen Anruf vom Gestapo-Hauptquartier«, sagte der General. »Man berichtete mir, Sie hätten einem Unteroffizier Schultz gesagt, daß Sie heute abend mit mir soupieren würden.« Noelle beobachtete ihn schweigend. Er fuhr fort. »Ich sagte mir, es wäre für Sie äußerst unangenehm, wenn ich nein sagte, und äußerst angenehm für mich, wenn ich ja sagte.« Er lächelte. »Und so sind wir also hier.«

»Das ist alles einfach lächerlich«, protestierte Noelle. »Einem armen Mann zu helfen, der ein paar Lebensmittel gestohlen –«

»Nein, nein!« Die Stimme des Generals war schneidend. Noelle blickte ihn überrascht an. »Verfallen Sie nicht in den Fehler zu glauben, daß alle Deutschen Dummköpfe seien. Und unterschätzen Sie die Gestapo nicht.«

Noelle sagte: »Die haben nichts mit mir zu tun, General.«

Er spielte mit dem Stiel seines Weinglases. »Oberst Müller verdächtigt Sie, einem Mann geholfen zu haben, hinter dem er schon seit langem her ist. Und wenn das stimmt, dann sieht die Sache für Sie sehr schlecht aus. Oberst Müller verzeiht nicht und vergißt nicht.« Er sah Noelle an. »Andererseits«, sagte er bedachtsam, »wenn Sie Ihren Freund nicht wiedersehen, könnte diese ganze Geschichte einfach vergessen werden. Möchten Sie einen Cognac?«

»Ja, bitte«, sagte Noelle.

Er bestellte zwei Cognacs Napoléon »Wie lange leben Sie schon mit Armand Gautier zusammen?«

»Bestimmt kennen Sie bereits die Antwort«, erwiderte Noelle.

General Scheider lächelte. »Ja, in der Tat, ich weiß es. Was ich Sie wirklich fragen wollte, ist, warum Sie sich immer geweigert haben, mit mir zu soupieren. War es Gautiers wegen?«

Noelle schüttelte den Kopf. »Nein.«

»Ach so«, sagte er steif. Es war ein Klang in seiner Stimme, der sie erstaunte.

»Paris ist voll von Frauen«, sagte Noelle. »Ich bin sicher, Sie könnten leicht jemanden finden.«

»Sie kennen mich nicht«, sagte der General ruhig, »sonst hätten Sie das nicht gesagt.« Er schien verlegen. »Ich habe eine Frau und Kinder in Berlin. Ich liebe sie sehr, aber ich habe sie jetzt über ein Jahr nicht gesehen und habe keine Ahnung, wann ich sie wiedersehen werde.«

»Wer hat Sie dazu gezwungen, nach Paris zu kommen?« fragte Noelle unbarmherzig.

»Ich habe nicht um Ihre Sympathie gebeten. Ich wollte Ihnen nur einiges von mir erklären. Ich bin kein polygamer Typ. Als ich Sie zum ersten Mal auf der Bühne sah«, sagte er, »ging etwas in mir vor. Ich fühlte, daß ich Sie unbedingt kennenlernen mußte. Ich möchte, daß wir gute Freunde sind.«

Es lag eine ruhige Würde in der Art, wie er sprach.

»Ich kann nichts versprechen«, sagte Noelle.

Er nickte. »Ich verstehe.«

Aber natürlich verstand er nichts. Denn Noelle beabsichtigte nicht, ihn je wiederzusehen. General Scheider wechselte taktvoll das Thema, und sie sprachen über Schauspielerei und Theater. Noelle fand, daß er eine erstaunliche Bildung besaß. Er war sehr vielseitig und hochintelligent. Mit Leichtigkeit sprang er von einem Thema zum anderen, wobei er ihre gemeinsamen Interessen unterstrich. Er zog eine Schau ab, die Noelle amüsierte. Er hatte sich große Mühe gegeben, alles über ihre Herkunft und ihre Vergangenheit in Erfahrung zu bringen. Er war durch und durch der deutsche General in seiner feldgrauen Uniform, kräftig und autoritär, aber er besaß auch eine Feinheit, die von einer ganz anderen Seite seiner Persönlichkeit zeugte, etwas Intellektuelles, das mehr zu einem Gelehrten als zu einem Soldaten paßte. Und trotzdem war da diese Narbe auf seinem Gesicht.

»Wie sind Sie zu dieser Narbe gekommen?« fragte Noelle.

Er tastete mit dem Finger über die tiefe Kerbe und zuckte die Schultern. »Ich habe mich vor vielen Jahren duelliert; in Deutschland nennen wir das ›Schmiß‹.«

Sie diskutierten über die Nazi-Philosophie.

»Wir sind keine Ungeheuer«, erklärte General Scheider. »Und wir haben nicht den Wunsch, die Welt zu beherrschen. Aber wir beabsichtigen auch nicht, still zu sitzen und weiterhin für einen Krieg bestraft zu werden, den wir vor mehr als zwanzig Jahren verloren haben. Der Vertrag von Versailles war eine Fessel, die das deutsche Volk endlich abgeworfen hat.«

Sie sprachen über die Besetzung von Paris. »Es war nicht die Schuld Ihrer französischen Soldaten, daß es so leicht für uns war«, sagte General Scheider. »Ein großer Teil der Verantwortung liegt bei Napoleon dem Dritten.«

»Sie scherzen«, antwortete Noelle.

»Ich spreche vollkommen im Ernst«, versicherte er ihr. »Zu Napoleons Zeit benützte der Mob ununterbrochen die krummen, winkligen Straßen von Paris für Barrikaden und Hinterhalte gegen die Soldaten. Um sie daran zu hindern, gab er Baron Haussmann den Auftrag, die Straßen zu begradigen und schöne, breite Boulevards anzulegen.« Er lächelte. »Die Boulevards, über die unsere Truppen marschierten. Ich fürchte, die Nachwelt wird mit dem Stadtplaner Haussmann nicht glimpflich verfahren.«

Nach dem Abendessen, auf der Heimfahrt nach Paris, fragte er: »Sind Sie in Armand Gautier verliebt?«

Es klang beiläufig, aber Noelle spürte, daß ihre Antwort für ihn wichtig war.

»Nein«, sagte sie langsam.

Er nickte befriedigt. »Ich wußte es. Ich glaube, daß ich Sie sehr glücklich machen könnte.«

»So glücklich, wie Sie Ihre Frau machen?«

General Scheider erstarrte für einen Moment, als ob er einen Schlag erhalten hätte, und wandte sich dann zu Noelle um.

»Ich kann ein guter Freund sein«, sagte er ruhig. »Wir wollen hoffen, daß wir beide niemals Feinde werden.«

Als Noelle in ihr Appartement zurückkehrte, war es fast drei Uhr morgens, und Armand Gautier erwartete sie besorgt.

»Wo zum Teufel bist du gewesen?« fragte er, als sie zur Tür hereinkam.

»Ich hatte eine Verabredung.« Noelles Augen streiften an ihm vorbei über das Zimmer. Es sah aus, als ob es von einem Wirbelsturm heimgesucht worden sei. Die Schreibtischschubladen waren geöffnet und ihr Inhalt im Zimmer verstreut. Die Schränke waren durchsucht worden, eine Lampe war umgeworfen, und ein kleiner Tisch lag umgekippt da, ein Bein war abgebrochen.

»Was ist passiert?« fragte Noelle.

»Die Gestapo war hier! Mein Gott, Noelle, was hast du angestellt?«

»Nichts.«

»Warum sind sie dann hier gewesen?«

Noelle ging im Zimmer umher und stellte die Möbel wieder an ihren Platz, wobei sie scharf nachdachte. Gautier faßte sie an den Schultern. »Ich möchte wissen, was vorgeht.«

Sie holte tief Atem. »Gut.«

Sie erzählte ihm von ihrem Treffen mit Israel Katz, verschwieg aber dabei seinen Namen und die darauffolgende Unterhaltung mit Oberst Müller. »Ich weiß nicht, ob mein Freund *Le Cafard* ist, aber es ist möglich.«

Gautier sank wie betäubt in einen Stuhl. »Mein Gott!« rief er aus. »Es ist mir egal, wer er ist. Aber ich will nicht, daß du künftig irgend etwas mit ihm zu tun hast. Diese Angelegenheit könnte uns beide vernichten. Ich hasse die Deutschen genauso wie du...«

Er hielt inne, da er nicht sicher war, ob Noelle die Deutschen überhaupt haßte. Dann begann er von neuem: »Chérie, solange die Deutschen hier die Herren sind, müssen wir uns nach ihnen richten. Niemand von uns kann es sich leisten, die Gestapo herauszufordern. Dieser Jude – wie, sagtest du, war sein Name?«

»Ich habe ihn nicht genannt.«

Er blickte sie einen Augenblick an. »War er dein Liebhaber?«

»Nein, Armand.«

»Bedeutet er dir etwas?«

»Nein.«

»Dann ist es gut.« Gautier klang erleichtert. »Ich glaube nicht, daß wir irgend etwas zu befürchten haben. Sie können dir nichts vorwerfen, wenn du nur eine zufällige Begegnung mit ihm gehabt hast. Wenn du ihn nie wiedersiehst, werden sie die ganze Geschichte vergessen.«

»Natürlich werden sie sie vergessen«, sagte Noelle.

Am nächsten Abend, als Noelle sich zum Theater begab, folgten ihr zwei Gestapomänner.

Von diesem Tag an folgte man Noelle überallhin. Zuerst verspürte sie nur ein leises Unbehagen, ein vages Gefühl, daß jemand die Augen auf sie gerichtet hielt. Noelle drehte sich daraufhin meistens um und erblickte in der Menge einen germanisch aussehenden jungen Mann in Zivil, der sie nicht zu beachten schien. Später im Verlauf des Tages kehrte dieses Unbehagen wieder, und diesmal war es ein anderer Germane. Es war nie der gleiche, und obwohl sie in Zivil waren, trugen sie doch eine Uniform, die nur die ihre sein konnte: eine Haltung, gemischt aus Verachtung, Arroganz und Grausamkeit, deren Ausstrahlung unverkennbar war. Noelle erzählte Gautier nichts davon, denn sie hielt es für unnötig, ihn noch mehr in Unruhe zu versetzen. Der Zwischenfall mit der Gestapo in ihrer Wohnung hatte ihn sehr aus der Fassung gebracht. Er sprach die ganze Zeit davon, was die Deutschen seiner und Noelles Karriere antun könnten, wenn sie wollten, und Noelle wußte, daß er recht hatte. Man brauchte nur die Tageszeitungen zu lesen, um zu sehen, daß die Nazis ihren Feinden gegenüber erbarmungslos waren. General Scheider hatte mehrmals telefonische Nachricht hinterlassen, aber Noelle hatte sich nicht darum gekümmert. Auch wenn sie die Nazis nicht zu Feinden wollte, zu Freunden wollte sie sie auch nicht. Sie beschloß, neutral zu bleiben wie die Schweiz. Die Israels Katz der Welt würden sich allein helfen müssen. Noelle war ein wenig neugierig, was er von ihr gewollt haben konnte, hatte aber keinerlei Absicht, in die Sache verwickelt zu werden.

Zwei Wochen nach ihrer Begegnung mit Israel Katz erschien auf der Titelseite der Zeitungen groß die Nachricht, daß dic Gestapo eine von *Le Cafard* geleitete Gruppe von Saboteuren geschnappt hatte. Noelle las alle diese Nachrichten sorgfältig, aber es wurde nicht erwähnt, ob *Le Cafard* selbst erwischt worden war. Sie dachte an Israel Katz' Gesichtsausdruck, als die Deutschen auf ihn zutraten, und sie wußte, daß er sich niemals lebend ergeben würde. *Natürlich,* sagte sich Noelle, *bilde ich mir das alles vielleicht nur ein. Er ist wahrscheinlich ein harmloser Zimmermann, wie er gesagt hat.* Aber wenn er harmlos war, warum war dann die Gestapo so hinter ihm her? War er *Le Cafard?* Und hatten sie ihn erwischt, oder war er entkommen? Noelle trat ans Fenster ihrer Wohnung, das auf die Avenue Martigny hinausging. Zwei Figuren in schwarzen Regenmänteln standen unter einer Straßenlaterne, warteten. Worauf? Noelle fing an, die gleiche Beunruhigung wie Gautier zu verspüren, aber gleichzeitig wurde sie zornig. Sie entsann sich der Worte des Obersten Müller: *Sie haben mich zu fürchten.* Es war eine Herausforderung. Noelle hatte das Gefühl, daß sie wieder von Israel Katz hören würde.

Die Nachricht kam am nächsten Morgen von völlig unerwarteter Seite – von ihrem Concierge. Er war ein kleiner Mann in den Siebzigern, mit wäßrigen Augen und einem verhutzelten, ledernen Gesicht; außerdem fehlten ihm die unteren Zähne, so daß er schwer zu verstehen war. Als Noelle den Liftknopf drückte, wartete er im Fahrstuhl auf sie. Sie fuhren zusammen abwärts, und als sie sich dem Erdgeschoß näherten, murmelte er: »Die Geburtstagstorte, die Sie beim Bäcker in der Rue de Passy bestellt haben, ist fertig.«

Noelle starrte ihn einen Moment lang an, unsicher, ob sie richtig verstanden hatte, und sagte dann: »Ich habe keine Torte bestellt.«

»Rue de Passy«, wiederholte er hartnäckig.

Und plötzlich begriff Noelle. Selbst dann hätte sie nichts weiter unternommen, wenn ihr Blick nicht auf die beiden Gestapo-Agenten gefallen wäre, die auf der Straße auf sie warteten. Wie ein Verbrecher wurde man verfolgt! Die beiden Männer unterhielten sich miteinander. Sie hatten sie noch nicht bemerkt. Wütend wandte sich Noelle an den Concierge: »Wo ist der Lieferanteneingang?«

»Kommen Sie mit, Mademoiselle.«

Noelle folgte ihm durch einen rückwärtigen Korridor, eine Treppe hinunter zum Souterrain und dann auf eine Gasse hinaus. Drei Minuten später saß sie in einem Taxi, auf dem Weg zu ihrer Verabredung mit Israel Katz.

Die Bäckerei war ein ganz gewöhnliches Geschäft in einer verwahrlosten Kleinbürgergegend. Die Aufschrift auf dem Fenster lautete BOULANGERIE, und die Buchstaben waren abgeblättert und zerbrochen. Noelle öffnete die Tür und ging hinein. Sie wurde von einer kleinen dicklichen Frau in einer makellos weißen Schürze begrüßt.

»Ja, Mademoiselle?«

Noelle zögerte. Sie konnte immer noch weglaufen, sich einfach umdrehen und nicht in etwas Gefährliches verwickelt werden, das sie nichts anging.

Die Frau wartete.

»Sie – Sie haben eine Geburtstagstorte für mich«, sagte Noelle und kam sich bei diesem Spiel albern vor, als ob die kindischen Tricks, die man anzuwenden gezwungen war, nicht dem Ernst der Lage entsprächen.

Die Frau nickte. »Sie ist fertig, Mademoiselle Page.« Sie hängte ein GESCHLOSSEN-Schild an die Tür, schloß sie ab und sagte: »Hier entlang.«

Er lag auf einer Pritsche in einem kleinen Hinterraum der Bäckerei, sein Gesicht war maskenhaft starr vor Schmerz, und er war in Schweiß gebadet. Das um ihn gewundene Leinentuch war blutgetränkt, und um sein linkes Knie war eine große Aderpresse geschnallt.

»Israel.«

Er drehte sein Gesicht zur Tür, das Leinentuch fiel herunter und gab plötzlich einen blutigen Brei von zerschmetterten Knochen und Fleisch frei, wo sein Knie gewesen war.

»Was ist passiert?« fragte Noelle.

Er versuchte zu lächeln, aber es gelang ihm nicht ganz. Seine Stimme klang vor Schmerz heiser und gezwungen. »Sie sind auf ›die Schabe‹ getreten, aber so leicht bringt man uns nicht um.«

Sie hatte sich also nicht getäuscht. »Ich habe davon gelesen«, sagte Noelle. »Werden Sie wieder in Ordnung kommen?«

Israel holte tief Atem, was für ihn überaus schmerzlich war, und nickte. Mühsam keuchend sagte er:

»Die Gestapo stellt auf der Suche nach mir ganz Paris auf den Kopf. Meine einzige Chance ist, irgendwie aus der Stadt herauszukommen ... Wenn ich Le Havre erreichen könnte, dort habe ich Freunde, die helfen würden, mich auf einem Schiff außer Landes zu bringen.«

»Haben Sie keinen Freund, der Sie aus Paris hinausschmuggeln kann?« fragte Noelle. »Sie könnten sich hinten in einem Lastwagen verstecken.«

Israel schüttelte schwach den Kopf. »Straßensperren. Keine Maus kommt aus Paris heraus.«

Nicht einmal eine »Schabe«, dachte Noelle. »Können Sie denn mit diesem Bein reisen?« fragte sie, um Zeit zu gewinnen und zu einem Entschluß zu kommen.

Seine Lippen verzogen sich zu einer Art Lächeln.

»Ich werde nicht mit diesem Bein reisen«, sagte Israel.

Noelle blickte ihn verständnislos an; in diesem Augenblick ging die Tür auf, und ein großer breitschultriger, bärtiger Mann kam herein. Er trug eine Axt in der Hand. Er ging auf das Bett zu, schlug das Leintuch zurück, und Noelle spürte, wie alles Blut aus ihrem Gesicht wich. Sie dachte an General Scheider und an den haarlosen Albino von der Gestapo und was die mit ihr tun würden, wenn sie sie erwischten.

»Ich werde Ihnen helfen«, sagte Noelle.

Washington–Hollywood 1941

Es schien Catherine Alexander, daß eine neue Phase in ihrem Leben begonnen hatte, als ob sie irgendwie eine höhere Gefühlsebene erklommen hätte, einen berauschenden und euphorischen Gipfel. Wenn Bill Fraser in der Stadt war, aßen sie jeden Abend zusammen und gingen anschließend in Konzerte, ins Theater oder in die Oper. Er fand eine kleine bezaubernde Wohnung für sie in der Nähe von Arlington. Er wollte für ihre Miete aufkommen, aber Catherine bestand darauf, sie selbst zu bezahlen. Er kaufte ihr Kleider und Schmuck. Zuerst wehrte sie sich, denn die tief in ihr verwurzelten Prinzipien der protestantischen Ethik sträubten sich dagegen, aber es machte Fraser solche Freude, daß sie ihren Widerstand aufgab.

Ob du willst oder nicht, dachte sie, *du bist eine Mätresse.* Es war für sie stets ein anrüchiges Wort gewesen, verbunden mit der Idee von billigen Flittchen in Hinterhofwohnungen, die dort ein frustriertes Gefühlsleben führten. Aber jetzt, da es ihr selbst geschah, war es eigentlich gar nicht so, fand Catherine. Es bedeutete einfach, daß sie mit dem Mann schlief, den sie liebte. Es war nicht schmutzig oder niedrig, es war völlig natürlich. *Es ist interessant,* dachte sie, *wie die Dinge, die andere Leute tun, einem schrecklich vorkommen, und doch, wenn man sie selbst tut, erscheinen sie einem richtig. Wenn man über die sexuellen Erlebnisse anderer liest, so wirkt das wie aus einem Sensationsblättchen, aber wenn es sich um einen selbst handelt, scheint es einem erstklassigen Damenjournal entnommen.*

Fraser war ein aufmerksamer und verständnisvoller Partner, und es war, als ob sie stets zusammen gewesen wären. Catherine wußte im voraus, wie er in jeder Situation reagieren würde, sie kannte alle seine Stimmungen. Im Gegensatz zu dem, was Fraser gesagt hatte, wurde ihre erotische Beziehung nicht aufregender, aber Catherine sagte sich, daß die Erotik nur einen kleinen Teil einer Verbindung ausmachte. Sie war kein Schulmädchen, das dauernd einen neuen Kitzel brauchte, sie war eine reife Frau. *Man kann nicht alles haben,* dachte sie ironisch.

Frasers Werbeagentur wurde in seiner Abwesenheit von Wallace Turner, einem Prokuristen, geführt. William Fraser wollte so wenig wie möglich mit dem Unternehmen zu tun haben, um sich völlig seiner Arbeit in Washington widmen zu können, aber jedesmal, wenn in der Agentur ein größeres Problem auftauchte und man seinen Rat benötigte, besprach Fraser es mit Catherine und benutzte sie als eine Art Resonanzboden. Er fand, daß sie eine feine Nase fürs Geschäft hatte. Catherine hatte oft Ideen für Werbekampagnen, die sich als erfolgreich erwiesen.

»Wenn ich nicht so egoistisch wäre, Catherine«, sagte Fraser eines Abends beim Essen, »würde ich dich in die Agentur stecken und dich einige unserer Werbekonten betreuen lassen.« Er legte seine Hand auf die ihre. »Aber du würdest mir fehlen«, fügte er hinzu. »Ich will dich hier bei mir haben.«

»Ich will hier sein, Bill. Ich bin sehr glücklich mit allem, wie es ist.« Und das stimmte. Sie hatte gedacht, sie würde verzweifelt nach der Heirat streben, wenn sie sich einmal in einer solchen Situation befände, aber irgendwie schien das alles keine Eile zu haben. In allem, was zählte, waren sie so gut wie verheiratet.

Eines Nachmittags, als Catherine gerade eine Arbeit fertig machte, trat Fraser in ihr Büro.

»Was meinst du dazu, wenn wir heute abend eine Fahrt aufs Land machten?« fragte er.

»Das wäre herrlich. Wo fahren wir hin?«

»Nach Virginia. Wir essen mit meinen Eltern zu Abend.«

Catherine blickte ihn erstaunt an. »Wissen sie von uns?« fragte sie.

»Nicht alles«, grinste er. »Nur, daß ich eine phantastische junge Assistentin habe und sie zum Dinner mitbringe.«

Wenn sie dabei eine leise Enttäuschung verspürte, so ließ sie es sich nicht anmerken. »Ausgezeichnet«, sagte sie. »Ich werde vorher kurz nach Hause fahren und mich umziehen.«

»Ich hole dich um sieben Uhr ab.«

»In Ordnung.«

Das Haus der Frasers, das in den schönen welligen Hügeln von Virginia lag, war ein großer Gutshof im Kolonialstil, umgeben von sechzig Morgen Wiesen und Ackerland. Das Haus stammte aus dem 17. Jahrhundert.

»Ich habe noch nie so etwas gesehen«, staunte Catherine.

»Es ist eine der besten Zuchtfarmen in Amerika«, erklärte ihr Fraser.

Der Wagen fuhr an einer Koppel, auf der sich schöne Pferde tummelten, an saubergehaltenen Sattelplätzen und an dem Cottage des Verwalters vorbei.

»Es ist wie eine andere Welt«, rief Catherine aus. »Ich beneide dich darum, daß du hier aufwachsen durftest.«

»Glaubst du, es würde dir Spaß machen, auf einer Farm zu leben?«

»Das hier kann man nicht Farm nennen«, sagte sie trocken. »Es ist eher, als besäße man ein eigenes Land.«

Sie waren vor dem Haus angelangt.

Fraser wandte sich ihr zu. »Meine Mutter und mein Vater sind etwas förmlich«, warnte er sie, »aber du brauchst dich nicht zu fürchten. Sei einfach ganz natürlich. Nervös?«

»Nein, gar nicht«, sagte Catherine. »Ich bin nur von panischer Angst erfüllt.« Während sie das sagte, merkte sie erstaunt, daß sie log. In der klassischen Situation aller Mädchen, die den Eltern des geliebten Mannes vorgestellt werden, hätte sie vor Schreck fast gelähmt sein müssen. Aber sie empfand nichts als Neugierde. Doch sie hatte keine Zeit, sich darüber zu wundern. Sie stiegen bereits aus, ein Butler in voller Livree hielt den Wagenschlag auf und hieß sie mit einem Lächeln willkommen.

Oberst Fraser und seine Gattin hätten beide aus der Zeit vor dem Bürgerkrieg stammen können. Was Catherine zuerst auffiel, war, wie alt und zerbrechlich sie aussahen. Oberst Fraser war eine blasse Kopie von dem, was einst ein gutaussehender, vitaler Mann gewesen war. Er erinnerte Catherine sehr stark an jemanden, und sie erkannte erschrocken, an wen: Er war eine alte, verbrauchte Version seines Sohnes. Der Oberst hatte spärliches weißes Haar und ging mühsam nach vorne gebeugt. Seine Augen waren blaßblau, und seine ehemals kräftigen Hände hatten Gichtknoten. Seine Frau wirkte aristokratisch, und es waren noch Spuren mädchenhafter Schönheit an ihr. Sie empfing Catherine voll Wärme.

Trotz Frasers Erklärungen hatte Catherine das Gefühl, daß sie zur Besichtigung hier war. Der Oberst und seine Frau verbrachten den Abend damit, sie auszufragen. Sie waren sehr diskret, aber gründlich. Catherine erzählte ihnen von ihren Eltern und ihrer Kindheit, und als sie von ihrem häufigen Schulwechsel sprach, ließ sie es wie abenteuerlichen Spaß klingen und nicht wie die Qual, die es gewesen war. Während sie sprach, konnte sie sehen, wie Bill Fraser sie stolz anstrahlte. Das Abendessen war hervorragend. Sie aßen bei Kerzenlicht in einem geräumigen, altmodischen Speisezimmer mit einem echten Kamin aus Marmor und livrierten Dienern. Sie blickte Bill Fraser an, und eine Welle warmer Dankbarkeit durchflutete sie. Sie hatte das Gefühl, dieses Leben könnte ihr gehören, wenn sie es wollte. Sie wußte, daß Fraser sie liebte, und sie erwiderte seine Liebe. Und doch fehlte ihr etwas: das gewisse Aufregende. *Vielleicht,* dachte sie, *erwarte ich zuviel. Ich bin wahrscheinlich durch Gary Cooper, Humphrey Bogart und Spencer Tracy verdorben. Die Liebe ist kein Ritter in einer glänzenden Rüstung, sie ist ein Gutsbesitzer in einem grauen Tweedanzug. Der Teufel soll alle diese Filme und Bücher holen!* Als sie den Oberst anblickte, konnte sie Fraser in zwanzig Jahren sehen, aufs Haar seinem Vater gleich.

Sie war den Rest des Abends sehr still.

Auf dem Heimweg fragte Fraser: »Hat dir der Abend gefallen?«

»Sehr. Ich mag deine Eltern.«

»Sie mochten dich auch.«

»Ich bin froh darüber.« Sie war es tatsächlich. Und doch war sie beunruhigt, daß sie bei der Begegnung mit seinen Eltern keinerlei Aufregung verspürt hatte.

Am nächsten Abend, während Catherine und Fraser im Jockey Club aßen, erzählte Fraser ihr, daß er auf eine Woche nach London fliegen müsse. »Während ich weg bin«, sagte er, »habe ich eine interessante Arbeit für dich. Unser Büro wurde gebeten, die Dreharbeiten eines Werbefilms für die Luftwaffe, der in den Metro-Goldwyn-Mayer-Studios in Hollywood produziert wird, zu überwachen. Ich möchte, daß du diese Sache in meiner Abwesenheit übernimmst.«

Catherine starrte ihn ungläubig an. »Ich? Ich kann nicht einmal einen Browning laden. Was verstehe ich von einem Lehrfilm?«

»Genausoviel wie jedermann«, grinste Fraser, »es ist alles ziemlich neu für dich, aber mach dir keine Sorgen. Sie werden einen Produzenten und alles da haben. Die Armee will Schauspieler in dem Film einsetzen.«

»Warum?«

»Ich nehme an, weil sie glauben, die Soldaten würden sich selbst nicht überzeugend genug darstellen.«

»Das klingt ganz nach Militär.«

»Ich hatte heute nachmittag eine lange Unterhaltung mit General Mathews. Er hat das Wort ›Glamour‹ bestimmt hundertmal gebraucht. Das ist es, was sie verkaufen wollen. Sie beginnen gerade eine große Werbekampagne, die sich an die junge männliche Elite Amerikas wendet. Dies ist der Auftakt dazu.«

»Worin besteht meine Aufgabe?« fragte Catherine.

»Dafür zu sorgen, daß alles glatt läuft. Du hast die endgültige Entscheidung. Dein Flug nach Los Angeles ist für morgen um 9 Uhr gebucht.«

Catherine nickte. »Ist gut.«

»Wirst du mich vermissen?«

»Du weißt, daß du mir fehlen wirst«, antwortete sie.

»Ich werde dir ein Geschenk mitbringen.«

»Ich will keine Geschenke. Komm nur gesund zurück.« Sie zögerte. »Die Lage sieht immer schlechter aus, nicht wahr, Bill?«

Er nickte. »Ja«, sagte er. »Ich glaube, wir werden bald Krieg haben.«

»Wie schrecklich.«

»Es wird noch schrecklicher sein, wenn wir nicht eingreifen«, sagte er ruhig. »England ist wie durch ein Wunder bei Dünkirchen noch einmal davongekommen. Wenn Hitler jetzt beschließt, den Kanal zu überqueren, glaube ich nicht, daß die Briten ihn aufhalten können.« Sie tranken ihren Kaffee schweigend zu Ende, und er bezahlte.

»Möchtest du nach Hause kommen und die Nacht mit mir verbringen?« fragte Fraser.

»Nicht heute abend«, sagte Catherine. »Du mußt früh aufstehen und ich auch.«

»Gut.«

Nachdem er sie an ihrer Wohnung abgesetzt und sie sich zum Schlafengehen fertiggemacht hatte, fragte sich Catherine, warum sie nicht am Vorabend seiner Abreise zu Bill gegangen war.

Sie wußte keine Antwort darauf.

Catherine war in Hollywood aufgewachsen, obgleich sie niemals dort gewesen war. Sie hatte unzählige Stunden in dunklen Kinos verbracht, verloren in den zauberhaften, von der Filmhauptstadt der Welt frabrizierten Träumen, und sie würde stets für die Freude dankbar sein, die ihr diese glücklichen Stunden bereitet hatten.

Als Catherines Flugzeug auf dem Flughafen Burbank landete, war sie ganz aufgeregt. Eine Limousine erwartete sie, um sie zu ihrem Hotel zu bringen. Als sie durch die sonnigen, breiten Straßen fuhren, waren die Palmen das erste, was Catherine auffiel. Sie hatte über sie gelesen und Bilder davon gesehen, aber die Wirklichkeit war einfach überwältigend. Überall ragten sie hoch in den Himmel, der untere Teil ihrer schlanken Stämme nackt und der obere Teil üppig und grün. In der Mitte jedes Baumes hing ein zerfranster Ring von Blattwerk, wie ein schmutziger Unterrock unter einem grünen Ballettröckchen, dachte Catherine.

Sie kamen an einem riesigen Gebäude vorbei, das wie eine Fabrik aussah. Ein großes Schild über der Tür trug die Aufschrift: »Warner Bros.« und darunter: »Gute Filme für gute Bürger.« Als der Wagen an dem Tor vorbeifuhr, dachte Catherine an James Cagney in *Yankee Doodle Dandy* und an Bette Davis in *Dark Victory*, und sie lächelte glücklich.

Sie kamen an der Hollywood Bowl vorbei, die von außen enorm wirkte, bogen auf die Highland Avenue ab und fuhren auf dem Hollywood Boulevard nach Westen. Sie passierten das Egyptian Theatre und zwei Häuserblocks weiter westlich das Grauman's Chinese Theatre, und Catherines Stimmung stieg zusehends. Es war, als ob sie zwei alte Freunde wiedersähe. Der Chauffeur schwenkte in den Sunset Boulevard ein und fuhr Richtung Beverly Hills Hotel. »Das Hotel wird Ihnen gefallen, Miss. Es ist eines der besten in der Welt.«

Bestimmt war es eines der schönsten Hotels, die Catherine je gesehen hatte. Es lag nördlich vom Sunset in einem Halbkreis von schützenden Palmen und war von großen Gärten umgeben. Eine anmutige Auffahrt wand sich hinauf zum Vordereingang des Hotels, das in zartem Rosa gehalten war. Ein eifriger junger Manager geleitete Catherine auf ihr Zimmer, das sich als ein luxuriöser Bungalow auf dem Gelände hinter dem Hauptgebäude des Hotels entpuppte. Auf dem Tisch befand sich ein Blumenbouquet mit den Empfehlungen des Hotels und ein noch größerer, noch schönerer Strauß mit einer Karte, auf der stand: »Ich wünschte, Du wärst hier oder ich wäre dort, Dein Bill.« Der Manager hatte Catherine drei telefonische Nachrichten übergeben. Sie waren von Allan Benjamin, der, wie man ihr gesagt hatte, der Produzent des Lehrfilms war. Während Catherine Bills Kärtchen las, klingelte das Telefon. Sie rannte darauf zu, nahm den Hörer ab und sagte eifrig: »Bill?« Aber es stellte sich heraus, daß es Allan Benjamin war.

»Willkommen in Kalifornien, Miss Alexander«, kam seine Stimme schrill durch den Hörer. »Hier Korporal Allan Benjamin, Produzent dieses kleinen Reinfalls.«

Ein Korporal. Sie hätte eher gedacht, man würde einen Hauptmann oder Oberst damit betrauen.

»Wir beginnen morgen mit der Dreharbeit. Hat man Ihnen gesagt, daß wir Schauspieler statt Soldaten verwenden werden?«

»Ich habe es schon gehört«, erwiderte Catherine.

»Wir beginnen um neun Uhr morgens zu drehen. Wenn Sie um acht Uhr hier sein könnten, hätte ich gerne, daß Sie sich die Burschen einmal ansehen. Sie wissen, was die Luftwaffe haben will.«

»Ist recht«, sagte Catherine schnell. Sie hatte nicht die geringste Ahnung, was die Luftwaffe wollte, aber sie nahm an, es würde genügen, seinen gesunden Menschenverstand zu gebrauchen und Typen auszuwählen, die wie Piloten aussahen.

»Ich schicke Ihnen einen Wagen um halb acht Uhr«, sagte die Stimme. »Man braucht nur eine halbe Stunde zu den Metro-Studios. Sie sind in Culver City. Wir treffen uns im Tonstudio 13.«

Es war fast schon vier Uhr morgens, ehe Catherine einschlief, und es schien ihr, daß im selben Moment, in dem sie die Augen schloß, das Telefon läutete und die Zentrale ihr mitteilte, daß eine Limousine auf sie wartete.

Eine halbe Stunde später befand sich Catherine auf dem Weg zu Metro-Goldwyn-Mayer.

Es war das größte Filmstudio der Welt. Da war das Hauptfilmgelände, das aus zweiunddreißig Tonstudios und dem riesigen Thalberg-Verwaltungsgebäude bestand, in dem Louis B. Mayer, fünfundzwanzig leitende Angestellte und einige der berühmtesten Regisseure, Produzenten und Schriftsteller des Show-Geschäfts untergebracht waren. Gelände zwei enthielt die enormen Kulissen für Außenaufnahmen, die fortwährend für die jeweiligen Dreharbeiten umgearbeitet wurden. Innerhalb von drei Minuten konnte man an den Schweizer Alpen, einer Stadt im Wilden Westen, einem Wohnblock in Manhattan und einem Strand von Hawaii vorbeifahren. Gelände drei, auf der anderen Seite vom Washington Boulevard gelegen, beherbergte Requisiten und Hintergrundkulissen im Wert von Millionen Dollar, die zum Drehen von Freilichtszenen verwendet wurden.

All dies wurde Catherine von ihrer Begleiterin erklärt, einem jungen Mädchen, deren Aufgabe es war, sie zum Studio 13 zu bringen. »Es ist eine Stadt für sich«, sagte sie stolz, »wir erzeugen unsere eigene Elektrizität, verpflegen in unseren Kantinen sechstausend Leute pro Tag und bauen alle unsere Kulissen selbst hinten auf dem Gelände. Wir sind völlig autark. Wir sind auf niemanden angewiesen.«

»Außer aufs Publikum.«

Als sie die Straße entlanggingen, kamen sie an einem Schloß vorbei, das aus einer von Pfosten gestützten Fassade bestand. Gegenüber war ein See, und ein Stück weiter unten konnte man das Foyer eines Theaters von San Francisco sehen. Nicht das Theater, nur das Foyer.

Catherine lachte laut auf, und das Mädchen starrte sie an.

»Stimmt etwas nicht?« fragte sie.

»O doch«, sagte Catherine. »Ich finde alles wunderbar.«

Dutzende von Komparsen gingen die Straße entlang, Cowboys und Indianer plauderten auf ihrem Weg zu den Tonstudios freundlich miteinander. Ein Mann tauchte unerwartet hinter einer Ecke auf, und als Catherine einen Schritt zurücktrat, um ihm auszuweichen, sah sie, daß es ein Ritter in Rüstung war. Nach ihm kam eine Gruppe von Mädchen in Badeanzügen. Catherine stellte fest, daß der kurze Ausflug ins Show-Geschäft ihr zu gefallen begann. Sie wünschte, ihr Vater hätte das sehen können.

»Hier sind wir«, sagte ihre Begleiterin. Sie standen vor einem riesigen grauen Gebäude. Ein Schild daneben trug die Aufschrift: Studio 13.

»Ich werde Sie hier verlassen. Finden Sie sich zurecht?«

»Sehr gut«, sagte Catherine. »Danke.«

Ihre Begleiterin nickte und ging. Catherine musterte das Tonstudio. Ein Schild über der Tür gebot: BEI ROTEM LICHT NICHT EINTRETEN. Das Licht war aus, Catherine drückte daher die Klinke herunter und öffnete die Tür. Oder versuchte es zumindest. Die Tür war über Erwarten schwer, und sie brauchte ihre ganze Kraft, um sie aufzukriegen.

Als es ihr endlich gelang, befand sich Catherine einer zweiten Tür gegenüber, genauso schwer und massiv wie die erste. Es war, als ob man eine Unterdruckkammer beträte.

Im Inneren des höhlenartigen Tonstudios rannten Dutzende von Menschen herum, jeder von ihnen schien mit einem geheimnisvollen Botengang beschäftigt. Eine Gruppe von Männern war in Luftwaffenuniform, und Catherine begriff, daß es die Schauspieler waren, die in dem Film auftreten sollten. In einer entfernten Ecke des Tonstudios war ein komplettes Büro eingerichtet, mit einem Schreibtisch, Stühlen und einer großen militärischen Karte an der Wand. Die Techniker leuchteten die Szene aus.

»Entschuldigung«, sagte sie zu einem Vorübergehenden. »Ist Mr. Allan Benjamin hier?«

»Der kleine Korporal?« Er zeigte hinüber. »Dort.« Catherine drehte sich um und sah einen schmächtigen, gebrechlich wirkenden Mann in einer schlechtsitzenden Uniform mit Korporalsstreifen. Er brüllte gerade einen Mann an, der die Sterne eines Generals trug.

»Zum Teufel mit dem Besetzungschef«, schrie er. »Ich stecke bis zum Arsch in Generalen. Ich brauche Korporale.« Er hob verzweifelt die Hände. »Alle wollen Häuptling spielen, niemand will Indianer sein.«

»Entschuldigen Sie«, sagte Catherine. »Ich bin Catherine Alexander.«

»Gott sei Dank!« sagte der kleine Mann. Er wandte sich den anderen zu, und seine Stimme klang erbittert. »Das Herumalbern ist jetzt vorbei, ihr Taugenichtse. Washington ist da.«

Catherine zwinkerte mit den Augen. Bevor sie den Mund auftun konnte, sagte der kleine Korporal: »Ich weiß wirklich nicht, warum ich hier bin. Ich hatte einen Job für 3500 Dollar im Jahr in Dearborn als Redakteur einer Zeitschrift für Möbelhandel und wurde zur Nachrichtentruppe eingezogen, um Lehrfilme zu schreiben. Was verstehe ich vom Filmemachen oder Regieführen? Das ist der größte Sauhaufen, den ich je gesehen habe.« Er rülpste und griff sich an den Magen. »Ich kriege noch ein Magengeschwür«, stöhnte er, »und dabei bin ich nicht mal im Show-Geschäft. Entschuldigen Sie.«

Er drehte sich um und eilte dem Ausgang zu, Catherine einfach stehenlassend. Sie blickte hilflos um sich. Alle schienen sie anzustarren, in der Erwartung, daß sie etwas täte.

Ein hagerer grauhaariger Mann in einem Pullover kam auf sie zu und lächelte amüsiert. »Brauchen Sie Hilfe?« fragte er ruhig.

»Ich brauche ein Wunder«, sagte Catherine ganz offen. »Ich habe die Aufsicht über das hier und weiß nicht, was ich überhaupt tun soll.«

Er grinste sie an. »Willkommen in Hollywood. Ich bin Tom O'Brien, der R. A.«

Sie blickte ihn fragend an.

»Der Regie-Assistent. Ihr Freund, der Korporal, sollte die Regie führen, aber ich habe das Gefühl, daß er nicht wiederkommt.« Der Mann strahlte eine ruhige Sicherheit aus, die Catherine gefiel.

»Wie lange arbeiten Sie schon bei der Metro-Goldwyn-Mayer?« fragte sie.

»Fünfundzwanzig Jahre.«

»Glauben Sie, daß Sie die Regie dieses Films übernehmen könnten?«

Sie sah, wie seine Mundwinkel zuckten. »Ich könnte es versuchen«, sagte er nachdenklich. »Ich habe sechs Filme mit Willie Wyler zusammen gemacht.« Seine Augen wurden ernst. »Die Lage ist nicht so schlimm, wie sie aussieht«, sagte er. »Alles, was wir benötigen, ist ein bißchen Organisation. Das Drehbuch ist geschrieben, und die Kulissen sind fertig.«

»Das ist schon ein Anfang«, sagte Catherine. Sie warf einen Blick auf die Uniformen. Die meisten von ihnen saßen schlecht, und die Männer, die sie trugen, schienen sich darin nicht wohl zu fühlen.

»Sie sehen wie eine Reklame für die Marine aus«, bemerkte Catherine.

O'Brien lachte anerkennend.

»Woher stammen diese Uniformen?«

»Wildwestkostüme. Unserer Garderobenabteilung sind die Uniformen ausgegangen. Wir drehen gleichzeitig drei Kriegsfilme.«

Catherine musterte die Männer mit kritischem Blick. »Nur sechs der Uniformen sehen wirklich schlecht aus«, entschied sie. »Geben wir sie zurück und versuchen wir, bessere zu bekommen.«

O'Brien nickte zustimmend. »In Ordnung.«

Catherine und O'Brien gingen zu der Gruppe der Komparsen hinüber. Der Lärm des Stimmengewirrs in dem riesigen Studio war ohrenbetäubend.

»Ein bißchen leiser, Boys«, schrie O'Brien. »Das ist Miss Alexander. Sie wird die Aufnahmen leiten.«

Man hörte ein paar anerkennende Pfiffe und Buh-Rufe.

»Danke«, sagte Catherine lächelnd. »Die meisten von Ihnen sehen gut aus, aber einige werden zur Wildwestabteilung zurückgehen und sich andere Uniformen verpassen lassen müssen. Stellen Sie sich in einer Reihe auf, damit wir uns Sie besser ansehen können.«

»Ich würde mir gerne Sie besser ansehen. Wo essen Sie heute zu Abend?« rief einer der Männer.

»Ich esse mit meinem Mann«, sagte Catherine, »gleich nach seinem Match.«

O'Brien stellte die Männer in eine unordentliche Reihe. Catherine hörte Gelächter und Stimmen in ihrer Nähe und drehte sich unwillig um. Einer der Komparsen stand neben einer Kulisse und sprach mit drei Mädchen, die förmlich an seinem Mund hingen und hysterisch über alles, was er sagte, kicherten. Catherine sah einen Augenblick zu, dann ging sie zu dem Mann hinüber und sagte: »Entschuldigen Sie. Würde es Ihnen etwas ausmachen, sich einzureihen?«

Der Mann drehte sich langsam um. »Sprechen Sie mit mir?« fragte er lässig.

»Ja«, sagte Catherine. »Wir würden gerne mit unserer Arbeit beginnen.« Sie entfernte sich.

Er flüsterte den Mädchen etwas zu, die in lautes Gelächter ausbrachen, und folgte dann langsam Catherine. Er war ein hochgewachsener Mann mit einem schlanken und kraftvollen Körper, und mit seinem blauschwarzen Haar und seinen leidenschaftlichen Augen sah er sehr gut aus. Als er sprach, klang seine Stimme tief und unverschämt belustigt. »Was kann ich für Sie tun?« fragte er Catherine.

»Wollen Sie arbeiten?« erwiderte Catherine.

»O ja«, versicherte er ihr.

Catherine hatte einmal einen Artikel über Komparsen gelesen: Sie waren eine seltsame Sorte von Menschen, die ihr anonymes Leben in den Tonstudios verbrachten und den Massenszenen, in denen die Stars auftraten, Hintergrundatmosphäre verliehen. Sie waren gesichtslos, stimmlos; ihr angeborener Mangel an Ehrgeiz hinderte sie, sinnvolle Arbeit zu suchen. Der Mann vor ihr war ein perfektes Beispiel dafür. Weil er so unerhört gut aussah, hatte ihm wahrscheinlich jemand in seiner Heimatstadt in den Kopf gesetzt, daß er ein Star werden könnte; er war nach Hollywood gekommen, hatte herausgefunden, daß Talent genauso wichtig war wie gutes Aussehen, und hatte sich damit abgefunden, Komparse zu sein. Der einfachste Ausweg.

»Wir werden einige Uniformen auswechseln müssen«, sagte Catherine geduldig.

»Stimmt irgend etwas mit meiner Uniform nicht?« fragte er.

Catherine musterte seine Uniform. Sie mußte zugeben, sie saß perfekt, betonte seine breiten Schultern, übertrieb sie jedoch nicht und verjüngte sich dann zu seiner schmalen Taille hin. Sie sah sich seinen Waffenrock an. Auf den Schultern waren die Rangabzeichen eines Hauptmanns. Quer über seine Brust hatte er mehrere auffallend bunte Bänder gesteckt.

»Macht das genügend Eindruck, Boß?« fragte er.

»Wer hat Ihnen gesagt, daß Sie Hauptmann spielen sollen?«

Er blickte sie ernst an. »Es war meine Idee. Glauben Sie nicht, daß ich einen guten Hauptmann abgeben würde?«

Catherine schüttelte den Kopf. »Nein, glaube ich nicht.«

Er verzog nachdenklich den Mund. »Oberleutnant?«

»Nein.«

»Wie wär's mit Leutnant?«

»Ich glaube eigentlich nicht, daß Sie das Zeug zum Offizier haben.«

Seine dunklen Augen betrachteten sie spöttisch. »Ach? Stimmt noch etwas nicht?« fragte er.

»Ja«, sagte sie. »Die Orden. Sie müssen unglaublich tapfer sein.«

Er lachte. »Ich dachte, ich könnte diesem verdammten Film etwas Farbe verleihen.«

»Sie haben nur eins vergessen«, sagte Catherine scharf. »Wir haben noch keinen Krieg. Sie hätten diese Auszeichnungen auf dem Karneval gewonnen haben müssen.«

Der Mann grinste sie an. »Sie haben recht«, gab er schüchtern zu. »Daran habe ich nicht gedacht. Ich werde einige davon abnehmen.«

»Nehmen Sie alle ab«, sagte Catherine.

Er grinste sie wieder auf seine träge, unverschämte Art an. »Gut, Boß.«

Beinahe hätte sie ihn angefahren: »Hören Sie auf, mich Boß zu nennen«, dachte aber dann, *zum Teufel mit ihm,* und kehrte ihm den Rücken, um sich mit O'Brien zu unterhalten.

Catherine schickte acht der Männer zum Austausch der Uniformen in die Garderobenabteilung zurück und verbrachte die nächste Stunde damit, die Szene mit O'Brien zu besprechen. Der kleine Korporal war kurz zurückgekommen und dann wieder verschwunden. Um so besser, dachte Catherine. Er konnte nur herummeckern und alle nervös machen. O'Brien hatte die erste Szene vor dem Mittagessen fertiggedreht, und Catherine dachte, daß alles ganz gut verlaufen wäre. Nur ein Zwischenfall hatte den Morgen getrübt. Catherine hatte dem unverschämten Komparsen einen Text gegeben, um ihn kleinzukriegen. Sie wollte ihn bei der Aufnahme blamieren und ihm damit seine Unverschämtheit heimzahlen. Er hatte seinen Text perfekt gesprochen und die Szene schwungvoll gemeistert. Als er geendet hatte, wandte er sich an sie und fragte: »Gut so, Boß?«

In der Mittagspause ging Catherine in die riesige Studiokantine hinüber und setzte sich an einen kleinen Ecktisch. An einem großen Tisch neben ihr war eine Gruppe von Soldaten in Uniform. Catherine saß der Tür gegenüber und sah den Komparsen hereinkommen; die drei Mädchen hingen wie Kletten an ihm, und jedes versuchte, sich noch näher an ihn heranzudrängen. Catherine fühlte, wie ihr das Blut ins Gesicht schoß. Sie kam zu dem Schluß, daß es sich um eine rein chemische Reaktion handeln müsse. Es gab Menschen, die man auf den ersten Blick nicht ausstehen konnte, genau wie man andere sofort mochte. Irgend etwas an seiner Arroganz ging ihr gegen den Strich. Er hätte einen perfekten Gigolo abgegeben, und das war er wahrscheinlich auch.

Er führte die Mädchen an einen Tisch, blickte dann auf und

sah Catherine, beugte sich zu den Mädchen hinunter und sagte etwas. Sie sahen alle zu ihr hin und brachen in lautes Gelächter aus. Zum Teufel mit ihm! Sie beobachtete ihn, wie er langsam auf ihren Tisch zuging. Er starrte mit seinem beharrlichen, wissenden Lächeln auf sie hinab. »Darf ich mich einen Augenblick zu Ihnen setzen?« fragte er.

»Ich –«, aber er saß bereits und musterte sie mit prüfendem und belustigtem Blick.

»Was wünschen Sie?« fragte Catherine steif.

Sein Grinsen wurde immer breiter. »Wollen Sie es wirklich wissen?«

Ihre Lippen wurden vor Zorn ganz schmal. »Hören Sie –«

»Ich wollte Sie fragen«, sagte er schnell, »ob ich es heute morgen gut gemacht habe.« Er beugte sich mit ernstem Gesicht vor. »War es überzeugend?«

»Vielleicht für die dort drüben«, sagte Catherine, zu den Mädchen hinübernickend, »aber wenn Sie meine Meinung hören wollen: Sie sind ganz einfach ein Schwindler.«

»Habe ich etwas getan, was Sie beleidigt hat?«

»Alles, was Sie tun, beleidigt mich«, sagte sie gleichmütig. »Ich mag Ihren Typ nicht.«

»Was für ein Typ bin ich?«

»An Ihnen ist alles unecht. Es macht Ihnen Spaß, diese Uniform zu tragen und um die Mädchen herumzustolzieren, aber haben Sie mal daran gedacht, sich freiwillig zu melden?«

Er starrte sie ungläubig an. »Und einen Schuß in den Bauch zu kriegen?« fragte er. »Das ist für die Dummen.« Er beugte sich vor und grinste. »Das hier macht viel mehr Spaß.«

Catherines Lippen zitterten vor Zorn. »Sind Sie denn nicht wehrpflichtig?«

»Genaugenommen wahrscheinlich ja, aber ein Freund von mir kennt jemanden in Washington, und« – er senkte die Stimme – »ich glaube nicht, daß sie mich je schnappen werden.«

»Ich finde Sie verachtenswert«, platzte Catherine heraus.

»Warum?«

»Wenn Sie nicht wissen, warum, kann ich es Ihnen niemals erklären.«

»Warum versuchen Sie es nicht? Heute beim Abendessen. Bei Ihnen. Können Sie kochen?«

Catherine erhob sich mit zornroten Wangen.

»Sie brauchen nicht mehr ins Studio zurückzukommen«, sagte sie. »Ich werde Mr. O'Brien bitten, Ihnen einen Scheck für Ihre Arbeit von heute morgen zu schicken.«

Sie wandte sich zum Gehen, da fiel ihr etwas ein, und sie fragte: »Wie heißen Sie?«

»Douglas«, sagte er. »Larry Douglas.«

Am nächsten Abend rief Fraser Catherine aus London an, um sich zu erkundigen, ob alles geklappt habe. Sie berichtete über den Verlauf des Tages, erwähnte aber den Vorfall mit Larry Douglas nicht. Sobald Fraser nach Washington zurückkehrte, würde sie ihm alles erzählen, und sie würden zusammen darüber lachen.

Am nächsten Morgen, als Catherine sich gerade für das Studio fertigmachte, klingelte es. Sie öffnete die Bungalowtür, vor der ein Boy mit einem großen Strauß Rosen stand.

»Catherine Alexander?« fragte er.

»Ja.«

»Bitte unterschreiben Sie hier.«

Sie unterschrieb das Formular, das er ihr reichte.

»Wie herrlich«, sagte sie und nahm die Blumen.

»Ich bekomme fünfzehn Dollar von Ihnen.«

»Wie bitte?«

»Fünfzehn Dollar. Zahlung bei Empfang.«

»Ich verstehe nicht –« Ihre Lippen zogen sich zusammen. Catherine griff nach dem Kärtchen, das an den Blumen befestigt war, und zog es aus dem Umschlag. Darauf stand: »Ich hätte diese Blumen selbst bezahlt, aber leider bin ich arbeitslos. Ihr Larry.«

Sie starrte das Kärtchen ungläubig an.

»Wollen Sie nun die Blumen oder nicht?« fragte der Boy.

»Nein«, fuhr sie ihn an und drückte ihm die Blumen in die Arme.

Er blickte sie verdutzt an. »Er sagte, Sie würden lachen. Es wäre eine Art Privatulk zwischen Ihnen.«

»Ich lache nicht«, sagte Catherine und schlug wütend die Tür zu.

Den ganzen Tag über kam ihr dieser Vorfall immer wieder in den Sinn. Es waren ihr schon arrogante Männer über den Weg gelaufen, aber Larry Douglas übertraf sie alle an maßloser Einbildung. Sie war sicher, daß er eine endlose Reihe von Siegen über hirnlose Blondinen und vollbusige Brünette davongetragen hatte, die es kaum erwarten konnten, mit ihm ins Bett zu steigen. Aber daß er auch sie in diese Kategorie einreihte, empfand sie als Herabsetzung und Demütigung. Der bloße Gedanke an ihn machte sie kribbelig. Sie beschloß, ihn aus ihrem Sinn zu verbannen.

Um sieben Uhr abends des gleichen Tages wollte Catherine gerade das Studio verlassen, als ein Assistent mit einem Briefumschlag in der Hand auf sie zutrat.

»Haben Sie das angefordert, Miss Alexander?« fragte er. Es war ein Unkostenbeleg vom Zentralbesetzungsbüro, und darauf stand:

Eine Uniform (Hauptmann)

Sechs Militärordensbänder (sortiert)

Sechs Medaillen (sortiert)

Name des Schauspielers: Lawrence Douglas ... (persönlich zu Lasten von Catherine Alexander – MGM).

Catherine blickte mit hochrotem Gesicht auf. »Nein!« sagte sie.

Er starrte sie an. »Was soll ich denen im Büro sagen?«

»Sagen Sie ihnen, daß ich nur für seine Orden zahle, wenn sie ihm posthum verliehen werden.«

Nach drei Tagen waren die Dreharbeiten beendet. Catherine sah sich den Film am nächsten Tag im Rohschnitt an und war damit einverstanden. Er würde keine Preise gewinnen, aber er war einfach und wirkungsvoll. Tom O'Brien hatte gute Arbeit geleistet.

Am Samstagmorgen nahm Catherine ein Flugzeug nach Washington. Noch nie war sie so froh gewesen, eine Stadt zu verlassen. Am Montagmorgen war sie zurück in ihrem Büro und versuchte die Arbeit nachzuholen, die sich in ihrer Abwesenheit angehäuft hatte.

Kurz vor dem Mittagessen summte das Telefon. Annie, ihre Sekretärin, fragte: »Ein Mr. Larry Douglas ruft aus Hollywood, Kalifornien, R-Gespräch, an. Soll ich Sie verbinden?«

»Nein«, stieß sie hervor. »Sagen Sie ihm, daß ich – warten Sie, ich werde es ihm selbst sagen.« Sie holte tief Atem und drückte auf den Knopf. »Mr. Douglas?«

»Guten Morgen.« Seine Stimme klang honigsüß. »Es war sehr schwierig, Sie ausfindig zu machen. Mögen Sie keine Rosen?«

»Mr. Douglas –«, begann Catherine. Ihre Stimme zitterte vor

Zorn. Sie holte tief Luft und sagte: »Mr. Douglas, ich liebe Rosen. Ich kann *Sie* nicht ausstehen. Ich kann nichts an Ihnen ausstehen. Ist das klar?«

»Sie wissen überhaupt nichts von mir.«

»Ich weiß mehr, als ich wissen will. Ich halte Sie für feige und verachtenswert und wünsche nicht, daß Sie mich jemals wieder anrufen.« Zitternd knallte sie den Hörer auf, ihre Augen waren vor Zorn mit Tränen gefüllt. Wie konnte er es wagen! Sie würde froh sein, wenn Bill endlich zurückkam.

Drei Tage später erhielt Catherine mit der Post eine 10 x 12 große Fotografie von Lawrence Douglas. Sie trug die Aufschrift: »Dem Boß, in Liebe, Larry.«

Annie starrte das Foto überwältigt an und rief: »Mein Gott! Ist der echt?«

»Er ist unecht«, gab Catherine zurück. »Das einzig Echte daran ist das Papier, auf dem es abgezogen ist.« Sie zerriß wütend das Foto.

Annie sah das bestürzt mit an. »Wie schade. Ich habe noch nie so einen in Fleisch und Blut gesehen.«

»In Hollywood«, sagte Catherine grimmig, »haben sie Kulissen, die nur aus der Fassade bestehen – ohne Fundament. Sie hatten gerade so eine vor sich.«

In den nächsten zwei Wochen rief Larry Douglas mindestens ein dutzendmal an. Catherine gab Annie die Anweisung, ihm zu sagen, er solle nicht wieder anrufen, und bat sie, ihr seine Anrufe gar nicht mehr zu melden. Eines Morgens beim Diktat blickte Annie auf und sagte entschuldigend: »Ich weiß, Sie sagten mir, ich solle Sie nicht mehr mit Mr. Douglas' Anrufen belästigen, aber er rief wieder an, und es klang so verzweifelt und, ich weiß nicht, ... wie verloren.«

»Er *ist* verloren«, sagte Catherine kalt, »und Sie täten besser, nicht nach ihm zu suchen.«

»Er scheint aber wirklich charmant zu sein.«

»Er versteht sich aufs Schmeicheln.«

»Er stellte eine Menge Fragen über Sie.« Sie sah Catherines Blick. »Aber natürlich«, fügte sie hastig hinzu, »habe ich nichts erzählt.«

»Das war sehr klug von Ihnen, Annie.«

Catherine begann wieder mit dem Diktat, aber sie war nicht

ganz dabei. Wahrscheinlich war die Welt voll von Typen wie Larry Douglas, ein Grund mehr, William Fraser zu schätzen.

Bill Fraser kehrte am nächsten Sonntagmorgen zurück, und Catherine holte ihn vom Flugplatz ab. Sie beobachtete, wie er den Zoll passierte und auf den Ausgang, wo sie ihn erwartete, zukam. Sein Gesicht strahlte, als er sie sah.

»Cathy«, rief er. »Was für eine reizende Überraschung! Ich hatte nicht erwartet, daß du mich abholen würdest.«

»Ich konnte es nicht mehr aushalten«, sagte sie lächelnd und schloß ihn so fest in die Arme, daß er sie spöttisch ansah.

»Du hast mich vermißt«, sagte er.

»Mehr, als du dir vorstellen kannst.«

»Wie war es in Hollywood?« fragte er. »Hat es gut geklappt?«

Sie zögerte. »Ausgezeichnet. Sie sind sehr zufrieden mit dem Film.«

»Das habe ich gehört.«

»Bill, wenn du das nächstemal wegfährst«, sagte sie, »nimm mich mit.«

Er blickte sie erfreut und gerührt an.

»Abgemacht«, sagte Fraser. »Du hast mir gefehlt. Ich habe sehr viel über dich nachgedacht.«

»Wirklich?«

»Liebst du mich?«

»Sehr, Mr. Fraser.«

»Ich liebe dich auch«, sagte er. »Warum gehen wir heute abend nicht aus und feiern?«

Sie lächelte. »Wunderbar.«

»Wir werden im Jefferson Club essen.«

Sie setzte Fraser zu Hause ab.

»Ich muß ein paar tausend Anrufe machen«, sagte er. »Könnten wir uns im Klub treffen? Acht Uhr.«

»Gut«, sagte sie.

Catherine kehrte in ihre Wohnung zurück und wusch und bügelte einige Sachen. Jedesmal, wenn sie am Telefon vorbeikam, erwartete sie halb, daß es klingeln würde, aber es blieb still. Sie dachte daran, wie Larry versucht hatte, Annie über sie auszuhorchen, und merkte, daß sie mit den Zähnen knirschte. Vielleicht würde sie mit Fraser darüber sprechen, ob man die zuständige

Rekrutierungsbehörde auf Douglas aufmerksam machen könnte. *Nein, ich lasse das lieber,* dachte sie. *Sie würden ihn wahrscheinlich sowieso nicht nehmen. Er würde gewogen und zu leicht befunden werden.* Sie wusch sich das Haar, nahm ein langes, schwelgerisches Bad und trocknete sich gerade ab, als das Telefon klingelte. Gespannt ging sie hinüber und hob den Hörer ab. »Ja?« sagte sie kalt.

Es war Fraser. »Hallo«, sagte er. »Stimmt was nicht?«

»Doch, doch, Bill«, sagte sie schnell. »Ich – ich war gerade in der Badewanne.«

»Es tut mir leid.« Seine Stimme nahm einen neckenden Ton an. »Ich meine, es tut mir leid, daß ich nicht bei dir bin.«

»Mir auch«, erwiderte sie.

»Ich will dir nur sagen, wie sehr ich dich vermisse. Komm nicht zu spät.«

Catherine lächelte. »Ich werde pünktlich sein.«

Sie legte den Hörer auf und dachte über Bill nach. Zum ersten Mal hatte sie das Gefühl, daß er bereit sei, um sie anzuhalten. Er würde sie bitten, Mrs. Fraser zu werden. Sie sprach den Namen laut aus. »Mrs. William Fraser.« Es klang hübsch und würdevoll. *Mein Gott,* dachte sie, *ich werde blasiert. Vor sechs Monaten wäre ich bei diesem Gedanken noch in die Luft gesprungen, und jetzt ist alles, was ich sagen kann, es klingt hübsch und würdevoll.* Hatte sie sich wirklich derart verändert? Es war kein tröstlicher Gedanke. Sie sah auf die Uhr und begann sich hastig anzuziehen.

Der Jefferson Club befand sich in der »F«-Straße in einem unauffälligen Backsteingebäude, das etwas von der Straße zurückgesetzt lag und von einem schmiedeeisernen Gitter umgeben war. Er war einer der exklusivsten Klubs in einer Stadt, in der es von exklusiven Klubs wimmelte. Der leichteste Weg, Mitglied zu werden, war, einen Vater zu haben, der ihm angehörte. Wenn es jemandem an dieser weisen Voraussicht mangelte, mußte man von drei Mitgliedern empfohlen werden. Die Vorschläge für die Mitgliedschaft wurden einmal im Jahr vorgebracht, und eine schwarze Kugel genügte, um jemanden bis ans Lebensende dem Jefferson Klub fernzuhalten, denn es war eine feste Regel, daß kein Anwärter zweimal vorgeschlagen werden konnte.

William Frasers Vater war Gründungsmitglied des Klubs, und

Fraser und Catherine dinierten dort mindestens einmal in der Woche. Der Chef hatte zwanzig Jahre beim französischen Zweig der Rothschilds gearbeitet, die Küche war vorzüglich und der Weinkeller als der drittbeste Amerikas bekannt. Der Klub war von einem der besten Innenarchitekten ausgestattet, und man hatte große Sorgfalt auf Farben und Beleuchtung verwandt, so daß die Frauen in den Glanz des Kerzenlichts getaucht waren, der ihre Schönheit noch erhöhte. An jedem beliebigen Abend konnten die Gäste mit dem Vizepräsidenten, Kabinettsmitgliedern oder Vertretern des Obersten Gerichtshofs, Senatoren und mächtigen Industriellen, die weltweite Wirtschaftsimperien beherrschten, Tisch an Tisch sitzen.

Fraser wartete bereits im Foyer auf Catherine, als sie ankam.

»Komme ich zu spät?« fragte sie.

»Und wenn es so wäre«, sagte Fraser und blickte sie mit unverhohlener Bewunderung an. »Weißt du, daß du phantastisch schön bist?«

»Natürlich«, antwortete sie. »Jedermann weiß, daß ich die phantastisch schöne Catherine Alexander bin.«

»Ich scherze nicht, Cathy.« Sein Ton war so ernst, daß er sie verwirrte.

»Danke, Bill«, sagte sie verlegen. »Und bitte hör auf, mich so anzustarren.«

»Ich kann nicht anders«, sagte er. Er nahm ihren Arm.

Louis, der Maître, führte sie zu einer Ecknische. »Nehmen Sie hier Platz, Miss Alexander, Mr. Fraser, ich wünsche wohl zu speisen.«

Catherine liebte es, vom Maître des Jefferson Clubs mit Namen angesprochen zu werden. Sie wußte, es war kindisch und naiv von ihr, aber es gab ihr das Gefühl, jemand zu sein, irgendwohin zu gehören. Jetzt lehnte sie sich entspannt und zufrieden zurück und sah sich im Raum um.

»Möchtest du einen Drink?« fragte Fraser.

»Nein, danke«, sagte Catherine.

Er schüttelte den Kopf. »Ich muß dir noch ein paar schlechte Gewohnheiten beibringen.«

»Das hast du bereits getan«, murmelte Catherine.

Er grinste sie an und bestellte einen Scotch mit Soda.

Sie musterte ihn und dachte dabei, was für ein reizender, liebenswerter Mann er war. Sie war sicher, daß sie ihn sehr glücklich machen könnte. Und sie wäre glücklich, mit ihm verheiratet zu sein. *Sehr glücklich,* sagte sie sich ungestüm. Frage, wen du willst. Frage die Zeitschrift TIME. Sie haßte sich, daß sie überhaupt Zweifel haben konnte. Was um Himmels willen stimmte nicht mit ihr? »Bill«, begann sie – und erstarrte.

Larry Douglas kam auf sie zu, mit einem Lächeln des Erkennens auf den Lippen, als er Catherine erblickte. Er trug seine Luftwaffenuniform vom Zentralbesetzungsbüro. Sie sah ihn glücklich grinsend auf ihren Tisch zutreten. »Hallo . . .«, sagte er. Aber das galt nicht Catherine. Er sprach Bill an, der sich erhob und seine Hand schüttelte.

»Wie schön, dich zu sehen, Larry.«

»Ich freue mich, dich zu sehen, Bill.«

Catherine starrte die beiden wie gelähmt an. Ihr Hirn versagte ihr den Dienst.

Bill Fraser sagte gerade: »Cathy, das ist Hauptmann Lawrence Douglas. Larry, das ist Miss Alexander – Catherine.«

Larry Douglas blickte auf sie nieder, seine dunklen Augen machten sich über sie lustig. »Ich kann Ihnen nicht sagen, was für ein Vergnügen es für mich ist, Miss Alexander«, sagte er feierlich.

Catherine setzte zum Sprechen an, fühlte jedoch plötzlich, daß es für sie nichts zu sagen gab. Fraser beobachtete sie, wartete darauf, daß sie etwas sagte. Alles, was sie fertigbrachte, war ein Nicken. Sie traute ihrer Stimme nicht.

»Willst du dich zu uns setzen, Larry?« fragte Fraser.

Larry blickte Catherine an und meinte bescheiden: »Wenn ich nicht störe –«

»Natürlich nicht. Setz dich.«

Larry nahm neben Catherine Platz.

»Was möchtest du trinken?« fragte Fraser.

»Scotch und Soda«, erwiderte Larry.

»Für mich das gleiche«, sagte Catherine verwegen. »Einen Doppelten.«

Fraser blickte sie erstaunt an. »Nicht zu glauben.«

»Du wolltest mir doch ein paar schlechte Gewohnheiten beibringen«, sagte Catherine. »Und ich glaube, ich fange jetzt damit an.«

Als Fraser die Drinks bestellt hatte, wandte er sich an Larry und sagte: »General Terry hat mir von deinen Heldentaten erzählt – in der Luft und auf dem Boden.«

Catherine starrte Larry an, ihre Gedanken drehten sich im Kreise, sie versuchte mitzukommen. »Diese Orden . . .«, sagte sie.

Er blickte sie unschuldig an.

»Ja?«

Sie schluckte. »Äh – wo haben Sie die her?«

»Ich habe sie auf dem Karneval gewonnen«, erwiderte er ernsthaft.

»Und was für ein Karneval«, sagte Fraser lachend. »Larry ist in der RAF geflogen. Er war der Führer der amerikanischen Staffel. Nun hat man ihn überredet, einen Jagdfliegerhorst in Washington zu leiten, um einige unserer Jungen für den Kampf auszubilden.«

Catherine drehte sich zu Larry um und starrte ihn an. Er lächelte ihr wohlwollend zu, seine Augen glitzerten. Wie bei der Wiederaufführung eines alten Films erinnerte sich Catherine an jedes Wort ihrer ersten Begegnung. Sie hatte ihm befohlen, seine Hauptmannsschulterstücke und seine Orden abzunehmen, und er hatte ihr gut gelaunt den Gefallen getan. Sie war eingebildet und anmaßend gewesen – sie hatte ihn einen Feigling genannt! Am liebsten hätte sie sich unter den Tisch verkrochen.

»Ich wünschte, du hättest mich wissen lassen, daß du nach Washington kommst«, sagte Fraser. »Wir hätten ein Kalb geschlachtet und eine große Party gegeben, um deine Rückkehr zu feiern.«

»So hab' ich's lieber«, sagte Larry. Er blickte zu Catherine hinüber, und sie wandte sich ab, unfähig, ihm in die Augen zu sehen. »In der Tat«, fuhr Larry unschuldig fort, »habe ich nach dir Ausschau gehalten, als ich in Hollywood war, Bill. Ich hörte, du produziertest einen Lehrfilm für die Luftwaffe.«

Er hielt inne, um sich eine Zigarette anzuzünden, und blies sorgfältig das Zündholz aus. »Ich ging ins Studio hinüber, aber du warst nicht da.«

»Ich mußte nach London fliegen«, erwiderte Fraser. »Catherine war dort. Ich wundere mich, daß ihr euch nicht begegnet seid.«

Catherine blickte zu Larry auf, und er beobachtete sie belustigt. Jetzt war die Zeit gekommen, das Geschehene zu erwähnen. Sie würde Fraser alles erzählen, und sie würden lachend das Ganze als amüsante Anekdote abtun. Aber ihr blieb das Wort in der Kehle stecken.

Larry ließ ihr einen Augenblick Zeit, dann sagte er: »Das Studio war reichlich überfüllt. Ich nehme an, wir haben einander verfehlt.«

Sie haßte ihn dafür, daß er ihr aus der Klemme half, daß er sie zu gemeinsamen Verschwörern gegen Fraser machte.

Als die Drinks kamen, goß Catherine den ihren schnell hinunter und bestellte noch einen. Das würde der schrecklichste Abend ihres Lebens sein. Sie konnte es kaum erwarten, aus dem Klub herauszukommen, weg von Larry Douglas.

Fraser fragte ihn über seine Kriegserlebnisse aus, und Larry ließ sie als leicht und amüsant erscheinen. Er nahm offensichtlich nichts ernst. Er war ein »Leichtgewicht«. Und trotzdem, um ihm Gerechtigkeit widerfahren zu lassen, mußte Catherine widerwillig zugeben, daß ein »Leichtgewicht« sich nicht als Freiwilliger zur RAF meldet und ein Held im Kampf gegen die deutsche Luftwaffe wird. Absurderweise haßte sie ihn noch mehr, weil er ein Held war. Ihre Haltung erschien ihr sinnlos, und sie brütete darüber bei ihrem dritten Scotch. Was machte es schon aus, ob er ein Held oder ein Windhund war? Und dann begriff sie: Solange sie ihn für einen Windhund hielt, konnte sie ihn schön sauber in ein Fach einordnen, und er machte ihr auf diese Weise nicht mehr zu schaffen. Vom Alkohol leicht benebelt, saß sie zurückgelehnt da und hörte der Unterhaltung der beiden Männer zu. Larry strahlte eine Begeisterung aus, wenn er sprach, eine greifbare Vitalität, die sie erreichte und berührte. Er schien ihr jetzt der lebendigste Mann zu sein, dem sie je begegnet war. Catherine hatte das Gefühl, daß er dem Leben nichts vorenthielt, daß er sich von ganzem Herzen allem hingab und sich über diejenigen lustig machte, die Angst hatten, sich auszugeben. Die Angst hatten – basta. Wie sie selbst.

Sie rührte kaum ihr Essen an und hatte keine Ahnung, was sie zu sich nahm. Sie begegnete Larrys Blick, und es war, als ob er bereits ihr Liebhaber wäre, als ob sie bereits zusammen gewesen wären, einander angehörten; sie wußte, es war Wahnsinn. Er war wie ein Zyklon, eine Naturgewalt, und jede Frau, die in den Wirbel geriet, würde zugrunde gehen.

Larry lächelte sie an. »Ich fürchte, wir haben Miss Alexander von unserer Unterhaltung ausgeschlossen«, sagte er höflich. »Sie ist sicherlich ein interessanteres Thema als wir beide zusammen.«

»Sie irren sich«, sagte Catherine mit belegter Stimme. »Ich führe ein reichlich langweiliges Leben. Ich arbeite bei Bill.« Kaum waren ihr die Worte entfahren, hörte sie, wie sie klangen, und wurde rot. »Ich meinte es nicht so«, sagte sie. »Ich meinte –«

»Ich weiß, was Sie meinten«, sagte Larry hilfreich. Und sie haßte ihn. Er wandte sich an Bill. »Wo hast du sie entdeckt?«

»Ich habe Glück gehabt«, sagte Fraser lebhaft. »Großes Glück. Bist du noch unverheiratet?«

Larry zuckte die Achseln. »Wer will mich schon haben?«

Du Aas, dachte Catherine. Sie blickte sich im Raum um. Ein halbes Dutzend Frauen starrten Larry an, manche versteckt, manche ganz offen. Er war wie ein sexueller Magnet. »Wie waren die englischen Mädchen?« fragte Catherine beiläufig.

»In Ordnung«, sagte er höflich. »Natürlich hatte ich nicht viel Zeit für diese Dinge. Ich war zu sehr mit dem Fliegen beschäftigt.«

So siehst du aus, dachte Catherine. *Ich möchte wetten, daß im Umkreis von hundert Meilen von dir nicht eine Jungfrau übriggeblieben ist.* Laut sagte sie: »Diese armen Mädchen tun mir leid. Was die alles versäumt haben.« Ihr Ton war schärfer, als sie beabsichtigt hatte.

Fraser blickte sie an, verblüfft über ihre Unhöflichkeit. »Cathy«, sagte er.

»Trinken wir noch etwas«, fiel ihm Larry schnell in die Rede.

»Ich glaube, Catherine hat vielleicht genug getrunken«, antwortete Fraser.

»N-ein«, lallte Catherine und gewahrte mit Schrecken, daß sie ihre Worte undeutlich aussprach. »Ich – ich möchte nach Hause gehen«, sagte sie.

»Gut.« Fraser wandte sich Larry zu: »Catherine trinkt normalerweise nichts«, sagte er entschuldigend.

»Ich nehme an, es ist die Aufregung des Wiedersehens mit dir«, sagte Larry.

Catherine wollte ein Glas Wasser ergreifen und es ihm ins Gesicht schütten. Sie hatte ihn weniger gehaßt, als sie ihn noch für einen Windhund hielt. Jetzt haßte sie ihn viel mehr. Und sie wußte nicht, warum.

Am nächsten Morgen erwachte Catherine mit einem solchen Kater, daß sie überzeugt war, er würde in der Medizin Geschichte machen. Sie hatte mindestens drei Köpfe auf ihren Schultern, von denen jeder in einem anderen Rhythmus hämmerte. Still im Bett zu liegen, war eine Qual, aber der Versuch, sich zu bewegen, war schlimmer. Als sie dalag und gegen die Übelkeit kämpfte, strömte der ganze Abend in ihre Erinnerung zurück, und der Schmerz wurde noch unerträglicher. Unvernünftigerweise gab sie Larry Douglas die Schuld an ihrem Katzenjammer, denn nur seinetwegen hatte sie getrunken. Mühsam drehte Catherine den Kopf und blickte auf die Uhr neben ihrem Bett. Sie hatte verschlafen. Sie kämpfte mit sich, ob sie im Bett bleiben oder die Ambulanz bestellen sollte. Mühsam erhob sie sich von ihrem Totenbett und schleppte sich ins Badezimmer. Sie taumelte unter die Dusche, drehte das kalte Wasser an und ließ den eisigen Strahl auf ihren Körper rauschen. Sie schrie laut auf, als das Wasser auf sie prallte, aber als sie aus der Dusche kam, fühlte sie sich besser. *Nicht gut,* stellte sie fest, *nur besser.*

Fünfundvierzig Minuten später saß sie an ihrem Schreibtisch. Ihre Sekretärin Annie kam ganz aufgeregt herein. »Raten Sie mal«, sagte sie.

»Nicht heute morgen«, wimmerte Catherine. »Seien Sie nett und sprechen Sie leise.«

»Schauen Sie sich das an!« Annie schob ihr die Morgenzeitung hin. »Das ist er.«

Auf der Titelseite befand sich eine Fotografie von Larry Douglas in Uniform, der sie frech angrinste. Die Unterschrift lautete: AMERIKANISCHER RAF-HELD KEHRT NACH WASHINGTON ZURÜCK, UM NEUE KAMPFEINHEIT AUSZUBILDEN. Dem folgte ein Bericht über zwei Spalten.

»Ist das nicht aufregend?« schrie Annie.

»Schrecklich«, sagte Catherine. Sie knallte die Zeitung in den Papierkorb. »Können wir mit unserer Arbeit weitermachen?«

Annie blickte sie erstaunt an. »Es tut mir leid«, sagte sie. »Ich dachte, da er ein Freund von Ihnen ist, würde es Sie interessieren.«

»Er ist kein Freund von mir«, verbesserte Catherine. »Er ist eher ein Feind.« Sie sah den Ausdruck auf Annies Gesicht. »Könnten wir einfach an was anderes als an Mr. Douglas denken?«

»Gewiß«, sagte Annie bestürzt. »Ich sagte ihm, Sie würden sich sicherlich freuen.«

Catherine starrte sie an. »Wann?«

»Als er heute morgen anrief. Er hat dreimal angerufen.«

Catherine wappnete sich und versuchte, ihrer Stimme einen gleichgültigen Klang zu geben. »Warum haben Sie mir das nicht gesagt?«

»Sie hatten mir die Anweisung gegeben, es Ihnen nicht zu sagen, wenn er anriefe.« Sie beobachtete Catherine verwirrt.

»Hat er eine Nummer hinterlassen?«

»Nein.«

»Gut.« Catherine dachte an sein Gesicht, an diese großen dunklen, spöttischen Augen. »Gut«, sagte sie noch einmal, diesmal mit fester Stimme. Sie diktierte einige Briefe zu Ende, und als Annie das Zimmer verlassen hatte, ging Catherine zum Papierkorb und fischte die Zeitung wieder heraus. Sie las den Artikel über Larry Wort für Wort. Er war ein Flieger-As und hatte acht deutsche Maschinen auf seiner Abschußliste. Er war selbst zweimal über dem Kanal abgeschossen worden. Sie drückte auf den Telefonknopf. »Falls Mr. Douglas noch einmal anruft, will ich ihn sprechen.«

Es gab nur eine winzige Pause. »Ja, Miss Alexander.«

Schließlich war es unsinnig, unhöflich zu dem Mann zu sein. Catherine würde sich einfach für ihr Benehmen im Studio entschuldigen und ihn bitten, sie nicht mehr anzurufen. Sie würde William Fraser heiraten.

Sie wartete den ganzen Nachmittag auf einen weiteren Anruf von ihm. Um sechs Uhr hatte er noch nicht angerufen. *Warum sollte er auch?* fragte sich Catherine. *Er ist aus und legt sechs andere Mädchen aufs Kreuz. Du hast noch Glück. Sich mit ihm einzulassen, wäre, als ginge man in einen Fleischerladen. Da bekommt man eine Nummer und wartet, bis man dran ist.*

Beim Hinausgehen sagte sie zu Annie: »Wenn Mr. Douglas morgen anruft, sagen Sie ihm, ich bin nicht da.«

Annie zuckte nicht mit der Wimper. »Ja, Miss Alexander. Guten Abend.«

»Guten Abend.«

Catherine fuhr in Gedanken verloren mit dem Lift hinunter. Sie war sicher, daß Bill Fraser sie heiraten wollte. Am besten wäre es, wenn sie ihm sagte, daß sie sofort heiraten wollte. Sie würde es ihm heute abend sagen. Sie würden ihre Hochzeitsreise machen, und bei ihrer Rückkehr wäre Larry Douglas nicht mehr da.

Die Aufzugstür öffnete sich zur Eingangshalle, und da stand Larry Douglas an die Wand gelehnt. Er hatte seine Orden und Schulterstücke abgenommen und trug die Streifen eines Leutnants. Er ging lächelnd auf sie zu.

»Besser so?« fragte er strahlend.

Catherine starrte ihn mit klopfendem Herzen an. »Ist es nicht – ist es nicht gegen die Vorschriften, falsche Rangabzeichen zu tragen?«

»Das weiß ich nicht«, sagte er ernsthaft. »Ich dachte, Sie hätten das zu bestimmen.«

Er stand da und blickte auf sie nieder, und sie sagte mit schwacher Stimme: »Tun Sie mir das nicht an. Ich will, daß Sie mich in Ruhe lassen. Ich gehöre Bill.«

»Wo ist Ihr Ehering?«

Catherine eilte an ihm vorbei auf den Ausgang zu. Als sie ihn erreichte, war er schon da und hielt ihr die Tür auf.

Draußen nahm er ihren Arm. Es zuckte wie ein Schlag durch ihren ganzen Körper. Es ging von ihm eine Elektrizität aus, die sie versengte. »Cathy –«, begann er.

»Um Gottes willen«, sagte sie verzweifelt. »Was wollen Sie von mir?«

»Alles«, sagte er ruhig. »Ich will Sie.«

»Nun, Sie können mich nicht haben«, rief sie klagend. »Quälen Sie eine andere.« Sie wollte gehen, aber er zog sie zurück.

»Was soll das heißen?«

»Ich weiß es nicht«, sagte Catherine, während sich ihre Augen mit Tränen füllten. »Ich weiß nicht, was ich sage. Ich – ich habe einen Katzenjammer. Ich will sterben.«

Er lächelte sie teilnehmend an. »Ich habe eine wunderbare Kur für Katzenjammer.« Er steuerte sie auf die Garage des Gebäudes zu.

»Wo gehen wir hin?« fragte sie in panischer Angst.

»Wir holen meinen Wagen.«

Catherine blickte zu ihm auf und suchte in seinen Zügen nach einem Zeichen von Triumph, aber alles, was sie sah, war sein kraftvolles, unglaublich schönes Gesicht, das von Wärme und Mitgefühl erfüllt war.

Der Parkwächter fuhr ein braunes Sportkabriolett mit offenem Verdeck heran. Larry half Catherine in den Wagen und schlüpfte hinter das Lenkrad. Sie saß da, blickte gerade vor sich hin, wußte, daß sie im Begriff war, ihr ganzes Leben wegzuwerfen, und war völlig unfähig, etwas dagegen zu tun. Es war, als ob all dies jemand anderem zustieß. Sie hätte am liebsten dem albernen, haltlosen Mädchen im Wagen geraten zu fliehen.

»Zu Ihnen oder zu mir?« fragte Larry sanft.

Sie schüttelte den Kopf. »Ist ganz egal«, sagte sie resigniert.

»Dann zu mir.«

Er war also doch nicht ganz unempfindlich. Oder er hatte Angst davor, sich mit dem Schatten William Frasers zu messen.

Sie beobachtete ihn, wie er gewandt den Wagen durch den Verkehr des frühen Abends lenkte. Nein, er hatte vor nichts Angst. Das war ein Teil seiner verdammten Anziehungskraft.

Sie versuchte sich einzureden, daß sie die Freiheit hatte, nein zu sagen, die Freiheit wegzugehen. Wie konnte sie William Fraser lieben und solche Gefühle für Larry empfinden?

»Wenn es ein bißchen hilft«, sagte Larry ruhig, »ich bin genauso nervös wie Sie.«

Catherine blickte zu ihm hinüber. »Danke«, sagte sie. Natürlich log er. Er sagte das wahrscheinlich zu allen seinen Opfern, wenn er sie ins Bett nahm. Aber wenigstens war er nicht hämisch. Was sie am meisten quälte, war, daß sie Bill Fraser betrog. Er war ein zu lieber Mensch, um ihm weh zu tun, und dies würde ihn sehr verletzen. Catherine wußte es und wußte, daß sie falsch und sinnlos handelte, aber es war, als hätte sie keinen eigenen Willen mehr.

Sie waren in einer freundlichen Villengegend mit großen schattigen Bäumen längs der Straße angelangt. Larry hielt vor einem Apartmenthaus. »Wir sind da«, sagte er ruhig.

Catherine wußte, daß dies ihre letzte Chance war, nein zu sagen, ihn aufzufordern, sie in Ruhe zu lassen. Sie sah schweigend zu, wie Larry um den Wagen herumging und die Tür öffnete. Sie stieg aus und ging in sein Apartmenthaus.

Larrys Apartment war für einen Mann eingerichtet. Es hatte kräftige, gediegene Farben und Möbel nach männlichem Geschmack.

Als sie eintraten, nahm Larry Catherine den Mantel ab, und sie fröstelte.

»Ist dir kalt?« fragte er.

»Nein.«

»Möchtest du einen Drink?«

»Nein.«

Er nahm sie zärtlich in die Arme, und sie küßten sich. Es war, als ob ihr Körper in Flammen stünde. Wortlos führte Larry sie in sein Schlafzimmer. Die Spannung wuchs ins Unerträgliche, als sie sich schweigend auszogen. Sie lag nackt auf dem Bett, und er legte sich neben sie.

»Larry –«, aber seine Lippen drückten sich auf die ihren, seine Hände begannen, über ihren Körper zu streichen und sie sanft abzutasten, sie vergaß alles über der Wonne, die sie empfand, und ihre Hände begannen nach ihm zu greifen. Und sie fühlte ihn heiß, hart und zuckend neben sich, und seine Finger waren in ihr, öffneten sie sanft und liebevoll, und er war über ihr und in ihr, und sie empfand ein so großes Entzücken, wie sie es nicht einmal im Traum für möglich gehalten hätte; und dann waren sie zusammen, bewegten sich schneller und schneller in einem wunderbaren Rhythmus, der den ganzen Raum und die Welt und das Universum ergriff, und dann die Explosion, die zu einer Ekstase wie im Delirium führte, eine unglaublich erschütternde Reise, ein Ankommen und Abreisen, ein Ende und ein Anfang, und Catherine lag ermattet und betäubt da, klammerte sich fest an ihn, wollte ihn nie wieder loslassen und wünschte, daß dieses Gefühl ewig dauerte. Nichts, was sie je gelesen oder gehört hatte, hätte sie auf dies vorbereiten können. Es war unglaublich, daß der Körper eines anderen Menschen einem solches Entzücken bringen konnte. Sie lag in Frieden da: eine Frau. Und sie wußte, auch wenn sie ihn niemals wiedersehen sollte, wäre sie ihm für den Rest ihres Lebens dankbar.

»Cathy?«

Sie wandte sich langsam und träge um und blickte ihn an. »Ja?« Sogar ihre Stimme schien ihr tiefer, reifer.

»Könntest du deine Nägel aus meinem Rücken nehmen?«

Sie merkte plötzlich, daß sie ihre Nägel in sein Fleisch gekrallt hatte. »Oh, es tut mir leid!« rief sie aus. Sie tastete seinen Rücken ab, aber er griff nach ihren Händen und zog sie an sich.

»Es macht nichts. Bist du glücklich?«

»Glücklich?« Ihre Lippen zitterten, und zu ihrem Entsetzen begann sie zu heulen. Heftige Schluchzer, die ihren Körper erschütterten. Er hielt sie in seinen Armen, streichelte sie beruhigend und ließ den Sturm von selbst abflauen.

»Es tut mir leid«, sagte sie. »Ich weiß nicht, weshalb ich das tat.«

»Enttäuschung?«

Catherine blickte ihn schnell an, um zu protestieren, aber dann sah sie, daß er sie neckte. Er nahm sie in seine Arme, und sie liebten sich von neuem. Es war noch unglaublicher als vorher. Nachher lagen sie im Bett, und er sprach, aber sie hörte ihm nicht zu. Alles, was sie hören wollte, war der Klang seiner Stimme, und es war unwichtig, was er sagte. Sie wußte, es würde für sie nie wieder einen anderen Mann geben als diesen. Und sie wußte, daß dieser Mann niemals einer Frau allein gehören konnte, daß sie ihn wahrscheinlich nie wiedersehen würde, daß sie nur eine Eroberung mehr für ihn bedeutete. Sie merkte, daß er verstummt war und sie prüfend ansah.

»Du hast nicht ein Wort gehört, was ich sagte.«

»Verzeih«, sagte sie. »Ich habe mit offenen Augen geträumt.«

»Ich sollte eigentlich beleidigt sein«, sagte er vorwurfsvoll. »Du hast nur Interesse für meinen Körper.«

Sie ließ ihre Hände über seine straffe, gebräunte Brust und seinen Leib gleiten. »Ich bin nicht erfahren«, sagte sie, »aber ich denke, der hier genügt vollkommen.« Sie lächelte. »Er *hat* vollkommen genügt.« Sie wollte ihn fragen, ob es ihm mit ihr gefallen hätte, aber sie hatte Angst davor.

»Du bist schön, Cathy.«

Es erregte sie, ihn das sagen zu hören, aber gleichzeitig ärgerte sie sich darüber. Alles, was er zu ihr sagte, hatte er tausendmal zu anderen Frauen gesagt. Sie fragte sich, wie er sich von ihr verabschieden würde. *Ruf mich mal an?* Oder: *Ich werde dich mal anrufen?* Vielleicht würde er sie sogar ein- oder zweimal wiedersehen wollen, bevor er zu einer anderen ging. Gut, es war ausschließlich ihre eigene Schuld. Sie hatte gewußt, in was sie sich einließ. *Ich bin in diese Geschichte mit weit offenen Augen und Beinen hineingelaufen. Was auch immer geschieht, ich darf ihm keine Schuld geben.*

Er schlang seine Arme um sie und hielt sie fest an sich gedrückt.

»Weißt du, daß du ein ganz besonderes Mädchen bist, Cathy?«

Weißt du, daß du ein ganz besonderes Mädchen bist – Alice, Susan, Margaret, Peggy, Lana?

»Ich fühlte es beim ersten Mal, als ich dich sah. Ich habe bei niemandem vorher dieses Gefühl gehabt.«

Janet, Evelyn, Ruth, Georgia, ad infinitum. Sie grub ihren Kopf an seine Brust, wagte nicht zu sprechen und hielt ihn eng umschlungen, während sie ihm still adieu sagte.

»Ich bin hungrig«, sagte Larry. »Weißt du, worauf ich Lust habe?«

Catherine lächelte. »Ja, sicher weiß ich das.«

Larry grinste auf sie hinunter. »Weißt du was?« sagte er. »Du bist liebestoll.«

Sie blickte auf. »Danke.«

Er führte sie unter die Dusche und drehte sie auf. Er nahm eine Duschkappe von einem Haken an der Wand, streifte sie Catherine über und schob ihr Haar darunter. »Komm«, sagte er und zog sie unter den scharfen Wasserstrahl. Er nahm ein Stück Seife und begann sie zu waschen; er fing beim Hals an, seifte ihre Arme ein, kreiste langsam um ihre Brüste, glitt dann zu ihrem Bauch und ihren Schenkeln hinab. Sie begann, Erregung in ihren Lenden zu verspüren, nahm ihm die Seife aus der Hand und fing an, ihn zu waschen, seifte ihm Brust und Bauch ein, bis sie zwischen seine Beine gelangte. Sein Glied in ihrer Hand wurde hart.

Er öffnete ihre Beine und drängte seine männliche Härte in sie, und Catherine war wieder außer sich, sie ertrank in einem Sturzbach von Wasser, der gegen ihren Körper schlug, während sie aufs neue von unerträglichem Glück erfüllt war, bis sie vor reiner Lust laut aufschrie.

Nachher zogen sie sich an, stiegen in sein Auto und fuhren nach Maryland, wo sie ein kleines Restaurant fanden, das noch offen war, und sie aßen Hummer und tranken Champagner.

Um fünf Uhr morgens wählte Catherine William Frasers Privatnummer, stand da und horchte auf das aus achtzig Meilen Entfernung kommende Klingelzeichen, bis endlich Frasers schläfrige Stimme am Telefon zu vernehmen war: »Hallo . . .«

»Hallo, Bill. Hier ist Catherine.«

»Catherine! Ich habe den ganzen Abend versucht, dich zu erreichen. Wo steckst du? Ist alles in Ordnung?«

»Mir geht es gut. Ich bin in Maryland mit Larry Douglas. Wir haben gerade geheiratet.«

Paris 1941

Christian Barbet war ein unglücklicher Mann. Der kahlköpfige kleine Detektiv saß an seinem Schreibtisch, eine Zigarette zwischen seinen fleckigen, schadhaften Zähnen, und betrachtete trübselig die vor ihm liegende Mappe. Die Information, die sie enthielt, würde ihn eine Klientin kosten. Er hatte Noelle Page unverschämte Honorare für seine Dienste berechnet, aber es war nicht nur der Verlust dieser Einkünfte, was ihn traurig machte: Er würde die Klientin selbst vermissen. Er haßte Noelle Page, und trotzdem war sie die faszinierendste Frau, die ihm je vorgekommen war. Barbet dachte sich aufregende Geschichten mit Noelle Page aus, die immer damit endeten, daß sie in seiner Macht war. Jetzt würde der Auftrag enden, nie würde er sie wiedersehen. Er hatte sie im Empfangsraum warten lassen und währenddessen versucht sich auszudenken, wie er wohl den Fall hinausziehen könnte, um zusätzliches Geld aus ihr herauszupressen. Aber er kam widerwillig zu der Erkenntnis, daß es keinen Weg gab. Barbet seufzte, drückte seine Zigarette aus, ging auf die Tür zu und öffnete sie. Noelle saß auf dem schwarzen Sofa aus Kunstleder, und als er sie prüfend ansah, stockte sein Herz einen Augenblick. Es war unfair von einer Frau, so schön zu sein. »Guten Tag, Mademoiselle«, sagte er. »Kommen Sie herein.«

Sie betrat sein Büro mit der Grazie eines Mannequins. Es war gut für Barbet, eine so berühmte Klientin wie Noelle Page zu haben, und er ließ es sich nicht entgehen, ihren Namen häufig zu erwähnen. Das zog andere Klienten an, und Christian Barbet war nicht der Mann, der moralischer Grundsätze wegen schlaflose Nächte verbrachte. »Bitte, nehmen Sie Platz«, sagte er und wies auf einen Stuhl. »Wollen Sie einen Brandy, einen Apéritif?«

Eine seiner phantastischen Vorstellungen war, Noelle so betrunken zu machen, daß sie ihn anflehte, sie zu verführen.

»Nein«, erwiderte sie. »Ich kam wegen des Berichtes.«

Das Luder hätte wenigstens einen letzten Drink mit ihm nehmen können! »Ja«, sagte Barbet. »Ich habe tatsächlich einige Neuigkeiten.« Er griff zum Schreibtisch hinüber und tat, als ob er die Akte studierte, obwohl er sie bereits auswendig kannte.

»Erstens«, informierte er sie, »wurde Ihr Freund zum Hauptmann befördert und in die Staffel 133 versetzt, deren Kommando ihm übertragen wurde. Das Flugfeld befindet sich in Coltisall, Duxtford, in Cambridgeshire. Sie flogen« – er sprach absichtlich langsam, da er wußte, daß sie an den technischen Details nicht interessiert war – »Hurricanes und Spitfires II und wechselten dann zu Marks V über. Dann flogen sie –«

»Schon gut«, unterbrach ihn Noelle ungeduldig. »Wo ist er jetzt?«

Barbet hatte auf diese Frage gewartet. »In den Vereinigten Staaten.« Er sah ihre Reaktion, bevor sie sich wieder in der Gewalt hatte, und verspürte eine wilde Genugtuung darüber. »In Washington, D. C.«, fuhr er fort.

»Auf Urlaub?«

Barbet schüttelte den Kopf. »Nein. Er ist nicht mehr in der RAF. Er ist jetzt Hauptmann in der Luftwaffe der Vereinigten Staaten.«

Er beobachtete, wie Noelle die Information aufnahm, wobei ihrem Ausdruck nicht zu entnehmen war, was sie dachte. Aber Barbet war noch nicht fertig. Er nahm einen Zeitungsausschnitt zwischen seine fleckigen Wurstfinger und überreichte ihn ihr.

»Ich glaube, das wird Sie interessieren«, sagte er.

Er sah Noelle erstarren, es war fast, als wüßte sie, was sie zu lesen bekommen würde. Der Zeitungsausschnitt stammte aus der *New York Daily News*. Die Schlagzeile lautete: »Flieger-As heiratet«, und darüber war eine Fotografie von Larry Douglas und seiner Frau. Noelle blickte sie lange an, dann streckte sie die Hand nach der Mappe aus. Christian Barbet zuckte die Schultern, schob alle Papiere in einen Geschäftsumschlag und übergab ihn ihr. Als er den Mund öffnete, um seine Abschiedsrede zu halten, sagte Noelle Page: »Falls Sie keinen Korrespondenten in Washington haben, besorgen Sie sich einen. Ich erwarte von Ihnen wöchentliche

Berichte.« Und weg war sie, während ihr Christian Barbet in einem Zustand totaler Verwirrung nachstarrte.

Als sie in ihrer Wohnung angekommen war, ging Noelle ins Schlafzimmer, verschloß die Tür und nahm die Zeitungsausschnitte aus dem Umschlag. Sie breitete sie auf dem Bett vor sich aus und studierte sie. Die Fotografie von Larry war genauso, wie sie ihn in Erinnerung hatte. Womöglich war das Bild in ihrem Gedächtnis noch klarer als die Abbildung in der Zeitung, denn Larry war lebendiger in ihrer Erinnerung als in der Wirklichkeit.

Es gab keinen Tag, an dem Noelle nicht die Vergangenheit mit ihm wieder durchlebte. Es war, als ob sie vor langer Zeit zusammen in dem gleichen Stück aufgetreten wären, und sie konnte sich nach Belieben bestimmte Szenen ins Gedächtnis rufen, die sie an dem und dem Tag spielte, und andere Szenen für andere Tage aufsparen, so daß jede Erinnerung immer lebendig und frisch war.

Noelle wandte ihre Aufmerksamkeit Larrys Frau zu. Was sie sah, war ein hübsches junges, intelligentes Gesicht mit einem Lächeln auf den Lippen.

Das Gesicht des Feindes. Ein Gesicht, das zu vernichten war, genauso wie Larry vernichtet werden müßte.

Noelle sperrte sich den ganzen Nachmittag mit der Fotografie ein.

Stunden später, als Armand Gautier an ihre Schlafzimmertür trommelte, sagte sie ihm, er solle verschwinden. Er wartete draußen im Salon, besorgt über ihre Stimmung, aber als Noelle endlich auftauchte, schien sie ungewöhnlich strahlend und heiter, als ob sie eine gute Nachricht erhalten hätte. Sie gab Gautier keine Erklärung, und er kannte sie gut genug, um keine von ihr zu erbitten.

Am selben Abend nach dem Theater liebte sie ihn mit einer Leidenschaft, die ihn an die ersten Tage ihrer Beziehungen erinnerte. Später lag Gautier im Bett und versuchte, das schöne Mädchen zu begreifen, das neben ihm lag, aber ihm fehlte der Schlüssel.

In der Nacht träumte Noelle Page von Oberst Müller. Der haarlose Gestapo-Offizier folterte sie mit einem Brandeisen, mit dem er Hakenkreuze in ihr Fleisch brannte. Er stellte ihr dabei unaufhörlich Fragen, aber seine Stimme war so leise, daß Noelle ihn nicht hören konnte; er drückte ihr immerfort das heiße Metall auf, und plötzlich war es Larry, der da auf dem Tisch lag und vor Schmerz schrie. Noelle erwachte schweißgebadet mit Herzklopfen und knipste die Nachttischlampe an. Sie zündete mit zitternden Fingern eine Zigarette an und versuchte, ihre Nerven zu beruhigen. Sie dachte über Israel Katz nach. Sein Bein war mit einer Axt amputiert worden, und obwohl sie ihn seit jenem Nachmittag in der Bäckerei nicht mehr gesehen hatte, wußte sie durch den Concierge, daß er am Leben, aber in sehr schwachem Zustand sei. Es wurde immer schwieriger, ihn zu verstecken, und sich selbst überlassen, war er völlig hilflos. Die Suche nach ihm war noch intensiver geworden. Wenn man ihn aus Paris hinaustransportieren wollte, mußte das schnell geschehen. Noelle hatte wirklich nichts getan, wofür die Gestapo sie verhaften könnte – noch nicht. War der Traum eine Vorahnung, eine Warnung, Israel Katz nicht zu helfen? Sie lag im Bett und erinnerte sich, wie er ihr bei ihrer Abtreibung beigestanden hatte. Er hatte ihr geholfen, Larrys Baby umzubringen. Er hatte ihr Geld gegeben und ihr eine Stellung verschafft. Dutzende von Männern hatten viel wichtigere Dinge für sie getan als er, und doch fühlte sie sich ihnen gegenüber nicht verpflichtet. Jeder von ihnen, auch Noelles Vater, hatte etwas von ihr gewollt, und sie hatte für alles bezahlt, was sie je erhalten hatte. Israel Katz hatte nie etwas von ihr gewollt. Sie mußte ihm helfen.

Noelle unterschätzte das Problem nicht. Oberst Müller verdächtigte sie bereits. Sie dachte an ihren Traum und schauderte. Sie mußte dafür sorgen, daß Müller niemals einen Beweis gegen sie erbringen könnte. Israel Katz mußte aus Paris hinausgeschmuggelt werden, aber wie? Noelle wußte mit Bestimmtheit, daß alle Ausfahrten scharf bewacht waren. Sie würden die Straßen und den Fluß überwachen. Die Nazis mochten *cochons* sein, aber sie waren tüchtige *cochons*. Es war ein Risiko, und es konnte ein tödliches sein, aber sie war entschlossen, es zu versuchen. Das Problem war, daß sie sich an niemanden um Hilfe wenden konnte. Die Nazis hatten Armand Gautier zu einem Wackelpudding gemacht. Nein, sie mußte es allein tun. Sie dachte an Oberst Müller und General Scheider: Wer von den beiden würde den Sieg davontragen, wenn es je zu einem Zusammenstoß zwischen ihnen käme?

Am Abend nach Noelles Traum war sie mit Armand Gautier zu einer Dinnerparty eingeladen. Der Gastgeber war Leslie Rocas, ein reicher Mäzen der Kunstwelt. Es war eine buntgemischte Gesellschaft – Bankiers, Künstler, führende Politiker und eine Menge schöner Frauen, die Noelles Meinung nach vorwiegend wegen der anwesenden Deutschen eingeladen waren. Gautier hatte Noelles Unruhe bemerkt, aber als er sie fragte, ob etwas nicht stimme, sagte sie, es sei alles in Ordnung.

Fünfzehn Minuten bevor das Abendessen serviert wurde, polterte ein verspäteter Gast durch die Tür. Als Noelle ihn sah, wußte sie sogleich, daß ihr Problem der Lösung nahe war. Sie ging auf die Dame des Hauses zu und sagte: »Meine Liebe, seien Sie ein Engel und setzen Sie mich neben Albert Heller.«

Albert Heller war Frankreichs führender Bühnenautor. Er war ein riesiger watschelnder Bär von einem Mann, um die Sechzig, mit einem weißen Haarschopf und breiten, abfallenden Schultern. Für einen Franzosen war er ungewöhnlich groß, aber auf jeden Fall wäre er in der Menge aufgefallen, denn er hatte ein bemerkenswert häßliches Gesicht und durchdringende grüne Augen, denen nichts entging. Heller besaß eine lebhafte Erfindungsgabe und hatte über zwanzig Erfolgsstücke und Drehbücher geschrieben. Er hatte Noelle dazu bewegen wollen, die Hauptrolle in einem seiner neuen Stücke zu übernehmen, und hatte ihr eine Abschrift des Manuskripts gesandt. Als sie jetzt beim Essen neben ihm saß, sagte Noelle: »Ich habe gerade Ihr neues Stück zu Ende gelesen, Albert. Ich finde es wunderbar.«

Sein Gesicht strahlte auf. »Werden Sie die Rolle spielen?«

Noelle legte ihre Hand auf die seine. »Wenn ich nur könnte, mein Lieber. Armand hat mich für ein anderes Stück verpflichtet.«

Er runzelte die Stirn und seufzte dann resigniert. »*Merde!* Gut, eines Tages werden wir doch zusammen arbeiten.«

»Das würde mich sehr freuen«, sagte Noelle. »Ich liebe Ihre Art zu schreiben. Es fasziniert mich, wie die Schriftsteller Handlungen erfinden. Ich weiß nicht, wie Sie das anstellen.«

Er zuckte die Schultern. »Auf dieselbe Weise, wie Sie spielen. Es ist unser Handwerk, mit dem wir unser Brot verdienen.«

»Nein«, erwiderte sie. »Die Fähigkeit, Ihre Phantasie auf diese Weise anzuwenden, erscheint mir wie ein Wunder.« Sie lachte verlegen. »Ich weiß es. Ich habe zu schreiben versucht.«

»Oh?« sagte er höflich.

»Ja, aber ich bin festgefahren.« Noelle holte tief Atem und blickte dann um sich. Die anderen Gäste waren ganz in ihre Unterhaltung vertieft. Sie neigte sich zu Albert Heller und senkte die

Stimme. »Ich habe da eine Situation, in der meine Heldin versucht, ihren Liebhaber aus Paris hinauszuschmuggeln. Die Nazis sind hinter ihm her.«

»Ah.« Der schwerfällige Mann saß da, spielte mit seiner Salatgabel und trommelte mit ihr auf den Teller. Dann sagte er: »Ich hab's. Lassen Sie ihn eine deutsche Uniform anziehen und einfach an ihnen vorbeimarschieren.«

Noelle seufzte und sagte: »Es gibt da eine Komplikation. Er ist verwundet und kann nicht gehen. Er hat ein Bein verloren.«

Das Trommeln hörte plötzlich auf. Es kam eine lange Pause, dann sagte Heller: »Ein Boot auf der Seine?«

»Überwacht.«

»Und wird jedes Transportmittel, das Paris verläßt, durchsucht?«

»Ja.«

»Dann müssen Sie schon die Nazis diese Arbeit für Sie tun lassen.«

»Wie?«

»Ist Ihre Heldin«, fragte er, ohne Noelle anzublicken, »attraktiv?«

»Ja.«

»Nehmen wir an«, sagte er, »Ihre Heldin steht mit einem deutschen Offizier auf freundschaftlichem Fuß. Jemand von hohem Rang. Ist das möglich?« Noelle wandte sich um und sah ihn an, aber er wich ihrem Blick aus.

»Ja.«

»Gut. Dann soll sie sich mit dem deutschen Offizier verabreden. Sie fahren weg, um ein Wochenende irgendwo außerhalb von Paris zu verbringen. Freunde könnten es einrichten, daß Ihr Held im Kofferraum des Autos versteckt wird. Der Offizier muß von so hohem Rang sein, daß sein Auto nicht durchsucht würde.«

»Wenn der Kofferraum abgeschlossen ist«, fragte Noelle, »wird er nicht ersticken?«

Albert Heller trank einen Schluck Wein, still und in Gedanken versunken. Endlich sagte er: »Nicht unbedingt.« Er sprach fünf Minuten mit gesenkter Stimme auf Noelle ein, und als er fertig war, sagte er: »Viel Glück!« Und blickte sie immer noch nicht an.

Früh am nächsten Morgen rief Noelle General Scheider an. Eine

Telefonistin bediente die Zentrale, und ein paar Minuten später war Noelle mit einem Adjutanten und schließlich mit dem Sekretär des Generals verbunden.

»Bitte, wer wünscht General Scheider zu sprechen?«

»Noelle Page«, sagte sie zum drittenmal.

»Ich bedauere, aber der General ist in einer Besprechung. Er darf nicht gestört werden.«

Sie zögerte. »Kann ich ihn später noch einmal anrufen?«

»Er wird den ganzen Tag Sitzungen haben. Ich rate Ihnen, dem General einen Brief zu schreiben, in dem Sie ihm Ihre Angelegenheit darlegen.«

Noelle saß einen Moment da und überlegte, und ein ironisches Lächeln spielte um ihre Lippen.

»Schon gut«, sagte sie. »Richten Sie ihm nur aus, daß ich angerufen habe.«

Eine Stunde später klingelte ihr Telefon, es war General Hans Scheider. »Verzeihen Sie«, entschuldigte er sich. »Der Idiot hat mir erst jetzt Ihren Anruf ausgerichtet. Ich hätte Anweisung gegeben, Sie sofort mit mir zu verbinden, aber es kam mir nicht in den Sinn, daß Sie anrufen würden.«

»Ich muß mich entschuldigen«, sagte Noelle. »Ich weiß doch, wie beschäftigt Sie sind.«

»Bitte. Was kann ich für Sie tun?«

Noelle zögerte und wählte sorgfältig ihre Worte. »Erinnern Sie sich, was Sie über uns beide beim Abendessen sagten?«

Es folgte eine kurze Pause, dann: »Ja.«

»Ich habe sehr viel über Sie nachgedacht, Hans. Ich würde Sie sehr gerne wiedersehen.«

»Wollen Sie heute mit mir soupieren?« Seine Stimme war plötzlich voll Ungeduld.

»Nicht in Paris«, antwortete Noelle. »Wenn wir zusammen sein wollen, dann lieber außerhalb von Paris.«

»Wo?« fragte General Scheider.

»Ich denke da an einen ganz besonderen Ort. Kennen Sie Étretat?«

»Nein.«

»Es ist ein wunderhübsches kleines Dorf, ungefähr hundertfünfundachtzig Kilometer von Paris entfernt, in der Nähe von Le Havre. Es gibt einen ruhigen alten Gasthof da.«

»Es klingt wundervoll, Noelle. Es ist nicht leicht für mich, gerade jetzt die Stadt zu verlassen«, fügte er bedauernd hinzu. »Ich bin mitten in –«

»Ich verstehe«, unterbrach ihn Noelle eisig, »vielleicht ein andermal.«

»Warten Sie!« Es folgte eine lange Pause. »Wann könnten Sie sich freimachen?«

»Samstag abend nach der Vorstellung.«

»Ich werde es arrangieren«, sagte er. »Wir können hinfliegen –«

»Warum fahren wir nicht mit dem Auto?« fragte Noelle. »Es ist so viel hübscher.«

»Wie Sie wollen. Ich werde Sie vom Theater abholen.«

Noelle dachte schnell nach. »Ich muß zuerst nach Hause und mich umziehen. Könnten Sie mich in meinem Appartement abholen?«

»Wie Sie wünschen, mein *Liebchen.* Bis Samstag abend.«

Fünfzehn Minuten später sprach Noelle mit ihrem Concierge. Er hörte ihr zu, schüttelte jedoch heftig protestierend den Kopf.

»Nein, nein, nein! Ich werde es unserem Freund sagen, Mademoiselle, aber er wird es nicht tun. Er müßte ein Narr sein! Sie könnten ihn ebensogut bitten, sich im Gestapohauptquartier um eine Stelle zu bewerben.«

»Es kann nicht mißlingen«, versicherte Noelle. »Das beste Gehirn in Frankreich hat es sich ausgedacht.«

Am gleichen Nachmittag sah sie beim Verlassen ihres Hauses einen Mann, der, an die Wand gelehnt, sich den Anschein gab, als wäre er in eine Zeitung vertieft. Als Noelle in die klare Winterluft hinaustrat, richtete sich der Mann auf und folgte ihr in diskretem Abstand. Noelle schlenderte langsam und gemächlich die Straße entlang und blieb vor allen Schaufenstern stehen.

Fünf Minuten nachdem Noelle das Haus verlassen hatte, kam der Concierge heraus, schaute nach allen Seiten, um sicher zu sein, daß er nicht beobachtet wurde, rief ein Taxi und gab dem Fahrer die Adresse eines Sportgeschäfts in Montmartre.

Zwei Stunden später berichtete der Concierge Noelle: »Er wird Samstag abend zu Ihnen gebracht.«

Samstag abend, als Noelle ihre Vorstellung beendet hatte, erwartete sie hinter der Bühne Oberst Müller von der Gestapo. Ein Schauer der Angst lief Noelle über den Rücken. Der Fluchtplan war bis auf den Bruchteil einer Sekunde ausgetüftelt, und Verzögerungen hatten darin keinen Platz.

»Ich habe Ihre Vorstellung gesehen, Mademoiselle Page«, sagte Oberst Müller. »Sie werden jedesmal besser.«

Der Klang seiner leisen, hohen Stimme rief Noelle ihren Traum ins Gedächtnis zurück.

»Ich danke Ihnen, Herr Oberst. Wenn Sie mich entschuldigen wollen, ich muß mich jetzt umziehen.«

Noelle ging auf ihre Garderobe zu, er ging neben ihr her.

»Ich komme mit«, sagte Oberst Müller.

Sie betrat ihre Garderobe, den haarlosen Albino dicht auf den Fersen. Er machte es sich in einem Lehnstuhl bequem. Noelle zögerte einen Augenblick und begann sich dann auszuziehen, während er ihr gleichgültig zusah. Sie wußte, daß er homosexuell war, und das beraubte sie einer wertvollen Waffe – ihrer sexuellen Anziehungskraft.

»Ein kleiner Spatz flüsterte mir etwas ins Ohr«, sagte Oberst Müller. »Er wird heute abend einen Fluchtversuch machen.«

Noelles Herz setzte einen Augenblick aus, aber ihr Gesicht verriet nichts. Sie begann sich abzuschminken und versuchte Zeit zu gewinnen, indem sie fragte: »Wer wird heute abend einen Fluchtversuch machen?«

»Ihr Freund Israel Katz.«

Noelle drehte sich jäh um, und diese Bewegung brachte ihr plötzlich zum Bewußtsein, daß sie ohne Büstenhalter war. »Ich kenne keinen –« Sie sah das schnelle, triumphierende Aufleuchten in seinen rosa Augen und bemerkte die Falle gerade noch rechtzeitig. »Warten Sie«, sagte sie, »sprechen Sie von einem jungen Assistenzarzt?«

»Ah, Sie erinnern sich also an ihn!«

»Kaum. Er behandelte mich vor einiger Zeit wegen einer Lungenentzündung.«

»Und wegen einer selbst herbeigeführten Abtreibung«, sagte Oberst Müller mit seiner leisen, hohen Stimme. Furcht erfüllte sie wieder. Die Gestapo hätte sich nicht solche Mühe gegeben, wenn sie nicht mit Sicherheit wüßte, daß sie in die Sache verwickelt war. Sie war eine Närrin, sich in so etwas eingelassen zu haben; aber bei diesem Gedanken war ihr klar, daß es zu spät zum Rückzug war. Die Räder hatten sich bereits in Bewegung gesetzt, und in ein paar Stunden würde Israel Katz entweder frei ... oder tot sein. Und sie?

Oberst Müller sagte gerade: »Sie behaupteten, Sie hätten Katz zum letztenmal vor ein paar Wochen in dem Café gesehen.«

Noelle schüttelte den Kopf. »Ich habe nie so etwas gesagt, Oberst.«

Oberst Müller blickte ihr fest in die Augen und ließ den Blick dann unverschämt über ihre nackten Brüste und an ihrem Körper hinunter bis zu ihrem durchsichtigen Höschen gleiten. »Ich liebe schöne Dinge«, sagte er sanft. »Es wäre eine Schande, eine Schönheit wie die Ihre zerstört zu sehen. Und all das für einen Mann, der Ihnen nichts bedeutet. Auf welche Weise beabsichtigt Ihr Freund zu entkommen, Mademoiselle?«

Seine Stimme war von einer Ruhe, die ihr das Blut in den Adern erstarren ließ. Sie wurde zu Annette, der unschuldigen, hilflosen Person in ihrem Stück.

»Ich weiß wirklich nicht, wovon Sie sprechen, Oberst. Ich würde Ihnen gerne helfen, aber ich weiß nicht, wie.«

Oberst Müller blickte Noelle lange an, dann erhob er sich förmlich. »Ich werde es Ihnen beibringen, Mademoiselle«, versprach er ihr sanft, »und es wird mir Spaß machen.«

An der Tür drehte er sich um und spielte seinen letzten Trumpf aus. »A propos, ich habe General Scheider geraten, nicht mit Ihnen übers Wochenende wegzufahren.«

Noelle fühlte, wie ihr Herz bleischwer wurde. Es war zu spät, Israel Katz zu erreichen. »Stecken Obersten immer ihre Nase in das Privatleben von Generalen?«

»In diesem Falle nicht«, sagte Oberst Müller bedauernd. »General Scheider beabsichtigt, sein Rendezvous einzuhalten.« Er drehte sich um und ging hinaus.

Noelle starrte ihm nach, ihr Herz klopfte wie wild. Sie blickte auf die goldene Uhr auf ihrem Frisiertisch und begann, sich schnell anzukleiden.

Um elf Uhr fünfundvierzig rief der Concierge an und sagte Noelle, General Scheider sei gerade im Aufzug auf dem Weg zu ihrem Appartement. Seine Stimme zitterte.

»Ist sein Chauffeur im Wagen geblieben?« fragte Noelle.

»Nein, Mademoiselle«, erwiderte der Concierge mit Nachdruck. »Er fährt zusammen mit dem General hinauf.«

»Danke.«

Noelle legte den Hörer des Haustelefons auf und eilte ins Schlafzimmer, um ihr Gepäck noch einmal zu überprüfen. Sie durfte keinen Fehler machen. Die Türglocke läutete, Noelle ging ins Wohnzimmer und öffnete die Tür.

General Scheider stand im Flur, sein Chauffeur, ein junger Hauptmann, hinter ihm. General Scheider war in Zivil und wirkte sehr distinguiert in seinem tadellos geschnittenen dunkelgrauen Anzug, einem weichen blauen Hemd und einer schwarzen Krawatte. »Guten Abend«, sagte er förmlich. Er trat ein und gab seinem Chauffeur einen Wink.

»Mein Gepäck ist im Schlafzimmer«, sagte Noelle. Sie zeigte auf die Tür.

»Danke, Mademoiselle.« Der Hauptmann ging ins Schlafzimmer. General Scheider ging auf Noelle zu und nahm ihre Hände. »Wissen Sie, daß ich den ganzen Tag an Sie gedacht habe?« fragte er. »Ich dachte, Sie würden vielleicht nicht da sein, hätten es sich anders überlegt. Jedesmal, wenn das Telefon klingelte, bekam ich Angst.«

»Ich pflege meine Versprechen zu halten«, sagte Noelle. Sie sah zu, wie der Hauptmann aus dem Schlafzimmer kam, ihr Schminkköfferchen und ihren Stadtkoffer trug. »Ist das alles?« fragte er.

»Ja«, sagte Noelle. »Das ist alles.«

Der Hauptmann trug die Koffer hinaus.

»Fertig?« fragte General Scheider.

»Wollen wir noch etwas trinken, bevor wir gehen«, erwiderte Noelle schnell. Sie ging auf die Bar zu, auf der eine Flasche Champagner in einem Eiskübel stand.

»Überlassen Sie es mir.« Er trat an den Eiskübel und öffnete die Flasche.

»Worauf sollen wir trinken?« fragte er.

»Auf Étretat.«

Er sah sie einen Moment prüfend an und sagte dann: »Auf Étretat.« Sie stießen an und tranken. Als Noelle ihr Glas abstellte, blickte sie verstohlen auf ihre Armbanduhr. General Scheider redete, aber Noelle hörte nur halb hin. Sie versuchte sich auszumalen, was gerade unten vorging. Sie mußte sehr vorsichtig sein. Wenn sie zu schnell oder zu langsam handelte, wäre es verhängnisvoll. Für jedermann.

»Woran denken Sie?« fragte General Scheider.

Noelle wandte sich schnell um. »An nichts.«

»Sie hatten nicht zugehört.«

»Es tut mir leid. Ich glaube, ich dachte an uns.«

»Sie sind mir ein Rätsel«, sagte er.

»Sind nicht alle Frauen ein Rätsel?«

»Nicht wie Sie. Ich hätte nie geglaubt, daß Sie kapriziös sind, und doch« – er machte eine Geste –, »zuerst wollen Sie mich überhaupt nicht sehen, und jetzt verbringen wir plötzlich ein Wochenende auf dem Lande.«

»Tut es Ihnen leid, Hans?«

»Nein, natürlich nicht. Aber trotzdem frage ich mich – warum auf dem Lande?«

»Ich habe Ihnen gesagt, warum.«

»Ach ja«, sagte General Scheider. »Die Romantik. Noch etwas, was mich verblüfft. Ich halte Sie für eine Realistin und keine Romantikerin.«

»Was wollen Sie damit sagen?« fragte Noelle.

»Nichts«, erwiderte der General ruhig. »Ich dachte nur laut. Ich liebe es, Rätsel zu lösen, Noelle. Mit der Zeit werde ich auch Sie lösen.«

Sie zuckte die Schultern. »Wenn Sie die Lösung einmal haben, dann ist das Problem vielleicht nicht mehr interessant.«

»Das werden wir sehen.« Er stellte sein Glas hin. »Wollen wir gehen?«

Noelle nahm die leeren Champagnergläser.

»Ich stelle sie nur ins Spülbecken«, sagte sie.

General Scheider beobachtete sie, wie sie in die Küche ging. Noelle war eine der schönsten und begehrenswertesten Frauen, die er je gesehen hatte, und er wollte sie besitzen. Das hieß jedoch nicht, daß er dumm oder blind war. Sie wollte etwas von ihm. Oberst Müller hatte ihn gewarnt, daß sie aller Wahrscheinlichkeit nach einen gefährlichen Feind des Reiches unterstützte, und Oberst Müller irrte sich sehr selten. Falls er recht hatte, verließ sich Noelle wohl darauf, daß General Scheider sie auf irgendeine Weise schützen werde. Wenn dem so war, so verstand sie nichts von der deutschen militärischen Denkweise und noch weniger von ihm. Er würde sie ohne mit der Wimper zu zucken der Gestapo übergeben, aber zuerst würde er sein Vergnügen mit ihr haben. Er freute sich auf das Wochenende.

Noelle kam aus der Küche. Ihr Gesicht hatte einen beunruhigten Ausdruck. »Wie viele Gepäckstücke nahm Ihr Chauffeur mit nach unten?« fragte sie.

»Zwei«, erwiderte er. »Einen Stadtkoffer und ein Make-up-Köfferchen.«

Sie zog eine Grimasse. »O du lieber Himmel, es tut mir leid, Hans. Er hat einen Koffer vergessen. Verzeihen Sie mir?«

Er beobachtete, wie Noelle zum Haustelefon ging, den Hörer abnahm und hineinsprach. »Würden Sie bitte den Chauffeur des Generals ersuchen, nochmals heraufzukommen?« sagte sie. »Es ist noch ein Koffer hinunterzutragen.« Sie legte den Hörer auf. »Ich weiß, wir werden nur übers Wochenende weg sein«, sagte sie lächelnd, »aber ich will Ihnen gefallen.«

»Wenn Sie mir gefallen wollen«, antwortete General Scheider, »werden Sie nicht viele Kleider brauchen.« Er blickte auf ein Bild von Armand Gautier auf dem Klavier. »Weiß Herr Gautier, daß Sie mit mir verreisen?« fragte er.

»Ja«, log Noelle. Armand war in Nizza, wo er einen Produzenten wegen eines Films zu treffen hatte, und sie hatte es für unnütz gehalten, ihn zu beunruhigen und ihn über ihre Pläne zu informieren. Es klingelte, und Noelle ging zur Tür und öffnete sie. Der Hauptmann stand davor. »Ich höre, es ist noch ein Koffer da?« sagte er.

»Ja«, entschuldigte sich Noelle. »Er ist im Schlafzimmer.«

Der Hauptmann nickte und ging ins Schlafzimmer.

»Wann müssen Sie wieder in Paris sein?« fragte der General.

Noelle wandte sich um und blickte ihn an. »Ich möchte so lange wie möglich bleiben. Wir werden Montag am späten Nachmittag zurückfahren. Dann haben wir zwei volle Tage.«

Der Hauptmann kam aus dem Schlafzimmer. »Verzeihen Sie, Mademoiselle. Wie sieht der Koffer aus?«

»Es ist ein großer runder blauer Koffer«, sagte Noelle. Sie wandte sich an den General. »Es ist ein neues Kleid drin, das ich noch nie getragen habe. Ich habe es für Sie aufgehoben.«

Sie plapperte drauflos, versuchte, ihre Nervosität zu verbergen. Der Hauptmann war ins Schlafzimmer zurückgegangen. Einige Augenblicke später kam er wieder heraus. »Es tut mir leid«, sagte er. »Ich kann ihn nicht finden.«

»Ich werde nachsehen«, sagte Noelle. Sie ging ins Schlafzimmer und begann, die Schränke zu durchsuchen. »Diese Idiotin von einem Dienstmädchen muß ihn irgendwo versteckt haben«, sagte sie. Alle drei blickten jetzt in jeden Schrank in der Wohnung. Es war der General, der endlich den Koffer in einem Schrank in der Diele fand. Er nahm ihn heraus und sagte: »Er scheint leer zu sein.«

Noelle öffnete rasch den Koffer und sah hinein. Es war nichts drinnen. »Oh, dieses dumme Mädchen«, sagte sie. »Sie muß das schöne neue Kleid in den Koffer mit meinen anderen Kleidern gestopft haben. Ich hoffe, sie hat es nicht ruiniert.« Sie seufzte ärgerlich. »Haben Sie in Deutschland auch soviel Verdruß mit Dienstmädchen?«

»Ich glaube, es ist überall das gleiche«, erwiderte General Scheider. Er beobachtete Noelle scharf. Sie benahm sich seltsam, sie redete zuviel. Sie bemerkte seinen Blick.

»Ich komme mir bei Ihnen wie ein Schulmädchen vor«, sagte Noelle. »Ich kann mich nicht erinnern, je so nervös gewesen zu sein.«

General Scheider lächelte. Also das war es. Oder spielte sie irgendein Spiel mit ihm? Wenn dem so war, würde er es bald herausfinden. Er blickte auf seine Uhr. »Wenn wir uns jetzt nicht auf den Weg machen, werden wir sehr spät ankommen.«

»Ich bin fertig«, sagte Noelle.

Sie betete, daß die anderen auch fertig wären.

Als sie im Vestibül ankamen, stand da der Concierge mit kalkweißem Gesicht. Noelle fragte sich, ob etwas schiefgegangen war. Sie schaute ihn fragend nach einem Signal, einem Zeichen an, aber bevor er reagieren konnte, hatte der General Noelles Arm genommen und führte sie aus dem Hause.

General Scheiders Limousine stand direkt vor dem Eingang. Der Kofferraum des Wagens war geschlossen. Die Straße war leer. Der Chauffeur eilte zum hinteren Wagenschlag, um ihn zu öffnen. Noelle drehte sich um, um den Concierge im Vestibül zu sehen, aber der General stellte sich vor sie und verhinderte es. Absichtlich? Noelle blickte auf den geschlossenen Kofferraum, aber der sagte ihr nichts. Es würde Stunden dauern, bevor sie wußte, ob der Plan gelungen war, und die Spannung würde unerträglich sein.

»Alles in Ordnung?« General Scheider starrte sie an. Sie spürte, daß etwas schrecklich mißglückt war. Unter irgendeinem Vorwand mußte sie ins Vestibül zurücklaufen und mit dem Concierge ein paar Sekunden allein sein. Sie zwang ein Lächeln auf ihre Lippen.

»Gerade fällt mir ein«, sagte Noelle, »ein Freund wird anrufen. Ich muß ihm eine Nachricht hinterlassen –«

General Scheider packte ihren Arm.

»Zu spät«, lächelte er. »Von diesem Augenblick an dürfen Sie nur an mich denken.« Und er half ihr in den Wagen. Einen Augenblick später waren sie unterwegs.

Fünf Minuten nachdem General Scheiders Limousine abgefahren war, hielt quietschend ein schwarzer Mercedes vor dem Haus, und Oberst Müller und zwei andere Gestapoleute sprangen aus dem Wagen. Oberst Müllers Augen suchten eilig die Straße ab. »Sie sind weg«, sagte er. Die Männer hasteten in den Hauseingang und klingelten an der Tür des Concierge. Die Tür öffnete sich, und der Concierge stand mit erschrockenem Gesicht auf der Schwelle. »Was –?« Oberst Müller schob ihn in seine kleine Wohnung zurück.

»Mademoiselle Page!« fuhr er ihn an. »Wo ist sie?«

Der Concierge starrte ihn an, von panischer Angst erfüllt.

»Sie – sie ist verreist«, sagte er.

»Das weiß ich, Sie Idiot! Ich habe Sie gefragt, wohin sie gefahren ist!«

Der Concierge schüttelte hilflos den Kopf. »Ich habe keine Ahnung, Monsieur. Ich weiß nur, daß sie mit einem Offizier weggefahren ist.«

»Hat sie Ihnen nicht gesagt, wo man sie erreichen kann?«

»N-nein, Monsieur. Mademoiselle Page zieht mich nicht ins Vertrauen.«

Oberst Müller blickte den alten Mann einen Augenblick lang wütend an, dann drehte er sich auf dem Absatz um.

»Sie können noch nicht weit gekommen sein«, sagte er zu seinen Leuten. »Nehmen Sie so schnell wie möglich mit allen Straßensperren Verbindung auf. Sagen Sie ihnen, wenn General Scheiders Wagen bei ihnen vorbeikommt, haben sie ihn anzuhalten und mich sofort zu verständigen.«

Der späten Stunde wegen war der militärische Verkehr gering, was bedeutete, daß es praktisch gar keinen Verkehr gab. General Scheiders Wagen bog in die Westroute ein, die aus Paris über Versailles hinausführte. Sie fuhren durch Mantes, Vernon und Gaillon, und in fünfundzwanzig Minuten näherten sie sich bereits der großen Kreuzung, von der aus man nach Vichy, Le Havre und der Côte d'Azur abzweigte.

Es kam Noelle wie ein Wunder vor. Sie würden aus Paris herauskommen, ohne angehalten zu werden. Sie hätte wissen müssen, daß die Deutschen trotz ihrer Tüchtigkeit nicht jede einzelne aus der Stadt führende Straße überwachen konnten. Und kaum hatte sie das gedacht, da ragte vor ihnen eine Straßensperre aus der Dunkelheit. Rote Lichter blinkten von der Straßenmitte, und hinter den Lichtern versperrte ein deutscher Militärlastwagen die Landstraße. Am Straßenrand befanden sich ein halbes Dutzend deutsche Soldaten und zwei französische Polizeiwagen. Ein deutscher Leutnant brachte die Limousine durch Winken zum Halten, und als der Wagen stand, trat er an den Fahrer heran.

»Steigen Sie aus und zeigen Sie Ihre Papiere!«

General Scheider öffnete das rückwärtige Fenster, streckte den Kopf hinaus und sagte gereizt: »General Scheider. Was zum Teufel geht hier vor?«

Der Leutnant nahm Haltung an.

»Entschuldigen Sie, Herr General. Ich wußte nicht, daß es Ihr Wagen war.«

Die Augen des Generals streiften die Straßensperre. »Wozu das alles?«

»Wir haben Befehl, jedes Paris verlassende Fahrzeug zu inspizieren, Herr General. Alle Ausgänge aus der Stadt sind gesperrt.«

Der General wandte sich Noelle zu. »Die verdammte Gestapo. Es tut mir leid, Liebchen.«

Noelle spürte, wie das Blut aus ihrem Gesicht wich, und sie war froh, daß es im Wageninnern dunkel war. Als sie sprach, klang ihre Stimme beherrscht.

»Es macht nichts«, sagte sie.

Sie dachte an die Fracht im Kofferraum. Wenn ihr Plan geklappt hatte, lag Israel Katz darin, und gleich würde man ihn – und auch sie – fassen.

Der deutsche Leutnant wandte sich an den Chauffeur.

»Öffnen Sie bitte den Kofferraum.«

»Er enthält nur Gepäck«, wandte der Hauptmann ein. »Ich habe es selbst hineingetan.«

»Ich bedauere, Herr Hauptmann. Ich habe klaren Befehl. Jedes Fahrzeug, das Paris verläßt, muß untersucht werden. Öffnen Sie.«

Etwas in sich hineinmurmelnd, öffnete der Chauffeur die Tür und schickte sich an auszusteigen. Noelles Gehirn raste fieberhaft. Sie mußte etwas erfinden, um das zu verhindern, ohne Verdacht zu erwecken. Der Chauffeur hatte den Wagen verlassen. Die Zeit war um. Noelle blickte verstohlen auf General Scheiders Gesicht. Seine Augen hatten sich verengt, und seine Lippen waren vor Zorn zusammengepreßt. Sie drehte sich zu ihm und sagte arglos: »Sollen wir aussteigen, Hans? Werden sie uns durchsuchen?« Sie konnte spüren, wie sich sein Körper vor Wut straffte.

»Warten Sie!« Die Stimme des Generals war wie ein Peitschenhieb. »Steigen Sie wieder ein«, befahl er seinem Chauffeur. Er wandte sich an den Leutnant, und seine Stimme bebte vor Zorn. »Sagen Sie Ihrem Vorgesetzten, daß Ihre Befehle nicht für Generale des Deutschen Heeres gelten. Ich nehme keine Befehle von Leutnanten entgegen. Räumen Sie die Straßensperre aus dem Weg.«

Der unglückselige Leutnant starrte in das wütende Gesicht des Generals, schlug die Hacken zusammen und sagte: »Jawohl, Herr General.« Er gab dem Fahrer des Lastwagens, der die Straße versperrte, ein Zeichen, und der Wagen rumpelte zur Seite.

»Weiterfahren«, befahl General Scheider.

Langsam sank Noelle in ihren Sitz zurück. Die Spannung ließ nach, die Krise war überstanden. Wenn sie nur wüßte, ob Israel Katz im Kofferraum des Wagens war. Und ob er am Leben war.

General Scheider drehte sich zu Noelle um; sie spürte, daß er vor Zorn noch ganz außer sich war.

»Ich bitte um Entschuldigung«, sagte er müde. »Das ist ein seltsamer Krieg. Manchmal ist es nötig, die Gestapo daran zu erinnern, daß Kriege von Armeen geführt werden.«

Noelle lächelte ihn an und hakte sich bei ihm ein. »Und Armeen werden von Generalen angeführt.«

»So ist es«, stimmte er zu. »Armeen werden von Generalen angeführt. Ich werde Oberst Müller eine Lektion erteilen müssen.«

Zehn Minuten nachdem General Scheiders Wagen die Straßensperre passiert hatte, kam ein Anruf vom Gestapo-Hauptquartier mit dem Befehl, nach dem Wagen Ausschau zu halten.

»Er ist bereits hier durchgekommen«, berichtete der Leutnant, und eine böse Ahnung stieg in ihm auf. Einen Augenblick später war Oberst Müller am Apparat.

»Wie lange ist das her?« fragte der Gestapo-Offizier sanft.

»Zehn Minuten.«

»Haben Sie den Wagen durchsucht?«

Der Leutnant fühlte, wie ihm das Herz in die Hosen fiel. »Nein, Herr Oberst. Der General wollte es nicht zulassen –«

»Scheiße! Welche Richtung hat er eingeschlagen?«

Der Leutnant schluckte. Als er wieder sprach, war es mit der hoffnungslosen Stimme eines Mannes, der weiß, daß seine Karriere beendet ist.

»Ich bin nicht sicher«, antwortete er. »Hier ist eine große Kreuzung. Er könnte entweder landeinwärts nach Rouen oder zum Meer, nach Le Havre, gefahren sein.«

»Sie melden sich morgen vormittag um 9 Uhr im Gestapo-Hauptquartier bei mir.«

»Jawohl, Herr Oberst«, antwortete der Leutnant.

Wütend legte Oberst Müller den Hörer auf. Er wandte sich an die beiden Männer an seiner Seite und sagte: »Le Havre. Lassen Sie vorfahren. Wir gehen auf die Schabenjagd!«

Die Straße nach Le Havre führt die Seine entlang, durch das schöne Seine-Tal mit seinen fruchtbaren Hügeln und reichen Bauernhöfen. Es war eine klare, sternhelle Nacht, und die Bauernhäuser in der Ferne waren kleine Lichtpunkte, Oasen in der Dunkelheit.

Noelle und General Scheider unterhielten sich auf dem bequemen Rücksitz der Limousine. Er sprach von seiner Frau und seinen Kindern und wie schwierig es für einen Offizier sei, verheiratet zu sein. Noelle hörte mitfühlend zu und erklärte ihm, wie schwierig es für eine Schauspielerin sei, ein Privatleben zu haben. Jeder von ihnen wußte genau, daß die Unterhaltung ein Spiel war, beide hielten die Konversation auf einem oberflächlichen Niveau, das keinerlei wirkliche Einblicke zuließ. Noelle unterschätzte nicht einen Augenblick lang die Intelligenz des Mannes an ihrer Seite, und sie täuschte sich nicht darüber, wie gefährlich das Abenteuer war, auf das sie sich eingelassen hatte. Sie hielt General Scheider für zu klug, zu glauben, daß sie ihn plötzlich unwiderstehlich fände; er mußte den Verdacht haben, daß sie etwas im Schilde führte. Aber Noelle rechnete fest damit, ihn in dem Spiel, das sie spielten, überlisten zu können. Der General berührte nur flüchtig den Krieg, aber er sagte etwas, woran sie sich lange danach erinnerte.

»Die Engländer sind eine seltsame Rasse«, sagte er. »In Friedenszeiten sind sie einfach unlenkbar, aber in einer Krise sind sie phantastisch. Nur einmal ist ein britischer Seemann wirklich in seinem Element, nämlich dann, wenn sein Schiff dem Sinken nahe ist.«

Sie erreichten Le Havre in den frühen Morgenstunden auf ihrem Weg nach dem Dorf Étretat.

»Könnten wir anhalten, um eine Kleinigkeit zu essen?« fragte Noelle. »Ich sterbe vor Hunger.«

General Scheider nickte. »Natürlich, wenn Sie wünschen.« Er hob die Stimme. »Halten Sie Ausschau nach einem Restaurant, das die ganze Nacht geöffnet ist.«

»Ich bin sicher, es gibt eins auf der Mole«, meinte Noelle. Der Hauptmann fuhr gehorsam in Richtung Hafen. Er hielt am Rand des Wassers, wo mehrere Frachtschiffe festgemacht hatten. Einen Block weiter verhieß ein Schild: »Bistro«.

Der Hauptmann öffnete die Tür, und Noelle stieg aus, hinter ihr General Scheider.

»Es ist wahrscheinlich die ganze Nacht über für die Dockarbeiter geöffnet«, sagte Noelle. Sie hörte das Geräusch eines Motors und drehte sich um. Ein Greifbagger zum Frachtverladen war vorgefahren und hielt neben der Limousine. Zwei Männer in Arbeitskitteln und Mützen, deren Schirme tief herabgezogen waren und ihr Gesicht verdeckten, stiegen aus. Einer der Männer blickte Noelle scharf an, dann nahm er einen Werkzeugkasten heraus und begann, am Greifbagger zu arbeiten. Noelle spürte einen leichten Krampf im Magen. Sie nahm General Scheiders Arm, und sie gingen auf das Restaurant zu. Noelle blickte zu dem hinter dem Lenkrad sitzenden Fahrer zurück.

»Glauben Sie nicht, daß er einen Kaffee möchte?« fragte Noelle.

»Er bleibt beim Wagen«, sagte der General.

Noelle starrte ihn an. Der Chauffeur durfte *nicht* beim Wagen bleiben, oder alles wäre zunichte gemacht. Dennoch wagte Noelle nicht, darauf zu beharren.

Sie gingen über holprige Pflastersteine dem Café zu. Plötzlich, als sie gerade einen Schritt machte, knickte sie mit dem Fuß um und fiel mit einem spitzen Schmerzensschrei hin. General Scheider streckte den Arm aus und versuchte vergeblich sie aufzufangen, bevor ihr Körper auf den Pflastersteinen aufschlug.

»Ist Ihnen etwas passiert?« fragte er.

Als der Chauffeur sah, was geschehen war, sprang er aus dem Wagen und eilte auf sie zu.

»Es tut mir so leid«, sagte Noelle. »Ich – ich habe mir den Knöchel verrenkt. Er fühlt sich wie gebrochen an.«

General Scheider ließ seine Hand fachkundig über ihren Knöchel gleiten. »Er ist nicht geschwollen. Er ist wahrscheinlich nur verstaucht. Können Sie darauf stehen?«

»Ich – ich weiß nicht«, sagte Noelle.

Der Chauffeur war bereits an ihrer Seite, und die beiden Männer stellten sie auf die Beine. Noelle tat einen Schritt, aber der Knöchel gab unter ihr nach.

»Es tut mir leid«, stöhnte sie. »Wenn ich mich nur setzen könnte.«

»Helfen Sie mir, sie hineinzubringen«, sagte General Scheider und zeigte auf das Café.

Von den zwei Männern auf beiden Seiten gestützt, betrat Noelle das Restaurant. Als sie durch die Tür gingen, riskierte Noelle einen schnellen Blick auf den Wagen. Die zwei Dockarbeiter machten sich an dem Kofferraum der Limousine zu schaffen.

»Wollen Sie nicht doch lieber gleich nach Étretat weiterfahren?« fragte der General.

»Nein, glauben Sie mir, es wird bald vorbei sein«, erwiderte Noelle.

Der Besitzer führte sie an einen Ecktisch, und die beiden Männer halfen Noelle behutsam in einen Stuhl.

»Haben Sie große Schmerzen?« fragte General Scheider.

»Nicht sehr«, erwiderte Noelle. Sie legte ihre Hand auf die

seine. »Seien Sie unbesorgt. Ich werde Ihnen den Spaß nicht verderben.«

Während Noelle und General Scheider im Café saßen, näherten sich Oberst Müller und zwei seiner Männer mit großer Geschwindigkeit der Stadtgrenze von Le Havre. Der Hauptmann der örtlichen Polizei war aus dem Schlaf geholt worden und wartete bereits auf die Gestapoleute vor der Polizeistation. »Ein Gendarm hat den Wagen des Generals ausfindig gemacht«, sagte er. »Er ist unten im Hafen geparkt.«

Ein Schimmer von Befriedigung erschien auf dem Gesicht des Obersten. »Bringen Sie mich hin«, befahl er.

Fünf Minuten später hielt der Gestapowagen, in dem Oberst Müller, seine Leute und der Polizeihauptmann saßen, neben General Scheiders Auto auf der Mole. Die Männer stiegen aus und umstellten den Wagen. In diesem Augenblick waren General Scheider, Noelle und der Chauffeur im Begriff, das Bistro zu verlassen. Der Chauffeur entdeckte als erster die Männer beim Auto. Er eilte gleich auf sie zu.

»Was ist los?« fragte Noelle, erkannte im selben Augenblick von weitem die Gestalt des Obersten Müller und spürte, wie sie ein kalter Schauer überlief.

»Ich weiß nicht«, sagte General Scheider. Er ging mit langen Schritten auf die Limousine zu, Noelle hinkte ihm nach.

»Was machen Sie hier?« fragte General Scheider den Oberst Müller, als er beim Wagen anlangte.

»Es tut mir leid, Sie in Ihrem Wochenendurlaub zu stören«, erwiderte Oberst Müller kurz angebunden. »Ich möchte den Kofferraum Ihres Wagens untersuchen, Herr General.«

»Er enthält nichts als Gepäck.«

Noelle erreichte die Gruppe. Sie sah, daß der Greifbagger verschwunden war. Der General und die Gestapoleute funkelten einander wütend an.

»Ich muß darauf bestehen, Herr General. Es besteht Grund zur Annahme, daß ein gesuchter Feind des Reiches sich darin versteckt hält und daß Ihr Gast seine Komplizin ist.«

General Scheider starrte ihn lange an, drehte sich dann zu Noelle um und betrachtete sie prüfend.

»Ich weiß nicht, wovon er spricht«, sagte sie bestimmt.

Die Augen des Generals wanderten zu ihrem Knöchel hinunter, dann traf er eine Entscheidung und wandte sich an seinen Chauffeur. »Öffnen Sie.«

»Jawohl, Herr General.«

Alle Augen waren auf den Kofferraum gerichtet, als der Chauffeur nach dem Griff langte und ihn drehte. Noelle fühlte sich plötzlich einer Ohnmacht nahe. Langsam öffnete sich der Deckel.

»Jemand hat unser Gepäck gestohlen!« rief der Chauffeur.

Oberst Müllers Gesicht war vor Wut rot gefleckt. »Er ist entkommen.«

»Wer ist entkommen?« fragte der General.

»Le Cafard«, tobte Oberst Müller. »Ein Jude namens Israel Katz. Er wurde im Kofferraum dieses Wagens aus Paris hinausgeschmuggelt.«

»Das ist unmöglich«, gab General Scheider zurück. »Der Kofferraum war dicht verschlossen. Er wäre erstickt.«

Oberst Müller untersuchte kurz den Kofferraum, dann befahl er einem seiner Männer: »Steigen Sie hinein.«

»Jawohl, Herr Oberst.«

Gehorsam kroch der Mann in den Kofferraum. Oberst Müller schlug den Deckel fest zu und blickte auf seine Uhr. Während der nächsten vier Minuten standen sie alle schweigend da, jeder in seine eigenen Gedanken vertieft. Endlich, nach einer Zeit, die Noelle wie eine Ewigkeit vorgekommen war, öffnete Oberst Müller den Deckel des Kofferraums. Der Mann im Innern war bewußtlos. General Scheider wandte sich mit einem verächtlichen Ausdruck auf dem Gesicht an Oberst Müller. »Wenn sich jemand in diesem Kofferraum befunden hat«, erklärte der General, »dann hat man seinen Leichnam fortgeschafft. Kann ich noch etwas für Sie tun, Herr Oberst?«

Der Gestapo-Offizier schüttelte den Kopf, außer sich vor Wut und Enttäuschung. General Scheider sagte zu seinem Chauffeur: »Fahren wir los.« Er half Noelle ins Auto, sie fuhren in Richtung Étretat davon und ließen das Grüppchen von Männern hinter sich, das allmählich in der Ferne verschwand.

Oberst Müller ordnete eine sofortige Durchsuchung des Hafengebietes an, aber erst am Nachmittag des nächsten Tages fand man einen leeren Sauerstofftank in einem Faß in der Ecke eines unbenutzten Lagerhauses. Ein afrikanisches Frachtschiff war am

Vorabend von Le Havre nach Kapstadt ausgelaufen, aber es befand sich jetzt irgendwo auf hoher See. Das fehlende Gepäck tauchte ein paar Tage später im Fundbüro der Gare du Nord in Paris auf.

Was Noelle und General Scheider betraf, so verbrachten sie das Wochenende in Étretat und kehrten am späten Montagnachmittag nach Paris zurück, gerade rechtzeitig für Noelles Abendvorstellung.

Washington 1941–1944

Catherine hatte ihre Stellung bei William Fraser am Morgen nach ihrer Hochzeit aufgegeben. Fraser lud sie, als sie nach Washington zurückkehrte, zum Mittagessen ein. Er wirkte abgespannt, übernächtigt und plötzlich gealtert. Catherine hatte einen Anflug von Mitleid für ihn verspürt, aber das war alles. Sie saß einem hochgewachsenen, gutaussehenden Fremden gegenüber, für den sie wohl Zuneigung verspürte, aber sie konnte sich nicht vorstellen, daß sie je daran gedacht hatte, ihn zu heiraten. Fraser lächelte ihr matt zu.

»Also, jetzt bist du eine verheiratete Frau«, sagte er.

»Die verheiratetste Frau der Welt.«

»Es muß alles ziemlich plötzlich gekommen sein. Ich – ich hätte gerne eine Chance gehabt, mich am Wettbewerb zu beteiligen.«

»Ich selber hatte keine Chance«, sagte Catherine aufrichtig. »Es ist eben – passiert.«

»Larry ist schon ein toller Bursche.«

»Ja.«

»Catherine« – Fraser zögerte –, »du weißt eigentlich nicht viel über Larry, nicht wahr?«

Catherine fühlte, wie sich ihr Rücken straffte.

»Ich weiß, daß ich ihn liebe, Bill«, sagte sie ruhig, »und ich weiß, daß er mich liebt. Das ist ein ganz guter Anfang, meinst du nicht?«

Er saß stirnrunzelnd da und kämpfte mit sich. »Catherine –«

»Ja?«

»Sei auf der Hut.«

»Wovor?« fragte sie.

Fraser sprach langsam, als ob er sich sorgfältig einen Weg über ein Minenfeld von Wörtern ertastete. »Larry ist – anders.«

»In welcher Hinsicht?« fragte sie, nicht bereit, ihm zu helfen.

»Ich meine, er ist nicht wie die meisten Männer.« Er sah den Ausdruck auf ihrem Gesicht. »Ach, zum Teufel«, sagte er. »Lassen wir's.« Es gelang ihm, ein schwaches Lächeln hervorzubringen. »Du hast wahrscheinlich die Biographie gelesen, die Äsop von mir geschrieben hat. Der Fuchs und die sauren Trauben.«

Catherine nahm liebevoll seine Hand. »Ich werde dich niemals vergessen, Bill. Ich hoffe, wir können Freunde bleiben.«

»Das hoffe ich auch«, sagte Fraser. »Willst du wirklich nicht weiter im Büro bleiben?«

»Larry möchte, daß ich die Stellung aufgebe. Er ist altmodisch. Er meint, der Mann müsse die Frau erhalten.«

»Wenn du es dir mal anders überlegst«, sagte Fraser, »laß es mich wissen.« Während der restlichen Zeit des Essens ging es um Büroangelegenheiten und die Frage, wer Catherines Posten übernehmen solle. Sie wußte, daß Bill Fraser ihr sehr fehlen würde. Wahrscheinlich nahm der erste Mann immer einen besonderen Platz im Leben eines Mädchens ein, aber Bill hatte ihr mehr als das bedeutet. Er war ein lieber Mensch und ein guter Freund. Catherine war wegen seiner Haltung Larry gegenüber beunruhigt. Es war, als ob Bill sie vor etwas warnen wollte und dann innegehalten hätte, weil er befürchtete, ihr Glück zu zerstören. Oder war es nur ein Fall der sauren Trauben gewesen? Bill Fraser war weder kleinlich noch eifersüchtig. Er wollte sicher ihr Glück. Und trotzdem wußte Catherine, daß er ihr etwas zu sagen versucht hatte. Irgendwo in ihrem Unterbewußtsein war da eine vage Vorahnung. Aber eine Stunde später, als sie wieder bei Larry war und er ihr zulächelte, vergaß sie alles außer dem überwältigenden Glücksgefühl, mit einem so unglaublichen, strahlenden Wesen verheiratet zu sein. Es war amüsanter, mit Larry zusammen zu sein, als mit irgend jemandem, den sie je gekannt hatte. Jeder Tag war ein Abenteuer, ein Fest. Sie fuhren übers Wochenende aufs Land hinaus, übernachteten in kleinen Gasthöfen und grasten die Jahrmärkte der Umgebung ab. Sie fuhren zum Lake Placid, wo sie die riesige Rodelbahn hinuntersausten, und nach Montauk, wo sie Kahn fuhren und fischten. Catherine hatte schreckliche Angst vor dem Wasser, weil sie nie schwimmen gelernt hatte, aber Larry sagte, sie solle sich nichts daraus machen, und mit ihm fühlte sie sich sicher.

Larry war liebevoll und aufmerksam und schien sich erstaunlich wenig der Attraktion, die er auf andere Frauen ausübte, bewußt zu sein. Anscheinend war Catherine alles, was er wollte. In ihren Flitterwochen hatte Larry einen kleinen silbernen Vogel in einem Antiquitätengeschäft aufgetrieben, der Catherine so gefiel, daß er noch einen Kristallvogel dazu erstand, und so war es der Anfang einer Sammlung geworden. An einem Samstagabend fuhren sie nach Maryland, um die dreimonatige Wiederkehr ihres Hochzeitstages zu feiern, und aßen in demselben kleinen Restaurant.

Am Tag darauf, am Sonntag, dem 7. Dezember, wurde Pearl Harbor von den Japanern angegriffen.

Die Kriegserklärung Amerikas an Japan kam am nächsten Tag um 13.32 Uhr, keine vierundzwanzig Stunden nach dem Angriff der Japaner. Am Montag, während Larry auf der Andrews Air Base war, nahm Catherine, die es nicht allein in der Wohnung aushielt, ein Taxi zum Capitol Building, um zu sehen, was los war. Knäuel von Menschen drängten sich um ein Dutzend tragbarer Radios, welche unter der Menge, die die Trottoirs der Capitol Plaza säumte, verteilt waren. Catherine beobachtete, wie der Konvoi des Präsidenten die Straße hinaufjagte und vor dem südlichen Eingang zum Capitol hielt. Sie stand in der Nähe und konnte sehen, wie sich die Tür der Limousine öffnete und Präsident Roosevelt, von zwei Adjutanten gestützt, ausstieg. Dutzende von Polizisten standen an jeder Ecke in Alarmbereitschaft für den Fall etwaiger Unruhen. Die Menge schien Catherine ziemlich gewalttätig zu sein, wie ein gieriger Lynch-Mob vor dem Losbrechen.

Fünf Minuten nachdem Roosevelt das Capitol betreten hatte, kam seine Stimme übers Radio, das seine Ansprache an die Vollversammlung des Kongresses übertrug. Seine Stimme war kräftig und fest, voll zorniger Entschlossenheit.

»Amerika wird diesen Überfall nicht vergessen ... Die Gerechtigkeit wird triumphieren ... Wir werden unaufhaltsam dem Sieg entgegenschreiten, so wahr uns Gott helfe.«

Fünfzehn Minuten nachdem Roosevelt das Capitol betreten hatte, wurde die Kongreßresolution 254 gefaßt, Kriegserklärung an Japan. Sie wurde einstimmig beschlossen, mit Ausnahme der Abgeordneten Jeannette Rankin aus Montana, die gegen die Kriegserklärung stimmte, so daß das endgültige Ergebnis 388 zu 1 war.

Präsident Roosevelts Rede hatte genau zehn Minuten gedauert – die kürzeste Kriegsbotschaft, die je an einen Amerikanischen Kongreß gerichtet wurde.

Die Menge draußen jubelte, ein aufbrandender Sturm von Beifall, Zorn und Vergeltungswut. Amerika war endlich in Bewegung gekommen.

Catherine musterte die Männer und Frauen, die neben ihr standen. Die Gesichter der Männer zeigten den gleichen Ausdruck froher Erregung, wie sie ihn auf Larrys Antlitz am Tag zuvor gesehen hatte, als ob sie alle demselben Geheimklub angehörten, dessen Mitglieder den Krieg für einen aufregenden Sport hielten. Sogar die Frauen schienen von dem spontanen Enthusiasmus, der die Menge fortriß, angesteckt zu sein. Aber Catherine fragte sich, was sie empfinden würden, wenn ihre Männer fort wären und sie allein dastünden und auf Nachrichten von ihren Männern und Söhnen warteten. Langsam drehte sich Catherine um und ging in ihre Wohnung zurück. An der Ecke sah sie Soldaten mit aufgepflanztem Bajonett.

Bald, dachte sie, wird das ganze Land in Uniform sein.

Es ging noch schneller, als Catherine erwartet hatte. Fast über Nacht war Washington in ein Heerlager von Khakiuniformen verwandelt.

Die Atmosphäre war mit einer ansteckenden Erregung geladen. Es war, als sei Friede nur Lethargie, ein Pesthauch, der die Menschheit mit Langeweile betäubte, und als ob es nur der Krieg allein wäre, der die Menschen zum vollen Genuß des Lebens antreiben könnte.

Larry war sechzehn bis achtzehn Stunden auf dem Fliegerstützpunkt und blieb dort oft über Nacht. Er berichtete Catherine, daß die Situation in Pearl Harbor und Hickam Field viel schlimmer wäre, als man den Leuten weisgemacht hatte. Der heimtückische Angriff war verheerend erfolgreich gewesen. Praktisch waren Amerikas Marine und ein Großteil seiner Luftwaffe vernichtet.

»Willst du damit sagen, wir könnten den Krieg verlieren?« fragte Catherine entsetzt.

Larry blickte sie nachdenklich an. »Es hängt davon ab, wie schnell wir rüsten können«, antwortete er. »Alle stellen sich die Japaner als komische kleine Männer mit schwachen Augen vor. Das ist Blödsinn. Sie sind zäh, und sie fürchten den Tod nicht.«

In den darauffolgenden Monaten schien es, als wären die Japaner durch nichts aufzuhalten. Die täglichen Schlagzeilen schrien ihre Erfolge hinaus. Sie griffen die Insel Wake an ... machten die Philippinen für die Invasion reif ... landeten in Guam ... in Borneo ... in Hongkong. General MacArthur erklärte Manila zur offenen Stadt, und die auf den Philippinen in der Falle sitzenden amerikanischen Truppen ergaben sich.

Eines Tages im April rief Larry Catherine vom Stützpunkt aus an und bat sie, ihn in der Stadt zu treffen, um bei einem Dinner im Willard Hotel zu feiern.

»Was zu feiern?« fragte Catherine.

»Ich werde es dir heute abend sagen«, erwiderte Larry. Seiner Stimme war große Erregung anzumerken.

Als Catherine auflegte, war sie von schrecklichen Vorahnungen erfüllt. Sie versuchte, an alle möglichen Gründe zu denken, die Larry zum Feiern haben könnte, aber sie kam immer wieder auf dasselbe zurück, und sie fühlte nicht die Kraft in sich, es zu ertragen.

Um fünf Uhr nachmittags saß Catherine ausgehbereit auf ihrem Bett und starrte in den Spiegel auf ihrem Toilettentisch.

Ich irre mich bestimmt, dachte sie. *Vielleicht hat man ihn befördert. Das ist es, was wir feiern. Oder vielleicht hat er gute Nachrichten über den Krieg bekommen.* Catherine redete sich das ein, aber sie glaubte es nicht. Sie studierte ihr Gesicht im Spiegel und versuchte, dabei objektiv zu sein. Wenn sie auch Ingrid Bergman keine schlaflosen Nächte bereiten könnte, so war sie doch recht attraktiv. Sie hatte eine gute Figur mit aufreizenden Kurven. *Du bist intelligent, fröhlich, angenehm, nett und sehr sexy,* sagte sie zu sich selbst. *Warum könnte ein normales, vollblütiges Mannsbild danach lechzen, dich zu verlassen, um in den Krieg zu ziehen und sich umbringen zu lassen?*

Um sieben Uhr betrat Catherine das Restaurant des Willard Hotels. Larry war noch nicht da, und der Maître geleitete sie zu einem Tisch. Sie sagte zuerst nein, sie wollte keinen Drink, überlegte es sich dann aber und bestellte einen Martini.

Als der Kellner ihn brachte und Catherine das Glas hob, merkte sie, daß ihre Hände zitterten. Sie blickte auf und sah Larry auf sich zukommen. Er schlängelte sich zwischen den Tischen hindurch und begrüßte auf dem Weg einige Leute. Er hatte diese unglaubliche Vitalität an sich, diese Aura, die alle Augen in seine Richtung blicken ließen. Catherine beobachtete ihn und erinnerte sich an den Tag, als er in der MGM-Kantine in Hollywood an ihren Tisch gekommen war. Sie merkte, wie schlecht sie ihn damals gekannt hatte, und fragte sich, wie gut sie ihn jetzt kannte. Er erreichte den Tisch und gab ihr einen flüchtigen Kuß auf die Wange.

»Es tut mir leid, Cathy«, entschuldigte er sich. »Der Stützpunkt war den ganzen Tag ein Irrenhaus.« Er setzte sich, grüßte den Kellner mit Namen und bestellte einen Martini. Er sagte nichts dazu, daß Catherine bereits etwas trank.

Catherines Gedanken schrien: *Sag mir deine Überraschung. Sag mir, was wir feiern.* Aber sie sagte nichts. Es gab ein altes ungarisches Sprichwort: »Nur ein Narr hat es eilig mit schlechten Nachrichten.« Sie nahm noch einen Schluck. Aber vielleicht war es gar kein altes ungarisches Sprichwort. Vielleicht war es ein neues Sprichwort von Catherine Douglas, dazu erfunden, über sensibler Haut als Schutz getragen zu werden. Vielleicht machte sie der Martini leicht betrunken. Wenn sie ihre Ahnung nicht täuschte, so würde sie sehr betrunken sein, bevor diese Nacht vorbei war. Aber als sie jetzt Larry anblickte, dessen Gesicht von Liebe erfüllt war, wußte Catherine, daß sie sich bestimmt getäuscht hatte. Larry konnte es ebensowenig ertragen, sie zu verlassen, wie sie. Sie hatte sich einen Alptraum ausgedacht. Der glückliche Ausdruck auf seinem Gesicht verhieß, daß er wirklich gute Neuigkeiten für sie hatte.

Larry neigte sich ihr zu, lächelte sein jungenhaftes Lächeln und nahm ihre Hand in die seine.

»Du wirst nie erraten, Cathy, was passiert ist. Ich gehe nach Übersee.«

Es war, als ob ein dünner Vorhang herabfiele und allem ein unwirkliches, verschwommenes Aussehen verliehe. Larry saß neben ihr, seine Lippen bewegten sich, aber sein Gesicht war einmal unscharf, dann wieder deutlich, und Catherine konnte keines seiner Worte verstehen. Sie blickte über seine Schultern, und die Wände des Restaurants schoben sich zusammen und wichen zurück. Sie beobachtete dies fasziniert.

»Catherine!« Larry schüttelte sie am Arm, und langsam richteten sich ihre Augen auf ihn, alles wurde wieder normal. »Ist dir nicht gut?«

Catherine nickte, schluckte und sagte schwach: »Mir geht's großartig. Gute Nachrichten haben immer diese Wirkung auf mich.«

»Du verstehst, daß ich es tun muß, nicht wahr?«

»Ja, ich verstehe.« *Die Wahrheit ist, daß ich es nicht verstehen würde, und wenn ich eine Million Jahre lebte, mein Liebling. Aber wenn ich dir das sagte, würdest du mich nicht mögen, nicht wahr? Wer kann schon eine nörgelnde Frau brauchen? Heldenfrauen schicken ihre Männer lächelnd in den Krieg.*

Larry beobachtete sie besorgt. »Du weinst ja.«

»Das ist nicht wahr«, sagte Catherine entrüstet und entdeckte zu ihrem Schrecken, daß es stimmte. »Ich – ich muß mich nur an den Gedanken gewöhnen.«

»Sie geben mir eine eigene Staffel«, sagte Larry.

»Wirklich?« Catherine versuchte, ihre Stimme stolz klingen zu lassen. Eine eigene Staffel! Als kleiner Junge hatte er wahrscheinlich seine eigenen Eisenbahnzüge zum Spielen gehabt. Und dem großen Jungen hatten sie jetzt eine eigene Staffel zum Spielen gegeben. Und das waren echte Spielzeuge, die garantiert abgeschossen werden, bluten und sterben konnten. »Ich möchte noch einen Drink«, sagte sie.

»Natürlich.«

»Wann – wann mußt du weg?«

»Nicht vor nächstem Monat.«

Es klang, als ob er es eilig hätte wegzukommen. Es war erschreckend zu spüren, wie das ganze Gefüge ihrer Ehe ins Wanken kam. Auf dem Podium sang jemand schmalzig: »Eine Reise auf den Mond auf Spinnwebflügeln ...« *Spinnweben,* dachte sie. *Das ist es, woraus meine Ehe gemacht ist: aus Spinnweben.* Dieser Cole Porter wußte auch alles.

»Wir werden eine Menge Zeit haben, bevor ich fahre«, sagte Larry.

Eine Menge Zeit wofür? fragte sich Catherine bitter. *Eine Menge Zeit, um eine Familie zu gründen, um mit unseren Kindern zum Skilaufen nach Vermont zu fahren, um zusammen alt zu werden?*

»Was möchtest du gerne heute abend machen?« fragte Larry.

Ich möchte gerne ins Bezirksspital fahren und eine von deinen Zehen entfernen lassen. Oder eines deiner Trommelfelle durchbohren lassen. Laut sagte Catherine: »Gehen wir nach Hause und lieben wir uns.« Es war ein wildes, verzweifeltes Drängen in ihr.

Die nächsten vier Wochen vergingen wie im Flug. Die Uhren

rasten vorwärts wie in einem kafkaesken Alptraum, der Tage in Stunden und Stunden in Minuten verwandelte, und dann war – unglaublich fast – Larrys letzter Tag gekommen. Catherine fuhr ihn zum Flugplatz. Er war gesprächig und fröhlich, sie war finster, still und todunglücklich. Die letzten paar Minuten wurden zu einem Durcheinander von militärischen Formalitäten ... ein eiliger Abschiedskuß ... Larry besteigt das Flugzeug, das ihn ihr entführt ... ein letztes Abschiedswinken. Catherine stand auf dem Flugfeld, sah, wie sein Flugzeug zu einem kleinen Fleck am Himmel wurde und endlich verschwand. Sie stand eine Stunde lang da, und als es schließlich dunkel wurde, drehte sie sich um und fuhr in die Stadt in ihre leere Wohnung zurück.

Im ersten Jahr, das dem Angriff auf Pearl Harbor folgte, wurden zehn große See- und Luftschlachten gegen die Japaner gefochten. Die Alliierten gewannen nur drei, aber zwei von ihnen waren entscheidend: Midway und die Schlacht von Guadalcanar.

Catherine verfolgte Wort für Wort die Zeitungsberichte über jede Schlacht und bat dann William Fraser, ihr noch weitere Einzelheiten zu verschaffen. Sie schrieb täglich an Larry, aber es vergingen acht Wochen, bevor sie seinen ersten Brief erhielt. Er klang optimistisch und voll froher Erregung. Der Brief war scharf zensiert worden, und so hatte Catherine nicht die geringste Idee, wo er gewesen war oder was er gerade tat. Was immer es war, sie hatte das Gefühl, daß es ihm zu gefallen schien, und in den endlosen, einsamen Nachtstunden lag Catherine im Bett, zerbrach sich den Kopf und versuchte zu begreifen, was es in Larry war, das ihn auf diese Weise auf Krieg und Tod reagieren ließ. Sicherlich hatte er keine Todessehnsucht, denn Catherine hatte nie jemanden so voll Kraft und Leben gesehen; aber vielleicht war das einfach die Kehrseite der Medaille: Was sein Lebensgefühl so intensiv machte, war die ständige Gegenwart des Todes.

Sie aß mit William Fraser zu Mittag. Catherine wußte, daß er sich freiwillig gemeldet hatte, aber man hatte ihm im Weißen Haus gesagt, er könnte viel mehr nützen, wenn er auf seinem Posten bliebe. Er war sehr enttäuscht gewesen. Er hatte es jedoch Catherine gegenüber nie erwähnt. Als Fraser ihr jetzt am Mittagstisch gegenübersaß, fragte er:

»Hast du von Larry gehört?«

»Ich bekam letzte Woche einen Brief.«

»Was stand darin?«

»Na ja, nach dem Brief zu schließen, ist der Krieg eine Art Fußballspiel. Wir haben die erste Runde verloren, aber jetzt hat man die erste Mannschaft vorgeschickt, und wir gewinnen an Boden.«

Er nickte. »Typisch Larry.«

»Aber nicht typisch Krieg«, sagte Catherine ruhig. »Es ist kein Fußballspiel, Bill. Millionen Menschen werden umkommen, bevor er vorbei ist.«

»Wenn man drinsteckt, Catherine«, sagte er sanft, »ist es wohl leichter zu denken, es sei ein Fußballspiel.«

Catherine hatte sich entschlossen zu arbeiten. Die Armee hatte eine Abteilung für Frauen geschaffen, Women's Army Corps genannt, und Catherine hatte daran gedacht, sich zu melden; andererseits glaubte sie, nützlicher sein zu können, wenn sie etwas mehr täte als Auto fahren und Telefondienst machen. Obwohl nach dem, was sie gehört hatte, der WAC-Dienst ziemlich unterhaltsam war. Es kamen so viele Schwangerschaften vor, daß das Gerücht ging, die Ärzte würden den Freiwilligen bei der Untersuchung einen winzigen Gummistempel auf den Bauch drücken. Die Mädchen versuchten, die Worte zu entziffern, es gelang aber nicht. Endlich kam eine auf die Idee, ein Vergrößerungsglas zu holen. Die Worte lauteten: »Wenn Sie das mit bloßem Auge lesen können, melden Sie sich bei mir.«

Als sie jetzt beim Mittagessen mit Bill Fraser saß, sagte sie: »Ich will arbeiten. Ich möchte etwas tun, ich will helfen.«

Er sah sie einen Moment prüfend an, dann nickte er. »Vielleicht weiß ich gerade die richtige Sache für dich, Catherine. Die Regierung versucht, Kriegsanleihen zu verkaufen. Ich glaube, du könntest beim Koordinieren helfen.«

Zwei Wochen später machte sich Catherine an die Arbeit; sie sollte den Verkauf von Kriegsanleihen durch Prominente organisieren. Theoretisch hörte es sich anfangs recht leicht an, aber in der Praxis war es etwas anderes. Sie fand, daß die Stars wie Kinder waren, aufgeregt und eifrig, bei den Kriegsanstrengungen zu helfen, aber sie waren sehr schwer auf bestimmte Daten festzunageln. Ihre Termine mußten dauernd umjongliert werden. Oft war es nicht ihre Schuld, weil die Dreharbeiten verschoben wurden oder die Termine sich überschnitten. Catherine fand sich zwischen Washington, Hollywood und New York hin- und herpendelnd. Sie gewöhnte sich daran, auf stündlichen Abruf abzureisen und gerade genug Kleider für den jeweiligen Aufenthalt einzupacken. Sie traf Dutzende von Prominenten.

»Haben Sie wirklich Cary Grant kennengelernt?« fragte ihre Sekretärin, als sie von einer Reise nach Hollywood zurückkehrte.

»Wir haben zusammen gegessen.«

»Ist er so charmant, wie man sagt?«

»Wenn man seinen Charme in Dosen packen könnte, wäre er der reichste Mann der Welt.«

Es geschah so allmählich, daß Catherine es fast nicht bemerkte. Sechs Monate vorher hatte Bill Fraser ihr von einem Problem erzählt, das Wallace Turner mit einem der Werbekonten hatte, die Catherine früher leitete. Catherine hatte eine neue Werbe-Kampagne entworfen, die die Sache humorvoll behandelte, und der Klient war sehr zufrieden gewesen. Einige Wochen später hatte Bill Catherine gebeten, ihm bei einem anderen Klienten zu helfen, und bevor sie sich dessen bewußt war, verbrachte sie ihre halbe Zeit bei der Werbeagentur. Sie leitete ein halbes Dutzend Konten, die alle gut liefen. Fraser hatte ihr ein großes Gehalt und Prozente gegeben. Am Tag vor Weihnachten kam Fraser zur Mittagszeit in ihr Büro. Die anderen Angestellten waren bereits heimgegangen, und Catherine war dabei, eine dringende Arbeit zu beenden.

»Macht es dir Spaß?« fragte er.

»Man kann davon leben«, lächelte sie herzlich, »und nicht einmal schlecht. Danke, Bill.«

»Du sollst mir nicht danken. Du hast dir jeden Cent verdient – und noch viel mehr. Es ist das ›noch viel mehr‹, worüber ich mit dir reden will. Ich biete dir eine Partnerschaft an.«

Sie sah ihn erstaunt an. »Eine Partnerschaft?«

»Die Hälfte der neuen Klienten, die wir in den letzten sechs Monaten bekommen haben, verdanken wir dir.« Er saß da und blickte sie gedankenvoll an, sagte aber nichts mehr. Und sie begriff, wieviel es für ihn bedeutete.

»Du hast deinen Partner«, sagte sie.

Sein Gesicht leuchtete auf. »Ich kann dir nicht sagen, wie sehr ich mich darüber freue.« Linkisch streckte er seine Hand aus. Sie schüttelte den Kopf, ging an seinem ausgestreckten Arm vorbei, umarmte ihn und gab ihm einen Kuß auf die Wange.

»Jetzt, da wir Partner sind«, zog sie ihn auf, »kann ich dich küssen.« Sie fühlte, wie er sie plötzlich fester hielt.

»Cathy«, sagte er, »ich . . .«

Catherine legte ihren Finger auf seine Lippen. »Sag nichts, Bill. Laß alles, wie es ist.«

»Du weißt, daß ich in dich verliebt bin.«

»Und ich liebe dich«, sagte sie warmherzig. *Semantik,* dachte sie. Der Unterschied zwischen »ich liebe dich« und »ich bin in dich verliebt« war eine unüberbrückbare Kluft.

Fraser lächelte. »Ich werde dich nicht belästigen, das verspreche ich dir. Ich respektiere deine Gefühle für Larry.«

»Danke, Bill.« Sie zögerte. »Ich weiß nicht, ob das irgendwie hilft, aber wenn es je einen anderen gäbe, wärst du es.«

»Das ist eine große Hilfe«, lächelte er. »Es wird mich die ganze Nacht wach halten.«

Paris 1944

Seit einem Jahr hatte Armand Gautier das Heiratsthema nicht mehr angeschnitten. Anfangs hatte er sich Noelle gegenüber in einer überlegenen Position gefühlt. Jetzt aber war die Lage fast umgekehrt. Wenn sie Zeitungsinterviews gaben, war es Noelle, an die man die Fragen richtete, und wohin immer sie gingen, war Noelle die Attraktion, er kam an zweiter Stelle.

Noelle war die perfekte Geliebte. Sie sorgte weiterhin für Gautiers Bequemlichkeit, fungierte als Gastgeberin und machte ihn in der Tat zu einem der am meisten beneideten Männer Frankreichs; aber in Wirklichkeit hatte er keinen Augenblick Frieden, denn er wußte, daß er Noelle nicht besaß, noch jemals besitzen würde, und eines Tages würde sie aus seinem Leben verschwinden auf genau die gleiche kapriziöse Art, wie sie hineingeschlendert war. Und wenn sich Gautier daran erinnerte, wie es jenes eine Mal war, als Noelle ihn verlassen hatte, fühlte er sich elend bis ins Mark. Gegen jede Vernunft, gegen seine Erfahrung und Frauenkenntnis war er wahnsinnig in Noelle verliebt. Sie war die einzige, die wichtigste Realität in seinem Leben. Oft lag er nachts wach und dachte sich raffinierte Überraschungen aus, um sie glücklich zu machen; wenn sie gelangen, wurde er mit einem Lächeln oder einem Kuß belohnt oder gar mit einer Liebesnacht beschenkt. Jedesmal, wenn sie einen anderen Mann ansah, überkam Gautier Eifersucht, aber er war klug genug, es Noelle nicht merken zu lassen. Einmal, nach einer Gesellschaft, als sie sich den ganzen Abend mit einem berühmten Arzt unterhalten hatte, war Gautier wütend auf sie gewesen. Noelle hörte sich seine Tiraden an und antwortete dann ruhig: »Wenn du etwas dagegen hast, Armand, daß ich mich mit anderen Männern unterhalte, kann ich ja heute abend meine Sachen packen.«

Er berührte nie mehr dieses Thema.

Anfang Februar begann Noelle, ihren Salon einzurichten. Es hatte als einfaches Sonntags-Déjeuner mit ein paar Freunden aus dem Theater angefangen, aber es sprach sich herum, und der Kreis erweiterte sich schnell und schloß bald Politiker, Wissenschaftler und Schriftsteller ein – wen immer die Gruppe für amüsant oder interessant hielt. Noelle war die ungekrönte Herrscherin des Salons und eine seiner Hauptanziehungspunkte. Jedermann war begierig, sich mit ihr zu unterhalten, denn Noelle stellte scharfsinnige Fragen und hatte ein gutes Gedächtnis für die Antworten. Sie lernte Politik von den Politikern und Finanz von den Bankiers. Ein führender Kunstexperte brachte ihr einiges über bildende Kunst bei, und bald kannte sie alle großen französischen Künstler. Sie erfuhr alles Wissenswerte über Wein vom Oberkellermeister des Barons Rothschild und über Architektur von Le Corbusier. Noelle hatte die besten Hauslehrer der Welt, und diese wiederum hatten eine schöne und faszinierende Schülerin. Sie hatte eine schnelle, gründliche Auffassungsgabe und war eine intelligente Zuhörerin.

Armand Gautier hatte das Gefühl, eine Prinzessin im Umgang mit ihren Ministern vor sich zu sehen, und hätte er sich das völlig klargemacht, wäre er damit Noelles wahrem Charakter am nächsten gekommen.

Mit der Zeit begann sich Gautier ein wenig sicherer zu fühlen. Es schien ihm, daß Noelle alle, die ihr gefährlich werden könnten, kennengelernt hatte, und sie hatte für keinen von ihnen Interesse gezeigt.

Sie hatte noch nicht Constantin Demiris kennengelernt.

Constantin Demiris herrschte über ein Imperium, das größer und mächtiger als die meisten Staaten war. Er hatte weder einen Titel noch eine offizielle Position, aber er war gewohnt, Premiers, Kardinäle, Botschafter und Könige zu kaufen und zu verkaufen Demiris war einer der zwei oder drei reichsten Männer der Welt, und seine Macht war legendär. Er hatte die größte Frachter-Flotte im Einsatz, besaß eine Fluggesellschaft, Zeitungen, Banken, Stahlwerke, Goldminen – seine Fühler reichten überallhin, unentwirrbar verwoben wie Schuß und Kette mit dem ökonomischen Gewebe von einem Dutzend Ländern.

Ihm gehörte eine der bedeutendsten Kunstsammlungen der Welt, eine Flotte von Privatflugzeugen und ein Dutzend Appartements und Villen in allen Teilen der Welt.

Constantin Demiris war etwas über mittelgroß, hatte eine breite Brust und breite Schultern. Er war von dunkler Hautfarbe, hatte eine ausgeprägte griechische Nase und Augen wie schwarze Oliven, funkelnd von Intelligenz. Er war nicht an Kleidung interessiert, und doch stand er stets auf der Liste der bestangezogenen Männer der Welt, und es ging das Gerücht, daß er über fünfhundert Anzüge besaß. Er ließ sie machen, wo er sich gerade aufhielt. Seine Anzüge wurden von Hawes und Curtis in London angefertigt, seine Hemden von Brioni in Rom, seine Schuhe von Daliet Grande in Paris, und seine Krawatten stammten aus einem Dutzend Ländern.

Demiris hatte eine magnetische Anziehungskraft. Wenn er in ein Zimmer trat, drehten sich die Leute um, auch wenn sie nicht wußten, wer er war, und starrten ihn an. Die Zeitungen und Zeitschriften der ganzen Welt brachten über Constantin Demiris und seine Tätigkeit – die geschäftliche und die gesellschaftliche – eine nicht abreißende Flut an Meldungen und Nachrichten.

Die Presse zitierte ihn gerne. Auf die Frage eines Reporters, ob ihm Freunde geholfen hätten, seinen Erfolg zu erringen, hatte er geantwortet: »Um Erfolg zu haben, braucht man Freunde, um *sehr* großen Erfolg zu haben, braucht man Feinde.«

Als man ihn fragte, wie viele Angestellte er habe, hatte Demiris geantwortet: »Keinen. Nur Anhänger. Wenn soviel Macht und Geld auf dem Spiel stehen, wird das Geschäft zur Religion, und die Büros werden zu Tempeln.«

Er war im griechisch-orthodoxen Glauben erzogen, aber er sagte von den offiziellen Religionen: »Tausendmal mehr Verbrechen sind im Namen der Liebe als im Namen des Hasses begangen worden.«

Die Welt wußte, daß er mit der Tochter einer angesehenen griechischen Bankiersfamilie verheiratet war, daß seine Frau eine attraktive, liebenswürdige Frau war, die ihn jedoch, wenn Demiris auf seiner Jacht oder seiner privaten Insel Gäste hatte, selten begleitete. Statt dessen war er in Gesellschaft einer schönen Schauspielerin oder Tänzerin oder wer immer ihm gerade gefiel zu sehen. Seine Romanzen waren genauso legendär und bunt wie seine finanziellen Abenteuer. Er hatte mit Dutzenden von Filmstars, den Frauen seiner besten Freunde, einer fünzehnjährigen Schriftstellerin und frischgebackenen Witwen geschlafen; man tuschelte sogar, daß eine Gruppe von Nonnen, die ein neues Kloster brauchten, sich ihm angeboten hätte.

Ein halbes Dutzend Bücher waren über Demiris geschrieben worden, aber keines von ihnen hatte je sein wahres Wesen erfaßt oder die wahre Ursache seines Erfolgs zu enthüllen vermocht. Eine in der ganzen Welt bekannte Persönlichkeit, war Constantin Demiris gleichzeitig ein Mensch von höchst privater Sphäre, und er gebrauchte sein Image als Fassade, die sein wahres Selbst verbarg. Er hatte Dutzende von intimen Freunden in jedem Lebensbereich, und doch kannte ihn niemand wirklich. Die Tatsachen waren der Öffentlichkeit durchaus bekannt. Er war in Piräus als Sohn eines Dockarbeiters in einer Familie von vierzehn Geschwistern zur Welt gekommen; nie stand genug Essen auf dem Tisch, und wer mehr haben wollte, mußte darum kämpfen. Es war etwas an Demiris, das dauernd nach mehr verlangte, und er kämpfte darum.

Schon als kleiner Junge setzte sein Gehirn automatisch alles in Zahlen um. Er kannte die Anzahl der Stufen auf dem Parthenon, wie viele Minuten man zur Schule brauchte, wie viele Schiffe an einem bestimmten Tag im Hafen lagen. Zeit war für ihn eine in Abschnitte eingeteilte Zahl, und Demiris lernte, sparsam damit umzugehen. Demzufolge konnte er ohne wahre Anstrengung enorm viel leisten. Sein Sinn für Organisation war angeboren, ein Talent, das sich automatisch sogar in den unwichtigsten Kleinigkeiten auswirkte. Alles wurde zu einem Wettbewerb, in dem er seine Intelligenz mit der seiner Umwelt maß.

Obwohl Demiris wußte, daß er klüger war als die meisten Menschen, war er doch nicht übermäßig eitel. Wenn eine schöne Frau mit ihm ins Bett gehen wollte, machte er sich nicht einen Augenblick lang vor, daß dies seines Aussehens oder seiner Persönlichkeit wegen geschähe, aber er ließ sich dadurch nicht stören. Die Welt war ein Marktplatz, und die Leute waren entweder Käufer oder Verkäufer. Manche Frauen, das wußte er, fühlten sich von seinem Geld angezogen, andere von seiner Macht und einige wenige – und es waren sehr wenige – von seinem Verstand und seiner Phantasie.

Fast jede Person, der er begegnete, wollte etwas von ihm: eine

Stiftung für wohltätige Zwecke, die Finanzierung eines geschäftlichen Projektes oder einfach die Macht, die die Freundschaft mit ihm verlieh. Demiris liebte das Spiel, herauszufinden, was die Leute in Wirklichkeit von ihm wollten, denn es war selten das, was es schien. Sein analytischer Verstand war der Scheinwahrheit gegenüber skeptisch, und folglich glaubte er nichts, was er hörte, und vertraute niemandem.

Die Journalisten, die über sein Leben schrieben, sollten nur seine Genialität und seinen Charme sehen, den gewandten Weltmann. Sie vermuteten nie, daß Demiris unter der Oberfläche ein Killer war, ein Produkt der Gosse, dessen erster Instinkt ihn hieß, seinem Feind an die Kehle zu springen.

Für die alten Griechen war das Wort *thikeosini*, Gerechtigkeit, oft gleichbedeutend mit *ekthikisis*, Rache, und Demiris war von beiden besessen. Er entsann sich der geringfügigsten Beleidigung, die man ihm angetan hatte, und er zahlte es denjenigen, die das Unglück hatten, sich seine Feindschaft zuzuziehen, mit hundertfacher Münze zurück. Sie merkten es nie, denn Demiris' mathematischer Verstand spielte ein Spiel von systematisch aufgebauter Vergeltung, klügelte geduldig komplizierte Fallen aus und spann vielmaschige Netze, in denen sich schließlich seine Opfer verfingen und vernichtet wurden.

Als Demiris sechzehn Jahre alt war, stieg er mit einem älteren Mann namens Spyros Nicholas in sein erstes Geschäft ein. Demiris hatte die Idee gehabt, einen kleinen Stand auf den Docks aufzumachen, um den Dockarbeitern während der Nachtschicht warmes Essen zu verkaufen. Er hatte die Hälfte des nötigen Geldes für das Unternehmen zusammengekratzt, aber als es erfolgreich war, hatte ihn Nicholas aus dem Geschäft gedrängt. Demiris hatte sein Los ohne Widerstand hingenommen und sich anderen Unternehmungen zugewandt.

Im Laufe der nächsten zwanzig Jahre war Spyros Nicholas zum Fleischkonservengeschäft übergegangen, hatte Erfolg gehabt und war ein reicher Mann geworden. Er hatte geheiratet, hatte drei Kinder und war einer der angesehensten Männer Griechenlands. Während all dieser Jahre sah Demiris geduldig zu und ließ Nicholas sein kleines Reich aufbauen. Als er erkannte, daß Nicholas auf dem Zenit seines Erfolgs angekommen war, schlug er zu.

Weil sein Geschäft blühte, beabsichtigte Nicholas, Farmen zu kaufen, um eigenes Vieh zu züchten und eine Kette von Kleinhandelsgeschäften zu eröffnen. Das erforderte ein riesiges Kapital. Die Bank, mit der Nicholas in geschäftlicher Verbindung stand, gehörte Constantin Demiris, und sie bot Nicholas Geld für die Expansion zu so günstigen Zinsen, daß er nicht widerstehen konnte. Nicholas stürzte sich in große Ausgaben, und mitten in der Kreditausweitung wurden seine Schuldscheine plötzlich von der Bank gekündigt. Als der bestürzte Mann einwandte, er könne den Zahlungen nicht nachkommen, eröffnete die Bank sofort das Konkursverfahren. Die Zeitungen, die Demiris gehörten, hängten die Geschichte an die große Glocke, und andere Gläubiger begannen Nicholas zu bedrängen. Er ging zu anderen Banken und Kreditinstituten, aber aus ihm unerklärlichen Gründen lehnten sie alle ab, ihm zu Hilfe zu kommen. Am Tag nach seinem Bankrott beging er Selbstmord.

Demiris' Sinn für *thikeosini* war ein zweischneidiges Schwert. Genau wie er niemandem eine Beleidigung vergab, vergaß er nie eine ihm erwiesene Wohltat. Eine Zimmervermieterin, die den jungen Mann ernährt und gekleidet hatte, als er zu arm gewesen war, sie zu bezahlen, sah sich plötzlich als Besitzerin eines Appartementhauses, ohne zu ahnen, wer ihr Wohltäter war. Ein junges Mädchen, das den völlig mittellosen jungen Demiris bei sich aufgenommen hatte, erhielt von anonymer Seite eine Villa und eine lebenslange Pension. Die Leute, die mit dem ehrgeizigen jungen Griechen vor vierzig Jahren zu tun gehabt hatten, ahnten nicht, wie diese zufällige Beziehung ihr Leben beeinflussen würde. Der dynamische junge Demiris hatte Hilfe von Bankiers und Rechtsanwälten, Schiffskapitänen und Gewerkschaften, Politikern und Financiers gebraucht. Die einen hatten ihn ermutigt und ihm geholfen; andere hatten ihn von oben herab behandelt oder ihn betrogen. In seinem Kopf und seinem Herzen hatte der stolze Grieche ein unauslöschliches Verzeichnis jeder seiner Unternehmungen bewahrt. Seine Frau Melina hatte ihn einmal beschuldigt, den lieben Gott spielen zu wollen.

»Jeder Mann spielt den lieben Gott«, hatte Demiris zu ihr gesagt. »Einige von uns sind für diese Rolle besser geeignet als andere.«

»Aber es ist nicht recht, das Leben von Menschen zu zerstören, Costa.«

»Es ist nicht unrecht. Es ist Gerechtigkeit.«

»Rache.«

»Manchmal ist es dasselbe. Die meisten Menschen kommen mit dem Unrecht, das sie tun, ungestraft davon. Ich bin in der Lage, sie dafür bezahlen zu lassen. Das ist Gerechtigkeit.«

Er genoß die Stunden, in denen er Fallen für seine Gegner erdachte. Er pflegte seine Opfer genau zu studieren, sorgfältig ihren Charakter zu analysieren, ihre Stärken und Schwächen abzuwägen.

Als Demiris drei kleine Frachtschiffe gehabt hatte und eine Anleihe brauchte, um seine Flotte zu vergrößern, war er zu einem Schweizer Bankier in Basel gegangen. Der Bankier hatte ihn nicht nur abgewiesen, sondern auch andere befreundete Bankiers angerufen und ihnen geraten, dem jungen Griechen kein Geld zu geben. Es war Demiris schließlich gelungen, eine Anleihe in der Türkei zu bekommen.

Demiris hatte seine Stunde abgewartet. Er wußte genau, daß die Achillesferse des Bankiers seine Habgier war. Demiris stand in Verhandlungen mit Ibn Saud von Arabien wegen pachtweiser Übernahme neu entdeckter Erdölquellen. Die Pachtverträge würden für Demiris' Gesellschaft mehrere hundert Millionen Dollar wert sein.

Er gab einem seiner Agenten Anweisung, dem Schweizer Bankier gegenüber die Nachricht über das in Aussicht genommene Geschäft durchsickern zu lassen. Dem Bankier wurde eine 25%ige Beteiligung an der neuen Gesellschaft angeboten, wenn er fünf Millionen Dollar in bar aufbrächte, um Anteile am Aktienkapital zu erwerben. Wenn das Geschäft klappte, würden die fünf Millionen Dollar mehr als fünfzig Millionen wert sein. Der Bankier überprüfte schnell das Geschäft und fand dessen Glaubwürdigkeit bestätigt. Da er über eine solche Summe nicht persönlich verfügte, lieh er sie sich von der Bank, ohne jemanden davon in Kenntnis zu setzen, da er diesen unverhofften Gewinn mit keinem teilen wollte. Die Transaktion sollte in der darauffolgenden Woche stattfinden, und zu diesem Zeitpunkt würde er das Geld, das er entnommen hatte, dann zurückzahlen können.

Als Demiris den Scheck des Bankiers in der Hand hatte, gab er der Presse bekannt, daß die Vereinbarung mit Arabien rückgängig gemacht worden sei. Die Aktien stürzten. Es gab keine Möglichkeit für den Bankier, seine Verluste zu decken, und seine Unterschlagung kam ans Licht. Demiris erstand den Anteil des Bankiers für ein paar Cents pro Dollar und machte dann mit dem Ölgeschäft weiter. Die Aktien schnellten in die Höhe. Der Bankier wurde der Unterschlagung schuldig befunden und zu zwanzig Jahren Gefängnis verurteilt.

Es gab ein paar Spieler in Demiris' Spiel, mit denen er noch nicht abgerechnet hatte, aber er hatte es nicht eilig. Er genoß die Vorfreude, das Planen und die Ausführung. Es war wie ein Schachspiel, und Demiris war ein meisterhafter Schachspieler. Jetzt machte er sich keine Feinde mehr, denn niemand konnte es sich leisten, sein Feind zu sein; so war sein Reservoir auf diejenigen beschränkt, die in der Vergangenheit seinen Weg gekreuzt hatten.

Dies war also der Mann, der eines Nachmittags in Noelle Pages Sonntagssalon auftauchte. Er verbrachte ein paar Stunden in Paris auf dem Weg nach Kairo, und eine junge Bildhauerin, mit der er sich traf, schlug vor, sie sollten den Salon aufsuchen. Von dem Augenblick an, als Demiris Noelle sah, wußte er, daß er sie haben wollte. Abgesehen von Königen selbst, die für die Tochter eines Marseiller Fischhändlers unerreichbar waren, war Constantin Demiris wahrscheinlich das, was einem König am nächsten kam. Drei Tage nachdem sie ihn kennengelernt hatte, verließ Noelle ihr Theater ohne Kündigung, packte ihre Koffer und fuhr zu Constantin Demiris nach Griechenland.

Die Prominenz der beiden machte es unvermeidlich, daß die Beziehung zwischen Noelle Page und Constantin Demiris zur internationalen Sensation wurde. Fotografen und Journalisten versuchten ununterbrochen, Demiris' Frau zu interviewen, aber wenn ihre Gelassenheit auch etwas erschüttert war, ließ sie sich nichts anmerken. Melina Demiris' einziger Kommentar für die Presse war, daß ihr Mann viele gute Freundinnen in der ganzen Welt habe und sie nichts dabei finde. Ihren empörten Eltern erklärte sie, Costa habe auch vorher Affären gehabt, und diese würde genausobald ein Ende finden wie all die anderen. Ihr Mann unternahm häufig ausgedehnte Geschäftsreisen, und sie sah dann Fotos in den Zeitungen, die ihn mit Noelle in Städten wie Konstantinopel, Tokio oder Rom zeigten. Melina Demiris war eine stolze Frau, aber sie war entschlossen, die Demütigung zu ertragen, weil sie ihren Mann wirklich liebte. Sie akzeptierte die Tatsache, daß manche

Männer mehr als eine Frau brauchten, obwohl sie nie richtig begriff, warum, und daß sogar ein in seine Frau verliebter Mann mit einer anderen Frau schlafen konnte. Sie wäre eher gestorben, als einem anderen Mann zu erlauben, sie zu berühren. Sie machte Constantin nie Vorwürfe, denn sie wußte, sie würde damit nichts anderes erreichen als eine Entfremdung. Im großen ganzen führten sie eine gute Ehe. Sie wußte, sie war keine leidenschaftliche Frau, aber sie war ihrem Mann im Bett gefügig, wann immer er wollte, und sie versuchte, ihm soviel Vergnügen zu geben, wie sie konnte. Wenn sie gewußt hätte, was Noelle mit ihrem Mann im Bett trieb, wäre sie schockiert gewesen, und wenn sie obendrein gewußt hätte, wie sehr es ihrem Mann gefiel, wäre sie todunglücklich gewesen.

Noelles Hauptreiz für Demiris, dem Frauen nichts Neues mehr bieten konnten, bestand darin, daß sie ihn dauernd überraschte. Für ihn, der eine Schwäche für Puzzles hatte, war sie ein Rätsel, das sich jeder Lösung widersetzte. Er hatte noch nie jemanden wie sie kennengelernt. Sie nahm die schönen Dinge, die er ihr schenkte, aber sie war genauso glücklich, wenn er ihr nichts gab. Er kaufte ihr eine luxuriöse Villa in Portofino mit Ausblick auf die herrliche hufeisenförmige Bucht, aber er wußte, es hätte gar keinen Unterschied gemacht, wenn es eine winzige Behausung in der alten Plaka von Athen gewesen wäre.

Demiris war in seinem Leben vielen Frauen begegnet, die versucht hatten, ihre erotische Anziehungskraft einzusetzen, um ihn auf die eine oder andere Weise zu gängeln. Noelle wollte nie etwas von ihm. Manche Frauen waren zu ihm gekommen, um sich im Glanz seines Ruhms zu sonnen, aber in Noelles Fall war *sie* es, welche die Journalisten und Fotografen anzog. Sie war ein Star aus eigenem Verdienst, von ihm unabhängig. Eine Zeitlang spielte Demiris mit dem Gedanken, sie sei vielleicht wirklich um seiner selbst willen in ihn verliebt, aber er war zu ehrlich, um an dieser Selbsttäuschung festzuhalten.

Anfangs reizte es ihn, Noelle bis ins letzte zu erforschen, sich ihr Innerstes zu unterwerfen, es sich zu eigen zu machen. Zuerst hatte Demiris versucht, dies mit sexuellen Mitteln zu erreichen, aber zum ersten Mal in seinem Leben war er auf eine Frau gestoßen, die ihm mehr als ebenbürtig war. Ihre sinnliche Gier überstieg die seine. Was immer er tat, konnte sie besser und öfter und geschickter, bis er endlich lernte, sich im Bett zu entspannen und zu genießen wie noch bei keiner anderen Frau in seinem Leben. Sie war ein Phänomen, das dauernd neue Seiten enthüllte, um ihm Freude zu bereiten. Noelle konnte so gut kochen wie irgendeiner der Köche, die er fürstlich entlohnte, und verstand genausoviel von Kunst wie die Experten, denen er Jahreshonorare aussetzte, damit sie Gemälde und Skulpturen für ihn heranschafften. Es machte ihm großen Spaß, ihren Diskussionen über bildende Kunst mit Noelle zuzuhören und das Erstaunen der Experten über ihre profunden Kenntnisse zu beobachten.

Demiris hatte kürzlich einen Rembrandt erstanden, und Noelle war zufällig auf seiner Sommerinsel, als das Gemälde ankam. Der junge Kunstexperte, der es für ihn ausfindig gemacht hatte, war mitgekommen.

»Es ist eines der besten Bilder des Meisters«, sagte der Experte, als er es enthüllte.

Es war ein herrliches Gemälde, das eine Mutter mit ihrer Tochter darstellte. Noelle saß in einem Stuhl, nippte an einem Ouzo und sah ruhig zu.

»Es ist unglaublich schön«, stimmte Demiris zu. Er wandte sich an Noelle. »Wie gefällt es dir?«

»Es ist großartig«, sagte sie. Sie wandte sich an den Experten. »Wo haben Sie es gefunden?«

»Ich habe es bei einem privaten Händler in Brüssel aufgespürt«, erwiderte er stolz, »und ihn dazu überredet, es mir zu verkaufen.«

»Wieviel haben Sie dafür bezahlt?« fragte Noelle.

»Zweihundertundfünfzigtausend Pfund.«

»Ein gutes Geschäft«, erklärte Demiris.

Noelle nahm eine Zigarette in die Hand, und der junge Mann beeilte sich, ihr Feuer zu geben. »Danke«, sagte sie. Sie blickte Demiris an. »Es wäre ein noch besseres Geschäft, Costa, wenn er es direkt von dem Mann gekauft hätte, dem es gehörte.«

»Ich begreife nicht«, sagte Demiris.

Der Experte blickte sie irritiert an.

»Wenn das hier echt ist«, erklärte Noelle, »dann müßte es aus dem Besitz des Herzogs von Toledo stammen.« Sie wandte sich an den Experten. »Stimmt das?« fragte sie.

Sein Gesicht war ganz blaß geworden. »Ich – ich habe nicht die geringste Ahnung«, stammelte er. »Der Händler hat mir nichts davon gesagt.«

»Kommen Sie, kommen Sie«, schalt Noelle ihn. »Sie wollen behaupten, Sie erstanden ein so teures Gemälde, ohne seine Herkunft festzustellen? Das ist schwer zu glauben. Im Nachlaß wurde der Preis mit einhundertundfünfundsiebzigtausend Pfund angesetzt. Jemand wurde um fünfundsiebzigtausend Pfund betrogen.«

Und es hatte sich als wahr erwiesen. Der Experte und der Kunsthändler wurden des Betruges für schuldig befunden und zu Gefängnis verurteilt. Demiris gab das Gemälde zurück. Als er später über den Vorfall nachdachte, stellte er fest, daß er weniger von Noelles Wissen als von ihrer Ehrlichkeit beeindruckt war. Wenn sie gewollt hätte, hätte sie einfach den Experten beiseite nehmen, ihn erpressen und das Geld mit ihm teilen können. Statt dessen hatte sie ihn offen vor Demiris bloßgestellt. Dankbar schenkte er ihr ein sehr teures Smaragdkollier, und sie nahm es mit demselben Gleichmut entgegen, mit dem sie ein Feuerzeug angenommen hätte. Demiris bestand darauf, Noelle überallhin mitzunehmen. Er vertraute niemandem geschäftlich und war daher gezwungen, alle seine Entscheidungen allein zu treffen. Er fand es nützlich, seine geschäftlichen Transaktionen mit Noelle zu besprechen. Sie wußte erstaunlich viel vom Geschäft, und die bloße Tatsache, mit jemandem manchmal darüber sprechen zu können, machte es für Demiris leichter, einen Entschluß zu fassen. Mit der Zeit wußte Noelle mehr über seine Geschäfte als irgend jemand, ausgenommen vielleicht seine Anwälte und Buchhalter. Früher hatte Demiris stets mehrere Geliebte gleichzeitig gehabt, aber jetzt gab ihm Noelle alles, was er brauchte, und so ließ er eine nach der anderen fallen. Sie akzeptierten ihre Entlassung ohne Bitterkeit, denn Demiris war ein großzügiger Mann.

Er besaß eine von vier GM-Motoren angetriebene fünfundvierzig Meter lange Jacht. Sie hatte ein Wasserflugzeug, 24 Mann Besatzung, zwei Rennboote und einen Süßwasser-Swimming-pool. Es gab zwölf wunderbar eingerichtete Gastsuiten und ein großes Appartement für ihn selbst, das mit Gemälden und Antiquitäten vollgestopft war.

Wenn Demiris auf seiner Jacht Gäste hatte, war Noelle die Gastgeberin. Wenn Demiris auf seine private Insel flog oder segelte, nahm er Noelle mit, während Melina zu Hause blieb. Er achtete darauf, daß seine Frau und Noelle nie zusammenkamen, aber es war ihm natürlich klar, daß seine Frau von ihr wußte.

Noelle wurde wie die Angehörige eines Königshauses behandelt, wohin immer sie ging. Aber das stand ihr eigentlich zu. Das kleine Mädchen, das durch das schmutzige Mansardenfenster in Marseille auf ihre Schiffe hinausgeschaut hatte, war jetzt zu der größten Flotte der Welt fortgeschritten. Noelle war nicht von Demiris' Reichtum oder von seinem Namen beeindruckt, sondern von seiner Intelligenz und seiner Kraft. Er hatte den Verstand und den Willen eines Giganten und ließ andere Männer im Vergleich mit ihm kümmerlich erscheinen. Sie spürte die unerbittliche Grausamkeit in ihm, aber irgendwie machte ihn das sogar noch aufregender, denn auch sie besaß diese Eigenschaft.

Noelle erhielt dauernd Angebote, in Stücken und Filmen Hauptrollen zu übernehmen; aber sie zeigte kein Interesse. Sie spielte die Hauptrolle in ihrer Lebensgeschichte; die war faszinierender als alles, was ein Drehbuchautor sich ausdenken konnte. Sie dinierte mit Königen und Premiers und Botschaftern, und sie alle scharwenzelten um sie herum, denn sie wußten, daß sie das Ohr von Demiris besaß. Sie ließen leise Andeutungen fallen über das, was sie haben wollten, und versprachen ihr die ganze Welt, wenn sie ihnen helfen würde.

Aber Noelle besaß bereits die ganze Welt. Sie lag mit Demiris im Bett und erzählte ihm, was jeder von ihr gewollt hatte, und dank dieser Informationen konnte Demiris deren Bedürfnisse, Stärken und Schwächen abschätzen. Dann pflegte er den entsprechenden Druck auszuüben, und dadurch floß immer noch mehr Geld in die schon übervollen Kassen.

Demiris' Privatinsel war eine seiner großen Wonnen. Er hatte eine Insel gekauft, die aus rauhem, unwirtlichem Land bestand, und hatte sie in ein Paradies verwandelt. Er wohnte in einer Villa, die eindrucksvoll auf dem Gipfel eines Hügels lag; dann gab es ein Dutzend bezaubernder Cottages für seine Gäste, eine Jagd, einen künstlichen Süßwassersee, einen Zoo, einen Hafen, wo seine Jacht anlegen konnte, und einen Landeplatz für seine Flugzeuge. Die Insel hatte einen Stab von achtzig Bediensteten, und bewaffnete Wächter hielten unerwünschte Eindringlinge fern. Noelle liebte die Einsamkeit der Insel, und sie liebte sie am meisten, wenn keine anderen Gäste da waren. Constantin Demiris fühlte sich geschmeichelt, weil er annahm, daß Noelle am liebsten mit ihm allein war. Er wäre überrascht gewesen, wenn er gewußt hätte, wie sehr ihre Gedanken mit einem Mann beschäftigt waren, von dessen Existenz er keine Ahnung hatte.

Larry Douglas war eine halbe Welt von Noelle entfernt, geheime Schlachten auf geheimen Inseln schlagend, und doch wußte sie mehr über ihn als seine Frau, mit der er in ziemlich regelmäßigem Briefverkehr stand. Noelle flog mindestens einmal im Monat nach Paris, um Christian Barbet zu besuchen, und der kahlköpfige, kurzsichtige kleine Detektiv hatte stets einen Bericht mit den allerletzten Nachrichten für sie bereit.

Als Noelle das erstemal nach Frankreich zurückkehrte, um Barbet zu sehen, gab es Probleme mit dem Ausreisevisum. Man ließ sie fünf Stunden lang auf dem Zollamt warten, bevor man ihr endlich erlaubte, Constantin Demiris anzurufen. Zehn Minuten nachdem sie mit Demiris gesprochen hatte, eilte ein deutscher Offizier herein und brachte überschwengliche Entschuldigungen vor. Man hatte Noelle ein spezielles Visum erteilt, und sie wurde nie mehr aufgehalten.

Der kleine Detektiv freute sich auf Noelles Besuche. Er verlangte von ihr ein Vermögen, aber seine geübte Nase roch noch mehr Geld. Er war sehr erfreut über ihre neue Liaison mit Constantin Demiris. Er hatte das Gefühl, es würde von großem finanziellen Vorteil für ihn sein. Zuerst mußte er sich vergewissern, daß Demiris nichts von Noelles Interesse für Larry Douglas wußte, dann mußte er herausfinden, wieviel diese Information Demiris wert wäre. Oder Noelle Page, damit er schweige. Ein genialer Coup stand bevor, aber er mußte seine Karten sorgfältig ausspielen. Die Informationen, die Barbet über Larry sammeln konnte, waren erstaunlich reichhaltig, denn Barbet konnte es sich leisten, seine Quellen gut zu bezahlen.

Während Larrys Frau einen Brief las, der von irgendeinem anonymen Feldpostamt abgestempelt war, berichtete Christian Barbet Noelle: »Er fliegt mit der Vierzehnten Kampfgruppe. Achtundvierzigstes Kampfgeschwader.«

Im Brief an Catherine hieß es: »... ich kann dir nur sagen, daß ich irgendwo im Pazifik bin, Liebling ...«

Und Christian Barbet berichtete Noelle: »Sie sind auf Tarawa. Demnächst kommt Guam dran.«

»... Du fehlst mir wirklich, Cathy. Hier geht's aufwärts. Ich darf dir keine Einzelheiten mitteilen, aber wir haben endlich Flugzeuge, die besser sind als die japanischen Zeros...«

»Ihr Freund fliegt P-Achtunddreißiger, P-Vierziger und P-Einundfünfziger.«

»... Ich freue mich, daß du in Washington tüchtig beschäftigt bist. Bleib mir nur treu, Baby. Hier geht alles bestens. Ich werde eine kleine Neuigkeit für dich haben, wenn wir uns wiedersehen...«

»Ihr Freund wurde mit dem D. F. C. ausgezeichnet und zum Oberstleutnant befördert.«

Während Catherine an ihren Mann dachte und betete, er möge gesund heimkommen, verfolgte Noelle alle Wege Larrys, und auch sie betete, daß er gesund heimkehre. Bald wäre der Krieg vorbei, und Larry Douglas würde nach Hause kommen. Zu ihnen beiden.

Washington 1945–1946

Am Morgen des 7. Mai 1945 ergab sich Deutschland in Reims bedingungslos den Alliierten. Die tausendjährige Herrschaft des Dritten Reiches war zu Ende. Diejenigen, die von der Katastrophe von Pearl Harbor wußten, die gesehen hatten, wie Dünkirchen um ein Haar als Englands Waterloo in die Geschichte eingegangen wäre, diejenigen, welche die RAF kommandiert hatten und wußten, wie hilflos die Abwehr Londons gegen einen Totalangriff der deutschen Luftwaffe gewesen wäre: alle diese Leute wußten, es war eine Reihe von Wundern, die die Alliierten hatte siegen lassen – und sie wußten, wie leicht es hätte anders kommen können. Fast hatten die Kräfte des Bösen triumphiert, und dieser Gedanke war so absurd, so entgegengesetzt der christlichen Ethik, nach der das Gute obsiegt und das Böse unterliegt, daß man sich mit Entsetzen davon abwandte, Gott dankte und die dummen, aber verhängnisvollen Fehler vor den Augen der Nachwelt in Aktenbergen mit der Aufschrift TOP SECRET begrub.

Die Aufmerksamkeit der freien Welt wandte sich nun dem Fernen Osten zu. Die Japaner, diese kleinen kurzsichtigen, komischen Figuren, verteidigten blutig jeden Zoll Land, der in ihrem Besitz war, und es sah aus, als ob der Krieg lang und kostspielig werden würde.

Und dann, am 6. August, warf man die Atombombe auf Hiroshima. Die Zerstörung war unglaublich. In wenigen Minuten war fast die ganze Bevölkerung einer großen Stadt vernichtet, Opfer einer Seuche, schlimmer als alle Kriege und Pestilenzen des ganzen Mittelalters.

Am 9. August, drei Tage später, wurde eine zweite Bombe abgeworfen, diesmal auf Nagasaki. Das Resultat war noch verheerender. Die Zivilisation hatte ihre Sternstunde erreicht; sie war imstande, einen Völkermord zu inszenieren, der in der Proportion von soundso viel Millionen Menschen pro Sekunde kalkuliert werden konnte. Es war zuviel für die Japaner, und am 3. September 1945, auf dem Schlachtschiff *Missouri,* nahm General MacArthur die bedingungslose Kapitulation der japanischen Regierung entgegen. Der zweite Weltkrieg war beendet.

Als die Nachricht verkündet wurde, hielt die Welt einen Augenblick den Atem an und brach dann in dankbaren, tief empfundenen Jubel aus. Städte und Dörfer in der ganzen Welt waren mit Menschenmassen gefüllt, die das Ende des Krieges, der alle Kriege beenden würde, mit hysterischen Freudenausbrüchen feierten.

Durch irgendeine Zauberei, die er Catherine nie erklären wollte, gelang es Bill Fraser am Tag darauf, eine telefonische Verbindung mit Larry Douglas auf einer Insel im Südpazifik herzustellen. Es sollte eine Überraschung für Catherine sein. Fraser bat sie, in ihrem Büro auf ihn zu warten, so daß sie zusammen zum Mittagessen gehen könnten. Um 14.30 Uhr rief Catherine Bill über Wechselsprechanlage an.

»Wann wirst du mir etwas zu essen geben?« fragte sie. »Es wird bald Zeit fürs Abendessen.«

»Halt aus«, antwortete Fraser. »Ich bin in einer Minute bei dir.«

Fünf Minuten später rief er sie an und sagte: »Da ist ein Anruf für dich auf Leitung eins.«

Catherine nahm den Hörer ab. »Hallo?« Sie hörte Knattern und anschwellendes Geräusch wie die Wellen eines fernen Ozeans. »Hallo«, wiederholte sie.

Eine männliche Stimme sagte: »Mrs. Larry Douglas?«

»Ja«, sagte Catherine verblüfft. »Wer ist da?«

»Einen Augenblick, bitte.«

Durch den Hörer kam ein hohes Heulen. Dann wieder Knattern, und dann sagte eine Stimme: »Cathy.«

Sie saß klopfenden Herzens da, unfähig zu sprechen. »Larry? Larry?«

»Ja, Baby.«

»Oh, Larry!« Sie begann zu weinen und unerwartet am ganzen Körper zu zittern.

»Wie geht's dir, Liebling?«

Sie krallte ihre Fingernägel in den Arm, um sich weh zu tun und so die Hysterie, die sich ihrer plötzlich bemächtigt hatte, zu unterdrücken. »Mir geht's g-gut«, sagte sie. »Wo – wo bist du?«

»Wenn ich es dir sage, werden wir getrennt«, sagte er. »Irgendwo im Pazifik.«

»Also ganz in der Nähe.« Sie bekam die Stimme wieder in ihre Gewalt. »Geht's dir gut, Liebling?«

»Mir geht's ausgezeichnet.«

»Wann kommst du nach Hause?«

»Kann sich nur noch um Sekunden handeln«, versprach er.

Catherine schossen wieder die Tränen in die Augen. »O. K., stimmen wir unsere Uhren aufeinander ab.«

»Weinst du?«

»Natürlich weine ich, du Idiot! Ich bin nur froh, daß du nicht sehen kannst, wie die Wimperntusche über mein Gesicht rinnt. Oh, Larry . . . Larry . . .«

»Du hast mir gefehlt, Baby«, sagte er.

Catherine dachte an die langen, einsamen Nächte, die zu Wochen und Monaten und Jahren ohne ihn geworden waren, ohne seine Arme um sie, ohne seinen kraftvollen, wunderbaren Körper neben ihr, ohne seinen Trost, seinen Schutz und seine Liebe. Und sie sagte: »Du hast mir auch gefehlt.«

Die Stimme eines Mannes war zu hören: »Es tut mir leid, Oberst, aber wir müssen trennen.«

Oberst!

»Warum hast du mir nichts von deiner Beförderung gesagt?«

»Ich hatte Angst, es würde dir zu Kopf steigen.«

»Oh, Liebling, ich –«

Das Rauschen des Ozeans wurde lauter, plötzlich war es still, und die Verbindung war unterbrochen. Catherine saß an ihrem Schreibtisch und starrte das Telefon an. Und dann grub sie den Kopf in die Arme und weinte.

Zehn Minuten später kam Frasers Stimme übers Haustelefon: »Ich bin zum Lunch bereit, wenn du soweit bist, Cathy«, sagte er.

»Ich bin jetzt zu allem bereit«, sagte sie freudig. »Gib mir fünf Minuten.« Sie lächelte dankbar beim Gedanken, was Fraser für sie getan hatte und wieviel Mühe es ihn wohl gekostet haben mochte. Er war der liebste Mensch, den sie je gekannt hatte. Nach Larry, natürlich.

Catherine hatte sich Larrys Ankunft so oft ausgemalt, daß die eigentliche Ankunft fast dagegen abfiel. Bill Fraser hatte ihr erklärt, Larry käme wahrscheinlich in einem Lufttransporter oder in einem MATS-Flugzeug nach Hause, und diese verkehrten nicht zu bestimmten Zeiten wie kommerzielle Fluglinien. Man organisierte sich einen Platz auf dem ersten Flug, den man kriegen konnte – und es machte nichts aus, welchen Bestimmungsort das Flugzeug hatte, solange es nur in die richtige Richtung flog.

Catherine blieb den ganzen Tag zu Hause und wartete auf Larry. Sie versuchte zu lesen, aber sie war zu nervös. Sie saß da, hörte Nachrichten und dachte an Larrys Heimkehr, diesmal für immer. Um Mitternacht war er noch nicht da. Wahrscheinlich würde er nicht vor dem nächsten Tag kommen. Um zwei Uhr morgens, als Catherine die Augen nicht länger offenhalten konnte, ging sie zu Bett.

Sie wurde von einer Hand auf ihrem Arm geweckt, öffnete die Augen, und er stand über ihr, ihr Larry stand da, blickte auf sie nieder, ein Lachen auf seinem schmalen, braunen Gesicht; wie ein Blitz war Catherine in seinen Armen, und all die Besorgnis, die Einsamkeit, der Schmerz der letzten vier Jahre waren wie weggewaschen in der reinigenden Flut einer Freude, die jede Faser ihres Seins zu füllen schien. Sie umarmte ihn, bis sie glaubte, ihm die Knochen zu brechen. So wollte sie immer bleiben und nie wieder loslassen.

»Sachte, Liebling«, sagte Larry endlich. Er entzog sich ihr mit einem Lächeln auf dem Gesicht. »Komische Meldung in den Zeitungen: ›Flieger kommt unversehrt aus dem Krieg zurück und wird von seiner Frau zu Tode umarmt.‹«

Catherine drehte das Licht an, alle Lampen im Raum, so daß das Zimmer von Helligkeit überflutet war und sie ihn sehen, ihn genau sehen, ihn mit ihren Augen verschlingen konnte. Sein Gesicht war reifer geworden. Um seine Augen und seinen Mund waren feine Linien, die vorher nicht da gewesen waren. Er sah besser als je zuvor aus.

»Ich wollte dich abholen«, stammelte Catherine, »aber ich wußte nicht, wo. Ich rief die Luftwaffe an, sie konnten mir überhaupt keine Auskunft geben, und so wartete ich einfach hier und . . .«

Larry kam auf sie zu und brachte sie mit einem Kuß zum Schweigen. Sein Kuß war hart und fordernd. Catherine hatte erwartet, dasselbe physische Verlangen zu verspüren wie er, und sie war überrascht festzustellen, daß dem nicht so war. Sie liebte ihn sehr, und doch wäre sie zufrieden gewesen, einfach mit ihm zu sitzen, zu sprechen, statt mit ihm ins Bett zu gehen, wie er so dringend wollte. Sie hatte ihre sexuellen Gefühle für ihn so lange Zeit verdrängt, daß sie tief begraben waren, und es würde einige Zeit dauern, bevor sie wieder erweckt und an die Oberfläche gebracht werden könnten.

Aber Larry ließ ihr keine Zeit. Er warf die Kleider von sich und sagte: »O Gott, Cathy, du kannst dir nicht vorstellen, wie ich von diesem Augenblick geträumt habe. Ich wurde dort draußen ganz verrückt. Und schau dich an. Du bist noch schöner, als ich dich in Erinnerung habe.«

Er riß seine Shorts herunter und stand nackt da. Und irgendwie war es ein Fremder, der sie aufs Bett niederstieß, und sie wünschte, Larry hätte ihr Zeit gegeben, sich daran zu gewöhnen, daß er wieder zu Hause war, sich an seine Nacktheit zu gewöhnen. Aber er warf sich ohne zärtliche Vorspiele auf sie, zwängte sich in sie, und sie wußte, daß sie nicht für ihn bereit war. Er riß sie auf, tat ihr weh, und sie biß sich in die Hand, um das Aufschreien zurückzuhalten, als er auf ihr lag und sie wie ein wildes Tier liebte.

Ihr Mann war wieder zu Hause.

Während des nächsten Monats blieb Catherine mit Frasers Genehmigung vom Büro weg, und sie und Larry verbrachten fast jeden Augenblick zusammen. Sie kochte alle seine Lieblingsgerichte für ihn, sie hörten sich Platten an und redeten und redeten und versuchten, die Lücken der vergangenen Jahre zwischen ihnen wieder zu schließen. Ihr Körper war jetzt für ihn bereit, und sie fand ihn als Liebhaber genauso aufregend wie immer. Fast so aufregend.

Sie wollte es sich selbst nicht eingestehen, aber etwas war auf undefinierbare Weise an Larry anders. Er forderte mehr und gab weniger. Immer noch war da ein zärtliches Vorspiel, bevor sie sich liebten, aber er tat es auf mechanische Art, wie eine Pflichtübung sozusagen, bevor er zum eigentlichen Angriff überging. Und es war ein Angriff, ein wildes und ungestümes Nehmen, als wolle sich sein Körper für irgend etwas rächen, als wolle er strafen. Jedesmal nachher war Catherine mit blauen Flecken übersät und fühlte sich zerschlagen, als ob sie verprügelt worden wäre. Vielleicht, verteidigte sie ihn, ist es nur, weil er so lange keine Frau gehabt hatte.

Die Tage vergingen, und seine Liebestechnik blieb die gleiche, und das brachte Catherine schließlich dazu, nach anderen Veränderungen an ihm zu forschen. Sie versuchte, ihn unparteiisch zu betrachten, versuchte zu vergessen, daß er ihr Mann war, den sie vergötterte. Sie sah einen großen gutgewachsenen Mann mit tiefen dunklen Augen und einem umwerfend schönen Gesicht. Oder vielleicht war »schön« nicht mehr das richtige Wort. Die Linien um seinen Mund verliehen seinen Zügen eine gewisse Härte. Wenn sie ihn als Fremden ansähe, hätte Catherine gedacht: *Das ist ein Mann, der egoistisch, rücksichtslos und kalt sein kann.* Und doch sagte sie sich, es sei lächerlich. Denn es war doch ihr Larry, liebevoll, freundlich und aufmerksam wie eh und je.

Stolz stellte sie ihn allen ihren Freunden und Kollegen vor, aber sie schienen ihn zu langweilen. Bei Parties zog er sich oft in eine Ecke zurück und verbrachte den Abend mit Trinken. Es schien Catherine, daß ihm an Geselligkeit nichts lag. »Warum auch?« fuhr er sie eines Abends an, als sie mit ihm darüber sprach. »Wo zum Teufel waren alle diese fetten Schweine, als ich in der Luft war und den Arsch hinhalten mußte?«

Einige Male schnitt Catherine das Thema an, was Larry in Zukunft zu tun gedenke. Sie hatte angenommen, er würde in der Luftwaffe bleiben wollen, aber das erste, was Larry nach seiner Heimkehr tat, war, seinen Abschied zu nehmen.

»Der Militärdienst ist für Dummköpfe. Man kommt dabei nur herunter«, hatte er gesagt.

Es war fast wie eine Parodie ihrer ersten Unterhaltung mit ihm in Hollywood. Nur hatte er damals gescherzt.

Catherine mußte mit jemandem über das Problem sprechen, und sie entschloß sich schließlich, mit Bill Fraser zu reden. Sie erzählte ihm, was sie bekümmerte, erwähnte aber die intimeren Probleme nicht.

»Wenn es irgendwie ein Trost für dich ist«, sagte Fraser mitfühlend, »es gibt Millionen von Frauen in der ganzen Welt, die das gleiche durchmachen wie du jetzt. Es ist wirklich ganz einfach, Catherine. Du bist mit einem Fremden verheiratet.«

Catherine blickte ihn schweigend an.

Fraser hielt inne, stopfte seine Pfeife und zündete sie an. »Du kannst nicht wirklich erwarten, daß alles wieder da weitergeht, wo ihr vor vier Jahren aufgehört habt, als Larry weg mußte. Diese damalige Situation stimmt nicht mehr. Du bist ihr entwachsen und Larry ebenfalls. Was eine Ehe hauptsächlich intakt hält, ist doch, daß Mann und Frau gemeinsame Erfahrungen haben. Sie entwickeln sich, und ihre Ehe entwickelt sich. Ihr werdet gemeinsame Berührungspunkte wiederfinden müssen.«

»Ich finde es eigentlich nicht anständig von mir, mit dir darüber zu sprechen.«

Fraser lächelte. »Ich habe dich zuerst gekannt«, meinte er. »Erinnerst du dich?«

»O ja.«

»Sicher empfindet Larry ebenso«, fuhr Fraser fort. »Er hat vier Jahre mit tausend Männern zusammen gelebt, und jetzt muß er sich daran gewöhnen, mit einem Mädchen zu leben.«

Sie lächelte. »Mit allem, was du sagst, hast du recht. Ich glaube, ich mußte es nur einmal von jemandem hören.«

»Jeder kann gute Ratschläge geben, wie Verwundete zu behandeln sind«, bemerkte Fraser, »aber es gibt Wunden, die nicht zu sehen sind. Manchmal gehen sie tief.« Er sah den Blick auf Catherines Gesicht. »Ich meine nichts Ernstes«, fügte er schnell hinzu. »Ich spreche nur über die Greuel, die jeder Frontsoldat zu sehen gezwungen ist. Wenn der Mann nicht ein Rohling ist, muß so etwas eine enorme Wirkung auf seine seelische Verfassung haben. Verstehst du, was ich meine?«

Catherine nickte. »Ja.« Die Frage war: Was für eine Wirkung hatte es gehabt?

Als Catherine endlich zu ihrer Arbeit zurückkehrte, waren die Leute in der Agentur überglücklich sie wiederzusehen. Während der ersten drei Tage tat sie fast nichts anderes, als Werbekampagnen und Entwürfe für neue Klienten nachzuholen und zu bearbeiten. Sie arbeitete von frühmorgens bis spät in die Nacht, versuchte die Zeit, die sie verloren hatte, wieder einzuholen, plagte Texter und Sketchschreiber und beruhigte nervöse Klienten. Sie verstand ihren Job ausgezeichnet, und sie liebte ihn.

Larry pflegte auf Catherine zu warten, wenn sie abends nach Hause kam. Anfangs hatte sie ihn gefragt, was er in ihrer Abwesenheit tat; aber seine Antworten waren stets vage, und schließlich fragte sie ihn nicht mehr. Er hatte eine Mauer zwischen ihnen errichtet, und sie wußte nicht, wie sie eine Bresche schlagen sollte. Er war über fast alles, was Catherine sagte, beleidigt, und es gab andauernd Streit wegen Kleinigkeiten. Gelegentlich aßen sie mit Fraser zu Abend, und sie gab sich große Mühe, diese Abende fröhlich und heiter zu gestalten, damit Fraser nicht merkte, daß etwas nicht stimmte.

Aber Catherine mußte der Tatsache ins Auge blicken, daß irgend etwas ganz und gar nicht stimmte. Sie fühlte, daß es zum Teil ihre Schuld war. Sie liebte Larry noch immer. Sie liebte sein Aussehen, seinen Körper, und sie liebte die Erinnerung an ihn, aber sie wußte, wenn er so weitermachte, würde er sie beide zugrunde richten.

Sie aß mit William Fraser zu Mittag.

»Wie geht es Larry?« fragte er.

Die automatische Antwort: »Großartig« wollte auf ihre Lippen kommen, und sie hielt inne. »Er braucht eine Stellung«, sagte Catherine unverblümt.

Fraser lehnte sich zurück und nickte. »Fängt er an, unruhig zu werden, weil er ohne Arbeit ist?«

Sie zögerte, wollte nicht lügen. »Er will nicht irgend etwas tun«, sagte sie vorsichtig. »Er müßte das Richtige finden.«

Fraser blickte sie prüfend an, versuchte herauszuhören, was hinter ihren Worten steckte.

»Würde es ihm liegen, Pilot zu sein?«

»Er will nicht in den Militärdienst zurück.«

»Ich dachte an eine der Fluglinien. Ich habe einen Freund, der Direktor bei der PAN AM ist. Die würden sich glücklich schätzen, jemanden mit Larrys Erfahrung zu bekommen.«

Catherine saß da und dachte darüber nach; sie versuchte, sich an Larrys Stelle zu versetzen. Er liebte das Fliegen mehr als irgend etwas auf der Welt. Es wäre ein guter Job, er würde genau zu ihm passen. »Es – es klingt wunderbar«, sagte sie behutsam. »Glaubst du wirklich, du könntest ihm diesen Job verschaffen, Bill?«

»Ich werde es versuchen«, sagte er. »Warum horchst du Larry nicht zuerst aus, was er davon hält?«

»Das werde ich tun.« Catherine nahm dankbar seine Hand in die ihre. »Tausend Dank.«

»Wofür?« fragte Fraser leichthin.

»Dafür, daß du immer da bist, wenn ich dich brauche.«

Er legte seine Hand auf die ihre. »Das gehört eben dazu.«

Als Catherine an jenem Abend Larry von Bill Frasers Vorschlag berichtete, sagte er: »Das ist die beste Idee, die ich seit meiner Heimkehr gehört habe«, und zwei Tage später hatte er eine Verabredung mit Carl Eastman in der Zentrale der PAN AM in Manhattan. Catherine bügelte ihm seinen Anzug aus, wählte Hemd und Krawatte und putzte seine Schuhe so glänzend, daß sie sich darin spiegeln konnte. »Ich werde dich so bald wie möglich anrufen und dich wissen lassen, wie es gegangen ist.« Er küßte sie, lächelte sein jungenhaftes Lächeln und ging.

In vielerlei Hinsicht war Larry wirklich wie ein kleiner Junge, dachte Catherine. Er konnte reizbar, jähzornig, mürrisch sein, aber er war auch liebevoll und großzügig.

»Pech«, seufzte Catherine. »Ausgerechnet ich muß der einzige perfekte Mensch auf der ganzen Welt sein.«

Sie hatte sehr viel Arbeit vor sich, aber sie war außerstande, an etwas anderes zu denken als an Larry und seine Verabredung. Sie hatte das Gefühl, daß ihre ganze Ehe von dem abhing, was jetzt geschehen würde.

Es sollte der längste Tag in ihrem Leben werden.

Die Zentrale der PAN AM befand sich in einem modernen Gebäude zwischen der Fifth Avenue und der 53. Straße. Carl Eastmans Büro war geräumig und bequem ausgestattet, er hatte offensichtlich eine wichtige Stellung inne.

»Kommen Sie herein und setzen Sie sich«, begrüßte er Larry, als dieser das Büro betrat.

Eastman war ungefähr fünfunddreißig Jahre alt, ein sportlicher Typ mit hervorstehenden Backenknochen und durchdringenden nußbraunen Augen, denen nichts entging. Er wies Larry einen Platz auf der Couch an und setzte sich ihm gegenüber.

»Kaffee?«

»Nein, danke«, sagte Larry.

»Ich habe gehört, Sie wollen bei uns arbeiten.«

»Wenn eine Stelle frei ist.«

»Es ist eine frei«, sagte Eastman, »nur haben sich etwa tausend Knüppeljockeis darum beworben.« Er schüttelte bekümmert den

Kopf. »Es ist unglaublich. Die Luftwaffe bringt Tausenden von intelligenten jungen Männern bei, wie man die kompliziertesten Maschinen fliegt, die je erfunden worden sind. Und wenn sie dann ihren Job getan haben und ihn verdammt gut getan haben, dann schickt sie die Luftwaffe zum Teufel. Man hat nichts für sie.« Er seufzte. »Sie würden es nicht glauben, wieviel Leute hier den ganzen Tag hereinkommen. Spitzenpiloten, Asse wie Sie selbst. Es gibt nur eine freie Stelle pro tausend Bewerber – und die anderen Fluglinien sind in genau der gleichen Lage.«

Ein Gefühl von Enttäuschung überkam Larry. »Warum haben Sie mich dann empfangen?« fragte er steif.

»Aus zwei Gründen. Nummer eins, weil der Mann über mir mich angewiesen hat.«

Larry fühlte, wie der Zorn in ihm aufstieg.

»Ich brauche keine –«

Eastman beugte sich vor. »Nummer zwei, weil Sie verdammt gute Flugleistungen aufzuweisen haben.«

»Danke«, sagte Larry knapp.

Eastman blickte ihn prüfend an. »Sie müßten einen Trainingskurs mitmachen, verstehen Sie. Es wäre, als ob Sie wieder zur Schule gingen.«

Larry zögerte, unsicher, wohin das Gespräch führte.

»Das hört sich ganz gut an«, sagte er vorsichtig.

»Sie werden dieses Training in New York außerhalb von La Guardia absolvieren müssen.«

Larry nickte, wartete.

»Es gibt vier Wochen Grundschulung und dann einen Monat Flugtraining.«

»Sie fliegen DC-4?« fragte Larry.

»Richtig. Nach Beendigung Ihres Trainings werden wir Sie als Navigator einsetzen. Ihr Gehalt während des Kurses beträgt 350 Dollar im Monat.«

Er hatte den Job bekommen! Dieser Hundesohn hatte ihn an der Nase herumgeführt mit den tausend Piloten, die hinter ihm her waren. Aber er hatte den Job. Worüber hatte er sich Sorgen gemacht? Niemand in der ganzen verdammten Luftwaffe hatte eine bessere Personalakte als er.

Larry grinste. »Es macht mir nichts aus, als Navigator anzufangen, aber ich bin Pilot. Wann kommt *das* an die Reihe?«

Eastman seufzte. »Die Fluglinien sind gewerkschaftlich organisiert. Der einzige Weg, wie jemand avancieren kann, führt über das höhere Dienstalter. Wollen Sie es versuchen?«

Larry nickte. »Was habe ich schon zu verlieren!«

»Gut«, sagte Eastman. »Ich werde die Formalitäten in Ordnung bringen. Sie werden sich natürlich einer ärztlichen Untersuchung unterziehen müssen. Gibt es da irgendwelche Probleme?«

Larry grinste. »Die Japaner haben an mir alles in Ordnung gefunden.«

»Wann können Sie mit der Arbeit anfangen?«

»Ist heute nachmittag zu früh?«

»Sagen wir Montag.« Eastman kritzelte einen Namen auf eine Karte und gab sie Larry. »Da. Man wird Sie um 9 Uhr Montag morgen erwarten.«

Als Larry Catherine anrief, um ihr die Neuigkeit zu überbringen, lag eine Erregung in seiner Stimme, wie Catherine sie seit langem nicht gehört hatte. Sie wußte, alles würde wieder in Ordnung kommen.

Athen 1946

Constantin Demiris besaß eine Flotte von Flugzeugen für seinen persönlichen Gebrauch, aber sein Stolz war eine umgebaute Hawker Siddeley, die sechzehn Passagiere mit luxuriösem Komfort transportierte, eine Geschwindigkeit von dreihundert Meilen pro Stunde erreichte und eine vierköpfige Besatzung hatte. Es war ein fliegender Palast. Das Innere war von Frederick Sawrin ausgestattet worden, und Chagall hatte die Wände mit Fresken ausgemalt. Statt Flugsitzen waren Lehnsessel und komfortable Sofas in der Kabine angebracht. Die Achter-Kabine war in ein luxuriöses Schlafzimmer verwandelt worden. Vorne hinter dem Cockpit gab es eine moderne Küche. Jedesmal, wenn Demiris oder Noelle flogen, war ein Koch an Bord.

Demiris hatte einen griechischen Flieger namens Paul Metaxas und einen englischen Ex-RAF-Kampfflieger namens Ian Whitestone zu seinen persönlichen Piloten gewählt. Metaxas war ein untersetzter, liebenswürdiger Mann mit freundlichem Ausdruck und herzlichem, ansteckendem Lachen. Er war Mechaniker gewesen, hatte sich selbst das Fliegen beigebracht und hatte mit der RAF in der Schlacht um England gekämpft, wo er Ian Whitestone kennengelernt hatte. Whitestone war hochgewachsen, rothaarig und sehr dünn und hatte das unsichere Benehmen eines Schulmeisters am ersten Schultag in einer zweitklassigen Anstalt für Sonderschüler. In der Luft war Whitestone ganz anders. Er hatte die seltene natürliche Geschicklichkeit des geborenen Piloten, etwas, das man weder lehren noch erlernen kann. Whitestone und Metaxas waren drei Jahre zusammen gegen die deutsche Luftwaffe geflogen, und jeder schätzte den anderen sehr.

Noelle unternahm häufig Reisen in dem großen Flugzeug,

manchmal geschäftlich mit Demiris, manchmal zum Vergnügen. Sie hatte die Piloten kennengelernt, schenkte ihnen jedoch keine besondere Aufmerksamkeit.

Und dann hörte sie eines Tages zufällig, wie sie sich über ein Erlebnis unterhielten, das sie einmal in der RAF gehabt hatten.

Von diesem Augenblick an verbrachte Noelle entweder einen Teil des Fluges im Cockpit im Gespräch mit den beiden Männern oder bat einen von ihnen in die Kabine. Sie regte sie an, über ihre Kriegserlebnisse zu sprechen, und erfuhr schließlich, ohne je eine direkte Frage zu stellen, daß Whitestone Verbindungsoffizier in Larry Douglas' Staffel gewesen war, bevor Douglas die RAF verlassen hatte, und daß Metaxas zu spät in die Staffel versetzt worden war, um Larry kennenzulernen. Noelle begann sich auf den englischen Piloten zu konzentrieren. Ermutigt und geschmeichelt durch das Interesse der Geliebten seines Arbeitgebers, sprach Whitestone offen über seine Vergangenheit und über seine künftigen Ambitionen. Er erzählte Noelle, daß er immer an der Elektronik interessiert gewesen sei. Sein Schwager in Australien hatte eine kleine Elektronikfirma aufgemacht und wollte Whitestone zum Partner haben, aber Whitestone hatte nicht das Kapital dazu.

»Bei meiner Lebensweise«, sagte er grinsend zu Noelle, »werde ich es nie schaffen.«

Noelle besuchte weiterhin einmal im Monat Christian Barbet in Paris. Barbet hatte Verbindung mit einem privaten Detektivbüro in Washington aufgenommen, und die Berichte über Larry Douglas strömten nur so herein. Einmal versuchte der kleine Detektiv, vorsichtig das Terrain zu sondieren, und bot ihr an, die Berichte nach Athen zu senden, aber sie sagte ihm, sie zöge es vor, sie persönlich abzuholen. Barbet hatte schlau mit dem Kopf genickt und im Verschwörerton gesagt: »Ich verstehe, Mademoiselle Page.« Sie wollte also *nicht,* daß Constantin Demiris von ihrem Interesse an Larry Douglas wußte. Die Möglichkeiten für eine Erpressung waren überwältigend.

»Sie sind sehr hilfreich gewesen, Monsieur Barbet«, sagte Noelle, »und sehr diskret.«

Er lächelte ölig. »Danke, Mademoiselle. Mein Beruf lebt von der Diskretion.«

»Genau«, erwiderte Noelle. »Ich weiß, Sie sind diskret, weil Constantin Demiris nie Ihren Namen mir gegenüber erwähnt hat. An dem Tag, an dem er es tut, werde ich ihn bitten, Sie zu vernichten.« Sie sagte das in einem freundlichen Gesprächston, aber es schlug wie eine Bombe ein.

Monsieur Barbet starrte Noelle lange erschrocken an und biß sich auf die Lippen. Er kratzte sich nervös in der Leistengegend und stammelte: »Ich – ich versichere Ihnen, Mademoiselle, ich würde nie – nie . . .«

»Sicherlich nicht«, sagte Noelle und ging.

In dem Linienflugzeug, das sie nach Griechenland zurückbrachte, las Noelle den vertraulichen Bericht.

ACME SICHERHEITSAGENTUR
1402 »D« Street
Washington, D. C.

Betrifft: Nr. 2-179-210 2. Februar 1946

Sehr geehrter Monsieur Barbet,

Einer unserer Detektive sprach mit einer Kontaktperson in der Personalabteilung der PAN AM: Die fragliche Person wird als fähiger Kampfpilot angesehen, aber man bezweifelt, ob er diszipliniert genug ist, um zufriedenstellend in einer großen straffen Organisation zu arbeiten.

Das Privatleben der fraglichen Person spielt sich in derselben Weise ab wie in den vorhergehenden Berichten. Wir sind ihm zu den Wohnungen verschiedener Frauen, die er aufgelesen hatte, gefolgt, wo er sich während einer Zeitspanne von einer bis fünf Stunden aufhielt, und wir nehmen an, daß er sexuelle Beziehungen mit diesen Frauen hat. (Namen und Adressen sind in unserer Kartei, falls Sie sie wünschen.)

Angesichts der neuen Beschäftigung der fraglichen Person ist es möglich, daß diese Lebensweise sich ändert. Auf Ihr Ersuchen hin werden wir dem nachgehen.

Unsere Rechnung ist beigefügt.

Mit vorzüglicher Hochachtung,
R. Ruttenberg
Direktor

Noelle lehnte sich zurück und schloß die Augen. Sie malte sich aus, wie Larry in der Falle saß, die ihm seine eigene Schwäche gestellt hatte, ruhelos, gequält, verheiratet mit einer ungeliebten Frau.

Seine neue Stellung bei der Fluglinie konnte Noelles Plan vielleicht etwas verzögern, aber sie hatte Geduld. Mit der Zeit würde sie Larry zu sich holen. Inzwischen konnte sie gewisse Schritte unternehmen, um die Dinge zu beschleunigen.

Ian Whitestone war entzückt, von Noelle Page zum Mittagessen eingeladen zu werden. Anfänglich hatte er sich eingebildet, daß sie ihn anziehend finde, aber alle ihre Begegnungen hatten sich auf einer liebenswürdigen, doch förmlichen Basis abgespielt, die ihn fühlen ließ, daß er ein Angestellter und sie für ihn unerreichbar war. Er hatte sich oft den Kopf zerbrochen, was Noelle von ihm wollte, denn Whitestone war ein intelligenter Mann und hatte das seltsame Gefühl, daß ihre Zufallsunterhaltungen ihr mehr bedeuteten als ihm.

An diesem Tag fuhren Whitestone und Noelle in eine kleine Stadt am Meer in der Nähe von Kap Sunion, wo sie zu Mittag aßen. Noelle war in ein weißes Sommerkleid und Sandalen gekleidet, ihr weiches blondes Haar flatterte im Wind, und sie war nie schöner gewesen. Ian Whitestone war mit einem Mannequin in London verlobt, und obwohl sie hübsch war, konnte sie sich nicht mit Noelle messen. Whitestone war niemals einer Frau begegnet, die es mit ihr aufnehmen konnte, und er hätte Constantin Demiris beneidet, wenn ihm Noelle in der Rückerinnerung nicht stets begehrenswerter erschienen wäre. Wenn Whitestone wirklich mit ihr zusammen war, war er leicht eingeschüchtert. Jetzt hatte Noelle das Gespräch auf seine Zukunftspläne gelenkt, und er fragte sich, nicht zum ersten Mal, ob sie ihn etwa auf Demiris' Befehl hin aushorchte, wie ergeben er seinem Chef war.

»Ich liebe meinen Job«, versicherte der Pilot Noelle ernsthaft. »Ich möchte ihn gerne behalten, bis ich so alt bin, daß ich nicht mehr sehe, wohin ich fliege.«

Noelle sah ihn einen Augenblick prüfend an, merkte seinen Argwohn. »Sie enttäuschen mich«, sagte sie bedauernd. »Ich hatte gehofft, Sie hätten mehr Ehrgeiz.«

Whitestone starrte sie an. »Ich verstehe Sie nicht.«

»Haben Sie mir nicht erzählt, daß Sie eines Tages Ihre eigene Elektronikfirma haben wollten?«

Er erinnerte sich, es einmal flüchtig erwähnt zu haben, und es erstaunte ihn, daß sie es noch wußte.

»Das war nur ein Wunschtraum«, erwiderte er. »Man braucht eine Menge Geld dazu.«

»Ein Mann mit Ihren Fähigkeiten«, sagte Noelle, »sollte sich nicht durch Mangel an Geld abhalten lassen.«

Whitestone saß verlegen da, er wußte nicht, was Noelle von ihm erwartete. Er mochte seine Stellung wirklich. Er verdiente mehr Geld, als er je in seinem Leben verdient hatte, die Arbeitszeit war gut, und die Arbeit war interessant. Andererseits mußte er nach der Pfeife eines exzentrischen Milliardärs tanzen, der von ihm erwartete, daß er zu jeder Tages- und Nachtstunde zu seiner Verfügung stand. Sein Privatleben war dadurch sehr unruhig geworden, und seine Verlobte war trotz des guten Gehaltes über seine Tätigkeit nicht glücklich.

»Ich habe mit einem Freund über Sie gesprochen«, sagte Noelle. »Er investiert gerne in neuen Unternehmungen.«

Ihre Stimme hatte einen fast emphatischen Klang, als wäre sie sehr angetan von dem, was sie sagte, ohne ihn direkt drängen zu wollen. Whitestone blickte auf.

»Er ist sehr an Ihnen interessiert«, sagte sie.

Whitestone schluckte. »Ich – ich weiß nicht, was ich sagen soll, Mademoiselle Page.«

»Ich erwarte nicht, daß Sie sich jetzt dazu äußern«, versicherte ihm Noelle.

Er dachte einen Augenblick nach. »Weiß Mr. Demiris davon?« fragte er endlich.

Noelle lächelte verschwörerisch. »Ich fürchte, Mr. Demiris würde nie zustimmen. Er verliert nicht gerne Angestellte, besonders wenn sie gut sind. Wie dem auch sei –« Sie machte eine kleine Pause. »Ich glaube, jemand wie Sie hat das Recht, so viel aus dem Leben herauszuholen, wie er kann. Es sei denn natürlich«, fügte sie abschätzig hinzu, »Sie wollen Ihr ganzes Leben für andere arbeiten.«

»Das will ich nicht«, sagte Whitestone schnell und erkannte plötzlich, daß er sich gebunden hatte. Er musterte Noelles Gesicht, um zu sehen, ob er die Andeutung einer Falle darin entdecken konnte, aber alles, was er darin las, war mitfühlendes Verständnis. »Jeder Mann, der etwas taugt, möchte gern sein eigenes Geschäft haben«, sagte er zu seiner Rechtfertigung.

»Natürlich«, gab Noelle zu. »Denken Sie darüber nach, und

wir sprechen noch einmal darüber.« Und dann fügte sie warnend hinzu: »Es bleibt unter uns.«

»Selbstverständlich«, sagte Whitestone, »und vielen Dank. Wenn es zustande käme, wäre es schon fabelhaft.«

Noelle nickte. »Ich habe das Gefühl, es kommt zustande.«

Washington – Paris 1946

Um 9 Uhr am Montag morgen meldete sich Larry Douglas bei dem Chef-Piloten, Kapitän Hal Sakowitz, im Büro der PanAm auf dem La Guardia Flugplatz von New York. Als Larry eintrat, nahm Sakowitz die Kopie von Larrys Personalbogen, die er gerade studiert hatte, und schob sie in eine Schreibtischschublade.

Kapitän Sakowitz war ein untersetzter, robust wirkender Mann mit einem durchfurchten, wettergegerbten Gesicht und den größten Händen, die Larry je gesehen hatte. Sakowitz war einer der wahren Veteranen der Luftfahrt. Er hatte in den frühesten Tagen der Luftakrobatik angefangen, hatte einmotorige Postflugzeuge für die Regierung geflogen, war zwanzig Jahre lang Fluglinienpilot gewesen und PanAm-Chefpilot während der letzten fünf Jahre.

»Ich freue mich, Sie bei uns zu haben, Douglas«, sagte er.

»Ich freue mich, hier zu sein«, entgegnete Larry.

»Brennen Sie darauf, wieder in ein Flugzeug zu steigen?«

»Wer braucht schon ein Flugzeug?« grinste Larry. »Stellen Sie mich in die richtige Windrichtung, und ich starte.«

Sakowitz zeigte auf einen Stuhl. »Setzen Sie sich. Ich lerne gerne euch Jungs kennen, die hier hereinkommen, um meinen Job zu übernehmen.«

Larry lachte. »Sie haben es also bemerkt.«

»Oh, ich mache keinem von euch einen Vorwurf. Ihr seid alle tolle Piloten, habt großartige Kampferfahrung, ihr kommt hier herein und denkt: ›Wenn dieser dämliche Sakowitz Chefpilot sein kann, dann müßten sie mich zum Präsidenten der Gesellschaft machen.‹ Keiner von euch Jungen hat die Absicht, sehr lange Navigator zu bleiben. Es ist nur ein Sprungbrett zum Piloten. Das ist ganz natürlich, und so soll es auch sein.«

»Es freut mich, daß Sie dieser Ansicht sind«, sagte Larry.

»Aber da gibt es etwas, was Sie von vornherein wissen müssen. Wir alle gehören einer Gewerkschaft an, Douglas, und Beförderungen gehen streng nach dem Dienstalter.«

»Ich verstehe.«

»Aber was Sie vielleicht nicht verstehen, ist, daß dies hier verdammt gute Jobs sind und mehr Leute kommen als gehen. Die Beförderungen gehen dadurch langsamer vor sich.«

»Ich werde mein Glück versuchen«, erwiderte Larry.

Sakowitz' Sekretärin brachte Kaffee und dänisches Gebäck, und die beiden Männer verbrachten die nächste Stunde damit, sich zu unterhalten und miteinander bekannt zu werden. Sakowitz' Benehmen war freundlich und leutselig, und viele seiner Fragen waren anscheinend belanglos und trivial, aber als Larry ihn verließ, um in seine erste Unterrichtsstunde zu gehen, hatte Sakowitz eine Menge über Larry Douglas erfahren. Ein paar Minuten nachdem Larry gegangen war, kam Carl Eastman in das Büro.

»Wie ist es verlaufen?« fragte Eastman.

»O. K.«

Eastman sah ihn scharf an. »Was halten Sie von ihm, Sak?«

»Wir werden ihn ausprobieren.«

»Ich fragte Sie, was Sie von ihm halten.«

Sakowitz zuckte die Schultern. »O. K. Ich werde es Ihnen sagen. Mein Gefühl ist, daß er ein verdammt guter Pilot ist. Er muß es sein, bei seiner Kriegserfahrung. Stecken Sie ihn in eine Maschine und lassen Sie einen Haufen feindlicher Kampfflieger auf ihn schießen, und ich glaube, man könnte keinen besseren finden.« Er zögerte.

»Weiter«, sagte Eastman.

»Das Problem ist, daß es hier in Manhattan nicht viele feindliche Kampfflieger gibt. Ich habe Burschen wie Douglas gekannt. Aus irgendeinem Grund, den ich nie herausgefunden habe, ist ihr Leben nur auf Gefahr eingestellt. Sie machen die verrücktesten Dinge, wie unmögliche Berge besteigen oder auf den Grund des Ozeans tauchen, oder was immer zum Teufel sie an Gefahren finden können. Wenn ein Krieg ausbricht, steigen sie nach oben wie Sahne in heißem Kaffee.« Er schwang seinen Stuhl herum und blickte aus dem Fenster. Eastman stand wartend da, sagte aber nichts.

»Ich habe so ein Gefühl bei Douglas, Carl. Irgend etwas stimmt mit ihm nicht. Vielleicht, wenn er Kapitän eines unserer Flugzeuge wäre und es selbst flöge, könnte er es schaffen. Aber ich glaube nicht, daß er psychologisch darauf vorbereitet ist, Befehle von einem ersten Offizier und einem Piloten hinzunehmen, besonders wenn er denkt, er könnte hundertmal besser fliegen als sie alle.« Er schwang den Stuhl wieder zurück, um Eastman anzusehen. »Und das Komische daran ist, daß er es wahrscheinlich könnte.«

»Sie machen mich nervös«, sagte Eastman.

»Mich selbst auch«, gestand Sakowitz. »Ich glaube nicht, daß er –« Er hielt inne und suchte nach dem richtigen Wort, »gefestigt ist. Wenn man mit ihm spricht, bekommt man das Gefühl, daß er ein Stück Dynamit im Hintern hat, das jeden Augenblick explodieren kann.«

»Was gedenken Sie zu tun?«

»Wir tun es ja. Er wird zur Schule gehen, und wir werden ein Auge auf ihn haben.«

»Vielleicht wird er ein Versager sein«, sagte Eastman.

»Sie kennen diese Typen nicht Er wird den Kurs als Nummer eins in seiner Klasse beenden.«

Sakowitz' Prophezeiung stimmte.

Der Trainingskurs bestand aus vier Wochen Bodenschule, denen ein zusätzlicher Monat Flugtraining folgte. Da die Kursteilnehmer bereits erfahrene Piloten mit langjähriger Praxis waren, war der Kurs auf einen doppelten Zweck ausgerichtet: einmal, um Fächer wie Navigation, Radio, Fernmeldewesen, Kartenlesen und Blindfliegen summarisch zu wiederholen, die Kenntnisse der Männer wieder aufzufrischen und ihre eventuellen Schwächen festzustellen, zum anderen, um sie mit der neuen Apparatur, die sie gebrauchen würden, vertraut zu machen.

Das Blindfliegen wurde in einem Simulierflugzeug geübt, einem kleinen Modell eines Cockpit, das auf einem beweglichen Podest ruhte und es dem Piloten im Cockpit ermöglichte, mit dem Flugzeug alle Manöver auszuführen, einschließlich überzogener Kurven, Loopings, Abtrudeln und Rollen. Eine schwarze Kappe wurde über das Cockpit gezogen, so daß der Pilot blind flog und nur die ihm sichtbaren Instrumente benutzen konnte. Der Ausbilder außerhalb der Simuliermaschine gab dem Piloten Befehle, wie er sich zu verhalten habe beim Starten und Landen sowie im Falle von heftigem Wind, Sturm, Annäherung an Bergketten oder jeder sonst möglichen Gefahr. Die meisten unerfahrenen Piloten bestiegen das Simulierflugzeug mit einem gewissen Selbstvertrauen, aber sie fanden bald heraus, daß die kleinen Maschinen viel schwieriger zu handhaben waren, als es zunächst schien. Es war ein schauriges Gefühl, allein in dem winzigen Cockpit zu sitzen, während alle Sinne von der Außenwelt abgeschnitten waren.

Larry war ein begabter und aufmerksamer Schüler, der förmlich in sich einsog, was man ihn lehrte. Er machte seine Hausarbeiten gut und sorgfältig. Er verriet nie Anzeichen von Ungeduld, Unruhe oder Langeweile. Im Gegenteil, er war der eifrigste Schüler im Kurs und bestimmt der hervorragendste. Das einzige für Larry neue Gebiet war die Ausrüstung der DC-4. Die Douglas-Maschinen waren langgestreckt, elegant in der Linie und mit gewissen Apparaturen ausgestattet, die es bei Kriegsbeginn noch nicht gegeben hatte. Larry verbrachte Stunden damit, jeden Zoll des Flugzeugs zu untersuchen, zu studieren, wie es zusammengesetzt war und wie es funktionierte. Abend für Abend war er in Dutzende von Betriebsanweisungen über das Flugzeug vertieft.

Eines späten Abends, als die anderen Kursteilnehmer den Hangar schon verlassen hatten, fand Sakowitz Larry in einer der DC-4, wie er auf dem Rücken unter dem Cockpit lag und das Kabelwerk untersuchte.

»Ich sage ja, der Hurensohn hat es auf meinen Job abgesehen«, sagte Sakowitz am nächsten Morgen zu Carl Eastman.

»Wenn er so weitermacht, kriegt er ihn vielleicht«, meinte Eastman.

Am Ende der acht Wochen gab es eine kleine Abschlußfeier. Catherine flog stolz nach New York, um dabeizusein, wenn man ihm seine Navigatorenwinkel verlieh.

Er versuchte, es als etwas Unwichtiges hinzustellen. »Cathy, es ist nur ein dummes kleines Stück Tuch, das sie einem geben, damit man weiß, wer man ist, wenn man in das Cockpit steigt.«

»O nein, sag das nicht«, erwiderte sie. »Ich sprach mit Kapitän Sakowitz, und er erzählte mir, wie gut du bist.«

»Was versteht schon ein doofer Polacke«, sagte Larry. »Gehen wir feiern.«

An jenem Abend gingen Catherine und Larry und vier von Larrys Mitschülern mit ihren Frauen in den Twenty-One Club in der East Fifty-Second Street zum Abendessen. Das Foyer war überfüllt, und der Maître sagte ihnen, ohne Vorbestellung gebe es keine Tische.

»Zum Teufel mit diesem Restaurant«, sagte Larry. »Gehen wir nebenan zu Toots Shor's.«

»Warte einen Augenblick«, sagte Catherine. Sie ging zum Kellner hinüber und fragte nach Jerry Berns.

Einige Augenblicke später eilte ein kleiner dünner Mann mit neugierigen grauen Augen herbei.

»Ich bin Jerry Berns«, sagte er. »Womit kann ich Ihnen dienen?«

»Mein Mann und ich sind mit ein paar Freunden hier«, erklärte Catherine. »Wir sind zehn.«

Er schüttelte bedauernd den Kopf. »Nur wenn Sie vorbestellt haben . . .«

»Ich bin William Frasers Geschäftspartner«, sagte Catherine.

Jerry Berns blickte Catherine vorwurfsvoll an. »Warum haben Sie das nicht gleich gesagt? Geben Sie mir fünfzehn Minuten Zeit.«

»Danke«, sagte Catherine erfreut.

Sie ging zu ihrer Gruppe zurück.

»Na, was sagt ihr nun!« sagte Catherine. »Wir kriegen einen Tisch.«

»Wie hast du das fertigbekommen?« fragte Larry.

»Es war leicht«, sagte Catherine. »Ich erwähnte Bill Frasers Namen.« Sie sah den Ausdruck in Larrys Augen. »Er kommt oft hierher«, fuhr Catherine schnell fort, »und er sagte, wenn ich mal einen Tisch brauchte, sollte ich mich auf ihn berufen.«

Larry drehte sich zu den anderen um. »Verdammt noch mal, gehen wir hier raus. Das hier ist nicht für unsereins.«

Die Gruppe bewegte sich auf die Tür zu. Larry sah Catherine an. »Kommst du?«

»Natürlich«, erwiderte Catherine zögernd. »Ich wollte ihnen nur sagen, daß wir nicht . . .«

»Zum Teufel mit denen«, sagte Larry laut. »Kommst du oder kommst du nicht?«

Die Leute drehten sich um und starrten sie an. Catherine spürte, daß sie errötete.

»Ja«, sagte sie. Sie wandte sich um und folgte Larry hinaus.

Sie gingen in ein italienisches Restaurant in der Sixth Avenue und aßen sehr schlecht. Nach außen hin benahm sich Catherine, als ob nichts vorgefallen wäre, aber sie kochte vor Wut. Sie war sehr böse auf Larry wegen seines kindischen Benehmens und weil er sie öffentlich gedemütigt hatte.

Als sie daheim ankamen, ging sie wortlos ins Schlafzimmer, entkleidete sich, machte das Licht aus und ging zu Bett. Sie hörte, wie Larry sich im Wohnzimmer einen Drink mixte.

Zehn Minuten später betrat er das Schlafzimmer, drehte das Licht an und kam an ihr Bett. »Beabsichtigst du, die Märtyrerin zu spielen?« fragte er.

Sie setzte sich wütend auf. »Versuch nicht, mich in die Defensive zu drängen«, sagte sie. »Dein Benehmen heute abend war unverzeihlich. Was ist über dich gekommen?«

»Derselbe Kerl, der *in* dich gekommen ist.«

Sie starrte ihn an. »Was?«

»Ich spreche von Mr. Perfektion, Bill Fraser.«

Sie blickte ihn verständnislos an. »Bill hat uns immer nur geholfen.«

»Das kann man wohl sagen«, entgegnete er. »Du verdankst ihm deine Stellung, ich verdanke ihm die meine. Jetzt können wir uns nicht einmal ohne Frasers Erlaubnis in ein Restaurant setzen. Er hängt mir zum Hals heraus.« Es war Larrys Tonfall, der Catherine mehr erschütterte als das, was er sagte. Er war derart erfüllt von Komplexen und Ohnmachtsgefühlen, daß sie zum ersten Mal begriff, wie er sich quälte. Warum auch nicht? Er war nach vier Jahren Krieg heimgekehrt und fand seine Frau als Partnerin ihres früheren Liebhabers vor. Und um es noch schlimmer zu machen, er selbst war nicht imstande gewesen, einen Job ohne die Hilfe Frasers zu bekommen.

Als sie Larry ansah, wußte Catherine, daß dies ein Wendepunkt in ihrer Ehe war. Wenn sie mit ihm zusammenbleiben wollte, mußte er von jetzt ab an erster Stelle stehen. Vor ihrem Beruf, vor allem andern. Zum ersten Mal fühlte Catherine, daß sie Larry wirklich verstand.

Als ob er ihre Gedanken lesen könnte, sagte Larry zerknirscht: »Es tut mir leid, ich habe mich heute abend wie ein Schwein benommen. Aber als wir keinen Tisch kriegen konnten, bis du Frasers magischen Namen erwähntest – da reichte es mir plötzlich.«

»Es tut mir leid, Larry«, sagte Catherine. »Ich werde dir das nie mehr antun.«

Und sie fielen einander in die Arme, und Larry sagte: »Bitte, verlaß mich nie, Cathy«, und Catherine dachte, wie nahe daran sie gewesen war, und sie hielt ihn fester und sagte: »Ich werde dich nie verlassen, Liebling, niemals.«

Larrys erster Einsatz als Navigator war auf dem Flug 147 von Washington nach Paris. Er blieb nach jedem Flug achtundvierzig Stunden in Paris, dann kehrte er drei Tage heim, bevor er wieder abflog.

Eines Morgens rief Larry Catherine in ihrem Büro an, seine Stimme klang aufgeregt. »Hör mal, ich habe ein tolles Restaurant für uns gefunden. Kannst du dich fürs Mittagessen frei machen?«

Catherine blickte auf den Stapel graphischer Entwürfe, die bis Mittag durchgesehen und genehmigt werden mußten. »Klar«, sagte sie leichtsinnig.

»Ich hole dich in fünfzehn Minuten ab.«

»Sie lassen mich doch nicht etwa allein!« jammerte ihre Assistentin Lucia. »Stuyvesant wird aus der Haut fahren, wenn wir ihm die Werbekampagne heute nicht liefern.«

»Er wird eben warten müssen«, sagte Catherine. »Ich gehe mit meinem Mann zum Essen.«

Lucia zuckte die Schultern. »Kann ich verstehen. Wenn Sie ihn mal satt haben, lassen Sie es mich bitte wissen.«

Catherine lachte. »Dann werden Sie zu alt sein, meine Liebe.«

Larry holte Catherine vor dem Büro mit dem Wagen ab.

»Habe ich dir den Tag vermurkst?« fragte er boshaft.

»Natürlich nicht.«

Er lachte. »Diese ganzen Direktoren wird der Schlag treffen.«

Larry lenkte den Wagen in Richtung Flughafen.

»Ist das Restaurant weit?« fragte Catherine. Sie hatte fünf Verabredungen am Nachmittag, die erste um zwei Uhr.

»Nicht weit . . . Bist du heute nachmittag sehr beschäftigt?«

»Nein«, log sie. »Nicht besonders.«

»Gut.«

Als sie die Abzweigung zum Flugplatz erreichten, bog Larry in die Einfahrt ein.

»Ist das Restaurant am Flughafen?«

»Am anderen Ende«, erwiderte Larry. Er parkte den Wagen, nahm Catherines Arm und führte sie zum Schalter der PanAm.

Das attraktive Mädchen hinter dem Desk begrüßte Larry mit Namen.

»Das ist meine Frau«, sagte Larry stolz. »Das ist Amy Winston.«

Sie begrüßten einander.

»Komm.« Larry nahm Catherines Arm, und sie gingen auf die Abflugrampe zu.

»Larry –«, begann Catherine. »Wo . . .«

»Hör mal, du bist das lauteste Mädchen, das ich je zum Essen eingeladen habe.«

Sie waren bei Gate 37 angekommen. Zwei Männer hinter dem Schalter fertigten die Passagiere ab. Auf der Informationstafel stand: »Flug 147 nach Paris – Abflug 13 Uhr.«

Larry ging zu einem der Männer hinter dem Desk. »Hier ist sie, Tony.« Er gab dem Mann einen Flugschein. »Cathy, das ist Tony Lombardi. Das ist Catherine.«

»Ich habe schon viel von Ihnen gehört«, sagte der Mann lächelnd. »Ihr Ticket ist in Ordnung.« Er übergab Catherine das Ticket.

Catherine blickte es völlig verwirrt an. »Was soll das?«

»Ich habe dich angelogen«, lächelte Larry. »Wir gehen nicht hier zum Essen. Ich bringe dich nach Paris zum Maxim.«

Catherines Stimme brach. »M-Maxim? In Paris? Jetzt?«

»Jawohl.«

»Ich kann nicht«, klagte Catherine. »Ich kann jetzt nicht nach Paris fliegen.«

»Natürlich kannst du.« Er grinste. »Ich habe deinen Paß in der Tasche.«

»Larry«, sagte sie, »du bist verrückt! Ich habe nichts anzuziehen und unheimlich viele Termine. Ich –«

»Ich werde dir Kleider in Paris kaufen. Sag deine Termine ab. Fraser kann ein paar Tage ohne dich auskommen.«

Catherine starrte ihn an, wußte nicht, was sie sagen sollte. Sie entsann sich aller Vorsätze, die sie gefaßt hatte. Larry war ihr Mann. Er hatte den Vorrang. Catherine begriff, daß es für Larry nicht wichtig war, ihr einfach Paris zu zeigen, sondern sich vor ihr in Szene zu setzen und sie in das Flugzeug einzuladen, in dem er Navigator war. Fast hätte sie ihm den Spaß verdorben. Sie legte ihre Hand in die seine und lächelte zu ihm auf.

»Worauf warten wir?« sagte Catherine. »Ich sterbe vor Hunger.«

Paris war ein toller Wirbel von Vergnügungen. Larry hatte sich eine ganze Woche freigenommen, und es schien Catherine, daß jede Tag- und Nachtstunde voll ausgefüllt war. Sie wohnten in einem bezaubernden kleinen Hotel am linken Ufer.

An ihrem ersten Morgen in Paris führte Larry Catherine in ein elegantes Geschäft auf den Champs-Elysées, das er offenbar für sie leerkaufen wollte. Aber sie kaufte nur, was sie brauchte, und war entsetzt über die hohen Preise.

»Weißt du, was dein Problem ist?« sagte Larry. »Du machst dir zuviel Sorgen ums Geld. Du bist auf der Hochzeitsreise.«

»Ja, Sir«, sagte sie. Aber sie weigerte sich, ein Abendkleid zu kaufen, das sie nicht brauchte. Als sie Larry fragte, wo all das Geld herkomme, wollte er nicht darüber sprechen, aber sie bestand darauf, es zu erfahren.

»Ich habe einen Vorschuß auf mein Gehalt genommen«, sagte Larry. »Ist das so eine große Sache?«

Und Catherine hatte nicht das Herz, etwas dagegen zu sagen. Er ging wie ein Kind mit Geld um, achtlos und großzügig, und das war ein Teil seines Charmes.

Wie es auch der Charme von Catherines Vater gewesen war.

Larry zeigte ihr Paris wie einer Touristin: den Louvre, die Tuilerien und den Invalidendom mit Napoleons Grab. Sie gingen zu den Hallen, dem berühmten Markt von Paris, und sahen das frische Obst und das Fleisch und Gemüse, das die Bauern vom Lande nach Paris bringen; sie verbrachten ihren letzten Sonntag in Versailles und dinierten dann im Coq Hardi außerhalb von Paris. Es waren perfekte zweite Flitterwochen.

Hal Sakowitz saß in seinem Büro und sah die wöchentlichen Personalberichte durch. Vor ihm lag der Bericht über Larry Douglas. Sakowitz lehnte sich in seinem Stuhl zurück und studierte ihn sorgfältig, wobei er gedankenverloren auf seiner Unterlippe herumbiß. Endlich lehnte er sich nach vorn und drückte auf eine Sprechtaste. »Schicken Sie ihn herein«, sagte er.

Einen Augenblick später kam Larry zur Tür herein, er trug seine PanAm-Uniform und seine Flugtasche. Er lächelte Sakowitz flüchtig zu. »Guten Morgen, Chef«, sagte er.

»Setzen Sie sich.«

Larry ließ sich lässig in einen Stuhl gegenüber dem Schreibtisch fallen und zündete sich eine Zigarette an.

Sakowitz sagte: »Ich habe hier einen Bericht, wonach Sie sich letzten Montag in Paris fünfundvierzig Minuten zu spät bei Ihrer Flugeinweisung gemeldet haben.«

Larrys Gesichtsausdruck veränderte sich. »Ich war in eine Parade auf den Champs-Elysées geraten. Das Flugzeug ist pünktlich abgeflogen. Ich wußte nicht, daß es hier wie in einem Jugendlager zugeht.«

»Hier geht es zu wie bei einer Fluglinie«, sagte Sakowitz ruhig. »Und da geht alles nach Plan.«

»O. K.«, sagte Larry zornig. »Ich werde mich von den Champs-Elysées fernhalten. Noch etwas?«

»Ja. Captain Swift meint, Sie hätten vor den letzten beiden Starts ein paar Drinks gekippt.«

»Das ist eine verdammte Lüge!« fuhr Larry auf.

»Warum sollte Captain Swift lügen?«

»Weil er fürchtet, daß ich ihm seinen Job wegnehme.« In Larrys Stimme lag bitterer Zorn. »Dieser Hurensohn ist eine ängstliche alte Jungfer, die schon vor zehn Jahren hätte in Pension gehen sollen.«

»Sie sind mit vier verschiedenen Kapitänen geflogen«, sagte Sakowitz. »Welche haben Ihnen gefallen?«

»Keiner von ihnen«, erwiderte Larry. Er merkte die Falle zu spät. Schnell fügte er hinzu: »Ich meine – sie sind schon in Ordnung. Ich habe nichts gegen sie.«

»Mit Ihnen fliegen die auch nicht gerne«, sagte Sakowitz ruhig. »Sie machen sie nervös.«

»Was zum Teufel soll das heißen?«

»Das heißt, im Falle einer Notlage will man des Mannes ganz sicher sein, der neben einem sitzt. Bei Ihnen fühlen sie sich nicht sicher.«

»Ach, zum Teufel«, explodierte Larry. »Ich habe vier Jahre lang Notlagen über Deutschland und im Südpazifik erlebt und habe jeden Tag Kopf und Kragen riskiert, während die hier unten auf ihren fetten Hintern saßen und große Gehälter kassierten; und die sollen kein Vertrauen zu mir haben? Sie scherzen wohl!«

»Niemand behauptet, daß Sie in einem Kampfflugzeug nicht

großartig sind«, erwiderte Sakowitz ruhig. »Aber wir befördern hier Passagiere. Es ist eine andere Art von Sport.«

Larry saß da, ballte die Fäuste und versuchte, seinen Zorn zu unterdrücken. »O. K.«, sagte er mürrisch. »Ich hab's verstanden. Wenn Sie nun fertig sind, mein Flug geht nämlich in ein paar Minuten.«

»Ein anderer übernimmt den Flug«, sagte Sakowitz. »Sie sind entlassen.«

Larry starrte ihn ungläubig an. »Ich bin *was*?«

»Irgendwie ist es wohl auch meine Schuld, Douglas. Ich hätte Sie von vornherein nicht einstellen sollen.«

Larry sprang auf, seine Augen funkelten vor Zorn. »Warum zum Teufel haben Sie's dann getan?« fragte er erregt.

»Weil Ihre Frau einen Freund namens Bill Fraser hat...«, begann Sakowitz.

Larry sprang auf und knallte über den Schreibtisch hinweg seine Faust in Sakowitz' Gesicht. Der Schlag warf Sakowitz gegen die Wand. Diesen Schwung benützte er, um hochzuschnellen. Er traf Larry zweimal, wich etwas zurück und versuchte, sich wieder in die Gewalt zu bekommen.

»Machen Sie, daß Sie hier rauskommen«, sagte er. »Und zwar sofort!«

Larry starrte ihn an, sein Gesicht war vor Haß verzerrt. »Sie Hurensohn«, sagte er. »Ich würde nicht mehr in die Nähe dieser Fluglinie gehen, selbst wenn Sie mich auf den Knien darum bäten!« Er drehte sich um und stürmte aus dem Büro.

Sakowitz stand da und blickte ihm nach. Seine Sekretärin eilte herein. Sie sah den umgeworfenen Stuhl und Sakowitz' blutige Lippe.

»Wie fühlen Sie sich?« fragte sie.

»Großartig«, sagte er. »Fragen Sie bei Mr. Eastman an, ob ich ihn sprechen kann.«

Zehn Minuten später hatte Sakowitz Eastman den Vorfall genau berichtet.

»Was ist nun eigentlich Ihrer Meinung nach los mit Douglas?« fragte Eastman.

»Ehrlich gesagt, ich glaube, er ist ein Psychopath.«

Eastman sah ihn mit seinen durchdringenden nußbraunen Augen an. »Ich finde das reichlich stark ausgedrückt, Sak. Er war beim

Flug nicht betrunken. Man kann ihm nicht einmal nachweisen, daß er auf dem Boden einen Drink genommen hatte. Und jeder kann sich ab und zu einmal verspäten.«

»Wenn das alles wäre, hätte ich ihn nicht entlassen, Carl. Douglas ist viel zu leicht erregbar. Um die Wahrheit zu sagen, ich hatte heute versucht, ihn zu provozieren, und es war nicht schwer. Wenn er dem Druck standgehalten hätte, hätte ich's vielleicht riskiert, ihn zu behalten. Wissen Sie, was mir Sorgen macht?«

»Was?«

Sakowitz sagte: »Vor ein paar Tagen traf ich einen alten Freund, der mit Douglas in der RAF gedient hat. Er erzählte mir eine verrückte Geschichte. Anscheinend verliebte sich Douglas, als er in der Adler-Staffel diente, in ein kleines englisches Mädchen, das mit einem Jungen aus Douglas' Staffel namens Clark verlobt war. Douglas tat alles, um sie für sich zu gewinnen, aber das Mädchen wollte nichts von ihm wissen. Eine Woche bevor sie und Clark heiraten sollten, stieg die Staffel auf, um einige Bomber beim Angriff auf Dieppe abzuschirmen. Douglas flog hinten. Die Bomber warfen ihre Bomben ab, und alle flogen heimwärts. Als sie über dem Kanal waren, wurden sie von Messerschmitts angegriffen, und Clark wurde abgeschossen.« Er hielt inne und grübelte vor sich hin. Eastman wartete, daß er fortfahre, und endlich blickte Sakowitz auf. »Nach Aussage meines Freundes waren überhaupt keine Messerschmitts in der Nähe, als es Clark erwischte.«

Eastman starrte ihn ungläubig an. »Mein Gott! Wollen Sie damit sagen, daß Larry Douglas . . .?«

»Ich sage gar nichts. Ich erzähle Ihnen nur eine interessante Geschichte, die ich gehört habe.« Er hielt sich wieder das Taschentuch an die Lippen. Sie bluteten nicht mehr. »Es ist schwer zu sagen, was in einem Nahkampf vor sich geht. Vielleicht ging Clark nur der Treibstoff aus.«

»Was geschah mit seinem Mädchen?«

»Douglas lebte mit ihr, bis er in die Staaten zurückkehrte, dann ließ er sie sitzen.« Er blickte Eastman gedankenvoll an. »Ich kann Ihnen nur eines sagen: Douglas' Frau tut mir leid.«

Catherine war im Konferenzzimmer und hatte gerade eine Sitzung mit den Mitarbeitern, als die Tür aufging und Larry hereinkam.

Sein Auge war blau und geschwollen, er hatte einen Schnitt auf der Wange. Sie eilte auf ihn zu. »Larry, was ist passiert?«

»Ich habe meinen Job aufgegeben«, murmelte er.

Catherine zog ihn in ihr Büro, weg von den neugierigen Blicken der anderen, und legte ein nasses Tuch auf sein Auge und seine Wange. »Erzähl mir alles«, sagte sie und versuchte, ihren Zorn über das, was man ihm angetan hatte, zu unterdrücken.

»Sie haben mich schon lange schikaniert, Cathy. Ich glaube, sie sind eifersüchtig, weil ich im Krieg war und sie nicht. Trotzdem, heute hat mir's gereicht. Sakowitz ließ mich kommen und sagte mir, sie hätten mich nur angestellt, weil du Bill Frasers Freundin seist.«

Catherine blickte ihn sprachlos an.

»Ich habe ihn geschlagen«, sagte Larry. »Ich konnte nicht anders.«

»Oh, Liebling!« sagte Catherine. »Es tut mir so leid.«

»Sakowitz tut's noch mehr leid«, erwiderte Larry. »Ich habe ihn wirklich fertiggemacht. Job oder nicht, ich konnte es nicht zulassen, daß jemand so von dir redet.«

Sie hielt ihn fest umarmt und beruhigte ihn. »Mach dir keine Sorgen. Du kannst bei jeder Fluglinie im Land arbeiten.«

Catherine stellte sich als schlechte Prophetin heraus. Larry bewarb sich bei allen Fluglinien, und mehrere von ihnen empfingen ihn auch, aber es kam nichts dabei heraus. Bill Fraser lunchte mit Catherine zusammen, und sie erzählte ihm, was geschehen war. Fraser sagte nichts, aber er war während des ganzen Essens sehr nachdenklich. Mehrere Male fühlte sie, daß er ihr beinahe etwas gesagt hätte, aber immer wieder hielt er sich zurück. Endlich sagte er: »Ich kenne eine Menge Leute, Cathy. Soll ich versuchen, anderswo etwas für Larry zu finden?«

»Ich danke dir wirklich vielmals«, sagte Catherine. »Aber ich glaube nicht. Wir werden schon selber etwas finden.«

Fraser blickte sie einen Augenblick an, dann nickte er. »Laß es mich bitte wissen, wenn du es dir anders überlegst.«

»Sicher«, sagte sie dankbar. »Anscheinend komme ich immer wieder mit meinen Problemen zu dir.«

ACME SICHERHEITSAGENTUR
1402 »D« Street
Washington, D. C.

Betrifft: Nr. 2-179-210 1. April 1946

Sehr geehrter Monsieur Barbet,

Wir haben Ihren Brief vom 15. März 1946 und Ihre Banküberweisung dankend erhalten.

Seit meinem letzten Bericht hat die fragliche Person eine Anstellung als Pilot bei der Flying Wheels Transport Company gefunden, einer kleinen unabhängigen Frachtlinie, die von Long Island aus tätig ist. Eine Überprüfung durch die Firma Dun und Bradstreet ergab, daß sie einen Kapitalwert von unter 750 000 Dollar hat. Ihre Ausrüstung besteht aus einer umgebauten B-26 und einer umgebauten DC-3. Sie hat Bankschulden von über 400 000 Dollar. Der Vizepräsident der Banque de Paris in New York, bei der sie ihr größtes Konto hat, versichert mir, daß die Gesellschaft eine ausgezeichnete Wachstumschance hätte. Die Bank zieht in Erwägung, ihnen genügend Kapital für den Erwerb weiterer Flugzeuge zur Verfügung zu stellen, auf der Grundlage eines laufenden Gewinns von 80 000 Dollar pro Jahr mit einer jährlichen geplanten Zuwachsrate von 30 Prozent für die nächsten fünf Jahre.

Falls Sie weitere Einzelheiten über die finanziellen Aspekte der Gesellschaft wünschen, lassen Sie mich es bitte wissen.

Die fragliche Person trat ihre Stellung bei der Gesellschaft am 19. März 1946 an. Der Personalchef (der auch einer der Teilhaber ist) informierte unseren Mitarbeiter, daß er sich sehr glücklich schätze, die fragliche Person als Piloten bekommen zu haben. Weitere Einzelheiten folgen.

Hochachtungsvoll
R. Ruttenberg
Direktor

Banque de Paris
New York City, New York

Philippe Chardon
Direktor

Liebe Noelle,

Du bist wirklich schlimm! Ich weiß nicht, was Dir dieser Mann getan hat, aber was immer es sei, er hat dafür bezahlt. Die Flying Wheels Company hat ihn vor die Tür gesetzt, und mein Freund sagt mir, daß er einen Wutanfall darüber bekommen hat.

Ich gedenke, bald in Athen zu sein und Dich zu sehen.

Richte Costa freundliche Grüße aus und sei beruhigt, der kleine Gefallen, den ich Dir erwiesen habe, bleibt unter uns.

Dein
Philippe

ACME SICHERHEITSAGENTUR
1402 »D« Street
Washington, D. C.

Betrifft: Nr. 2-179-210 22. Mai 1946

Sehr geehrter Monsieur Barbet,

Dies ist eine Ergänzung zu meinem Bericht vom 1. Mai 1946.

Am 14. Mai 1946 wurde die fragliche Person von der Flying Wheels Transport Company entlassen. Ich habe versucht, durch diskrete Nachforschungen den Grund zu erfahren, bin aber jedesmal gegen Mauern gestoßen. Niemand will darüber sprechen, ich kann also nur annehmen, daß die fragliche Person sich irgendwie mißliebig gemacht hat und man darüber nicht sprechen will.

Die fragliche Person bemüht sich um eine andere Stellung, hat aber offensichtlich keine unmittelbaren Aussichten.

Ich werde mit meinen Nachforschungen über den Grund seiner Entlassung fortfahren.

Hochachtungsvoll
R. Ruttenberg
Direktor

TELEGRAMM

Christian Barbet 29. Mai 1946
Cable Chrisbar
Paris, Frankreich

TELEGRAMM ERHALTEN STOP WERDE SOFORT NACHFORSCHUNGEN UEBER ENTLASSUNG DER FRAGLICHEN PERSON EINSTELLEN STOP WERDE MIT ALLEM ANDEREN WIE BISHER FORTFAHREN

R. RUTTENBERG
ACME SICHERHEITSAGENTUR

ACME SICHERHEITSAGENTUR
1402 »D« Street
Washington, D. C.

Betrifft: Nr. 2-179-210 16. Juni 1946

Sehr geehrter Monsieur Barbet,

Ich habe Ihren Brief vom 10. Juni und Ihre Banküberweisung dankend erhalten.

Am 15. Juni erhielt die fragliche Person eine Stellung als Kopilot bei der Global Airways, einer regionalen Zubringerlinie, die zwischen Washington, Boston und Philadelphia verkehrt.

Global Airways ist eine kleine neue Fluglinie mit einem Bestand von drei umgebauten Militärmaschinen, und soweit ich feststellen konnte, sind sie unterkapitalisiert und verschuldet. Der Vizepräsident der Firma informierte mich, daß man ihnen ein Darlehen von der Dallas First National Bank innerhalb der nächsten sechzig Tage versprochen hat, was ihnen genug Geldmittel bringen würde, um ihren Verbindlichkeiten nachzukommen und sich zu erweitern.

Die fragliche Person wird sehr geschätzt und scheint eine gute Zukunft bei ihnen zu haben.

Bitte lassen Sie mich wissen, ob Sie weitere Informationen über die Global Airways benötigen.

Hochachtungsvoll
R. Ruttenberg
Direktor

ACME SICHERHEITSAGENTUR
1402 »D« Street
Washington, D. C.

Betrifft: Nr. 2-179-210 20. Juli 1946

Sehr geehrter Monsieur Barbet,

Die Global Airways hat unerwartet Konkurs angemeldet und stellt ihren Betrieb ein. Soweit ich erfahren konnte, wurde dies durch die Weigerung der Dallas First National Bank verursacht, das versprochene Darlehen zu gewähren. Die fragliche Person ist jetzt wieder ohne Stellung und zu ihrer früheren Lebensweise zurückgekehrt, wie es in den vorhergehenden Berichten in großen Zügen geschildert wurde.

Ich werde keine Nachforschungen über den Grund der Verweigerung des Darlehens oder die finanziellen Schwierigkeiten der Global Airways anstellen, bis Sie mir spezielle Anweisung geben.

Hochachtungsvoll
R. Ruttenberg
Direktor

Noelle bewahrte alle Berichte und Zeitungsausschnitte in einer besonderen Ledertasche auf, zu der nur sie den Schlüssel hatte. Die Tasche befand sich in einem verschlossenen Koffer, der ganz hinten in ihrem Schlafzimmerschrank versteckt war, nicht weil sie glaubte, daß Demiris in ihren Sachen herumstöbern würde, sondern weil sie wußte, wie sehr er Intrigen liebte. Dies war Noelles ganz persönliche Vendetta, und sie wollte sichergehen, daß Demiris nichts davon ahnte.

Constantin Demiris sollte eine Rolle in ihrem Racheplan spielen, es aber nie erfahren. Noelle warf einen letzten Blick auf den Bericht und schloß ihn befriedigt weg.

Jetzt war sie soweit.

Mit einem Telefonanruf begann es.

Catherine und Larry saßen gerade schweigend in unbehaglicher Stimmung beim Abendessen. Larry war in letzter Zeit sehr wenig zu Hause gewesen, und wenn er zu Hause war, so war er schlecht gelaunt und grob. Catherine hatte Verständnis für sein Elend.

»Es ist wie verhext«, hatte er zu ihr gesagt, als die Global Airways Bankrott machte. Und es stimmte. Er hatte eine unglaubliche Pechsträhne gehabt. Catherine versuchte, Larry wieder Selbstvertrauen einzuflößen, ihn daran zu erinnern, was für ein wunderbarer Pilot er war und wie glücklich alle sich schätzen müßten, ihn zu haben. Aber es war, als ob man mit einem verwundeten Löwen lebte. Catherine wußte nie, wann er seine Pranke gegen sie erheben würde, und weil sie ihn nicht im Stich lassen wollte, versuchte sie, für seine wilden Wutausbrüche Verständnis zu haben und sie möglichst zu übersehen. Das Telefon läutete, als sie den Nachtisch servierte. Sie nahm den Hörer ab.

»Hallo.«

Am anderen Ende des Drahtes war die Stimme eines Engländers, der sagte: »Ist Larry Douglas zu sprechen? Hier ist Ian Whitestone.«

»Einen Augenblick.« Sie hielt Larry den Hörer hin. »Für dich. Ian Whitestone.«

Verblüfft runzelte er die Stirn. »Wer?« Dann erhellte sich sein Gesicht. »Um Himmels willen!« Er ging zu Catherine hinüber und nahm ihr den Hörer aus der Hand. »Ian?« Er lachte kurz auf. »Mein Gott, es ist fast sieben Jahre her. Wie zum Teufel hast du mich aufgespürt?«

Catherine sah, wie Larry nickte und lächelte, als er zuhörte. Nach etwa fünf Minuten sagte er: »Gut, das klingt interessant, alter Kumpel. Natürlich kann ich. Wo?« Er hörte zu. »Gut. In einer halben Stunde. Bis dann.« Nachdenklich legte er den Hörer auf.

»Ist er ein Freund von dir?« fragte Catherine.

Larry wandte sich um und sah sie an. »Nein, eigentlich nicht. Das ist ja das Merkwürdige daran. Wir waren zusammen in der RAF und haben uns eigentlich nie sehr gut verstanden. Aber er sagt, er hat mir einen Vorschlag zu machen.«

»Was für einen Vorschlag?« fragte Catherine.

Larry zuckte die Achseln. »Ich werde es dir sagen, wenn ich nach Hause komme.«

Es war fast drei Uhr morgens, als Larry in die Wohnung zurückkehrte. Catherine saß im Bett und las. Larry erschien in der Schlafzimmertür.

»Hallo.«

Etwas war mit ihm vorgegangen. Er strahlte eine Erregung aus, die Catherine seit langem nicht an ihm gesehen hatte. Er ging auf ihr Bett zu.

»Wie ist deine Unterredung verlaufen?«

»Sehr gut, glaube ich«, sagte Larry vorsichtig. »Eigentlich so gut, daß ich es noch nicht fassen kann. Ich glaube, ich habe eine Stellung.«

»Bei Ian Whitestone?«

»Nein. Ian ist ein Pilot wie ich. Ich sagte dir, daß wir zusammen in der RAF waren.«

»Ja.«

»Gut – nach dem Krieg verschaffte ihm ein griechischer Kamerad einen Job als Privatpilot bei Demiris.«

»Dem Tankerkönig?«

»Schiffe, Petroleum, Gold – Demiris gehört die halbe Welt. Whitestone hatte einen großartigen Posten da.«

»Und was ist passiert?«

Larry blickte sie an und grinste. »Whitestone hat seinen Job aufgegeben. Er geht nach Australien. Jemand richtet ihm dort ein eigenes Geschäft ein.«

»Ich begreife immer noch nicht«, sagte Catherine. »Was hat das alles mit dir zu tun?«

»Whitestone sprach mit Demiris darüber, daß ich seinen Posten übernehmen könnte. Er ist gerade erst gegangen, und Demiris hat noch keine Gelegenheit gehabt, sich nach Ersatz umzusehen. Whitestone meint, der Job wäre mir so gut wie sicher.« Er zögerte. »Du weißt nicht, Cathy, was das bedeuten könnte.«

Cathy dachte an die anderen Male, die anderen Stellungen und erinnerte sich an ihren Vater und an seine leeren Träume, und sie ließ ihre Stimme unverbindlich klingen, weil sie keine falschen Hoffnungen in Larry erwecken und doch seinen Enthusiasmus nicht dämpfen wollte.

»Sagtest du nicht, daß du und Whitestone nie besonders gute Freunde wart?«

Er zögerte. »N-ja.« Eine kleine Runzel furchte seine Stirn. Die Wahrheit war, daß er und Whitestone sich nie hatten leiden können. Der Anruf von heute abend war eine große Überraschung gewesen. Beim Zusammentreffen schien sich Whitestone nicht so ganz wohl in seiner Haut zu fühlen. Als er ihm die Situation erklärt und Larry gesagt hatte: »Es überrascht mich, daß du gerade an mich gedacht hast«, entstand eine peinliche Pause, und dann hatte Whitestone gesagt: »Demiris will einen hervorragenden Piloten, und das bist du.« Es war fast, als ob Whitestone ihm den Job aufdrängen wollte und Larry ihm einen Gefallen erwiese, wenn er annähme. Er schien sehr erleichtert, als Larry sagte, er wäre interessiert, und machte dann den Eindruck, als ob er es eilig hätte wegzukommen. Alles in allem war es ein sonderbares Treffen gewesen.

»Es könnte die Chance meines Lebens sein«, sagte Larry zu Catherine. »Demiris zahlte Whitestone fünfzehntausend Drachmen im Monat. Das sind fünfhundert Dollar, er lebte wie ein König dort.«

»Aber würde das nicht bedeuten, daß du in Griechenland leben müßtest?«

»*Wir* würden in Griechenland leben«, verbesserte Larry sie.

»Bei einem solchen Gehalt könnten wir genug sparen, um uns nach einem Jahr unabhängig zu machen. Ich muß es versuchen.«

Catherine zögerte, wählte ihre Worte sorgsam. »Larry, es ist so weit weg, und du kennst Constantin Demiris nicht. Es muß hier einen Job für einen Flieger geben, der ...«

»Nein!« Sein Ton klang wütend. »Niemand hier schert sich darum, wie gut man als Pilot ist. Alles, was hier zählt, ist, wie lange man seine verdammten Gewerkschaftsbeiträge entrichtet hat. Dort drüben wäre ich unabhängig. Es ist genau das, wovon ich geträumt habe, Cathy. Demiris hat eine Flotte von Flugzeugen, wie du es dir nicht vorstellen kannst, und ich werde wieder fliegen, Baby. Der einzige, den ich zufriedenstellen müßte, wäre Demiris, und Whitestone sagt, ich werde ihm gefallen.«

Sie dachte wieder an Larrys Job bei der PanAm und die Hoffnungen, die er darauf gesetzt hatte, und seine Mißerfolge bei den kleinen Fluglinien. *Mein Gott,* dachte sie. *In was lasse ich mich da ein?* Es würde bedeuten, das Unternehmen aufzugeben, das sie sich aufgebaut hatte, an einem fremden Ort unter Fremden zu leben mit einem Mann, der fast ein Fremder war.

Er beobachtete sie. »Machst du mit?«

Sie blickte in sein eifriges Gesicht. Das war ihr Mann, und wenn sie ihre Ehe aufrechterhalten wollte, würde sie zu leben haben, wo er lebte. Und wie schön wäre es, wenn es klappte. Er wäre wieder der alte Larry. Der bezaubernde, amüsante, wunderbare Mann, den sie geheiratet hatte. Sie mußte es riskieren.

»Natürlich mache ich mit«, sagte Catherine. »Warum fliegst du nicht hin und sprichst mit Demiris? Wenn du den Job kriegst, komme ich nach.«

Er lächelte jungenhaft. »Ich wußte ja, daß ich mich auf dich verlassen kann, Baby.« Er schlang die Arme um sie und drückte sie fest an sich. »Zieh lieber dein Nachthemd aus«, sagte Larry, »sonst bohre ich noch Löcher hinein.«

Aber während Catherine es langsam auszog, dachte sie daran, wie sie es Bill Fraser beibringen sollte.

Am nächsten Morgen flog Larry nach Athen, um sich Constantin Demiris vorzustellen.

In den nächsten Tagen hörte Catherine nichts von ihrem Mann. Als die Woche sich hinzog, hoffte Catherine, daß es in Griechenland nicht geklappt hatte und Larry bald nach Hause kommen würde.

Selbst wenn er die Stellung bei Demiris bekäme, konnte man nie wissen, wie lange er sie behalten würde.

Sicherlich könnte er in den Staaten eine Stellung finden.

Sechs Tage nach Larrys Abreise erhielt Catherine ein Ferngespräch aus Übersee.

»Catherine?«

»Hallo, Liebling.«

»Pack deine Sachen. Du sprichst mit dem neuen Privatpiloten von Constantin Demiris.«

Zehn Tage später war Catherine auf dem Weg nach Griechenland.

ZWEITES BUCH

Athen 1946

Menschen formen manche Städte, manche Städte formen Menschen. Athen ist ein Amboß, der den Hammerschlägen von Jahrhunderten standgehalten hat. Von den Sarazenen, den Angeln, den Türken ist es erobert und gebrandschatzt worden, doch jedesmal hat es geduldig überlebt. Athen liegt am südlichen Ende der großen zentralen Ebene Attikas, die sich sanft zum Saronischen Golf im Südwesten hinab erstreckt und im Osten von dem majestätischen Berg Hymettos überragt wird. Unter der glänzenden Patina der Stadt findet man immer noch ein von antiken Geistern erfülltes und den reichen Traditionen zeitlosen Ruhms durchtränktes Dorf, dessen Bewohner ebensosehr in ihrer Vergangenheit wie in der Gegenwart leben, einen Ort ständig wechselnder überraschungsvoller Entdeckungen und letzten Endes unerkennbar.

Larry wartete am Flughafen Hellenikon auf Catherines Maschine. Sie sah ihn auf die Rampe zueilen, ihr mit erwartungsvollem und erregtem Gesicht entgegenkommen. Er sah gebräunter und hagerer aus, als wie sie ihn beim letztenmal gesehen hatte, und schien gelöst und entspannt zu sein.

»Du hast mir gefehlt, Cathy«, sagte er, als er sie in seine Arme schloß.

»Du mir auch.« Und als sie die Worte aussprach, erkannte sie, wie ernst sie ihr waren. Sie vergaß immer wieder die starke physische Wirkung, die Larry auf sie ausübte, wenn sie sich nach einer Trennung wiedertrafen, und jedesmal war sie von neuem überwältigt.

»Wie hat Bill Fraser denn die Nachricht aufgenommen?« fragte Larry, als er ihr durch die Zollkontrolle half.

»Er hat großes Verständnis gezeigt.«

»Ihm blieb wohl keine andere Wahl, oder?« meinte Larry.

Catherine dachte wieder an ihr Gespräch mit Bill Fraser. Er hatte sie schockiert angesehen. »Du willst nach Griechenland, um dort zu leben? Warum, um Gottes willen?«

»Es steht so im Kleingedruckten meines Ehevertrags«, hatte sie leichthin erwidert.

»Ich meine, warum kann Larry nicht hier eine Stellung finden, Catherine?«

»Ich weiß nicht, warum, Bill. Immer scheint irgend etwas schiefzugehen. Aber er hat eine Stellung in Griechenland und scheint das Gefühl zu haben, daß es dort klappen wird.«

Nach seinem ersten impulsiven Protest hatte Fraser sich großartig verhalten. Er hatte ihr alles leichtgemacht und darauf bestanden, daß sie ihren Anteil an der Firma behielt. »Du wirst nicht ewig fortbleiben«, wiederholte er immer wieder.

Catherine dachte an seine Worte, während sie zusah, wie Larry einen Träger herbeiwinkte, um ihr Gepäck zu einer Limousine zu schaffen.

Er sprach mit dem Träger griechisch, und Catherine bewunderte sein Sprachtalent.

»Warte nur, bis du Constantin Demiris kennenlernst«, sagte Larry. »Er ist der reinste König. Alle Größen Europas scheinen sich unaufhörlich zu überlegen, wie sie ihm gefällig sein können.«

»Ich freue mich, daß du ihn magst.«

»Und er mag mich.«

Sie hatte ihn nie so glücklich und begeistert erlebt. Sie sah darin ein gutes Omen.

Auf dem Weg zum Hotel schilderte Larry ihr seine erste Begegnung mit Demiris. Larry war auf dem Flughafen von einem livrierten Chauffeur abgeholt worden und hatte gebeten, sich Demiris' Flugzeuge ansehen zu können. Der Chauffeur hatte ihn zu einem riesigen Hangar am äußersten Ende des Flugfeldes gebracht, in dem sich drei Maschinen befanden, und Larry hatte sie kritisch inspiziert. Die Hawker Siddeley war eine Pracht, und er sehnte sich danach, hinter ihrem Steuerknüppel zu sitzen und sie zu fliegen. Die zweite Maschine war eine sechssitzige Piper in erstklassigem Zustand. Er schätzte, daß sie leicht dreihundert Meilen in der Stunde machte. Die dritte war eine als Zweisitzer gebaute L-5 mit einem

Lycoming-Motor, ein wunderbares Flugzeug für kürzere Strecken. Das war eine imposante Privatflotte. Als Larry seine Inspektion beendet hatte, schloß er sich wieder dem ihn beobachtenden Chauffeur an.

»Damit kann man etwas machen«, sagte Larry. »Gehen wir.«

Der Chauffeur hatte ihn zu einer Villa in Varkisa, dem fünfundzwanzig Kilometer von Athen entfernten exklusiven Vorort, hinausgefahren.

»Du kannst dir Demiris' Besitz nicht vorstellen«, sagte Larry zu Catherine.

»Wie sieht er aus?« fragte Catherine begierig.

»Man kann es unmöglich beschreiben. Es sind ungefähr zehn Morgen Land, mit elektrischen Toren, Wächtern und Wachhunden und allem, was dazugehört. Von außen wirkt die Villa wie ein Palast, innen ist sie ein Museum. Sie hat ein Hallenbad, eine komplette Bühne und einen Kinoraum. Du wirst es eines Tages sehen.«

»War er nett?« fragte Catherine.

»Und wie!« Larry lächelte. »Ich wurde mit großem Bahnhof empfangen. Ich nehme an, daß mir mein Ruf vorausgegangen ist.«

In Wirklichkeit hatte Larry drei Stunden lang in einem kleinen Vorzimmer gesessen, ehe er zu Demiris vorgelassen wurde. Unter gewöhnlichen Umständen wäre Larry über diese Geringschätzung wütend gewesen, aber er wußte, wieviel von der Begegnung abhing, und er war zu nervös, um sich zu ärgern. Er hatte Catherine erklärt, wie wichtig diese Stellung für ihn wäre, hatte ihr aber nicht gesagt, wie verzweifelt er sie benötigte. Er war ein überragender Flieger, und ohne Fliegen kam er sich verloren vor. Es war, als ob sein Leben in eine unerforschte Gefühlstiefe abgesunken wäre, und der Druck auf ihn war übermächtig und unerträglich. *Alles* hing von dieser Stellung ab.

Nach Ablauf der drei Stunden war ein Butler gekommen und hatte verkündet, Herr Demiris sei nun bereit, ihn zu sehen. Er hatte Larry durch eine riesige Empfangshalle geführt, die aussah, als ob sie nach Versailles gehörte. Die Wände waren in zarten Gold-, Grün- und Blautönen gehalten und mit Beauvais-Gobelins behängt, die eine Täfelung aus Rosenholz einrahmte. Ein prachtvoller ovaler Savonnerie-Teppich lag auf dem Boden, und darüber hing ein riesiger Lüster aus Kristall und Goldbronze.

Den Eingang zur Bibliothek rahmten ein paar Säulen aus grünem Onyx mit Kapitellen aus Goldbronze. Die Bibliothek selbst war exquisit, entworfen von Meisterhand, und die Wände bedeckte eine Täfelung aus geschnitzten Obsthölzern. In der Mitte der einen Wand ein weißer Marmorkamin mit vergoldeten Ornamenten. Auf der Kaminplatte standen zwei schöne Bronzen von Philippe Caffieri.

Über dem Kamin hing in einem Prunkrahmen ein bis zur Decke reichendes Gemälde von Fragonard. Durch eine offenstehende Fenstertür erhaschte Larry einen flüchtigen Blick in einen großen Patio und den mit vielen Statuen und Fontänen geschmückten Park.

In der Tiefe der Bibliothek befand sich ein großer Schreibtisch, dahinter ein kostbarer hochlehniger mit einem Aubusson-Gobelin bespannter Sessel. Vor dem Schreibtisch standen zwei Gobelin-Bergères.

Demiris stand neben dem Schreibtisch und betrachtete eine große Landkarte in Merkatorprojektion an der Wand, die mit Dutzenden farbiger Kartennadeln übersät war. Als Larry eintrat, drehte er sich um und streckte ihm die Hand entgegen.

»Constantin Demiris«, sagte er mit einem leisen Anflug eines Akzents. In den Nachrichtenmagazinen hatte Larry im Lauf der Jahre viele Bilder von diesem Mann gesehen, doch nichts hatte ihn auf dessen vitale Kraft vorbereitet.

»Ich weiß«, sagte Larry und schüttelte ihm die Hand. »Ich bin Larry Douglas.«

Demiris beobachtete, wie Larrys Blick zu der Karte an der Wand wanderte. »Mein Reich«, sagte er. »Setzen Sie sich.«

Larry nahm in einem Sessel vor dem Schreibtisch Platz.

»Soviel ich weiß, haben Sie zusammen mit Ian Whitestone in der RAF gedient?«

»Ja.«

Demiris lehnte sich in seinem Sessel zurück und studierte Larry. »Ian hat eine sehr hohe Meinung von Ihnen.«

Larry lächelte. »Ich habe auch eine hohe Meinung von ihm. Er ist ein hervorragender Pilot.«

»Das gleiche sagte er von Ihnen. Nur gebrauchte er das Wort ›groß‹.«

Wieder empfand Larry die Überraschung, die er verspürt hatte, als Whitestone ihm zum erstenmal das Angebot unterbreitete. Offenbar hatte er Demiris eine übertriebene Schilderung von ihm gegeben, die in keinem Verhältnis zu ihrer einstigen Beziehung stand. »Ich bin gut«, sagte Larry. »Es ist mein Beruf.«

Demiris nickte. »Ich schätze Leute, die in ihrem Beruf gut sind. Wissen Sie, daß die meisten Menschen das nicht sind?«

»Darüber habe ich weder so noch so viel nachgedacht«, gestand Larry.

»Aber ich.« Er bedachte Larry mit einem frostigen Lächeln. »Das ist mein Beruf – Menschen. Die Mehrheit der Menschen haßt das, was sie tut, Mr. Douglas. Statt auf Wege zu sinnen, etwas anzufangen, was sie gern tun, bleiben sie ihr Leben lang gefangen wie hirnlose Insekten. Man findet selten einen Mann, der seine Arbeit liebt. Und wenn man einen findet, ist er fast unausweichlich ein Erfolg.«

»Ich nehme an, daß das wahr ist«, sagte Larry bescheiden.

»Sie sind *kein* Erfolg.«

Larry sah Demiris plötzlich wachsam an. »Das hängt davon ab, was Sie mit Erfolg meinen, Mr. Demiris«, sagte er vorsichtig.

»Ich meine damit«, sagte Demiris unverblümt, »daß Sie sich im Krieg hervorragend bewährt, daß Sie jedoch im Frieden nicht sehr gut abgeschnitten haben.«

Larry spürte, wie sich seine Kiefermuskeln spannten. Er fühlte sich herausgefordert und versuchte, seinen Ärger zu unterdrücken. Sein Verstand arbeitete wie rasend und suchte nach einer Antwort, welche ihm diese Stellung rettete, die er so dringend brauchte. Demiris beobachtete ihn, seine dunkelgrünen Augen, denen nichts entging, musterten ihn.

»Was wurde aus Ihrer Stellung bei der Pan American, Mr. Douglas?«

Larry gelang ein Grinsen, das er nicht empfand. »Mir gefiel der Gedanke nicht, fünfzehn Jahre herumzusitzen und darauf zu warten, daß ich Kopilot werden würde.«

»Deshalb haben Sie Ihren Vorgesetzten geschlagen.«

Larry verriet seine Überraschung. »Wer hat Ihnen das gesagt?«

»Ach, kommen Sie, Mr. Douglas«, entgegnete Demiris ungeduldig, »wenn Sie für mich arbeiten sollten, würde ich mein Leben jedesmal, wenn ich mit Ihnen fliege, in Ihre Hände legen. Zufällig ist mir mein Leben sehr viel wert. Haben Sie wirklich geglaubt, daß ich Sie engagieren würde, ohne *alles* über Sie zu wissen?«

»Vermutlich nicht.«

»Sie wurden aus zwei Stellungen als Pilot entlassen, nachdem die PanAm Sie entlassen hatte«, fuhr Demiris fort. »Das ist eine schlechte Empfehlung.«

»Es hatte nichts mit meinem Können zu tun«, entgegnete Larry schroff. Wieder stieg Ärger in ihm auf. »Bei der einen Gesellschaft gingen die Geschäfte schlecht, und die andere konnte keinen Bankkredit bekommen und machte Bankrott. Ich bin ein verdammt guter Pilot.«

Demiris studierte ihn für einen Augenblick, dann lächelte er. »Das weiß ich«, sagte er. »Sie halten wohl nicht viel von Disziplin, wie?«

»Ich lasse mir nicht gern von Idioten befehlen, die weniger verstehen als ich.«

»Ich rechne damit, daß ich nicht in diese Kategorie falle«, sagte Demiris trocken.

»Solange Sie nicht beabsichtigen mir vorzuschreiben, wie ich Ihre Maschinen fliegen soll, Mr. Demiris.«

»Nein, das wäre Ihre Aufgabe. Es wäre auch Ihre Aufgabe, dafür zu sorgen, daß ich zuverlässig, bequem und sicher dorthin gelange, wo ich hin will.«

Larry nickte. »Ich würde mein Bestes tun, Mr. Demiris.«

»Ich glaube es«, sagte Demiris. »Sie haben sich meine Flugzeuge angesehen?«

Larry versuchte, die Überraschung auf seinem Gesicht zu verbergen. »Ja, Sir.«

»Wie haben sie Ihnen gefallen?«

Larry konnte seine Begeisterung nicht unterdrücken. »Sie sind großartig.«

Demiris schien zufrieden zu sein. »Haben Sie schon eine Hawker Siddeley geflogen?«

Larry zögerte einen Augenblick, schien versucht zu sein zu lügen. »Nein, Sir.«

Demiris nickte. »Glauben Sie, daß Sie es lernen werden?«

Larry grinste. »Wenn Sie jemanden haben, der zehn Minuten Zeit erübrigt.«

Demiris beugte sich in seinem Sessel vor und legte seine langen, schlanken Finger gegeneinander. »Ich könnte mir einen Piloten suchen, der mit allen meinen Maschinen vertraut ist.«

»Das werden Sie kaum tun«, antwortete Larry, »weil Sie sich immer wieder neue Maschinen anschaffen und Sie jemand haben wollen, der jedes Flugzeug steuern kann, das Sie kaufen.«

Demiris nickte. »Sie haben recht«, bestätigte er. »Was ich suche, ist ein Pilot – der geborene Pilot –, einer, der am glücklichsten ist, wenn er fliegt.«

In diesem Augenblick war es Larry klar, daß er die Stellung hatte.

Larry wurde sich nie bewußt, wie nahe er daran gewesen war, die Stellung nicht zu bekommen. Constantin Demiris' Erfolg beruhte weitgehend auf seinem hochentwickelten Instinkt, Schwierigkeiten vorauszuahnen, und dieser Instinkt hatte ihm so oft geholfen, daß er ihn selten mißachtete. Als Ian Whitestone ihn davon unterrichtete, daß er seine Stellung aufgebe, ertönte bei Demiris eine lautlose Alarmglocke. Zum Teil beruhte das auf Whitestones Verhalten. Er verhielt sich unnatürlich und schien unsicher zu sein. Es war keine Frage des Geldes, versicherte er Demiris. Er hatte die Chance, mit seinem Schwager in Sydney ein eigenes Geschäft aufzumachen, und die mußte er wahrnehmen. Dann hatte er einen anderen Piloten empfohlen.

»Er ist Amerikaner, aber wir haben zusammen in der RAF gedient. Er ist nicht nur gut, er ist hervorragend, Mr. Demiris. Ich kenne keinen besseren Flieger.«

Demiris hörte schweigend zu, als Ian Whitestone ihm die Tugenden seines Freundes pries, und versuchte, den falschen Ton auszumachen, der ihn irritierte. Schließlich kam er darauf. Whitestone übertrieb sein Lob, aber vielleicht geschah es aus Verlegenheit, weil er seine Stellung so unvermittelt aufgab.

Da Demiris ein Mann war, der nicht die geringfügigste Kleinigkeit dem Zufall überließ, führte er mehrere Telefongespräche nach verschiedenen Ländern, als Whitestone gegangen war. Noch vor dem Abend hatte er sich vergewissert, daß tatsächlich jemand Geld aufgebracht hatte, um Whitestone mit seinem Schwager in Australien ein kleines Elektronikunternehmen zu finanzieren. Er hatte mit einem Freund im britischen Luftfahrtministerium gesprochen und erhielt zwei Stunden später eine mündliche Auskunft über Larry Douglas. »Auf dem Boden war er etwas unberechenbar, aber er war ein hervorragender Flieger«, berichtete der Freund. Demiris hatte darauf mit Washington und New York telefoniert und war schnell und zuverlässig über Larrys gegenwärtige Lage informiert worden.

An der Oberfläche schien alles so zu sein, wie es sein sollte. Und dennoch empfand Constantin Demiris ein vages Unbehagen, eine Vorausahnung von Schwierigkeiten. Er hatte mit Noelle über das Problem gesprochen, erwogen, ob er Ian Whitestone vielleicht doch mehr Geld anbieten sollte, damit er bliebe. Noelle hatte ihm aufmerksam zugehört, dann aber gesagt: »Nein, laß ihn gehen, Costa. Und wenn er diesen amerikanischen Flieger so nachdrücklich empfiehlt, würde ich es mit ihm versuchen.«

Und das hatte schließlich den Ausschlag gegeben.

Von dem Augenblick an, da Noelle erfuhr, daß Larry Douglas auf dem Weg nach Athen war, konnte sie an nichts anderes mehr denken. Sie dachte an all die Jahre, die es gedauert hatte, das sorgfältige und geduldige Planen, das langsame, unausweichliche Zusammenziehen des Netzes, und sie war überzeugt, Constantin Demiris wäre stolz auf sie gewesen, wenn er etwas davon gewußt hätte. Es war Ironie, dachte Noelle. Wenn sie Larry niemals begegnet wäre, hätte sie mit Demiris glücklich sein können. Sie ergänzten einander vollkommen. Beide liebten sie die Macht, und beide wußten sie zu gebrauchen. Sie standen über gewöhnlichen Menschen. Sie waren Götter, zum Herrschen geschaffen. In letzter Konsequenz konnten sie niemals verlieren, denn sie besaßen eine tiefe, beinahe mystische Geduld. Sie konnten ewig warten. Und nun war für Noelle das Warten vorüber.

Noelle verbrachte den Tag im Garten in der Hängematte und überdachte ihren Plan, und als die Sonne im Westen zu sinken begann, war sie zufrieden. In gewisser Weise, dachte sie, war es bedauerlich, daß ein so großer Teil der vergangenen sechs Jahre von ihren Racheplänen ausgefüllt war. Sie hatten fast jeden ihrer wachen Augenblicke geleitet, ihrem Leben Vitalität und Auftrieb und Spannung verliehen, und jetzt würde in wenigen Wochen der Kampf sein Ende finden.

In diesem Augenblick, als Noelle in der untergehenden griechischen Sonne lag und die Spätnachmittagsbrise den stillen grünen Park abzukühlen begann, ahnte sie nicht, daß er gerade erst begann.

In der Nacht vor Larrys Ankunft hatte Noelle nicht schlafen können. Die ganze Zeit über hatte sie wach gelegen, hatte an Paris gedacht und den Mann, der ihr die Gabe des Lachens gegeben und ihr wieder genommen hatte ... spürte Larrys Baby in ihrem Leib, das ihren Körper genauso besaß, wie sein Vater ihren Verstand besessen hielt. Sie erinnerte sich an den Nachmittag in der düsteren Pariser Wohnung und ihrer Todespein, wie sich der spitze Drahtbügel in ihr Fleisch bohrte, tiefer und tiefer, bis er das Baby zerfleischte und sie mit süßem, unerträglichem Schmerz in eine hysterische Raserei trieb, und die endlosen Ströme Blut, die sich aus ihr ergossen. Sie erinnerte sich an all dies und durchlebte es noch einmal ... den Schmerz, die Todespein und den Haß ...

Um fünf Uhr morgens war Noelle auf und angezogen, saß in ihrem Zimmer und blickte auf den riesigen Feuerball hinaus, der über dem Ägäischen Meer aufstieg. Das erinnerte sie an einen anderen Morgen in Paris, an dem sie früh aufgestanden war und sich angezogen hatte und auf Larry wartete – nur würde er dieses Mal kommen. Weil sie dafür gesorgt hatte, daß er kommen mußte. So wie Noelle ihn früher benötigt hatte, so benötigte er jetzt sie, auch wenn er noch nichts davon wußte.

Demiris schickte eine Nachricht in ihre Zimmer hinauf, daß er gern mit ihr frühstücken würde, aber sie war zu erregt, und sie fürchtete, daß ihre Stimmung seine Neugier wecken könnte. Längst hatte sie erkannt, daß Demiris die Empfindsamkeit einer Katze besaß: Ihm entging nichts. Wieder ermahnte Noelle sich, vorsichtig zu sein. Sie wollte mit Larry selbst auf ihre Weise abrechnen. Sie hatte lange und intensiv darüber nachgedacht, daß sie Constantin Demiris als unwissentliches Werkzeug benutzte. Falls er es je entdecken sollte, würde ihm das nicht behagen.

Noelle trank eine halbe Tasse des starken griechischen Kaffees und aß ein halbes frisches Brötchen. Sie hatte keinen Appetit. Ihre Gedanken beschäftigten sich fieberhaft mit der Begegnung, die in wenigen Stunden stattfinden würde. Sie hatte ungewöhnliche Sorgfalt für ihr Make-up und die Wahl ihres Kleides aufgewendet, und sie wußte, daß sie schön war.

Kurz nach elf hörte Noelle die Limousine vor dem Haus vorfahren. Sie atmete tief ein, um ihre Nervosität zu beherrschen, und ging dann langsam zum Fenster. Larry Douglas stieg aus dem Wagen. Noelle beobachtete ihn, als er auf die Haustür zuging, und es war, als ob der Lauf der Jahre verschwände und sie beide wieder in Paris wären. Larry wirkte gereifter, und der Krieg und das Leben hatten seinem Gesicht neue Linien hinzugefügt, aber sie machten ihn nur noch anziehender, als er gewesen war. Als Noelle ihn aus zehn Meter Entfernung durch das Fenster sah, spürte sie wieder die animalische Anziehung, fühlte die alte Begierde, und als sie in ihr aufwallte, vermischte sie sich mit dem Haß und erfüllte sie mit einem Gefühlsrausch, der nahezu einer Klimax gleichkam. Sie warf einen letzten schnellen Blick in den Spiegel und ging dann nach unten, um dem Mann zu begegnen, den sie vernichten wollte.

Während Noelle die Stufen hinunterschritt, fragte sie sich, wie Larry reagieren würde, wenn er sie sah. Hatte er vor seinen Freunden und vielleicht sogar vor seiner Frau damit geprahlt, daß Noelle Page ihn einst geliebt hatte? Sie fragte sich, wie schon Hunderte von Malen zuvor, ob er den Zauber dieser Tage und Nächte, die sie gemeinsam in Paris verbrachten, je wieder durchlebt hatte und ob er bedauerte, was er ihr angetan hatte. Wie mußte es an seiner Seele gezehrt haben, daß Noelle international berühmt geworden war und sein eigenes Leben aus einer Reihe kleiner Versager bestand! Noelle wollte etwas davon jetzt in Larrys Augen erkennen, wenn sie zum ersten Male seit beinahe sieben Jahren einander gegenübertraten.

Noelle hatte die Empfangshalle erreicht, als sich die Vordertür öffnete und der Butler ihn hereinführte. Larry starrte beeindruckt in die riesige Halle, ehe er sich umdrehte und Noelle sah. Er blickte sie lange und mit dem Ausdruck der Bewunderung für eine schöne Frau an. »Guten Tag«, sagte er höflich. »Ich bin Larry Douglas. Ich habe eine Verabredung mit Mr. Demiris.«

Sein Gesicht spiegelte kein Anzeichen des Erkennens wider. Nicht das geringste.

Auf der Fahrt zum Hotel durch die Straßen Athens war Catherine benommen von der Fülle der Ruinen und Monumente, die sie überall erblickte. Vor sich hatte sie den atemberaubenden Anblick des weißmarmornen Parthenon hoch oben auf der Akropolis. Überall waren Hotels und Bürohäuser, doch auf eine seltsame Weise erschienen die neueren Gebäude Catherine provisorisch und unbeständig, während der Parthenon unsterblich und zeitlos in die kristallklare Luft ragte.

»Imposant, nicht wahr?« Larry lächelte. »So ist die ganze Stadt. Eine einzige schöne Ruine.«

Sie kamen an einem großen Park im Zentrum der Stadt vorbei, in dessen Mitte Fontänen tanzten. Hunderte von Tischen mit grünen und orangen Pfosten säumten den Park, und der Himmel über ihnen war von blauen Sonnensegeln verdeckt.

»Das ist der Verstopfungsplatz«, erklärte Larry.

»Was?«

»Richtig heißt er Verfassungsplatz. Den ganzen Tag sitzen Leute an diesen Tischen und trinken griechischen Kaffee und lassen die Welt an sich vorüberziehen.«

Fast in jedem Block gab es Straßencafés, und an den Ecken verkauften Männer frischgefischte Schwämme. Überall wurden Blumen feilgeboten, und die Stände waren ein Rausch leuchtend bunter Blüten.

»Die Stadt ist so weiß«, sagte Catherine. »Es blendet einen.«

Die Suite im Hotel war geräumig und bezaubernd. Von ihr aus überblickte man den Syntagma-Platz im Zentrum der Stadt. Im Wohnraum standen schöne Blumen und eine große Schale mit Obst.

»Es ist herrlich, Liebling«, sagte Catherine, während sie durch die Räume ging.

Der Page hatte ihre Koffer abgestellt, und Larry gab ihm ein Trinkgeld. *»Para poli«,* sagte der Junge.

»Parakalo«, antwortete Larry.

Der Page ging und schloß die Tür hinter sich.

Larry ging auf Catherine zu und legte die Arme um sie. »Willkommen in Griechenland.« Er küßte sie gierig, und sie spürte die Härte seines Körpers, der sich gegen ihre Weichheit preßte, und sie wußte, wie sehr er sie vermißt hatte, und war froh. Er führte sie ins Schlafzimmer.

Auf dem Frisiertisch lag ein kleines Päckchen. »Öffne es«, forderte Larry sie auf.

Ihre Finger lösten die Umhüllung, und in einer Schachtel lag ein kleiner aus Jade geschnittener Vogel. Obwohl Larry sehr beschäftigt gewesen war, hatte er daran gedacht, und Catherine war gerührt. Irgendwie war der Vogel ein Talisman, ein Vorzeichen dafür, daß alles gutgehen würde, daß die Probleme der Vergangenheit hinter ihnen lagen.

Als sie sich liebten, sprach Catherine stumm ein kleines Dankgebet, war dankbar dafür, in den Armen ihres Mannes zu liegen, den sie so sehr liebte, in einer der erregendsten Städte der Welt zu sein, ein neues Leben zu beginnen. Dies war der alte Larry, und alle ihre Schwierigkeiten hatten ihre Ehe nur gestärkt.

Jetzt konnte ihnen nichts mehr zustoßen.

Am nächsten Morgen beauftragte Larry einen Makler, Catherine einige Wohnungen zu zeigen. Der Makler erwies sich als ein kleiner dunkler Mann mit einem kräftigen Schnurrbart. Er hieß Dimitropoulos und sprach sehr schnell in einer Sprache, die er gewiß für perfektes Englisch hielt, die aber aus griechischen Wörtern bestand, in die gelegentlich eine unverständliche englische Phrase eingeflochten war.

Catherine appellierte an sein Mitleid – ein Trick, zu dem sie in den kommenden Monaten noch oft greifen würde – und überredete ihn, sehr langsam zu sprechen, damit sie einige der englischen Wörter herauslesen und versuchen konnte, kühn zu erraten, was er meinte.

Als viertes zeigte er ihr eine helle und sonnige Vierzimmerwohnung. Sie lag, wie sie später erfuhr, im Stadtteil Kolonaki, dem eleganten Vorort von Athen, dessen Straßen von schönen Wohnhäusern und schicken Läden gesäumt wurden.

Als Larry an diesem Abend ins Hotel zurückkam, berichtete Catherine ihm von der Wohnung, und zwei Tage später zogen sie dort ein.

Larry war tagsüber fort, versuchte aber, zum Abendessen bei Catherine zu Hause zu sein. Das Abendessen wird in Athen zwischen neun und zwölf Uhr eingenommen. Zwischen zwei und fünf Uhr nachmittags macht jeder Siesta, und danach sind die Läden wieder bis in den späten Abend hinein geöffnet. Catherine war von der Stadt restlos gefesselt. An ihrem dritten Abend in Athen brachte Larry einen Freund mit nach Hause, Graf George Pappas, einen attraktiven Griechen, ungefähr fünfundvierzig Jahre alt, groß und schlank, mit dunklem Haar und einem Schimmer von Grau an den Schläfen. Er war von einer eigentümlichen altmodischen Würde, die Catherine gefiel. Er führte sie zum Abendessen in eine kleine Taverne in der Plaka, dem alten Teil der Stadt. Die Plaka bestand aus einigen steilen Morgen Land, die im Herzen der City von

Athen willkürlich zusammengeworfen worden waren, mit gewundenen Gäßchen und verfallenden, ausgetretenen Treppen, die zu winzigen Häusern aus der Zeit der Türkenherrschaft führten, als Athen nicht mehr als nur ein Dorf war. Die Plaka war ein Ort der weißgetünchten, windschiefen Häuser, des frischen Obstes und der Blumenstände, des herrlichen Dufts von im Freien geröstetem Kaffee, jaulender Katzen und lautstarker Straßenschlägereien. Die Wirkung war bezaubernd. In jeder anderen Stadt, fand Catherine, würde ein Stadtteil wie dieser zu den Slums gehören. Hier war er ein Monument.

Die Taverne, in die Graf Pappas sie führte, lag auf einer Dachterrasse, von der aus man die Stadt überblickte. Die Kellner waren in farbenfrohe Trachten gekleidet.

»Was möchten Sie gern essen?« fragte der Graf Catherine.

Ratlos studierte sie die fremde Speisekarte. »Wollen Sie nicht lieber für mich bestellen? Ich fürchte, ich würde den Wirt bestellen.«

Graf Pappas suchte ein reichhaltiges Menü, eine Vielzahl von Gerichten aus, um Catherine die Möglichkeit zu geben, alles zu probieren. Sie aßen *dolmadhes,* Fleischklöße in Weinlaub; *musakas,* eine saftige Fleischpastete mit Auberginen; *stifadho,* geschmorten Hasen mit Zwiebeln – Catherine wurde erst verraten, was es war, als sie die Hälfte gegessen hatte, und danach bekam sie keinen Bissen mehr hinunter – und *taramosalata,* den griechischen Salat aus Kaviar mit Olivenöl und Zitrone. Der Graf bestellte dazu eine Flasche Retsina.

»Dieser Wein ist unser Nationalgetränk«, erklärte er. Er sah Catherine amüsiert zu, wie sie ihn probierte. Der Wein hatte einen herben, harzigen Geschmack, und Catherine schluckte ihn tapfer hinunter.

»Was immer ich gegessen habe«, keuchte sie, »ich glaube, dies hat mich davon geheilt.«

Während sie aßen, begannen drei Musiker, Bouzouki-Musik zu spielen. Sie war lebhaft und fröhlich und mitreißend, und sie beobachteten, wie Gäste von ihren Plätzen aufstanden und auf der Tanzfläche zu der Musik zu tanzen begannen. Catherine war erstaunt, daß nur Männer tanzten – und wie sie tanzten! Es gefiel ihr ungeheuer.

Sie verließen das Restaurant erst nach drei Uhr morgens. Der

Graf brachte sie zu ihrer neuen Wohnung. »Haben Sie schon irgend etwas besichtigt?« fragte er Catherine.

»Eigentlich nicht«, gestand sie. »Ich warte darauf, daß Larry Zeit dafür hat.«

Der Graf wandte sich an Larry. »Vielleicht könnte ich Catherine einiges zeigen, bis wir gemeinsam etwas unternehmen können.«

»Das wäre großartig«, antwortete Larry. »Wenn es Ihnen nicht zu viele Umstände macht?«

»Es wäre mir ein Vergnügen«, erwiderte der Graf. Er wandte sich an Catherine. »Würden Sie mich als Führer akzeptieren?«

Sie sah ihn an und dachte an Dimitropoulos, den kleinen Wohnungsmakler, der so fließend Unverständliches sprach.

»Ich würde mich sehr freuen«, erwiderte sie aufrichtig.

Die nächsten Wochen waren faszinierend. Catherine verbrachte den Morgen damit, die Wohnung aufzuräumen, und am Nachmittag, wenn Larry fort war, holte der Graf sie ab und zeigte ihr die Sehenswürdigkeiten.

Sie fuhren nach Olympia hinaus. »Dies ist der Schauplatz der ersten Olympischen Spiele«, erklärte ihr der Graf. »Sie wurden hier tausend Jahre lang regelmäßig, trotz Kriegen, Pestilenz und Hungersnöten, abgehalten.«

Catherine betrachtete bewundernd die Ruinen der großen Arena, dachte an die Erhabenheit der Wettkämpfe, die hier über die Jahrhunderte stattgefunden hatten, an die Triumphe, an die Niederlagen.

»Da redet man so viel von den Sportplätzen von Eton«, sagte sie. »Hier war es, wo der Geist der Sportlichkeit wirklich seinen Anfang nahm, oder nicht?«

Der Graf lachte. »Ich fürchte, nein«, sagte er. »Die Wahrheit ist etwas peinlich.«

Catherine blickte interessiert auf. »Warum?«

»Bei dem ersten Wagenrennen, das hier veranstaltet wurde, ist geschummelt worden.«

»Geschummelt?«

»Ich fürchte, ja«, bekannte der Graf. »Sehen Sie, da war ein reicher Fürst namens Pelops, der gegen einen Rivalen antrat. Sie entschlossen sich zu einem Wagenrennen, um zu sehen, wer der Bessere sei. In der Nacht vor dem Rennen machte sich Pelops an einem Rad des Wagens seines Rivalen zu schaffen. Als das Rennen begann, war die gesamte Bevölkerung anwesend, um ihrem Favoriten zuzujubeln. In der ersten Kurve löste sich das Rad vom Wagen des Rivalen, und der Wagen stürzte um. Pelops' Rivale verwickelte sich in den Zügeln und wurde zu Tode geschleift. Pelops fuhr weiter zum Sieg.«

»Das ist entsetzlich«, sagte Catherine. »Was hat man mit ihm gemacht?«

»Das ist wirklich das Blamabelste an der Geschichte«, antwortete Graf Pappas. »Die gesamte Bevölkerung hatte durchschaut, was Pelops getan hatte. Er wurde dadurch zu einem so großen Helden, daß einer der riesigen Giebel am Zeustempel zu Olympia ihm gewidmet wurde. Er ist noch vorhanden.« Er lächelte schief. »Ich fürchte, dieser Schurke lebte später herrlich und in Freuden. Tatsache ist«, fügte er hinzu, »daß das gesamte Gebiet südlich von Korinth nach ihm Peloponnes genannt wurde.«

»Und dann wird behauptet, Verbrechen machten sich nicht bezahlt«, sagte Catherine.

Wenn Larry frei hatte, durchstreifte er mit Catherine zusammen die Stadt. Sie entdeckten wunderbare Geschäfte, wo sie stundenlang um Preise feilschten, und abgelegene kleine Restaurants, von denen sie Besitz ergriffen. Larry war ein fröhlicher und charmanter Gesellschafter, und Catherine war dankbar, daß sie ihre Stellung in den Vereinigten Staaten aufgegeben hatte, um mit ihrem Mann zusammen zu sein.

Larry war in seinem Leben nie glücklicher gewesen. Die Stellung bei Demiris war der Traum seines Lebens.

Die Bezahlung war gut, aber das interessierte Larry nicht. Ihn interessierten nur die herrlichen Maschinen, die er flog. Er brauchte genau eine Stunde, um die Hawker Siddeley fliegen zu lernen, und fünf weitere Flüge, um sie im Griff zu haben. Meistens flog er mit Paul Metaxas, Demiris' sorglosem kleinen griechischen Kopiloten. Metaxas war von dem plötzlichen Ausscheiden Ian Whitestones überrascht worden und sah dessen Nachfolger mit Unbehagen entgegen. Er hatte über Larry Douglas Geschichten gehört, und es gefiel ihm nicht gerade, was er gehört hatte. Douglas jedoch schien von seiner neuen Stellung wirklich begeistert zu sein, und Metaxas erkannte schon beim ersten Flug, daß Douglas ein überragender Pilot war.

Nach und nach gab Metaxas seine Vorbehalte auf, und die beiden Männer wurden Freunde.

Wenn Larry nicht flog, studierte er die Maschinen von Demiris. Und am Ende konnte er alle besser fliegen als jeder vor ihm.

Die Vielseitigkeit seiner Aufgaben faszinierte Larry. Er flog Mitarbeiter von Demiris auf Geschäftsreisen nach Brindisi, Korfu und Rom oder holte Gäste ab und brachte sie zu einer Party auf Demiris' Insel oder zum Skilaufen in dessen Schweizer Chalet. Er gewöhnte sich daran, Leute zu fliegen, deren Bilder er ständig auf den Frontseiten der Zeitungen und Magazine sah, und erheiterte Catherine mit Geschichten über sie. Er flog den Präsidenten eines Balkanstaates, einen britischen Premierminister, einen arabischen Ölscheich mit seinem ganzen Harem. Er flog Opernsänger und eine Ballettkompanie und das Ensemble eines Broadway-Stückes zu einer einzigen Vorstellung in London aus Anlaß von Demiris' Geburtstag. Er flog Richter des Supreme Court, einen Kongreßabgeordneten und einen ehemaligen Präsidenten der Vereinigten Staaten. Während dieser Flüge verbrachte Larry die meiste Zeit im Cockpit, aber hin und wieder wanderte er nach hinten in die Kabine, um sich zu vergewissern, daß seine Passagiere es behaglich hatten. Manchmal hörte er Bruchstücke der Unterhaltungen von Finanzmagnaten über bevorstehende Fusionen oder Börsentransaktionen. Larry hätte aus diesen Informationen ein Vermögen machen können, aber er interessierte sich nicht dafür. Was ihn beschäftigte, waren die Flugzeuge, die er steuerte, kraftvolle und lebende Maschinen unter seiner Kontrolle.

Es dauerte zwei Monate, bis Larry Demiris selbst zum ersten Mal flog.

Sie flogen in der Piper, und Larry brachte seinen Arbeitgeber von Athen nach Dubrovnik. Es war ein wolkenreicher Tag, und entlang der Route waren stürmische Winde und Regenböen gemeldet worden. Larry hatte sorgfältig den am wenigsten stürmischen Kurs ermittelt, aber die Luft war so voller Turbulenzen, daß er ihnen unmöglich ganz ausweichen konnte.

Eine Stunde nachdem sie Athen verlassen hatten, ließ Larry das Signal »Anschnallen« aufleuchten und sagte zu Metaxas: »Paß auf, Paul, das kann uns unseren Job kosten.«

Zu Larrys Überraschung erschien Demiris im Cockpit. »Darf ich Ihnen Gesellschaft leisten?« fragte er.

»Sie sind der Chef«, antwortete Larry. »Es wird sehr stürmisch werden.«

Metaxas überließ seinen Sitz Demiris, und Demiris schnallte sich an. Larry wäre es lieber gewesen, wenn der Kopilot für den Notfall neben ihm gesessen hätte, aber das Flugzeug gehörte Demiris.

Der Sturm dauerte annähernd zwei Stunden. Larry umging den riesigen Wolkenberg, der sich vor ihnen herrlich weiß und tödlich auftürmte.

»Wunderschön«, meinte Demiris dazu.

»Das sind Mörder«, sagte Larry. »Kumulus. Sie erscheinen so hübsch und schaumig, weil in ihnen Luftströmungen herrschen, die nach oben steigen. Das Innere dieser Wolken kann ein Flugzeug innerhalb von zehn Sekunden zerreißen. Man kann in weniger als einer Minute tausend Meter steigen oder fallen, ohne die Kontrolle über die Maschine zu haben.«

»Ich bin überzeugt, daß Ihnen das nicht passieren wird«, sagte Demiris gelassen.

Die Winde packten das Flugzeug und versuchten, es über den Himmel zu fegen, aber Larry kämpfte darum, es unter Kontrolle zu behalten. Er vergaß die Anwesenheit von Demiris, konzentrierte sich ganz auf die Maschine, die er flog, nutzte jede Erfahrung, die er je gesammelt hatte. Schließlich war die Maschine aus dem Sturm heraus. Larry drehte sich schweißgebadet um und stellte fest, daß Demiris das Cockpit verlassen hatte. Metaxas saß in dem Sitz des Kopiloten.

»Das war ein miserabler erster Flug für ihn, Paul«, sagte Larry. »Ich könnte Ärger bekommen.«

Er rollte auf dem kleinen, von Bergen gesäumten Flugplatz von Dubrovnik aus, als Demiris unter der Tür zum Cockpit erschien.

»Sie hatten recht«, sagte Demiris zu Larry. »Sie sind sehr gut in Ihrem Beruf. Ich bin zufrieden.«

Und Demiris war verschwunden.

Eines Morgens, als Larry sich zu einem Flug nach Marokko bereit machte, rief Graf Pappas an und schlug vor, mit Catherine eine Fahrt über Land zu machen. Larry bestand darauf, daß sie zusagte.

»Bist du denn nicht eifersüchtig?« fragte sie.

»Auf den Grafen?« Larry lachte.

Und plötzlich ging Catherine ein Licht auf. In der ganzen Zeit, in der sie mit dem Grafen zusammen gewesen war, hatte er ihr nicht ein einziges Mal Avancen gemacht oder ihr einen anzüglichen Blick zugeworfen. »Ist er homosexuell?« fragte sie.

Larry nickte. »Das ist der Grund, weshalb ich dich seiner liebevollen Fürsorge überlassen habe.«

Der Graf holte Catherine frühzeitig ab, und sie fuhren nach Süden, der weiten Ebene von Thessalien entgegen. Schwarzgekleidete Frauen wanderten die Straßen entlang, tief gebeugt unter den Holzlasten, die sie sich auf den Rücken geschnallt hatten.

»Warum leisten die Männer nicht die schwere Arbeit?« fragte Catherine.

Der Graf warf ihr einen amüsierten Blick zu.

»Das wollen die Frauen nicht«, erwiderte er. »Ihre Männer sollen in der Nacht frisch für andere Dinge sein.«

Eine Lektion für uns alle, dachte Catherine gequält.

Am späten Nachmittag näherten sie sich dem drohend aussehenden Pindos-Gebirge, dessen zerklüftete Felsen hoch in den Himmel ragten. Die Straße wurde durch eine Schafherde blockiert, die von einem Schäfer und einem zottigen Hund bewacht wurde. Graf Pappas hielt an, um zu warten, bis die Schafe die Straße freigaben. Verwundert beobachtete Catherine den Hirtenhund, der nach den Fesseln ausbrechender Schafe schnappte, sie in der Herde hielt und in die Richtung zwang, in der er sie haben wollte.

»Dieser Hund ist beinahe menschlich«, rief Catherine verwundert aus.

Der Graf sah sie nur kurz an. In seinem Blick lag etwas, was sie nicht verstand.

»Was ist denn?« fragte sie.

Der Graf zögerte. »Es ist eine recht unerfreuliche Geschichte.«

»Ich bin schließlich erwachsen.«

Der Graf sagte: »Dies hier ist eine wilde Gegend. Das Land ist felsig und ungastlich. Im besten Fall sind die Ernten dürftig, und wenn das Wetter schlecht war, gibt es überhaupt keine Ernte, aber dafür viel Hunger.« Seine Stimme verklang.

»Erzählen Sie weiter«, drängte Catherine.

»Vor einigen Jahren herrschte hier ein schwerer Sturm, und die Ernte wurde vernichtet. Es gab für alle nur sehr wenig zu essen. Im ganzen Gebiet wurden die Hirtenhunde rebellisch. Sie verließen die Höfe, zu denen sie gehörten, und rotteten sich in großen Rudeln zusammen.« Als er weitersprach, versuchte er, das Entsetzen aus seiner Stimme zu verbannen. »Sie begannen die Höfe anzugreifen.«

»Und töteten die Schafe?« fragte Catherine beklommen.

Er schwieg kurz, ehe er antwortete. »Nein. Sie töteten ihre Herren. Und fraßen sie auf.«

Catherine starrte ihn tief schockiert an.

»Man mußte aus Athen Truppen entsenden, um die menschliche Herrschaft hier wiederherzustellen. Es dauerte beinahe einen Monat.«

»Wie gräßlich.«

»Der Hunger löst entsetzliche Dinge aus«, sagte Graf Pappas ruhig.

Die Schafe hatten jetzt die Straße geräumt. Catherine sah noch einmal zu dem Hirtenhund hinüber und schauderte.

Im Laufe der Wochen begannen für Catherine die Dinge, die ihr so fremd und seltsam erschienen waren, vertraut zu werden. Sie fand die Menschen offen und freundlich. Sie wußte bald, wo sie ihre Besorgungen machen und wo sie in der Voukourestiou-Straße ihre Kleider kaufen konnte. Griechenland war ein Wunder an organisierter Untüchtigkeit, und das mußte man hinnehmen und genießen. Niemand hatte es eilig, und wenn man jemanden nach der Richtung fragte, konnte man sicher sein, daß er einen dahin brachte, wohin man wollte. Oder wenn man ihn fragte, wie weit es sei, antwortete er vielleicht: *»Enos sigarou dromos.«* Catherine lernte, daß das »Eine Zigarettenlänge weit« hieß. Sie wanderte durch die Straßen und erforschte die Stadt und trank den warmen, dunklen Wein des griechischen Sommers.

Catherine und Larry besuchten Mykonos mit seinen farbenfrohen Windmühlen und Melos, wo die Venus von Milo gefunden worden war. Aber Catherines Lieblingsort war Paros, eine anmutige grüne Insel, die von einem blütenübersäten Berg gekrönt wurde. Als ihr Boot anlegte, stand ein Führer am Kai. Er fragte, ob er sie auf Maultieren auf den Gipfel des Berges bringen sollte, und sie bestiegen zwei knochige Maultiere.

Catherine trug einen breitkrempigen Strohhut zum Schutz vor der heißen Sonne. Als sie und Larry den steilen Pfad zum Berggipfel hinaufritten, riefen ihnen schwarzgekleidete Frauen *»kalimera«* zu und reichten Catherine frische Kräuter als Geschenk,

Oregano und Basilikum, die sie unter ihr Hutband stecken sollte. Nach einem zweistündigen Ritt erreichten sie ein Plateau, eine schöne baumbestandene Ebene, die von Millionen prächtiger Blumen bedeckt war. Der Führer hielt die Maultiere an, und sie bestaunten diese unglaubliche Farbenpracht.

»Es heißen Tal der Schmetterlinge«, sagte der Führer in unbeholfenem Englisch.

Catherine sah sich nach einem Schmetterling um, entdeckte aber keinen. »Warum heißt es denn so?« fragte sie.

Der Führer lächelte ganz so, als ob er auf diese Frage gewartet hätte. »Ich zeige Ihnen«, sagte er. Er stieg von seinem Maultier und ergriff einen großen abgefallenen Ast. Er ging auf einen Baum zu und schlug mit aller Wucht den Ast gegen den Stamm. Im Bruchteil einer Sekunde stiegen die »Blüten« von Hunderten von Bäumen plötzlich in einem wilden Regenbogen der Flucht in die Luft und ließen die Bäume kahl zurück. Die Luft erfüllten Hunderttausende farbenfroher Schmetterlinge, die im Sonnenlicht tanzten.

Catherine und Larry bewunderten den Anblick. Der Führer beobachtete die beiden. Sein Gesicht verriet tiefen Stolz, als ob er glaubte, das schöne Wunder geschaffen zu haben, das sie vor sich sahen. Es war einer der schönsten Tage in Catherines Leben, und sie dachte, wenn sie sich einen vollkommenen Tag aussuchen könnte, um ihn noch einmal zu erleben, dann wäre es dieser Tag, den sie mit Larry auf Paros verbrachte.

»He, wir kriegen heute morgen eine VIP.« Paul Metaxas grinste vergnügt. »Warte, bis du sie siehst.«

»Wer ist es denn?«

»Noelle Page, die Dame des Chefs. Du darfst sie ansehen, aber nicht anfassen.«

Larry Douglas erinnerte sich an den kurzen Anblick, den er von der Frau in Demiris' Haus am Morgen seiner Ankunft in Athen gehabt hatte. Sie war eine Schönheit und kam ihm bekannt vor, aber natürlich nur deshalb, weil er sie auf der Leinwand gesehen hatte, in einem französischen Film, in den Catherine ihn einmal mitschleifte. Niemand brauchte Larry die Lehren der Selbsterhaltung beizubringen. Selbst wenn die Welt nicht von willigen weiblichen Wesen erfüllt gewesen wäre, hätte er sich niemals in irgendeiner Weise der Freundin von Constantin Demiris genähert. Larry liebte seine Arbeit zu sehr, um sie durch eine derartige Dummheit zu gefährden. Nun, vielleicht würde er sie um ihr Autogramm für Catherine bitten.

Die Limousine, die Noelle zum Flughafen brachte, wurde mehrmals durch Arbeitertrupps aufgehalten, die die Straße reparierten, aber Noelle war die Verzögerung nur recht. Zum erstenmal seit der Begegnung in Demiris' Haus würde sie Larry Douglas sehen. Noelle war tief getroffen von dem, was sich ereignet hatte. Oder richtiger, von dem, was sich nicht ereignet hatte.

Im Lauf der vergangenen sechs Jahre hatte Noelle sich ihre Wiederbegegnung auf hunderterlei verschiedene Weise vorgestellt. In Gedanken hatte sie die Szene wieder und wieder durchgespielt. Aber nie wäre sie darauf gekommen, daß Larry sie nicht wiedererkennen würde. Das wichtigste Ereignis in ihrem Leben war für ihn nur eine belanglose Affäre gewesen, eine von Hunderten. Nun, ehe sie mit ihm fertig war, würde er sich an sie erinnern.

Larry überquerte den Flugplatz, den Flugplan in der Hand, als eine Limousine vor dem großen Flugzeug vorfuhr und Noelle Page ausstieg. Larry ging zum Wagen und sagte höflich: »Guten Morgen, Miss Page. Ich bin Larry Douglas und werde Sie und Ihre Gäste nach Cannes bringen.«

Noelle wendete sich ab und ging an ihm vorbei, so als ob er nichts gesagt hätte, als ob er nicht existierte. Larry stand da, blickte ihr ratlos nach.

Dreißig Minuten später waren die anderen Passagiere, ein Dutzend, an Bord der Maschine, und Larry und Paul Metaxas starteten. Sie flogen die Gruppe an die Côte d'Azur, wo sie abgeholt und auf Demiris' Jacht gebracht werden sollte. Es war ein leichter Flug, abgesehen von den im Sommer normalen Turbulenzen vor der südfranzösischen Küste. Larry setzte die Maschine weich auf und rollte zu der Stelle, wo einige Wagen auf seine Passagiere warteten. Als Larry mit seinem untersetzten kleinen Kopiloten ausstieg, ging Noelle auf Metaxas zu, ignorierte Larry völlig und sagte in verächtlichem Ton: »Der neue Pilot ist ein Stümper, Paul. Sie sollten ihm ein paar Flugstunden geben.« Danach ging sie zu einem der Wagen, fuhr ab und ließ Larry benommen und hilflos vor Ärger zurück.

Er tröstete sich damit, daß sie eine verdammte Hexe wäre und er sie wahrscheinlich an einem schlechten Tag erwischt hätte. Aber der nächste Zwischenfall, zu dem es eine Woche später kam, überzeugte ihn, daß er vor einem ernsthaften Problem stand.

Auf Demiris' Befehl hin holte er Noelle in Oslo ab, um sie nach London zu fliegen. Aufgrund seiner früheren Erfahrungen arbeitete er seinen Flugplan mit besonderer Sorgfalt aus. Im Norden lag ein Hochdruckgebiet, und im Osten konnte sich womöglich eine Gewitterfront bilden. Larry stellte seinen Flugplan für eine Route auf, die diese Gebiete umging, und der Flug erwies sich als vollkommen ruhig. Er brachte die Maschine in einer makellosen Dreipunktlandung auf den Boden. Danach begaben er und Paul Metaxas sich nach hinten in die Passagierkabine. Noelle Page trug gerade Lippenstift auf. »Ich hoffe, Sie hatten einen guten Flug, Miss Page«, sagte Larry respektvoll.

Noelle blickte kurz mit ausdruckslosem Gesicht auf und wandte sich dann an Paul Metaxas: »Ich bin immer nervös, wenn ich mit einem unfähigen Piloten fliege.«

Larry spürte, wie er rot wurde. Er wollte etwas erwidern, aber Noelle sagte zu Metaxas: »Bitte sagen Sie ihm, er soll in Zukunft nicht mit mir sprechen, wenn ich ihn nicht anrede.«

Metaxas schluckte und sagte: »Jawohl, Madame.«

Larry starrte Noelle wuterfüllt an, als sie aufstand und das Flugzeug verließ. Wäre er seinem Impuls gefolgt, dann hätte er sie geohrfeigt, aber er wußte, daß das sein Ende bedeuten würde. Er liebte seine Arbeit mehr als alles andere je zuvor und wollte sie nicht gefährden. Er wußte, wenn er seine Stellung verlor, würde er nie wieder irgendwo als Pilot unterkommen. Nein, lieber wollte er in Zukunft sehr vorsichtig sein.

Als Larry nach Hause kam, sprach er mit Catherine über den Vorfall.

»Sie hat es auf mich abgesehen«, sagte Larry.

»Sie muß eine entsetzliche Person sein«, meinte Catherine. »Könntest du sie in irgendeiner Weise beleidigt haben?«

»Ich habe kein Dutzend Wörter mit ihr gesprochen.«

Catherine nahm seine Hand. »Mach dir keine Sorgen«, sagte sie tröstend. »Du wirst sie schon noch für dich gewinnen. Warte nur ab.«

Am nächsten Tag, als Larry Constantin Demiris zu einem kurzen Besuch in die Türkei flog, kam Demiris ins Cockpit und nahm Metaxas' Platz ein. Er entließ den Kopiloten mit einer Handbewegung, und Larry war mit Demiris allein. Sie saßen schweigend auf ihren Plätzen und blickten auf die dünnen Stratuswolken hinaus, die die Maschine durchschnitt.

»Miss Page hat eine Abneigung gegen Sie«, sagte Demiris endlich.

Larry spürte, wie sich seine Hände fester um das Steuer schlossen, und lockerte bewußt seinen Griff, um sich zu entspannen. Er zwang sich zu einem ruhigen Ton. »Hat sie – hat sie gesagt, weshalb?«

»Sie sagte, Sie wären unhöflich zu ihr gewesen.«

Larry öffnete den Mund, um zu protestieren, überlegte es sich dann jedoch. Er mußte das Problem auf seine eigene Weise lösen.

»Es tut mir leid. Ich werde versuchen, achtsamer zu sein, Mr. Demiris«, sagte er ruhig.

Demiris stand auf. »Tun Sie das. Ich empfehle Ihnen sehr, Miss Page in Zukunft nicht wieder zu beleidigen.« Er verließ das Cockpit.

Nicht wieder! Er zermarterte sich das Hirn und versuchte zu erraten, womit er sie beleidigt haben könnte. Vielleicht mochte sie einfach seinen Typ nicht. Oder sie war eifersüchtig, weil Demiris ihn mochte und ihm vertraute, aber das war unsinnig. Nichts von dem, was Larry sich dachte, erschien sinnvoll. Und doch hatte Noelle Page es auf seine Entlassung abgesehen.

Larry dachte daran, was es für ihn bedeuten würde, wieder stellungslos zu sein, das entwürdigende Ausfüllen von Fragebogen bei Bewerbungen wie ein dummer Schuljunge, das Vorstellen und das Warten, die endlosen Stunden, in denen er versuchte, die Zeit in billigen Bars und mit Amateurhuren totzuschlagen. Er erinnerte sich daran, wie geduldig und nachsichtig Catherine gewesen war und wie sehr er sie deswegen gehaßt hatte. Nein, das alles wollte er nicht noch einmal durchmachen. Ein weiteres Versagen würde er nicht ertragen.

Bei einem Zwischenaufenthalt in Beirut wenige Tage später kam Larry an einem Kino vorbei und sah, daß Noelle Page die Hauptrolle in dem Film spielte, der gezeigt wurde. Einem Impuls folgend ging er hinein, bereit, den Film und seinen Star abscheulich zu finden, aber Noelle war so brillant, daß er gegen seinen Willen völlig von ihr hingerissen war. Doch wieder kam sie ihm irgendwie bekannt vor. Am folgenden Montag flog Larry Noelle und einige Geschäftsfreunde von Demiris nach Zürich. Larry wartete, bis Noelle Page allein war, ehe er sich ihr näherte. Er hatte gezögert sie anzusprechen, weil er sich an ihre letzte Warnung erinnerte, war aber zu der Überzeugung gekommen, die einzige Möglichkeit, ihre Abneigung zu überwinden, sei, sich die größte Mühe zu geben, freundlich zu ihr zu sein. Alle Schauspielerinnen sind eigensüchtig und hören es gern, wenn man ihnen sagt, daß sie gut sind. So trat er an sie heran und sagte mit ausgesuchter Höflichkeit: »Verzeihen Sie, Miss Page, ich wollte Ihnen nur sagen, daß ich Sie neulich in einem Film gesehen habe. ›Das andere Gesicht‹. Ich glaube, Sie sind eine der größten Schauspielerinnen, die ich je gesehen habe.«

Noelle starrte ihn einen Augenblick an, und dann erwiderte sie: »Ich würde gern glauben, daß Sie ein besserer Kritiker sind als Pilot, aber ich bezweifle sehr, daß Sie dazu die erforderliche Intelligenz und den nötigen Geschmack besitzen.« Damit ging sie fort.

Larry stand wie angewurzelt da. Er hatte das Gefühl, geschlagen worden zu sein. Einen Augenblick lang war er versucht, ihr zu folgen und ihr zu sagen, was er von ihr hielt, aber er wußte, daß er ihr damit in die Hände spielen würde. Nein, von nun an würde er einfach nur seine Arbeit tun und sich so fern von ihr halten wie möglich.

Während der nächsten Wochen war Noelle bei verschiedenen Flügen sein Passagier. Larry sprach kein Wort zu ihr und gab sich die größte Mühe, es so einzurichten, daß sie ihn nicht sah. Er mied die Kabine und ließ alle erforderlichen Mitteilungen an die Passagiere durch Metaxas überbringen. Von Noelle Page erfolgten keine weiteren Bemerkungen, und Larry gratulierte sich, daß er sein Problem gelöst hatte.

Es erwies sich jedoch, daß er sich zu früh gratulierte.

Eines Morgens schickte Demiris nach Larry. »Miss Page fliegt mit einem vertraulichen Auftrag von mir nach Paris. Ich wünsche, daß Sie an ihrer Seite bleiben.«

»Ja, Mr. Demiris.«

Demiris musterte ihn einen Augenblick, setzte dazu an, noch etwas hinzuzufügen, überlegte es sich aber. »Das ist alles.«

Noelle war der einzige Passagier auf diesem Flug nach Paris, und Larry entschloß sich, mit der Piper zu fliegen. Er veranlaßte Metaxas, für die Behaglichkeit seines Passagiers zu sorgen, und hielt sich während des ganzen Flugs im Cockpit auf. Nachdem sie gelandet waren, ging er zu Noelle in die Kabine und sagte: »Entschuldigen Sie, Miss Page, Mr. Demiris hat mich beauftragt, Sie zu begleiten, solange Sie in Paris sind.«

Sie blickte verächtlich zu ihm auf und sagte: »Nun gut. Nur lassen Sie es mich nicht merken, daß Sie in meiner Nähe sind.«

Er nickte in eisigem Schweigen.

Sie fuhren in einem Privatwagen von Orly in die Stadt. Larry saß vorn beim Chauffeur und Noelle auf dem Rücksitz. Während der Fahrt in die City sprach sie nicht mit ihm. Das erste Mal hielten sie bei Paribas, der Banque de Paris et des Bas. Larry ging mit Noelle in die Halle und wartete dort, während sie in das Büro des Präsidenten und dann hinab in den Keller geführt wurde, wo sich die Tresorfächer befanden. Noelle war etwa dreißig Minuten lang fort, und als sie zurückkam, ging sie wortlos an Larry vorbei. Er blickte ihr einen Augenblick nach, dann folgte er ihr.

Das nächste Ziel war die Rue du Faubourg-St.-Honoré. Hier schickte Noelle den Wagen fort. Larry folgte ihr in ein Kaufhaus und blieb in ihrer Nähe stehen, während sie ihre Einkäufe machte. Danach reichte sie ihm die Pakete zum Tragen. Sie kaufte in einem halben Dutzend Geschäften ein: bei Hermes Handtaschen und Gürtel, bei Guerlain Parfüm, bei Celine Schuhe, bis Larry mit Paketen überladen war. Falls Noelle sein Mißbehagen bemerkte, zeigte sie es nicht. Larry hätte ein Hündchen sein können, das sie an der Leine mit sich führte.

Als sie von Celine herauskamen, begann es zu regnen. Alle Fußgänger suchten eilig Schutz. »Warten Sie hier«, befahl Noelle.

Larry blieb stehen und sah sie in einem Restaurant auf der anderen Straßenseite verschwinden. Zwei Stunden lang wartete er im strömenden Regen, die Arme voller Pakete, und verfluchte sie und verfluchte sich, weil er sich ihre Behandlung gefallen ließ. Er befand sich in einer Falle und wußte nicht, wie er aus ihr herauskommen sollte.

Und er hatte die böse Vorahnung, daß es noch schlimmer kommen würde.

Catherine begegnete Demiris zum ersten Mal in seiner Villa. Larry war dorthin gegangen, um ein Paket abzuliefern, das er in Kopenhagen mit dem Flugzeug abgeholt hatte, und Catherine begleitete ihn in das Haus. Sie stand in der riesigen Halle und bewunderte eines der Gemälde, als sich eine Tür öffnete und Demiris herauskam. Er beobachtete sie einen Augenblick und fragte dann: »Mögen Sie Manet, Mrs. Douglas?«

Catherine drehte sich schnell um und fand sich der legendären Gestalt gegenüber, von der sie so viel gehört hatte. Sie hatte zwei unmittelbare Eindrücke: Constantin Demiris war größer, als sie ihn sich vorgestellt hatte, und er strahlte eine überwältigende Energie aus, die ihr fast Furcht einflößte. Catherine war überrascht, daß er ihren Namen kannte und wußte, wer sie war. Er gab sich denkbar große Mühe, sie von ihrer Befangenheit zu befreien. Er fragte Catherine, wie ihr Griechenland gefalle, ob ihre Wohnung bequem sei, und sagte, sie solle es ihn wissen lassen, ob er irgendwie dazu beitragen könne, ihr den Aufenthalt angenehm zu machen. Er wußte sogar – Gott allein mochte wissen, woher! –, daß sie kleine Vögel sammelte. »Ich habe einen sehr hübschen gesehen«, sagte er. »Den werde ich Ihnen schicken.«

Larry erschien, und er und Catherine gingen.

»Wie gefällt dir Demiris?« fragte Larry.

»Er ist ein Charmeur«, antwortete sie. »Kein Wunder, daß du gern für ihn arbeitest.«

»Und ich werde weiter für ihn arbeiten.« In seinem Ton lag ein verhaltener Zorn, den Catherine nicht verstand.

Am folgenden Tag erhielt Catherine einen wunderschönen Vogel aus Porzellan.

Danach traf Catherine noch zweimal mit Constantin Demiris zusammen, das eine Mal, als sie mit Larry ein Rennen besuchte, das andere Mal bei einer Weihnachtsparty, die Demiris in seiner Villa gab. Beide Male bemühte er sich sehr, Catherine gegenüber charmant zu sein. Alles in allem, fand Catherine, war Constantin Demiris eine sehr bemerkenswerte Persönlichkeit.

Im August begannen die Festspiele in Athen. Zwei Monate lang bot die Stadt Schauspiele, Ballette, Opern, Konzerte – alle fanden im Herodes Atticus, dem antiken Freilichttheater am Fuß der Akropolis, statt. Catherine sah mehrere der Aufführungen mit Larry, und wenn er fort war, ging sie mit Graf Pappas hin. Es war faszinierend, die antiken Stücke in ihrem Originalrahmen von dem Volk dargestellt zu sehen, das sie geschaffen hatte.

Eines Abends, nachdem Catherine und Graf Pappas eine Aufführung von *Medea* gesehen hatten, sprachen sie über Larry.

»Er ist ein interessanter Mensch«, sagte Graf Pappas. »*Polymechanos.*«

»Was heißt das?«

»Es ist schwer zu übersetzen.« Der Graf überlegte einen Augenblick. »Es bedeutet, ›fruchtbar in Einfällen‹.«

»Meinen Sie ›einfallsreich‹?«

»Ja, aber es bedeutet mehr als das. Jemand, der immer gleich eine Idee zur Hand hat, einen neuen Plan.«

»Polymechanos«, wiederholte Catherine. »Das ist mein Mann.«

Über ihnen stand ein schöner, erhabener Mond. Die Nacht war mild und lau. Sie gingen durch die Plaka zum Omonia-Platz. Als sie die Fahrbahn überquerten, kam ein Wagen um die Ecke auf sie zugerast, und der Graf riß Catherine zurück und brachte sie in Sicherheit. »Idiot!« rief er dem davonrasenden Fahrer nach.

»Hier scheinen alle Leute so zu fahren«, sagte Catherine.

Der Graf lächelte schief. »Wissen Sie, warum? Die Griechen haben den Übergang zum Auto noch nicht geschafft. In Gedanken reiten sie immer noch auf Eseln.«

»Sie scherzen.«

»Bedauerlicherweise nicht. Wenn Sie einen Einblick in die Mentalität der Griechen haben wollen, dann lesen Sie keinen Reiseführer. Lesen Sie die alten griechischen Tragödien. Die Wahrheit ist, daß wir noch in vergangene Jahrhunderte gehören. Emotionell sind wir sehr primitiv. Wir sind von grandiosen Leidenschaften erfüllt, von tiefen Freuden und von großem Leiden, und wir haben nicht gelernt, sie mit dem Lack der Zivilisation zu überdecken.«

»Ich weiß nicht, ob das so schlecht ist«, erwiderte Catherine.

»Vielleicht nicht, aber es verzerrt die Wirklichkeit. Wenn uns Außenstehende betrachten, dann sehen sie nicht, was sie zu sehen glauben. Es ist genauso, wie wenn man einen fernen Stern betrachtet. Man sieht den Stern selbst gar nicht, sondern eine Lichtstrahlung, die vielleicht Millionen Jahre zuvor ausgesandt wurde. Genauso ist es mit uns Griechen. Sie sehen in uns die Ausstrahlung der Vergangenheit.«

Sie hatten den Platz erreicht und kamen jetzt an einer Reihe kleiner Läden vorbei, in deren Fenstern Schilder mit der Aufschrift »Wahrsagen« standen.

»Es gibt hier wohl sehr viele Wahrsager?« fragte Catherine.

»Wir sind ein höchst abergläubisches Volk.«

Catherine schüttelte den Kopf. »Ich fürchte, ich glaube nicht daran.«

Sie kamen zu einer kleinen Taverne. Auf einem handgemalten Schild im Fenster stand: »MADAME PIRIS, WAHRSAGERIN«.

»Glauben Sie an Hexen?« fragte Graf Pappas.

Catherine blickte ihn an, um zu sehen, ob er scherze. »Nur zu Walpurgis.«

»Mit Hexe meine ich nicht Besenstiele und schwarze Katzen und brodelnde Kessel.«

»Sondern?«

Er deutete mit dem Kopf auf das Schild. »Madame Piris ist eine Hexe. Sie kann in der Vergangenheit und in der Zukunft lesen.«

Er sah die Skepsis auf Catherines Gesicht. »Ich will Ihnen eine Geschichte erzählen«, sagte Graf Pappas. »Vor vielen Jahren war ein Mann namens Sophocles Vassily Polizeichef von Athen. Er war ein Freund von mir, und ich hatte meinen Einfluß benutzt, um ihm zu diesem Amt zu verhelfen. Vassily war ein sehr ehrenhafter Mann. Es gab Leute, die ihn korrumpieren wollten, und da er sich nicht korrumpieren ließ, beschlossen sie, ihn zu beseitigen.« Er faßte Catherine am Arm, und sie überquerten die Straße zum Park hinüber.

»Eines Tages kam Vassily zu mir und sagte mir, man trachte ihm nach dem Leben. Er war ein sehr mutiger Mann, aber da die Bedrohung von einem mächtigen und rücksichtslosen Bandenchef kam, beunruhigte sie ihn. Detektive wurden mit der Beobachtung des Bandenchefs beauftragt, aber Vassily hatte trotzdem die dunkle Vorahnung, daß er nicht mehr lange leben würde. Er kam also zu mir.«

Catherine hörte fasziniert zu. »Was haben Sie getan?« fragte sie.

»Ich habe ihm geraten, Madame Piris aufzusuchen.« Er schwieg, seine Gedanken wanderten rastlos in einem dunklen Bereich der Vergangenheit.

»Ging er zu ihr?« fragte Catherine schließlich.

»Wie bitte? Ah, ja. Sie sagte Vassily, daß der Tod ihn unerwartet und schnell treffen werde, und warnte ihn vor Löwen zur Mittagszeit. Es gibt in Griechenland keine Löwen, außer ein paar alten zahnlosen im Zoo und den steinernen, die Sie auf Delos gesehen haben.«

Catherine nahm die Spannung in Pappas' Stimme wahr, während er weitersprach.

»Vassily ging in den Zoo, um persönlich die Käfige zu überprüfen und um sich zu vergewissern, daß die Löwen sicher eingesperrt waren, und ließ Nachforschungen nach allen wilden Tieren anstellen, die in letzter Zeit nach Athen gebracht worden waren. Es gab keine.

Eine Woche verging, nichts geschah, und Vassily kam zu der Ansicht, daß die alte Hexe sich geirrt habe und er ein abergläubischer Narr sei, weil er auf sie gehört hatte. Am Sonnabend morgen ging ich zum Polizeipräsidium, um ihn abzuholen. Es war der vierte Geburtstag seines Sohnes, und wir wollten zur Feier des Tages eine Bootsfahrt nach Kyron unternehmen.

Ich fuhr vor dem Präsidium vor, gerade als die Glocke vom Rathaus zwölf schlug. Als ich den Eingang erreichte, ereignete sich im Innern des Gebäudes eine ungeheure Explosion. Ich rannte zu Vassilys Dienstzimmer.« Seine Stimme klang hoch und gezwungen. »Von dem Büro war nichts übriggeblieben – und auch von Vassily nicht.«

»Wie entsetzlich«, murmelte Catherine.

Sie gingen eine Weile schweigend weiter. »Aber die Hexe hatte sich getäuscht, nicht wahr?« fragte Catherine. »Er kam nicht durch einen Löwen um?«

»Das ist es ja gerade. Die Polizei rekonstruierte, was geschehen war. Wie gesagt, es war der vierte Geburtstag des Jungen. Vassilys Schreibtisch war von Geschenken überhäuft, die er seinem Sohn mitbringen wollte. Jemand hatte noch ein Geburtstagsgeschenk gebracht. Es war ein Spielzeug, das er auf Vassilys Schreibtisch gelegt hatte.«

Catherine spürte, wie ihr das Blut aus dem Gesicht wich. »Einen Spielzeuglöwen.«

Graf Pappas nickte. »Ja. ›Hüten Sie sich vor Löwen zur Mittagszeit.‹«

Catherine schauderte. »Mich überläuft es kalt.«

Er blickte verständnisvoll auf sie hinab. »Madame Piris ist keine Wahrsagerin, zu der man zum Spaß gehen sollte.«

Sie hatten den Park durchquert und die Piräus-Straße erreicht. Ein freies Taxi kam vorbei. Der Graf winkte es heran, und zehn Minuten später war Catherine wieder in ihrer Wohnung.

Während sie sich auszog, erzählte sie Larry die Geschichte, und dabei überkamen sie wieder kalte Schauder. Larry drückte sie fest an sich und umarmte sie, aber es dauerte lange, bis Catherine einschlafen konnte

Athen 1946

Wäre Noelle Page nicht gewesen, hätte Larry Douglas keine Sorgen gehabt. Er war da, wo er sein wollte, tat das, was er tun wollte. Ihm gefielen seine Aufgabe, die Menschen, mit denen er zusammenkam, und der Mann, für den er arbeitete. Sein Privatleben war in gleicher Weise befriedigend. Wenn er nicht flog, verbrachte er einen großen Teil seiner Zeit mit Catherine. Da Larrys Arbeitszeit aber so wechselhaft war, wußte Catherine nicht immer, wo er sich gerade aufhielt, und Larry fand zahllose Gelegenheiten, seine eigenen Wege zu gehen. Mit Graf Pappas und Paul Metaxas, seinem Kopiloten, besuchte er Parties, von denen sich zahlreiche zu Orgien auswuchsen. Griechische Frauen sind leidenschaftlich und feurig. Er hatte eine neue Bekanntschaft gemacht, Helena, eine Stewardeß, die bei Demiris angestellt war, und als sie fern von Athen einen Zwischenaufenthalt hatten, teilten sie und Larry das Hotelzimmer. Ja, Larry Douglas war der Überzeugung, daß sein Leben im großen ganzen perfekt sei.

Wenn nicht die blonde Hure, Demiris' Geliebte, gewesen wäre.

Larry hatte nicht den geringsten Anhaltspunkt dafür, weshalb Noelle Page ihn verabscheute, aber was es auch war, es gefährdete seine Existenz. Larry hatte versucht, höflich, gleichgültig und freundlich zu sein, doch jedesmal war es Noelle Page gelungen, ihn als Dummkopf hinzustellen. Larry wußte, daß er zu Demiris gehen konnte, aber er machte sich keine Illusionen darüber, was geschehen würde, wenn es zu einer Wahl zwischen ihm und Noelle kommen sollte. Zweimal hatte er mit Paul Metaxas ausgemacht, er solle Noelles Flüge übernehmen, doch kurz vor jedem Flug hatte Demiris' Sekretärin ihn angerufen und ihm mitgeteilt, Mr. Demiris wünsche, daß Larry selbst die Maschine steuere.

An einem frühen Morgen Ende November bekam Larry einen Anruf, daß er Noelle Page am Nachmittag nach Amsterdam fliegen solle. Larry setzte sich mit dem Flughafen in Verbindung und erhielt einen negativen Bericht über das Wetter in Amsterdam. Nebel beginne aufzukommen, und am Nachmittag rechne man mit einer Sichtweite gleich Null. Larry rief Demiris' Sekretärin an, um ihr mitzuteilen, daß es unmöglich sei, an diesem Tag nach Amsterdam zu fliegen. Die Sekretärin sagte, sie würde zurückrufen. Fünfzehn Minuten später war sie am Telefon, um zu sagen, Miss Page würde um vierzehn Uhr startbereit auf dem Flughafen sein. Larry setzte sich wieder mit dem Flughafen in Verbindung, denn inzwischen konnte eine Wetterbesserung eingetreten sein, aber er erhielt denselben Bescheid.

»Lieber Himmel!« rief Paul Metaxas aus. »Die muß es aber verdammt eilig haben, nach Amsterdam zu kommen.«

Larry hatte jedoch das Gefühl, daß es gar nicht um Amsterdam ginge. Es war ein Zweikampf des Willens zwischen ihnen beiden. Von ihm aus konnte Noelle Page an einem Berggipfel zerschellen und ab mit Schaden, aber Larry wollte verdammt sein, wenn er dieser dummen Hure wegen seinen Hals riskierte. Er versuchte, Demiris ans Telefon zu bekommen und mit ihm zu sprechen, doch Demiris war in einer Sitzung und nicht zu erreichen. Larry warf den Hörer auf die Gabel, kochend vor Wut. Jetzt blieb ihm keine andere Wahl, als zum Flughafen zu fahren und zu versuchen, seinem Passagier den Flug auszureden. Er traf um 13.30 Uhr auf dem Flughafen ein. Um fünfzehn Uhr war Noelle Page immer noch nicht erschienen. »Wahrscheinlich hat sie es sich überlegt«, meinte Metaxas.

Aber Larry wußte es besser. Je mehr Zeit verstrich, um so wütender wurde er, bis ihm klarwurde, daß dies ihre Absicht war. Sie versuchte, ihn zu einer unüberlegten Handlung zu treiben, die ihn seine Stellung kosten würde. Larry war im Flughafengebäude und sprach mit dem Manager des Flughafens, als Demiris' wohlbekannter grauer Rolls vorfuhr und Noelle Page ausstieg. Larry ging zu ihr hinaus.

»Ich fürchte, aus dem Flug wird nichts, Miss Page«, sagte er und bemühte sich, seine Stimme ausdruckslos klingen zu lassen. »Der Flughafen von Amsterdam liegt in dichtem Nebel.«

Noelle sah an Larry vorbei, als ob er nicht existierte, und sagte zu Paul Metaxas: »Die Maschine ist doch mit automatischen Landegeräten ausgerüstet, oder nicht?«

»Doch, das ist sie«, antwortete Metaxas verlegen.

»Ich bin wirklich überrascht«, sagte sie darauf, »daß Mr. Demiris einen Piloten engagiert hat, der ein Feigling ist. Ich werde mit ihm darüber sprechen.«

Noelle drehte sich um und ging zum Flugzeug. Metaxas blickte ihr nach und sagte: »Mein Gott! Ich weiß nicht, was in sie gefahren ist. So hat sie sich noch nie benommen. Es tut mir leid, Larry.«

Larry sah Noelle nach, während sie über das Flugfeld ging. Ihr blondes Haar wehte im Wind. Nie in seinem Leben hatte er einen Menschen so sehr gehaßt.

Metaxas beobachtete ihn. »Fliegen wir?« fragte er.

»Wir fliegen.«

Der Kopilot stieß einen tiefen, bedeutungsvollen Seufzer aus, und die beiden Männer gingen langsam zu der Maschine.

Noelle Page saß in der Kabine und blätterte gelassen in einer Modezeitschrift, als die beiden in das Flugzeug kamen. Larry starrte sie einen Augenblick an. Er war so wutgeladen, daß er sich zu sprechen fürchtete. Er ging ins Cockpit und begann mit den Überprüfungen vor dem Start.

Zehn Minuten später bekam er vom Turm die Freigabe für den Start, und dic Maschine hob ab nach Amsterdam.

Die erste Hälfte des Flugs verlief ereignislos. Die Schweiz lag schneebedeckt unter ihnen. Als sie über Deutschland waren, brach die Dämmerung herein. Larry funkte Amsterdam um eine Wettermeldung an. Von dort wurde gemeldet, daß von der Nordsee Nebel hereinwehe und dichter werde. Er verfluchte sein Pech. Wenn der Wind gewechselt und den Nebel vertrieben hätte, wäre sein Problem gelöst gewesen, doch jetzt mußte er sich entschließen, ob er in Amsterdam eine Instrumentenlandung wagen oder einen anderen Flughafen anfliegen sollte. Er fühlte sich versucht, nach hinten zu gehen und mit seinem Passagier darüber zu sprechen, doch er konnte den verächtlichen Ausdruck auf ihrem Gesicht vor sich sehen.

»Sonderflug eins-null-neun, geben Sie bitte Ihren Flugplan bekannt.« Das war der Tower von München. Larry mußte schnell eine Entscheidung treffen. Er konnte immer noch in Brüssel, Köln oder Luxemburg landen.

Oder in Amsterdam.

Wieder meldete sich knarrend die Stimme: »Sonderflug eins-null-neun, geben Sie bitte Ihren Flugplan bekannt.«

Larry schaltete auf Sprechen um. »Sonderflug eins-null-neun an Tower München. Wir fliegen nach Amsterdam.« Er kippte den Schalter zurück und merkte, daß Metaxas ihn beobachtete.

»Mein Gott, ich hätte doch meine Lebensversicherung verdoppeln sollen«, sagte Metaxas. »Glaubst du wirklich, daß wir es schaffen?«

»Wenn du es ganz genau wissen willst«, entgegnete Larry verbittert, »es ist mir scheißegal.«

»Großartig. Ich bin in einem Flugzeug mit zwei komplett Verrückten!« stöhnte Metaxas.

In der nächsten Stunde wurde Larry völlig vom Steuern des Flugzeugs beansprucht. Kommentarlos hörte er die laufenden Wettermeldungen ab. Er hoffte immer noch, daß der Wind seine Richtung ändern würde, aber als er noch dreißig Minuten von Amsterdam entfernt war, lautete der Wetterbericht immer noch gleich. Dichter Nebel. Der Flughafen war für jeden Verkehr geschlossen, außer für Notfälle. Larry nahm Kontakt mit dem Kontrollturm in Amsterdam auf. »Sonderflug eins-null-neun an Tower Amsterdam. Nähern uns Flughafen von 75 Meilen ostwärts Köln, ETA neunzehnhundert.«

Beinahe augenblicklich antwortete eine knarrende Stimme über das Funkgerät: »Tower Amsterdam an Sonderflug eins-null-neun. Unser Flughafen ist geschlossen. Empfehlen Ihnen Rückkehr nach Köln oder Landung in Brüssel.«

Larry sprach in das Handmikrofon: »Sonderflug eins-null-neun an Tower Amsterdam. Negativ. Wir sind in Notlage.«

Metaxas drehte sich überrascht zu ihm um.

Eine andere Stimme meldete sich im Funkgerät. »Sonderflug eins-null-neun, hier Operationschef Flughafen Amsterdam. Wir sind völlig eingenebelt. Sicht gleich Null, wiederhole: Sicht gleich Null. Worin besteht Ihre Notlage?«

»Unser Treibstoff geht zur Neige«, antwortete Larry. »Wir haben kaum genug, Amsterdam zu erreichen.«

Metaxas' Blicke wanderten zu den Treibstoffmessern. Sie zeigten halbvolle Tanks an. »Um Himmels willen«, platzte Metaxas heraus, »wir könnten bis nach China fliegen!«

Das Funkgerät war stumm. Plötzlich setzte es wieder knisternd ein: »Amsterdam Tower an Sonderflug eins-null-neun. Landung freigegeben. Wir holen Sie herein.«

»Verstanden.« Larry kippte den Schalter zurück und wandte sich an Metaxas. »Laß den Treibstoff ab«, befahl er.

Metaxas schluckte und fragte dann mit quäkender Stimme: »Treibstoff ablassen?«

»Du hast richtig verstanden, Paul. Laß nur so viel in den Tanks, daß es zur Landung reicht.«

»Aber, Larry . . .«

»Verdammt, widersprich mir jetzt nicht. Wenn wir mit halbvollen Tanks ausrollen, nehmen sie uns die Lizenz so schnell, daß wir's gar nicht merken.«

Metaxas nickte düster und griff nach einem Hebel. Er begann zu pumpen und behielt dabei den Treibstoffmesser genau im Auge. Fünf Minuten später befanden sie sich im Nebel, eingehüllt in weiche weiße Watte, die alles auslöschte außer dem schwacherhellten Cockpit, in dem sie saßen. Es war ein gespenstisches Gefühl, abgeschnitten von Zeit und Raum und der übrigen Welt. Zum letztenmal hatte Larry dieses Gefühl in einem Link Trainer durchlebt, aber das war gewissermaßen ein Spiel ohne Risiko gewesen. Jetzt war der Einsatz Leben oder Tod. Was mochte wohl sein Passagier machen? fragte er sich. Er hoffte, sie bekäme einen Herzanfall. Wieder meldete sich der Kontrollturm von Amsterdam.

»Kontrollturm Amsterdam an Sonderflug eins-null-neun. Ich bringe Sie über A. L. S. ein. Befolgen Sie meine Anweisungen bitte genau. Wir haben Sie auf unserem Radarschirm. Drehen Sie 3 Grad West und halten Sie die gegenwärtige Höhe, bis weitere Anweisungen folgen. Bei Ihrer gegenwärtigen Fluggeschwindigkeit sollten Sie in achtzehn Minuten landen.«

Die Stimme im Funkgerät klang angespannt. Aus gutem Grund, dachte Larry grimmig. Ein kleiner Fehler, und das Flugzeug würde ins Meer rasen. Larry nahm die Korrektur vor und verschloß seine Gedanken für alles andere außer der körperlosen Stimme, die den einzigen Weg zum Überleben wies. Er flog die Maschine so, als sei sie ein Teil seiner selbst, er flog sie mit Herz und Geist und Seele. Er war sich dumpf der Nähe von Paul Metaxas bewußt, der schwitzend neben ihm saß und ständig mit leiser, gepreßter Stimme die Instrumente ablas. Doch wenn sie aus dieser Situation lebendig herauskommen sollten, dann war es Larry Douglas zu verdanken. Larry hatte niemals einen so dichten Nebel erlebt. Er war ein gespenstischer Feind, der ihn von allen Seiten anfiel, ihn blendete, ihn täuschte, ihn zu verleiten suchte, den tödlichen Fehler zu begehen. Er raste mit einer Geschwindigkeit von vierhundert Kilometern in der Stunde dahin, war unfähig, weiter zu sehen als bis zu der Windschutzscheibe des Cockpits vor sich. Piloten haßten Nebel, und ihre erste Regel war: Steige über ihn weg oder tauche unter ihm durch, aber gehe ihm aus dem Weg! Jetzt konnte er das nicht, denn er war durch die Laune einer überspannten Person auf ein unerreichbares Ziel festgelegt. Er war hilflos der Barmherzigkeit seiner Instrumente ausgeliefert, die falsch anzeigen konnten, und der Männer auf dem Boden, die Fehler begehen konnten. Wieder meldete sich die Stimme im Funkgerät, und sie schien Larry einen neuen, nervösen Ton zu haben.

»Tower Amsterdam an Sonderflug eins-null-neun. Sie kommen zum ersten Teil Ihres Landeanflugs. Fahren Sie die Landeklappen aus und gehen Sie tiefer. Gehen Sie auf zweitausend Fuß ... auf fünfzehnhundert Fuß ... auf tausend Fuß ...«

Noch immer kein Anzeichen des Flughafens unten. Sie hätten irgendwo in der Mitte des Nichts sein können. Er spürte aber, wie der Boden der Maschine entgegenraste.

»Verringern Sie die Fluggeschwindigkeit auf hundertzwanzig ... Fahren Sie das Fahrwerk aus ... Sie sind in sechshundert Fuß ... Geschwindigkeit einhundert ... Sie sind in vierhundert Fuß ...« Und immer noch kein Anzeichen dieses gottverdammten Flughafens! Die Decke der alles einhüllenden Watte schien jetzt dichter.

Metaxas' Stirn glänzte vor Schweiß. »Wo, zum Teufel, ist er?« murmelte er.

Larry warf einen schnellen Blick auf den Höhenmesser. Die Nadel näherte sich der Marke für dreihundert Fuß, dann war sie darunter. Der Boden raste ihnen mit hundert Meilen in der Stunde entgegen. Der Höhenmesser zeigte nur noch hundertfünfzig Fuß an. Irgend etwas stimmte nicht. Er müßte jetzt die Lichter des Flughafens sehen können. Er strengte seine Augen an, um weiter sehen zu können, aber er nahm nichts als den verräterischen, blendenden Nebel wahr, der an der Windschutzscheibe vorbeistrich.

Larry vernahm Metaxas' Stimme, angespannt und heiser: »Wir sind auf sechzig Fuß.« Und immer noch nichts.

»Vierzig Fuß.«

Und der Boden raste ihnen in der Dunkelheit weiter entgegen.

»Zwanzig Fuß.«

Es hatte keinen Sinn. Noch zwei Sekunden, und sie hatten den Sicherheitsbereich überschritten und würden zerschellen. Er mußte augenblicklich eine Entscheidung treffen.

»Ich bringe sie wieder hinauf«, sagte Larry. Seine Hände schlossen sich fester um die Steuersäule, und er begann sie zurückzuziehen, doch in diesem Augenblick flammte auf dem Boden vor ihm eine Reihe elektrischer Lichtpfeile auf und beleuchtete die Landebahn unten. Zehn Sekunden später hatten sie aufgesetzt und rollten auf das Flughafengebäude von Schiphol zu.

Als sie zum Halten gekommen waren, stellte Larry mit gefühllosen Fingern die Motoren ab und blieb dann lange regungslos sitzen. Schließlich stemmte er sich auf die Füße und stellte zu seiner Überraschung fest, daß ihm die Knie zitterten. Er bemerkte einen seltsamen Geruch und blickte Metaxas an. Metaxas grinste verlegen.

»Tut mir leid«, sagte er. »Ich habe in die Hosen gemacht.«

Larry sah auf ihn herab und nickte. »Für uns beide«, sagte er. Er drehte sich um und ging in die Kabine. Die Hure saß ruhig da und blätterte gelassen in einer Zeitschrift! Larry blieb vor ihr stehen. Alles in ihm drängte ihn, ihr die Meinung zu sagen, wünschte sich verzweifelt, den Schlüssel zu ihrer Handlungsweise zu finden. Noelle Page mußte wissen, wie nahe sie in den vergangenen Minuten dem Tode gewesen war, und dennoch saß sie heiter und gelassen da, und nicht ein Haar an ihr war in Unordnung geraten.

In drückendem Schweigen fuhren sie nach Amsterdam hinein. Noelle auf dem Rücksitz des Mercedes 300 und Larry vorn bei dem Chauffeur. Metaxas war auf dem Flughafen zurückgeblieben, um die Maschine warten zu lassen. Der Nebel war immer noch dicht, und sie fuhren langsam, bis er sich plötzlich lichtete, als sie den Lindenplatz erreichten.

Sie fuhren über den Platz, überquerten die Amstel auf der Eider-Brücke und hielten vor dem Amstel-Hotel an. Als sie in der Halle waren, sagte Noelle zu Larry: »Holen Sie mich um Punkt zehn ab.« Dann drehte sie sich um und ging auf die Fahrstühle zu, dicht hinter ihr der sich verneigende Manager. Ein Page führte Larry in ein kleines unbehagliches Einzelzimmer im ersten Stock auf der Rückseite des Hotels. Das Zimmer lag neben der Küche, und durch die Wand konnte Larry das Klappern des Geschirrs und die Vielfalt der Gerüche aus den dampfenden Kesseln wahrnehmen.

Larry warf einen Blick in das Zimmer und sagte ungehalten: »Hier würde ich nicht einmal einen Hund unterbringen.«

»Verzeihung«, sagte der Page sich entschuldigend. »Miss Page hat für Sie das billigste Zimmer verlangt, das wir haben.«

Gut, gut, dachte Larry, *ich werde einen Weg finden, sie zu schlagen. Constantin Demiris ist nicht der einzige Mann auf der Welt, der einen Privatpiloten braucht. Morgen fange ich an mich umzuhören. Ich habe eine Menge seiner reichen Freunde kennengelernt. Ein halbes Dutzend davon wäre verdammt froh, wenn sie mich bekämen.* Doch dann schränkte er ein: *Nicht, wenn Demiris mich hinauswirft. Wenn das passiert, wird mich keiner auch nur anfassen. Ich hänge nun einmal hier.*

Das Bad war unten am Gang, und Larry packte seinen Koffer aus, nahm einen Morgenmantel heraus, damit er ins Bad gehen konnte, doch dann dachte er: *Zum Teufel damit, warum sollte ich ihretwegen baden? Hoffentlich stinke ich wie ein Schwein.*

Er ging auf einen Drink, den er dringend brauchte, in die Hotelbar. Er war bei seinem dritten Martini, als er auf die Uhr über der Bar blickte und feststellte, daß es 10 Uhr 15 war. *Punkt zehn Uhr,* hatte sie gesagt. Larry geriet in Panik. Hastig legte er ein paar Geldscheine auf die Bar und eilte zum Fahrstuhl. Noelle bewohnte die Kaisersuite im 5. Stock. Unwillkürlich rannte er durch den langen Korridor und fluchte über sich selbst, daß er sich dies antun ließ. Er klopfte an ihre Tür und suchte in Gedanken nach Vorwänden, um seine Verspätung zu entschuldigen. Niemand reagierte auf sein Klopfen, und als Larry den Türknopf drehte, fand er die Tür unverschlossen. Er trat in den großen, luxuriös ausgestatteten Salon und blieb einen Augenblick unsicher stehen, ehe er rief: »Miss Page.« Es kam keine Antwort. *Das* war also ihr Plan.

Es tut mir leid, Costa Liebling, aber ich sagte dir gleich, daß er unzuverlässig ist. Ich hatte ihn gebeten, mich um zehn Uhr abzuholen, aber er saß unten in der Bar und betrank sich. Ich mußte ohne ihn gehen.

Larry vernahm ein Geräusch aus dem Bad und ging darauf zu. Die Badezimmertür stand offen. Er ging hinein, gerade als Noelle

Page unter der Dusche hervorkam. Sie hatte nichts an außer einem Frottiertuch, das sie sich als Turban um den Kopf geschlungen hatte.

Noelle drehte sich um und sah ihn unter der Tür stehen. Eine Entschuldigung drängte sich Larry auf die Lippen, er versuchte, ihrer Empörung zuvorzukommen, doch noch ehe er ein Wort herausbrachte, sagte Noelle ungerührt: »Reichen Sie mir das Badetuch«, als ob er eine Zofe wäre. Oder ein Eunuch. Larry hätte sich mit ihrer Empörung oder ihrem Zorn abfinden können, aber ihre arrogante Gleichgültigkeit ließ etwas in ihm aushaken.

Er trat auf sie zu und packte sie. Er wußte, daß er damit alles, was er sich wünschte, fortwarf, um der billigen Befriedigung einer kleinlichen Rache willen, aber er konnte sich nicht zurückhalten. Die Wut in ihm hatte sich seit Monaten angesammelt, genährt von den Demütigungen, die er von ihr erfahren hatte, den vorsätzlichen Beleidigungen, den Erniedrigungen, der Gefährdung seines Lebens. Alles das brannte in ihm, als er nach ihrem nackten Körper griff. Wenn Noelle geschrien hätte, hätte Larry sie bewußtlos geschlagen. Aber sie sah den wilden Ausdruck auf seinem Gesicht und gab keinen Laut von sich, als er sie aufhob und ins Schlafzimmer trug.

In Larry meldete sich eine Stimme, die ihm zuschrie einzuhalten, sich zu entschuldigen, zu sagen, daß er betrunken wäre, davonzurennen, ehe es für ihn zu spät war, sich zu retten, aber er wußte, daß es schon zu spät war. Es gab kein Zurück mehr. Er warf sie brutal aufs Bett.

Er konzentrierte sich auf ihren Körper, weigerte sich, an die Strafe zu denken, die ihn dafür treffen würde. Er machte sich keine Illusionen darüber, was Demiris mit ihm tun würde, denn die Ehre des Griechen würde sich nicht damit bescheiden, daß er ihn lediglich hinauswürfe. Larry kannte den Magnaten gut genug, um zu wissen, daß dessen Rache weit schrecklicher sein würde, und obwohl er das wußte, konnte er sich nicht zurückhalten.

Sie lag auf dem Bett und blickte zu ihm auf, ihre Augen funkelten. Er warf sich über sie und drang in sie ein, erkannte erst in diesem Augenblick, wie sehr er sich schon die ganze Zeit gewünscht hatte, genau das zu tun, und irgendwie verschmolz der Trieb vollständig mit dem Haß, und er spürte, daß ihre Arme sich um seinen Nacken schlangen und sie ihn an sich drückte, als ob sie ihn nie wieder loslassen wollte, und sie sagte: »Willkommen daheim«, und es fuhr Larry durch den Sinn, daß sie verrückt sei oder daß sie ihn mit einem anderen verwechsle, doch das war ihm gleichgültig, denn ihr Körper zuckte und wand sich unter ihm, und er vergaß alles andere in dem Gefühl dessen, was ihm widerfuhr, und in der plötzlichen, wundervollen Erkenntnis, daß jetzt alles gut war.

Athen 1946

Unerklärlicherweise war die Zeit Catherines Feind geworden. Zunächst bemerkte sie es nicht, und wenn sie zurückblickte, konnte sie nicht den genauen Augenblick bezeichnen, seitdem die Zeit gegen sie arbeitete. Sie hatte nicht bemerkt, wann Larrys Liebe gestorben war oder warum oder wie, aber eines Tages war sie nicht mehr da, verschwunden im Gang der Zeit, und alles, was übrigblieb, war ein kaltes, hohles Echo. Tag für Tag saß sie allein in der Wohnung und versuchte zu ergründen, was geschehen, was fehlgeschlagen war. Es gab nichts Bestimmtes, woran Catherine sich entsinnen konnte, keinen einzelnen Augenblick der Erkenntnis, auf den sie deuten und sagen konnte: *Das war es, das war der Punkt, an dem Larry aufhörte, mich zu lieben.* Vielleicht hatte es begonnen, als Larry von einem dreiwöchigen Aufenthalt in Afrika zurückkam, wohin er Demiris zu einer Safari gebracht hatte. Larry hatte Catherine mehr gefehlt, als sie für möglich gehalten hatte. *Er ist die ganze Zeit über fort,* dachte sie. *Es ist wie im Krieg, nur gibt es diesmal keinen Feind.*

Aber darin irrte sie sich. Es gab einen Feind.

»Ich habe dir die gute Neuigkeit noch gar nicht berichtet«, sagte Larry. »Ich habe eine Gehaltserhöhung bekommen. Siebenhundert im Monat. Was sagst du dazu?«

»Das ist wunderbar«, antwortete sie. »Um so früher können wir nach Hause zurück.« Sie sah, wie sein Gesicht finster wurde. »Was ist denn?«

»*Hier* sind wir zu Hause«, entgegnete Larry knapp.

Sie blickte ihn verständnislos an. »Nun ja, zur Zeit«, stimmte sie nachgiebig zu, »aber ich meine – du wirst doch nicht für immer hier leben wollen.«

»Du hast es nie so gut gehabt«, entgegnete Larry. »Du lebst hier wie in der Sommerfrische.«

»Aber es ist nicht wie das Leben in Amerika.«

»Scheiß auf Amerika«, antwortete Larry. »Vier Jahre lang habe ich mein Leben dafür riskiert, und was hat es mir eingebracht? Eine Handvoll billiger Orden. Nach dem Krieg wollten sie mir nicht einmal einen Job geben.«

»Das ist nicht wahr«, widersprach sie. »Du ...«

»Was ich?«

Catherine wollte keinen Streit provozieren, schon gar nicht am Abend seiner Heimkehr. »Nichts, Liebling«, sagte sie. »Du bist müde. Wir werden bald schlafen gehen.«

»Das werden wir nicht.« Er ging an die Bar, um sich einen Drink einzuschenken. »Im Argentina Night Club ist ein neues Programm. Ich habe Paul Metaxas gesagt, daß ich ihn mit ein paar Freunden dort treffen würde.«

Catherine sah ihn an. »Larry – « Sie mußte sich Mühe geben, daß ihre Stimme gefaßt klang. »Larry, wir haben uns fast einen Monat lang nicht gesehen. Wir haben nie die Möglichkeit, einfach – einfach beieinanderzusitzen und uns zu unterhalten.«

»Ich kann es nicht ändern, daß mich mein Beruf nach auswärts führt«, erwiderte er. »Glaubst du vielleicht, ich wäre nicht gern bei dir?«

Sie schüttelte den Kopf. »Ich weiß nicht. Ich muß ein Orakel befragen.«

Darauf legte er seinen Arm um sie und strahlte sie mit seinem unschuldigen Jungenlächeln an. »Zum Teufel mit Metaxas und der ganzen Bande. Wir bleiben heute zu Hause, nur wir zwei allein. Einverstanden?«

Catherine sah ihm ins Gesicht und wußte, daß sie unvernünftig war. Selbstverständlich konnte er nichts dafür, daß sein Beruf ihn von ihr fortführte. Und wenn er nach Hause zurückkam, war es nur natürlich, daß er andere Leute sehen wollte. »Laß uns doch ausgehen, wenn du gern möchtest«, schlug sie vor.

Er zog sie dicht an sich. »Wir bleiben allein, nur wir zwei.«

Das ganze Wochenende über verließen sie die Wohnung nicht. Catherine kochte, und sie liebten sich und saßen vor dem Feuer und unterhielten sich und spielten Rommé und lasen, und es war alles so, wie Catherine es sich nur wünschen konnte.

Am Sonntagabend, nach einem köstlichen Essen, das Catherine zubereitet hatte, gingen sie zu Bett und liebten sich wieder. Sie lag im Bett und sah Larry nach, der nackt ins Bad ging, und dachte, was für ein schöner Mann er sei und wie glücklich sie wäre, daß er ihr gehöre, und das Lächeln stand ihr noch im Gesicht, als Larry sich unter der Badezimmertür umdrehte und beiläufig sagte: »Triff für die nächste Woche jede Menge Verabredungen, damit wir nicht wieder aneinanderkleben und uns langweilen.« Damit ging er ins Bad und ließ Catherine mit erstarrtem Lächeln zurück.

Oder hatten die Schwierigkeiten vielleicht mit Helena, der schönen griechischen Stewardeß, angefangen? An einem heißen Sommernachmittag war Catherine einkaufen gewesen. Larry war auswärts. Sie erwartete ihn am nächsten Tag zurück und wollte ihn mit einem seiner Lieblingsgerichte überraschen. Als Catherine, die Arme voller Lebensmittel, den Markt verließ, fuhr ein Taxi an ihr vorbei. Auf dem Rücksitz saß Larry, den Arm um ein Mädchen in Stewardessenuniform gelegt. Catherine erhaschte nur einen flüchtigen Blick auf ihre lachenden Gesichter, und dann bog das Taxi um eine Ecke und war verschwunden.

Catherine stand wie benommen da, und erst als ein paar kleine Jungen ihr zu Hilfe kamen, bemerkte sie, daß die Lebensmitteltüten ihren kraftlosen Fingern entglitten waren. Die Buben hatten Catherine geholfen, alles aufzusammeln, und sie war nach Hause geschwankt, ihr Verstand weigerte sich zu denken. Sie hatte versucht sich einzureden, daß es nicht Larry gewesen sei, den sie in dem Taxi gesehen hatte, es war jemand, der ihm ähnlich sah. Die Wahrheit aber war, daß es niemand auf der Welt gab, der Larry ähnelte. Er war einmalig, eine unvergleichliche Schöpfung der Natur. Und er gehörte ganz ihr. Ihr und der Dunkelhaarigen in dem Taxi und wie vielen anderen noch?

Catherine blieb die ganze Nacht auf und wartete darauf, daß Larry durch die Tür träte, und als er nicht nach Hause kam, wußte sie, daß keine Entschuldigung, die er vorbringen mochte, ihre Ehe noch zusammenhalten könnte, und sie hatte auch keine Entschuldigung für sich selbst. Er war ein Lügner und Betrüger, und sie konnte nicht länger mit ihm verheiratet bleiben.

Larry kam erst am späten Nachmittag des folgenden Tages zurück.

»Hallo«, begrüßte er sie vergnügt, als er die Wohnung betrat. Er stellte seine Flugtasche ab und sah sie an. »Was ist los?«

»Wann bist du zurückgekommen?« fragte Catherine steif.

Larry sah sie überrascht an. »Vor ungefähr einer Stunde. Warum?«

»Ich sah dich gestern mit einem Mädchen in einem Taxi.« *So einfach ist das also,* dachte Catherine. *Das sind die Worte, die meiner Ehe ein Ende setzen. Er wird es abstreiten, und ich werde ihn einen Lügner nennen, werde ihn verlassen und ihn nie wiedersehen.*

Larry stand vor ihr und blickte sie an.

»Los«, sagte sie. »Sag schon, daß du es nicht warst.«

Larry sah sie weiter an und nickte. »Natürlich war ich es.« Der plötzliche scharfe Schmerz, den Catherine in ihrer Magengrube verspürte, ließ sie erkennen, wie sehr sie gewünscht hatte, daß er es ableugnen würde.

»Mein Gott«, sagte er. »Was hast du dir denn gedacht?«

Sie wollte sprechen, und ihre Stimme bebte vor Zorn. »Ich –«

Larry hob die Hand. »Sage nichts, was dir später leid tun könnte.«

Catherine blickte ihn ungläubig an. »Was mir leid tun könnte?«

»Ich flog gestern schnell nach Athen zurück, um ein Mädchen namens Helena Merelis für Demiris nach Kreta zu bringen. Helena arbeitet bei ihm als Stewardeß.«

»Aber ...« Es war möglich. Larry konnte die Wahrheit sagen; oder war er *polymechanos,* fruchtbar im Erfinden? »Warum hast du mich nicht angerufen?« fragte Catherine.

»Habe ich«, entgegnete Larry kurz. »Es hat sich niemand gemeldet. Du warst aus, oder?«

Catherine schluckte. »Ich – ich war einkaufen fürs Abendessen.«

»Ich habe keinen Hunger«, sagte Larry abweisend. »Nörgeln verdirbt mir immer den Appetit.« Er drehte sich um und ging zur Tür hinaus, ließ Catherine stehen, die die rechte Hand erhoben hatte, als ob sie ihn wortlos beschwören wollte zurückzukehren.

Kurz danach fing Catherine an zu trinken. Es begann auf eine recht harmlose Weise. Sie erwartete Larry um sieben Uhr zum Essen, und als es neun wurde und er noch nicht angerufen hatte, trank

Catherine einen Kognak, um die Zeit totzuschlagen. Bis zehn hatte sie dann mehrere getrunken, und bis er dann nach Hause kam, falls er kam, war das Essen längst verdorben und sie etwas angetrunken. So konnte sie leichter ertragen, was ihrem Leben widerfuhr.

Catherine konnte sich selbst nicht länger die Tatsache verheimlichen, daß Larry sie betrog und sie wahrscheinlich vom ersten Tag ihrer Ehe an betrogen hatte. Als sie eines Tages eine seiner Uniformhosen durchsuchte, ehe sie sie zur Reinigung schickte, fand sie in der Tasche ein Spitzentaschentuch, steif von Sperma. An seiner Unterhose war Lippenstift.

Sie stellte sich Larry in den Armen einer anderen Frau vor. Und sie wollte ihn umbringen.

Athen 1946

Wie die Zeit zu Catherines Feind geworden war, so wurde sie zu Larrys Freund. Die Nacht in Amsterdam war nichts weniger als ein Wunder gewesen. Larry hatte eine Katastrophe herausgefordert, und gerade dabei hatte er unglaublicherweise die Lösung für alle seine Probleme gefunden. *Das ist das Glück der Douglas,* dachte er befriedigt.

Doch er wußte, daß es mehr als Glück war. Es war ein finsterer, perverser Instinkt in ihm, der ihn drängte, das Schicksal herauszufordern, bis an die Grenze des Todes und der Vernichtung vorzustoßen, ein Testen, ein Aufbäumen seiner selbst gegen das Geschick bei einem Einsatz von Leben oder Tod.

Larry erinnerte sich an einen Morgen über den Truck Islands in der Südsee, als ein Schwarm japanischer Zeros aus der Wolkendecke herausgeschossen kam. Er flog am äußersten Flügel, und die Japaner konzentrierten ihren Angriff auf ihn. Drei Zeros hatten ihn von dem übrigen Geschwader abgedrängt und eröffneten das Feuer auf ihn. In einer Art Hellsichtigkeit, die ihn im Augenblick der Gefahr überkam, war er sich des Vorhandenseins der Inseln unter sich bewußt, der Dutzende von Schiffen, die auf der rollenden See auf und ab wogten, der dröhnenden Flugzeuge, die in dem leuchtendblauen Himmel aufeinander zustießen. Es war einer der glücklichsten Augenblicke in Larrys Leben, war Lebenserfüllung und Verspottung des Todes.

Er hatte seine Maschine abtrudeln lassen und sie hinter einer Zero abgefangen. Er hatte den Japaner explodieren sehen, als er mit seinen Maschinengewehren das Feuer eröffnete. Die zwei anderen Flugzeuge stießen von beiden Seiten auf ihn herunter. Larry beobachtete, wie sie auf ihn zurasten, und zog seine Maschine im letzten Augenblick in einem Immelmann hoch, und die beiden Japaner kollidierten in der Luft. Es war ein Augenblick, den Larry später in Gedanken oft genoß.

Aus irgendeinem Grund hatte er sich in der Nacht in Amsterdam daran erinnert. Er hatte Noelle wild und hemmungslos geliebt, und nachher hatte sie in seinen Armen gelegen und von ihnen beiden, von ihrem Zusammensein vor dem Krieg in Paris gesprochen. Plötzlich tauchte ihm eine verschwommene Erinnerung an ein lebenshungriges junges Mädchen auf, aber mein Gott, seit damals waren ihm Hunderte lebenshungriger junger Mädchen begegnet, und Noelle war für ihn nicht mehr als eine flüchtige Erinnerung aus der Vergangenheit.

Welch ein Glück, dachte Larry, daß ihre Wege sich zufällig, nach all den langen Jahren, wieder gekreuzt hatten.

»Du gehörst mir«, sagte Noelle. »Jetzt bist du mein.«

Etwas in ihrem Ton machte Larry unruhig. *Aber schließlich,* fragte er sich, *was habe ich zu verlieren?*

Solange er Noelle beherrschte, konnte er ewig bei Demiris bleiben, wenn er wollte.

Sie sah ihn prüfend an, als ob sie in seinen Gedanken läse, und in ihren Augen lag ein seltsamer Ausdruck, den Larry nicht deuten konnte.

Doch was hatte das schon zu besagen?

Nach einem Rückflug von Marokko lud Larry Helena zum Abendessen ein und verbrachte die Nacht in ihrer Wohnung.

Am Morgen fuhr er zum Flughafen hinaus, um seine Maschine zu inspizieren. Er aß mit Paul Metaxas zu Mittag.

»Du siehst aus, als hättest du den Hauptgewinn gezogen«, sagte Metaxas. »Kannst du mir nicht was davon abgeben?«

»Junge«, antwortete Larry grinsend, »du würdest nicht damit zu Rande kommen. Dazu muß man Meister in dem Fach sein.«

Die gemeinsame Mahlzeit verlief angenehm, und danach fuhr Larry in die Stadt zurück, um Helena abzuholen, die ihn auf dem bevorstehenden Flug begleiten sollte.

Er klopfte an der Tür ihrer Wohnung, und nach langer Zeit öffnete Helena vorsichtig. Sie war nackt. Larry starrte sie an, erkannte sie zuerst fast nicht. Ihr Gesicht und ihr Körper waren eine Ansammlung böser Schrammen und geröteter Schwellungen. Ihre

Augen waren schmerzende Schlitze. Sie war von einem Profi zusammengeschlagen worden.

»Mein Gott, was ist passiert?« rief Larry entsetzt.

Helena öffnete den Mund, und Larry sah, daß ihr drei der oberen Vorderzähne ausgeschlagen worden waren. »Z-zwei Männer«, stammelte sie. »Sie kamen gleich, nachdem du fort warst.«

»Hast du nicht die Polizei gerufen?« fragte Larry fassungslos.

»Sie – sie haben gesagt, sie würden mich umbringen, wenn ich sie verriete. Sie meinten es ernst, L-Larry.« Sie war unter einem schweren Schock und stützte sich an der Tür.

»Haben sie dich beraubt?«

»N-nein. Sie dr-drangen hier ein und vergewaltigten mich und dann – dann schlugen sie mich zusammen.«

»Zieh dir etwas an«, befahl er. »Ich bringe dich ins Krankenhaus.«

»Ich kann – ich kann doch nicht auf die Straße mit meinem Gesicht«, stammelte sie.

Selbstverständlich hatte sie recht. Larry telefonierte mit einem befreundeten Arzt und bat ihn herzukommen.

»Es tut mir leid, aber ich kann nicht bleiben«, erklärte er Helena. »Ich muß mit Demiris in einer halben Stunde abfliegen. Ich komme zu dir, sobald ich wieder zurück bin.«

Aber er sah sie nie wieder. Als Larry zwei Tage später zurückkam, stand die Wohnung leer, und die Wirtin sagte ihm, die junge Dame sei ausgezogen, ohne eine neue Adresse zu hinterlassen. Selbst dann argwöhnte Larry die Wahrheit noch nicht. Erst einige Nächte später, als er bei Noelle war und sie liebte, erhielt er einen Hinweis darauf, was geschehen war.

»Du bist so gottverdammt phantastisch«, sagte er. »Ich habe noch nie jemanden wie dich kennengelernt.«

»Gebe ich dir alles, was du dir wünschst?« fragte sie.

»Ja«, stöhnte er. »Oh, mein Gott, ja.«

Noelle hielt in ihrem Tun inne. »Dann schlafe niemals mit einer anderen Frau«, sagte sie leise. »Das nächste Mal bringe ich sie um.«

Larry erinnerte sich ihrer Worte: Du gehörst mir. Plötzlich nahmen sie eine neue, drohende Bedeutung an. Zum ersten Mal hatte er eine Vorahnung, daß dies keine gelegentliche nächtliche Affäre sei, die er jederzeit abbrechen könne, wenn ihm danach zumute war. Er spürte das kalte, tödliche, ungreifbare Zentrum in Noelle Page, und ein Schauer von Furcht überlief ihn. Während dieser Nacht setzte er ein halbes dutzendmal dazu an, das Gespräch auf Helena zu bringen, doch jedesmal hielt er sich zurück aus Furcht vor dem Wissen, aus Furcht, es in Worte zu kleiden, ganz als ob Worte mehr Gewalt hätten als die Tat selbst. Wenn Noelle dazu fähig war . . .

Beim Frühstück am nächsten Morgen beobachtete er Noelle insgeheim, suchte nach Anzeichen von Grausamkeit, Sadismus, doch alles, was er sah, war eine liebende, schöne Frau, die ihm amüsante Anekdoten erzählte, jeden seiner Wünsche erriet und erfüllte. *Ich muß mich in ihr täuschen,* dachte er. Doch danach wich er vorsichtig allen Verabredungen mit Mädchen aus, und nach wenigen Wochen hatte er jedes Verlangen danach verloren, weil er von Noelle vollkommen besessen war.

Von Anfang an wies Noelle Larry darauf hin, daß sie ihre Affäre vor Constantin Demiris unbedingt geheimhalten müßten.

»Nie darf der geringste Schatten eines Verdachts auf uns fallen«, schärfte Noelle ihm ein.

»Warum soll ich mir nicht ein Apartment mieten?« schlug Larry vor. »Einen Ort, an dem wir . . .«

Noelle schüttelte den Kopf. »Nicht in Athen. Irgend jemand würde mich erkennen. Laß mich darüber nachdenken.«

Zwei Tage später schickte Demiris nach Larry. Zunächst war Larry beunruhigt, fragte sich, ob der griechische Magnat etwas über Noelle und ihn in Erfahrung gebracht hätte, aber Demiris begrüßte ihn freundlich und begann mit ihm ein Gespräch über ein neues Flugzeug, dessen Kauf er erwog.

»Es ist ein umgebauter Mitchell-Bomber«, erläuterte Demiris. »Ich möchte, daß Sie ihn sich ansehen.«

Larrys Gesicht leuchtete auf. »Das ist ein großartiges Flugzeug«, sagte er. »Durch sein Gewicht und seine Größe ist es das komfortabelste Flugzeug, das Sie bekommen können.«

»Wieviel Passagiere kann es befördern?«

Larry dachte einen Augenblick nach. »Mit allem Luxus neun. Dazu der Pilot, ein Navigator und ein Bordmechaniker. Die Maschine macht vierhundertachtzig Meilen in der Stunde.«

»Das klingt recht interessant. Wollen Sie sie für mich überprüfen und mir dann berichten?«

»Ich kann es kaum erwarten.« Larry grinste vergnügt.

Demiris erhob sich. »Übrigens, Douglas. Miss Page will morgen früh nach Berlin. Ich wünsche, daß Sie sie hinfliegen.«

»Jawohl, Sir«, antwortete Larry und fügte dann arglos hinzu: »Hat Miss Page Ihnen berichtet, daß wir etwas besser miteinander auskommen?«

Demiris blickte auf. »Nein«, antwortete er überrascht. »Tatsache ist, daß sie sich erst heute morgen bei mir über Ihre Überheblichkeit beschwerte.«

Larry starrte ihn erschrocken an, doch dann begriff er und versuchte schnell, seinen Fehler zu kaschieren. »Ich gebe mir Mühe, Mr. Demiris«, sagte er ernst. »Ich werde mir noch mehr Mühe geben.«

Demiris nickte. »Tun Sie das. Sie sind der beste Pilot, den ich je hatte, und es wäre zu bedauerlich, wenn...« Er verstummte, aber das, was er sagen wollte, war eindeutig.

Auf der Fahrt nach Hause machte Larry sich die größten Vorwürfe. Er sollte lieber daran denken, daß er jetzt in der höchsten Liga spielte. Noelle war klug genug gewesen zu erkennen, daß jede plötzliche Änderung in ihrer Einstellung gegenüber Larry Demiris mißtrauisch machen würde. Das bisherige Verhältnis zwischen ihnen beiden war eine perfekte Tarnung für das, was sie taten. Demiris versuchte, sie einander näherzubringen. Der Gedanke ließ Larry laut auflachen. Es war ein gutes Gefühl zu wissen, daß er etwas besaß, wovon einer der mächtigsten Männer der Welt glaubte, daß es ihm gehöre.

Auf dem Flug nach Berlin übergab Larry das Steuer an Paul Metaxas und sagte ihm, er gehe in die Kabine, um mit Noelle Page zu sprechen.

»Hast du keine Angst, daß dir der Kopf abgerissen wird?« fragte Metaxas.

Larry zögerte. Er fühlte sich versucht zu prahlen, unterdrückte diesen Impuls aber. »Sie ist ein Erzluder«, sagte er schulterzuckend. »Aber wenn ich keinen Weg finde, um sie zugänglicher zu machen, könnte ich leicht einmal auf dem Hintern landen.«

»Viel Glück«, wünschte Metaxas nüchtern.

»Danke.«

Larry schloß sorgfältig die Tür zum Cockpit hinter sich und

ging in den Salon, wo Noelle saß. Die beiden Stewardessen befanden sich im hinteren Teil der Maschine. Larry wollte sich Noelle gegenüber setzen.

»Sei vorsichtig«, warnte sie leise. »Jeder, der bei Constantin arbeitet, liefert ihm Berichte.«

Larry blickte zu den Stewardessen hinüber und dachte an Helena.

»Ich habe etwas für uns gefunden«, sagte Noelle. Ihr Ton war freudig erregt.

»Ein Apartment?«

»Ein Haus. Weißt du, wo Rafina liegt?«

Larry schüttelte den Kopf. »Nein.«

»Es ist ein kleines Dorf am Meer, hundert Kilometer nördlich von Athen. Wir haben eine abgelegene Villa dort.«

Er nickte. »In wessen Namen hast du sie gemietet?«

»Ich habe sie gekauft«, antwortete Noelle. »Unter einem anderen Namen.«

Larry fragte sich, wie man sich vorkommen mußte, wenn man in der Lage war, eine Villa zu kaufen, nur um gelegentlich mit jemandem ins Heu zu hopsen. »Großartig«, sagte er. »Ich kann es kaum erwarten, sie zu sehen.«

Sie musterte ihn einen Augenblick. »Wirst du Schwierigkeiten haben, von Catherine fortzukommen?«

Larry sah Noelle überrascht an. Zum ersten Mal erwähnte sie seine Frau. Er hatte gewiß kein Geheimnis aus seiner Ehe gemacht, aber es war merkwürdig, Noelle Catherines Namen aussprechen zu hören. Offensichtlich hatte sie Nachforschungen angestellt, und wie er sie allmählich kannte, waren es wahrscheinlich gründliche Nachforschungen. Sie wartete auf seine Antwort. »Nein«, sagte er. »Ich komme und gehe, wie es mir paßt.«

Noelle nickte befriedigt. »Gut. Constantin geht in Geschäften auf eine Kreuzfahrt nach Dubrovnik. Ich habe ihm schon gesagt, daß ich nicht mitfahren kann. Wir haben zehn herrliche Tage vor uns. Aber du gehst jetzt besser.«

Larry drehte sich um und ging ins Cockpit zurück.

»Wie war es?« fragte Metaxas. »Hast du was erreicht?«

»Nicht viel«, antwortete Larry. »Es braucht Zeit.«

Larry besaß einen Wagen, ein Citroën-Kabriolett, aber Noelle bestand drauf, daß er sich bei einer kleinen Autovermietung in Athen einen Leihwagen nahm. Noelle war allein nach Rafina vorausgefahren, und Larry sollte sie dort treffen. Die angenehme Fahrt führte auf einer staubigen Bergstraße hoch über dem Meer entlang. Zweieinhalb Stunden von Athen entfernt, kam Larry in ein winziges, reizendes, an die Küste gekuscheltes Dorf. Noelle hatte ihm genaue Anweisungen gegeben, so daß er im Dorf nicht anzuhalten und nachzufragen brauchte. Er erreichte den Dorfrand, bog nach links ab und fuhr über einen Feldweg, der zum Meer führte. Dort standen mehrere Villen, jede für sich hinter hohen Mauern abgeschlossen. Am Ende einer Felsstraße stand auf einem über das Meer hinausragenden Vorsprung eine große luxuriöse Villa.

Larry fuhr vors Tor und drückte auf die Klingel. Einen Augenblick später schwang das elektrische Tor auf. Er fuhr hindurch, und das Tor schloß sich hinter ihm. Er befand sich auf einem großen Hof mit einem Springbrunnen in der Mitte. Die Seiten des Hofs waren von Blumenrabatten umsäumt. Das Haus selbst war eine typische mediterrane Villa, uneinnehmbar wie eine Festung. Die Vordertür öffnete sich, und Noelle erschien in einem weißen Baumwollkleid. Lächelnd standen sie einander gegenüber, und dann lag sie in seinen Armen.

»Komm und sieh dir dein neues Haus an«, sagte sie eifrig und zog ihn hinein.

Das Innere des Hauses bestand aus höhlenartigen, weitläufigen Räumen mit gewölbten Decken. Unten befanden sich ein sehr großer Wohnraum, eine Bibliothek, ein Speisesaal und eine altmodische Küche mit einem runden Herd in der Mitte. Die Schlafräume lagen oben.

»Wie sieht es mit der Bedienung aus?« fragte Larry.

»Du siehst sie vor dir.«

Larry betrachtete sie überrascht. »Willst du selbst kochen und saubermachen?«

Sie nickte. »Wenn wir wieder fort sind, kommt ein Ehepaar her, um zu putzen, aber es wird uns nicht zu Gesicht bekommen. Ich habe alles mit einer Agentur arrangiert.«

Larry grinste zynisch.

In Noelles Stimme lag ein warnender Ton. »Begeh ja nicht den Fehler, Constantin Demiris zu unterschätzen. Wenn er uns auf die Sprünge kommt, wird er uns beide umbringen.«

Larry lächelte. »Du übertreibst«, sagte er. »Dem Alten mag es nicht passen, aber . . .«

Ihre blauen Augen blickten fest in die seinen. »Er wird uns beide töten.« In ihrer Stimme lag etwas, das ein Gefühl böser Vorahnungen in ihm auslöste.

»Ist das wirklich dein Ernst?«

»Ich war nie ernster in meinem Leben. Er kennt keine Rücksicht.«

»Aber wenn du sagst, er würde uns *töten*«, widersprach Larry, »das heißt doch nicht . . .«

»Er wird nicht auf uns schießen«, sagte Noelle entschieden, »sondern er wird eine komplizierte, raffinierte Methode finden, und er wird niemals dafür zur Rechenschaft gezogen werden.« Ihr Ton wurde leichter. »Aber er wird uns nicht auf die Spur kommen, Liebling. Komm, ich will dir unser Schlafzimmer zeigen.« Sie nahm ihn bei der Hand, und sie stiegen die weitgeschwungene Treppe hinauf. »Wir haben vier Gästezimmer«, sagte sie und fügte mit einem Lächeln hinzu: »Und wir können sie alle ausprobieren.« Sie führte ihn in den Hauptschlafraum, ein riesiges Eckzimmer, von wo man auf das Meer hinausblickte. Durch das Fenster konnte Larry auf eine große Terrasse hinabsehen und auf einen kurzen Pfad, der sich zum Wasser hinunterschlängelte. Dort befand sich ein Landesteg, an dem ein großes Segelboot und ein Motorboot festgemacht lagen.

»Wem gehören die Boote?«

»Dir«, antwortete sie. »Sie sind dein Begrüßungsgeschenk.«

Er drehte sich um und sah, daß sie ihr Baumwollkleid abgestreift hatte. Sie war nackt. Den Rest des Nachmittags verbrachten sie im Bett.

Die nächsten zehn Tage vergingen wie im Flug. Noelle war quicklebendig, eine Nymphe, ein Luftgeist, ein Dutzend schöner Dienerinnen, die Larry jeden Wunsch erfüllten, noch ehe er wußte, was er sich wünschte. Er fand die Bibliothek der Villa mit seinen Lieblingsbüchern und -platten bestückt. Noelle kochte seine Lieblingsgerichte mit aller Perfektion, segelte mit ihm, schwamm mit ihm in dem warmen blauen Meer, umarmte ihn, massierte ihn abends, bis er einschlief. In gewisser Weise waren sie zwei Gefangene, denn sie wagten nicht, einen anderen Menschen zu sehen. Jeden Tag entdeckte Larry neue Seiten an Noelle. Sie unterhielt ihn mit faszinierenden Anekdoten von berühmten Leuten, die sie kannte.

Sie versuchte, mit ihm über Wirtschaft und Politik zu diskutieren, bis sie entdeckte, daß er sich für keines von beiden interessierte.

Sie spielten Poker und Rommé, und Larry wurde wütend, weil er nie gewann. Noelle brachte ihm Schach und Halma bei, und in beidem konnte er sie niemals schlagen. An ihrem ersten Sonntag in der Villa bereitete sie ein köstliches Picknick, und sie saßen am Strand in der Sonne und genossen es. Während sie aßen, blickte Noelle auf und sah in der Ferne zwei Männer, die in ihrer Richtung den Strand entlanggeschlendert kamen.

»Laß uns hineingehen«, sagte Noelle.

Larry blickte auf und sah die beiden Männer. »Mein Gott, sei doch nicht so ängstlich. Das sind zwei Dorfbewohner, die einen Spaziergang machen.«

»Sofort hinein«, befahl sie.

»Na gut«, sagte er mürrisch, über den Vorfall und ihren Ton gereizt.

»Hilf mir zusammenzupacken.«

»Warum lassen wir die Sachen nicht einfach hier?« fragte er.

»Weil sie Verdacht erregen würden.«

Schnell stopften sie alles in den Picknickkorb und gingen zurück ins Haus. Larry war den Rest des Nachmittags schweigsam. Mit seinen Gedanken beschäftigt, saß er in der Bibliothek, während Noelle in der Küche arbeitete.

Spät am Nachmittag kam sie in die Bibliothek und setzte sich zu seinen Füßen nieder. Mit ihrem untrüglichen Sinn für seine Gedanken sagte sie: »Denk nicht länger an sie.«

»Das waren doch nur ein paar idiotische Dörfler«, knurrte Larry. »Ich hasse es, mich wie ein Verbrecher zu verkriechen.« Er sah sie an, und sein Ton änderte sich. »Ich will mich nicht vor jedem verstecken müssen. Ich liebe dich.«

Noelle wußte, daß es diesmal die Wahrheit war. Sie dachte an die Jahre, in denen sie geplant hatte, Larry zu vernichten, und an die wilde Freude, mit der sie sich seine Vernichtung vorgestellt hatte. Und dennoch: In dem Augenblick, als Noelle Larry wiedergesehen hatte, wußte sie sofort, daß noch etwas Tieferes als Haß in ihr lebte. Als sie ihn bis an den Rand des Todes getrieben hatte, ihn auf diesem schrecklichen Flug nach Amsterdam gezwungen hatte, ihrer beiden Leben zu riskieren, war es gewesen, als ob sie in einer wilden Herausforderung des Schicksals seine Liebe zu ihr auf die Probe stellte. Sie war vorn bei Larry im Cockpit gewesen, hatte mit ihm das Flugzeug gesteuert, mit ihm gelitten, gewußt, daß sie zusammen sterben würden, wenn er starb, und er hatte sie beide gerettet. Und als er in Amsterdam zu ihr ins Zimmer kam und sie liebte, waren ihr Haß und ihre Liebe mit ihren beiden Körpern ineinander verschmolzen, und irgendwie hatte sich die Zeit ausgedehnt und war zusammengeschrumpft, und sie waren wieder in ihrem kleinen Hotelzimmer in Paris, und Larry sagte zu ihr: »Warum heiraten wir eigentlich nicht? Lassen wir uns von irgendeinem *Maire* auf dem Land trauen«, und Gegenwart und Vergangenheit waren berauschend eins geworden, und da erkannte Noelle, daß sie zeitlos waren, immer zeitlos gewesen waren, daß in Wirklichkeit sich nichts geändert hatte und daß die Tiefe ihres Hasses auf Larry der Höhe ihrer Liebe zu ihm entsprang. Wenn sie ihn vernichtete, würde sie sich selbst vernichten, denn sie selbst hatte sich ihm vor langer Zeit schon vollständig hingegeben, und nichts konnte das jemals ändern.

Noelle schien es, daß alles, was sie in ihrem Leben erreicht hatte, durch Haß errungen worden war. Der Betrug ihres Vaters hatte sie geformt und gebildet, zäh gemacht und gehärtet, mit Rachsucht erfüllt, die durch nichts Geringeres als ein eigenes Königreich, in dem sie allmächtig war, in dem sie nie wieder betrogen werden, nie wieder verletzt werden konnte, zu befriedigen war. Das hatte sie schließlich erreicht. Und jetzt war sie bereit, alles für diesen Mann aufzugeben. Weil sie jetzt wußte, daß sie sich nie etwas anderes gewünscht hatte, als daß Larry sie brauchte, sie liebte. Und endlich brauchte und liebte er sie. Und das war schließlich ihr wahres Königreich.

Athen 1946

Für Larry und Noelle waren die nächsten drei Monate eine jener seltenen idyllischen Perioden, in denen alles glattgeht, alles stimmt, eine magische Zeit des Treibens von einem wundervollen Tag zum nächsten, ohne die geringste Wolke am Horizont. Larry tat in seiner Arbeitszeit das, was er liebte: Er flog. Und jedesmal, wenn er freie Zeit hatte, verbrachte er einen Tag oder ein Wochenende oder eine Woche mit Noelle in der Villa in Rafina. Anfangs hatte Larry befürchtet, dieses Übereinkommen würde zu einem Mühlstein werden, der ihn in jene Art Häuslichkeit hinabzöge, die er verabscheute, doch jedesmal, wenn er Noelle sah, war er entzückter, und er begann, sich begierig auf die Stunden zu freuen, die er mit ihr verbringen konnte. Als sie einmal ein Wochenende absagen mußte, weil sie Demiris unerwartet auf eine Reise begleitete, blieb Larry allein in der Villa und war wütend und eifersüchtig und stellte sich Noelle und Demiris zusammen vor. Als er Noelle an dem darauffolgenden Wochenende sah, war sie von seinem Ungestüm überrascht und erfreut.

»Du hast mich vermißt«, sagte sie.

Er nickte. »Sehr.«

»Gut.«

»Was macht Demiris?«

Sie zögerte einen Augenblick. »Alles in Ordnung.«

Larry hatte ihr Zögern bemerkt. »Was ist?«

»Ich dachte an etwas, was du gesagt hast.«

»Was denn?«

»Du hast gesagt, daß du es haßt, dich wie ein Verbrecher zu verkriechen. Ich hasse es auch. In jedem Augenblick, in dem ich mit Demiris zusammen war, wollte ich mit dir zusammen sein. Ich habe dir einmal gesagt, Larry, daß ich dich ganz für mich haben will. Das meinte ich im Ernst. Ich will dich mit niemandem teilen. Ich will, daß du mich heiratest.«

Er starrte sie überrascht an. Darauf war er nicht gefaßt gewesen.

Noelle beobachtete ihn. »Willst du mich heiraten?«

»Das weißt du doch. Aber wie? Du sagst mir ständig, was Demiris tun wird, wenn er hinter unser Geheimnis kommt.«

Sie schüttelte den Kopf. »Er wird nicht dahinterkommen. Nicht, wenn wir schlau sind und es richtig planen. Ich bin nicht sein Eigentum. Ich werde ihn verlassen. Dagegen kann er nichts unternehmen. Er ist zu stolz, als daß er versuchen würde, mich zurückzuhalten. Ein oder zwei Monate später gibst du deine Stellung auf. Wir gehen irgendwohin, getrennt, in die Vereinigten Staaten vielleicht. Dort können wir heiraten. Ich habe mehr Geld, als wir je brauchen werden. Ich kaufe dir ein Charterunternehmen oder eine Fliegerschule oder was du haben willst.«

Er stand vor ihr und hörte ihr zu, wog ab, was er aufgeben sollte, gegen das, was er gewinnen würde. Und was gab er schon auf? Einen kümmerlichen Job als Pilot. Der Gedanke, eigene Flugzeuge zu besitzen, ließ ihn erschauern. Er konnte eine eigene umgebaute Mitchell besitzen. Oder vielleicht eine neue DC-6, die gerade herausgekommen war. Vier Motoren, fünfundachtzig Passagiere. Und Noelle, ja, er wollte Noelle haben. Mein Gott, warum zögerte er überhaupt noch?

»Und was wird aus meiner Frau?« fragte er.

»Sag ihr, daß du dich von ihr scheiden läßt.«

»Ich weiß nicht, ob sie damit einverstanden sein wird.«

»Du sollst sie nicht darum bitten«, erwiderte Noelle, »du sollst es ihr sagen.« Ein endgültiger, unerbittlicher Ton lag in ihrer Stimme.

Larry nickte. »Also gut.«

»Du wirst es nicht bedauern, Liebling, ich verspreche es dir«, sagte Noelle.

Für Catherine hatte die Zeit ihren 24-Stunden-Rhythmus verloren, für sie war der Ablauf der Zeit durcheinandergeraten, und Tag und Nacht gingen in eins über. Larry war fast nie zu Hause, und sie hatte es schon lange aufgegeben, ihre Freunde zu sehen, weil sie nicht mehr die Kraft hatte, sich neue Ausreden auszudenken oder Menschen gegenüberzutreten. Graf Pappas hatte ein halbes dutzendmal versucht, sie zu sehen, und hatte es schließlich aufgegeben. Sie war nur noch fähig, auf Umwegen mit Menschen umzugehen: durch das Telefon oder über Briefe oder Telegramme. Von Angesicht zu Angesicht versteinerte sie, und jede Unterhaltung prallte an ihr ab. Sie brachte Schmerz, und Menschen brachten Schmerz, und die einzige Linderung fand Catherine in dem wunderbaren Vergessen durch Alkohol. Oh, wie er die Leiden milderte, die Pein der Zurückweisungen löste und die erbarmungslose Sonne der Wirklichkeit, die auf alle niederbrannte, besänftigte.

Als Catherine nach Athen gekommen war, hatten sie und William Fraser sich oft geschrieben, Neuigkeiten ausgetauscht und sich über die Tätigkeit ihrer gemeinsamen Freunde und Feinde auf dem laufenden gehalten. Doch als Catherines Probleme mit Larry begannen, hatte sie nicht mehr das Herz, an Fraser zu schreiben. Seine letzten drei Briefe blieben unbeantwortet, und sein letzter Brief blieb ungeöffnet. Sie besaß einfach nicht die Energie, es mit irgend etwas außerhalb des Mikrokosmos ihres Selbstbedauerns, in dem sie gefangen war, aufzunehmen.

Eines Tages traf ein Telegramm für Catherine ein, und es lag noch eine Woche später ungeöffnet auf dem Tisch, als es an der Tür klingelte und William Fraser erschien. Catherine starrte ihn ungläubig an. »Bill«, sagte sie dumpf. »Bill Fraser!«

Er wollte etwas sagen, und dann sah sie, wie an die Stelle der Freude in seinem Blick etwas anderes trat, etwas Erschrockenes und Schockiertes.

»Bill, mein Lieber«, sagte sie. »Was tust du hier?«

»Ich mußte geschäftlich nach Athen«, erklärte Fraser. »Hast du mein Telegramm nicht bekommen?«

Catherine blickte ihn an, versuchte sich zu erinnern. »Ich weiß nicht«, antwortete sie schließlich. Sie führte ihn ins Wohnzimmer. Es war übersät mit alten Zeitungen, vollen Aschbechern und halbgeleerten Tellern. »Es tut mir leid, daß hier eine solche Unordnung herrscht«, sagte sie mit einer vagen Handbewegung. »Ich hatte viel zu tun.«

Fraser betrachtete sie besorgt. »Geht es dir nicht gut, Catherine?«

»Mir? Mir geht's phantastisch. Wie ist es mit einem kleinen Drink?«

»Es ist erst elf Uhr vormittags.«

Sie nickte. »Du hast recht. Du hast völlig recht, Bill. Es ist zu früh für einen Drink, und um die Wahrheit zu gestehen, ich würde nicht daran denken, wenn ich nicht feiern wollte, daß du hergekommen bist. Du bist der einzige in der ganzen Welt, der mich um elf Uhr vormittags zu einem Drink veranlassen könnte.«

Fraser sah bedrückt zu, wie Catherine zum Getränkeschrank schwankte und für sich einen großen und für ihn einen kleineren Drink einschenkte.

»Magst du griechischen Kognak?« fragte sie, während sie ihm sein Glas brachte. »Früher habe ich ihn verabscheut, aber man gewöhnt sich daran.«

Fraser nahm sein Glas und stellte es ab. »Wo ist Larry?« fragte er ruhig.

»Larry? Oh, der gute alte Larry fliegt irgendwo in der Gegend herum. Er arbeitet für den reichsten Mann der Welt. Demiris gehört alles, sogar Larry.«

Er sah sie prüfend an. »Weiß Larry, daß du trinkst?«

Catherine stellte heftig ihr Glas hin und blieb schwankend vor ihm stehen. »Was meinst du damit, ob Larry weiß, daß ich trinke?« entgegnete sie empört. »Wer sagt, daß ich trinke? Nur weil ich das Wiedersehen mit einem alten Freund feiern will, brauchst du noch nicht über mich herzufallen.«

»Catherine«, begann er, »ich bin . . .«

»Glaubst du, du kannst hier hereinkommen und mich beschuldigen, ein Trunkenbold zu sein?«

»Es tut mir leid, Catherine«, sagte Fraser bedrückt. »Ich glaube, du brauchst Hilfe.«

»Da irrst du dich aber«, entgegnete sie schroff. »Ich brauche keine Hilfe. Und weißt du, warum? Weil ich – weil ich, weil ich selbst . . .« Sie suchte nach einem Wort und gab es schließlich auf. »Ich brauche keine Hilfe.«

Fraser blickte sie an. »Ich muß jetzt zu einer Besprechung«, sagte er. »Willst du mit mir zu Abend essen?«

»Ja.« Sie nickte.

»Gut, ich hole dich um acht Uhr ab.«

Catherine sah Bill Fraser nach, als er ging. Dann ging sie langsam ins Schlafzimmer, öffnete die Tür zum Kleiderschrank und starrte in den Spiegel an der Rückseite der Tür. Sie stand starr da, war unfähig zu glauben, was sie vor sich sah, überzeugt, daß der Spiegel ihr einen furchtbaren Streich spielte. Innerlich war sie noch das hübsche kleine, von ihrem Vater angebetete Mädchen, noch das junge Collegegirl, das mit Ron Peterson in einem Motelzimmer stand und ihn sagen hörte: »Mein Gott, Cathy, du bist das verdammt Schönste, das ich je zu Gesicht bekommen habe.« Und Bill Fraser hielt sie in seinen Armen und sagte: »Du bist so schön, Catherine.« Und Larry sagte: »Bleibe so schön, Cathy, du bist überwältigend.« Und sie blickte in den Spiegel und krächzte laut: »Wer ist das?«, und die elende, formlose Frau im Spiegel begann zu weinen, hoffnungslose, leere Tränen, die ihr über das verkommene, aufgequollene Gesicht liefen. Stunden später klingelte es an der Tür. Sie hörte Bill Frasers Stimme rufen: »Catherine, Catherine, bist du da?«, und dann klingelte es wieder, und schließlich verstummte die Stimme, und das Klingeln hörte auf, und Catherine war allein mit der Fremden im Spiegel.

Um neun Uhr am folgenden Morgen nahm Catherine ein Taxi zur Patission-Straße. Der Arzt hieß Nikodes und war ein großer stämmiger Mann mit einer weißen zottigen Mähne, einem klugen Gesicht mit freundlichen Augen und gelassenem, zwanglosem Benehmen.

Eine Schwester führte Catherine in sein Sprechzimmer, und Dr. Nikodes deutete auf einen Stuhl. »Setzen Sie sich, Mrs. Douglas.«

Catherine setzte sich, nervös und angespannt, und versuchte, das Zittern ihres Körpers zu unterdrücken.

»Und was ist Ihr Problem?«

Sie setzte zur Antwort an und brach dann hilflos ab. *Mein Gott,* dachte sie, *wie soll ich anfangen?* »Ich brauche Hilfe«, brachte sie schließlich heraus. Ihre Stimme klang trocken und krächzend, und sie gierte nach einem Drink.

Der Arzt lehnte sich in seinem Sessel zurück und betrachtete sie. »Wie alt sind Sie?«

»Achtundzwanzig.« Sie beobachtete sein Gesicht, als sie sprach. Er versuchte, seinen Schock zu verbergen, aber sie durchschaute ihn und war auf eine perverse Weise erfreut.

»Sie sind Amerikanerin?«

»Ja.«

»Sie leben in Athen?«

Sie nickte.

»Wie lange leben Sie schon hier?«

»Tausend Jahre. Wir sind vor dem Peloponnesischen Krieg hierhergezogen.«

Der Doktor lächelte. »Dieses Gefühl habe ich manchmal auch.« Er bot Catherine eine Zigarette an. Sie griff danach und versuchte, das Zittern ihrer Hände zu verbergen. Falls Dr. Nikodes es bemerkte, sagte er nichts. Er gab ihr Feuer. »Welche Art Hilfe brauchen Sie denn, Mrs. Douglas?«

Catherine sah ihn hilflos an. »Ich weiß nicht«, flüsterte sie. »Ich weiß es nicht.«

»Fühlen Sie sich krank?«

»Ich bin krank. Ich muß sehr krank sein. Ich bin häßlich geworden.« Sie wußte, daß sie nicht weinte, und doch fühlte sie, wie ihr die Tränen über die Wangen liefen.

»Trinken Sie, Mrs. Douglas?« fragte der Doktor freundlich.

Catherine starrte ihn voller Panik an, fühlte sich in die Ecke gedrängt, angegriffen. »Manchmal.«

»Wieviel?«

Sie holte tief Atem. »Nicht viel. Es – es kommt darauf an.«

»Haben Sie heute schon etwas getrunken?« fragte er.

»Nein.«

Er saß da und betrachtete sie prüfend. »Sie sind in Wirklichkeit gar nicht häßlich«, sagte er sanft. »Sie haben Übergewicht, Ihr Körper ist aufgeschwemmt, und Sie haben Ihre Haut und Ihr Haar nicht gepflegt. Unter dieser Oberfläche befindet sich aber eine sehr attraktive junge Frau.«

Sie brach in Tränen aus, und er saß dabei und ließ sie sich ausweinen. Schwach vernahm Catherine durch ihr Schluchzen, daß der Summer auf dem Schreibtisch des Arztes mehrmals ertönte, aber der Doktor ignorierte ihn. Das krampfhafte Schluchzen ließ schließlich nach. Catherine zog ihr Taschentuch heraus und putzte sich die Nase. »Es tut mir leid«, entschuldigte sie sich. »K-können Sie mir helfen?«

»Das hängt völlig von Ihnen ab«, erwiderte Dr. Nikodes. »Wir wissen ja nicht genau, worin Ihr Problem besteht.«

»Sehen Sie mich doch an«, hielt Catherine ihm entgegen.

Er schüttelte den Kopf. »Das ist kein Problem, Mrs. Douglas, das ist ein Symptom. Entschuldigen Sie meine Offenheit, aber wenn ich Ihnen helfen soll, müssen wir vollkommen offen miteinander sein. Wenn eine attraktive junge Frau sich so gehenläßt wie Sie, muß es einen sehr triftigen Grund dafür geben. Lebt Ihr Mann noch?«

»An Feiertagen und Wochenenden.«

Er musterte sie. »Leben Sie mit ihm zusammen?«

»Wenn er zu Hause ist.«

»Was ist er von Beruf?«

»Er ist Constantin Demiris' Privatpilot.« Sie bemerkte die Reaktion auf dem Gesicht des Arztes, aber ob er auf den Namen Demiris reagierte oder ob er von Larry etwas wußte, konnte sie nicht sagen. »Haben Sie schon mal von meinem Mann gehört?« fragte sie.

»Nein.« Aber das konnte gelogen sein. »Lieben Sie Ihren Mann, Mrs. Douglas?«

Catherine öffnete den Mund, um zu antworten, hielt aber inne. Sie wußte, daß das, was sie sagen würde, sehr wichtig war, nicht nur für den Arzt, sondern auch für sie selbst. Ja, sie liebte ihren Mann, und ja, sie haßte ihn, und ja, manchmal hatte sie eine solche Wut auf ihn, daß sie wußte, sie wäre fähig ihn zu töten, und ja, manchmal war sie von Zärtlichkeit für ihn so überwältigt, daß sie wußte, sie würde gern für ihn sterben, und wie lautete das Wort, das das alles ausdrücken konnte? Vielleicht war es Liebe. »Ja«, sagte sie.

»Liebt er Sie?«

Catherine dachte an die anderen Frauen in Larrys Leben und an seine Untreue, und sie dachte an die schreckliche Fremde im Spiegel in der vergangenen Nacht, und sie konnte Larry keinen Vorwurf machen, daß er sie nicht begehrte. Aber wer wollte sagen, was an erster Stelle stand? Hatte die Frau im Spiegel seine Untreue herbeigeführt, oder war die Frau im Spiegel die Folge seiner Untreue? Sie bemerkte, daß ihre Wangen wieder naß von Tränen waren.

Catherine schüttelte ratlos den Kopf. »Ich weiß es nicht.«

»Hatten Sie mal einen Nervenzusammenbruch?«

Sie sah ihn argwöhnisch an. »Nein. Meinen Sie, daß ich einen brauche?«

Er lächelte nicht. Er sprach langsam, wählte seine Worte sorgfältig. »Die menschliche Psyche ist eine delikate Sache, Mrs. Douglas. Sie kann nur eine bestimmte Menge Schmerz ertragen, und wenn der Schmerz unerträglich wird, flüchtet sie in die verborgenen Bereiche des Bewußtseins, die wir gerade erst zu erforschen beginnen. Ihre Gefühle sind in einem sehr hohen Maß belastet.« Er sah sie einen Augenblick lang an. »Ich glaube, es war gut, daß Sie zu mir gekommen sind, um Hilfe zu suchen.«

»Ich weiß, daß ich etwas nervös bin«, sagte Catherine abwehrend. »Deshalb trinke ich. Um mich zu entspannen.«

»Nein«, antwortete er schonungslos. »Sie trinken, um zu entfliehen.« Nikodes stand auf und trat zu ihr. »Ich glaube, wir können wahrscheinlich eine ganze Menge für Sie tun. Mit ›wir‹ meine ich Sie und mich. Es wird nicht einfach sein.«

»Sagen Sie mir, was ich tun soll.«

»Zunächst werde ich Sie in eine Klinik zu einer gründlichen Untersuchung schicken. Meiner Ansicht nach wird man dort nicht feststellen, daß Ihnen grundlegend etwas fehlt. Als nächstes werden Sie das Trinken einstellen. Dann werde ich Ihnen eine Diät verordnen. Soweit alles klar?«

Catherine zögerte, ehe sie nickte.

»Sie werden sich bei einer Gymnastikschule anmelden, wo Sie sich regelmäßig ausarbeiten werden, bis Sie körperlich wieder fit sind. Ich kenne eine ausgezeichnete Physiotherapeutin, die Ihnen Massagen geben wird. Sie werden einmal wöchentlich in einen Schönheitssalon gehen. Das alles nimmt Zeit in Anspruch, Mrs. Douglas, aber Sie sind nicht über Nacht in diesen Zustand gekommen, und er kann auch nicht über Nacht behoben werden.« Er lächelte ihr aufmunternd zu. »Aber ich kann Ihnen versprechen, daß Sie in wenigen Monaten – sogar schon in wenigen Wochen – anfangen werden, wie eine andere Frau auszusehen und sich auch so zu fühlen. Wenn Sie in den Spiegel blicken, werden Sie stolz sein – und wenn Ihr Mann Sie ansieht, wird er Sie attraktiv finden.«

Catherine starrte ihn an, ihr Herz schlug höher. Ihr war, als ob eine unerträgliche Last tief in ihrem Inneren von ihr genommen, als ob ihr plötzlich eine neue Lebenschance gegeben worden wäre.

»Sie müssen sich darüber im klaren sein, daß ich Ihnen dieses Programm nur empfehlen kann«, sagte der Doktor. »Sie selbst müssen es durchführen.«

»Das werde ich«, sagte Catherine inbrünstig. »Ich verspreche es.«

»Das Trinken aufzugeben, wird das schwerste sein.«

»O nein«, widersprach Catherine. Und als sie es sagte, wußte sie, daß es die Wahrheit war. Der Arzt hatte recht, sie hatte getrunken, um zu entfliehen. Jetzt hatte sie ein Ziel, wußte sie, wohin sie ging. Sie würde Larry zurückgewinnen. »Ich werde keinen Tropfen mehr anrühren«, sagte sie fest.

Der Arzt blickte ihr ins Gesicht und nickte zufrieden. »Ich glaube Ihnen, Mrs. Douglas.«

Catherine stand auf. Es bestürzte sie, wie plump und unbeholfen ihr Körper war, doch das würde jetzt alles anders werden. »Ich werde mir jetzt lieber ein paar enganliegende Kleider kaufen«, meinte sie mit einem zaghaften Lächeln.

Dr. Nikodes schrieb etwas auf eine Karte. »Dies ist die Adresse der Klinik. Man wird Sie erwarten. Ich sehe Sie nach den Untersuchungen wieder.«

Auf der Straße sah Catherine sich nach einem Taxi um, dann dachte sie: *Zum Teufel damit! Ich kann mit dem Training gleich anfangen.* Sie ging also zu Fuß. Sie kam an einem Schaufenster vorbei und blieb stehen, um ihr Spiegelbild zu betrachten.

Sie war vorschnell gewesen, Larry die Schuld für den Zerfall ihrer Ehe zu geben, ohne je zu fragen, welchen Anteil an der Schuld sie selbst hatte. Warum sollte er nach Hause kommen wollen zu jemandem, der aussah wie sie? Wie langsam und verstohlen hatte sich diese Fremde eingeschlichen, ohne daß sie es bemerkte. Sie fragte sich, wie viele Ehen auf die gleiche Weise zerbrochen waren, nicht mit einem Knall – *und davon hat es in der letzten Zeit nicht viel gegeben,* dachte Catherine sarkastisch –, sondern mit einem Winseln, wie der gute alte T. S. Eliot sagte. Nun, das lag alles in der Vergangenheit. Von nun an würde sie nicht mehr zurückblicken, sondern nur noch vorwärts in eine wundervolle Zukunft sehen.

Catherine hatte den eleganten Distrikt Salonika erreicht. Sie kam an einem Schönheitssalon vorbei, und einem plötzlichen Impuls folgend, kehrte sie um und trat ein. Der Empfangsraum war mit weißem Marmor ausgekleidet, weitläufig und elegant. Eine hochnäsige Empfangsdame sah Catherine mißbilligend an und fragte: »Kann ich Ihnen behilflich sein?«

»Ich möchte einen Termin für morgen vormittag«, sagte Catherine. »Ich wünsche alles, komplett.« Der Name des Starfriseurs kam ihr plötzlich in den Sinn. »Ich wünsche von Aleko bedient zu werden.«

Die Frau schüttelte den Kopf. »Ich kann Ihnen einen Termin geben, aber Sie werden sich mit jemand anderem begnügen müssen.«

»Hören Sie«, sagte Catherine fest. »Sagen Sie Aleko, daß er mich entweder bedienen wird, oder ich werde überall in Athen erzählen, daß ich eine seiner Stammkundinnen bin.«

Die Augen der Frau weiteten sich entsetzt. »Ich – ich werde sehen, was sich tun läßt«, versprach sie hastig. »Kommen Sie morgen früh um zehn.«

»Danke«, antwortete Catherine. »Ich werde pünktlich sein.« Damit ging sie.

Vor sich sah sie eine kleine Taverne mit einem Schild im Fenster: »Madame Piris – Wahrsagerin«. Irgendwie kam es ihr bekannt vor, und plötzlich erinnerte sie sich, daß Graf Pappas ihr eine Geschichte über Madame Piris erzählt hatte. Es war etwas von einem Polizeibeamten und einem Löwen gewesen, aber an die Einzelheiten konnte sie sich nicht erinnern. Catherine glaubte nicht ans Wahrsagen, aber der Impuls hineinzugehen war unwiderstehlich. Sie brauchte Zuspruch, jemanden, der sie in ihrer Zuversicht auf eine wundervolle Zukunft bestärkte, der ihr sagte, daß ihr Leben wieder schön und lebenswert werden würde. Sie öffnete die Tür und ging hinein.

Nach dem hellen Sonnenlicht brauchte Catherine einige Augenblicke, um sich an das düstere Halbdunkel des Raumes zu gewöhnen. Sie erkannte eine Bar in der Ecke und ein Dutzend Tische mit Stühlen. Ein müde wirkender Kellner kam auf sie zu und sprach sie auf griechisch an.

»Nichts zu trinken, danke«, sagte Catherine. Sie genoß es, diese Worte aus dem eigenen Mund zu hören, und wiederholte sie. »Nichts zu trinken. Ich möchte Madame Piris sprechen. Ist sie da?«

Der Kellner deutete auf einen freien Tisch in der Ecke, und Catherine ging hinüber und setzte sich. Wenige Minuten später spürte sie, daß jemand neben ihr stand, und blickte auf.

Die Frau war unglaublich alt und hager, schwarz gekleidet, mit einem Gesicht, das von der Zeit zu tiefgefurchten Winkeln und Flächen ausgedörrt worden war.

»Sie wollten mich sprechen?« Ihr Englisch war stockend.

»Ja«, sagte Catherine. »Ich möchte eine Sitzung, bitte.«

Die Frau setzte sich und hob eine Hand, und der Kellner kam an den Tisch und brachte eine Tasse dicken schwarzen Kaffee auf einem kleinen Tablett. Er stellte es vor Catherine hin.

»Für mich nicht«, sagte Catherine. »Ich ...«

»Trinken Sie«, befahl Madame Piris.

Catherine sah sie überrascht an, dann griff sie nach der Tasse und trank einen Schluck von dem Kaffee. Er war stark und bitter. Sie setzte die Tasse ab.

»Mehr«, sagte die alte Frau.

Catherine wollte protestieren, aber dachte dann. *Zum Teufel, was sie hier beim Wahrsagen verlieren, machen sie mit dem Kaffee wieder wett.* Sie nahm noch einen Schluck. Es schmeckte scheußlich.

»Noch einmal«, sagte Madame Piris.

Catherine hob die Schultern und trank einen letzten Schluck Auf dem Boden der Tasse war ein dicker, schleimiger Satz. Madame Piris nickte, griff nach der Tasse und nahm sie Catherine aus der Hand. Sie starrte lange Zeit in die Tasse hinein, ohne etwas zu sagen. Catherine kam sich albern vor. *Was hat eine nette, intelligente Frau wie ich in einem solchen Lokal zu suchen und eine verrückte alte, in eine leere Kaffeetasse starrende Griechin zu beobachten?*

»Sie kommen aus weiter Ferne«, sagte die alte Frau plötzlich.

»Genau«, sagte Catherine schnippisch.

Madame Piris sah ihr in die Augen, und in dem Blick der alten Frau lag etwas, was Catherine schaudern ließ.

»Gehen Sie nach Hause.«

Catherine schluckte: »Ich bin zu Hause.«

»Gehen Sie zurück, wo Sie hergekommen sind.«

»Meinen Sie – nach Amerika?«

»Irgendwohin. Gehen Sie von hier fort – schnell!«

»Warum?« fragte sie. Entsetzen überkam sie. »Was ist denn hier?«

Die alte Frau schüttelte den Kopf. Ihre Stimme war rauh, und es fiel ihr schwer, die Worte herauszubringen. »Es ist überall um Sie herum.«

»Was denn?«

»Gehen Sie fort!« Eine unwiderstehliche Eindringlichkeit lag in der Stimme der alten Frau, wie der hohe, gellende Schrei eines Tieres, das Schmerzen leidet. Catherine spürte, wie sich ihr die Haare sträubten.

»Sie machen mir Angst«, stöhnte sie. »Bitte sagen Sie mir, was es ist!«

Die alte Frau schüttelte mit wilden Blicken langsam den Kopf. »Gehen Sie, ehe es Sie trifft.«

Catherine spürte, wie die Panik in ihr wuchs. Das Atmen fiel ihr schwer. »Ehe mich was trifft?«

Das Gesicht der alten Frau war von Schmerz und Entsetzen verzerrt. »Der Tod. Er kommt auf Sie zu.« Und damit stand sie auf und verschwand ins Hinterzimmer.

Mit klopfendem Herzen saß Catherine da. Ihre Hände zitterten, sie schlang sie fest ineinander, um das Zittern zu unterdrücken. Ihr Blick fiel auf den Kellner, und sie wollte sich etwas zu trinken bestellen, aber sie hielt sich zurück. Sie wollte sich nicht durch eine verrückte alte Frau ihre strahlende Zukunft zerstören lassen. Tief atmend saß sie da, bis sie ihre Selbstbeherrschung wiedergewonnen hatte, und nach langer Zeit erhob sie sich, griff nach ihrer Tasche und ihren Handschuhen und verließ die Taverne.

In dem strahlend hellen Sonnenlicht fühlte Catherine sich gleich wohler. Es war albern gewesen, sich von einer alten Frau Angst einjagen zu lassen. Eine Hexe wie sie sollte eingesperrt werden, statt daß man ihr erlaubte, anderen Leuten Schrecken einzujagen. Von jetzt an, gelobte Catherine sich, würde sie sich nur noch an Weissagungen in Knallbonbons halten.

Als sie in ihre Wohnung zurückkam, sah sie sich im Wohnzimmer um, und es war, als ob sie es zum ersten Mal erblickte. Es bot einen bedrückenden Anblick. Überall dicker Staub, und Kleidungsstücke lagen im Zimmer verstreut. Catherine fand es unglaublich, daß sie die Unordnung in ihrem trunkenen Zustand nicht wahrgenommen haben sollte. Nun, als erstes würde sie die Wohnung tadellos in Ordnung bringen. Sie wendete sich der Küche zu, als sie hörte, wie im Schlafzimmer eine Schublade zugeschoben wurde. Ihr Herz klopfte plötzlich erschrocken, und sie näherte sich vorsichtig der Schlafzimmertür.

Larry war im Schlafzimmer. Ein geschlossener Koffer lag auf seinem Bett, und mit dem Packen eines zweiten war er gerade fertig geworden. Catherine blieb stehen und sah ihm einen Augenblick lang zu. »Falls das für das Rote Kreuz sein sollte«, sagte sie, »ich habe schon eine Spende gegeben.«

Larry blickte auf. »Ich gehe.«

»Wieder ein Flug für Demiris?«

»Nein«, antwortete er, ohne seine Tätigkeit zu unterbrechen. »Diesmal für mich. Ich gehe fort.«

»Larry ...«

»Darüber gibt es keine Diskussion mehr.«

Sie trat in das Schlafzimmer, kämpfte um ihre Selbstbeherrschung. »Doch, doch. Wir haben eine Menge zu bereden. Ich war heute beim Arzt, und er versprach mir, ich würde völlig geheilt werden.« Ihre Worte überstürzten sich. »Ich werde das Trinken aufgeben und ...«

»Cathy, es ist vorbei. Ich will die Scheidung.«

Diese Worte trafen sie wie eine Serie von Schlägen in die Magengrube. Sie preßte fest den Mund zusammen, damit sie sich nicht übergeben mußte, versuchte, die Galle hinunterzuwürgen, die ihr in die Kehle stieg. »Larry«, begann sie. Sie sprach langsam, damit ihre Stimme nicht zitterte. »Ich mache dir keine Vorwürfe. Ein großer Teil ist meine Schuld – vielleicht der größte –, aber es wird anders werden. Ich werde mich ändern – ich meine es aufrichtig.« Sie streckte flehend die Hand aus. »Ich bitte dich, gib mir eine Chance.«

Larry drehte sich um. Seine dunklen Augen waren kalt und voller Verachtung. »Ich liebe eine andere. Alles, was ich von dir erwarte, ist die Scheidung.«

Catherine stand einen Augenblick reglos vor ihm, drehte sich dann um und ging ins Wohnzimmer zurück. Sie setzte sich auf die Couch und starrte auf eine griechische Modezeitschrift, während er fertigpackte. Sie hörte Larrys Stimme sagen: »Mein Anwalt wird sich mit dir in Verbindung setzen« und danach das Zuschlagen der Wohnungstür. Catherine saß auf der Couch und blätterte Seite für Seite der Zeitschrift um. Als sie damit fertig war, legte sie sie ordentlich in die Mitte des Tisches. Dann stand sie auf, ging ins Badezimmer und öffnete das Apothekenschränkchen. Sie nahm eine Rasierklinge heraus und schnitt sich die Pulsadern auf.

Athen 1946

Gespenster in Weiß umgaben sie, und sie schwebten umher und trieben dann ins Nichts davon, mit leisem Flüstern in einer Sprache, die Catherine nicht verstand; aber sie verstand, daß es die Hölle war und daß sie für ihre Sünden büßen mußte. Man hatte sie auf das Bett geschnallt, und sie vermutete, das sei ein Teil ihrer Strafe, und sie war froh über die Riemen, denn sie spürte, wie die Erde im Raum rotierte, und fürchtete, von dem Planeten abzustürzen. Das Teuflischste, was man ihr angetan hatte, war, daß man ihre Nerven an die Außenseite ihres Körpers gezerrt hatte, so daß sie alles tausendfach spürte, und es war unerträglich. Ihr Körper war voll von schrecklichen und ihr unbekannten Geräuschen. Sie konnte hören, wie ihr Blut durch die Adern rann, und es war wie ein rauschender roter Fluß, der sie durchströmte. Sie hörte das Pochen ihres Herzens, und es klang wie eine ungeheure Trommel, die von einem Riesen geschlagen wurde. Sie hatte keine Augenlider, und das weiße Licht drang ihr ins Gehirn und blendete sie mit seiner Helligkeit. Alle Muskeln ihres Körpers lebten, waren in ständiger ruheloser Bewegung, wie ein Nest von Schlangen unter ihrer Haut, die bereit waren zuzustoßen.

Fünf Tage nachdem Catherine in das Evangelismos Hospital eingeliefert worden war, schlug sie die Augen auf und fand sich in einem kleinen weißen Krankenzimmer wieder. Eine Schwester in einem gestärkten weißen Kittel zog ihr die Bettdecke zurecht, und Dr. Nikodes drückte ihr ein Stethoskop auf die Brust.

»He, das ist kalt«, protestierte sie schwach.

Er sah sie an und sagte: »Sieh da, wer ist denn hier wach?«

Catherine ließ ihre Blicke langsam durch den Raum wandern. Das Licht schien normal zu sein, und sie konnte nicht länger das

Rauschen ihres Blutes oder das Dröhnen ihres Herzens oder das Sterben ihres Körpers wahrnehmen.

»Ich dachte, ich wäre in der Hölle.« Ihre Stimme war nicht mehr als ein Flüstern.

»Waren Sie auch.«

Sie blickte auf ihre Handgelenke. Aus irgendeinem Grund waren sie verbunden. »Wie lange bin ich schon hier?«

»Fünf Tage.«

Plötzlich erinnerte sie sich an den Grund für die Verbände. »Wahrscheinlich habe ich etwas sehr Dummes getan«, sagte sie.

»Ja.«

Sie preßte die Augen zu und sagte: »Es tut mir leid.« Dann öffnete sie die Augen wieder, und es war Abend, und Bill Fraser saß auf dem Stuhl neben ihrem Bett und betrachtete sie. Auf dem Nachttisch standen Blumen und lagen Süßigkeiten.

»Hallo«, sagte er vergnügt. »Du siehst schon viel besser aus.«

»Besser als was?« fragte sie mit schwacher Stimme.

Er legte seine Hand auf die ihre. »Du hast mir einen Mordsschrecken eingejagt, Catherine.«

»Es tut mir schrecklich leid, Bill.« Ihre Stimme versagte, und sie fürchtete, sie würde weinen müssen.

»Ich habe dir ein paar Blumen und Süßigkeiten mitgebracht. Wenn du dich kräftiger fühlst, bringe ich dir auch Bücher.«

Sie blickte ihn an, sah in sein freundliches, markantes Gesicht und dachte: *Warum liebe ich ihn nicht? Warum liebe ich den Mann, den ich hasse? Warum mußte Gott sich mir als Groucho Marx offenbaren?* »Wie bin ich hierhergekommen?« fragte Catherine.

»In einem Krankenwagen.«

»Ich meine – wer hat mich gefunden?«

Fraser antwortete nicht gleich. »Ich«, sagte er dann. »Ich habe dich mehrmals angerufen, und als du dich nicht meldetest, wurde ich unruhig und drang in die Wohnung ein.«

»Wahrscheinlich sollte ich dir dafür dankbar sein«, sagte sie, »aber, ehrlich gesagt, bin ich noch nicht so sicher.«

»Willst du darüber sprechen?«

Catherine schüttelte den Kopf, und durch die Bewegung begann ihr Kopf zu pochen. »Nein«, sagte sie leise.

Fraser nickte. »Ich muß morgen früh nach Hause fliegen. Ich bleibe aber mit dir in Verbindung.«

Sie spürte einen sanften Kuß auf der Stirn und schloß die Augen, um die Welt auszuschließen, und als sie ihre Augen wieder öffnete, war sie allein, und es war mitten in der Nacht.

Am nächsten Morgen besuchte Larry sie. Catherine sah ihm entgegen, als er ins Zimmer trat und sich auf den Stuhl neben ihrem Bett setzte. Sie hatte erwartet, daß er abgespannt und unglücklich aussehen würde, aber in Wahrheit sah er wunderbar aus, schlank und sonnengebräunt und gelöst. Catherine wünschte sich verzweifelt, daß sie sich das Haar hätte kämmen und Lippenstift auftragen können.

»Wie fühlst du dich, Cathy?« fragte er.

»Prächtig. Selbstmord bekommt mir immer ausgezeichnet.«

»Man hatte nicht damit gerechnet, daß du durchkommen würdest.«

»Es tut mir leid, daß ich dich enttäuscht habe.«

»Es ist nicht sehr nett von dir, so etwas zu sagen.«

»Aber es ist doch wahr, Larry, oder nicht? Dann wärst du mich doch los gewesen.«

»Um Gottes willen, ich will dich doch nicht so loswerden. Ich will doch nur die Scheidung.«

Sie blickte ihn an, diesen bronzebraunen, gutaussehenden Mann, den sie geheiratet hatte. Sein Gesicht war jetzt etwas verlebter, der Mund ein wenig härter, sein jungenhafter Charme etwas abgenutzt. Woran hängte sie sich noch? Sieben Jahre voller Träume? Sie hatte sich ihm mit soviel Liebe und hohen Hoffnungen hingegeben, und sie konnte sie nicht aufgeben, konnte nicht ertragen sich einzugestehen, daß ihr Leben sich in eine dürre Einöde verwandelt hatte. Sie dachte an Bill Fraser und ihre Freunde in Washington und die glücklichen Tage mit ihnen. Sie konnte sich nicht erinnern, wann sie das letztemal laut gelacht oder auch nur gelächelt hatte. Doch alles das spielte in Wirklichkeit keine Rolle. Letzten Endes wollte sie Larry nicht gehenlassen, weil sie ihn immer noch liebte. Er stand vor ihr und wartete auf ihre Antwort. »Nein«, sagte Catherine. »Nie werde ich in eine Scheidung einwilligen.«

Larry traf Noelle an jenem Abend in dem verlassenen Kloster Kaisariani und berichtete ihr über sein Gespräch mit Catherine.

Noelle hörte ihm gespannt zu und fragte: »Meinst du, daß sie ihre Ansicht ändern wird?«

Larry schüttelte den Kopf. »Catherine kann dickköpfig wie der Teufel sein.«

»Du mußt noch einmal mit ihr sprechen.«

Das tat Larry. In den nächsten drei Wochen erschöpfte er jedes Argument, das er sich denken konnte. Er flehte, schmeichelte, tobte, bot ihr Geld an, doch nichts konnte Catherine rühren. Sie liebte ihn nach wie vor, und sie war sicher, wenn er es nur versuchte, könnte auch er sie wieder lieben.

»Du bist mein Mann«, sagte sie eigensinnig, »und du wirst mein Mann bleiben, bis ich sterbe.«

Er wiederholte vor Noelle, was sie gesagt hatte.

Noelle nickte. »Ja«, sagte sie.

Larry sah sie überrascht an. »Was ja?«

Sie lagen am Strand bei der Villa. Unter ihnen ausgebreitete weiche weiße Badetücher schützten ihre Körper vor dem heißen Sand. Der Himmel war von einem tiefen berauschenden Blau, von weißen Zirruswölkchen gefleckt.

»Du mußt sie loswerden.« Sie erhob sich und schlenderte zur Villa zurück, ihre langen, graziösen Beine schritten leicht über den Sand. Larry blieb liegen, ratlos, glaubte, sie mißverstanden zu haben. Sie konnte doch nicht gemeint haben, er solle Catherine töten.

Und dann erinnerte er sich an Helena.

Sie saßen auf der Terrasse und aßen zu Abend. »Siehst du denn das nicht ein? Sie verdient nicht zu leben«, sagte Noelle. »Sie hält dich nur aus Rachsucht fest. Sie versucht, dein Leben zu ruinieren, unser Leben, Liebling.«

Sie lagen rauchend im Bett, die glühenden Enden ihrer Zigaretten blinkten in der Unendlichkeit der Spiegel an der Decke.

»Du würdest ihr einen Gefallen tun. Sie hat schon einmal versucht, sich umzubringen. Sie will sterben.«

»Ich könnte es nie, Noelle.«

»Wirklich nicht?«

Sie streichelte sein nacktes Bein, strich zu seinem Bauch hinauf und beschrieb kleine Kreise mit der Spitze ihrer Fingernägel.

»Ich werde dir helfen.«

Er wollte den Mund öffnen, um zu protestieren, aber Noelles Hände hatten ihn gefunden und begannen, an ihm zu arbeiten, sich in entgegengesetzter Richtung zu bewegen, die eine sanft und langsam, die andere hart und schnell. Und Larry stöhnte und griff nach ihr und verdrängte Catherine aus seinen Gedanken.

Irgendwann in der Nacht erwachte Larry, in kaltem Schweiß gebadet. Er hatte geträumt, Noelle sei fortgelaufen und habe ihn verlassen. Sie lag neben ihm im Bett, und er nahm sie in die Arme und drückte sie fest an sich. Den Rest der Nacht über lag er wach, dachte daran, was es für ihn bedeutete, wenn er sie verlöre. Er war sich nicht bewußt, daß er eine Entscheidung getroffen hatte, aber am Morgen, während Noelle das Frühstück bereitete, fragte er plötzlich: »Was passiert, wenn wir gefaßt werden?«

»Wenn wir schlau sind, passiert das nicht.« Falls seine Kapitulation sie befriedigte, verriet sie es durch kein Zeichen.

»Noelle«, sagte er ernst, »jeder in Athen weiß, daß Catherine und ich uns getrennt haben. Wenn ihr etwas zustößt, wird die Polizei verdammt mißtrauisch werden.«

»Selbstverständlich wird sie das«, stimmte Noelle gelassen zu. »Deshalb muß alles sehr sorgfältig geplant werden.«

Sie deckte für sie beide den Frühstückstisch, setzte sich und begann zu essen. Larry schob seinen Teller von sich, ohne ihn anzurühren.

»Ist es nicht gut?« fragte Noelle besorgt.

Er starrte sie an, fragte sich, was für ein Mensch sie sein mußte, daß sie ihr Frühstück genießen konnte, während sie den Mord an einer anderen Frau plante.

Später, als sie segelten, sprach Larry wieder davon, und je mehr sie darüber sprachen, um so wirklicher wurde es. Was als flüchtige Idee begonnen hatte, gewann durch Worte Fleisch, bis es Tatsache geworden war.

»Es muß wie ein Unfall aussehen«, sagte Noelle, »damit es nicht zu einer Untersuchung durch die Polizei kommt. Die Polizei in Athen ist sehr klug.«

»Und was wird, wenn sie doch untersucht?«

»Sie wird es nicht. Der Unfall wird sich nicht hier ereignen.«

»Wo denn?«

»In Ioannina.« Sie neigte sich vor und begann zu sprechen.

Er hörte aufmerksam zu, während sie ihren Plan erläuterte, jeden Einwand widerlegte, den er erhob, brillant improvisierte. Als Noelle schließlich fertig war, mußte Larry zugeben, daß ihr Plan fehlerfrei war. So konnte es ihnen wirklich gelingen.

Paul Metaxas war nervös. Das im allgemeinen joviale Gesicht des griechischen Piloten war streng und gespannt, und seine Mundwinkel zuckten nervös. Er hatte keinen Termin bei Constantin Demiris, und man drang nicht einfach bei dem großen Mann ein, aber Metaxas hatte dem Butler gesagt, es sei dringend, und jetzt stand Paul Metaxas in der riesigen Halle von Demiris' Villa vor dem großen Mann, starrte ihn an und stammelte unbeholfen: »Ich – ich bitte sehr um Entschuldigung, daß ich Sie belästige, Herr Demiris.« Er wischte sich verstohlen die schweißigen Hände an der Hose seiner Fliegeruniform ab.

»Ist etwas mit einem der Flugzeuge passiert?«

»Nein, ich – es – es handelt sich um etwas Persönliches.«

Demiris sah ihn ohne jedes Interesse an. Es gehörte zu seinen Prinzipien, sich nicht mit den Angelegenheiten seiner Untergebenen abzugeben. Dafür hatte er seine Sekretäre. Er wartete darauf, daß Metaxas weitersprach.

Paul Metaxas wurde mit jedem Augenblick nervöser. Er hatte eine Reihe schlafloser Nächte verbracht, ehe er den Entschluß gefaßt hatte, der ihn jetzt hierherführte. Was er jetzt tat, widersprach seinem Charakter und war ihm selbst widerwärtig, aber er war ein Mann von uneingeschränkter Loyalität, und seine Treuepflicht galt in erster Linie Constantin Demiris.

»Es handelt sich um Mademoiselle Page«, sagte er.

Darauf folgte ein Augenblick des Schweigens.

»Kommen Sie mit«, sagte Demiris. Er ging dem Piloten in die getäfelte Bibliothek voraus und schloß die Tür. Demiris nahm eine flache ägyptische Zigarette aus seinem Platinetui und zündete sie an. Er musterte den schwitzenden Metaxas. »Was ist mit Mademoiselle Page?« fragte er fast gedankenverloren.

Metaxas schluckte. Sollte er einen Fehler begangen haben? Wenn er die Situation richtig eingeschätzt hatte, würde seine Information mit Interesse aufgenommen werden, doch wenn er sich irrte . . .

Er verfluchte seine Voreiligkeit, die ihn hierhergeführt hatte, aber jetzt blieb ihm keine andere Wahl, als bei der Stange zu bleiben.

»Es – es geht um sie und Larry Douglas.« Er beobachtete das Gesicht von Demiris, versuchte, in dessen Ausdruck zu lesen. Es verriet nicht das geringste Anzeichen von Interesse. Mein Gott! Metaxas zwang sich weiterzustammeln. »Sie – sie leben zusammen in einem Haus am Strand in Rafina.«

Demiris schnippte die Asche von seiner Zigarette in eine tiefe, bauchige Goldschale. Metaxas hatte das Gefühl, gleich verabschiedet zu werden und einen schrecklichen Fehler begangen zu haben, der ihn seine Stellung kosten würde. Seine Worte begannen sich zu überstürzen.

»Meine – meine Schwester ist Haushälterin in einer der Villen dort. Sie sieht die beiden ständig am Strand zusammen. Sie erkannte Mademoiselle Page nach den Bildern in den Zeitschriften, aber sie dachte nicht weiter darüber nach, bis sie vor einigen Tagen zum Flughafen kam, um mit mir zu Abend zu essen. Ich stellte sie Larry Douglas vor und – also da sagte sie mir, daß er der Mann ist, mit dem Mademoiselle Page zusammenlebt.«

Demiris' olivdunkle Augen starrten ihn ohne jeden Ausdruck an.

»Ich – ich dachte mir, daß Sie das wissen sollten«, endete Metaxas lahm.

Als Demiris sprach, klang seine Stimme völlig tonlos. »Wie Mademoiselle Page ihr Privatleben verbringt, ist ihre eigene Angelegenheit. Ich bin überzeugt, sie wird es wenig schätzen, daß man ihr nachspioniert.«

Metaxas' Stirn war schweißbedeckt. Mein Gott, er hatte die Situation falsch beurteilt. Und er hatte doch nur loyal sein wollen. »Glauben Sie mir, Herr Demiris, ich habe nur versucht . . .«

»Ich bin überzeugt, daß Sie nur meinen Interessen dienen wollten. Sie haben sich geirrt. Sonst noch etwas?«

»Nein – nein, Herr Demiris.« Metaxas drehte sich um und floh.

Constantin Demiris lehnte sich in seinem Sessel zurück. Seine dunklen Augen starrten blicklos ins Leere.

Um neun Uhr am folgenden Morgen erhielt Metaxas einen Anruf, der ihn anwies, sich bei Demiris' Minenunternehmen im Kongo zu melden. Dort sollte Metaxas zehn Tage damit verbringen, Ausrüstung von Brazzaville zur Mine zu fliegen. An einem Mittwochmorgen, bei seinem dritten Flug, zerschellte die Maschine im dichten grünen Urwald. Niemals wurden Spuren von Metaxas' Leiche oder dem Wrack gefunden.

Zwei Wochen nachdem Catherine aus dem Krankenhaus entlassen worden war, kam Larry sie besuchen. Es war ein Samstagabend, und Catherine stand in der Küche und bereitete sich ein Omelett zu. Die Geräusche beim Kochen verhinderten, daß sie hörte, wie die Vordertür geöffnet wurde, und sie nahm Larrys Anwesenheit erst wahr, als sie sich umdrehte und ihn in der Tür stehen sah. Sie zuckte unwillkürlich zusammen, und er sagte: »Entschuldige, daß ich dich erschreckt habe. Ich bin nur vorbeigekommen, um zu sehen, wie es dir geht.«

Catherine spürte, wie ihr Herz schneller schlug, und verachtete sich selbst dafür, daß er immer noch diese Wirkung auf sie haben konnte.

»Mir geht es ganz gut«, antwortete sie. Sie drehte sich wieder um und nahm das Omelett aus der Pfanne.

»Riecht gut«, sagte Larry. »Ich hatte keine Zeit, zu Abend zu essen. Würdest du mir auch so eins zubereiten, wenn es dir nicht zuviel Mühe macht?«

Sie sah ihn für einen langen Augenblick an und zuckte die Schultern.

Sie machte Abendessen für ihn, war durch seine Anwesenheit aber so entnervt, daß sie selbst keinen Bissen essen konnte. Er sprach mit ihr, erzählte ihr von einem Flug, von dem er gerade zurückgekommen war, und eine amüsante Anekdote über einen der Freunde von Demiris. Er war der alte Larry, herzlich und charmant und unwiderstehlich, als ob zwischen ihnen nichts vorgefallen wäre, als ob er nicht ihr Zusammenleben zerstört hätte.

Nach dem Essen half Larry Catherine das Geschirr spülen und abtrocknen. Er stand neben ihr am Abwaschbecken, und seine Nähe bereitete ihr körperlichen Schmerz. Wie lange lag es schon zurück? Sie ertrug es nicht, daran zu denken.

»Es hat mir wirklich gut geschmeckt«, sagte Larry mit seinem raschen, jungenhaften Grinsen. »Danke, Cathy.«

Und damit, dachte Catherine, war es vorüber.

Drei Tage später klingelte das Telefon, und es war Larry, der von Madrid aus anrief, um ihr zu sagen, daß er auf dem Weg nach

Hause sei, und um sie zu fragen, ob sie am Abend mit ihm zum Essen ausgehen wolle. Catherine umklammerte den Hörer, lauschte auf seine freundliche, gelassene Stimme und war entschlossen, nicht zu gehen. »Ich bin heute zum Abendessen frei«, sagte sie.

Sie dinierten bei Tourkolimano am Hafen von Piräus. Catherine war kaum fähig, ihr Essen anzurühren. Das Zusammensein mit Larry war eine viel zu schmerzliche Erinnerung an andere Restaurants, in denen sie gegessen hatten, an zu viele gemeinsam verbrachte, angeregte Abende in der seit langem toten Vergangenheit, an die Liebe, die für sie beide ihr Leben lang andauern sollte.

»Du ißt ja nicht, Cathy. Soll ich etwas anderes für dich bestellen?« fragte er besorgt.

»Ich habe erst spät Mittag gegessen«, log sie. *Wahrscheinlich wird er mich nie wieder einladen,* dachte Catherine, *aber wenn er es tut, werde ich nein sagen.*

Wenige Tage später rief Larry an, und sie aßen zusammen Mittag in einem bezaubernden Restaurant in einer versteckt gelegenen Gasse beim Syntagma Platz. Es nannte sich Gerofinikas, »Die alte Palme«, und man erreichte es durch eine lange, kühle Passage, vor der eine Palme stand. Sie bekamen eine ausgezeichnete Mahlzeit, dazu Hymettos, den leichten, trockenen griechischen Wein. Larry war in seiner besten Form.

Am folgenden Sonntag bat er Catherine, mit ihm nach Wien zu fliegen. Sie aßen zusammen im Hotel Sacher und flogen noch am gleichen Abend zurück. Es war ein wunderbarer Abend mit Wein und Musik und Kerzenlicht, aber Catherine hatte das gespenstische Gefühl, daß der Abend irgendwie nicht ihr gehörte. Er gehörte jener anderen Catherine Douglas, die seit langem tot und begraben war. Als sie in die Wohnung zurückkamen, sagte sie: »Danke, Larry, es war ein schöner Tag.«

Er trat auf sie zu, nahm sie in die Arme und begann sie zu küssen. Catherine erstarrte und machte sich, von einer plötzlichen, unerwarteten Panik erfüllt, frei.

»Nein«, sagte sie.

»Cathy . . .«

»Nein!«

Er nickte. »Nun gut. Ich verstehe.«

Sie zitterte am ganzen Körper. »Wirklich?«

»Ich weiß, wie schlecht ich mich benommen habe«, sagte Larry leise. »Wenn du mir die Chance gibst, will ich es wiedergutmachen, Cathy.«

Mein Gott, dachte sie. Sie preßte die Lippen zusammen, zwang sich, nicht zu weinen, und schüttelte den Kopf. Ihre Augen schimmerten von unvergossenen Tränen. »Es ist zu spät«, flüsterte sie.

Und sie stand da und sah ihm stumm nach, wie er durch die Tür ging.

Innerhalb einer Woche bekam Catherine wieder Nachricht von Larry. Er schickte ihr Blumen mit einigen Zeilen und danach kleine Vögel aus den verschiedenen Ländern, in die er flog. Offensichtlich hatte er sich sehr darum bemüht, denn sie waren von einer erstaunlichen Vielfalt: einer aus Porzellan, einer aus Jade, einer aus Teakholz, und sie war gerührt, daß er daran dachte.

Als eines Tages das Telefon läutete und sie Larrys Stimme sagen hörte: »Hör mal, ich habe ein wunderbares griechisches Restaurant entdeckt, in dem man die beste chinesische Küche außerhalb von Peking bekommt«, lachte sie und sagte: »Ich kann es gar nicht erwarten.«

Und das war der Zeitpunkt, an dem es wirklich wieder begann. Langsam, tastend, zögernd, aber es war ein Anfang. Larry versuchte nicht wieder, sie zu küssen, sie hätte es auch nicht zugelassen, denn Catherine wußte, wenn sie ihren Gefühlen nachgab, wenn sie sich aus ganzem Herzen diesem Mann hingab, den sie liebte, und er sie wieder betrog, würde er sie zerstören. Endgültig und für immer. Und so ging sie mit ihm essen und lachte mit ihm, doch ständig war sie tief innerlich auf der Hut, blieb wachsam abwehrend, unberührt und unberührbar.

Sie waren fast jeden Abend zusammen. An manchen Abenden bereitete Catherine selbst das Essen zu Hause zu, an anderen führte Larry sie aus. Einmal erwähnte sie die Frau, von der Larry gesagt hatte, daß er sie liebe, und er hatte knapp geantwortet: »Das ist vorbei«, und Catherine brachte nie wieder die Sprache darauf. Sie achtete genau auf Anzeichen dafür, daß Larry sich mit anderen Frauen traf, aber es gab keine. Er war sehr aufmerksam zu ihr, drängte nie, forderte nie. Es war, als ob er für die Vergangenheit büßte.

Und dennoch gestand Catherine sich selbst ein, daß es etwas mehr als das war. Er schien sich wirklich für sie als Frau zu interessieren. Abends stand sie dann nackt vor dem Spiegel und prüfte ihr Spiegelbild und versuchte sich zu erklären, warum. Ihr Gesicht war nicht schlecht, das Gesicht eines früher einmal hübschen Mädchens, das Schmerz erlitten hatte, eine Traurigkeit in den ernsten grauen Augen, die ihr entgegensahen. Ihre Haut war etwas schwammig, und ihr Kinn war schwerer, als es hätte sein dürfen, aber an ihrem Körper war sonst nichts weiter auszusetzen, was durch Diät und Massage nicht hätte behoben werden können. Sie erinnerte sich an das letztemal, als sie darüber nachgedacht hatte und mit aufgeschnittenen Pulsadern wieder zu sich gekommen war. Ein Schauder überlief sie. *Zum Teufel mit Larry,* dachte sie trotzig. *Wenn er mich wirklich will, muß er mich nehmen, wie ich bin.*

Sie waren auf einer Party gewesen, und Larry hatte sie um vier Uhr morgens nach Hause gebracht. Der Abend war herrlich gewesen, Catherine hatte ein neues Kleid getragen und sehr attraktiv ausgesehen, sie hatte die Leute zum Lachen gebracht, und Larry war stolz auf sie. Als sie in die Wohnung kamen, griff Catherine nach dem Lichtschalter, doch Larry legte seine Hand über die ihre und sagte: »Warte, ich kann es leichter im Dunkeln sagen.« Sein Körper war ihr nahe, aber berührte sie nicht, und dennoch spürte sie, wie seine physische Ausstrahlung auf sie wirkte.

»Ich liebe dich, Cathy«, sagte er. »Ich habe in Wirklichkeit nie eine andere geliebt. Gib mir noch einmal eine Chance.«

Dann schaltete er das Licht ein, um sie anzusehen. Sie stand vor ihm, starr und verstört, einer Panik nahe. »Ich weiß, daß du jetzt vielleicht noch nicht wieder bereit bist, aber wir könnten langsam beginnen.« Er lächelte sein liebes jungenhaftes Grinsen. »Wir könnten damit anfangen, Händchen zu halten.«

Er griff nach ihrer Hand. Und sie zog ihn an sich, und sie küßten sich, und seine Lippen waren sanft und zärtlich und vorsichtig, und die ihren waren fordernd und wild, mit all der aufgestauten Sehnsucht, die sich in diesen langen, einsamen Monaten in ihr angesammelt hatte. Und sie waren zusammen im Bett, liebten sich, und es war, als ob keine Zeit verstrichen wäre und sie auf ihrer Hochzeitsreise wären. Aber es war mehr als das. Die Leidenschaft war noch da, frisch und wunderbar, doch dankbar für das, was sie zusammen hatten, das Wissen, daß nun alles gut war, daß sie diesmal einander nicht verletzen würden.

»Was hieltest du davon, wenn wir zusammen auf eine zweite Hochzeitsreise führen?« fragte Larry.

»O ja, Liebling. Können wir das?«

»Gewiß. Mir steht ein Urlaub zu. Wir fahren am Samstag ab. Ich kenne einen wunderbaren kleinen Ort, wo wir hinfahren könnten. Er heißt Ioannina.«

Athen 1946

Die Fahrt nach Ioannina dauerte neun Stunden. Catherine erschien die Landschaft beinahe biblisch, aus einem anderen Zeitalter stammend. Sie fuhren am tiefblauen Meer entlang, an kleinen weißgetünchten Häuschen vorbei, mit Kreuzen an den Dächern, und an endlosen Obstgärten, Zitronen und Kirschen und Äpfeln und Orangen. Jeder Zoll des Landes war terrassiert und bestellt, und die Fenster und Dächer der Bauernhäuser waren in fröhlichen blauen Farben gestrichen, wie aus Trotz gegen das harte Leben, das dem steinigen Boden abgerungen wurde. Gruppen hoher, anmutiger Zypressen wuchsen in reicher Fülle überall auf den steilen Berghängen.

»Sieh doch, Larry«, rief Catherine aus. »Sind sie nicht wunderschön?«

»Nicht für die Griechen«, entgegnete Larry.

Catherine blickte ihn an. »Wie meinst du das?«

»Sie betrachten sie als böse Vorzeichen. Sie schmücken ihre Friedhöfe damit.«

Sie fuhren an Feldern mit primitiven Vogelscheuchen vorbei, an jedem Zaun waren Tuchfetzen angebunden.

»Die Krähen müssen hier sehr einfältig sein«, meinte Catherine lachend.

Sie fuhren durch eine Reihe kleiner Dörfer mit unglaublichen Namen: Mesolongion und Agelkastron und Etolikon und Amphilochia.

Spät am Nachmittag erreichten sie das Dorf Rion, das sich sanft am Fluß Rio hinunterzog, wo sie die Fähre nach Ioannina nehmen wollten.

Catherine las Larry aus dem Reiseführer vor.

»Hoch in das Pindos-Gebirge eingeschmiegt, in einer steilen, von aufragenden Gipfeln umgebenen Kluft, nimmt Ioannina, aus der Ferne gesehen, die Gestalt eines Doppeladlers an, unter dessen Klauen der grundlose See Pamvotis liegt, auf dem Ausflugsboote Touristen über das dunkelgrüne Wasser zur Insel in der Mitte des Sees und weiter zu dem fernen Ufer auf der anderen Seite bringen.«

»Klingt wunderbar«, sagte Larry.

Sie trafen am späten Nachmittag ein und fuhren unmittelbar zu ihrem Hotel, einem alten schönen, guterhaltenen einstöckigen Bau auf einer Anhöhe hoch über dem Ort, um den eine Anzahl von Bungalows für Gäste im Gelände verstreut lagen. Ein alter Mann in Uniform kam heraus, um sie in Empfang zu nehmen. Er blickte in ihre glücklichen Gesichter.

»Hochzeitsreisende«, sagte er. Catherine blickte Larry an und lächelte. »Woran erkennen Sie das?«

»Das sieht man immer«, erklärte ihr der alte Mann. Er führte sie ins Foyer, wo sie sich eintrugen, und zeigte ihnen dann ihren Bungalow. Er bestand aus einem Wohnraum und einem Schlafzimmer, Bad und Küche und einer großen gepflasterten Terrasse. Über die Wipfel von Zypressen hinweg hatte man einen herrlichen Blick auf den unten liegenden Ort und den düsteren, brütenden See. Die Aussicht hatte etwas von der unwirklichen Schönheit einer Ansichtskarte.

»Viel ist es nicht« – Larry lächelte –, »aber es ist alles für dich.«

»Ich nehme es gern!« rief Catherine begeistert.

»Glücklich?« fragte er.

Sie nickte. »Ich kann mich nicht erinnern, wann ich schon einmal so glücklich war.« Sie trat zu ihm und drängte sich fest an ihn. »Laß mich niemals von dir gehen«, flüsterte sie.

Seine kräftigen Arme umfingen sie, drückten sie eng an sich. »Das werde ich nicht«, versprach er.

Während Catherine auspackte, schlenderte Larry zum Haupthaus zurück, um sich mit dem Empfangschef zu unterhalten.

»Was fängt man hier denn so an?« fragte Larry.

»Alles, was man will«, antwortete der Empfangschef stolz. »Wir haben im Hotel ein eigenes Mineralbad. Rings um den Ort kann man wandern, fischen, schwimmen, Kahn fahren.«

»Wie tief ist der See denn?« fragte Larry beiläufig.

Der Empfangschef zuckte mit den Schultern. »Das weiß niemand, mein Herr. Der See ist vulkanischen Ursprungs. Er ist grundlos.«

Larry nickte nachdenklich. »Was ist denn mit den Höhlen hier in der Gegend?« fragte er.

»Ah, die Höhlen von Perama. Sie sind nur wenige Meilen von hier entfernt.«

»Sind sie schon erforscht?«

»Einige. Manche sind noch geschlossen.«

»Aha«, sagte Larry.

Der Empfangschef fuhr fort: »Wenn Sie gern bergsteigen, empfehle ich Ihnen den Tsoumerka. Falls Mrs. Douglas sich nicht vor der Höhe fürchtet.«

»Nein.« Larry lächelte. »Sie ist eine recht erfahrene Bergsteigerin.«

»Dann wird es ihr sehr gefallen. Sie haben Glück mit dem Wetter. Wir hatten einen *meltemi* erwartet, aber er ist ausgeblieben. Jetzt wird er wohl nicht mehr kommen.«

»Was ist ein *meltemi*?« fragte Larry.

»Ein sehr starker Wind, der aus Norden weht. Wahrscheinlich ähnelt er Ihren Hurrikanen. Wenn er kommt, bleibt jeder im Haus. In Athen erlaubt man dann nicht einmal Ozeandampfern auszulaufen.«

»Ich bin froh, daß wir ihn verpaßt haben«, sagte Larry.

Als Larry in den Bungalow zurückkam, schlug er Catherine vor, zum Abendessen in den Ort hinunterzugehen. Sie folgten dem steilen, felsigen Pfad, der den Abhang hinunter zum Dorfrand führte. Ioannina bestand aus einer Hauptstraße, der König-Georg-Straße, von der zwei oder drei schmalere Straßen abzweigten. Von diesen Straßen führte ein Gewirr enger Feldwege zu den Häusern und Wohnungen ab. Die Gebäude waren alt und verwittert, aus Steinen erbaut, die mit Karren aus dem Gebirge heruntergeschafft worden waren.

In der Mitte der König-Georg-Straße war ein Seil gespannt, so daß die Autos auf der linken Seite fuhren und die rechte für die Fußgänger freigehalten wurde.

»Das sollten sie einmal auf der Pennsylvania Avenue in Washington versuchen«, meinte Catherine.

Auf dem Dorfplatz war ein hübscher kleiner Park mit einem

hohen Turm, der eine große beleuchtete Uhr an der Spitze hatte. Eine von mächtigen Platanen gesäumte Straße führte zum See hinunter. Es schien Catherine, daß alle Straßen zum Wasser führten. Sie konnte das Gefühl nicht unterdrücken, daß der See etwas Furchterregendes hatte, etwas Fremdartiges, Drohendes. Überall am Ufer entlang wuchs dichtes, hohes Schilf, das wie gierig greifende Finger aufragte, als ob es auf jemanden wartete, um ihn zu pakken.

Catherine und Larry schlenderten durch das farbenfrohe kleine Einkaufsviertel, in dem sich zu beiden Seiten der Straße Laden an Laden drängte. Es gab einen Juwelier und daneben einen Bäcker, eine offene Fleischerei, eine Taverne, ein Schuhgeschäft. Vor dem Friseur standen Kinder und sahen stumm zu, wie ein Kunde rasiert wurde. Catherine fand, sie seien die schönsten Kinder, die sie je gesehen hatte.

Früher hatte Catherine mit Larry schon darüber gesprochen, daß sie gern ein Kind hätte, aber er hatte den Gedanken immer von sich gewiesen, hatte gesagt, er sei noch nicht soweit, eine Familie zu gründen. Jetzt mochte er vielleicht anderer Meinung sein. Catherine blickte zu ihm auf, als er neben ihr herging, größer als die anderen Männer. Er sah aus wie ein griechischer Gott, und sie entschloß sich, mit ihm über diese Frage zu sprechen, ehe sie abreisten. Schließlich waren sie ja auf Hochzeitsreise.

Sie kamen an einem Kino vorbei, dem Palladium. Zwei sehr alte amerikanische Filme wurden gespielt. Sie blieben stehen, um sich die Plakate anzusehen.

»Haben wir ein Glück«, scherzte Catherine. *»Südlich von Panama* mit Roger Pryor und Virginia Vale und *Der Staatsanwalt im Fall Carter.«*

»Habe nie davon gehört«, sagte Larry abschätzig. »Dieses Kino muß noch älter sein, als es aussieht.«

Sie aßen an dem Platz *musakas,* saßen im Freien unter einem unglaublich großen Vollmond und gingen zum Hotel zurück und liebten sich. Es war ein vollkommener Tag.

Am nächsten Vormittag fuhren Catherine und Larry durch die schöne Umgebung, erforschten eine schmale Straße, die sich am See entlangwand, ein paar Meilen weit an dem felsigen Ufer entlangführte und sich dann zurück in die Berge hinaufschlängelte. Steinerne Häuser klebten dicht am Rand steiler Abhänge. Hoch über dem See entdeckten sie im Wald ein riesiges weißgetünchtes Gebäude, das wie ein altes Schloß aussah.

»Was ist denn das?« fragte Catherine.

»Ich habe keine Ahnung«, erwiderte Larry.

»Laß uns nachsehen.«

»Einverstanden.«

Larry lenkte den Wagen in eine Fahrspur, die zu dem Gebäude hinaufführte, quer über eine Wiese, auf der Ziegen grasten und ein Hirte ihnen nachstarrte, als sie an ihm vorbeikamen. Sie hielten vor dem verlassenen Zugang zu dem Gebäude. Aus der Nähe sah es wie die Ruine einer alten Burg aus.

»Das muß ein übriggebliebenes Schloß von Riesen sein«, sagte Catherine. »Wahrscheinlich aus Grimms Märchen.«

»Möchtest du es wirklich genau wissen?« fragte Larry.

»Aber ja. Vielleicht kommen wir gerade noch rechtzeitig, um eine Jungfrau aus Not und Gefahr zu retten.«

Larry warf Catherine schnell einen merkwürdigen Blick zu.

Sie stiegen aus und gingen zu dem massiven hölzernen Tor, in dessen Mitte sich ein riesiger eiserner Türklopfer befand. Larry klopfte einige Male, dann warteten sie. Es war kein Laut zu hören außer dem Summen der Insekten auf der Wiese und dem Flüstern der Brise im hohen Gras.

»Anscheinend ist niemand zu Hause«, sagte Larry.

»Vielleicht schaffen sie gerade die Leichen beiseite«, flüsterte Catherine.

Plötzlich begann das riesige Tor sich knarrend langsam zu öffnen. Eine schwarzgekleidete Nonne stand vor ihnen.

Catherine war überrascht. »Ver-Verzeihung«, stammelte sie. »Wir wußten nicht, was das hier ist. Es ist kein Schild oder sonst etwas da.«

Die Nonne sah die beiden einen Augenblick an, dann winkte sie ihnen einzutreten. Sie traten durchs Tor und befanden sich in einem Hof, der die Mitte eines weitläufigen Anwesens bildete. Es herrschte eine seltsame, bedrückende Stille, und Catherine erkannte plötzlich, was hier fehlte: der Laut menschlicher Stimmen.

Sie wandte sich an die Nonne und fragte: »Was ist das hier?«

Die Nonne schüttelte stumm den Kopf und bedeutete ihnen zu warten. Sie blickten ihr nach, als die Nonne sich umdrehte und auf ein altes Steinhaus auf der anderen Seite des Hofs zuging.

»Sie geht Bela Lugosi holen«, flüsterte Catherine.

Hinter dem Gebäude konnten sie auf einem Bergvorsprung, der hoch über dem See aufragte, einen von Reihen hoher Zypressen eingefaßten Friedhof sehen.

»Hier könnte einem das Gruseln ankommen«, meinte Larry.

»Es ist, als ob man in ein anderes Jahrhundert geraten wäre«, antwortete Catherine. Ohne es zu merken, flüsterten sie, fast als fürchteten sie, die lastende Stille zu brechen. Hinter den Fenstern des Hauptbaus nahmen sie neugierige Gesichter wahr, die zu ihnen hinausstarrten, nur weibliche, alles in Schwarz gekleidete Gestalten.

»Es ist eine Art religiöses Irrenhaus«, meinte Larry.

In der Tür des Hauses erschien eine große schlanke Frau und kam mit schnellen Schritten auf sie zu. Sie trug die Tracht einer Nonne und hatte ein angenehmes, freundliches Gesicht.

»Ich bin Schwester Teresa«, sagte sie. »Kann ich Ihnen helfen?«

»Wir kamen hier zufällig vorbei«, erklärte Catherine, »und dieses Haus weckte unsere Neugier.« Sie blickte zu den Gesichtern hinüber, die aus den Fenstern spähten. »Wir wollten Sie nicht stören.«

»Wir werden nicht von vielen Besuchern beehrt«, sagte Schwester Teresa. »Wir haben fast keinen Kontakt zur Außenwelt. Wir gehören zum Orden der Karmeliterinnen. Wir haben ein Schweigegelübde abgelegt.«

»Für wie lange?« fragte Larry.

»*Gia panta* – für den Rest unseres Lebens. Ich bin hier die einzige, der zu sprechen erlaubt ist, und nur dann, wenn es notwendig ist.«

Catherine sah sich in dem großen stillen Hof um und unterdrückte einen Schauder. »Verläßt keine je dieses Haus?«

Schwester Teresa lächelte. »Nein. Dazu besteht kein Grund. Unser Leben spielt sich in diesen Mauern ab.«

»Entschuldigen Sie, daß wir Sie gestört haben«, sagte Catherine.

Schwester Teresa nickte. »Keine Ursache. Gehen Sie mit Gott.«

Catherine und Larry gingen wieder durch das große Tor, das sich langsam hinter ihnen schloß. Catherine drehte sich noch einmal um. Es kam ihr wie ein Gefängnis vor, aber in gewisser Weise erschien es ihr noch schlimmer. Vielleicht, weil es eine freiwillig auferlegte Buße war, ein Verzicht, und Catherine dachte an die jungen Frauen, die sie hinter den Fenstern wahrgenommen hatte, hier eingemauert, für den Rest ihres Lebens von der Welt abgeschlossen in dem tiefen, ewigen Schweigen des Grabes. Sie wußte, daß sie diesen Ort niemals vergessen würde.

Athen 1946

Früh am nächsten Morgen ging Larry ins Dorf hinunter. Er bat Catherine mitzukommen, aber sie lehnte ab, sagte, daß sie lange schlafen wolle. Doch sowie er fort war, stand Catherine auf, kleidete sich eilig an und ging in den Gymnastiksaal des Hotels, den sie sich am Tag vorher angesehen hatte. Die Gymnastiklehrerin, eine griechische Amazone, musterte kritisch ihren Körper.

»Sie sind faul gewesen, sehr faul«, schalt sie Catherine. »Das war einmal ein guter Körper. Wenn Sie bereit sind, hart an sich zu arbeiten, *Theou thelondos* – so Gott will –, können Sie wieder in Form kommen.«

»Dazu bin ich bereit«, sagte Catherine. »Wollen mal sehen, wie Gott mich in Form bringt.«

Unter der Anleitung der Amazone trainierte Catherine täglich, ertrug die Qualen folternder Massagen, eine spartanische Diät und anstrengende Übungen. Das alles hielt sie vor Larry verborgen, doch nach dem vierten Tag waren die Veränderungen an ihr so erkennbar, daß er sich dazu äußerte.

»Der Aufenthalt hier scheint dir gut zu bekommen«, sagte er. »Du siehst wie eine ganz andere Frau aus.«

»Ich bin auch eine andere Frau«, erwiderte Catherine plötzlich schüchtern.

Am Sonntag morgen ging Catherine in die Kirche. Sie hatte noch nie eine griechisch-orthodoxe Messe erlebt. In einem so kleinen Dorf wie Ioannina hatte sie mit einer kleinen ländlichen Kirche gerechnet, aber zu ihrer Überraschung kam sie in eine große reichverzierte Kathedrale mit schönen kunstvollen Schnitzereien an den Wänden und an der Decke und einem Marmorfußboden. Vor dem Altar stand ein Dutzend großer silberner Kandelaber, und die

Wände ringsum schmückten Fresken mit biblischen Darstellungen. Der Priester war ein schmächtiger, dunkelhäutiger Mann mit einem schwarzen Bart. Er trug eine prunkvolle gold-rote Robe und eine hohe schwarze Kopfbedeckung und stand auf etwas, was Catherine für eine Sänfte auf einem Podium hielt.

An den Wänden standen einzelne Holzbänke und daneben eine Reihe einfacher Stühle. Die Männer saßen vorn in der Kirche und die Frauen hinten. *Wahrscheinlich kommen die Männer zuerst in den Himmel,* dachte Catherine.

Ein Gesang auf griechisch begann, und der Priester stieg von der Plattform herunter und ging zum Altar. Ein roter Vorhang teilte sich, und dahinter erschien ein reichgekleideter, weißbärtiger Patriarch. Auf einem Tisch vor ihm standen eine mit Juwelen geschmückte symbolische Kopfbedeckung und ein goldenes Kreuz. Der alte Mann entzündete drei zusammengebundene Kerzen, die die Heilige Dreieinigkeit darstellten, wie Catherine vermutete, und reichte sie dem Priester.

Die Messe dauerte eine Stunde, und Catherine gab sich dem Anblick und dem Gesang hin und dachte, wie glücklich sie sei. Sie beugte den Kopf zu einem Dankgebet.

Am nächsten Morgen frühstückten Catherine und Larry auf der Terrasse ihres Bungalows, von wo man den See überblickte. Es war ein einmalig schöner Tag. Die Sonne schien, und eine milde Brise wehte vom Wasser herauf. Ein freundlicher junger Kellner hatte ihnen das Frühstück gebracht. Catherine war noch im Negligé, und als der Kellner kam, schlang Larry seine Arme um Catherine und küßte sie auf den Nacken. »Was für eine herrliche Nacht«, murmelte Larry.

Der Kellner hatte sein Lächeln unterdrückt und sich diskret zurückgezogen. Catherine war etwas verlegen geworden. Es sah Larry so gar nicht ähnlich, vor Fremden zärtlich zu sein. Er hatte sich wirklich verändert, dachte Catherine. Es schien, als legte Larry jedesmal seinen Arm um Catherine und zeigte ihr seine Zuneigung, wenn ein Stubenmädchen oder ein Page in das Zimmer kam, ganz als ob er aller Welt zeigen wollte, wie sehr er sie liebte. Catherine fand das sehr rührend.

»Ich habe für diesen Vormittag große Pläne«, sagte Larry. Er deutete nach Osten, wo man einen riesigen Gipfel in den Himmel aufragen sah. »Wir steigen auf den Berg Tsoumerka.«

»Ich habe ein Prinzip«, erklärte Catherine. »Ich klettere nie auf etwas, was ich nicht buchstabieren kann.«

»Ach komm, man sagt, man hätte eine phantastische Aussicht von da oben.«

Catherine sah, daß Larry es ernst meinte. Sie blickte wieder zu dem Berg hinauf. Er sah aus, als ob er steil in die Höhe ragte. »Klettern ist nicht gerade meine Stärke, Liebling«, sagte sie.

»Es ist ein leichter Spaziergang. Überall führen Fußwege hinauf.« Er zögerte. »Aber wenn du nicht mitgehen willst, kann ich ja allein gehen.« Die Enttäuschung war in seiner Stimme deutlich herauszuhören.

Es wäre so einfach, nein zu sagen, so einfach, hier unten zu sitzen und den Tag zu genießen. Die Versuchung war fast übermächtig. Aber Larry wollte, daß sie mit ihm ginge. Das genügte Catherine.

»Also gut. Ich will nur sehen, ob ich irgendwo einen Berghut auftreibe«, sagte sie.

Larrys Gesicht zeigte eine solche Erleichterung, daß Catherine froh war, sich entschlossen zu haben mitzugehen. Außerdem konnte es interessant werden.

Sie war noch nie auf einen Berg gestiegen.

Sie fuhren zu einer Wiese am Rand des Ortes, wo der Weg auf den Berg begann, und parkten den Wagen. Neben dem Weg war ein kleiner Imbißstand, und Larry kaufte Sandwiches, Obst, Schokolade und eine große Thermosflasche mit Kaffee.

»Wenn es da oben hübsch ist«, sagte er dem Verkäufer, »dann verbringen meine junge Frau und ich vielleicht die Nacht dort.« Er drückte Catherine an sich, und der Verkäufer grinste.

Catherine und Larry gingen bis zu der Stelle, an der der Fußpfad bergauf begann. Eigentlich waren es zwei Pfade, die in entgegengesetzten Richtungen auseinanderführten. Catherine gestand sich ein, daß es nach einem leichten Aufstieg aussah. Die Pfade waren breit und nicht zu steil. Als sie den Kopf hob, um zum Gipfel hinaufzusehen, erschien er ihr drohend und abweisend, aber ganz so hoch würden sie wohl nicht hinaufsteigen. Sie würden ein Stück weit nach oben klettern und dann picknicken.

»Hier entlang«, sagte Larry und führte Catherine zu dem Pfad, der nach links abzweigte. Als sie den Aufstieg begannen, sah ihnen der griechische Verkäufer besorgt nach. Sollte er ihnen nachlaufen und ihnen sagen, daß sie die falsche Richtung eingeschlagen hatten? Der Weg, dem die beiden jetzt folgten, war gefährlich und nur erfahrenen Bergsteigern zu empfehlen. In diesem Augenblick kamen neue Kunden an seinen Stand, und er dachte nicht weiter an die beiden Amerikaner.

Die Sonne schien warm, doch als sie höher kamen, wurde der Wind kühler, und Catherine fand die Kombination von beidem herrlich erfrischend. Es war ein schöner Tag, und sie war mit dem Mann zusammen, den sie liebte. Von Zeit zu Zeit blickte Catherine nach unten und war überrascht, wie hoch sie schon hinaufgestiegen waren. Die Luft schien dünner zu werden und das Atmen schwieriger. Sie ging jetzt hinter Larry, weil der Pfad so schmal geworden war, daß sie nicht mehr nebeneinander gehen konnten. Sie fragte sich, wann sie wohl rasten und picknicken würden.

Larry bemerkte, daß Catherine hinter ihm zurückblieb, und er hielt an, um auf sie zu warten.

»Es tut mir leid«, keuchte Catherine, »aber die Höhe macht mir etwas zu schaffen.« Sie sah nach unten. »Es wird lange dauern, wieder hinunterzusteigen.«

»Nein, nicht sehr«, entgegnete Larry. Er drehte sich um und stieg weiter den steilen Pfad bergauf. Catherine blickte ihm nach, seufzte und kletterte verbissen hinter ihm her.

»Ich hätte einen Schachspieler heiraten sollen«, rief sie ihm nach. Larry gab keine Antwort.

Sie hatten eine plötzliche scharfe Biegung des Pfades erreicht und standen vor einem schmalen hölzernen Steg mit einem Seil als Handlauf, der über eine tiefe Schlucht führte. Der Steg schwankte im Wind und sah nicht so aus, als ob er das Gewicht eines Menschen sicher tragen könnte. Larry setzte einen Fuß auf eine morsche Planke des Stegs, und sie gab unter seinem Gewicht etwas nach, trug ihn aber. Er sah nach unten. Die Schlucht war einige hundert Meter tief. Larry begann hinüberzugehen, erprobte vorsichtig jeden Schritt und hörte dann Catherines Stimme: »Larry!«

Er drehte sich um. Sie hatte den Steg erreicht.

»Wir gehen doch nicht hier hinüber?« fragte Catherine. »Der Steg trägt doch keine Katze.«

»Wir müssen wohl, wenn du nicht fliegen kannst.«

»Aber das sieht doch nicht sicher aus.«

»Jeden Tag gehen Leute hier herüber.« Larry drehte sich um und ging weiter und ließ Catherine am Anfang des Stegs zurück.

Catherine betrat den Steg, der unter ihr zu beben begann. Sie blickte in die tiefe Schlucht unter sich, und Furcht überkam sie. Das war kein Vergnügen mehr, das war gefährlich. Catherine blickte geradeaus und sah, daß Larry beinahe die andere Seite der Schlucht erreicht hatte. Sie biß die Zähne zusammen, packte das Seil und begann hinüberzugehen, wobei der Steg bei jedem Schritt unter ihr schwankte. Larry war drüben, hatte sich umgedreht und beobachtete sie. Catherine tastete sich langsam vor, hielt sich mit einer Hand an dem Seil fest und versuchte, nicht in den Abgrund zu blicken. Larry konnte die Angst auf ihrem Gesicht sehen. Als Catherine Larrys Seite erreichte, zitterte sie, entweder vor Schrecken oder von dem kalten Wind, der von den schneebedeckten Berggipfeln herunterstrich.

Catherine sagte: »Ich glaube nicht, daß ich zum Bergsteiger geschaffen bin. Könnten wir jetzt zurück, Liebling?«

Larry sah sie überrascht an. »Aber wir haben doch noch gar nichts von der Aussicht gesehen, Cathy.«

»Was ich davon gesehen habe, reicht mir mein Leben lang.«

Er schob seinen Arm unter den ihren. »Ich mache dir einen Vorschlag«, sagte er lächelnd. »Da vor uns ist eine schöne ruhige Stelle für unser Picknick. Dort machen wir Rast. Was meinst du?«

Catherine nickte zögernd. »Also gut.«

»So ist es recht.«

Larry lächelte sie flüchtig an, drehte sich um und stieg weiter bergauf. Catherine folgte ihm. Sie mußte zugeben, daß der Blick auf den Ort und das Tal tief unten atemberaubend schön war, ein friedliches, idyllisches Bild wie aus einem Reiseprospekt. Jetzt war sie froh, daß sie mitgekommen war. Es war sehr lange her, seit sie Larry zum letztenmal so begeistert gesehen hatte. Er schien von einer Erregung besessen zu sein, die ständig wuchs, je höher sie kamen. Sein Gesicht war gerötet, und er plauderte von allen möglichen Nichtigkeiten, als ob er ständig reden müßte, um einen Teil seiner nervösen Spannung abzureagieren. Alles schien ihn zu begeistern: der Aufstieg, die Aussicht, die Blumen neben dem Weg. Jede Sache schien eine außergewöhnliche Bedeutung für ihn anzunehmen, als ob seine Sinne über das normale Maß angespornt würden. Er stieg mühelos aufwärts, war nicht einmal außer Atem, während die ständig dünner werdende Luft Catherine keuchen ließ.

Ihre Füße wurden bleischwer. Ihr Atem ging jetzt in mühsamen Stößen. Sie hatte keine Ahnung, wie lange sie schon bergauf kletterten, doch wenn sie hinabblickte, war das Dorf nicht mehr als eine Miniatur. Es schien Catherine, daß der Pfad steiler und schmaler wurde. Er wand sich an einem steilen Abhang entlang, und Catherine hielt sich so nahe an die Bergseite, wie sie nur konnte. Larry hatte gesagt, es wäre ein leichter Weg. *Für eine Bergziege vielleicht,* dachte Catherine. Der Pfad war fast nicht mehr vorhanden, und nirgends war ein Anzeichen zu entdecken, daß er von jemandem begangen wurde. Die Blumen waren verschwunden, und die einzige Vegetation bestand aus Moos und bräunlichen Flechten, die aus dem Fels zu wachsen schienen. Catherine war sich nicht sicher, wie lange sie noch weiterklettern konnte. Als sie um eine scharfe Biegung kamen, brach der Pfad plötzlich völlig ab, und vor ihren Füßen lag ein schwindelerregender Abgrund.

»Larry!« Es war wie ein Schrei.

Er war augenblicklich an Catherines Seite. Er packte sie am Arm und zog sie zurück, half ihr über Felsen hinweg zu der Stelle, wo der Pfad weiterführte. Catherines Herz klopfte wild. *Ich muß verrückt sein,* dachte sie, *ich bin zu alt, um auf Safaris zu gehen.* Von der Höhe und der Anstrengung war ihr schwindlig, und ihr dröhnte der Kopf. Sie drehte sich zu Larry um, wollte etwas sagen, und über ihm, nach der nächsten Biegung, sah sie den Gipfel des Berges. Sie waren am Ziel.

Catherine lag auf dem flachen Boden und gewann ihre Kräfte zurück, spürte, wie der kalte Wind in ihrem Haar spielte. Der Schrecken war verflogen. Jetzt brauchte sie nichts mehr zu fürchten. Larry hatte gesagt, der Abstieg wäre leicht. Larry setzte sich neben sie.

»Fühlst du dich besser?« fragte er.

Sie nickte. »Ja.« Ihr Herz schlug nicht mehr so heftig, und sie begann wieder normal zu atmen. Sie holte tief Luft und lächelte zu ihm auf. »Den schweren Teil haben wir doch hinter uns?« fragte sie.

Larry blickte sie nachdenklich an. Dann sagte er: »Ja, er liegt hinter uns, Cathy.«

Catherine stützte sich auf einen Ellbogen. Auf dem kleinen Gipfelplateau war eine Beobachtungsplattform aus Holz angelegt worden. Ein altes Geländer faßte sie ein. Von dort hatte man einen überwältigenden Ausblick auf ein herrliches Panorama. Wenige Schritte weiter erkannte Catherine den Pfad, der auf der anderen Seite des Berges hinabführte.

»Oh, Larry, wie ist das schön!« rief Catherine aus. »Ich komme mir vor wie Magellan.« Sie lächelte ihm zu, aber Larry blickte weg, und Catherine merkte, daß er ihr nicht zuhörte. Er schien in Gedanken verloren zu sein – gespannt, als ob ihn etwas beunruhigte. Catherine blickte auf und sagte: »Sieh mal da!« Eine schaumige weiße Wolke kam auf sie zu, getrieben von dem frischen Bergwind. »Sie kommt zu uns herüber. Ich habe noch nie in den Wolken gestanden. Es muß wie im Himmel sein.«

Larry sah, wie Catherine aufstand und zu dem brüchigen hölzernen Geländer am Rand des Abgrunds trat. Auf die Ellbogen gestützt, beugte sich Larry, plötzlich aufmerksam geworden, vor und beobachtete die auf Catherine zutreibende Wolke. Sie hatte sie nahezu erreicht und hüllte sie langsam ein.

»Ich werde mittendrin stehen«, rief sie ihm zu, »und sie direkt durchziehen lassen!«

Einen Augenblick später war Catherine in dem wirbelnden grauen Dunst verschwunden.

Leise erhob sich Larry vom Boden. Einen Augenblick lang blieb er regungslos stehen, dann bewegte er sich lautlos zu ihr hin. Sekunden später war er im Nebel untergetaucht. Er hielt inne, er wußte nicht genau, wo er sich befand. Dann hörte er vor sich ihre Stimme: »O Larry, das ist wunderbar, komm zu mir.«

Langsam bewegte er sich in der Richtung des Tons ihrer von der Wolke gedämpften Stimme. »Es ist wie ein milder Regen«, rief sie. »Kannst du es spüren?« Die Stimme war jetzt näher, nur wenige Schritte von ihm entfernt. Er machte einen weiteren Schritt vorwärts, tastete mit ausgestreckten Händen nach ihr.

»Larry, wo bist du?«

Jetzt konnte er ihre Gestalt wahrnehmen, schattenhaft im Nebel, unmittelbar vor sich, dicht am Rand des Abgrunds. Seine Hände streckten sich nach ihr aus, und in diesem Augenblick zog die Wolke an ihnen vorüber. Sie drehte sich um, und sie standen einander gegenüber, kaum einen Meter voneinander entfernt.

Überrascht trat sie einen Schritt zurück, so daß ihr rechter Fuß unmittelbar am Rand des Abgrunds stand. »Oh, du hast mich erschreckt!« rief sie aus.

Larry trat einen weiteren Schritt auf sie zu, lächelte sie aufmunternd an und streckte beide Hände nach ihr aus. In diesem Augenblick vernahm er eine laute Stimme hinter sich, die sagte: »Alles, was recht ist, bei uns in Denver haben wir aber höhere Berge als den da.«

Erschrocken fuhr Larry herum. Sein Gesicht war weiß. Eine Gruppe Touristen mit einem griechischen Führer tauchte auf dem Pfad auf, der auf der anderen Seite des Berges heraufführte. Der Führer blieb stehen, als er Catherine und Larry sah.

»Guten Morgen«, sagte er überrascht. »Sie müssen auf der Ostseite heraufgestiegen sein.«

»Ja«, antwortete Larry knapp.

Der Führer schüttelte den Kopf. »Das ist Wahnsinn. Man hätte Ihnen sagen sollen, daß dieser Weg sehr gefährlich ist. Der andere Aufstieg ist viel leichter.«

»Das nächste Mal werde ich dran denken«, sagte Larry. Seine Stimme klang heiser.

Die Erregung, die Catherine an ihm beobachtet hatte, schien verflogen, als ob plötzlich ein Schalter ausgeknipst worden wäre.

»Sehen wir zu, daß wir hier fortkommen«, sagte Larry.

»Aber – wir sind doch gerade erst gekommen. Ist etwas los?«

»Nein«, entgegnete er schroff. »Ich hasse bloß Pöbelansammlungen.«

Sie nahmen den leichten Pfad bergab, und unterwegs sprach Larry kein Wort. Er schien von eiskalter Wut erfüllt zu sein, und Catherine wußte nicht, warum. Sie war überzeugt, daß sie nichts gesagt oder getan hatte, worüber er gekränkt sein konnte. Als die anderen Leute aufgetaucht waren, hatte sich sein Verhalten abrupt geändert. Plötzlich glaubte Catherine, den Grund für seine schlechte Laune erraten zu haben, und lächelte. Er hatte sie in der Wolke lieben wollen! Deshalb war er mit ausgestreckten Armen auf sie zugekommen. Und seine Absicht war durch die Touristengruppe vereitelt worden. Beinahe hätte sie vor Freude laut herausgelacht. Sie beobachtete Larry, der vor ihr den Pfad hinabschritt, und ein Gefühl der Wärme erfüllte sie. *Ich werde es wiedergutmachen, wenn wir im Hotel sind,* gelobte sie sich.

Doch als sie in ihren Bungalow zurückkehrten und sie die Arme um ihn legte und ihn küßte, wehrte Larry sie ab und sagte, er sei müde.

Noch um drei Uhr morgens lag Catherine wach in ihrem Bett, sie war zu erregt, um zu schlafen. Der Tag war lang und voller unerwarteter Ängste gewesen. Sie dachte an den Bergpfad und den schwankenden Steg und die Kletterei über den nackten Fels. Schließlich schlief sie doch ein.

Am nächsten Morgen ging Larry zum Empfangschef.

»Sie haben neulich von diesen Höhlen gesprochen«, sagte er.

»Ja«, antwortete der Empfangschef, »die Höhlen von Perama. Sehr farbig, sehr interessant. Sie dürfen Sie sich nicht entgehen lassen.«

»Ich werde sie mir wohl ansehen müssen«, sagte Larry leichthin. »Ich selbst mache mir nichts aus Höhlen, aber meine Frau hat von ihnen gehört und bedrängt mich ständig, mit ihr hinzugehen. Sie hat eine Vorliebe für abenteuerliche Unternehmen.«

»Ich bin überzeugt, sie werden Ihnen beiden gefallen, Mr. Douglas. Versäumen Sie aber nicht, einen Führer zu nehmen.«

»Braucht man denn einen?« fragte Larry.

Der Empfangschef nickte. »Es ist unbedingt zu empfehlen. Es ist ein paarmal zu Tragödien gekommen, weil Besucher sich verirrten.« Er senkte die Stimme. »Ein junges Paar ist bis auf den heutigen Tag noch nicht wiedergefunden worden.«

»Wenn es so gefährlich ist«, fragte Larry, »warum läßt man die Leute dann hinein?«

»Nur die neu entdeckten Teile sind gefährlich«, erklärte der Empfangschef. »Sie sind noch nicht ausreichend erforscht und haben keine Beleuchtung. Aber mit einem Führer brauchen Sie sich keine Sorgen zu machen.«

»Um welche Zeit werden die Höhlen geschlossen?«

»Um sechs.«

Larry fand Catherine im Freien unter einem riesigen Oxyabaum, der schönen griechischen Eiche, ausgestreckt. Sie las.

»Wie ist das Buch?« fragte er.

»Man könnte darauf verzichten.«

Er hockte sich neben sie. »Der Empfangschef hat mir etwas von Höhlen hier in der Nähe erzählt.«

Etwas alarmiert blickte Catherine auf. »Höhlen?«

»Er sagt, man müßte sie gesehen haben. Alle Hochzeitsreisenden gehen hin. Wenn man sich in den Höhlen etwas wünscht, geht der Wunsch in Erfüllung.« Seine Stimme klang jungenhaft und ungestüm. »Was hältst du davon?«

Catherine zögerte einen Augenblick. Sie dachte, was für ein kleiner Junge Larry in Wirklichkeit war. »Wenn du es gern möchtest«, antwortete sie.

Er lächelte. »Fein«, sagte er. »Wir gehen nach dem Mittagessen. Ich fahre schnell in den Ort, um etwas zu besorgen.«

»Soll ich mitkommen?«

»Nein«, antwortete er, »ruh dich nur aus. Ich bin bald wieder da.«

Sie nickte. »Gut.«

Er drehte sich um und ging.

Im Ort fand Larry einen kleinen Gemischtwarenladen, in dem er eine Taschenlampe, Ersatzbatterien und ein dickes Knäuel Schnur kaufen konnte.

»Wohnen Sie im Hotel oben?« fragte der Ladenbesitzer, als er Larry das Wechselgeld herausgab.

»Nein«, antwortete Larry, »ich bin nur auf der Durchreise hier, auf dem Weg nach Athen.«

»An Ihrer Stelle wäre ich vorsichtig«, riet ihm der Mann.

Larry sah ihn scharf an. »Weshalb?«

»Es kommt ein Sturm auf, man kann die Schafe blöken hören.«

Um drei Uhr kehrte Larry ins Hotel zurück. Um vier Uhr machten Catherine und Larry sich auf den Weg zu den Höhlen. Ein böiger Wind war aufgekommen, und von Norden zogen große Gewitterwolken herauf, die bald die Sonne verdeckten.

Die Höhlen von Perama liegen dreißig Kilometer östlich von Ioannina. Im Lauf von Jahrhunderten hatten sich dort riesige Stalagmiten und Stalaktiten gebildet, die die Formen von Tieren und Säulen und Portalen angenommen hatten. Die Höhlen waren ein bedeutender Anziehungspunkt für Touristen.

Als Catherine und Larry ankamen, war es fünf Uhr, eine Stunde vor der Schließung. Larry kaufte an der Kasse zwei Eintrittskarten und eine Broschüre. Ein schäbig gekleideter Führer kam auf sie zu und bot seinen Dienst an.

»Nur fünfzig Drachmen«, beteuerte er, »und Sie bekommen von mir die beste Führung.«

»Wir brauchen keinen Führer«, entgegnete Larry kurz angebunden.

Catherine sah ihn an. Sein scharfer Ton überraschte sie.

Er faßte Catherine unter. »Komm jetzt.«

»Meinst du nicht, daß wir doch einen Führer nehmen sollten?«

»Wozu? Das ist reine Beutelschneiderei. Wir brauchen nur hineinzugehen und uns die Höhle anzusehen. In der Broschüre hier steht alles, was wir wissen wollen.«

»Gut«, sagte Catherine nachgiebig.

Der Eingang zur Höhle war größer, als sie erwartet hatte. Er war von Flutlichtern hell erleuchtet und wimmelte von Touristen. Wände und Decke der Höhle waren über und über mit aus dem Fels gehauenen gewaltigen Figuren bedeckt: Vögeln und Riesen und Blumen und Kronen.

»Das ist phantastisch«, rief Catherine aus. Sie studierte die Broschüre. »Niemand weiß, wie alt das ist.«

Ihre Stimme, von der Felsendecke zurückgeworfen, klang hohl. Über ihren Köpfen hingen Stalaktiten herunter. Ein in den Fels gehauener Tunnel führte in eine zweite, kleinere Halle, die von an der Decke befestigten nackten Glühbirnen beleuchtet wurde. Hier waren weitere phantastisch geformte Gebilde, eine wilde, ungeordnete Ansammlung von Kunstwerken der Natur. Am hinteren Ende befand sich ein Schild mit der Aufschrift: *Achtung, Gefahr. Nicht weitergehen.*

Hinter dem Schild lag der Zugang zu einer gähnend schwarzen Höhle. Larry schlenderte unauffällig darauf zu und sah sich nach allen Seiten um. Catherine betrachtete interessiert ein Steingebilde in der Nähe des Eingangs. Larry nahm das Schild und warf es beiseite. Er kam zu Catherine zurück.

»Hier ist es feucht«, sagte sie. »Wollen wir nicht wieder gehen?«

»Nein.« Larrys Ton klang entschieden.

Sie sah ihn überrascht an.

»Es gibt hier noch mehr zu sehen«, erklärte Larry. »Der Empfangschef im Hotel hat mir gesagt, die interessantesten Partien lägen in dem neuen Teil. Er meinte, wir dürften uns das nicht entgehen lassen.«

»Wo ist das?« fragte Catherine.

»Dort drüben.« Larry nahm sie am Arm, und sie gingen auf den Hintergrund der Höhle zu und blieben vor dem klaffenden schwarzen Loch stehen.

»Da können wir nicht hinein«, sagte Catherine. »Es ist ja dunkel drin.«

Larry tätschelte ihren Arm. »Keine Sorge. Er hat mir geraten, eine Taschenlampe mitzunehmen.« Er zog sie aus der Tasche. »Hier. Siehst du?« Er knipste sie an, und ihr dünner Strahl fiel in einen langen, dunklen Gang aus uraltem Fels.

Catherine starrte in den düsteren Tunnel. »Das sieht so weit aus«, sagte sie zweifelnd. »Bist du überzeugt, daß es sicher ist?«

»Selbstverständlich«, erwiderte Larry. »Hier werden sogar Schulkinder hergeführt.«

Catherine zögerte noch. Sie wünschte, sie könnte in der Nähe der anderen Besucher bleiben. Das hier kam ihr gefährlich vor. »Also gut«, fügte sie sich.

Sie traten in den Tunnel. Sie waren erst wenige Schritte vorgedrungen, als der Lichtkreis der Haupthöhle hinter ihnen von der Finsternis verschlungen wurde. Der Gang bog unvermittelt nach links ab und zog sich dann in einer Kurve nach rechts. Sie waren allein in einer kalten, zeitlosen Urwelt. Im Widerschein der Taschenlampe nahm Catherine gelegentlich kurz Larrys Gesicht wahr und bemerkte den gleichen entschlossenen Ausdruck, den es beim Aufstieg auf den Berg gezeigt hatte. Sie umklammerte seinen Arm.

Vor ihnen lag eine Abzweigung. Catherine konnte die niedrige Felsendecke des Tunnels an der Stelle sehen, an der er in zwei verschiedenen Richtungen weiterverlief. Sie dachte an Theseus und den Minotaurus und fragte sich unwillkürlich, ob sie den beiden hier begegnen würde. Sie öffnete den Mund, um Larry vorzuschlagen umzukehren, doch noch ehe sie sprechen konnte, sagte Larry: »Wir gehen nach links weiter.«

Sie blickte ihn an und sagte mit einer Stimme, von der sie hoffte, daß sie gelassen klang: »Liebling, meinst du nicht, daß wir hier umkehren sollten? Es ist schon spät. Die Höhlen werden geschlossen.«

»Sie sind bis neun Uhr offen«, entgegnete Larry. »Es gibt hier eine bestimmte Höhle, die ich finden möchte. Sie wurde kürzlich erst erschlossen. Sie soll phantastisch sein.« Er ging weiter.

Catherine zögerte, suchte nach einem Vorwand, nicht weitergehen zu müssen. Doch schließlich, warum sollten sie nicht auch forschen? Larry machte es Freude. Wenn es ihn glücklich machte, dann würde sie die größte – wie hieß der Ausdruck? – Höhlenforscherin der Welt werden.

Larry blieb stehen und wartete auf sie. »Kommst du?« fragte er ungeduldig.

Sie versuchte, enthusiastisch zu klingen. »Aber ja. Verlier mich nur nicht«, antwortete sie.

Larry entgegnete nichts. Sie nahmen die linke Abzweigung und drangen vorsichtig auf kleinen Steinen, die ihnen unter den Füßen fortrutschten, weiter vor. Larry griff in die Tasche, und einen Augenblick später hörte Catherine etwas auf den Boden fallen. Larry ging weiter.

»Hast du etwas fallen lassen?« fragte Catherine. »Ich glaube, ich hörte etwas.«

»Ich bin mit dem Fuß gegen einen Stein gestoßen«, sagte er. »Laß uns schneller gehen.« Und sie drangen weiter vor, ohne daß Catherine bemerkte, daß hinter ihnen ein Knäuel Schnur abgewickelt wurde.

Die Decke der Höhle schien niedriger zu werden und die Wände feuchter und – Catherine lachte über sich selbst, als sie das dachte – bedrohlicher. Ihr schien, als ob der Tunnel auf sie eindringe, drohend und bösartig. »Mir scheint, daß wir hier nicht willkommen sind«, sagte Catherine.

»Sei nicht albern, Cathy. Es ist schließlich nur eine Höhle.«

»Weshalb, meinst du, sind wir hier die einzigen?«

Larry zögerte. »Nicht viele wissen etwas von diesem Teil.«

Sie gingen weiter und weiter, bis Catherine schließlich jedes Gefühl für Ort und Zeit verlor.

Der Gang wurde noch enger, und sie stießen sich immer wieder an unerwarteten scharfen Felsvorsprüngen zu beiden Seiten.

»Wie weit, meinst du, ist es noch?« fragte Catherine. »Wir müßten beinahe schon in China sein.«

»Jetzt ist es nicht mehr weit.«

Ihre Stimmen klangen gedämpft und hohl, wie eine Reihe fortlaufend ersterbender Echos.

Jetzt wurde es kalt, aber es war eine feuchte, klamme Kälte. Catherine fror. Der Strahl der Taschenlampe fiel vor ihnen auf eine weitere Abzweigung. Sie gingen bis dorthin und blieben dann stehen. Der nach rechts führende Gang schien enger zu sein als der linke.

»Hier sollte man Wegweiser mit Neonleuchten anbringen«, sagte Catherine. »Wahrscheinlich sind wir schon zu weit gegangen.«

»Nein«, erwiderte Larry. »Ich bin sicher, daß wir uns nach rechts halten müssen.«

»Mir wird jetzt wirklich kalt, Liebling«, sagte sie. »Laß uns umkehren.«

Er drehte sich um und sah sie an. »Wir sind doch beinahe da, Cathy.« Er drückte ihren Arm. »Ich wärme dich, wenn wir wieder in unserem Bungalow sind.« Er bemerkte den zögernden Ausdruck auf ihrem Gesicht. »Ich mach' dir einen Vorschlag. Wenn wir die Stelle in den nächsten zwei Minuten nicht finden, drehen wir um und gehen nach Hause. Einverstanden?«

Catherine wurde leichter ums Herz. »Einverstanden«, sagte sie dankbar.

»Dann komm.«

Sie drangen in den rechten Tunnel ein. Der Strahl der Taschenlampe zeichnete ein gespenstisches, schwankendes Muster auf dem grauen Fels vor ihnen. Catherine sah über die Schulter zurück, und hinter ihr herrschte vollkommene Finsternis. Es war, als ob die kleine Taschenlampe aus der höllischen Finsternis ein Stück Helligkeit herausschälte, die sie wie ein winziger Mutterleib aus Licht umschloß und sie Schritt für Schritt weitertrug.

Plötzlich blieb Larry stehen. »Verdammt!« sagte er.

»Was ist denn?«

»Ich glaube, wir haben doch die falsche Richtung eingeschlagen.«

Catherine nickte. »Also gut, dann gehen wir eben zurück.«

»Ich will mich erst vergewissern. Warte hier auf mich.«

Sie blickte ihn überrascht an. »Wo willst du denn hin?«

»Nur wenige Schritte zurück zu der Abzweigung.« Seine Stimme klang gezwungen und unnatürlich.

»Ich komme mit dir.«

»Ich schaffe es allein schneller, Catherine. Ich will nur die Stelle überprüfen, an der wir das letztemal abgebogen sind.« Es klang ungeduldig. »In zehn Sekunden bin ich wieder da.«

»Gut«, und sie fügte sich voller Unbehagen.

Catherine blieb zurück und sah Larry nach, der sich umgedreht hatte und in die Dunkelheit eindrang, aus der sie gekommen waren, eingehüllt von einem Strahlenkranz aus Licht, wie ein schwebender Engel in den Eingeweiden der Erde. Einen Augenblick später war das Licht verschwunden, und sie war in der schwärzesten Dunkelheit versunken, die sie je erlebt hatte. Zitternd stand sie da, zählte in Gedanken die Sekunden. Und dann die Minuten.

Larry kam nicht zurück.

Catherine wartete, spürte die Finsternis um sich wie eine drohende, unsichtbare Dünung. Sie rief laut: »Larry!« Ihre Stimme war rauh und unsicher, und sie räusperte sich und versuchte es noch einmal lauter: »Larry!« Sie konnte hören, wie der Laut schon wenige Schritte von ihr entfernt erstarb, von der Finsternis gemordet. Es war, als ob hier nichts leben könnte, und Catherine begann die ersten tastenden Fühler des Entsetzens zu spüren. *Selbstverständlich ist Larry gleich wieder da,* sagte sie sich. *Ich brauche nur hier stehenzubleiben und ruhig abzuwarten.*

Die drohenden Minuten krochen vorbei, und sie begann sich vor Augen zu halten, daß etwas Furchtbares passiert sein mußte. Larry konnte einen Unfall erlitten haben. Er konnte auf losen Steinen ausgeglitten und mit dem Kopf gegen einen der kantigen Vorsprünge an den Seitenwänden geschlagen sein. Vielleicht lag er in diesem Augenblick wenige Schritte von ihr entfernt auf dem Boden und verblutete. Oder vielleicht hatte er sich verirrt. Die Taschenlampe konnte ausgegangen sein, und er war vielleicht irgendwo in den Eingeweiden der Höhle gefangen wie sie.

Das Gefühl des Erstickens begann Catherine zu packen, würgte sie, erfüllte sie mit sinnloser Panik. Sie drehte sich um und begann sich langsam in die Richtung vorzutasten, aus der sie gekommen war. Der Tunnel war eng, und falls Larry irgendwo hilflos und verletzt auf dem Boden lag, fand sie ihn vielleicht. Bald würde sie die Stelle erreichen, an der der Gang sich geteilt hatte. Sie bewegte sich vorsichtig, lose Steine rollten ihr unter den Füßen fort. Sie glaubte, in der Ferne einen Laut wahrzunehmen, und blieb stehen, um zu lauschen. Larry? Er war verklungen, und sie bewegte sich weiter vor, und dann hörte sie wieder etwas. Es war ein schwirrendes Geräusch, so als ob jemand ein Tonbandgerät ablaufen ließe. Hier unten war jemand!

Catherine schrie laut auf und lauschte dann, wie der Klang ihrer Stimme von der Stille ertränkt wurde. Da war es wieder! Das schwirrende Geräusch. Es kam auf sie zu. Es wurde lauter, raste ihr mit einem heftigen, heulenden Windstoß entgegen. Es kam näher und näher. Plötzlich sprang es sie in der Dunkelheit an; kalte und klamme Haut streifte ihre Wange und küßte ihre Lippen, und sie spürte etwas auf ihrem Kopf krabbeln und scharfe Klauen in ihrem Haar, und ihr Gesicht wurde von zahllosen Schlägen wild trommelnder Schwingen eines namenlosen Greuels getroffen, der sie in der Dunkelheit überfiel.

Sie wurde ohnmächtig.

Sie lag auf scharfen, spitzen Steinen, und die Schmerzen brachten sie zum Bewußtsein. Ihre Wange war warm und klebrig, und es dauerte eine Minute, bis Catherine begriff, daß es ihr eigenes Blut war. Sie erinnerte sich an die Schwingen und Klauen, die sie im Dunkeln attackiert hatten, und sie begann zu zittern.

In der Höhle gab es Fledermäuse.

Sie versuchte, sich an alles zu erinnern, was sie von Fledermäusen wußte. Irgendwo hatte sie gelesen, daß sie fliegende Ratten wären und in Scharen von Tausenden aufträten. Das einzige, was sie ihrem Gedächtnis noch entlocken konnte, war, daß es blutsaugende Fledermäuse, Vampire, gäbe, und diesen Gedanken verdrängte sie schleunigst wieder. Widerstrebend setzte Catherine sich auf, ihre aufgeschürften Handflächen brannten wie Feuer.

Du kannst hier nicht sitzen bleiben, sagte sie sich, *du mußt aufstehen und etwas unternehmen.* Unter Schmerzen zwang sie sich auf die Füße. Sie hatte einen Schuh verloren, und ihr Kleid war zerrissen, aber Larry würde ihr morgen ein neues kaufen. Sie stellte sich vor, wie sie beide in den kleinen Laden im Ort unten gingen, lachend und glücklich, und für sie ein weißes Sommerkleid kauften, aber irgendwie wurde aus dem Kleid ein Fetzen, und wieder geriet sie in Panik. Sie mußte sich zwingen, weiter an morgen zu denken und nicht an den Alptraum, der sie hier umfing. Sie mußte weitergehen. Doch in welche Richtung? Sie hatte sich um sich selbst gedreht. Wenn sie in die falsche Richtung ging, würde sie noch tiefer in die Höhle geraten, aber sie wußte, daß sie hier nicht bleiben durfte. Catherine versuchte zu schätzen, wieviel Zeit vergangen war, seit sie die Höhle betreten hatten. Es mußte eine Stunde her sein, vielleicht sogar zwei Stunden. Sie konnte unmöglich wissen, wie lange sie bewußtlos gewesen war. Bestimmt würde man nach Larry und ihr suchen. Aber was würde werden, wenn niemand sie vermißte? Es wurde nicht registriert, wer die Höhle betrat und sie verließ. Sie konnte für immer hier unten sein.

Sie zog den anderen Schuh aus und begann zu gehen, machte langsame, behutsame Schritte, streckte ihre brennenden Hände aus, um zu vermeiden, daß sie gegen die rauhen Seiten des Tunnels stieß. *Die längste Reise beginnt mit einem einzigen Schritt,* sagte sich Catherine. *Das sagen die Chinesen, und wie weise sie sind! Sie haben das Feuerwerk und Chop Suey erfunden und waren zu klug, sich in einer dunklen Höhle unter der Erde zu verirren, wo niemand sie finden konnte. Wenn ich weitergehe, werde ich auf Larry oder einige Touristen stoßen, und dann kehren wir ins Hotel zurück und nehmen einen Drink und lachen über das Ganze. Alles, was ich tun muß, ist weitergehen.*

Plötzlich blieb sie stehen. In der Ferne konnte sie wieder das schwirrende Geräusch hören, das wie ein gespenstischer Geisterexpreß auf sie zuraste, und sie zitterte am ganzen Körper und schrie. Einen Augenblick später waren sie über ihr, zu Hunderten, schwärmten über sie, schlugen mit ihren kalten, klammen Schwingen nach ihr und bedeckten sie mit ihren pelzigen Rattenkörpern in einem Alptraum unaussprechlichen Entsetzens.

Das letzte, woran sie sich erinnerte, ehe sie das Bewußtsein verlor, war, daß sie Larrys Namen rief.

Sie lag auf dem kalten, feuchten Boden der Höhle. Ihre Augen waren geschlossen, aber ihr Verstand war plötzlich hellwach, und sie dachte: *Larry will mich töten.* Es war, als ob ihr Unterbewußtsein ihr diesen Gedanken eingegeben hätte. In einer Reihe kaleidoskopartig aufleuchtender Bilder hörte sie Larry sagen: *Ich liebe eine andere ... ich will die Scheidung ...,* und Larry kam mit ausgestreckten Händen durch die Wolke auf dem Berggipfel auf sie zu ... Sie erinnerte sich, wie sie den steilen Berg hinunterblickte und sagte: *Es wird lange dauern, wieder hinunterzusteigen,* und wie Larry sagte: *Nein, nicht sehr* ... Und sie hörte Larry sagen: *Wir brauchen keinen Führer ... Ich glaube, wir haben die falsche Richtung eingeschlagen. Warte hier ... ich bin in zehn Sekunden zurück* ... Und dann kam die entsetzliche Finsternis.

Larry hatte gar nicht zu ihr zurückkommen wollen. Die Aussöhnung, die Hochzeitsreise ... das waren alles Vorspiegelungen, Teile eines Plans, sie zu ermorden. Die ganze Zeit über, als sie selbstgefällig Gott gedankt hatte, daß er ihr eine zweite Chance gab, hatte Larry geplant, sie zu töten. Und es war ihm gelungen, denn Catherine wußte, daß sie niemals hier herauskommen würde. Sie war lebendig in dieser schwarzen Gruft des Grauens begraben. Die Fledermäuse waren fort, aber sie spürte und roch den schmutzigen Schleim, den sie überall auf ihrem Gesicht und ihrem Körper zurückgelassen hatten, und sie wußte, daß sie wiederkommen würden. Sie wußte nicht, ob sie bei einem neuen Überfall ihren Verstand behalten würde. Bei dem Gedanken begann sie wieder zu zittern, und sie zwang sich, langsam und tief zu atmen.

Und dann hörte Catherine es wieder und wußte, daß sie es nicht noch einmal ertragen konnte. Es begann mit einem leisen Summen, und dann kam eine laute Welle von Geräuschen auf sie zu. Es folgte ein plötzlicher Angstschrei, und er hallte wider und wider durch die Dunkelheit, und die anderen Geräusche wurden lauter und lauter, und in dem schwarzen Tunnel tauchte Licht auf, und sie hörte Stimmen rufen, und Hände streckten sich nach ihr aus und hoben sie auf, und sie wollte sie vor den Fledermäusen warnen, aber sie mußte weiterschreien, weiterschreien ...

Athen 1946

Sie lag still und starr, damit die Fledermäuse sie nicht finden konnten, und lauschte auf das Schwirren ihrer Schwingen mit fest geschlossenen Augen.

Eine Männerstimme sagte: »Es ist ein Wunder, daß wir sie gefunden haben.«

»Wird sie sich wieder erholen?«

Das war Larrys Stimme.

Plötzlich überflutete Catherine neues Entsetzen. Es war, als ob ihr Körper von kreischenden Nerven erfüllt wäre, die sie drängten zu fliehen. Ihr Mörder war gekommen. Sie stöhnte: »Nein...« Dann öffnete sie die Augen. Sie lag in ihrem Bett im Bungalow. Larry stand am Fußende des Bettes und neben ihm ein Mann, den sie noch nie gesehen hatte. Larry kam auf sie zu. »Catherine...«

Sie zuckte zurück. »Faß mich nicht an!« Ihre Stimme war schwach und heiser.

»Catherine!« Larry sah tief besorgt aus.

»Schicken Sie ihn von hier fort«, flehte Catherine.

»Sie steht noch unter dem Schock«, sagte der Fremde. »Es ist vielleicht besser, wenn Sie im anderen Zimmer warten.«

Larry musterte Catherine einen Augenblick mit ausdruckslosem Gesicht. »Natürlich. Ich will nur ihr Bestes.« Er drehte sich um und ging hinaus.

Der Fremde trat näher. Er war ein kleiner dicker Mann mit freundlichem Gesicht und einem gewinnenden Lächeln. Er sprach englisch mit starkem Akzent. »Ich bin Doktor Kazomides. Sie haben ein sehr unerfreuliches Erlebnis hinter sich, Mrs. Douglas, aber ich versichere Ihnen, daß Sie sich wieder völlig erholen werden. Eine leichte Gehirnerschütterung und ein schwerer Schock, doch in wenigen Tagen sind Sie wieder ganz gesund.« Er seufzte. »Man sollte diese verdammten Höhlen schließen. Das war das dritte Unglück in diesem Jahr.«

Catherine wollte den Kopf schütteln, ließ es aber, weil er heftig zu schmerzen begann. »Es war kein Unglück«, sagte sie mit belegter Stimme. »Er hat versucht, mich zu töten.«

Er sah auf sie hinab. »Wer hat versucht, Sie zu töten?«

Ihr Mund war ausgetrocknet und ihre Zunge geschwollen. Es fiel ihr schwer, die Worte herauszubringen. »M-mein Mann.«

»Nein«, widersprach er.

Er glaubte ihr nicht. Catherine schluckte und versuchte es noch einmal. »Er – er ließ mich in der Höhle zurück, damit ich sterbe.«

Er schüttelte den Kopf. »Es war ein Unglücksfall. Ich gebe Ihnen eine Spritze, und wenn Sie aufwachen, werden Sie sich viel wohler fühlen.«

Eine Welle der Angst durchflutete sie. »Nein!« flehte sie. »Begreifen Sie denn nicht? Ich werde nie wieder aufwachen. Bringen Sie mich von hier fort. Bitte!«

Der Arzt lächelte ihr aufmunternd zu. »Ich habe Ihnen gesagt, daß es Ihnen bald wieder gutgehen wird, Mrs. Douglas. Was Sie brauchen, ist ein guter langer Schlaf.« Er griff in seine schwarze Ärztetasche und suchte nach einer Spritze.

Catherine versuchte sich aufzusetzen, aber ein schneidender Schmerz schoß ihr durch den Kopf, und im gleichen Augenblick war sie schweißgebadet. Sie fiel aufs Bett zurück, und in ihrem Kopf hämmerte es unerträglich.

»Sie dürfen sich noch nicht bewegen«, sagte Dr. Kazomides. »Sie haben Entsetzliches durchgemacht.« Er nahm die Spritze heraus, zog eine bernsteingelbe Flüssigkeit auf und wandte sich ihr zu. »Drehen Sie sich bitte um. Wenn Sie erwachen, werden Sie sich wie neu geboren fühlen.«

»Ich werde nicht mehr erwachen«, flüsterte Catherine. »Er wird mich im Schlaf ermorden.«

Das Gesicht des Arztes verriet Besorgnis. Er trat zu ihr. »Drehen Sie sich bitte um, Mrs. Douglas.«

Sie starrte ihn abweisend an.

Behutsam drehte er sie auf die Seite, schob ihr Nachthemd hoch, und sie spürte den scharfen Einstich an ihrer Hüfte. »Schon passiert.«

Sie rollte sich auf den Rücken zurück und flüsterte: »Jetzt haben Sie mich umgebracht.« Ihre Augen füllten sich mit Tränen.

»Mrs. Douglas«, sagte der Arzt ruhig. »Wissen Sie, wie wir Sie gefunden haben?«

Sie wollte den Kopf schütteln, erinnerte sich aber an den Schmerz. Seine Stimme klang sanft. »Ihr Mann hat uns zu Ihnen geführt.«

Sie starrte ihn verständnislos an, begriff nicht, was er sagte.

»Er schlug die falsche Richtung ein und verirrte sich in der Höhle«, erklärte er. »Als er Sie nicht wiederfinden konnte, geriet er außer sich. Er alarmierte die Polizei, und wir organisierten auf der Stelle einen Suchtrupp.«

Sie sah ihn an. Sie verstand immer noch nicht. »Larry ... hat Hilfe holen lassen?«

»Er war in einer scheußlichen Verfassung. Er machte sich die größten Vorwürfe.«

Sie lag da und versuchte zu begreifen, versuchte, sich auf diese neue Kenntnis einzustellen. Wenn Larry sie hätte töten wollen, hätte er keinen Suchtrupp organisiert und hätte nicht um ihre Sicherheit gebangt. Sie geriet in schreckliche Verwirrung. Der Arzt beobachtete sie mitfühlend.

»Sie werden jetzt schlafen«, befahl er ihr. »Ich komme morgen früh wieder, um nach Ihnen zu sehen.«

Sie hatte geglaubt, der Mann, den sie liebte, sei ein Mörder. Sie wußte, daß sie es Larry sagen und ihn um Verzeihung bitten mußte, aber ihr Kopf wurde immer schwerer, und wieder und wieder fielen ihr die Augen zu. *Ich sage es ihm später,* dachte sie, *wenn ich aufwache. Er wird verstehen und mir verzeihen. Alles wird wieder wundervoll, wie es war ...*

Sie wurde von einem plötzlichen scharfen Krachen geweckt und riß die Augen auf. Ihr Puls raste. Stürmischer Regen prasselte gegen das Schlafzimmerfenster, und ein aufzuckender Blitz erhellte alles mit einem blassen bläulichen Licht, in dem das Zimmer wie ein überbelichtetes Farbfoto aussah. Der Wind krallte sich an das Haus, versuchte es von der Stelle zu jaulen, und der Regen knatterte auf das Dach und dröhnte gegen das Fenster wie tausend winzige Trommeln. Alle paar Sekunden folgte den Blitzen grollendes Donnerrollen.

Das Donnern hatte Catherine geweckt. Sie stützte sich auf und blickte auf die kleine Uhr neben dem Bett. Sie war benommen von dem Schlafmittel, das der Arzt ihr gegeben hatte, und sie mußte die Augen zusammenkneifen, um die Zahlen auf dem Zifferblatt zu erkennen. Es war drei Uhr nachts. Sie war allein. Larry war sicher im anderen Zimmer und hielt, besorgt um sie, Nachtwache. Sie mußte ihn sehen, um sich zu entschuldigen. Vorsichtig schob Catherine die Beine aus dem Bett und versuchte aufzustehen. Ihr wurde schwindlig, und sie drohte zu fallen. Sie klammerte sich an den Bettpfosten, bis die Welle verebbt war. Mit unsicheren Schritten schleppte sie sich zur Tür, ihre Muskeln waren steif, und das Dröhnen in ihrem Kopf wurde zu einem quälenden, schmerzenden Pochen. Einen Augenblick stand sie da, hielt sich an dem Türknauf, um sich zu stützen, dann öffnete sie die Tür und trat in den Wohnraum.

Larry war nicht da. In der Küche brannte Licht, und sie ging schwankend darauf zu. Larry stand mit dem Rücken zu ihr in der Küche, und sie rief: »Larry!« Aber das Grollen des Donners übertönte ihre Stimme. Ehe sie noch einmal rufen konnte, kam eine Frau in ihr Blickfeld. Larry sagte: »Es ist gefährlich für dich, daß du –« Der heulende Wind machte seine nächsten Worte unverständlich.

» – mußte kommen. Ich mußte mich vergewissern, daß –«

» – uns zusammen sehen. Niemand wird je –«

» – habe dir doch gesagt, ich würde dafür sorgen –«

» – schiefging. Sie können uns gar nichts –«

» – jetzt, während sie schläft –«

Catherine stand wie gelähmt da, war unfähig, sich zu rühren. Es war, als ob sie stroboskopischen Klängen zuhörte, schnellen, peitschenden Wortfolgen. Der Rest der Sätze ging im heulenden Wind und im Krachen des Donners verloren.

» – wir müssen uns beeilen, ehe sie –«

Alle die alten Schrecken kehrten zurück, ließen sie erbeben, verschlangen sie in unbeschreiblich widerwärtiger Panik. Ihr Alptraum war die Wahrheit gewesen. Er hatte versucht, sie zu töten. Sie mußte von hier fort, ehe sie sie finden konnten, ehe sie von ihnen ermordet wurde. Langsam, am ganzen Körper zitternd, wich sie zurück. Sie stieß gegen eine Lampe, die umzufallen drohte, aber sie konnte sie noch rechtzeitig halten. Ihr Herz klopfte so laut, daß sie befürchtete, man könnte es über den Lärm von Donner, Wind und Regen hinweg hören. Sie erreichte die Vordertür und öffnete sie, und der Wind riß sie ihr beinahe aus den Händen.

Catherine trat in die Nacht hinaus und schloß die Tür hinter sich. Sie war im Nu von dem kalten, peitschenden Regen durchnäßt, und erst jetzt wurde ihr bewußt, daß sie nur ihr dünnes Nachthemd anhatte. Es spielte keine Rolle. Die Flucht war das einzig Wichtige. Durch den strömenden Regen sah sie in der Ferne das Licht der Hotelhalle. Sie könnte hingehen und um Hilfe bitten. Aber würde man ihr glauben? Sie erinnerte sich an das Gesicht des Arztes, als sie ihm sagte, Larry wolle sie töten. Nein, man würde sie für hysterisch halten, würde sie Larry wieder ausliefern. Sie mußte von hier fort. Sie ging auf den steilen, steinigen Pfad zu, der in den Ort hinunterführte.

Der stürmische Regen hatte den Pfad zu einem schlammigen, schlüpfrigen Morast aufgeweicht, der ihre Füße saugend festhielt und sie so behinderte, daß sie das Gefühl hatte, sie liefe in einem Alptraum und versuchte vergeblich, im Zeitlupentempo zu entkommen, während ihre Verfolger hinter ihr herrasten. Ständig glitt sie aus und fiel zu Boden, und ihre Füße bluteten von den scharfen Steinen auf dem Pfad, aber sie bemerkte es nicht. Sie stand unter einem Schock, bewegte sich wie ein Automat, fiel, wenn ein Windstoß sie niederwarf, raffte sich wieder auf und bewegte sich weiter auf dem Pfad bergab zum Ort hinunter, ohne zu bemerken, wo sie lief. Den strömenden Regen spürte sie nicht mehr.

Der Pfad ging plötzlich in eine dunkle, verlassene Straße am Rand des Ortes über. Sie taumelte weiter wie ein gehetztes Tier, ohne zu wissen, daß sie einen Fuß vor den anderen setzte, verstört von den grauenerregenden Geräuschen der Nacht und den zuckenden Blitzen, die den Himmel in ein Inferno verwandelten.

Sie erreichte den See und blieb stehen und starrte auf ihn hinaus, während der Wind an ihrem dünnen Nachthemd zerrte. Das stille Wasser hatte sich in ein kochendes, tobendes Meer verwandelt, von einem dämonischen Wind gepeitscht, der hohe, brutal gegeneinanderprallende Wellen aufwühlte.

Catherine stand und versuchte sich zu erinnern, was sie hier wollte. Und plötzlich wußte sie es wieder. Sie war auf dem Weg zu Bill Fraser. Er wartete auf sie in seinem schönen Haus, damit sie heiraten könnten. Auf der anderen Seite des Wassers entdeckte

Catherine ein schwaches gelbes Licht im strömenden Regen. Dort war Bill und wartete. Aber wie sollte sie zu ihm gelangen? Sie blickte nach unten und sah Ruderboote an ihren Anlegeplätzen liegen. Sie tanzten im schäumenden Wasser auf und ab und zerrten an ihrer Vertäuung.

Jetzt wußte sie, was sie zu tun hatte. Sie kletterte zu einem der Boote hinunter und stieg hinein. Sie kämpfte um ihr Gleichgewicht, als sie den Strick losband, der das Boot an der Landungsbrücke festhielt. Augenblicklich löste sich das Boot vom Steg, bäumte sich, plötzlich frei, mit den Wellen hoch auf. Catherine wurde von den Füßen gerissen. Sie zog sich auf eine Sitzbank und griff nach den Rudern, versuchte sich zu erinnern, wie Larry sie gehandhabt hatte. Aber es gab keinen Larry. Es mußte Bill gewesen sein. Ja, sie erinnerte sich, wie Bill mit ihr gerudert war. Sie wollten seine Mutter und seinen Vater besuchen. Jetzt tauchte sie die Ruder ein, aber die riesigen Wellen warfen das Boot von Seite zu Seite und wirbelten es herum, und die Ruder wurden ihr aus den Händen gerissen und ins Wasser gezogen. Sie sah ihnen nach, bis sie ihrem Blick entschwanden. Das Boot wurde auf die Mitte des Sees zugetrieben. Catherine klapperte vor Kälte mit den Zähnen und zitterte am ganzen Körper. Sie spürte, daß ihr etwas auf die Füße klatschte, blickte hinunter und sah, daß sich das Boot mit Wasser füllte. Sie weinte, weil ihr Hochzeitskleid naß werden würde. Bill Fraser hatte es ihr gekauft, und jetzt würde er böse auf sie sein.

Sie trug ein Hochzeitskleid, weil sie mit Bill in der Kirche war, und der Geistliche, der wie Bills Vater aussah, sagte: *Wenn jemand gegen diese Ehe Einspruch erheben will, so tue er es jetzt oder ...* Und dann kam die Stimme einer Frau, die sagte: *Jetzt, während sie schläft ...* Und die Lichter gingen aus, und Catherine war wieder in der Höhle, und Larry drückte sie zu Boden, und die Frau goß Wasser über sie, um sie zu ertränken. Sie sah sich nach dem gelben Licht in Bills Haus um, aber es war verschwunden. Er wollte sie nicht mehr heiraten, und nun hatte sie niemanden.

Das Ufer war jetzt sehr weit entfernt, irgendwo hinter dem strömenden, peitschenden Regen, und Catherine war allein in der stürmischen Nacht mit dem kreischenden Geisterwind des *meltemi* in den Ohren. Das Boot begann verräterisch zu schwanken, als die riesigen Wellen dagegenschlugen, aber Catherine fürchtete sich nicht mehr. Eine köstliche Wärme erfüllte allmählich ihren Körper, und der Regen fühlte sich wie Samt auf ihrer Haut an. Sie faltete die Hände wie ein kleines Kind und begann ein Gebet zu sprechen, das sie als kleines Mädchen gelernt hatte:

»Müde bin ich, geh' zur Ruh,
schließe beide Augen zu.
Vater, laß die Augen Dein
über meinem Bettchen sein.«

Ein wunderbares Glücksgefühl erfüllte sie, weil sie wußte, daß jetzt alles gut werden würde. Sie war auf dem Weg nach Hause.

In diesem Augenblick ergriff eine große Welle das Heck des Bootes, und langsam kenterte es auf dem schwarzen grundlosen See.

DRITTES BUCH

Athen 1947

Fünf Stunden vor Beginn des Mordprozesses gegen Noelle Page und Larry Douglas war Saal 33 im Arsakion-Gericht in Athen von Zuschauern überfüllt. Das riesige graue Gerichtsgebäude nimmt einen ganzen Häuserblock an der Universitätsstraße und der Stada ein. Von den dreißig Sitzungssälen in dem Gebäude sind nur drei für Strafprozesse vorgesehen: die Säle 21, 30 und 33. Nummer 33 wurde für diesen Prozeß ausgewählt, weil er der größte Saal ist. Die Gänge vor Saal 33 wimmelten von Menschen, und vor den beiden Eingängen zum Saal waren Polizisten in grauen Uniformen und grauen Hemden postiert, um die Menge unter Kontrolle zu halten. Der Erfrischungsstand am Ende des Korridors hatte seine Bestände schon nach fünf Minuten ausverkauft, und vor den Telefonzellen warteten lange Schlangen.

Georgios Skouri, der Polizeichef, überwachte persönlich die Sicherheitsvorkehrungen. Überall waren Pressefotografen, und Skouri gelang es erfreulich oft, fotografiert zu werden. Eintrittskarten zum Gerichtssaal hatten Höchstpreise erzielt. Wochenlang waren die Angehörigen der griechischen Justiz von Freunden und Verwandten belagert worden. Findige, die sich Karten sichern konnten, handelten gegen sie andere Vorteile ein oder verkauften sie an Schwarzhändler, die sie zu Preisen bis fünfhundert Drachmen das Stück verschoben.

Der Mordprozeß spielte sich im üblichen Rahmen ab. Sitzungssaal 33 im Obergeschoß des Gerichtsgebäudes war muffig und alt, Schauplatz Tausender forensischer Schlachten, die im Lauf der Jahre hier stattgefunden hatten. Der Raum war etwa zwölf Meter breit und über vierzig Meter lang. Die Sitzplätze waren in drei Blöcken von je neun Reihen hölzerner Bänke angeordnet.

An der einen Schmalseite des Saals befand sich hinter einer zwei Meter hohen Trennwand aus poliertem Mahagoni ein Podest mit hochlehnigen Ledersesseln für die drei vorsitzenden Richter. Der mittlere Sessel war für den Gerichtspräsidenten bestimmt, und darüber hing ein quadratischer schmutziger Spiegel, der einen Teil des Gerichtssaals reflektierte.

Vor dem Podest befand sich der Zeugenstand, eine kleine Plattform mit einem fest angebrachten Lesepult, auf dessen Platte Papiere abgelegt werden konnten. Das Lesepult war mit einem vergoldeten Kruzifix verziert, Christus am Kreuz mit zwei seiner Jünger neben ihm. An der Seitenwand war die Geschworenenbank, die jetzt mit zehn Geschworenen besetzt war. Links befand sich die Anklagebank, davor standen die Tische der Verteidiger.

Die Wände des Saals waren verputzt, der Fußboden im Gegensatz zu den nackten Dielen der Gerichtssäle im Erdgeschoß mit Linoleum ausgelegt. Ein Dutzend elektrischer Kugellampen hing von der Decke herab. In einer hinteren Ecke ragte das Abzugsrohr einer altmodischen Heizungsanlage zur Decke auf. Ein Teil des Saals war für die Presse reserviert, und unter anderen waren Korrespondenten von Reuters, United Press, International News Service, Shsin Hau Agency, Agence France Press und TASS anwesend.

Die Umstände dieses Mordprozesses waren an sich schon sensationell, aber es waren auch so viele berühmte Personen anwesend, daß die aufgeregten Zuschauer nicht wußten, wohin sie zuerst blicken sollten. Es war wie in einem Zirkus mit drei Manegen. In der ersten Bankreihe saß Philippe Sorel, der große Star, von dem das Gerücht ging, ein früherer Liebhaber von Noelle Page zu sein. Sorel hatte auf dem Weg in den Gerichtssaal eine Kamera zerschlagen und sich eisern geweigert, mit den Presseleuten zu sprechen. Jetzt saß er in sich zurückgezogen und schweigend auf seinem Platz, von einer unsichtbaren Mauer umgeben. Eine Reihe hinter Sorel saß Armand Gautier. Der hochgewachsene, düstere Regisseur ließ seinen Blick ständig durch den Gerichtssaal schweifen, als ob er sich in Gedanken Notizen für seinen nächsten Film machte. In der Nähe von Gautier saß Israel Katz, der berühmte französische Chirurg und Widerstandskämpfer.

Zwei Plätze von ihm entfernt saß William Fraser, persönlicher Referent des Präsidenten der Vereinigten Staaten. Neben Fraser war ein Platz reserviert, und wie ein Steppenbrand fegte das Gerücht durch den Gerichtssaal, daß Constantin Demiris kommen werde.

Wohin der Zuschauer auch seinen Blick wandte, er fand ein bekanntes Gesicht: einen Politiker, einen Sänger, einen Bildhauer, einen international berühmten Autor. Doch wenn auch der Zuschauerraum in dieser Arena des Rechts mit Berühmtheiten besetzt war, der Hauptpunkt des Interesses befand sich im Mittelring.

Auf der einen Seite der Anklagebank saß Noelle Page, unvergleichlich schön, die honigfarbene Haut etwas blasser als üblich, und gekleidet, als hätte sie gerade das Atelier von Madame Chanel verlassen. Noelle hatte etwas Königliches an sich, eine noble Ausstrahlung, die die Dramatik dessen, was ihr widerfuhr, erhöhte. Es schürte die Erregung der Zuschauer und verstärkte ihren Blutdurst.

Ein amerikanisches Nachrichtenmagazin schrieb darüber: *Die Empfindungen, die Noelle Page von der Menge aus entgegenströmten, die gekommen war, um Zeuge bei ihrem Prozeß zu sein, waren so stark, daß sie im Gerichtssaal fast physisch spürbar wurden. Es war kein Gefühl der Sympathie oder der Feindschaft, es war einfach das Gefühl der Erwartung. Die Frau, der vom Staat wegen eines Mordes der Prozeß gemacht wurde, war eine Superfrau, eine Göttin auf einem goldenen Piedestal, die hoch über ihnen stand, und sie waren da, um zuzusehen, wie ihr Idol auf ihre eigene Ebene hinabgezerrt und vernichtet wurde. Das Gefühl im Gerichtssaal muß das gleiche gewesen sein wie das in den Herzen der Bauern, die zusahen, wie Marie Antoinette auf dem Henkerskarren ihrem Untergang entgegenfuhr.*

Noelle Page war nicht die einzige Nummer in diesem Rechts-Zirkus. Auf der anderen Seite der Anklagebank saß, von glühendem Zorn erfüllt, Larry Douglas. Sein anziehendes Gesicht war bleich, und er hatte Gewicht verloren, aber das trug nur dazu bei, seine gemeißelten Züge hervorzuheben, und viele der Frauen im Gerichtssaal verspürten den Drang, ihn in die Arme zu schließen und auf die eine oder andere Weise zu trösten. Seit Larry verhaftet worden war, hatte er Hunderte von Briefen von Frauen aus allen Teilen der Welt, Dutzende von Geschenken und Heiratsanträgen erhalten.

Der dritte Mann in dem Zirkus war Napoleon Chotas, ein Mann, der in Griechenland ebenso bekannt war wie Noelle Page. Napoleon Chotas war einer der anerkannt größten Strafverteidiger der

Welt. Er hatte Klienten verteidigt, die von der Unterschlagung bezichtigten Regierungschefs bis zu Mördern reichten, die die Polizei auf frischer Tat ertappt hatte, und nie hatte er einen wichtigen Prozeß verloren. Chotas war schlank und sah ausgemergelt aus, und er saß im Gerichtssaal und beobachtete das Publikum mit den großen traurigen Augen eines Bluthunds in einem verwüsteten Gesicht. Wenn Chotas sich an die Geschworenen wandte, sprach er langsam und zögernd und hatte große Schwierigkeiten, sich auszudrücken. Manchmal kam er in eine so peinliche Verlegenheit, daß einer der Geschworenen hilfreich mit dem Wort herausplatzte, nach dem Napoleon Chotas mühsam suchte, und wenn das geschah, erfüllte eine solche Erleichterung und unaussprechliche Dankbarkeit das Gesicht des Anwalts, daß sämtliche Geschworenen von einer Welle der Zuneigung für diesen Mann ergriffen wurden. Außerhalb des Gerichtssaals war Chotas ein treffsicherer, sarkastischer Redner mit vollkommener Beherrschung von Sprache und Syntax. Er sprach sieben Sprachen fließend, und wenn sein Terminplan es erlaubte, hielt er überall in der Welt Vorträge vor Juristen.

Dicht neben Chotas saß auf der Verteidigerbank Frederick Stavros, der Verteidiger von Larry Douglas. Sachkenner stimmten darin überein, daß Stavros befähigt sein mochte, einen Routinefall erfolgreich zu vertreten, daß er hier aber hoffnungslos überfordert war.

In den Zeitungen und im Bewußtsein der Öffentlichkeit war Noelle Page und Larry Douglas schon der Prozeß gemacht, und sie waren schuldig gesprochen worden. Niemand zweifelte auch nur einen Augenblick an ihrer Schuld. Professionelle Spieler wetteten dreißig zu eins, daß die Angeklagten verurteilt werden würden. Zu dem Prozeß trat also zusätzlich die Spannung, zu beobachten, wie der prominenteste Strafverteidiger Europas seine magische Kraft gegen unüberwindliche Hindernisse einsetzen würde.

Als bekanntgegeben wurde, daß Chotas Noelle Page, die Frau, die Constantin Demiris betrogen und der Lächerlichkeit preisgegeben hatte, verteidigen würde, hatte die Nachricht großes Aufsehen erregt. Wie mächtig Chotas auch war, Constantin Demiris war hundertmal mächtiger, und niemand konnte sich vorstellen, was Chotas dazu getrieben haben mochte, sich gegen Constantin Demiris zu stellen. Die Wahrheit war sogar noch interessanter als die phantastischsten Gerüchte.

Der Anwalt hatte die Verteidigung von Noelle Page auf Demiris' persönliches Ersuchen übernommen.

Drei Monate vor Prozeßbeginn kam der Gefängnisdirektor in Noelles Zelle im Gefängnis in der Sankt-Nikodemus-Straße, um ihr zu sagen, daß Constantin Demiris um Erlaubnis gebeten habe, sie zu besuchen. Noelle hatte sich schon gefragt, wann sie von Demiris hören würde. Seit ihrer Verhaftung hatte kein Wort von ihm sie erreicht, nur tiefes, unheilvolles Schweigen.

Noelle hatte mit Demiris lange genug zusammengelebt, um zu wissen, wie stark seine Eigenliebe war und wie weit er gehen würde, um auch deren kleinste Verletzung zu rächen. Noelle hatte ihn gedemütigt wie kein anderer Mensch je zuvor, und er war mächtig genug, um furchtbare Vergeltung zu üben. Die einzige Frage war: Wie würde er es anfangen? Noelle war überzeugt, daß Demiris etwas so Primitives wie die Bestechung der Geschworenen oder der Richter für unter seiner Würde hielt. Er würde sich mit nichts Geringerem als einem raffinierten machiavellistischen Komplott zufriedengeben, um seine Rache zu nehmen, und Noelle hatte Nacht für Nacht wach in ihrer Zelle gelegen und sich in Demiris' Denkweise versetzt, Überlegung um Überlegung wieder verworfen, genau wie er es auf der Suche nach dem vollkommenen Plan getan haben mußte. Es war wie eine geistige Schachpartie mit Demiris, nur daß sie und Larry die Bauern auf dem Brett waren und daß es um Leben und Tod ging.

Wahrscheinlich wollte er sie und Larry vernichten, aber Noelle kannte besser als jeder andere die subtilen Gedankengänge von Demiris. Es war also ebenfalls möglich, daß er plante, nur einen von ihnen beiden zu vernichten und den anderen leben und leiden zu lassen. Wenn Demiris dafür sorgte, daß sie beide hingerichtet wurden, hätte er zwar seine Rache, aber es wäre zu schnell vorüber – es würde nichts bleiben, was er auskosten konnte. Noelle hatte sorgfältig jede Möglichkeit durchdacht, keine denkbare Variante übergangen, und ihr schien, daß Constantin Demiris es so arrangieren könnte, daß Larry starb und sie am Leben blieb, entweder im Gefängnis oder in seiner Gewalt, weil das die sicherste Methode war, seine Rache bis ins Unendliche zu verlängern. Zuerst würde Noelle die Pein erleiden, den Mann zu verlieren, den sie liebte, und dann würde sie alles das zu ertragen haben, was Demiris an ausgesuchten

Qualen für ihre Zukunft plante. Ein Teil der Befriedigung, die Demiris aus seiner Rache zöge, würde darin bestehen, es Noelle vorher zu sagen, damit sie die Verzweiflung in vollem Umfang durchlebte.

Und deshalb überraschte es Noelle nicht, als der Gefängnisdirektor in ihrer Zelle erschien, um ihr Demiris' Besuch anzukündigen.

Noelle war zuerst da. Sie war in das Privatbüro des Gefängnisdirektors geführt worden, wo man sie diskret mit einem Make-up-Koffer, den ihre Zofe gebracht hatte, allein ließ, damit sie sich auf den Besuch von Demiris vorbereiten konnte.

Noelle ignorierte die Kosmetika nebst Kamm und Bürste, die auf dem Schreibtisch lagen, sondern ging zum Fenster und sah hinaus. Es war der erste Blick in die Außenwelt seit drei Monaten, abgesehen von den flüchtigen Eindrücken, als sie am Tag der Vorverhandlung aus dem Gefängnis in der Sankt-Nikodemus-Straße zum Gerichtsgebäude gebracht worden war. Sie war in einem vergitterten Gefangenenwagen transportiert und dort in den Keller geführt worden, von wo ein enger Fahrstuhl sie und ihre Wächter in das Obergeschoß brachte. Dort fand die Verhandlung statt, ihre weitere Haft bis zum Prozeß wurde verfügt, und sie war anschließend ins Untersuchungsgefängnis zurückgebracht worden.

Jetzt stand Noelle am Fenster und beobachtete den Verkehr unten auf der Universitätsstraße, Männer und Frauen und Kinder auf dem Weg nach Hause zu ihren Familien. Zum ersten Mal in ihrem Leben hatte Noelle Angst. Sie machte sich keine Illusionen über ihre Aussichten auf einen Freispruch. Sie hatte die Zeitungen gelesen und wußte, daß ihr mehr als ein Prozeß bevorstand. Es würde ein Blutbad werden, in dem sie und Larry als Opfer dargebracht wurden, um das Gewissen einer empörten Gesellschaft zu befriedigen. Die Griechen haßten sie, weil sie die Heiligkeit der Ehe verspottet hatte, beneideten sie, weil sie jung und reich und schön war, und verabscheuten sie, weil sie spürten, daß ihre Gefühle Noelle völlig gleichgültig waren.

Früher war Noelle mit dem Leben achtlos umgesprungen, hatte rücksichtslos Zeit vergeudet, als ob sie ewig währen würde. Aber jetzt hatte sich etwas in ihr geändert. Die bevorstehende Aussicht auf den Tod hatte Noelle zum ersten Mal erkennen lassen, wie sehr sie am Leben hing. In ihr lastete eine Furcht, die wie ein Krebsgeschwür wucherte, und wenn sie könnte, würde sie einen Handel um ihr Leben abschließen, obwohl sie wußte, daß Demiris Wege fände, es ihr zur Hölle zu machen. Damit würde sie sich abfinden. War es erst soweit, würde sie ihn schon irgendwie überlisten.

Inzwischen brauchte sie seine Hilfe, um am Leben zu bleiben. Einen Vorteil hatte sie. Sie hatte den Gedanken an den Tod immer leichtgenommen, so daß Demiris keine Ahnung hatte, wieviel ihr das Leben jetzt bedeutete. Wenn er es wüßte, würde er sie bestimmt sterben lassen. Noelle fragte sich wieder, was er in den vergangenen Monaten gegen sie ersonnen haben mochte, und noch während sie darüber nachdachte, hörte sie, wie hinter ihr die Tür geöffnet wurde, und als sie sich umdrehte, sah sie Constantin Demiris im Türrahmen stehen, und nach einem erschrockenen Blick auf ihn wußte Noelle, daß sie nichts mehr zu fürchten brauchte.

Constantin Demiris war in den wenigen Monaten, seit Noelle ihn das letztemal gesehen hatte, um zehn Jahre gealtert. Er war hager und abgemagert, und sein Anzug hing ihm lose am Körper. Aber es waren seine Augen, die ihre Aufmerksamkeit fesselten. Es waren die Augen einer Seele, die durch die Hölle gegangen war. Die Macht, die Demiris ausgestrahlt hatte, der dynamische, überwältigende Kern seiner Vitalität, war verschwunden. Es war, als ob ein Lichtschalter ausgedreht worden wäre, und alles, was übrigblieb, war das blasse Nachglühen eines vergangenen, früher einmal vorhandenen Glanzes. Er stand da und starrte sie mit schmerzerfüllten Augen an.

Den Bruchteil einer Sekunde fragte sich Noelle, ob dies nicht ein Trick sein könnte, Teil eines Plans, doch kein Mensch auf der Welt konnte ein so guter Schauspieler sein. Es war Noelle, die das lange Schweigen brach. »Es tut mir leid, Costa«, sagte sie.

Demiris nickte langsam, als ob ihn die Bewegung Mühe kostete.

»Ich wollte dich töten«, sagte er müde, und es war die Stimme eines alten Mannes. »Ich hatte alles genau geplant.«

»Warum hast du es nicht getan?«

Er antwortete ruhig: »Weil du mich zuerst getötet hast. Ich habe nie vorher einen Menschen gebraucht. Wahrscheinlich habe ich nie zuvor Schmerz empfunden.«

»Costa –«

»Nein. Laß mich ausreden. Ich bin kein Mann, der vergibt.

Wenn ich ohne dich auskommen könnte, glaube mir, ich täte es. Aber ich kann nicht. Ich kann es nicht länger ertragen. Ich will dich wiederhaben, Noelle.«

Sie kämpfte darum, nichts von ihren Empfindungen zu zeigen. »Das liegt nun wirklich nicht mehr bei mir, nicht wahr?«

»Wenn ich deine Freilassung erwirken könnte, kämst du zu mir zurück? Für immer?«

Für immer. Tausend Bilder flogen an Noelles geistigem Auge vorbei. Sie würde Larry nie wiedersehen, nie wieder berühren, nie wieder halten. Noelle hatte keine Wahl, doch selbst wenn sie eine hätte, das Leben war süßer. Und solange sie lebte, gab es immer eine Chance. Sie blickte zu Demiris auf.

»Ja, Costa.«

Demiris blickte sie an. Sein Gesicht verriet seine Bewegung. Als er sprach, klang seine Stimme rauh. »Danke«, sagte er. »Wir werden die Vergangenheit vergessen. Sie ist vorüber, und nichts kann sie ändern.« Seine Stimme wurde klarer. »Die Zukunft interessiert mich. Ich werde einen Anwalt für dich engagieren.«

»Wen?«

»Napoleon Chotas.«

Und das war der Augenblick, in dem Noelle wirklich erkannte, daß sie die Partie gewonnen hatte. Schach. Schachmatt.

Jetzt saß Napoleon Chotas an dem langen Verteidigertisch und dachte an den bevorstehenden Kampf. Chotas wäre es viel lieber gewesen, wenn der Prozeß in Ioannina statt in Athen stattfände, doch das war unmöglich, da nach griechischem Recht ein Prozeß nicht dort stattfinden durfte, wo das Verbrechen begangen worden war. Chotas hatte nicht den geringsten Zweifel an Noelle Pages Schuld, aber das war für ihn unwichtig, denn er war wie alle Strafverteidiger der Meinung, daß die Schuld oder die Unschuld eines Klienten unwesentlich war. Jeder hatte Anspruch auf einen fairen Prozeß.

Bei dem Prozeß, der jetzt beginnen sollte, war es jedoch etwas anders. Zum ersten Mal in seinem Berufsleben hatte Napoleon Chotas es sich erlaubt, sich an einen Klienten gefühlsmäßig zu binden. Er liebte Noelle Page. Auf Veranlassung von Constantin Demiris hatte er sie aufgesucht, und obwohl Chotas das Image von Noelle Page bekannt war, traf ihn die Wirklichkeit völlig unvorbereitet. Sie hatte ihn empfangen, als ob er ein Gast wäre, der ihr einen Besuch machte. Noelle hatte weder Nervosität noch Furcht gezeigt, und zunächst hatte Chotas dies auf ihr mangelhaftes Verständnis ihrer verzweifelten Situation zurückgeführt. Das Gegenteil hatte sich jedoch als richtig erwiesen. Noelle war die intelligenteste und faszinierendste Frau, der er je begegnet war, und ganz gewiß auch die schönste. Chotas war, wenn seine Erscheinung das auch verleugnete, ein Frauenkenner, und er zollte Noelles außergewöhnlichen Gaben seine Anerkennung. Für Chotas war es stets ein Vergnügen, sich mit ihr zu unterhalten. Sie diskutierten über Recht und Kunst und Verbrechen und Geschichte, und sie überraschte ihn ständig von neuem. Er konnte Noelles Liaison mit einem Mann wie Constantin Demiris völlig verstehen, doch ihre enge Beziehung zu Larry Douglas war ihm rätselhaft. Er war der Meinung, daß sie Douglas weit überlegen war, und dennoch vermutete Chotas, daß es eine unerklärliche Affinität gebe, die Menschen veranlaßte, sich in die unwahrscheinlichsten Partner zu verlieben. Brillante Wissenschaftler heirateten hohlköpfige Blondinen, große Schriftsteller heirateten dümmliche Schauspielerinnen, intelligente Staatsmänner heirateten Schlampen.

Chotas erinnerte sich an seine Begegnung mit Demiris. Gesellschaftlich kannten sie sich seit Jahren, aber die Anwaltsfirma von Chotas hatte nie für ihn gearbeitet. Demiris hatte Chotas in sein Haus in Varkisa gebeten. Ohne jede Umschweife hatte er das Gespräch begonnen. »Wie Sie vielleicht wissen«, hatte er gesagt, »habe ich an diesem Prozeß ein tiefes Interesse. Mademoiselle Page ist die einzige Frau in meinem Leben, die ich wirklich geliebt habe.« Die beiden Männer hatten sechs Stunden lang miteinander gesprochen, jeden Aspekt des Falles diskutiert, jede mögliche Strategie erwogen. Es wurde beschlossen, daß Noelle auf »nicht schuldig« plädieren sollte. Als Chotas aufstand, um zu gehen, hatten sie ein Geschäft abgeschlossen. Für die Übernahme von Noelles Verteidigung sollte Napoleon Chotas das Doppelte seines üblichen Honorars erhalten, und seine Firma sollte zum ersten juristischen Berater von Constantin Demiris' weltumspannendem Imperium werden, eine Rosine im Kuchen, die ungezählte Millionen wert war.

»Wie Sie es machen«, hatte Demiris zum Abschluß grimmig gesagt, »ist mir gleichgültig. Nur sorgen Sie dafür, daß nichts schiefgeht.«

Chotas hatte angenommen. Und dann hatte er sich ironischerweise in Noelle Page verliebt. Chotas war zwar verheiratet, hatte sich jedoch immer eine Reihe von Geliebten gehalten, und als er jetzt die einzige Frau fand, mit der er allein hätte glücklich sein können, war sie unerreichbar für ihn. Er sah Noelle an, die schön und gelassen auf der Anklagebank saß. Sie trug ein einfaches schwarzes Wollkostüm mit einer schlichten, hochgeschlossenen weißen Bluse und sah aus wie eine Prinzessin aus einem Märchen.

Noelle drehte sich um, bemerkte, daß Chotas sie ansah, und erwiderte seinen Blick mit einem warmen Lächeln. Er lächelte zurück, war aber in Gedanken schon bei der schwierigen Aufgabe, die vor ihm lag. Der Gerichtsschreiber kündigte das Gericht an.

Die Zuschauer erhoben sich, als zwei Richter in Zivil eintraten und ihre Plätze einnahmen. Der dritte Richter, Präsident des Gerichtshofes, folgte ihnen und setzte sich auf den mittleren Sessel. Er verkündete: »*I sinethriasis archete.*«

Der Prozeß hatte begonnen.

Peter Demonides, der Staatsanwalt, erhob sich nervös, um seine Eröffnungsansprache an die Geschworenen zu halten. Demonides war ein erfahrener und fähiger Anklagevertreter, aber er hatte schon früher Napoleon Chotas gegenübergestanden – viele Male sogar –, und das Ergebnis war unveränderlich stets das gleiche gewesen. Der alte Schuft war unschlagbar. Fast alle Strafverteidiger schüchtern gegnerische Zeugen ein, aber Chotas umwarb sie. Er hegte sie und liebte sie, und noch ehe er mit ihnen zu Ende war, widersprachen sie sich selbst in allen Punkten und versuchten, ihm zu helfen. Er hatte es im Griff, aus harten Beweisen Vermutungen zu machen und aus Vermutungen reine Phantasiegebilde. Chotas besaß den brillantesten Juristenverstand und die größten Kenntnisse der Jurisprudenz, denen Demonides je begegnet war, doch das war nicht seine Stärke. Seine Stärke war seine Menschenkenntnis. Ein Reporter hatte ihn einmal gefragt, wo er so viel über die menschliche Natur gelernt hätte.

»Von der menschlichen Natur verstehe ich überhaupt nichts«, hatte Chotas geantwortet. »Ich kenne mich nur mit den Menschen aus.« Und diese Bemerkung war oft und gern zitiert worden.

Zu allem anderen war dies ein für Chotas geradezu maßgeschneiderter Prozeß: Er strotzte von Glanz, Leidenschaft und Mord. Von einem war Demonides überzeugt: Napoleon Chotas würde sich durch nichts abbringen lassen, den Prozeß zu gewinnen. Aber das galt auch für Demonides. Er wußte, daß der Fall auf starken Beweisen gegen die Angeklagten fußte, und wenn es Chotas auch gelänge, die Geschworenen zu betören, über die belastenden Beweise hinwegzugehen, so konnte er die drei Richter des Gerichtshofes doch nicht beirren. Mit Entschlossenheit, gemischt allerdings auch mit Besorgnis, begann der Anklagevertreter mit seiner Eröffnungsansprache.

Mit gewandten breiten Strichen umriß Demonides die Anklage. Aufgrund des Gesetzes war der Obmann der Geschworenen ein Jurist, darum wandte er sich mit allen juristischen Argumenten an ihn und richtete sich in den allgemeinen Punkten an die übrigen Geschworenen.

»Ehe dieser Prozeß abgeschlossen ist, wird die Anklage beweisen, daß diese beiden Personen sich zu der kaltblütigen Ermordung von Catherine Douglas verschworen haben, weil sie ihren Plänen im Wege stand. Ihr einziges Verbrechen war, daß sie ihren Ehemann liebte, und dafür wurde sie getötet. Die beiden Angeklagten hielten sich am Ort der Tat auf. Sie sind die einzigen, die ein Motiv und eine Gelegenheit zur Tat hatten. Wir werden über jeden Schatten eines Zweifels hinaus beweisen ...«

Demonides faßte sich in seiner Ansprache kurz und sachlich, und dann waren die Verteidiger der Angeklagten an der Reihe.

Die Zuschauer beobachteten Napoleon Chotas, wie er ungeschickt seine Papiere zusammenraffte und sich für seine Eröffnungsansprache vorbereitete. Langsam näherte er sich der Geschworenenbank, sein Auftreten war zögernd und umständlich, so, als ob er von seiner Umgebung eingeschüchtert wäre.

William Fraser, der ihn beobachtete, konnte seine Geschicklichkeit nur bewundern. Wenn er bei einer Party in der Britischen Botschaft nicht einen Abend mit Chotas verbracht hätte, wäre er durch dessen Auftreten getäuscht worden. Er konnte sehen, daß die Geschworenen sich interessiert vorbeugten, um sich nicht eines der Worte entgehen zu lassen, die leise von Chotas' Lippen kamen.

»Der Frau, die hier angeklagt ist«, sagte Chotas zu den Geschworenen, »wird nicht wegen Mordes der Prozeß gemacht. Es gab keinen Mord. Wenn es einen Mord gegeben hätte, bin ich überzeugt, daß mein brillanter Kollege von der Anklage so gütig gewesen wäre, uns die Leiche des Opfers vorzuweisen. Er hat es nicht getan, deshalb müssen wir annehmen, daß es keine Leiche gibt. Und deshalb auch keinen Mord.« Er unterbrach sich, um sich auf dem Kopf zu kratzen, und blickte vor sich auf den Boden, als versuche er sich zu erinnern, wo er stehengeblieben war. Er nickte zu sich selbst und sah dann zu den Geschworenen auf. »Nein, meine Herren, darum geht es in diesem Prozeß nicht. Meiner Klientin wird der Prozeß gemacht, weil sie gegen ein anderes Gesetz verstieß, ein ungeschriebenes Gesetz, das besagt, du sollst nicht mit dem Mann einer anderen Unzucht treiben. Die Presse hat sie schon dieser Anklage für schuldig befunden, und die Öffentlichkeit hat sie für schuldig befunden, und jetzt fordern sie ihre Bestrafung.«

Chotas hielt inne, um ein großes weißes Taschentuch zu ziehen, starrte einen Augenblick darauf, als ob er sich wunderte, wie es dort hingeraten sei, schneuzte sich und steckte das Tuch wieder in die Tasche. »Sehr gut. Wenn sie ein Gesetz gebrochen hat, dann wollen wir sie bestrafen. Aber nicht wegen Mordes, meine Herren. Nicht wegen eines Mordes, den sie nicht begangen hat. Noelle Page hat sich schuldig gemacht, die Geliebte eines« – er machte eine delikate Pause – »eines prominenten Mannes zu sein. Sein Name ist ein Geheimnis, aber wenn Sie ihn wissen wollen, können Sie ihn auf der Vorderseite jeder Zeitung lesen.«

Unter den Zuschauern wurde anerkennend gelacht.

Auguste Lanchon drehte sich auf seinem Platz um und funkelte die Zuschauer an, seine kleinen Schweinsaugen glühten vor Zorn. Wie konnten sie es wagen, über seine Noelle zu lachen! Demiris bedeutete ihr nichts. Dem Mann, dem sie ihre Unschuld hingab, bleibt eine Frau immer zugetan. Dem fetten kleinen Krämer aus Marseille war es noch nicht möglich gewesen, mit Noelle Verbindung aufzunehmen, aber er hatte vierhundert kostbare Drachmen für eine Eintrittskarte zum Gerichtssaal bezahlt und war in der Lage, seine geliebte Noelle jeden Tag zu beobachten. Wenn sie freigesprochen wurde, würde Lanchon vortreten und ihr Leben in seine Hände nehmen. Er richtete seine Aufmerksamkeit auf den Anwalt

»Von der Anklagevertretung wurde gesagt, daß die beiden Angeklagten die Frau von Mr. Douglas ermordet haben, damit sie einander heiraten könnten. Sehen Sie die beiden an.«

Chotas drehte sich um, um Noelle Page und Larry Douglas anzusehen, und alle Augen im Gerichtssaal taten das gleiche.

»Lieben diese beiden Menschen sich? Das ist möglich. Aber macht sie das schon zu Verschwörern und Intriganten und Mördern? Nein. Wenn es in diesem Prozeß Opfer gibt, dann sehen Sie sie hier vor sich. Ich habe alle Beweise gegen sie sorgfältig geprüft und habe mich davon überzeugt, wie ich Sie überzeugen werde, daß diese beiden Menschen unschuldig sind. Ich darf den Geschworenen gegenüber betonen, daß ich nicht Lawrence Douglas vertrete. Er hat seinen eigenen Anwalt, und das ist ein sehr fähiger Mann. Aber von der Anklage ist unterstellt worden, daß die beiden Menschen, die hier sitzen, Konspiratoren sind, daß sie zusammen einen Mord geplant und begangen haben. Wenn also einer von ihnen schuldig ist, dann sind beide schuldig. Ich sage Ihnen jetzt, daß sie beide unschuldig sind. Nur das *Corpus delicti* könnte mich veranlassen, meine Meinung zu ändern. Und es gibt keines.«

Chotas Stimme wurde zorniger. »Es ist eine Fiktion. Meine Klientin hat nicht mehr Ahnung als Sie, ob Catherine Douglas tot ist oder lebt. Woher sollte sie es wissen? Sie ist ihr nie begegnet, geschweige denn, daß sie ihr je etwas angetan hat. Stellen Sie sich die Ungeheuerlichkeit vor, angeklagt zu werden, jemanden ermordet zu haben, den man nie zu Gesicht bekommen hat. Es gibt viele Theorien darüber, was Catherine Douglas zugestoßen sein könnte. Daß sie ermordet wurde, ist eine davon. Aber nur eine. Die wahrscheinlichste Theorie ist die: Sie entdeckte, daß ihr Mann und Mademoiselle Page sich liebten, und aus einem Gefühl des Gekränktseins – nicht der Angst, meine Herren, des Gekränktseins – ging sie fort. So einfach liegt der Fall, und dafür richtet man nicht eine unschuldige Frau und einen unschuldigen Mann hin.«

Frederick Stavros, Larry Douglas' Verteidiger, stieß einen verstohlenen Seufzer der Erleichterung aus. Sein ständiger Alptraum war, daß Noelle Page freigesprochen, während sein Klient verurteilt werden würde. Wenn das geschähe, würde er zum Gelächter aller Juristen werden. Stavros hatte nach einer Möglichkeit gesucht, sich an den Stern von Napoleon Chotas anzuhängen, und nun hatte Chotas ihm das Problem abgenommen. Durch seine Verkettung der beiden Klienten war die Verteidigung von Noelle zur Verteidigung seines Klienten geworden. Der Gewinn dieses Prozesses würde Frederick Stavros' ganze Zukunft ändern, ihm alles geben, was er sich je gewünscht hatte. Ein Gefühl warmer Dankbarkeit für den alten Meister erfüllte ihn.

Stavros beobachtete befriedigt, daß die Geschworenen an jedem Wort von Chotas hingen.

»Dies war keine Frau, die sich für materielle Dinge interessierte«, sagte Chotas in bewunderndem Ton. »Sie war ohne Zögern bereit, für den Mann, den sie liebte, alles aufzugeben. Zweifellos, meine guten Freunde, entspricht das nicht dem Charakter einer hinterhältigen, intriganten Mörderin.«

Während Chotas weitersprach, schlugen die Empfindungen der Geschworenen wie eine sichtbare Welle um, wandten sich mit wachsendem Einfühlungsvermögen und Verständnis Noelle Page zu. Langsam und geschickt zeichnete der Verteidiger das Bild einer schönen Frau, die die Geliebte eines der mächtigsten und reichsten Männer der Welt war, die mit jedem Luxus und jedem Vorrecht überschwemmt wurde, die aber am Ende der Liebe zu einem jungen vermögenslosen Piloten folgte, den sie erst seit kurzer Zeit kannte.

Chotas spielte auf den Gefühlen der Geschworenen wie ein Virtuose auf seinem Instrument, brachte sie zum Lachen, trieb ihnen die Tränen in die Augen und hielt ständig ihre Aufmerksamkeit gefesselt. Als er seine Eröffnungsrede beendet hatte, schlurfte er zu dem langen Tisch zurück und setzte sich unbeholfen, und die Zuschauer mußten sich sehr zusammennehmen, um nicht zu applaudieren.

Larry Douglas saß auf seinem Platz und hörte zu, wie Chotas ihn verteidigte, und Larry wurde wütend. Er brauchte niemanden zu seiner Verteidigung. Er hatte nichts Unrechtes getan, dieser ganze Prozeß war nichts weiter als eine irrsinnige Dummheit, und wenn jemand schuld daran hatte, dann war es Noelle. Das Ganze war ihre Idee gewesen. Larry sah sie an, sie war schön und gelassen. Aber er verspürte keine begehrliche Regung, nur die Erinnerung an eine Leidenschaft, einen flüchtigen emotionellen Schatten, und er fragte sich verwundert, warum er sein Leben für diese Frau in Gefahr gebracht hatte. Larrys Blick wanderte zu den Pressebänken. Eine attraktive Reporterin, etwa Mitte Zwanzig, sah zu ihm herüber. Er warf ihr ein leises Lächeln zu und sah, wie ihr Gesicht sich aufhellte.

Peter Demonides vernahm einen Zeugen.

»Würden Sie dem Gericht bitte Ihren Namen sagen?«

»Alexis Minos.«

»Was sind Sie von Beruf?«

»Ich bin Rechtsanwalt.«

»Würden Sie bitte die beiden Angeklagten auf der Anklagebank ansehen, Herr Minos, und dem Gericht sagen, ob Sie einen der beiden schon einmal gesehen haben.«

»Ja, einen.«

»Welchen?«

»Den Mann.«

»Mr. Lawrence Douglas?«

»Jawohl.«

»Würden Sie uns bitte sagen, unter welchen Umständen Sie Mr. Douglas sahen?«

»Er kam vor sechs Monaten zu mir in meine Kanzlei.«

»Kam er, um sich von Ihnen in Ihrer beruflichen Eigenschaft beraten zu lassen?«

»Ja.«

»Mit anderen Worten, er wünschte juristische Hilfe von Ihnen?«

»Ja.«

»Und würden Sie uns bitte sagen, was Sie für ihn tun sollten?«

»Er bat mich, ihm zur Scheidung zu verhelfen.«

»Und hat er Ihnen zu diesem Zweck ein Mandat erteilt?«

»Nein. Als er mir die näheren Umstände auseinandersetzte, erklärte ich ihm, es sei für ihn unmöglich, in Griechenland geschieden zu werden.«

»Und worin bestanden diese Umstände?«

»Vor allem, sagte er, dürfe es nicht bekannt werden, und zweitens sagte er, daß seine Frau sich weigere, in eine Scheidung einzuwilligen.«

»Mit anderen Worten, er hatte seine Frau um die Scheidung gebeten, und sie hatte sich geweigert.«

»Das hat er mir gesagt.«

»Und dann erklärten Sie ihm, daß Sie ihm nicht helfen könnten? Daß es, falls seine Frau mit der Scheidung nicht einverstanden sei, für ihn schwierig oder unmöglich wäre, die Scheidung durchzusetzen, und daß es sehr wohl an die Öffentlichkeit dringen könnte?«

»Das ist richtig.«

»Folglich konnte der Angeklagte, von einem Verzweiflungsschritt abgesehen, nichts unternehmen, um . . .«

»Einspruch!«
»Stattgegeben.«
»Ihr Zeuge.«

Napoleon Chotas erhob sich mit einem Seufzer von seinem Platz und ging langsam zu dem Zeugen hinüber. Peter Demonides war nicht beunruhigt. Minos war Rechtsanwalt und zu erfahren, um sich durch Chotas forensische Tricks täuschen zu lassen.

»Sie sind Rechtsanwalt, Herr Minos?«

»Jawohl.«

»Und sicher ein sehr guter, davon bin ich überzeugt. Es überrascht mich jedoch, daß sich unsere beruflichen Wege nicht schon früher einmal gekreuzt haben. Die Anwaltsfirma, der ich angehöre, befaßt sich mit vielen Zweigen des Rechts. Vielleicht sind Sie einmal mit einem meiner Partner bei irgendwelchen unternehmensrechtlichen Verhandlungen zusammengekommen?«

»Nein. Ich befasse mich nicht mit Unternehmensrecht.«

»Ich bitte um Entschuldigung. Dann vielleicht in einer Steuersache.«

»Ich bin kein Steueranwalt.«

»Oh.« Chotas zeigte sich ratlos und unbehaglich, als ob er sich selbst zum Narren hielte. »Vermögensanlagen?«

»Nein.« Minos begann, sich an der Blamage des Verteidigers zu weiden. Sein Gesicht nahm einen selbstgefälligen Ausdruck an, und Peter Demonides wurde unruhig. Wie oft hatte er diesen Ausdruck schon auf den Gesichtern von Zeugen gesehen, die Napoleon Chotas schlachtreif machte.

Chotas kratzte sich verwirrt den Kopf. »Ich gebe auf«, sagte er treuherzig. »Worauf haben Sie sich denn spezialisiert?«

»Scheidungsfälle.« Die Antwort war ein mit Widerhaken versehener Pfeil, der ins Schwarze traf.

Ein reuiger Ausdruck trat auf Chotas' Gesicht. Er schüttelte den Kopf. »Ich hätte wissen sollen, daß mein guter Freund Demonides mit einem Experten aufwarten würde.«

»Vielen Dank.« Alexis Minos gab sich keine Mühe mehr, seine Selbstgefälligkeit zu verbergen. Nicht jedem Zeugen wurde die Chance geboten, sich gegenüber Chotas durchzusetzen, und in Gedanken schmückte Minos schon die Geschichte aus, die er an diesem Abend in seinem Klub erzählen wollte.

»Ich habe nie einen Scheidungsfall bearbeitet«, gestand Chotas mit verlegenem Ton, »darum muß ich mich wohl Ihrer Sachkenntnis beugen.«

Der alte Anwalt fiel völlig in sich zusammen. Die Geschichte würde sogar noch besser werden, als Minos erwartet hatte.

»Ich nehme an, Sie sind sehr beschäftigt«, sagte Chotas.

»Ich habe so viele Fälle, wie ich erledigen kann.«

»So viele, wie Sie erledigen können?« Offene Bewunderung lag jetzt in Chotas' Stimme.

»Manchmal noch mehr.«

Peter Demonides blickte auf den Boden, war unfähig, den Vorgang weiter zu beobachten.

Chotas' Stimme nahm einen ehrfürchtigen Klang an. »Ich möchte mich nicht in Ihre persönlichen Angelegenheiten einmischen, Herr Minos, aber aus beruflicher Neugier wüßte ich gern, wie viele Klienten im Lauf eines Jahres in Ihre Kanzlei kommen.«

»Das läßt sich sehr schwer sagen.«

»Aber ich bitte Sie, Herr Minos. Seien Sie nicht bescheiden. Schätzen Sie doch.«

»Nun, ich würde sagen, zweihundert. Das ist aber eine grobe Schätzung, verstehen Sie.«

»Zweihundert Scheidungen im Jahr! Die schriftlichen Arbeiten allein müssen überwältigend sein.«

»Nun, es sind nicht wirklich zweihundert Scheidungen.«

Chotas rieb sich überrascht das Kinn. »Wie?«

»Es sind nicht *alles* Scheidungen.«

Ein verwirrter Ausdruck trat auf Chotas' Gesicht. »Sagten Sie nicht, daß Sie nur Scheidungsfälle bearbeiten?«

»Ja, aber –« Minos Stimme klang unsicher.

»Was aber?« fragte Chotas verwundert.

»Also, ich wollte sagen, es kommt nicht in allen Fällen zur Scheidung.«

»Aber um eine Scheidung zu erreichen, suchen Ihre Klienten Sie doch auf?«

»Ja, aber manche – also – aus dem einen oder andern Grund geben sie ihre Absicht auf.«

Chotas nickte plötzlich verständnisvoll. »Ah, Sie meinen, es kommt zu einer Versöhnung oder etwas Derartigem?«

»Genau das«, stimmte Minos zu.

»Sie wollen damit also sagen, daß – nun, wieviel? – zehn Prozent sich nicht zu einem Scheidungsprozeß durchringen?«

Minos rutschte unbehaglich auf seinem Platz hin und her. »Der Prozentsatz ist etwas höher.«

»Um wieviel höher? Fünfzehn Prozent? Zwanzig?«

»Näher an vierzig.«

Napoleon Chotas starrte ihn verblüfft an. »Herr Minos, wollen Sie damit sagen, daß nahezu die Hälfte der Leute, die Sie aufsuchen, sich nicht zu einer Scheidung entschließen?«

»Ja.«

Winzige Schweißperlen traten Minos auf die Stirn. Er drehte sich nach Peter Demonides um, aber Demonides konzentrierte sich fest auf eine Ritze im Fußboden.

»Nun, ich bin sicher, es ist nicht auf mangelndes Vertrauen in Ihre Fähigkeiten zurückzuführen«, sagte Chotas.

»Bestimmt nicht«, antwortete Minos abweisend. »Sie kommen sehr oft auf einen dummen Impuls hin zu mir. Mann und Frau haben sich gestritten und glauben, daß sie sich hassen, und wollen sich scheiden lassen, doch wenn man den Dingen auf den Grund geht, ändern sie in den meisten Fällen ihre Absicht.«

Er brach jäh ab, als er die volle Bedeutung seiner Worte erkannte.

»Vielen Dank«, sagte Chotas freundlich. »Sie waren mir eine große Hilfe.«

Peter Demonides verhörte die Zeugin.

»Ihr Name, bitte.«

»Kasta. Irene Kasta.«

»Frau oder Fräulein?«

»Frau. Ich bin verwitwet.«

»Was sind Sie von Beruf, Frau Kasta?«

»Haushälterin.«

»Wo arbeiten Sie?«

»Bei einer reichen Familie in Rafina.«

»Das ist ein Ort am Meer, etwa hundert Kilometer nördlich von Athen, nicht wahr?«

»Ja.«

»Würden Sie bitte die beiden Angeklagten ansehen, die dort drüben sitzen. Haben Sie die beiden schon jemals gesehen?«

»Jawohl. Sehr oft sogar.«

»Würden Sie uns schildern, unter welchen Umständen?«

»Sie wohnen in dem Haus neben der Villa, wo ich arbeite. Ich habe sie häufig am Strand gesehen. Sie waren nackt.«

Aus den Reihen der Zuschauer war ein Keuchen zu vernehmen und dann kurz eine schnelle, summende Unterhaltung. Peter Demonides blickte zu Chotas hinüber, um zu sehen, ob er Einspruch erheben würde, doch der alte Anwalt saß mit einem träumerischen Lächeln auf dem Gesicht an seinem Tisch. Das Lächeln machte Demonides nervöser als alles andere. Er wandte sich wieder der Zeugin zu.

»Sind Sie sicher, daß es diese beiden Personen waren, die Sie gesehen haben? Sie stehen unter Eid, wie Sie wissen.«

»Es waren die beiden, ohne jeden Zweifel.«

»Wenn sie zusammen am Strand waren, verhielten sie sich dann freundschaftlich zueinander?«

»Nun, sie benahmen sich nicht gerade wie Bruder und Schwester.«

Lachen bei den Zuschauern.

»Vielen Dank, Frau Kasta.« Demonides wandte sich an Chotas. »Ihre Zeugin.«

Napoleon Chotas nickte liebenswürdig, stand auf und schlurfte zu der stattlichen Frau im Zeugenstand.

»Wie lange arbeiten Sie schon in dieser Villa, Frau Kasta?«

»Sieben Jahre.«

»Sieben Jahre –! Sie müssen sehr tüchtig sein.«

»Darauf können Sie sich verlassen.«

»Vielleicht könnten Sie mir eine gute Haushälterin empfehlen. Ich denke daran, mir am Strand bei Rafina ein Haus zu kaufen. Das Problem ist, daß ich ungestörte Ruhe zum Arbeiten brauche. Aber wenn ich mich recht entsinne, liegen diese Villen alle sehr dicht beieinander.«

»O nein. Jede Villa ist durch eine hohe Mauer abgeschlossen.«

»Sehr gut. Und sie liegen nicht dicht zusammengedrängt?«

»Aber nein, ganz und gar nicht. Diese Villen sind alle mindestens hundert Meter voneinander entfernt. Ich weiß, daß eine zum Verkauf steht. Sie hätten dort so viel ungestörte Ruhe, wie Sie nur haben wollen, und ich kann Ihnen meine Schwester als Haushälterin empfehlen. Sie ist ordentlich und kann auch etwas kochen.«

»Nun, vielen Dank, Frau Kasta, das klingt sehr verlockend. Vielleicht könnte ich Ihre Schwester heute nachmittag kurz besuchen.«

»Sie arbeitet jetzt tagsüber. Um sechs ist sie wieder zu Hause.«

»Wie spät ist es denn jetzt?«

»Ich habe keine Uhr bei mir.«

»Ach so. Dort drüben an der Wand hängt eine große Uhr. Wie spät ist es darauf?«

»Also, das kann ich schlecht erkennen. Es ist auf der anderen Seite des Saals.«

»Und wie weit, meinen Sie, ist die Uhr von Ihnen entfernt?«

»Etwa – na, vielleicht zwanzig Meter.«

»Nicht ganz acht, Frau Kasta. Keine weiteren Fragen.«

Es war der fünfte Tag des Prozesses. Dr. Israel Katz machte sein fehlendes Bein wieder einmal Beschwerden. Wenn er operierte, konnte er ohne Unterbrechung stundenlang auf seiner Prothese stehen, und sie störte ihn nie. Aber hier sitzend, ohne intensive Konzentration, die ihn ablenkte, sandten die Nerven Erinnerungsimpulse an ein Glied aus, das nicht mehr vorhanden war. Katz rutschte ruhelos auf seinem Platz hin und her, um den Druck auf seine Hüfte zu lindern. Seit seiner Ankunft in Athen hatte er täglich vergeblich versucht, Noelle zu sehen. Er hatte mit Napoleon Chotas gesprochen, und der Anwalt hatte ihm erklärt, daß Noelle zu verstört sei, um alte Freunde wiederzusehen, und daß es das beste sei, zu warten, bis der Prozeß vorüber war. Israel Katz hatte ihn gebeten, Noelle zu sagen, daß er gekommen sei, um ihr in jeder ihm möglichen Weise zu helfen, aber er konnte nicht sicher sein, daß sie seine Nachricht erhielt. Tag für Tag hatte er im Gerichtssaal gesessen und gehofft, Noelle würde einmal in seine Richtung sehen, aber sie hatte nie einen Blick auf die Zuschauer geworfen.

Israel Katz verdankte ihr sein Leben, und er war enttäuscht, daß es keine Möglichkeit gab, seine Schuld zu begleichen. Er hatte keine Ahnung, welchen Verlauf der Prozeß nehmen würde und ob Noelle verurteilt oder freigesprochen werden würde. Von Chotas hatte er erfahren, daß das Gesetz nur zwei mögliche Urteile zuließ: nicht schuldig oder schuldig. Wenn Noelle nicht schuldig gesprochen wurde, wäre sie frei, wenn man sie schuldig spräche, würde sie hingerichtet.

Ein Zeuge der Anklage wurde vereidigt.

»Ihr Name?«

»Christian Barbet.«

»Sie sind französischer Staatsbürger, Monsieur Barbet?«

»Ja.«

»Und wo ist Ihr Wohnsitz?«

»In Paris.«

»Würden Sie dem Gericht Ihren Beruf nennen?«

»Ich habe eine private Detektivagentur.«

»Und wo hat diese Agentur ihren Sitz?«

»Die Zentrale ist in Paris.«

»Welche Art Fälle bearbeiten Sie?«

»Vielerlei ... wirtschaftliche Auskünfte, Suche nach vermißten Personen, Überwachungen im Auftrag eifersüchtiger Ehemänner oder Frauen ...«

»Monsieur Barbet, würden Sie so freundlich sein, sich hier im Gerichtssaal umzusehen und uns zu sagen, ob irgendeiner der Anwesenden zu irgendeiner Zeit einmal Ihr Klient war?«

Ein langer, langsamer Blick durch den Saal. »Ja.«

»Würden Sie dem Gericht sagen, wer diese Person ist?«

»Die Dame, die dort drüben sitzt. Mademoiselle Noelle Page.«

Ein interessiertes Raunen bei den Zuschauern.

»Wollen Sie damit sagen, daß Mademoiselle Page Sie beauftragte, eine Detektivarbeit für sie zu übernehmen?«

»Jawohl, Monsieur.«

»Wollen Sie uns dann bitte genau sagen, worin dieser Auftrag bestand?«

»Ja. Sie interessierte sich für einen Mann namens Larry Douglas. Ich sollte alles über ihn herausfinden, was ich in Erfahrung bringen konnte.«

»War das derselbe Larry Douglas, der hier in diesem Gerichtssaal unter Anklage steht?«

»Ja, Monsieur.«

»Und Mademoiselle Page hat Sie dafür bezahlt?«

»Ja.«

»Wollen Sie sich bitte die Papiere in meiner Hand ansehen. Sind das die Aufzeichnungen über die Zahlungen, die an Sie geleistet wurden?«

»Ja, das sind sie.«

»Sagen Sie uns bitte, Monsieur Barbet, auf welche Weise Sie sich Informationen über Larry Douglas verschafft haben.«

»Das war sehr schwierig. Sehen Sie, ich war in Frankreich und Douglas in England und später in den Vereinigten Staaten, und da Frankreich von den Deutschen besetzt war –«

»Wie war das bitte?«

»Ich sagte, da Frankreich besetzt war –«

»Einen Augenblick. Ich möchte sichergehen, daß ich richtig verstehe, was Sie sagen, Monsieur Barbet. Von Mademoiselle Pages Anwalt haben wir gehört, daß sie und Larry Douglas sich vor wenigen Monaten kennenlernten und sich leidenschaftlich ineinander verliebten. Und jetzt sagen Sie vor dem Gericht aus, daß ihre Liebesbeziehung schon – wie lange ist es her, daß sie begann?«

»Mindestens sechs Jahre.«

Ein Höllenlärm brach los.

Demonides warf Chotas einen triumphierenden Blick zu. »Ihr Zeuge.«

Napoleon Chotas rieb sich die Augen, erhob sich hinter dem langen Tisch, an dem er saß, und ging zum Zeugenstand.

»Ich werde Sie nicht lange aufhalten, Monsieur Barbet. Ich kann verstehen, daß Sie begierig sind, zu Ihrer Familie in Frankreich zurückzukehren.«

»Lassen Sie sich getrost Zeit, Monsieur«, entgegnete Barbet selbstgefällig.

»Vielen Dank. Entschuldigen Sie, wenn ich mir eine persönliche Bemerkung erlaube, aber Sie haben da einen sehr schönen Anzug an, Monsieur Barbet.«

»Danke, Monsieur.«

»In Paris gemacht, nicht wahr?«

»Ja, Monsieur.«

»Er sitzt ausgezeichnet. Ich habe mit meinen Anzügen leider nicht so viel Glück. Haben Sie schon einmal einen englischen Schneider ausprobiert? Sie sollen auch vorzüglich sein.«

»Nein, Monsieur.«

»Aber Sie sind doch sicher schon oft in England gewesen?«

»N-nein.«

»Noch nie?«

»Noch nie.«

»Waren Sie mal in den Vereinigten Staaten?«

»Nein.«

»Nie?«

»Nie, Monsieur.«

»Haben Sie je den Südpazifik besucht?«

»Nein, Monsieur.«

»Dann müssen Sie wirklich ein phantastischer Detektiv sein, Monsieur Barbet. Hut ab vor Ihnen. Ihre Berichte schildern die Tätigkeit von Larry Douglas in England und in den Vereinigten Staaten von Amerika und im Südpazifik – und doch sagen Sie uns hier, daß Sie nie in einem dieser Länder oder im Südpazifik gewesen sind. Ich kann nur annehmen, daß Sie hellseherische Fähigkeiten besitzen.«

»Erlauben Sie, daß ich Sie berichtige, Monsieur. Ich brauchte nicht in diese Länder zu reisen. Ich unterhalte in England und Amerika das, was wir Korrespondenzagenturen nennen.«

»Ach so. Verzeihen Sie, wie dumm von mir! Es waren in Wirklichkeit also diese Leute, die den Aktivitäten von Larry Douglas nachgegangen sind?«

»*Exactement.*«

»Und damit steht fest, daß Sie persönlich keine Kenntnis von der Tätigkeit von Larry Douglas haben?«

»Nun ... nein, Monsieur.«

»Ihre Informationen stammen also nur aus zweiter Hand.«

»Äh ... in gewisser Weise, ja.«

Chotas wandte sich den Richtern zu. »Ich beantrage, die gesamte Aussage dieses Zeugen aus dem Protokoll zu streichen, Euer Ehren, mit der Begründung, daß sie auf Hörensagen beruht.«

Peter Demonides sprang auf. »Einspruch, Euer Ehren. Noelle Page hat Monsieur Barbet beauftragt, Informationen über Larry Douglas einzuholen. Das ist nicht Hörensagen –«

»Mein gelehrter Kollege hat die Berichte als Beweismittel vorgelegt«, sagte Chotas freundlich. »Ich bin durchaus bereit, sie anzuerkennen, falls er die Leute hier vorzuladen wünscht, die die Überwachung von Larry Douglas tatsächlich übernommen hatten. Sonst muß ich das Gericht bitten anzunehmen, daß eine derartige Überwachung gar nicht erfolgt ist, und beantragen, daß die Aussage dieses Zeugen als unzulässig zurückgewiesen wird.«

Der Präsident wandte sich an Demonides. »Sind Sie bereit, diese Zeugen hier vorzuladen?« fragte er

»Das ist unmöglich«, protestierte Demonides. »Herr Chotas weiß genau, daß es Wochen dauern würde, sie ausfindig zu machen!«

Der Präsident wandte sich an Chotas. »Dem Antrag wird stattgegeben.«

Peter Demonides vernahm einen Zeugen.

»Würden Sie bitte Ihren Namen nennen?«

»George Mousson.«

»Was sind Sie von Beruf?«

»Ich bin Empfangschef im Palace Hotel in Ioannina.«

»Würden Sie bitte die beiden Angeklagten dort drüben ansehen? Haben Sie einen der beiden früher schon einmal gesehen?«

»Den Mann. Er war im vergangenen August Gast in unserem Hotel.«

»Das wäre also Mr. Lawrence Douglas?«

»Ja.«

»War er allein, als er sich anmeldete?«

»Nein.«

»Würden Sie uns sagen, wer ihn begleitet hat?«

»Seine Frau.«

»Catherine Douglas?«

»Ja.«

»Und sie trugen sich als Mr. und Mrs. Douglas ein?«

»Ja.«

»Haben Sie mit Mr. Douglas über die Höhlen von Perama gesprochen?«

»Ja, wir sprachen darüber.«

»Hatten Sie das Thema angeschnitten, oder war es Mr. Douglas?«

»Wenn ich mich recht entsinne, war er es. Er fragte mich nach ihnen und sagte, seine Frau wolle sie unbedingt besichtigen. Sie liebe Höhlen, sagte er. Ich fand das ungewöhnlich.«

»So? Warum?«

»Nun ja, Frauen interessieren sich nicht für Erforschungen und dergleichen.«

»Sie haben nicht zufällig mal mit Mrs. Douglas über die Höhlen gesprochen? Oder?«

»Nein, nur mit Mr. Douglas.«

»Und was haben Sie ihm gesagt?«

»Nun, ich erinnere mich, daß ich ihm gesagt habe, die Höhlen könnten gefährlich werden.«

»Ist von einem Führer gesprochen worden?«

Der Empfangschef nickte. »Ja, ich bin sicher, daß ich ihm geraten habe, sich einen Führer zu nehmen. Ich empfehle das allen unseren Gästen.«

»Keine weiteren Fragen. Ihr Zeuge, Herr Verteidiger.«

»Wie lange arbeiten Sie schon im Hotelgewerbe, Herr Mousson?«

»Über zwanzig Jahre.«

»Und vorher waren Sie Psychiater?«

»Ich? Nein.«

»Dann vielleicht Psychologe?«

»Nein.«

»Ach so. Dann sind Sie also kein Experte für die Verhaltensweisen von Frauen?«

»Nun, ich bin vielleicht kein Psychiater, aber im Hotelfach lernt man eine Menge über Frauen.«

»Wissen Sie, wer Osa Johnson ist?«

»Osa wer? Nein.«

»Sie ist eine weltberühmte Forscherin. Haben Sie je von Amelia Earhart gehört?«

»Nein.«

»Oder Margaret Mead?«

»Nein.«

»Sind Sie verheiratet, Herr Mousson?«

»Zur Zeit nicht. Aber ich bin dreimal verheiratet gewesen und kann also schon als Experte gelten, was die Frauen betrifft.«

»Ganz im Gegenteil, Herr Mousson. Ich behaupte, wenn Sie ein Experte für Frauen wären, dann wären Sie wenigstens mit einer Ehe erfolgreich fertig geworden. Keine weiteren Fragen.«

»Ihr Name, bitte.«

»Christopher Cocyannis.«

»Würden Sie uns Ihren Beruf angeben?«

»Ich bin Führer in den Höhlen von Perama.«

»Wie lange sind Sie dort schon Führer?«

»Zehn Jahre.«

»Gehen die Geschäfte gut?«

»Sehr gut. Jedes Jahr kommen Tausende von Touristen, um die Höhlen zu besichtigen.«

»Würden Sie sich bitte den Mann ansehen, der dort drüben sitzt. Haben Sie Herrn Douglas schon einmal gesehen?«

»Ja. Er war im August in den Höhlen.«

»Sind Sie sicher?«

»Absolut.«

»Nun gut, aber ich glaube, daß wir hier alle vor einem Rätsel stehen, Herr Cocyannis. Wie kommt es, daß Sie sich unter Tausenden von Besuchern an eine einzelne Person erinnern können?«

»Ihn werde ich nicht so schnell vergessen.«

»Warum das?«

»Zunächst einmal, er wollte keinen Führer nehmen.«

»Nehmen denn alle Besucher der Höhlen einen Führer?«

»Die Deutschen und die Franzosen sind dazu zu geizig, aber alle Amerikaner tun es.«

Gelächter.

»Ich verstehe. Gibt es noch einen anderen Grund, weshalb Sie sich an Larry Douglas erinnern?«

»Das kann man wohl sagen. Er wäre mir sicher nicht besonders aufgefallen, wenn die Sache mit dem Führer nicht gewesen wäre, und der Frau, die ihn begleitete, schien es etwas peinlich zu sein, daß er ablehnte. Aber dann sah ich ihn etwa eine Stunde später schnell aus dem Eingang zu den Höhlen herauskommen, und er war allein und schien sehr verstört zu sein, und ich dachte, vielleicht hat die Frau einen Unfall gehabt oder es ist sonst etwas passiert. Ich ging also auf ihn zu und fragte, ob mit der Dame alles in Ordnung sei, und dann starrte er mich so komisch an und sagte: ›Was für eine Dame?‹ Und ich sagte: ›Die Dame, mit der Sie zusammen in die Höhlen gegangen sind.‹ Da wurde er sehr blaß, und ich dachte, er würde mich schlagen. Und dann fing er an zu schreien: ›Ich habe sie verloren! Ich brauche Hilfe!‹ Und dann benahm er sich wie ein Verrückter.«

»Aber er rief erst um Hilfe, nachdem Sie ihn nach der Frau gefragt hatten?«

»Jawohl.«

»Und was geschah dann?«

»Also, ich rief die anderen Führer herbei, und dann fingen wir an zu suchen. Irgendein verdammter Narr hatte das Warnschild vor dem neuen Abschnitt der Höhlen entfernt. Er ist für die Öffentlichkeit noch nicht zugänglich. Und dort fanden wir sie dann schließlich drei Stunden später. Sie war in ziemlich schlechter Verfassung.«

»Eine letzte Frage noch. Und beantworten Sie sie sehr sorgfältig. Als Mr. Douglas aus der Höhle herauskam, sah er sich da nach jemandem um, der ihm helfen könnte, oder hatten Sie den Eindruck, daß er fort wollte?«

»Er wollte fort.«

»Ihr Zeuge.«

Napoleon Chotas' Stimme klang sehr freundlich.

»Herr Cocyannis. Sind Sie Psychiater?«

»Nein, ich bin Fremdenführer.«

»Und Sie sind auch kein Hellseher?«

»Nein.«

»Ich frage Sie das, weil wir in der vergangenen Woche hier Hotelangestellte hatten, die Fachleute für Psychologie waren, Augenzeugen, die kurzsichtig sind, und jetzt kommen Sie und erklären, Sie brauchen einen Mann, der Ihre Aufmerksamkeit erregte, weil er aufgeregt schien, nur anzusehen, um seine Gedanken lesen zu können. Woher wollen Sie wissen, daß er nicht Hilfe suchte, als Sie auf ihn zugingen und ihn ansprachen?«

»Er sah nicht danach aus.«

»Und Sie können sich an sein Verhalten so genau erinnern?«

»Ja, das kann ich.«

»Dann haben Sie offensichtlich ein bemerkenswertes Gedächtnis. Ich möchte, daß Sie sich hier im Gerichtssaal einmal umsehen. Haben Sie irgend jemanden in diesem Saal schon früher einmal gesehen?«

»Den Angeklagten.«

»Ja. Aber abgesehen von ihm? Lassen Sie sich Zeit.«

»Nein.«

»Würden Sie sich daran erinnern, wenn es so wäre?«

»Unbedingt.«

»Haben Sie mich vor dem heutigen Tag schon einmal gesehen?«

»Nein.«

»Wollen Sie sich bitte einmal dieses Stück Papier ansehen? Können Sie mir sagen, was das ist?«

»Es ist eine Eintrittskarte.«

»Wofür?«

»Für die Höhlen von Perama.«

»Und von welchem Datum?«

»Vom Montag vor drei Wochen.«

»Ja, das stimmt. Diese Eintrittskarte wurde von mir gekauft und benutzt, Herr Cocyannis. Zu meiner Gruppe gehörten noch fünf weitere Personen. Sie waren unser Führer. Keine weiteren Fragen.«

»Was sind Sie von Beruf?«

»Ich bin Page im Palace Hotel in Ioannina.«

»Sehen Sie sich die Angeklagte auf der Anklagebank dort drüben an. Haben Sie sie früher schon einmal gesehen?«

»Ja, im Film.«

»Haben Sie sie vor dem heutigen Tag schon einmal persönlich gesehen?«

»Ja. Sie kam in unser Hotel und fragte mich, welche Zimmernummer Mr. Douglas hätte. Ich sagte ihr, da müsse sie beim Empfang nachfragen, aber sie sagte, sie wolle den Empfang nicht belästigen, darum nannte ich ihr die Nummer seines Bungalows.«

»Und wann war das?«

»Am 1. August, an dem Tag, als wir den *meltemi* hatten.«

»Sind Sie auch sicher, daß es gerade diese Frau war?«

»Wie sollte ich sie vergessen! Sie hat mir zweihundert Drachmen Trinkgeld gegeben.«

Der Prozeß ging in die vierte Woche. Jeder war der Meinung, daß Napoleon Chotas die beste Verteidigung führte, die man je erlebt hatte. Und trotzdem wurde das Gespinst der Schuld dichter und dichter gewoben.

Peter Demonides entwickelte das Bild zweier Liebender, die sich verzweifelt wünschten, zusammen zu sein, zu heiraten, und nur Catherine Douglas stand ihnen im Weg. Langsam, Tag um Tag, enthüllte Demonides das Mordkomplott.

Larry Douglas' Anwalt Frederick Stavros war froh, daß er seine Position räumen und sich auf Napoleon Chotas verlassen konnte.

Doch jetzt begann selbst Stavros zu glauben, daß nur noch ein Wunder die Verurteilung abwenden konnte. Stavros starrte auf den leeren Platz im dichtbesetzten Gerichtssaal und fragte sich, ob Constantin Demiris wirklich in Erscheinung treten würde. Wenn Noelle Page verurteilt wurde, würde der griechische Magnat wahrscheinlich nicht kommen, denn das bedeutete, daß er unterlegen war. Andererseits, wenn Demiris wußte, daß es einen Freispruch gab, würde er sich wahrscheinlich zeigen. Der leere Platz wurde zu einem Symbol dafür, welchen Verlauf der Prozeß nehmen würde.

Der Platz blieb leer.

Es war an einem Freitagnachmittag, als die Entscheidung schließlich fiel.

»Würden Sie bitte Ihren Namen nennen?«

»Dr. Kazomides, John Kazomides.«

»Sind Sie Mr. oder Mrs. Douglas je begegnet?«

»Ja, beiden.«

»Aus welchem Anlaß?«

»Ich wurde zu den Höhlen von Perama gerufen. Eine Frau hatte sich dort verirrt, und als sie schließlich von einem Suchtrupp gefunden wurde, befand sie sich in einem tiefen Schock.«

»Hatte sie sich verletzt?«

»Ja. Sie wies zahlreiche Prellungen auf. Ihre Hände, ihre Arme und ihr Gesicht waren von den scharfen Steinen stark zerkratzt. Sie war gefallen und hatte sich den Kopf aufgeschlagen, und ich vermutete, daß sie sich eine Gehirnerschütterung zugezogen hatte. Ich gab ihr auf der Stelle eine Morphiumspritze gegen die Schmerzen und ordnete an, sie in das örtliche Krankenhaus einzuliefern.«

»Und wurde sie dorthin gebracht?«

»Nein.«

»Würden Sie den Geschworenen sagen, warum nicht?«

»Ihr Mann bestand darauf, daß sie in ihren Hotel-Bungalow zurückgebracht werde.«

»Kam Ihnen das nicht sonderbar vor, Doktor?«

»Er sagte, er wolle sich selbst um sie kümmern.«

»Mrs. Douglas wurde also in ihr Hotel zurückgebracht. Haben Sie sie dorthin begleitet?«

»Ja. Ich bestand darauf. Ich wollte bei ihr sein, wenn sie wieder zu sich kam.«

»Und waren Sie da, als sie wieder zu sich kam?«

»Ja.«

»Hat Mrs. Douglas mit Ihnen gesprochen?«

»Ja, sie sprach mit mir.«

»Würden Sie dem Gericht mitteilen, was sie gesagt hat?«

»Sie sagte mir, ihr Mann habe sie ermorden wollen.«

Es dauerte ganze fünf Minuten, den Aufruhr im Zuschauerraum zu beruhigen, und erst als der Gerichtspräsident drohte, den Saal räumen zu lassen, legte sich der Tumult endgültig. Napoleon Chotas war aufgestanden und zur Anklagebank gegangen, wo er sich flüsternd mit Noelle Page besprach. Zum ersten Mal schien sie ihre Fassung zu verlieren. Demonides setzte die Vernehmung des Zeugen fort.

»Doktor, Sie haben eben ausgesagt, daß Mrs. Douglas sich in einem tiefen Schock befand. Sind Sie der sachlich fundierten Meinung, daß Mrs. Douglas bei klarem Bewußtsein war, als sie Ihnen sagte, ihr Mann habe sie ermorden wollen?«

»Ja. Ich hatte ihr schon ein Beruhigungsmittel in der Höhle gegeben, und sie war verhältnismäßig ruhig. Doch als ich ihr sagte, ich würde ihr ein weiteres Mittel verabreichen, wurde sie außerordentlich erregt und bat mich, es nicht zu tun.«

Der Gerichtspräsident beugte sich vor und fragte: »Hat sie Ihnen erklärt, warum?«

»Ja, Euer Ehren. Sie sagte, ihr Mann würde sie töten, während sie schliefe.«

Der Präsident lehnte sich nachdenklich in seinem Sessel zurück und sagte zu Peter Demonides: »Sie können fortfahren.«

»Dr. Kazomides, haben Sie Mrs. Douglas dann tatsächlich ein weiteres Beruhigungsmittel gegeben?«

»Ja.«

»Während sie in ihrem Bett im Bungalow lag?«

»Ja.«

»Wie haben Sie es ihr verabreicht?«

»Als Spritze. In die Hüfte.«

»Und schlief sie, als Sie sie verließen?«

»Ja.«

»Bestand die Möglichkeit, daß Mrs. Douglas innerhalb der nächsten Stunden erwachen, aufstehen, sich ohne Hilfe anziehen und ohne jede Unterstützung allein das Haus verlassen konnte?«

»In ihrem Zustand? Nein. Das ist höchst unwahrscheinlich. Sie stand unter sehr stark wirkenden Medikamenten.«

»Das ist alles. Ich danke Ihnen, Doktor.«

Die Geschworenen starrten Noelle Page und Larry Douglas an, und ihre Gesichter waren kalt und feindselig geworden. Wenn ein Fremder unvermittelt in den Gerichtssaal gekommen wäre, hätte er auf der Stelle gewußt, welche Richtung der Prozeß eingeschlagen hatte.

Bill Frasers Augen leuchteten vor Befriedigung. Nach der Aussage von Dr. Kazomides konnte nicht der leiseste Zweifel mehr daran bestehen, daß Catherine von Larry Douglas und Noelle Page ermordet worden war. Nichts, was Napoleon Chotas noch unternehmen konnte, würde vor den Augen der Geschworenen das Bild einer angsterfüllten Frau auslöschen, die, von Medikamenten benommen und hilflos, darum flehte, nicht den Händen ihres Mörders überlassen zu werden.

Frederick Stavros war außer sich. Er hatte Napoleon Chotas gern den Vortritt überlassen, war ihm in blindem Glauben gefolgt, voller Zuversicht, daß es Chotas gelingen werde, für seine Klientin und damit auch für Stavros' Klienten einen Freispruch durchzusetzen. Jetzt kam er sich verraten vor. Alles fiel auseinander. Die Aussage des Arztes hatte nicht wiedergutzumachenden Schaden angerichtet, sowohl durch ihren sachlichen Inhalt als auch durch ihre emotionellen Auswirkungen. Stavros blickte sich im Saal um. Von dem einen mysteriöserweise freigehaltenen Platz abgesehen, war er voll. Die Weltpresse war anwesend und wartete darauf, zu berichten, was als nächstes kam.

Stavros hatte einen Augenblick das Wunschbild, er springe auf, nehme sich den Doktor vor und zerfetze dessen Aussage mit brillanten Argumenten. Sein Klient würde freigesprochen werden, und er, Stavros, wäre der Held des Tages. Er wußte, daß er hier seine letzte Chance hatte. Der Ausgang dieses Prozesses würde darüber entscheiden, ob ihm Ruhm oder Vergessenheit bevorstand. Stavros spürte tatsächlich, daß sich seine Beinmuskeln spannten, ihn drängten aufzustehen. Aber er konnte sich nicht bewegen. Er saß da, gelähmt von dem überwältigenden Gespenst des Versagens. Er drehte sich zu Chotas um. Die tiefliegenden Augen in dem Bluthundgesicht studierten den Doktor im Zeugenstand, als versuchte er, zu einem Entschluß zu kommen.

Langsam erhob sich Napoleon Chotas von seinem Platz. Doch statt zu dem Zeugen hinüberzugehen, trat er vor den Richtertisch und wandte sich mit leiser Stimme an die Richter.

»Herr Präsident, Euer Ehren, ich beabsichtige nicht, diesen Zeugen ins Kreuzverhör zu nehmen. Mit der Erlaubnis des Gerichts möchte ich um eine Unterbrechung der Sitzung bitten, um unter Ausschluß der Öffentlichkeit mit dem Hohen Gericht und dem Anklagevertreter zu beraten.«

Der Gerichtspräsident wandte sich an den Ankläger. »Herr Demonides?«

»Kein Einwand«, sagte Demonides. Seine Stimme klang argwöhnisch.

Die Sitzung wurde unterbrochen. Nicht einer der Zuschauer rührte sich von seinem Platz.

Dreißig Minuten später kehrte Napoleon Chotas allein in den Gerichtssaal zurück. In dem Augenblick, als er durch die Tür des Beratungszimmers trat, spürte jeder im Saal, daß sich etwas Wichtiges ereignet hatte. Das Gesicht des Anwalts zeigte eine geheimnisvolle Zufriedenheit, sein Gang war schneller und elastischer, als ob eine Scharade zu Ende wäre und es nicht mehr nötig sei, das Spiel mitzumachen. Chotas kam zur Anklagebank herüber und sah auf Noelle hinab. Sie blickte auf, ihre tiefblauen Augen waren forschend und angstvoll. Und ein plötzliches Lächeln erschien auf den Lippen des Anwalts, und an dem Licht in seinen Augen erkannte Noelle, daß er es irgendwie geschafft hatte, daß es ihm trotz aller belastenden Beweise, trotz aller Widrigkeiten gelungen war, das Wunder zu bewirken. Das Recht hatte triumphiert, aber es war das Recht von Constantin Demiris. Auch Larry Douglas blickte starr auf Chotas, von Angst und Hoffnung erfüllt. Doch was Chotas auch vollbracht hatte, es war für Noelle. Aber was wurde mit ihm?

Chotas wandte sich mit bedacht unbeteiligter Stimme an Noelle. »Der Gerichtspräsident hat mir erlaubt, mit Ihnen in seinem Zimmer zu sprechen.« Dann wandte er sich an Frederick Stavros, der in quälender Unsicherheit dasaß, weil er nicht wußte, was vorging. »Sie und Ihr Klient haben die Erlaubnis, sich uns anzuschließen, wenn Sie es wünschen.«

Stavros nickte. »Selbstverständlich.« Er erhob sich rasch und warf dabei in seinem Übereifer beinahe seinen Sessel um.

Zwei Aufseher begleiteten sie in das leere Zimmer des Gerichtspräsidenten. Nachdem die Aufseher sie verlassen hatten und sie allein waren, wandte Chotas sich an Frederick Stavros. »Was ich zu sagen habe«, begann er ruhig, »liegt im Interesse meiner Klientin. Weil die beiden jedoch gemeinsam angeklagt sind, konnte ich durchsetzen, daß Ihrem Klienten die gleichen Zugeständnisse gemacht werden wie der meinen.«

»Sprechen Sie doch!« drängte Noelle ungeduldig.

Chotas wandte sich ihr zu. Er sprach langsam und wählte seine Worte sehr sorgfältig. »Ich habe gerade mit den Richtern beraten«, sagte er. »Sie sind sehr beeindruckt von dem Belastungsmaterial, das die Anklage gegen Sie vorgebracht hat. Jedoch« – er ließ eine kleine Pause eintreten –, »ich konnte sie – hm – davon überzeugen, daß dem Interesse der Gerechtigkeit nicht gedient wird, wenn man Sie verurteilt.«

»Was wird geschehen?« fragte Stavros in fieberhafter Ungeduld.

Der Ton tiefer Befriedigung schwang in Chotas Stimme mit, als er fortfuhr: »Wenn die Angeklagten bereit sind, ihre Erklärung zu ändern und sich schuldig zu bekennen, haben die Richter eingewilligt, jeden von Ihnen zu fünf Jahren zu verurteilen.« Er lächelte und fügte hinzu: »Vier Jahre werden Ihnen davon erlassen werden. In Wirklichkeit brauchen Sie nicht mehr als sechs Monate zu verbüßen.« Er wandte sich an Larry. »Weil Sie Amerikaner sind, werden Sie ausgewiesen. Es wird Ihnen nicht erlaubt, jemals nach Griechenland zurückzukehren.«

Larry nickte. Er spürte die Erleichterung, die ihn überflutete, geradezu körperlich.

Chotas wandte sich wieder Noelle zu. »Das war keineswegs leicht zu erreichen. Ich muß Ihnen in aller Offenheit sagen, daß der primäre Grund für die Nachsicht des Gerichts das Interesse Ihres – hm – Beschützers ist. Die Richter sind der Ansicht, daß er durch die ganze Publizität bereits unbillig zu leiden hatte, und sind sehr darauf bedacht, daß das ein Ende findet.«

»Ich verstehe«, sagte Noelle.

Napoleon Chotas zögerte verlegen. »Es wird jedoch noch eine weitere Bedingung gestellt.«

Noelle sah ihn an. »Ja?«

»Ihr Paß wird eingezogen. Es wird Ihnen nie mehr erlaubt,

Griechenland zu verlassen. Sie werden unter dem Schutz Ihres Freundes hierbleiben.«

Constantin Demiris hatte sein Wort gehalten. Noelle glaubte keinen Augenblick, daß die Richter nachsichtig waren, weil sie sich über die unerfreuliche Publizität, der Demiris ausgesetzt war, Gedanken machten. Nein, er hatte für ihre Freiheit einen Preis zahlen müssen, und Noelle wußte, daß er beträchtlich gewesen sein mußte. Doch als Gegenleistung bekam Demiris sie zurück und hatte Vorsorge getroffen, daß sie ihn nie mehr verlassen oder Larry wiedersehen konnte. Sie drehte sich zu Larry um und las die Erleichterung von seinem Gesicht ab. Er würde freigelassen werden, das war alles, was für ihn zählte. Da war kein Bedauern darüber, daß er sie verlor, oder über das, was geschehen war. Aber Noelle verstand, weil sie Larry verstand, denn er war ihr anderes Ich, ihr Doppelgänger, und sie waren beide von der gleichen Lebensgier besessen, dem gleichen unstillbaren Hunger. Sie waren verwandte Seelen über den Tod hinaus, über die Gesetze hinaus, die sie nicht gemacht und nach denen sie nie gelebt hatten. Auf ihre Weise würde Noelle Larry sehr vermissen, und wenn er ging, würde ein Teil ihrer selbst mit ihm gehen. Doch sie wußte jetzt, wie kostbar ihr Leben für sie war und welch wahnsinnige Angst sie erfüllte, es zu verlieren. Wenn sie alles gegeneinander abwog, war es ein gutes Geschäft, und sie nahm es dankbar an. Sie wandte sich an Chotas und sagte: »Ich bin einverstanden.«

Chotas blickte sie an, und in seinen Augen lag sowohl Trauer wie Befriedigung. Auch das verstand Noelle. Er liebte sie und hatte sein ganzes Können einsetzen müssen, um sie für einen anderen Mann zu retten. Noelle hatte Chotas bewußt ermutigt, sich in sie zu verlieben, weil sie ihn brauchte, ihn brauchte, um sicher zu sein, daß er vor nichts zurückschrecken würde, um sie zu retten. Und alles hatte sich bewährt.

»Ich finde es absolut wunderbar«, stammelte Frederick Stavros.

Stavros hielt es wirklich für ein Wunder. Es war fast so gut wie ein Freispruch, und wenn es auch zutraf, daß Napoleon Chotas den größten Teil des Gewinns für sich einstreichen würde, so mußte der Abfall am Rande immer noch ungeheuer sein. Von diesem Augenblick an konnte Stavros sich seine Klienten aussuchen, und jedesmal, wenn er die Geschichte dieses Prozesses erzählte, würde seine Rolle größer und größer werden.

»Hört sich wie ein gutes Geschäft an«, sagte Larry. »Der einzige schwache Punkt ist, daß wir nicht schuldig sind. Wir haben Catherine nicht getötet.«

Frederick Stavros drehte sich wütend zu ihm um. »Wen interessiert das schon, ob Sie schuldig sind oder nicht?« schrie er. »Wir schenken Ihnen das Leben.« Er warf Chotas einen raschen Blick zu, um zu sehen, wie er auf das »wir« reagierte, aber der Anwalt hörte nur zu. Seine Haltung war die einer unbeteiligten Neutralität.

»Ich möchte eines klarmachen«, sagte Chotas zu Stavros, »ich berate nur meine Klientin. Ihrem Klienten steht es frei, seine eigene Entscheidung zu treffen.«

»Was würde aus uns ohne diese Vereinbarung werden?« fragte Larry.

»Die Geschworenen hätten –«, begann Frederick Stavros.

»Ich will es von ihm hören«, unterbrach Larry schroff. Er wandte sich Chotas zu.

»In einem Prozeß«, erwiderte Chotas, »ist der wichtigste Faktor nicht die Schuld oder Unschuld, sondern der *Eindruck* von der Unschuld oder Schuld. Es gibt keine absolute Wahrheit, sondern nur eine Interpretation der Wahrheit. In diesem Fall spielt es keine Rolle, ob Sie an dem Mord nicht schuldig sind, die Geschworenen haben den Eindruck, daß Sie schuldig sind. Deswegen wären Sie verurteilt worden, und deswegen würden Sie letzten Endes genauso tot sein.«

Larry sah ihn lange an, dann nickte er. »Also gut«, sagte er. »Bringen wir es hinter uns.«

Fünfzehn Minuten später standen die beiden Angeklagten vor dem Richtertisch. Der Gerichtspräsident saß in der Mitte, flankiert von seinen beiden Beisitzern. Napoleon Chotas stand neben Noelle Page, und Frederick Stavros stand an der Seite von Larry Douglas. Der Gerichtssaal war von einer elektrischen Spannung geladen, denn es hatte sich im Saal herumgesprochen, daß eine dramatische Wendung bevorstehe. Doch als sie kam, wurde jeder davon völlig unvorbereitet überrascht. In förmlichem, pedantischem Ton, als hätte er gerade ein geheimes Abkommen mit den drei Juristen hinter dem Richtertisch abgeschlossen, sagte Napoleon Chotas: »Herr Präsident, Euer Ehren, meine Klientin wünscht, ihr Bekenntnis von *nicht schuldig* in *schuldig* abzuändern.«

Der Gerichtspräsident lehnte sich in seinem Sessel zurück und sah Chotas überrascht an, als ob er diese Nachricht zum ersten Mal hörte.

Er spielt es bis zur letzten Konsequenz durch, dachte Noelle. *Er will sich sein Geld verdienen oder was Demiris ihm sonst dafür bezahlt.*

Der Präsident beugte sich vor und beriet sich hastig flüsternd mit den beiden anderen Richtern. Sie nickten, und der Präsident blickte auf Noelle herab und fragte: »Wünschen Sie, Ihr Bekenntnis in *schuldig* abzuändern?«

Noelle nickte und antwortete mit fester Stimme: »Ja.«

Frederick Stavros ergriff schnell das Wort, als ob er befürchtete, bei der Prozedur übergangen zu werden. »Hohes Gericht, mein Klient wünscht ebenfalls, sein Bekenntnis von *nicht schuldig* in *schuldig* abzuändern.«

Der Präsident wandte sich Larry zu und betrachtete ihn. »Wünschen Sie, Ihr Bekenntnis in *schuldig* abzuändern?«

Larry sah Chotas an und nickte dann. »Ja.«

Der Präsident musterte die beiden Angeklagten mit ernstem Gesicht. »Haben Ihre Anwälte Sie darüber unterrichtet, daß nach griechischem Recht die Strafe für ein Verbrechen des vorsätzlichen Mordes die Hinrichtung ist?«

»Ja, Euer Ehren.« Noelles Stimme klang fest und klar.

Der Präsident sah Larry an.

»Ja«, sagte Larry.

Wieder folgte eine geflüsterte Beratung unter den Richtern. Der Gerichtspräsident wandte sich Demonides zu. »Erhebt die Anklagevertretung Einwände gegen die Änderung der Bekenntnisse?«

Demonides sah Chotas lange an. »Keine.«

Noelle fragte sich, ob er an dem Geschäft auch beteiligt war oder ob er nur einfach als Bauer in diesem Spiel benutzt wurde.

»Sehr gut«, sagte der Gerichtspräsident. »Das Gericht hat keine andere Wahl, als diese Änderung der Bekenntnisse zu akzeptieren.« Er wandte sich an die Geschworenen. »Meine Herren, in Anbetracht dieser neuen Entwicklung sind Sie hiermit von Ihren Pflichten als Geschworene entbunden. Der Prozeß ist damit zu seinem Abschluß gekommen. Das Gericht wird sein Urteil fällen. Ich danke Ihnen für Ihre Dienste und Ihre Mitarbeit. Die Sitzung wird für zwei Stunden unterbrochen.«

Im nächsten Augenblick stürmten die Reporter aus dem Saal, rasten zu ihren Telefonen und Fernschreibern, um über die jüngste sensationelle Entwicklung im Mordprozeß gegen Noelle Page und Larry Douglas zu berichten.

Zwei Stunden später war der Gerichtssaal zum Bersten gefüllt, als das Gericht die Verhandlung wiederaufnahm. Noelle blickte auf die Gesichter der Zuschauer im Saal. Sie beobachteten sie mit ungezügelter Neugier, und Noelle konnte sich nur mit Mühe beherrschen, über die Naivität dieser Menschen laut herauszulachen. Das war das gemeine Volk, die Masse, und sie glaubten wirklich, daß das Recht fair gehandhabt wurde, daß in einer Demokratie alle Menschen gleich waren, daß ein armer Mann die gleichen Rechte und Privilegien hatte wie ein reicher.

»Die Angeklagten mögen aufstehen und vor den Richtertisch treten.«

Anmutig erhob Noelle sich von ihrem Platz und ging nach vorn, Chotas an ihrer Seite. Aus dem Augenwinkel nahm sie wahr, daß Larry und Stavros gleichfalls vortraten.

Der Gerichtspräsident ergriff das Wort. »Dies war ein langer und schwieriger Prozeß«, begann er. »Wenn im Fall von Kapitalverbrechen angemessene Zweifel an der Schuld bestehen, ist das Gericht immer bereit, zugunsten des Angeklagten zu entscheiden. Ich muß zugeben, daß wir in diesem Fall der Ansicht waren, daß solche Zweifel vorlagen. Die Tatsache, daß die Anklage nicht in der Lage war, ein *Corpus delicti* vorzuweisen, war ein starker Punkt zugunsten der Angeklagten.« Er wandte sich an Napoleon Chotas. »Ich bin überzeugt, daß Ihnen als erfahrenem Strafverteidiger wohlbekannt ist, daß griechische Gerichte in Fällen, bei denen ein Mord nicht eindeutig nachgewiesen werden konnte, nie ein Todesurteil gefällt haben.«

Ein leichtes Gefühl des Unbehagens streifte Noelle, noch nichts Alarmierendes, nur ein Hauch, eine flüchtige Andeutung. Der Präsident fuhr fort.

»Meine Kollegen und ich waren aus diesem Grund offen gestanden überrascht, als die Angeklagten sich mitten im Prozeß entschlossen, ihr Bekenntnis in schuldig zu ändern.«

Das Unbehagen saß jetzt in Noelles Magengrube, wuchs, stieg nach oben, begann ihr die Kehle zuzuschnüren, so daß ihr das Atmen schwerfiel. Larry starrte den Richter an, er begriff noch nicht völlig, was vorging.

»Wir wissen die quälende Gewissensergründung zu würdigen, der sich die Angeklagten unterworfen haben müssen, ehe sie sich entschließen konnten, vor diesem Gericht und vor der Welt ihre Schuld zu bekennen. Jedoch kann diese Erleichterung ihres Gewissens nicht als Sühne für das schreckliche Verbrechen akzeptiert werden, zu dem sie sich bekannt haben, die kaltblütige Ermordung einer hilflosen und wehrlosen Frau.«

In diesem Augenblick wußte Noelle mit einer plötzlichen, alles zerschmetternden Gewißheit, daß sie getäuscht worden war. Demiris hatte ein Ränkespiel getrieben, um sie in falscher Sicherheit zu wiegen und ihr dies antun zu können. Das war sein Spiel, das war die Falle, die er ihr gestellt hatte. Er hatte genau gewußt, wie sehr sie sich vor dem Sterben fürchtete, darum hatte er ihr die Hoffnung auf Leben vorgegaukelt, und sie war darauf hereingefallen, hatte ihm geglaubt, und er hatte sie überlistet. Demiris hatte seine Rache jetzt gewollt, nicht später. Ihr Leben hätte gerettet werden können. Selbstverständlich hatte Chotas gewußt, daß sie nicht zum Tode verurteilt werden konnte, solange keine Leiche vorzuweisen war. Er hatte kein Abkommen mit den Richtern getroffen. Chotas hatte seine ganze Verteidigung darauf ausgerichtet, Noelle in den Tod zu locken. Sie wandte sich ihm zu. Er sah auf, um ihrem Blick zu begegnen, und seine Augen waren von echter Trauer erfüllt. Er liebte sie, und er hatte sie ermordet, und wenn er noch einmal damit zu tun hätte, würde er dasselbe wieder tun, denn am Ende war er Demiris' Mann, genauso wie sie Demiris' Frau gewesen war, und keiner von ihnen beiden kam gegen seine Macht an.

Der Gerichtspräsident fuhr fort: »... und infolge der mir vom Staat erteilten Vollmacht und in Übereinstimmung mit den Gesetzen verkünde ich das Urteil gegen die beiden Angeklagten. Noelle Page und Lawrence Douglas werden zum Tod durch Erschießen verurteilt ... Das Urteil wird innerhalb der nächsten neunzig Tage von heute an vollstreckt werden.«

Im Gerichtssaal brach die Hölle los, aber Noelle hörte und sah nichts davon. Etwas veranlaßte sie, sich umzudrehen. Der freie Platz im Saal war nicht länger leer. Constantin Demiris saß dort. Er war frisch rasiert und frisiert. Er hatte einen makellos geschnittenen Anzug aus blauer Rohseide an, trug dazu ein lichtblaues Hemd und eine seidene Krawatte. Seine olivdunklen Augen leuchteten belebt. Kein Anzeichen von dem geschlagenen, zusammenbrechenden Mann, der sie im Gefängnis besucht hatte, war mehr da, denn dieser Mann hatte niemals existiert.

Constantin Demiris war gekommen, um Noelle im Augenblick ihrer Niederlage zu beobachten, sich an ihrem Entsetzen zu weiden. Seine dunklen Augen bohrten sich in die ihren, und im Bruchteil eines Augenblicks erkannte sie die tiefe, bösartige Befriedigung darin. Aber etwas anderes lag noch in dem Blick. Bedauern vielleicht, doch es war verschwunden, ehe sie es wahrnehmen konnte, und jetzt war ohnehin alles zu spät.

Die Schachpartie war endgültig vorüber.

Larry hatte die letzten Worte des Gerichtspräsidenten in entsetztem Unglauben angehört, und als ein Gerichtsdiener an ihn herantrat und ihn am Arm faßte, schüttelte er ihn ab und wandte sich wieder dem Richtertisch zu.

»Augenblick!« schrie er. »Ich habe sie nicht getötet! Man hat mich hereingelegt!«

Ein zweiter Gerichtsdiener eilte hinzu, und die beiden Männer hielten Larry fest. Einer zog ein Paar Handschellen hervor.

»Nein!« schrie Larry. »Hören Sie mich an! Ich habe sie nicht getötet!«

Er versuchte, sich von den Gerichtsdienern zu befreien, aber die Handschellen schnappten ein, und sie zogen ihn fort.

Noelle spürte einen Druck auf ihren Arm. Eine Aufseherin wartete neben ihr, um sie aus dem Saal zu führen.

»Man wartet auf Sie, Mademoiselle Page.«

Es war wie der Ruf zum Auftritt im Theater. *Man wartet auf Sie, Mademoiselle Page*. Doch wenn dieses Mal der Vorhang gefallen war, würde er nie wieder aufgehen. Die Erkenntnis überfiel Noelle, daß sie zum letzten Mal in ihrem Leben vor einem Publikum stand, das letzte Mal in ihrem Leben, daß sie ohne trennende Gitter von Menschen umgeben war. Dies war ihre Abschiedsvorstellung, in diesem schmutzigen, düsteren griechischen Gerichtssaal, ihr letzter Auftritt. *Nun*, dachte sie trotzig, *jedenfalls habe ich ein volles Haus*. Zum letzten Mal sah sie sich in dem überfüllten Saal um.

Sie sah Armand Gautier, der sie in benommenem Schweigen anstarrte, dieses eine Mal aus seinem Zynismus aufgestört.

Da war Philippe Sorel, sein narbiges Gesicht bemühte sich angestrengt um ein ermutigendes Lächeln, aber es gelang ihm nicht ganz.

Auf der anderen Seite des Saals war Israel Katz. Seine Augen waren geschlossen, und seine Lippen bewegten sich lautlos wie in einem stummen Gebet. Noelle erinnerte sich an die Nacht, in der sie ihn im Kofferraum des Generals unter der Nase des Albino-Gestapo-Offiziers aus Paris geschmuggelt hatte, und an die Angst, die sie damals ausgestanden hatte. Doch es war nichts im Vergleich zu dem Entsetzen, das sich jetzt ihrer bemächtigte.

Noelles Blick wanderte durch den Raum und blieb auf dem Gesicht von Auguste Lanchon, dem Ladenbesitzer, haften. Sie konnte sich an seinen Namen nicht erinnern, aber sie erinnerte sich an sein Schweinsgesicht und an seinen schweren, schwammigen Körper und das schäbige Hotelzimmer in Vienne. Als er bemerkte, daß sie ihn ansah, blinzelte er und senkte den Blick.

Ein hochgewachsener, attraktiver Mann mit grauem Haar, der wie ein Amerikaner aussah, stand auf und blickte zu ihr herüber, als ob er ihr etwas sagen wollte. Noelle hatte keine Ahnung, wer er war.

Die Aufseherin zog sie jetzt am Arm und sagte: »Kommen Sie, Mademoiselle Page ...«

Frederick Stavros befand sich in einem Schockzustand. Er war nicht nur Zeuge eines kaltblütigen Ränkespiels geworden, er war daran beteiligt gewesen. Er konnte zum Gerichtspräsidenten gehen und ihm berichten, was vorgegangen war, was Chotas versprochen hatte. Aber würde man ihm glauben? Würde man seinem Wort gegen das von Napoleon Chotas glauben? Es spielte tatsächlich keine Rolle, dachte Stavros bitter. In Zukunft war er als Rechtsanwalt erledigt. Niemand würde ihn je wieder konsultieren. Jemand nannte seinen Namen, und als er sich umdrehte, stand Chotas hinter ihm und sagte: »Wenn Sie morgen Zeit haben, kommen Sie doch mit mir Mittag essen, Frederick. Ich möchte, daß Sie meine Partner kennenlernen. Ich glaube, daß Sie eine vielversprechende Zukunft vor sich haben.«

Über die Schulter von Chotas hinweg konnte Frederick Stavros den Gerichtspräsidenten durch die Tür zum Beratungszimmer den Saal verlassen sehen. Jetzt war der Zeitpunkt gekommen, mit ihm zu sprechen, zu erklären, was vorgefallen war. Stavros wandte sich wieder Napoleon Chotas zu. Seine Gedanken waren noch ganz von dem Grauenvollen erfüllt, das dieser Mann getan hatte, aber er hörte sich sagen: »Das ist sehr freundlich von Ihnen. Um welche Zeit wäre es Ihnen angenehm . . .?«

Nach griechischem Gesetz finden Hinrichtungen auf der kleinen Insel Ägina, eine Stunde vom Hafen von Piräus entfernt, statt. Ein Spezialboot der Regierung transportiert die Verurteilten zu der Insel. Eine Reihe kleiner grauer Klippen führt zu ihrem Hafen, und hoch oben auf einem Berg steht auf herausragenden Felsen ein Leuchtturm. Das Gefängnis von Ägina liegt auf der Nordseite der Insel, von dem kleinen Hafen aus nicht zu sehen, in dem Ausflugsboote regelmäßig Scharen aufgeregter Touristen für ein bis zwei Stunden zu Einkäufen oder Besichtigungen ausspeien, ehe die Fahrt zur nächsten Insel weitergeht. Die Besichtigung des Gefängnisses ist bei dem Rundgang nicht vorgesehen, und niemand nähert sich ihm außer in amtlichem Auftrag.

Es war vier Uhr an einem Samstagmorgen. Noelles Hinrichtung war für sechs Uhr angesetzt.

Man hatte Noelle ihr Lieblingskleid gebracht, ein weinrotes Dior-Modell aus Schurwolle, und dazu passende rote Wildlederschuhe. Sie trug ganz neue handgestickte Seidenwäsche und ein weißes Jabot aus venezianischen Spitzen. Constantin Demiris hatte ihr ihre ständige Friseuse geschickt, um sie zu frisieren. Es war, als ob Noelle sich auf eine Gesellschaft vorbereitete.

Verstandesmäßig wußte Noelle, daß es keine Begnadigung in letzter Minute geben würde, daß in kurzer Zeit ihr Körper brutal zerstört und ihr Blut auf den Boden strömen würde. Und dennoch konnte sie gefühlsmäßig die Hoffnung nicht unterdrücken, daß Constantin Demiris ein Wunder bewirken und ihr Leben schonen würde. Es müßte nicht einmal ein Wunder sein – es bedurfte nur eines Telefonanrufs, eines Wortes, eines Winks seiner goldenen Hand. Wenn er sie jetzt schonte, würde sie es ihm lohnen. Sie würde alles tun. Wenn sie ihn nur sehen könnte, würde sie ihm versprechen, nie wieder einen anderen Mann anzublicken, sich ganz der Aufgabe zu widmen, ihn für den Rest seines Lebens glücklich zu machen. Aber sie wußte, daß Betteln nichts nützen würde. Wenn Demiris zu ihr käme, ja. Wenn sie zu ihm gehen müßte, nein.

Noch lagen zwei Stunden vor ihr.

Larry Douglas befand sich in einem anderen Teil des Gefängnisses. Seit seiner Verurteilung hatte seine Post sich verzehnfacht. Briefe von Frauen aus allen Teilen der Welt trafen ein, und der Gefängnisdirektor, der sich für einen gebildeten und welterfahrenen Mann hielt, war über manche von ihnen schockiert.

Larry Douglas hätte wahrscheinlich seine Freude an ihnen gehabt, wenn er etwas davon gewußt hätte. Aber er befand sich in einer narkotisierten Welt des halben Zwielichts, in der ihn nichts berührte. In den ersten Tagen auf der Insel war er gewalttätig, schrie Tag und Nacht, er sei unschuldig und verlange einen neuen Prozeß. Der Gefängnisarzt hatte schließlich angeordnet, ihn ständig unter Beruhigungsmitteln zu halten.

Um zehn Minuten vor fünf, als der Gefängnisdirektor mit vier Wächtern in Larry Douglas' Zelle kam, um ihn abzuholen, saß er still und in sich versunken auf seiner Pritsche. Der Direktor mußte ihn zweimal mit Namen ansprechen, ehe Larry begriff, daß sie ihn abholen wollten. Er erhob sich teilnahmslos und wie im Traum.

Der Direktor führte ihn aus der Zelle, und sie gingen in einer langsamen Prozession auf eine bewachte Tür am Ende des Ganges zu. Als sie die Tür erreichten, öffnete der Wachtposten sie, und sie traten in einen ummauerten Hof hinaus. Die Luft vor Anbruch der Dämmerung war kühl, und Larry fror, als er durch die Tür ging. Am Himmel standen der Vollmond und leuchtende Sterne. Es erinnerte ihn an die frühen Morgenstunden auf den Inseln im Südpazifik, wenn die Piloten ihre warmen Quartiere verließen und sich zu einer letzten Befehlsausgabe vor dem Start unter den kühlen Sternen versammelten. Er konnte das Rauschen des Meeres in der Ferne hören und versuchte sich zu erinnern, auf welcher Insel er sich befand und was sein Auftrag war. Mehrere Männer führten ihn zu einem Pfosten vor einer Mauer und banden ihm die Arme auf dem Rücken zusammen.

Er empfand jetzt keinen Zorn mehr, nur eine Art träger Verwunderung darüber, wie diese Befehlsausgabe gehandhabt wurde. Eine tiefe Müdigkeit erfüllte ihn, doch er wußte, daß er nicht einschlafen durfte, weil er den Einsatz zu leiten hatte. Er hob den Kopf und sah Männer in Uniform vor sich aufgereiht. Sie zielten mit Gewehren auf ihn. Alte, tiefverwurzelte Instinkte in ihm gewannen die Oberhand. Sie würden aus verschiedenen Richtungen angreifen und versuchen, ihn von seiner Staffel abzudrängen, weil sie sich vor ihm fürchteten. Bei drei Uhr tief bemerkte er eine Bewegung und wußte, daß sie es auf ihn abgesehen hatten. Sie nahmen wohl an, daß er sich ihrer Reichweite entziehen würde, doch statt dessen drückte er den Steuerknüppel ganz vor und ging in einen Außenlooping, der beinahe die Flügel seines Flugzeuges abriß. Auf dem Tiefpunkt der Schleife ging er in die Gerade und vollzog eine halbe Rolle nach links. Da war keine Spur mehr von ihnen zu sehen. Er hatte sie ausmanövriert. Er begann zu steigen und sah unter sich eine Zero. Er lachte laut und steuerte seine Maschine mit Knüppel und Pedal nach rechts, bis er die Zero mitten in seinem Visier hatte. Dann fegte er wie ein Racheengel hinab, verringerte die Distanz mit schwindelerregendem Tempo. Seine Finger drückten auf den Abzugsknopf, als plötzlich ein marternder Schmerz seinen Körper durchschlug. Und noch einmal. Und noch einmal. Er spürte, wie sein Fleisch zerriß und seine Eingeweide vorquollen, und er dachte: *O mein Gott! Wo kommt der her? ... Das ist ein besserer Pilot als ich ... Ich möchte wissen, wer das ist ...*

Und dann begann er jäh in den Raum abzutrudeln, und alles wurde dunkel und still.

Noelle wurde in ihrer Zelle frisiert, als sie das Krachen der Salve draußen vernahm.

»Gibt es Regen?« fragte sie.

Die Friseuse sah sie einen Augenblick befremdet an, erkannte aber, daß sie wirklich nicht wußte, was das Geräusch bedeutete. »Nein«, sagte sie ruhig, »es wird ein schöner Tag.«

Und dann wußte Noelle Bescheid.

Und sie war die nächste.

Um fünf Uhr dreißig, eine halbe Stunde vor ihrer Hinrichtung, hörte Noelle auf ihre Zelle zukommende Schritte. Ihr Herz machte unwillkürlich einen Sprung. Sie war überzeugt gewesen, daß Constantin Demiris sie noch einmal sehen wollte. Sie wußte, daß sie niemals schöner ausgesehen hatte und, vielleicht, wenn er sie sah ...

vielleicht ... Der Gefängnisdirektor erschien, begleitet von einem Aufseher und einer Krankenschwester mit einer großen schwarzen Arzttasche. Der Aufseher öffnete die Zellentür, und der Direktor und die Schwester kamen herein. Noelle suchte hinter ihnen nach Demiris. Der Gang war leer. Noelle fühlte ihr Herz klopfen, eine Woge der Angst überschwemmte sie und ertränkte die vage Hoffnung, die sich in ihr geregt hatte.

»Es ist doch noch nicht Zeit, oder?« fragte Noelle.

Der Direktor machte ein verlegenes Gesicht. »Nein, Mademoiselle Page. Die Schwester möchte Ihnen einen Einlauf machen.«

Sie sah ihn verständnislos an. »Ich brauche keinen Einlauf.«

Er wurde noch verlegener. »Es wird Sie vor – Peinlichkeiten bewahren.«

Jetzt verstand Noelle. Und ihre Furcht verwandelte sich in rasende Todesangst, die an ihrem Magen zerrte. Sie nickte, und der Direktor drehte sich um und verließ die Zelle. Der Aufseher schloß die Tür und ging taktvoll auf dem Gang ein Stück weiter.

»Wir wollen doch nicht dieses schöne Kleid beschmutzen«, gurrte die Schwester. »Ziehen Sie es doch einfach aus und legen Sie sich dorthin. Es dauert ja nur eine Minute.«

Die Schwester machte ihr den Einlauf, aber Noelle spürte nichts.

Sie war bei ihrem Vater, und er sagte: *Seht sie doch an. Ein Fremder kann erkennen, daß sie von königlichem Blut ist.* Und die Menschen schlugen sich darum, sie in die Arme zu nehmen und zu halten. Ein Priester war im Raum und fragte: »Wollen Sie vor Gott ein Geständnis ablegen, mein Kind?« Aber sie schüttelte ungeduldig den Kopf, denn ihr Vater sprach, und sie wollte hören, was er sagte. *Du bist als Prinzessin geboren, und dies ist dein Königreich. Wenn du erwachsen bist, wird ein schöner Prinz kommen und dich fortführen, und du wirst in einem großen Schloß wohnen.*

Sie ging mit mehreren Männern durch einen langen Gang, und jemand öffnete eine Tür, und sie stand im Freien in einem kalten Hof. Ihr Vater hob sie zu einem Fenster hinauf, und sie konnte die hohen Masten auf dem Wasser schaukelnder Schiffe sehen.

Die Männer führten sie zu einem Pfahl vor einer hohen Mauer, fesselten ihr die Hände auf dem Rücken, banden sie mit der Taille an den Pfahl, und ihr Vater sagte: *Siehst du diese Schiffe, Prinzessin? Das ist deine Flotte. Eines Tages wird sie dich in alle Wunderländer der Welt tragen.* Und er hielt sie fest an sich gedrückt, und sie fühlte sich sicher. Sie konnte sich nicht mehr erinnern, warum, aber ihr Vater war böse mit ihr gewesen, doch jetzt war alles wieder gut, und er liebte sie wieder, und sie wandte sich ihm zu, aber sein Gesicht war verschwommen, und sie konnte sich nicht erinnern, wie er aussah. Sie konnte sich nicht an das Gesicht ihres Vaters erinnern.

Eine überwältigende Traurigkeit erfüllte sie, als ob sie etwas Kostbares verloren hätte, und sie wußte, daß sie sich an ihn erinnern müßte, oder sie müßte sterben, und sie konzentrierte sich mit aller Macht, doch noch ehe sie das Gesicht erkennen konnte, krachte es plötzlich, und tausend Messer des Todesschmerzes schnitten ihr ins Fleisch, und ihr Herz schrie: *Nein! Noch nicht! Laßt mich das Gesicht meines Vaters sehen!*

Doch es war für immer in der Dunkelheit versunken.

Epilog

Der Mann und die Frau gingen über den Friedhof, ihre Gesichter wurden von den Schatten der hohen, anmutigen Zypressen, die den Weg säumten, gefleckt. Sie gingen langsam in der flimmernden Hitze der Mittagssonne.

Schwester Teresa sagte: »Ich möchte Ihnen noch einmal sagen, wie dankbar wir Ihnen für Ihre Großzügigkeit sind. Ich weiß nicht, was wir ohne Sie angefangen hätten.«

Constantin Demiris machte eine abwehrende Handbewegung. »*Arkito*«, sagte er. »Es ist nicht der Rede wert.«

Aber Schwester Teresa wußte, daß das Kloster ohne diesen Retter schon vor Jahren hätte schließen müssen. Und ganz gewiß war es ein Fingerzeig des Himmels, daß sie sich ihm jetzt in gewissem Umfang hatte dankbar erweisen können. Es war ein *thriamvos,* ein Triumph. Sie dankte Sankt Dionysos wieder, daß es den Schwestern vergönnt gewesen war, Demiris' amerikanische Freundin in jener schrecklichen Sturmnacht aus den Wassern des Sees zu retten. Gewiß, etwas war dem Verstand der Frau widerfahren. Sie war wie ein Kind, aber es wurde für sie gesorgt. Constantin Demiris hatte Schwester Teresa gebeten, die Frau in diesen Mauern aufzunehmen und sie den Rest ihres Lebens vor der Außenwelt zu behüten und zu beschützen. Er war ein so gütiger und freundlicher Mann.

Sie hatten das Ende des Friedhofs erreicht. Ein Pfad schlängelte sich zu einem Vorsprung hinunter, wo die Frau stand und auf den ruhigen, smaragdgrünen See hinabblickte.

»Dort ist sie«, sagte Schwester Teresa. »Ich verlasse Sie jetzt. *Cherete.*«

Demiris sah Schwester Teresa nach, die zum Kloster zurückging. Dann ging er den Pfad hinunter zu der Frau.

»Guten Morgen«, grüßte er freundlich.

Langsam drehte sie sich um und sah ihn an. Ihr Blick war trüb und leer, und kein Zeichen des Erkennens zeigte sich auf ihrem Gesicht.

»Ich habe Ihnen etwas mitgebracht«, sagte Constantin Demiris.

Er zog ein kleines Schmucketui aus der Tasche und hielt es ihr hin. Sie starrte darauf wie ein kleines Kind.

»Nur zu. Nehmen Sie es.«

Langsam streckte sie die Hand nach dem Etui aus und nahm es. Sie öffnete den Deckel, und darin lag auf Watte ein kleiner, äußerst fein gearbeiteter goldener Vogel mit Rubinaugen und zum Flug ausgebreiteten Flügeln. Demiris beobachtete, wie die Kind-Frau ihn aus dem Etui nahm und hochhob. Die helle Sonne fiel auf das schimmernde Gold und die Rubine und ließ sie strahlend aufleuchten. Sie drehte ihn nach allen Seiten und betrachtete den Widerschein des tanzenden Lichts.

»Ich werde Sie nicht wiedersehen«, sagte Demiris, »aber Sie brauchen nichts zu befürchten. Die bösen Menschen sind tot.«

Während er sprach, war ihr Gesicht zufällig ihm zugewandt, und einen Augenblick, in dem die Zeit stillstand, schien es ihm, daß ein Schimmer des Verstehens, ein Ausdruck der Freude in ihre Augen trat, aber gleich darauf war es wieder verschwunden, und nur der leere, geistlose Blick blieb zurück. Es konnte eine Illusion gewesen sein, ein Spiel des Sonnenscheins, der das Funkeln des goldenen Vogels in ihren Augen reflektierte.

Darüber dachte er nach, als er langsam den Berg wieder hinaufging und durch das große Tor des Klosters trat, wo seine Limousine darauf wartete, ihn nach Athen zurückzubringen.

Chicago
London
Paris
Athen
Ioannina
Los Angeles

»Bittere Medizin«
– der große Insider-Roman über die Pharma-Industrie. Über die Menschen, die an der Spitze eines mächtigen Konzerns stehen und sich Tag für Tag zwischen Profit und Moral entscheiden müssen. Männer und Frauen mit Leidenschaften, Hoffnungen und Schwächen. Getrieben von dem Wunsch nach Erfolg und Macht. Doch sie tragen auch die Verantwortung für Millionen Menschen.
Arthur Hailey
Bittere Medizin
Roman
Ullstein
Ullstein
Ullstein
Ullstein
DER NEUE
HAILEY.

GOLDMANN VERLAG

Goldmann Taschenbücher

Informativ · Aktuell
Vielseitig · Unterhaltend

Allgemeine Reihe · Cartoon
Werkausgaben · Großschriftreihe
Reisebegleiter
Klassiker mit Erläuterungen
Ratgeber
Sachbuch · Stern-Bücher
Indianische Astrologie
Grenzwissenschaften/Esoterik · New Age
Computer compact
Science Fiction · Fantasy
Farbige Ratgeber
Rote Krimi
Meisterwerke der Kriminalliteratur
Regionalia · Goldmann Schott
Goldmann Magnum
Goldmann Original

Goldmann Verlag · Neumarkter Str. 18 · 8000 München 80

Bitte senden Sie mir das neue Gesamtverzeichnis

Name ____________________

Straße ____________________

PLZ/Ort ____________________